HEYNE <

AF524914

Titus Müller

Die Jesuitin von Lissabon

Roman

WILHELM HEYNE VERLAG
MÜNCHEN

Sollte diese Publikation Links auf Webseiten Dritter enthalten,
so übernehmen wir für deren Inhalte keine Haftung,
da wir uns diese nicht zu eigen machen, sondern lediglich auf
deren Stand zum Zeitpunkt der Erstveröffentlichung verweisen.

Verlagsgruppe Random House FSC® N001967

Vollständige deutsche Taschenbuchausgabe 2018
Copyright 2011 by Titus Müller und Aufbau Verlag GmbH &Co. KG
Copyright © der überarbeiteten Ausgabe 2018 by Titus Müller und
Heyne Verlag in der Verlagsgruppe Random House GmbH,
Neumarkter Str. 28, 81673 München
Umschlaggestaltung: Johannes Wiebel | punchdesign, München
Umschlagabbildung: Johannes Wiebel unter Verwendung von Motiven
von Shutterstock.com (Lotus, Zvonimir Atletic, pavila, Everett – Art)
Satz: Uhl + Massopust, Aalen
Druck und Bindung: GGP Media GmbH, Pößneck
Printed in Germany
Alle Rechte vorbehalten
ISBN: 978-3-453-42265-0

www.heyne.de

Das prächtige Lissabon hieß lange schön und groß;
doch eine halbe Viertelstunde verwüstet solches bis zum Grunde.
O grässliches Schauspiel! Welch ein Entsetzen!

Leipziger Zeitung, 6. Dezember 1755

I

Das Meer wälzte Mauern aus Wasser auf. Sturmwinde heulten durch die finsteren Schluchten. Die Wellenkämme zerstiebten zu Gischt. Blitze verspritzten Helligkeit und wurden von der Nacht verschluckt.

Die englische Dreimastbark *Fortune* trieb wie ein Hölzchen durch die Urgewalten. Der Sturm riss sie in die Höhe und wehte Schaum um ihren Bug, Wogen rollten sie von der Seite an, erbrachen sich über die Bark und begruben das Deck unter Tonnen von Meerwasser. Das Schiff neigte sich, es verharrte einen furchtbaren Augenblick. Endlich richtete es sich wieder auf und ließ das Wasser durch die Reling gurgeln. Donner krachte. Der Sturm stürzte die Bark hinunter in die Schwärze, als wollte er sie in den Meeresgrund bohren.

Captain Wrightson hatte sich am Steuerrad festgebunden. Er versuchte, die Bark gegen die Wellen zu drehen, während die nackten Masten knarrten. Seeleute schufteten an den Pumpen, nass glänzten ihre Gesichter.

Im Inneren des Schiffs kniete Antero Moreira de Mendonça vor seiner Koje, grub die Hände in den Strohsack und betete: »Lass mich nicht sterben! Lass mich nicht sterben, Gott! Noch nicht. Ich bin nicht so weit.« Das Wasser schwappte um seine Beine. Strümpfe und Hose waren vollgesogen mit Meerwasser.

Gegen die Schiffswand donnerten Wellen, es klang, als würden die Bretter zerbersten. Antero hatte einen süßlichen Geschmack im Mund. Er stand auf und wankte zur Leiter. Von den Sprossen troff Wasser. Er umfasste das nasse Holz und kletterte in die Höhe.

Die Klappe am oberen Ende der Leiter widerstand ihm, der

Wind drückte sie von außen zu. Mit aller Kraft stemmte sich Antero dagegen, und es gelang ihm, sie um wenige Fingerbreit zu öffnen. Da riss ihm der Wind die Klappe aus der Hand. Mit einem Schlag stand die Luke offen, und es stürmte kalt und nass gegen seine Brust.

Er kletterte hinaus. Der Wind zerrte an ihm. Antero ließ sich auf Hände und Knie fallen und kroch zur Reling. Ein Seemann brüllte etwas, aber Antero konnte nur sehen, wie sich sein Mund bewegte, der Sturm riss ihm die Worte von den Lippen. Antero umfasste die Reling. Alles war schwarz. Wo endete der Himmel? Wo begann das Meer?

Ein Blitz erhellte die Umrisse der Wogen. Antero stockte das Herz. Die schwarzen Ungetüme überragten die Masten des Schiffs! Er spürte etwas seinen Hals emporschießen und erbrach sich.

Der Seemann löste das Seil, das ihn an einer der Pumpen gesichert hatte, und rannte gebückt auf Antero zu. Da überspülte eine Woge das Deck. Antero sah nichts mehr. Kalt fasste ihn das Meer an. Als er wieder sehen konnte, fanden seine Augen den Seemann. Er war umgerissen und gegen einen Mast geschleudert worden. Mühsam stand er wieder auf. Er erreichte Antero. »Gehen Sie unter Deck!«, brüllte er ihm ins Ohr. Er fasste ihn unter und versuchte, ihn von der Reling wegzuziehen. Widerstrebend ließ Antero das Holz los. Er wurde zurückgeschleppt und auf die Leiter gestoßen. Der Seemann schloss über ihm die Luke.

Seine Beine waren weich wie Brotteig. Halb kletterte er, halb fiel er die Leiter hinunter. Er landete im Wasser. Es spülte hin und her, von einer Seite des Raums zur anderen, je nachdem, wohin das Schiff sich neigte. Offenbar kamen sie mit dem Pumpen nicht nach. Immer mehr Wasser sammelt sich im Schiff, dachte er, bis es untergeht. Der Geschmack des Erbrochenen im

Mund erinnerte ihn an das Pökelfleisch, das er gestern Abend gegessen hatte. Mit diesem widerwärtigen Geschmack im Mund wollte er nicht sterben. Er watete hinüber zur Koje, zog die Portweinflasche aus dem Winkel, entkorkte sie und trank.

»Antero Moreira de Mendonça, du bist eine Enttäuschung«, sagte er, »durch und durch eine Enttäuschung.« Er schob die bauchige Flasche zurück und kroch ihr nach in die Koje, nass wie er war. Wellen prallten auf den Schiffsrumpf, gleich neben seinem Kopf. Er wurde gehoben und gesenkt, der Sturm wiegte ihn.

Gott würde einem wie ihm, Antero, nicht zuhören, wenn er ihn um Frieden bat. Er verließ sich ja sonst auch nicht auf Gottes Beistand. Er war ein gottloser, verfluchter Schmuggler. Wenn er mit dieser Bark auf den Meeresboden sank, erwarteten ihn die gestrengen Engel und das Gericht. Angst fraß sich in seine Gedärme wie eine Schlange.

Ihn schwindelte, und er zitterte vor Müdigkeit und Kälte. »Es tut mir leid«, flüsterte er. Er dachte an seine Pflanzensammlung, an das Notizbuch mit den Käferzeichnungen, an die Nachtstunden, die er im astronomischen Observatorium der Jesuiten in Lissabon verbracht hatte. »Ich war ein Forscher, Gott. Ich war einer, der deine Spuren gesucht hat. Bitte denke auch daran.«

Dalila zog Anteros Schweißtuch an ihr Gesicht und nahm seinen Geruch in sich auf wie eine Medizin: das Meer und den herben männlichen Duft. Wenn Leonor bemerkte, dass sie ihr das Tuch gestohlen hatte, würde sie toben vor Wut. Und Antero? Wenn er wüsste, dass eine andere an seinem Schweißtuch roch als die, der er es gegeben hatte, wie würde er reagieren? Vielleicht konnte er auch sie, Dalila, lieben. Immerhin waren Leonor und sie Zwillingsschwestern. Ihre Gesichter und ihre Körper sahen gleich aus, auch wenn ihre Charaktere verschieden waren.

Die Kerzenflamme kämpfte gegen die Dunkelheit des Zimmers an. Regen peitschte von draußen gegen die Fensterläden. Dalila strich leise über die Bettdecke. Der Atem der Kleinen ging gleichmäßig. Schlief sie?

»Uns kann kein Blitz treffen?«

Also schlief sie immer noch nicht. »Ich habe es dir doch schon erklärt, Schatz«, flüsterte Dalila, »wir sind hier sicher.«

»Wie heißt das noch mal? Das uns beschützt?«

»Wetterleiter.« Dalila streichelte den rotblonden Haarschopf der Kleinen. Das Haar schimmerte im Kerzenlicht. Sie sah schutzbedürftig aus in dem riesigen Bett. Dalila sagte: »Ein kluger Mann hat ihn erfunden, und jetzt kann uns nichts mehr passieren. Schau doch, wie gemütlich es hier drinnen ist, wenn's draußen stürmt! Wir haben die Kerze, und es ist warm, und wir sind im Trockenen.«

Ein Donnerschlag krachte. Die Hand der Kleinen tastete nach Dalilas Hand. »Bleibst du hier?«

Dalila umfasste die Kinderhand und streichelte sie. »Ich bleibe. Hab keine Angst.« Das Mädchen tat ihr leid. Irgendein lüsterner Adliger hatte es mit einer Dienstbotin gezeugt und ließ es nun in der Fremde aufwachsen. Vater verköstigte das Mädchen sicher nur gegen eine horrende Gebühr, und er hatte ausgerechnet die strenge Köchin angewiesen, sich um die Kleine zu kümmern.

Er durfte nicht wissen, dass seine Tochter hier unten war, er würde sagen: »Eine Adlige hat im Gesindetrakt nichts verloren, Dalila!« Das Haus war aufgeteilt, in den oberen Stockwerken befand sich der Himmel, da lebten sie. Und unten war die Hölle, da lebte das Bastardkind, das niemand haben wollte. Dabei war das Mädchen vermutlich genauso eine Adlige! Eine Adlige, die im Gesindetrakt aufwuchs, zwischen Töpfen und Müllkübeln und dem Hundenapf.

Der Hund konnte ebenfalls nicht schlafen. Er sah stumm zum Fenster hin, hinter dem Blitze die Nacht erhellten. Es war gut, dass er der Kleinen Tag und Nacht Gesellschaft leistete. Er ersetzte ihr den Vater und die Mutter. Manchmal schien es Dalila, als wüsste es das kluge Tier.

Sie wandte sich ab und roch wieder an Anteros Schweißtuch. Der Geruch von Abenteuern spielte um ihre Nase. Dieser Mann war wirklich frei. Er tanzte auf den Rändern der Welt.

»Was hast du da?«, fragte die Kleine.

Dalila zuckte zusammen. »Nur ein Tuch«, sagte sie. Sie verbarg es an ihrer Brust.

Eine Stimme weckte ihn. »Soll ich das Essen auftragen, Sir, oder soll ich es gleich über Bord werfen?«

Das Tosen hatte aufgehört. Behäbig knarrte die Bark und gab sich dem Wogen des Meeres hin. Er sah hinauf zur Luke. Eine rötliche Funzel beleuchtete das Gesicht des Bootsjungen. Der Junge grinste.

Antero befühlte seine Kleider. Sie waren klamm und kalt. »Lass das Grinsen, Bursche, oder ich prügele es dir aus dem Gesicht.« Er geriet mit dem vorgetäuschten Akzent ins Stolpern. »Ich komme rauf. Selbstverständlich kann ich das Essen drin behalten.«

Er lebte. Der Sturm hatte offenbar nachgelassen, während er schlief. Antero stieg aus der Koje. Das Wasser stand nur noch in Pfützen auf dem Boden. Er stützte sich am Tisch ab. Müde erklomm er die Leiter. Für gewöhnlich aßen Passagiere am Tisch des Captains und der Offiziere. Er hatte den Verdacht, dass Captain Wrightson angeordnet hatte, ihm das Essen immer in der Kabine zu servieren, damit er, der Captain, nicht mit ihm in Verbindung gebracht wurde, falls ihr Unternehmen aufflog.

Natürlich, mit der Mannschaft konnte er ihn nicht essen lassen, das würde Unzufriedenheit schüren bei den Seeleuten, denn als Passagier bekam er besseres Essen als die Schiffsbesatzung. Für die Seeleute gab es am Morgen kaltes Fleisch und ansonsten ein Gemisch aus Wasser und Mehl, das sie »Indischen Brei« nannten. Er hingegen speiste warm und gut gewürzt wie in einem Gasthaus mittlerer Klasse. Aber es gab keinen Grund, ihn von den Offizieren abzusondern, außer den einen, dass Captain Wrightson versuchte, Schaden von sich abzuwenden. Das mangelnde Vertrauen in ihr Unternehmen ärgerte Antero. Entweder war man dabei und stand voll für die Sache ein, oder man ließ es bleiben.

Als er durch die Luke nach draußen stieg, reichte ihm der Bootsjunge ein Tablett, auf dem ein hölzerner Becher stand, umringt von Keksen. »Wollen Sie heute im Freien essen, Sir?« Er grinste nicht mehr.

Nach dem Schiffsbauch war Antero nicht zumute. Er hatte ein Bedürfnis danach, den Himmel zu sehen. Er wollte spüren, dass er noch am Leben war. »Stell das Tablett da ab«, sagte er. Der Akzent gelang ihm wieder besser.

Der Bootsjunge setzte das Tablett auf den erhöhten Rand der Luke. »Soll ich das Licht auch hier lassen?«

Antero sah sich um. Es wehte immer noch ein kräftiger Wind, und schwarze Wolken bedeckten den Himmel. Am Horizont schimmerten sie rot. Nahe dem Schiff konnte er im Morgendämmern Schaum auf den Wogen erkennen, die nun flach und weit ausströmten. »Nicht nötig. Es wird bald hell sein. – Warte.« Er kletterte wieder hinunter und holte das Notizbuch unter dem Strohsack hervor. Oben, bei der Funzel, setzte er sich auf den Lukenrand, wickelte das Buch aus dem Leder, befeuchtete den Bleistift und schrieb:

Donnerstag, 30. Oktober 1755. Schwerer Sturm. Überbrechende Wellenkämme, orkanartiger Wind. Die Fortune *trotzte.*

Freitag, 31. Oktober 1755, im Morgengrauen. Grobe See. Schaumflecken auf den Wellen. Noch starker Wind.

Er verstaute das Notizbuch in der Brusttasche und sagte: »Danke. Du kannst gehen.« Als der Bootsjunge mit dem Licht gegangen war, griff Antero nach einem Stück Gebäck und schob es sich in den Mund. Das Gebäck war mit Wasser angefeuchtet und mit gesalzener Butter bestrichen. Antero kaute, nahm den Becher und spülte nach. Saurer Tavernenwein mischte sich mit den teigigen Resten.

Die Schmuggelfracht im Kielraum der *Fortune* hatte einen Wert von mindestens dreißigtausend Reis. Wenn er sie an den Mann gebracht hatte, würde er einige Tage entspannen. Er würde Leonor besuchen. Und Samira.

Antero sog tief die frische Seeluft in seine Lungen. Es würde schon gutgehen. Dies war das Zeitalter der Schmuggler. Wer sollte die weiten Weltmeere überwachen? Niemand konnte das. Die Meere waren frei. Allein die Häfen ließen sich kontrollieren, aber auch dort gab es Schlupflöcher. Ein großer Hafen wie der Lissabons war bei Nacht schlichtweg nicht zu überschauen. Niemand konnte unterscheiden zwischen den Schaluppen, die Seeleute von Saufgelagen zurück an Bord ihres Schiffes brachten, den Beibooten, die Offiziere zu ihren Familien fuhren, und einem Ruderboot, das Schmuggelware brachte.

Dennoch stach es ihn in der Tiefe seines Herzens. Das Schmuggeln war nicht das Seine. Viel lieber hätte er den geheimnisvollen Südkontinent *Terra Australis incognita* erforscht und auf dem Weg dahin bisher unbekannte Inseln kartografiert und erkundet. Was nützten die läppischen Notizen, die er sich machte! Er brauchte Instrumente, ein Barometer, einen Sextanten, nicht aus Holz, das sich in der feuchten Seeluft verzog, sondern aus Metall, mit höchstmöglicher Genauigkeit. Captain Wrightson navigierte noch mit dem Jakobsstab. Dabei ließ sich mit einem Sextanten viel genauer die Position bestimmen. Und ein Barometer, was könnte man damit nicht alles erforschen! Den Luftdruck im gestrigen Sturm hätte er gern gemessen. Warum fiel der Luftdruck ab, wenn ein Unwetter aufzog? Wie verhielt es sich im Verlauf des Unwetters?

Etwas blitzte auf, dort, wo die Wolken das Wasser berührten. Antero sah genauer hin. Es leuchtete erneut! Er drehte sich zum Heck um. Wo er im Dunkeln das Steuerrad ausmachte, rührte sich nichts.

Er stand auf und ging nach hinten. »Haben Sie das Licht gesehen, Captain?«

Die vierschrötige Gestalt am Steuerrad stand ruhig. Der Captain wandte ihm nicht einmal den Kopf zu.

Antero sagte: »In letzter Zeit haben sich holländische Freibeuter hier herumgetrieben. Möglich, dass sie sich Zeichen geben, um uns in die Zange zu nehmen.«

»Es sind die Küstenfeuer, die den Zugang zum Tejo anzeigen.«

»Sind Sie sicher? Der Sturm hat uns abgetrieben.«

»Ich fahre nicht zum ersten Mal nach Lissabon.«

Ich auch nicht, dachte Antero. Er verbiss sich die Antwort. Zwar bevorzugte er den Hafen von Oporto für seine Geschäfte, aber Lissabon war seine Heimat. Er besaß in der Hauptstadt gute Verbindungen. Der dichte Bart, den er sich hatte wachsen lassen, und die von der Sonne auf See gebräunte Haut hatten ihn verändert. Solange er eine gewisse Vorsicht nicht außer Acht ließ, konnte er unbesorgt seine Geschäftspartner aufsuchen. Er war bereits von Exeter nach Lissabon gefahren, von Dartmouth, Plymouth, Ipswich und Yarmouth. Und natürlich wie diesmal von London. »Unsere Ladung wäre für Freibeuter von Interesse. Sie könnten Wind davon bekommen haben.«

»Freibeuter sind auf Silber und Gold aus, nicht auf Wollteppiche und Strümpfe.«

Ihm missfielen die mürrischen Antworten des Captains. Wurde er unsicher? Ein unbedachtes Wort bei den Hafenkontrollen, und ihre Unternehmung flog auf. »Was ist mit dem Twillstoff, den wir geladen haben, und dem feinen schwarzen Tuch? Englische Stoffe lassen sich vortrefflich verkaufen.«

Der Captain schwieg.

»Sie haben die ganze Nacht nicht geschlafen, oder?«

»Ich habe vier Stunden geschlafen. Mein Steuermann ist verlässlich.«

Das Schiffsdeck war kein guter Platz, um über geheime Dinge zu reden. Überall arbeiteten Seeleute, oben in den Rahen, hinter, vor oder neben ihm, womöglich gar außen an der Bordwand, um den Rumpf auf Sturmschäden zu untersuchen. Er musste ohne Lauscher mit dem Captain sprechen. »Würde es Ihnen etwas ausmachen, wenn ich kurz nach meiner Fracht sehen würde? Ich fürchte, sie könnte nass geworden sein.«

»Meine Kajüte ist trocken. Ihre Fracht ist in bester Verfassung.«

Begriff er nicht? »Lassen Sie mich trotzdem einen Blick darauf werfen. Es würde mich beruhigen.«

Wortlos nahm der Captain die Hände vom Steuerrad und zog einen Schlüssel hervor, der an einem Band um seinen Hals hing. Er hob das Band über den Kopf.

Antero nahm den Schlüssel entgegen und griff nach der

schwach brennenden Laterne, die neben dem Captain an den Aufbauten unterhalb des Besansegels hing. »Ich darf doch?« Er drehte am eisernen Rädchen, um den Docht höher zu stellen. Sofort wurde es heller. Die Segel warfen einander den Lichtschein zu. Sie waren straff gebläht, die *Fortune* machte gute Fahrt. Als der Sturm aufkam, hatte man die Segel eingeholt, damit sie nicht zerfetzt wurden. Die Seeleute mussten sie wieder gesetzt haben, während er schlief, die großen querstehenden Rahsegel, je fünf an den beiden vorderen Masten, und die schrägen Schratsegel am Besanmast. Zwei Männer kletterten immer noch in den Rahen herum und prüften den Halt der Taue.

Es roch nach Seetang. Auf den Deckplanken spiegelten schlammige Lachen das Laternenlicht. Tangpflanzen lagen herum. Der Sturm musste sie dem Meeresboden entrissen haben.

Aus der Messe, dem Speiseraum der Besatzung, drang Gelächter. Die Seeleute aßen wohl und machten Scherze dabei. Es klang, als seien sie erleichtert, dem Sturm entkommen zu sein. Vielleicht hatte der Captain zur Feier eine Portion Rum ausschenken lassen.

Antero stieg die Treppe hinunter in die Kapitänskajüte. Das Prunkstück der Kajüte war eine bauchige, mit geschweiften Beschlägen versehene Kommode. Die hölzernen Schubladen waren gewachst und glänzten im Schein der Laterne. Über der Kommode hing eine Karte der britischen Territorien von Nordamerika. Die Karte hatte Antero beim Erkundungsgespräch vor zwei Wochen verraten, dass der Captain käuflich sein würde. Er träumte davon, sich für seinen Lebensabend in den Überseeterritorien anzusiedeln.

Die Kajüte war tatsächlich trocken. Antero empfand Neid. Es sah aus, als habe der Captain ein Bündnis mit dem Sturm geschlossen, als bliebe er auf geheimnisvolle Weise verschont, während die Naturgewalten dem Rest der Schiffsbesatzung nach dem Leben trachteten. Aber vielleicht war die Kapitänskajüte auch einfach am besten Platz des Schiffs errichtet. Antero stellte die Laterne auf dem Tisch ab und beugte sich über die schwere Truhe unter den Heckfenstern. Behutsam schob er den Schlüssel ins Schloss. Er drehte ihn herum, einmal, zweimal. Das Schloss sprang auf. Er öffnete den Truhendeckel. Hier lagen die Päckchen der Besatzungsmitglieder. Solange es bei kleinen Mengen blieb, durfte jeder Seemann auf eigene Rechnung ein wenig Handel treiben. Damit es nicht zum Schmuggel kam, bewahrten die Kapitäne die Waren auf.

Antero räumte einige Päckchen beiseite. Er zog sein Bündel heraus und hob es auf den Tisch. Lage für Lage wickelte er die Lederhüllen ab. Tabakblätter knisterten. Würziger Geruch stieg ihm entgegen und kitzelte in der Nase. Antero klappte die letzte Lage auf und befühlte die großen Blätter. Sie waren trocken, und es bröselten kleine Stückchen ab. Sie würden die königlichen Beamten ärgern. Der portugiesische König beanspruchte das Handelsmonopol auf Tabak. Sollten die Hafenhüter die Fracht der Besatzungsmitglieder und die von ihm, dem Passagier, untersuchen, so würde der Fund Streit hervorrufen – war die kleine Menge gestattet oder nicht? – und die Hafenhüter waren beschäftigt. Auf diese Weise blieb die große Ladung Tabak im Kielraum unentdeckt.

Unter den Tabakblättern hatte er seine Bücher verstaut, beide Bände des neuen Werks *Species Plantarum* von Carl Nilsson Linnæus. Zwischen den Seiten lagen Blätter mit seinen, Anteros, Zeichnungen, sie sahen etwas über den Rand der Bücher hinaus, überall dort, wo er meinte, eine Pflanzenart gefunden zu haben, die Linnæus unter seinen Arten nicht hatte. Es machte ihm Freude, neue Pflanzen zu entdecken. Früher hatte er das Vergnügen öfter gehabt, da hatte er sich mit dem Buch *Hortus Cliffortianus* begnügen müssen, in dem nur zweitausendfünfhundert Arten beschrieben waren. Heute war es schon schwerer, eine Lücke in der akribischen Arbeit der Botaniker zu finden. Eines Tages würde er seine Erkenntnisse Linnæus nach Schweden schicken, und vielleicht ergänzte der berühmte Naturforscher damit sein Werk.

Neben den Büchern und den Tabakblättern lag das Bündel mit seinen persönlichen Habseligkeiten. Er rollte es auf und entnahm ihm die silberne Taschenuhr. Das Ziffernblatt zeigte sechs Uhr neununddreißig Minuten. Seltsam, hier auf dem Meer eine genaue Minute zu wissen. Der Captain brauchte die genaue Uhrzeit zur Bestimmung des Längengrades, vier Minuten bedeuteten ein Grad, er sah regelmäßig auf die Schiffsuhr. Aber darüber hinaus, was bedeutete eine Minute auf dem Meer?

Die Uhr war die einzige Erinnerung, die er behalten hatte. Das einzige Ding, das ihn noch mit der bösen Vergangenheit verband.

Die bärbeißige Stimme des Captains erklang in seinem Rücken. »Unten hat es zwei Kisten erwischt, darin ist die Ware feucht geworden. Der Rest ist verschont geblieben. Es bleibt bei meinem Anteil.«

»Wir werden sehen.« Antero drehte sich nicht um. Er fuhr mit den Fingern über die gewölbte Scheibe der Uhr und sah aus den Heckluken auf das Meer.

Captain Wrightson trat auf ihn zu. Er kam so nahe, dass Antero seinen warmen Atem im Nacken spüren konnte. »Hören Sie, für Sie mag es ein Vergnügen sein, das Gesetz zu brechen. Für mich ist das nicht so! Wenn sie mein Schiff untersuchen und die Kisten finden, werde ich nie wieder zur See fahren. Man wird mich hinrichten!«

Antero drehte sich um. Ihre Nasenspitzen berührten sich beinahe. »Meinen Sie, ich werde verschont? Unsere Leben sind für diese Fahrt verwoben. Und ich wüsste gern, ob mein Leben noch in verlässlichen Händen ist.«

»Was haben Sie schon zu verlieren? Sie sind doch seit Jahren gewohnt, alles auf eine Karte zu setzen. Ich habe mich hochgeschuftet bis zum Kapitän, ich habe Opfer gebracht, mein Leben lang. Ich fasse es nicht, dass ich das für Ihr Geld riskiere.« Der weiße Backenbart des Captains zitterte. Seine grobporige Haut hatte sich gerötet.

Antero kehrte sich wieder zum Tisch um und wickelte seine Habseligkeiten ein. »Fassen Sie sich besser bald. Im Hafen wird es dafür zu spät sein.« Er legte das Bündel in die Truhe. »Und was mein Leben betrifft: Glauben Sie ja nicht, dass ich das Schmuggeln aus freien Stücken begonnen habe. Ich wollte studieren. Ich wollte lesen und ergründen, wie die Welt arbeitet, diese gigantische Maschine. Aber man hat mich daran gehindert. Meinen Sie«, sagte er zur Truhe hin, »ich habe keine Träume? Ich habe sie genauso wie Sie. Einmal wird es die letzte Fahrt sein, und dann beginnt für mich das Leben, das ich immer haben wollte, das Leben, das man mir genommen hat.«

Die Seeleute ließen Eimer an Seilen hinab. Die Eimer tanzten auf den Wellen, es war nicht leicht, Wasser zu schöpfen, wenn das Schiff mit hoher Geschwindigkeit segelte. Wieder und wieder zogen die Männer am Seil, bis die Eimer im richtigen Winkel auf die Wogen trafen und untergingen. Sie hievten sie gefüllt wieder herauf und schütteten das Wasser auf die Deckplanken. Mit Besen kehrten sie es durch den Spalt unterhalb der Reling hinaus. Schmutz floss davon. Bald glänzte das Deck wie ein Spiegel. Die Taue wurden zusammengelegt. Seeleute kletterten in die Rahen und besserten Aufhängungen und Segelkanten aus.

Captain Wrightson machte die *Fortune* bereit für den Hafen von Lissabon. Offenbar wollte er ihre Schuld vertuschen. Er wollte äußerlich rein wirken mit seinem Schiff, damit der furchtbare Makel im Kielraum unbemerkt blieb. Dieser Hasenfuß! Wenn er überhaupt etwas damit erreichte, dann nur, dass sein Schiff noch mehr auffiel. Wie gut hatten es die Großschmuggler, die ihr eigenes Schiff steuerten! Ihnen konnte nicht ein verängstigter Kapitän alles verderben.

Die Küste spannte sich bereits von einem Ende des Horizonts bis zum anderen. In ihrer Mitte tat sich die Mündung des Tejo auf. Die wehrhafte Zitadelle von Cascais thronte zur Linken auf den Felsen, unterstützt von weiteren Wehrtürmen entlang der Küste, die Angriffen vom Atlantik trotzen sollten. Das Morgenlicht setzte einen roten Schimmer auf Mauern und Türme.

In Rufweite zog ein Paketschiff an ihnen vorüber, es überholte, obwohl die *Fortune* selbst gute Fahrt machte. Paketschiffe waren unschlagbar wendig und schnell. Das gab ihnen Sicherheit gegenüber Freibeutern. Ebenso ihre Kanonen. Antero zählte zwölf Geschützpforten in der ihm zugewandten Seite. Also verfügte das Schiff über vierundzwanzig Kanonen im Batteriedeck, die Breitseiten feuern konnten. Dazu sah er zwei Calverinen im Heck, mit denen sich auf Verfolger schießen ließ. Passagiere winkten. Er hob die Hand zum Gruß.

Er hatte oft über die Paketschiffe nachgedacht. Sie fuhren im Linienverkehr zwischen Falmouth und Lissabon. Früher hatten die in Portugal angesiedelten Händler ihre Korrespondenz nach Großbritannien in Kopie verschiedenen Schiffen mitgegeben, um sicherzugehen, dass einer der Briefe beim Empfänger ankam. Heute sandte man nur noch das Original mit dem Paketschiff. Man konnte sich darauf verlassen, dass es England erreichte. Ein großer Fortschritt.

Die Händler vertrauten dem Schiff aber nicht nur ihre Briefe an. Es gab an Bord einen diplomatischen Beutel. Dahinein gaben die Händler kleine Päckchen, die Goldmünzen enthielten, Goldstaub, sogar Goldbarren. Gewöhnliche Post wurde in Lissabon zu Kontrollzwecken geöffnet und war daher nicht sicher. Den diplomatischen Beutel aber schaffte der Paketschiffagent an Bord, der in Lissabon den Generalpostmeister von London vertrat. Niemand öffnete den Beutel. Er war ein unantastbarer Reisender zwischen den Staaten.

Wenn es Antero gelingen würde, den Beutel an sich zu bringen! Er könnte sich mit diesem Raub für alle Zeiten zur Ruhe setzen. Eine innere Sperre aber hinderte ihn. Er war kein Dieb. Er war Schmuggler. Er unterschlug Steuern und unterlief Handelsabkommen. Er prellte allenfalls Hafengebühren oder die Erhebungen der Faktoreien.

Natürlich stahl er indirekt Geld, indem er die Städte und Königreiche betrog. Nur kam es ihm weniger verwerflich vor, weil er keine einzelne Person ausraubte. Und wenn er doch …? Je öfter er über den diplomatischen Beutel nachdachte, desto leichter fiel es ihm, sich den Raub vorzustellen. Vor einem halben Jahr war die Schwelle noch höher gewesen.

Überreste seines Glaubens rumorten in ihm. Gott fand sein Handeln sicher abscheulich. Auch wenn er nur aus Verzweiflung sündigte und nur so viel, wie in seiner Lage notwendig war – es war falsch zu stehlen. Im Grunde wollte er ja nicht einmal schmuggeln, er war gezwungen dazu, sonst wäre er längst Assistent eines Mathematikers, Physikers oder Botanikers an der Universität. So geschieht es, dachte er, so rutscht man nach unten und wird zum Verbrecher, genau das bin ich geworden, ein Verbrecher.

Sie fuhren in die Mündung hinein. Weideland erstreckte sich

zu beiden Seiten. Vereinzelt standen Villen inmitten von grünen Bauminseln. Obstplantagen erklommen die Hänge. Auf Süßkartoffelfeldern hackten Sklaven den Boden und bereiteten ihn für den milden Winter vor. Die meisten waren von schwarzer Hautfarbe.

Antero drehte sich noch einmal zum Meer um. Er sah winzige Segel, über den Horizont verstreut. Handelsschiffe aus aller Herren Länder strebten auf Lissabon zu. Obwohl er die alte Heimat vor Jahren verlassen hatte, empfand er Stolz. Die Hauptstadt des Königreichs Portugal war eine der größten Städte, gleichbedeutend mit London, Paris und Neapel, und was den Handel betraf, war sie ohne Zweifel der wichtigste Ort der Welt. Als Vasco da Gama den Seeweg nach Indien entdeckte, hatten die Schiffe Lissabon mit Pfeffer, Zimt, Muskatnüssen und Perlen zur Königin aller Handelsstädte gemacht. Seitdem regierte sie weise und gütig. Überall auf der Erde kannte man ihren Namen. Lissabon war reich, die Stadt hatte sich satt gegessen an brasilianischem Gold und Edelsteinen. Sie besaß die besten Märkte. Alles, was das Herz begehrte, bekam man in Lissabon.

Belém kam in Sicht. Weiß strahlten die Kathedrale und das Kloster der Hieronymus-Mönche vor dem blauen Morgenhimmel auf. Im Fluss trotzte der Torre de Belém den Wogen. Der vierstöckige Festungsturm war vollständig von Wasser umgeben. Er beherrschte mit seinen Kanonen den Wasserweg nach Lissabon. Kein Schiff konnte ihn passieren, wenn die Wachen im Festungsturm den Befehl erhielten, es zu versenken.

Vom Land her blies ein warmer Wind. Es roch nach Süßkartoffeln und Erde. Möwen gesellten sich zur *Fortune*. Sie begleiteten sie, laut rufend, und kreisten um die Masten. Es war ein guter Tag, ein freundliches, gewinnverheißendes Ankommen.

Alles lief wie geplant: Sie hatten es geschafft, die Schmuggelware an Bord zu bringen, ohne dass die englischen Hafenhüter etwas davon mitbekamen. Und in Lissabon hatte Antero seine Geschäftspartner. Er würde dafür sorgen, dass die Kisten bei Nacht unbemerkt ausgeladen wurden.

Die *Fortune* zog an Hügeln vorbei. Über den Bug hinweg war bereits ein Wald von Segeln zu sehen. Dahinter zeigte sich Lissabon. Zu den Füßen der Stadt stand die Kirche Santa Catarina. Weit erstreckten sich die Alcântara-Hafenanlagen. Es lagen Hunderte Schiffe vor Anker. Auf den Hügeln erhoben sich Paläste, Wohnhäuser und Kirchen in den Himmel, so weit das Auge reichte.

In den Portugiesen steckte von allen Völkern etwas, von Kelten, Phöniziern, Griechen, Römern, Germanen und Mauren. Das machte diese Stadt groß. Ihre Sitten, ihre Sprache. Das Portugiesische stützte sich auf das Vulgärlatein, das die römischen Besatzungstruppen gesprochen hatten. Es besaß aber auch viele arabische Wörter. Die Stärke zahlreicher Völker war an diesen Ort gebracht worden und hatte sich zu einer Weltstadt vereint.

Mehr als dreißigtausend Häuser fluteten über die Hügel. Bunte Wäsche hing an Eisengestellen aus den Fenstern, der Platz reichte nicht, um sie in den Höfen oder in den Räumen aufzuhängen. Manche Häuser ragten sechs Stockwerke in die Höhe. Die Mauer rings um Lissabon besaß siebenundsiebzig Türme. Auf einem Hügel thronte die Burg, errichtet nach maurischer Art.

Es roch stechend nach Holzteer und Pech. Antero hielt für einen Moment den Atem an. Sie dichteten ein Schiff ab, hier draußen. Das heiße Pech dampfte. Die Brandgefahr war hoch bei diesen Arbeiten, deshalb geschah das Pichen vor dem Hafen auf Reede.

Den Palast säumten weite weiße Treppen zum Flussufer hin,

in Reihen gepflanzte Bäume und Zierbrunnen. Lissabon, die Hauptstadt des Königreichs Portugal, erstrahlte in Reichtum.

Sie überfuhren die Markierung. In allen Häfen gab es eine Markierung, die Schiffe nicht überqueren durften, wenn sie keine Fracht laden und löschen wollten. Wer diese Boje nicht passierte, durfte den Hafen wieder verlassen, ohne Gebühren zu bezahlen. Wer sie aber einmal überquert hatte, für den gab es kein Zurück mehr.

Captain Wrightson trat neben ihn. Er trug seinen besten blauen Rock. Die Messingknöpfe glänzten. Aber er war blass im Gesicht.

»Schlagen Sie sich die Fracht aus dem Kopf!«, sagte Antero leise. »Denken Sie nicht mehr daran. Sie müssen Zuversicht ausstrahlen.«

»Ich hätte das nicht machen sollen.« Der Captain fuhr sich mit der gespreizten Hand über den Backenbart. »Ich war rechtschaffen, mein Leben lang war ich rechtschaffen. Was hat mich nur geritten, jetzt mit so etwas anzufangen?«

Der Captain redete, als hätte er Angst, seine Augen jedoch waren kalt dabei. Antero verspürte ein warnendes Ziehen im Bauch. Etwas stimmte nicht. Der Captain versuchte, ihn zu täuschen. »Sie müssen mir nichts vormachen, Captain. Sie haben schon einmal geschmuggelt. Ist es nicht so?«

»Es ist mein erstes Mal. Ich hätte mich niemals darauf eingelassen. Aber ich habe Sehnsucht nach meiner Tochter. Ich will bei ihr in Louisiana sein. Ich kann nicht länger warten.«

Louisiana?

Das war eine französische Kolonie. In der Kabine des Captains hing eine Karte der britischen Überseeterritorien. Er erzählte Lügengeschichten! Wollte er ihn über den Tisch ziehen? Wollte er die Ware stehlen? Wenn es so wäre, hätte er Antero draußen auf dem Meer die Kehle durchschneiden und ihn über Bord werfen können. Er war auf die Kontakte angewiesen, die er, Antero, in Lissabon besaß, um die Ware loszuwerden. Er konnte ihn nicht aus dem Geschäft drängen.

Antero musterte den Captain genau. Er würde ihn nicht aus den Augen lassen, bis die Fracht von Bord geschafft war.

2

Die eisenbeschlagenen Räder des Fuhrwerks rollten heran. Dalila presste sich gegen die Wand. Um ein Haar wäre sie überfahren worden. Warum passte sie nicht auf? Immer war sie mit ihren Gedanken bei ihm.

Sie löste sich von der Mauer und ging weiter bergab auf die *Rua Nova dos Mercadores* zu. In einer Seitengasse sah sie einen Jungen auf den Händen gehen, während ihn seine Kameraden anfeuerten. »Ich schaffe es bis da vorn. Passt auf!«, rief er mit rotem Kopf.

Im nächsten Hauseingang, den Dalila passierte, saß eine Greisin und brockte Brot in eine Schüssel Milch. Sie stellte die Schüssel auf den Boden. Ihre alte, struppige Katze streunte heran, um zu fressen.

Ein Mädchen hockte sich nieder und sah der Katze wissbegierig beim Fressen zu. »Wie alt ist sie?«

Dalila blieb stehen. Sie liebte den Anblick des Mädchens. Das Mädchen hatte ein schmutziges kleines Gesicht und braune Augen wie Nüsse. Seine Finger malten Kreise in den Sand, während es der Katze zusah.

»Sie ist achtzehn Jahre alt«, sagte die Greisin.

»Warum gibst du ihr Brot?«

»Sie fängt keine Vögel mehr.«

Das Mädchen sah zur Greisin auf. »Warum nicht?«

»Die meiste Zeit schläft sie. Sie ist alt und müde.« Die Greisin wischte sich ein weißes Haargespinst aus dem Gesicht. »Außerdem fehlen ihr die Zähne. Wenn sie gähnt, kannst du's sehen, die vier großen Reißzähne sind weg. Wie soll sie die Vögel totbeißen?«

»Mag sie denn Brot?«

Die Greisin nickte.

»Darf ich sie streicheln?«

»Gerne.«

Vorsichtig fuhr die Kleine mit der Hand über das rauhe Fell. Die Katze ließ es geschehen, sie fraß unbeeindruckt weiter. Das Mädchen sagte: »Liebe alte Katze.«

Wie es wohl wäre, Mutter zu sein? Sie würde das Mädchen baden und ihm schöne Kleider kaufen. Sie würde ihm zeigen, wie man Blumenkränze flocht. Jeden Abend würde sie mit ihm Lieder singen.

Aber der Mann, der zu ihr, Dalila, gehörte, wusste nichts von ihr. Sie spürte eine Verwandtschaft zwischen ihnen, die sie regelrecht überwältigte, während er an die Falsche geraten war. Ihre Zwillingsschwester war kaltblütig und berechnend, sie war eingebildet, sie war stolz und oberflächlich. Die beiden passten nicht zusammen. Wie war es möglich, dass er Leonor liebte und nicht sie?

Sie musste an den Kuss denken, den er der Schwester bei seinem letzten Besuch gegeben hatte, lang und innig. Feuer brannte in ihrem Bauch. In der Weltgeschichte lief etwas schief. Gott musste abgelenkt sein, er passte nicht auf.

Am Ende der abschüssigen Straßenschlucht leuchtete der Tejo auf, ein blauer weiter Wasserteppich voller Schiffe. Wenn sie mit Antero fliehen könnte! Wenn es ihr gelingen würde, sich auf sein Schiff zu schleichen und mit ihm fortzusegeln von der Schwester! Draußen auf dem Meer würden ihm die Augen aufgehen. Er würde sie, Dalila, bemerken und staunen, wie blind er gewesen war.

Der Herrgott hatte hier etwas zu tun. Er musste ihr helfen.

Durch die *Rua Nova dos Mercadores* zwängte sich ein endloser

Wurm von Menschen, murmelnd, rufend, lachend. Sie tauchte darin ein und bog nach links ab. Buden ragten von beiden Seiten in die Menge. Einige Krämer hatten sich auf den Treppenstufen der Häuser niedergelassen. Taschen konnte man kaufen, Körbe, Schmuck, Töpfe, Messer. Andere Krämer boten Datteln und Kirschen an. Es roch nach gegrilltem Stockfisch. Darüber breitete sich der Duft von Seifenpulver. Die Waschfrauen in den Höfen streuten es in ihre Zuber, es war der typische Geruch der armen Stadtviertel. Seit sie in Antero verliebt war, mochte sie diesen Duft. Sie fühlte sich mit den Armen verbunden. Die Armen waren unglücklich, so wie sie.

Dalila war gern in der Alfama, dem Viertel der Hafenarbeiter und Wäscherinnen, der Dirnen, Diebe und Tagelöhner. Seit eh und je war dies der Stadtbezirk der Ausgestoßenen gewesen. Verarmte Mauren lebten hier und Krüppel und Einäugige und konvertierte Juden.

Lissabon glich einem Amphitheater, das sich zum Wasser hin öffnete. Der Hafen war die Bühne. Fünf Hügel umgaben das große Tal des Stadtkerns wie Zuschauerränge. Die Alfama aber lag auf der rückwärtigen Seite, auch am Fluss und doch ausgeschlossen. Die Stadt kehrte ihr den Buckel zu. Nur die Inquisition tauchte häufig in der Alfama auf, um Juden zu jagen, die ihren alten, verbotenen Praktiken nachgingen.

Auf einem Treppenabsatz hatte ein Händler Hunderte von buntbemalten Heiligenfiguren aufgebaut. Die meisten davon stellten Antonius dar, den Stadtheiligen. Jeder Antonius hielt das Jesuskind im linken Arm und im rechten Arm ein Buch und eine Lilie. Dennoch waren die Figuren nicht gleich. Dalila hob sie einzeln an und betrachtete sie. Ein Antonius blickte zornig, einem anderen tränte das Auge, dem dritten hing eine Haarsträhne ins Gesicht, beim vierten war vom Mönchsgewand etwas Farbe abgeplatzt. Der fünfte aber, den sie in die Hände nahm, gefiel ihr auf Anhieb. Er lächelte das Kind an, das er im Arm hielt, und war auch rundum unversehrt. Sie fragte nach dem Preis.

»Zwei Tostão.« Der Händler streckte eine dürre Hand aus seinem Gewand. In den Falten des Umhangs war kein Körper auszumachen. Wie dünn war der Mann? Er verkaufte Figuren und war selbst bloß ein Schatten.

»Ich gebe Ihnen eine.«

Der Dürre taxierte sie. »Zwei sind mir doch erheblich lieber.«

Natürlich, das Seidenkleid. Es verriet, dass sie wohlhabend war. Daran hatte sie nicht gedacht. Aber es kam nicht darauf an. Sie fischte zwei Silbermünzen aus ihrer Börse und gab sie ihm.

Er lächelte. »Großzügigkeit steht Ihnen bestens zu Gesicht.«

Dalila presste die Figur an ihre Brust und zog sich in die Menschenmenge zurück. Der heilige Antonius musste ihr helfen. Er musste Gott auf sie aufmerksam machen, ehe sich Antero enger an Leonor band. Sie würde auch selbst ihren Teil beitragen, wenn sie nur erst göttliche Unterstützung hatte. Sie würde von den Schlichen der Schwester lernen.

Dalila sah sich um. Dort, war das nicht eine Schneiderei? Die Häuserfront war mit bemalten Keramikfliesen verziert, blauen Azulejos. Über der Tür hing eine bronzene Schere. Dalila bahnte sich einen Weg zum Haus. Neben dem Eingang war ein Zettel an der Wand befestigt.

Verkäuferin gesuct!
Solte etwas schreibn
und rechnen könn.

Der Zettel war alt und schmutzig. In der Alfama vermochten nur wenige zu lesen.

Sie betrat das Haus und schloss die Tür hinter sich. Es war kühl im Verkaufsraum. Bürgerliche Mode war ausgestellt: ein Frack von dunkelblauem Stoff, helle englische Westen, dazu verschiedene Rollen mit Wolltuch.

»Verzeihung?« Dalila sah sich um. War niemand hier? Sie spähte in den Nebenraum. Dort hingen grüne und braune Röcke und gestärkte Hauben. Es roch nach Kartoffelstärke. Die Schneiderei war der falsche Einkaufsort für sie. Um Antero zu beeindrucken, brauchte sie Kleider von Atlas und Damast. Dazu einen bemalten Fächer und ein Brusttuch aus blickdurchlässigem Stoff, wie Leonor es trug.

Leonor war ihr überlegen, was die Wahl der Farben und die Handhabung der Accessoires betraf. Wie legte man ein Brusttuch so, dass es mehr enthüllt als es verdeckt? Wie stieß man einen Mann in gespieltem Zufall mit dem Fächer an, wie schlug man schuldbewusst die Augen auf?

Sie beherrschte all diese Fertigkeiten nicht. Ihr fielen keine anzüglichen Scherze ein. Sie blickte sehnsüchtig, aber niemals keck. Und wenn es darauf ankam, verrutschte ihr ungeschickt der Reifrock und hing schief an ihr herab. In Belangen der Mode war sie seit jeher unbegabt gewesen.

Und erst das Schminken! Die Haut hatte man so blass wie möglich zu färben, um zart und zerbrechlich zu wirken. Durchsichtige Haut war das Ideal. Um diesen Eindruck zu erzeugen, ließ sich Leonor die Adern blau nachziehen. Zugleich musste auf die Wangen kräftiges Rouge aufgetragen werden, denn natürliche Röte war das Erkennungszeichen der Prostituierten, und davon galt es sich abzugrenzen. Nur wie vermied man, am Ende als buntbemalte Puppe herumzulaufen? Es musste mit dem Verteilen der Farbe zusammenhängen, wo genau man sie auftrug und wie viel davon.

Wenn Antero Frauen bevorzugte, die ein perfektes Äußeres besaßen, dann konnte Dalila ihn nie und nimmer für sich gewinnen. Der Gedanke schnürte ihr den Hals zu. Sie schlich in den Nebenraum und kniete sich in den Winkel neben einen Kleiderständer mit Röcken. So fest sie konnte, umklammerte sie die Heiligenfigur. »Heiliger Antonius«, flüsterte sie, »bitte höre mein Gebet. Ich brauche deine Hilfe. Lenke Gottes Aufmerksamkeit auf mein blutendes Herz! Antero kann meine Schwester nicht lieben, sie ist die Falsche für ihn. Sie wird ihn enttäuschen, das weißt du. Er hat eine Bessere verdient. Ich wage zu hoffen, dass ich… dass vielleicht ich…« Ihr Herz flatterte. »Kannst du nicht dafür sorgen, dass er mich sieht, wie ich wirklich bin? Auch wenn ich keine Begabung darin habe, die Aufmerksamkeit von Männern auf mich zu lenken. Bitte hilf, dass er mich bemerkt und mich… gut findet. Welche Art von Kleid soll ich kaufen? Welches würde ihm gefallen?«

Die Tür klappte.

Dalila stand rasch auf. Sie spähte an den Röcken vorbei in den vorderen Verkaufsraum. Der Hagere, der ihr die Figur verkauft hatte! Er verriegelte die Eingangstür, ganz so, als gehöre ihm die Schneiderei und als wolle er ungestört sein mit dem Gast, der bei ihm war.

Der Gast war ein breitgesichtiger Mann. Er sagte: »Was wollte die Tochter des Barons von dir?«

Er meinte sie. Dalila hielt den Atem an. Sie wagte nicht, sich vom Fleck zu rühren.

»Sie hat eine Heiligenfigur gekauft«, sagte der Hagere und rieb sich die Hakennase. »Das war alles.«

»Unterschätze die Frauen nicht.«

»Sie ahnt nichts.«

»Wo ist sie hingegangen?«

»Ich hab sie im Gedränge aus den Augen verloren«, sagte der Hagere. »Aber glaube mir, sie ist nur zum Einkaufen hier.«

Der Gast nahm den Dreispitz vom Kopf und fuhr sich durch das rabenschwarze Haar. Seine Daumennägel hatten die Länge von Geierschnäbeln. Obwohl sie gut gepflegt waren, sah es abstoßend aus. Er trug teure, glänzende Kleider. »Ich habe mir den Baron gestern angesehen. Ich traue ihm nicht. Er wird zögern.«

»Du bist auf ihn reingefallen. Der Baron ist ein Schauspieler. Wenn dieser Mann jemals gezögert hat, dann war es ein Täuschungsmanöver. Was meinst du, wie er auf seinen brasilianischen Landgütern die Plantagen bewirtschaftet? Mit Indios. Die sterben wie die Fliegen, weil sie die harte Zwangsarbeit nicht aushalten. Meinst du, das kümmert den Baron? Er hat Menschenhändler angeheuert, die ihm neue Indios einfangen, und Hunderte Afrikaner nach Südamerika transportiert.«

»Wo soll dieses Oldenberg sein, nach dem er sich nennt? Ich habe nie davon gehört.«

Sie redeten tatsächlich von ihrem Vater. Aber auf welche Weise! Sie durften sie nicht bemerken. Dalila zog sich tiefer in den Winkel zurück.

»Es ist ein deutscher Ehrentitel. Vor zwei Jahren hat Friedrich August, der Fürstbischof von Lübeck, den Mann zum ersten Baron von Oldenberg ernannt.«

»Es hat also nichts zu sagen.«

»Dieser Friedrich August ist der Bruder des schwedischen Königs!« Der Schneider zog die Augenbrauen hoch. »Und der Baron ist so reich, dass ihm das Gold aus den Taschen quillt. Bis vor Kurzem hatte er das königliche Monopol auf den gesamten Tabakhandel Portugals. Und er gehört seit achtundzwanzig Jahren dem Orden der Christusritter an, wusstest du das nicht?«

»Dann ist der Grund für seine Aufnahme in den Orden lange her und bedeutet längst nichts mehr.«

»Heitor, er ist unser Mann.«

»Du versuchst doch nur, der Jesuitin zu gefallen.«

»Gefallen!« Der Schneider winkte ab. »Mit einem wie mir würde sie nichts anfangen. Aber sie ist klug. Was sie hier einfädelt, könnte ganz Portugal verändern.«

»Besser, wir haben noch ein zweites Eisen im Feuer. Ich kümmere mich darum. Sehen wir dann, wer von uns zuerst zum Ziel kommt.«

»Ein zweites Eisen? Weißt du, wie lange die Jesuitin den Baron bearbeitet hat?«

Heitor entriegelte die Tür, setzte sich den Dreispitz auf und ging, grußlos.

Kaum war der Mann fort, schlug der Hagere mit Wucht die Faust auf den Verkaufstresen. Ein Nadelkissen fiel zu Boden. Er trat danach und schoss es in Dalilas Richtung. Mit großen Schritten verließ er die Schneiderei.

Dalila sah den heiligen Antonius an und wagte nicht zu atmen.

Die Anker der *Fortune* waren kaum auf den Grund gesunken, da legte am Ufer bei den Verteidigungsschanzen schon ein Boot ab, um die Dreimastbark aufzusuchen. Vier Ruderer fuhren das Boot. Im Heck saßen zwei Hafenhüter, im Bug ein weiterer Mann. Die Hafenhüter erschienen immer zu zweit, damit es nicht zu Bestechungen kam. Der Mann im Bug gehörte wohl zur Inquisition. Dass sie Zeit für solchen Unsinn hatten!

Antero ließ seinen Blick über den Hafen schweifen. Der Tejo machte sich vor Lissabon breit wie ein kleines Meer. Sonnenlicht setzte dem blaugrünen Wasser Diamantfunken auf. Zwischen wuchtigen Schiffsbäuchen schaukelten Möwen in den Wellen, als würden sie auf etwas warten.

Die Hafenhüter spähten aufmerksam nach vorn. Sie konnten ihn sehen, wie er an der Reling stand. Die entscheidende Stunde war gekommen. Er musste jetzt ganz der französische Reisende sein und den Schmuggler in den hintersten Winkel seines Bewusstseins verbannen.

Antero atmete durch. Wie sah ein Besucher aus Frankreich den Hafen Lissabons? Ein Besucher, der zum ersten Mal hier war? Neugierig beugte er sich über die Reling. Er blickte sich um und pfiff durch die Zähne eine französische Weise.

Rings um die *Fortune* ankerten holländische Fleuten und schlanke französische Pinassschiffe. Zum Kriegshafen hin sah er Fregatten und ein mit Kanonen gespicktes Linienschiff. Dahinter wiegten sich vier Korvetten auf den Wogen.

In der Ferne wartete die Brasilienflotte. Es mochten fünfzig Schiffe sein, hauptsächlich Galeonen, deren Achterkastelle sich weit über den Wasserspiegel in die Höhe reckten. Die kleineren, älteren Naos und Karavellen wirkten daneben kümmerlich. Die Eskorte wachte nahebei, acht mächtige Kriegsschiffe. Ein solcher Konvoi war, wenn er aus Brasilien kam, sieben oder acht Millionen Goldkronen wert. Der Begleitschutz war nötig. Nur im Konvoi konnte man den Angriffen der Piraten trotzen.

Die *Companhia do Comércio do Brasil* tauschte Brasilholz gegen Mehl, Wein, Trockenfisch und Olivenöl ein, das sie nach Brasilien bringen würden. Andere Händler, die sich dem Konvoi mit ihren Schiffen angeschlossen hatten, brachten Zucker von den brasilianischen Zuckerplantagen, dazu Kakao, Rinderhäute und Gold. Die Versorgung ganzer Länder schwamm dabei über das Meer. Antero kannte das Geschäft.

Immer wieder gab es Gespräche darüber, ob es nicht besser

sei, den Konvoi abzuschaffen. Die Nachteile lagen auf der Hand: Erreichte der Konvoi Portugal, war augenblicklich der Markt übersättigt mit den Waren aus Übersee. Wer es wagte, später im Jahr allein zu fahren, verdiente mit den gleichen Gütern ein Vielfaches.

Oder wer es wagte zu schmuggeln, an allen Bestimmungen, Verboten und Abgabeforderungen vorbei. Antero zwang sich, den Gedanken fortzuschieben. Er durfte jetzt nicht aus seiner Rolle fallen. Er entspannte die Glieder und tat so, als betrachte er das Boot der Hafenhüter ohne Furcht, ohne das Gefühl, nicht hinsehen zu dürfen.

Das Boot passierte einen Lastkahn. Auf dem Kahn wurden abgedichtete Tonnen zum Ufer gebracht. Die Hafenhüter musterten sie streng. Die Tonnen konnten alles enthalten: Pelze, Wein, Gewürze, Öl oder Getreide von einem Handelsschiff. Oder sie waren leer und sollten mit Trinkwasser und mit Proviant gefüllt werden.

»Sehen Sie das Linienschiff dort?« Der Schiffszimmermann trat neben ihn. »Drei Decks, achtundneunzig Kanonen. Das ist der helle Wahnsinn, was? Früher hat man auf See noch feindliche Schiffe geentert. Heute fahren solche Kolosse herum.«

»Aber es wird immer noch geentert, die Piraten –«

»Unsinn! An Entern ist nicht mehr zu denken. Die Flotten stellen sich gegenüber in zwei langen Reihen von Schiffen auf« – er hielt seine Hände nebeneinander – »und dann wird aus allen Rohren gefeuert, bis eine Seite sich zurückzieht, weil ihr die Masten um die Ohren fliegen.«

»Ach so. Erstaunlich.«

»Die kleineren Schiffe brauchen sie doch nur noch, weil man im hinteren Bereich der Reihe das Flaggschiff nicht mehr sehen kann! Die Kleinen müssen also die Flaggensignale weiterreichen, sonst nichts mehr. Vergleichen Sie mal diesen Berg von einem Schiff mit den Korvetten da. Ist Ihnen klar, dass in diesem einen Linienschiff ein ganzer Wald von Eichen steckt? Und dann zigtausend Pfund Eisen für die Kanonen. Die Mannschaft, die Lebensmittel, das Pulver, das Blei – es ist ein Wunder, dass das Schiff so sicher auf dem Wasser schwimmt.«

Das Boot drehte bei. Sie waren da. Die Ruderer zogen die Riemen ein. An den Strickleitern, die der Captain an der Reling der Backbordseite hatte befestigen lassen, kletterten die Hafenhüter herauf. Es folgte der Prüfer der Inquisition. Kannte er ihn? Antero musterte beiläufig sein Gesicht. Nein.

Während die Seeleute barfuß waren und selbst die Schiffsoffiziere nur einfache Schuhe mit Bandverschluss trugen, glänzten an den Schuhen der drei Männer teure Schnallen. Die beiden Hafenhüter zwängten ihre Hüte unter den Arm und deuteten vor dem Captain eine Verbeugung an. »Willkommen in Lissabon, Herr Kapitän.«

Währenddessen zog der dritte Mann an einer silbernen Kette seine Uhr hervor und sah mürrisch auf das Ziffernblatt. Er hatte spitze, lange Daumennägel. Antero sah genauer hin. Die Uhr glich der seinen wie ein Ei dem anderen.

Ein glutheißer Nagel bohrte sich in seinen Verstand. Alles, was vom Franzosen in ihm war, verkochte augenblicklich. Er war ganz der Schmuggler. Er war die Ratte, die man in die Ecke trieb. Sie hatten einen Schüler Malagridas geschickt.

3

Ein Wolf auf der Jagd, fuhr es Antero durch den Kopf. Mit Ausnahme der seltsamen Daumennägel wirkte der Mann zivilisiert. Rock und Weste waren von einer Reihe halbkugeliger Knöpfe besetzt. An den Ärmeln des Justaucorps sahen Spitzenmanschetten heraus, und um den Hals des Mannes lag eine weiße Binde. Malagridas Schüler hatten wohlgekleidet aufzutreten, schließlich bewegten sie sich in den besten Kreisen. Aber es waren vermummte Bestien.

Unterhalb seiner Kniehose saßen tadellose weiße Kniestrümpfe. Er trug eine Reitperücke. Nein, das war sein eigenes Haar! Ein Mann, der etwas auf sich hielt, ging niemals ohne Perücke auf die Straße. Die Meinung der Leute kümmerte ihn wohl nicht. Er war seiner selbst und seiner Sache sicher.

Antero durfte diese Begegnung nicht dem Zufall überlassen. Er trat auf den Fremden zu. »Seien Sie gegrüßt.« Der französische Akzent gelang ihm tadellos. »Ich bin Jean. Ich bin Passagier auf diesem Schiff, und es ist mein erster Besuch in Portugal. Was erwartet mich, wenn ich den Hafen betrete? Muss ich mich irgendwo melden?«

Der kalte Blick des Fremden haftete an seinem Gesicht. »Wie meinen Sie das?«

»In Portugal ist einem die Inquisition immer auf den Fersen, sagt man. Sie begutachtet jeden Schritt, den man macht. Da will ich nicht gleich zu Beginn etwas falsch machen.«

Die Seeleute machten ihm hektische Zeichen. Ihre Gesichter waren bleich.

Antero ließ sich nicht beirren. Er sagte: »Jeder kann mich melden, habe ich gehört. Mein eigener Diener, mein Notar oder Leute von der Straße, die ich nicht einmal kenne. Ist das wahr?«

»Halten Sie besser den Mund, Mann.« Der Fremde wandte sich dem Captain zu. »Name und Nationalität des Schiffs?«

»Es ist die *Fortune*, verehrter Herr, und wir segeln unter britischer Flagge.« Captain Wrightson hob den Ärmel zum Mund und hustete.

»Der Name des Eigentümers?«

»Adam Bromley.«

»Anzahl der Passagiere? Anzahl der Besatzungsmitglieder?«

»Ein Passagier, vierunddreißig Seeleute.«

»Religion?«

»Wir sind sämtlich Protestanten, bis auf den Schiffsjungen Robert Scott, der ist katholisch.«

Der Fremde sog scharf die Luft ein. »So.« Er musterte die Seeleute, als seien es Teufel. »Gibt es Bücher an Bord? Bildnisse?«

»Nein, verehrter Herr.«

Antero stolperte zwischen den Captain und den Fremden und täuschte Entsetzen vor. »Sind Sie ... Ich meine, stellen Sie diese Fragen, weil Sie zur Inquisition gehören? Das ist mir furchtbar unangenehm. Ich konnte doch nicht wissen, dass Sie für die Inquisition arbeiten! Bitte, Sie dürfen nicht denken, dass ich eine schlechte Meinung von Ihnen habe, ich wollte auch nicht die Gepflogenheiten Ihres Landes belei–«

»Belassen wir es dabei«, unterbrach ihn der Fremde. »Sie reden sich um Kopf und Kragen.«

»Darf ich Sie höflich bitten«, setzte einer der Hafenhüter an, »uns die Fracht zu zeigen, Herr Kapitän? Das könnte vielleicht auch Ihr Bootsmann erledigen, mein Amtsgenosse wird ihn begleiten. Wenn wir währenddessen die Schiffsdokumente für den Zoll ausfüllen könnten?«

»Selbstverständlich. Gehen wir in meine Kajüte.« Der Captain entfernte sich mit dem Hafenhüter. Der Inquisitor folgte ihnen zur Kapitänskajüte, während der zweite Hafenhüter mit dem Bootsmann an die Ladeluken herantrat.

Nicht Malagridas Mann! Antero schluckte trocken. Er würde verlangen, dass der Captain ihm die Päckchen mit Waren zeigte, die der Schiffsbesatzung gehörten, und würde die Uhr in seinem Päckchen sehen und sofort begreifen, dass hier etwas nicht mit rechten Dingen zuging. »Lieber Herr Inquisitor«, sagte er und eilte ihnen nach. »Darf ich Sie kurz sprechen?«

Der Fremde blieb stehen. »Was wollen Sie noch?«

Antero zog ihn beiseite. »Ihnen ein Geheimnis anvertrauen. Deshalb sind Sie doch hier, um Geheimnisse zu ergründen, oder?«

Der Fremde runzelte die Stirn. »Reden Sie.«

»Wir haben hauptsächlich englisches Tuch geladen. Aber auch Säcke mit gestrickten Strümpfen und einige Wollteppiche.«

»Das kümmert mich nicht.«

»Die Frage ist, was wird der Captain an Bord nehmen, wenn die Fracht verkauft ist?«

»Sie werden es mir sicher sogleich sagen.«

Antero raunte: »Auch wenn ich ihm damit in den Rücken falle, ich verrate es Ihnen. Er kauft Salz aus Setúbal oder Aveiro und bringt es in die Baltische See. Dort ist es gut nachgefragt, weil man es braucht, um Heringe einzusalzen. Ein gewieftes Geschäft. Anschließend bringt er Holz und Pech für den Schiffsbau aus dem Baltischen nach England.«

»Sie verschwenden meine Zeit.«

»Warten Sie! Das ist die vordergründige Geschichte. In Wahrheit schmuggelt der Captain! Auf diesem Schiff werden Sie nichts finden, aber ich weiß, wo Sie fündig werden. Was ist Ihnen die Sache wert?«

»Gehen Sie damit zu den Hafenhütern. Schmuggler interessieren mich nicht.«

»Tatsächlich? Er schmuggelt Bücher! Solche, die im Verbotskatalog der Inquisition stehen. Die verkauft er unter der Hand zu höchsten Preisen, hier bei Ihnen.«

Ein Glühen erschien in den Augen des Fremden. »Wo hat er die Bücher?«

»Wissen hat seinen Preis. Was bezahlen Sie dafür, dass ich mein Leben aufs Spiel setze und Ihnen das Versteck verrate?«

Ein Hafenhüter kam durch die Luke der Kapitänskajüte nach draußen. Er hielt in der rechten Hand einige Tabakblätter, von der linken Hand baumelte eine Uhr herunter. »Gehört das Ihnen?«, fragte er, an Antero gewandt.

Malagridas Schüler sah auf die Uhr. Er blickte Antero ins Gesicht und sagte: »Tabak? Und Sie wollen mir etwas von Schmuggelei erzählen?« Hinter ihm erschien der Captain auf Deck. Sein Gesicht war ernst.

Die Bestie reagierte nicht auf die Uhr? Wie war das möglich?

In einem einzigen furchtbaren Moment begriff Antero. Das tödliche Spiel trug Malagridas Handschrift. Malagrida hatte Häscher nach ihm ausgeschickt. Captain Wrightson, der eine Lügengeschichte über die Kolonien und seinen Lebensabend erzählte, um ihn in die Falle zu locken. Den Mann mit den Krallen, der sich als Angestellter der Inquisition ausgab.

Antero sah aus dem Augenwinkel zu den Strickleitern. Sie rutschten unruhig über die Reling. Die Ruderer kletterten an Deck. Sie sollten ihn von hinten überraschen. Er rammte dem Fremden den Ellenbogen gegen den Kehlkopf. Der falsche Inquisitor fasste sich an den Hals und stolperte röchelnd nach hinten. Mit drei großen Sätzen war Antero an der Reling. Er warf die Beine hinüber und ließ sich fallen.

Die Wasseroberfläche zerriss wie Stoff unter ihm. Der Fluss umarmte ihn kalt. Luftblasen und Schwebeteilchen wirbelten im Wasser vor seine Augen. Er stieß nach oben, durchbrach die Wellen und schöpfte Atem. Eilig begann er, vom Schiff fortzuschwimmen.

Die Ruderer sprangen von den Leitern ins Wasser und kamen ihm nach. Sie waren gute Schwimmer. Antero stieß sich mit zwei kräftigen Zügen in die Höhe, um den Oberkörper über das Wasser zu bekommen. Er verpasste dem vordersten Verfolger einen Fausthieb an die Schläfe. Schmerz durchdrang seine Hand, der Mann aber sank zurück, seine Augenlider flatterten, offenbar rang er mit dem Bewusstsein. Der zweite Ruderer kam heran. Antero schlug nach ihm. Das Wasser bremste unglücklich seinen Hieb. Der Ruderer umschlang mit den Armen Anteros Kopf und drückte ihn unter Wasser.

Er rammt dem Ruderer den Ellenbogen in den Bauch. Dumpf hörte er ihn stöhnen, dennoch, der Griff blieb unerbittlich. Antero setzte seine Hände an die verschränkten Arme des Ruderers und versuchte sie zu öffnen. Aber es gelang ihm nicht, den Kopf frei zu bekommen. Ihm wurde die Luft knapp. Das aufgewühlte Wasser schäumte. Er versenkte seine Zähne in das Fleisch des fremden Arms. Ein Schmerzensgurgeln. Der Griff des Ruderers wurde schwächer. Blut verfärbte das Wasser. Antero biss noch einmal zu. Er kam frei.

Obwohl er es kaum aushielt vor Atemnot, zwang er sich, nach unten fortzutauchen. Er schwamm unter Wasser zum mächtigen Bauch der *Fortune*. Seine Glieder zuckten. Er brauchte Luft! Er schluckte brackiges Wasser. Mit letzter Kraft tauchte er unter den Rumpf der Bark. Wasserpflanzen wucherten am dunklen Holz. Er sah schwarze Muscheln. Sie schürften ihm den Rücken auf, weil er zu dicht am Rumpf entlangschwamm, und schnitten in seine Haut.

Antero spürte, wie ihm die Sinne schwanden. Seine Schwimmzüge wurden kürzer, wie im Krampf bewegte er Arme und Beine. Endlich ging es wieder aufwärts. Am großen Ruder tauchte er auf. Er spürte Hustenreiz, zwang sich aber, nicht zu husten. Obwohl es ihn schwindelte und seine Lungen brannten, bemühte er sich, gleichmäßig zu atmen.

So dicht am Heck konnten sie ihn vom Schiff aus nicht sehen, und von den Ruderern trennte ihn der große Schiffsrumpf. Aber sicher errieten sie, wohin er geschwommen war. Ihm war schlecht. Wie viel Wasser hatte er geschluckt? Die Arme und der zerschnittene Rücken taten weh. Er griff nach unten und zog sich die Schuhe von den Füßen. Er ließ sie treiben. Das Pinassschiff vor ihm, konnte er darunter durchtauchen? Lebenswillen peitschte durch seinen Körper.

Er nahm fünf kräftige Atemzüge, dann tauchte er ab. Das blauschwarze Wasser umfing ihn. Er sah Möwen an der Wasseroberfläche treiben wie in einem gläsernen Himmel. Ihnen durfte er nicht zu nahe kommen, wenn sie aufflogen, verrieten sie ihn.

Schon nach wenigen Schwimmzügen hatte er das Gefühl, die Gliedmaßen stürben ihm ab. Er musste atmen, sofort! Um den Durchhaltewillen zu stärken, malte er sich aus, was ihn beim Auftauchen erwartete: Schüsse, Bajonettstiche, Röcheln und Tod. Er tauchte weiter.

Der Vater liebte Zahlentafeln. Im Kopf zu rechnen wäre schneller, und Vater war ein guter Kopfrechner. Trotzdem sah ihn Dalila tagaus, tagein über Zahlentafeln gebeugt. Er schlug Rechenergebnisse lieber nach. Sie waren in den Tabellen schwarz auf weiß gedruckt. Dort rührten sie sich nicht vom Fleck und warteten darauf, beim Namen gerufen zu werden.

Martinho Velho da Rocha Oldenberg fuhr mit dem Zeigefinger die Spalte hinunter und las, leise murmelnd, einen Zahlenwert heraus.

»Vater«, sagte sie, »es ist wichtig.«

Er runzelte die Stirn und sagte mit Nachdruck: »Vierundfünfzig.«

An der blauen Seidentapete hingen Gemälde des berühmten Peter Paul Rubens. Dalila mochte sie nicht. Die Körper kamen ihr vor wie rosige Schweineleiber. Nebenan spielte Leonor das Cembalo, die Töne drangen durch die offenen Türen. Leonor spielte ohne Gefühl. Die Noten erklangen in mechanischer Folge, es gab kein kunstvolles Verzögern, keinen eigenen Atem. Trotzdem lobte sie der Lehrer. Bei Männern hatte die Schwester schon immer offene Türen eingerannt.

Vater sah auf. »Was gibt es?«

»Ich war bei einem Schneider. In der Alfama. Dort habe ich versehentlich ein Gespräch gehört.«

»Ja, Dalila.« Sein Blick blieb leer. Er wollte zu den Zahlen zurückkehren. Was sie sagte, interessierte ihn nicht.

Diese großen Augen! Äderchen durchzogen die weißen Augäpfel. Man sah den Augen an, dass er viel arbeitete. Er schlief zu wenig. Dalila sagte: »Sie haben über dich gesprochen. Sie haben gesagt, dass sie dich bearbeiten.«

»So rede ich auch manchmal von meinen Geschäftspartnern. Kein Grund, sich Sorgen zu machen.«

»Der eine war dünn wie ein Gerippe, ich glaube, er ist der Schneider, dem der Laden gehört. Dir quillt das Gold aus den Taschen, hat er gesagt.«

Vater lächelte. »Das ist unser Ruf, Kind, hast du das noch nicht bemerkt? Und es ist gut so. Auch wenn das Vermögen zum größten Teil angelegt ist, sie sollen ruhig wissen, dass wir eine wohlgefüllte Kriegskasse haben.«

»Die Männer haben im Negativen von dir gesprochen. So etwas merkt man.«

»Wie geht es mit dem Musikunterricht voran? Die Improvisation der Mittelstimmen zu Melodie und Bass, gelingt dir das inzwischen? Es werden immer mehr Stücke so geschrieben, sagen sie. Also solltet ihr das können, Leonor und du. Der Lehrer ist teuer. Ich will, dass ihr euch Mühe gebt.«

Sie stützte ihre Hände auf den Schreibtisch. »Vater, warum glaubst du mir nicht, dass diese Leute dir Böses wollen?«

»Du bist ein Mädchen, Dalila. Eine junge Frau. Mir ist das Glück von Söhnen nicht vergönnt gewesen, damit muss ich mich abfinden. Das heißt aber nicht, dass meine Töchter wie Männer sein sollen. Niemand erwartet von dir, dass du dich für meine Geschäfte interessierst. Du würdest sie auch nicht verstehen. Kümmere dich lieber um dein Auftreten, um deinen guten Ruf und die Künste! Und sei auf dem nächsten Empfang einmal weniger kratzbürstig zu den Männern. Nimm dir ein Beispiel an Leonor. Sie weiß, wofür man sich zu interessieren hat als junge Frau. So kommt mir auch bald ein guter Schwiegersohn ins Haus.«

Dalila presste die Zähne aufeinander. »Das kannst du nicht im Ernst sagen.«

»Ich werde nicht schlau aus dir.« Er seufzte. »Was willst du? Kaufmann kannst du nicht werden. Was hast du überhaupt in der Alfama getrieben?«

»Stimmt es, dass die Indios auf unseren Plantagen zu Hunderten sterben?«

»Jeder Mensch stirbt irgendwann. Auch unsere Sklaven. Meinst du, ich freue mich darüber? Wenn ein Indio sein Leben aushaucht, ist das ein Verlust für mich.« Der Vater sah ihr fest in die Augen. »Ich möchte nicht, dass du noch einmal zu diesem Schneider gehst. Mische dich nicht in meine Geschäfte ein.«

Die Wut sprengte ihr schier die Brust. Wie konnte er so mit ihr reden? Sie war für ihn nur ein weiteres Geschäft. Ein Heiratsgeschäft. Sie wollte ihm entgegenschleudern, dass er sie lieben sollte, lieben! »Sie haben von einer Jesuitin gesprochen, Vater. Es klang, als würde sie versuchen, dich zu hintergehen.«

Spöttisch verzog er den Mund. »Es gibt keine Jesuitinnen. Die Societas Jesu nimmt nur Männer auf. Du fantasierst!«

Ihre Hände bebten. Wieso nahm er sie nicht ernst? Wütend drehte sie sich um und verließ den Raum. Seit ihrer Geburt ging sie völlig allein durchs Leben. Die Mutter war fortwährend im Ausland und besuchte Familienangehörige. Der Vater lebte für seinen Besitz. Er verwaltete, vermehrte und veredelte ihn, das war alles, was bei ihm zählte.

Jeronimo, einer der schwarzen Haussklaven, kam ihr entgegen. Er trug eine silberne Schale mit Weintrauben. »Wie geht es Ihnen heute, Menina Dalila?«

»Schlecht. Vater ist unmöglich zu mir. Töchter sind ihm nichts wert.«

»Soll ich ihn erschießen?« Er zeigte seine strahlend weißen Zähne.

Sie schüttelte müde den Kopf.

»Ich bin ein halbes Gewehr. Als ich ein Kind war, hat ein Krieger von der Goldküste mich und meinen Bruder gegen ein Gewehr eingetauscht, bei einem portugiesischen Sklavenhändler. Dann muss ich doch wenigstens schießen dürfen, wenn ich ein halbes Gewehr bin. Nicht wahr?« Er lachte.

Was hatte Vater gesagt? *So kommt mir auch bald ein guter Schwiegersohn ins Haus.* Meinte er Antero? Wenn Antero Leonor heiratet, dachte sie, das überlebe ich nicht, das bricht mir endgültig das Herz.

Das Pinassschiff lag wie ein schmalbrüstiger Wal im Wasser. Antero schaffte nicht, unter seinen Rumpf zu tauchen. Es war zu weit. Er schwamm an die Oberfläche und atmete, atmete. Während er Atem schöpfte, schwamm er weiter. Hinter dem Pinassschiff ruhte er im Wasser aus.

Dann tauchte er wieder, um Fleuten herum, zwischen Karavellen, er schwamm und verbarg sich und schwamm weiter, bis sein Körper völlig unterkühlt war und die Muskeln vor Überanstrengung bebten.

Endlich erreichte er das Ufer. War er erst in den Gassen und hatte sich in einen Hinterhof gerettet, dann konnte er ausruhen. Er kroch über die angehäuften Steine, die den Verladekai schützten, an Land. Die Steine waren warm.

Antero sah sich um. Die *Fortune* lag draußen im Tejo, halb verborgen vom französischen Pinassschiff, und gab sich friedlich. In ihrem Kielraum lagen Kisten mit Tabak. Kisten, die ihm gehörten. Aber er musste sie verlorengeben. Keinen einzigen Real würde er davon erhalten. Er konnte froh sein, wenn er mit dem nackten Leben davonkam.

Zwei Lastträger beförderten auf ihren Rücken Truhen, unter denen ein Pferd zusammenbrechen würde. Sie sahen nur kurz aus verschwitzten, geröteten Gesichtern zu ihm herüber. Ein Hafenarbeiter schneuzte sich in seine Hand. Unablässig gingen die Wogen gegen den marmorverzierten *Cais de Pedra*. Die Sonne wärmte Antero den Rücken. Aber er durfte nicht ausruhen.

Er schleppte sich fort vom Kai. Seine Beine fühlten sich prall und fest an, als würden sie jeden Augenblick platzen. Sie waren schwer wie Kornsäcke. Genauso die Arme. Der Mund war trocken. Die Brustmuskeln schmerzten bei jedem Atemzug.

In den Straßen würde er Aufsehen erregen mit seinem zerschrammten Rücken und den nassen Kleidern. Am besten war es, wenn er sich auf dem Marktplatz in die Menge drängte. Von dort aus konnte er verschiedene Fluchtwege nehmen und war schwerer zu verfolgen.

Der *Terreiro do Paço* grenzte an den Hafen. Er besaß eine offene Seite zum Wasser hin. Es war laut auf dem Platz. Hunderte Menschen verhandelten Preise, lobten Waren, schrien Kritik. Antero trat mit seinen nackten Füßen in Schafdung. Fischgräten und verrottende Maisblätter blieben ihm an den Sohlen haften.

Im vorderen Bereich des Platzes, dem Fischmarkt, standen Körbe, die bis zum Rand mit Fischen gefüllt waren. »Mein Fisch ist so frisch, das Boot ist noch nicht mal vertäut, mit dem er gerade gebracht wurde!«, rief eine der Fischhändlerinnen. Sie wurde von den anderen wütend niedergeschrien: »Sardinen! Brassen!« Zu spät. Männer sammelten sich bei ihr, um sich die Fische anzusehen. In Portugal war das Einkaufen Männersache. Früher war ihm das nicht aufgefallen; erst seitdem er England kannte, sah er den Unterschied. Fische wurden hingegen nur von Frauen verkauft. Eine weitere Regel. Unausgesprochene Regeln galten viel in Portugal.

Die Käufer sahen sich die eingesalzenen Fischhälften an und unterschieden die gute von der schlechten Ware, große Fische von kleineren, vertrocknete Fische von schmackhaften. Sie sortierten Stockfische aus, die in Neufundland durch die Fußtritte der Packer beschädigt worden waren. Sie griffen den Barschen ins Maul. Sie senkten die Nasen über die Leiber der Brassen und rochen daran. Die Verkäuferinnen mussten ihre Kunden durch die Qualität der Ware überzeugen, denn die Preise standen fest, sie wurden jeden Tag von den Marktinspektoren, den *almotaceis*, festgesetzt.

Antero sah hinauf zum Uhrenturm des königlichen Palasts.

Er war erst vor wenigen Jahren gebaut worden. Als Antero der Stadt den Rücken gekehrt hatte, war er noch eingerüstet gewesen. Die Uhr sollte beweisen, dass der König mit der Zeit wandelte. Dabei wohnte er kaum einmal im *Paço da Ribeira*. Der Palast war ein Drachenhort, nichts weiter. Antero war darin gewesen, vor sechs Jahren, im Gefolge Malagridas. Das quadratische Monumentalgebäude war bis zum letzten Saal gefüllt mit indischen Möbeln, chinesischem Porzellan, Wandteppichen, Büchern und aufwendig erstellten architektonischen Modellen von römischen Palästen und Kirchen. Unter stuckverzierten Decken hingen Gemälde von Correggio und Tizian. Schätze wurden hier aufbewahrt, die Generationen von Königen angehäuft hatten. Mit der neuen Zeit hatte der Palast nichts zu tun.

Die Turmuhr schlug zwölf Uhr. Bei jedem Ton wurde das Treiben auf dem Marktplatz leiser, bis es endlich mit dem zwölften Schlag gänzlich verstummte. Die Menschen knieten nieder und nahmen ihren Rosenkranz hervor. Sie beteten mit lautlosen Lippenbewegungen. Auch Antero beugte die Knie, um nicht aufzufallen. Er verknotete die Hände, als hielte er darin einen Rosenkranz verborgen, und tat, als würde er beten. Dabei schloss er die Augen nur zum Schein. Er spähte durch Schlitze, um zu sehen, ob Verfolger kamen.

Ein Dutzend Menschen auf dem Marktplatz waren nicht niedergekniet. Es mussten Protestanten sein. Sie hatten respektvoll ihre Kopfbedeckungen abgenommen und warteten darauf, dass ihre Geschäftspartner die Gebete beendeten.

Neben ihm brieten Zickleinköpfe auf heißen Kohlen. Der Betreiber des Imbissstandes verzog beim Beten flehentlich das Gesicht. Offenbar hatte er eine Schuld zu bekennen. Rauch stieg auf vom Kohlenbecken. Die Zickleinköpfe wurden schwarz an der Unterseite, die Delikatesse verbrannte! Merkte er das nicht?

Er musste es doch riechen! Der Geruch von verkohltem Fleisch stach mit feinen Nadeln das Innere seiner Nase.

Eine Erinnerung stieg in ihm auf, scharfkantig und schmerzhaft. Sie trieb ihm Tränen in die Augen. Er roch verbranntes Fleisch. Er sah Julie brennen. Er hörte sie schreien. Sie wand sich am Pfahl vor Schmerzen.

Er riss die Augen auf, schluckte und wischte sich über das Gesicht. Die ersten beendeten ihre Gebete. Antero stand auf und ging durch das Gedränge, hinunter vom *Terreiro do Paço*.

Er brauchte Kleider und Geld, um aus Lissabon zu entkommen. Zur Mutter konnte er nicht gehen. Cirilo, dem Teehändler, hatte er am meisten Schmuggelware verkauft in den vergangenen Jahren. Der würde ihm helfen.

Antero ging bergan. Er passierte alte Männer, die auf Holzschemeln vor ihrem Haus saßen und Domino spielten. Die Männer sahen ihn bedauernd an aus ihren wässrigen Greisenaugen. Er lief herum wie die Ärmsten der Armen, ohne Schuhe, mit zerrissener Kleidung. Was Lissabon betraf, zeigte es die Wirklichkeit. Er besaß hier nichts weiter als das zerfetzte Hemd und die nasse Hose. Wie sollte er die nächste Rate bezahlen? Erst in London konnte er wieder auf ein kleines Guthaben zurückgreifen.

Er war es nicht gewohnt, barfuß zu gehen. Er fühlte die glatten Steine der Straße unter den Fußballen. Gras spross aus den Fugen. Eine Zikade zirpte im Hinterhof. Er musste daran denken, wie er als Kind durch Lissabon spaziert war und die Welt betrachtet hatte. Damals waren ihm tausend Winzigkeiten aufgefallen. Aber er war schwach gewesen. Wer schwach war, wurde ausgenutzt und niedergetrampelt.

Eines Tages würde er sich rächen für Julies Tod und für das Leben auf der Flucht.

Eine Frau führte am Strick einen Hund spazieren. Der Hund

zerrte zu Antero hin, aber die Frau schimpfte und riss ihn zurück. Beinahe hätte Antero das grüne Tuch übersehen, das an einer Stange auf die Straße herunterhing. Es bedeutete, dass der Kaufmann auch an einzelne Kunden Waren abgab, die Straße gehörte sonst den Großhändlern. Hier war das Teegeschäft.

Er trat ein. Der Geruch von Kräutertees stand im Raum. Der Teehändler beugte sich über einen breiten, mit ockerfarbenem Tuch bedeckten Tisch und diskutierte mit einem Kunden. »Warum glauben Sie mir nicht? Dieser Schwarze Tee kommt aus dem Wuyi-Gebirge in der Provinz Fukien. Er ist der, den die Engländer als Bohea verkaufen. Nicht nur das, es ist Kaisertee! Wissen Sie, was Kaisertee ist?«

Der Kunde grunzte unwillig.

»Nur die ersten zarten Blättchen, die die chinesischen Bauern pflücken, ergeben den Kaisertee. Sie sind gefragt und kostbar! Vor allem, wenn sie so klein sind.«

»Bei diesem schwarzen Pulver kann kein Mensch mehr sehen, ob die Blätter klein waren«, murrte der dickleibige Kunde. Er befingerte die mit Bleifolie ausgeschlagene Kiste auf dem Tisch. Sie enthielt ein Pulver aus feinen schwarzen Spänen. »Man sieht nicht mal, ob dem Tee etwas Billiges beigemischt ist, getrocknete Weinblätter, was weiß ich.«

»Hören Sie, der Schwarze Tee muss zerschnitten werden, das ist doch eine ganz andere Herstellungsweise als beim Grünen Tee. Wollen Sie eine Tasse probieren, mit Sirup? Sie werden merken, dass ich die Wahrheit gesagt habe. Feinster Kaisertee.«

»Nein, ich will nichts probieren. Lassen Sie die Kiste in mein Haus bringen. Wenn Sie mich übers Ohr gehauen haben, werden Sie hier in Lissabon keine einzige Unze Tee mehr verkaufen, dafür sorge ich.« Er wandte sich zum Gehen. Als er Antero erblickte, stutzte er. Angewidert musterte er ihn von Kopf bis Fuß.

»Ich gebe nichts«, sagte Cirilo. »Verschwinde.«

Antero blieb. Als der Kunde den Laden verlassen hatte, sagte er: »Denk noch einmal darüber nach.«

Der Händler riss die Augen auf. »Jean?«

»Gib mir Kleider und Geld. Du wirst es nicht bereuen.«

»Bist du sicher, dass dir keiner gefolgt ist? Jemand macht Jagd auf dich.«

»Ich weiß.«

»Ein Mann mit abscheulich langen Daumennägeln hat nach dir gefragt. Er klang nicht so, als wollte er sich nett mit dir unterhalten.«

»Malagrida steckt dahinter.«

Cirilo erbleichte. »Mala... Der Prophet? Hast du dich mit den Jesuiten angelegt? Du bist verloren!«

»Gib mir Kleider.«

»Ich verstehe das nicht. Was kümmert den großen Malagrida ein Schmuggler wie du?«

»Hast du nicht gehört? Ich brauche Kleider und Geld.«

»Ich habe keine Kleider hier.« Er wies auf die Säckchen und Kisten in den Regalen. »Nur Tee.«

Antero sprang über den Tisch. Er packte den Händler am Kragen und zog ihn heran. »Du wirst mir helfen. Zieh dich aus, oder ich erledige das, während du in der Hölle guten Tag sagst!«

»Bist du übergeschnappt? Soll ich nackt Tee verkaufen?«

Er stieß ihn fort. »Dein Laden kümmert mich nicht. Mach ihn dicht, rufe einen Nachbarn, sage, du wurdest ausgeraubt! Es geht um Leben und Tod. Also zieh dich aus.«

Der Blick des Händlers ruckte kurz nach unten.

Antero sah unter den Ladentisch. Ehe Cirilo das Rapier erreichen konnten, griff er selbst danach. Kühl fügte sich das Eisen in seine Hand. Er hielt dem Händler die Spitze des Rapiers vor den

Bauch. »Du willst deinen alten Geschäftspartner ausmanövrieren? Denk lieber nach, bevor du das versuchst.«

»Du hast den Verstand verloren, Jean.«

»Zieh dich aus.«

Cirilo zögerte.

Antero setzte ihm die Klinge fest gegen den Bauch. Der Stoff des Hemdes riss. »Glaubst du, ich bringe das nicht fertig? Du täuschst dich.«

Dem Teehändler brach der Schweiß aus. Seine Augen wurden stumpf. »Jean, bitte, du weißt, ich habe Frau und Kinder.«

»Tu, was ich dir sage.«

Der Händler löste vorsichtig das Hemd aus der Hose.

Da hörte Antero ein Geräusch von der Straße. War das Säbelscheppern? Er zischte: »Hör auf!« Er hob das Tuch an und kroch unter den Tisch. Die Rapierklinge hielt er Cirilo zwischen die Beine. »Ich stoße zu, wenn du ein falsches Wort sagst. Auch, wenn sie mich suchen, weil du schwitzt, weil du stammelst oder weil du den Blick senkst. Sterbe ich, stirbst du mit mir.«

In diesem Augenblick schwang die Ladentür auf. Der Boden zitterte unter den schweren Schritten mehrerer Männer. »Wo ist er?«, sagte eine tiefe Stimme. Vor dem Tisch, unter dem er hockte, standen tadellose weiße Kniestrümpfe.

4

In den Morgenstunden roch die kleine Herrin am besten. Er legte den Kopf auf ihr Kissen. Das Haar der kleinen Herrin kitzelte seine Nase. Tief atmete er ihren Duft ein. Die Nachthaube war ihr vom Kopf gerutscht, und ihre Haut verströmte Süße. Von allen Menschen witterte er sie am liebsten.

Die kleine Herrin öffnete die Augen und gähnte. Sie hob den Kopf. »Bento!« Sie lachte und sagte etwas in der Menschensprache. Sie schüttelte sich. Vielleicht hatte sie sein warmer Atem erschaudern lassen. Sie bekam oft eine Gänsehaut, wenn er seine Atemluft über ihren Nacken blies.

Warfen gute Menschen die Arme hoch, war das eine Einladung zum Spielen. Er sprang aufs Bett und leckte ihr das Gesicht. Sie prustete, stieß ihn vom Bett und wischte sich mit dem Ärmel über die Augen. »Bento!« Diesmal klang es vorwurfsvoll. Was hatte er falsch gemacht? Er hatte ihren Lagerplatz betreten. Der erhöhte Lagerplatz war allein der Herrin vorbehalten. Er, Bento, hatte unten zu bleiben. Man musste seinen Rang kennen, seinen Platz im Rudel. Dann war alles gut. Er wedelte versöhnlich mit dem Schwanz und bellte.

Die kleine Herrin sagte: »Hol den Ball.«

Er warf sich herum, suchte den Ball hinter der Truhe hervor und trug ihn im Maul zu ihr.

»Fein.« Sie strich ihm über den Kopf.

Er liebte es, wenn sie ihn lobte und streichelte. Ihre Hand sandte eine wohlige Wärme durch das Fell. Er kannte sieben Spielsachen mit Namen: Ball, Puppe, Pferd, Schuh, Topf, Hampelmann und Blasbalgvogel. Den durfte er nicht berühren, obwohl er zwischen den Zähnen so wunderbar knarrte.

Ein stechender Geruch wehte ins Zimmer. Wie sollte er so die Hand der kleinen Herrin genießen? Eine Maus war da, er roch es deutlich. Er wusste, wo die Mäuse ihre Löcher hatten: in der Küche, im Zimmer der Köchin und im Zimmer, in dem die Knechte rauchten. Er wusste, dass sie unter der Schwelle der Vorratskammer schliefen und im hinteren Winkel der Küchenkommode nachts Wurstzipfel und Brotkrumen verspeisten.

Bento tauchte unter der Hand der kleinen Herrin weg und schob mit dem Kopf die Tür auf. Der Mäusegeruch wurde stärker. Er folgte ihm bis zum Esszimmer der Bediensteten. Wenn er doch hinter die Anrichte gelangen könnte! Sie wölbte sich an der Wand entlang und breitete unterhalb der Zimmerdecke einen hölzernen, geschnitzten Baldachin über das Geschirr. Bento steckte die Schnauze in den Spalt hinter der Anrichte. Er konnte mit dem rechten Auge ein metallenes Ding sehen, mit dem die Menschen die Lichter putzten. Es lag achtlos auf dem Boden, umgeben von Staubflocken. Mäuse sah er nicht. Aber sie waren hier gewesen.

Er suchte mit der Nase den Boden ab. Da fand er die streng duftende Geruchsspur. Er folgte ihr, die Treppe hinunter. An der Hintertür des Hauses musste er warten, bis ein Knecht mit Küchenabfällen hinausging. Der Duft der Abfälle lenkte ihn ab, er lockte ihn, dem Knecht zu folgen. Mühsam beherrschte er sich und besann sich auf die Mäusespur.

Dort war sie.

Nein, dort.

Seltsam. Er fand nicht eine, sondern viele Mäusespuren. Allesamt waren sie frisch. Er folgte ihnen auf die Straße. Wie kam es, dass so viele Mäuse auf einmal unterwegs waren, mitten am Tag?

Hinter der Tür des Nachbarhauses rief ein Artgenosse nach

ihm. Er bellte und pöbelte und versuchte mit allen Mitteln, Bentos Aufmerksamkeit zu erlangen. Bento blieb hart. Er stand am Straßenrand und sog witternd die Luft ein. Überall Mäuseduft. Dazu eine Spur von Dämpfen, die er nicht kannte. Fremden, bösen Dämpfen. Sie verwirrten ihn. Sie machten, dass sich ihm die Nackenhaare sträubten.

Welches Tier verströmte diese Dämpfe? Er witterte erneut. Augenblicklich zog sich ihm das Herz zusammen. Er winselte. Die Dämpfe kündigten Böses an. Bentos Flanken zitterten vor Erregung.

»War er nicht auf der *Fortune*?«, fragte der Teehändler.

»Er ist abgehauen. Ich weiß, dass er zu dir gegangen ist.«

»Ist er nicht, ich schwöre. Ich bin nicht der Einzige, mit dem er Geschäfte gemacht hat.«

»Geschäfte!« Malagridas Mann schnaubte. »Ihr habt den König hintergangen. Schmuggel ist Verrat am ganzen Land.« Er sagte: »Ich warne dich, Freundchen. Versuche nicht, mit mir zu spielen. Ich gewinne jedes Mal, und dem Verlierer geht es schlecht.«

Antero betrachtete die schwarzen Schuhe der Soldaten, die gelben Westen, die Gewehrkolben. Die Soldaten trugen blaue Überröcke mit roten Armaufschlägen. Und dann war da der Jesuit vom Schiff. Er erkannte ihn an der Stimme wieder, und an den glänzenden Schuhschnallen. Wenn der Jesuit sich niederbeugte, um einen Blick unter den Tisch zu werfen, war er geliefert.

»Sollte er hier aufkreuzen, werde ich in Erfahrung bringen, was er vorhat, und es Ihnen sofort berichten.« Cirilos Stimme klang gequetscht.

Malagridas Mann trat näher an den Tisch heran. Er berührte

mit den Schuhen fast Anteros Knie. »Du verstehst nicht. Wenn wir ihn nicht kriegen, dann ist unsere Verabredung hinfällig. Hast du vergessen, wie du gewinselt hast? Wie du vor mir auf dem Boden rumgekrochen bist? Wenn wir ihn nicht bis zur Mittagsstunde haben, ist das Geschäft geplatzt. Dann wirst du für deine Taten büßen, wie es sich gehört.«

Was sagte er da? Antero hätte in Ruhe von Bord eines Schiffs gehen können, er hätte in der Nacht die Kisten ausladen können und wäre ein wohlhabender freier Mann, wenn dieser verruchte Teehändler den Mund gehalten hätte. Deshalb das Entsetzen, als er hier aufkreuzte, deshalb der Griff zum Rapier. Dieses giftige Männchen. Dieses raffgierige Händlerschwein. Zum Lohn würde er ihm das Rapier in den Leib stoßen. Er musste nur warten, bis die Soldaten gegangen waren.

»Heitor, ich weiß, Sie sind ein strenger und gerechter Mann. Lassen Sie mir ein wenig Zeit, dann mache ich ihn ausfindig. Ich werde Sie nicht enttäuschen.«

»*Du* willst *ihn* ausfindig machen? Du hast offensichtlich keine Ahnung, wer er ist.«

»Ich prüfe immer nach, mit wem ich Gesch… Wem ich Vertrauen entgegenbringe. Er heißt Jean, und er –«

»Das ist Antero Moreira de Mendonça«, unterbrach ihn der Jesuit. »Er war Malagridas rechte Hand, sein Zögling, sein Thronerbe!«

Es wurde still. Nach langem Schweigen flüsterte Cirilo: »Das wusste ich nicht.«

Heitor knurrte. »Erzähle mir nichts davon, dass du ihn aushorchen willst. Du kannst ihm nichts vormachen. Ich habe einzig den Fehler gemacht, auf meine Uhr zu schauen, und deshalb ist er uns entkommen. Er erkennt jede Schwäche. Wenn er dich aufsucht, tust du, was er dir sagt. Anschließend kommst du zu mir. Versuche gar nicht erst, ihn hereinzulegen.« Er machte kehrt, die Schuhe entfernten sich.

Antero wartete. Als das Klirren der Rapiere sich entfernte, kroch er hervor und erhob sich. Er hielt Cirilo die Klinge an die Brust. »Du hast mich verkauft.«

Der Teehändler war blass. Die Schultern saßen eng am Hals. »Ich wusste nicht … Sie wollten mich auffliegen lassen. Ich wäre gehenkt worden. Ich dachte mir, du würdest sie schon abschütteln.«

»Unsinn. Du dachtest, du siehst mich nie wieder, weil sie mit mir kurzen Prozess machen.«

»Aber jetzt bist du ihnen doch entkommen. Ich habe meine Sache gut gemacht, sie haben nichts gemerkt. Du kannst fliehen.«

Antero spürte, wie ihm das Blut in den Kopf schoss. Er legte die zweite Hand an den Rapierknauf und drückte dem Kerl die Spitze der Klinge mit Kraft gegen die Brust. Der Teehändler wich zurück bis zur Wand. Antero folgte ihm. Er stieß zwischen den Zähnen hervor: »Ich habe kein Geld, keine Waren, kein Schiff, das mich fortbringt von hier. Malagrida macht Jagd auf mich. Geht das in deinen Kopf? Hast du eine Ahnung, wie schwer es war, ihm *einmal* zu entkommen?«

Cirilo rang um Luft. »Es wird dir – sicherlich – ein zweites Mal – gelingen«, japste er.

»Ach ja? Das letzte Mal hat Malagrida nichts davon geahnt, dass ich ihn verlassen wollte. Ich konnte alles in Ruhe vorbereiten. Jetzt weiß er, wo ich bin und was ich vorhabe. Ist dir klar, was das bedeutet? Die Societas Jesu hat überall Kollegien, Professhäuser, Noviziate und Missionen, in Italien, in Sizilien, in Frankreich, Deutschland, Brasilien, selbst in Indien. Einundvierzig Provinzen! Die Jesuiten sind überall.«

»Ich kann dir Geld geben. Du könntest jemanden bestechen.«

Dieser Schwächling hatte sein Leben zerstört. Der Nichtswisser hatte die kostbare Flucht zunichte gemacht, den Neuanfang, den er von langer Hand vorbereitet hatte. Antero wollte ihn aufspießen und mit dem Rapier an die Wand heften. »Jemanden bestechen, ja?«

»Mit genügend Geld kann man jeden Menschen kaufen.«

»Ach so? Hast du einmal vom Kadavergehorsam gehört? Dem Gehorsam einer Leiche, eines toten Körpers, der keine eigenen Wünsche mehr kennt? Eine Leiche will kein Geld. Und die Jesuiten lassen sich wie eine Leiche von ihren Oberen führen. Das ist ihr Gelübde. Ich kann es heute noch auswendig, so sehr wird es einem eingetrimmt. Jesuiten müssen ihr eigenes Denken verleugnen, sie tun in blindem Gehorsam, was der Obere anordnet. Es ist unmöglich, sie zu bestechen.«

»Ich bitte dich«, wimmerte Cirilo. »Ich weiß, ich habe einen abscheulichen Fehler gemacht. Aber ich flehe dich an, sei gnädig! Töte mich nicht. Ich bereue meine Dummheit. Ich wünschte, ich könnte sie rückgängig machen.«

O ja, und ich die meine, dachte er. Wie oft hatte er seinen Entschluss bereut, sich den Jesuiten anzuschließen. Julie wäre noch am Leben, hätte er sich nicht blenden lassen von der Macht und dem Wissen der Societas Jesu. Fingerbreit um Fingerbreit senkte er das Rapier. »Du wirst genau tun, was ich dir sage.«

Tränen füllten Cirilos Augen. Er nickte. »Das werde ich. Jedes Wort befolge ich.«

»Du füllst einen kleinen Sack mit dem Geld, das du hier im Laden hast. Ein zweites Säckchen füllst du mit Tee, dem besten. Dann ziehst du dich aus.«

Was erwartete Malagrida? Er würde damit rechnen, dass Antero versuchte, die Stadt zu verlassen, zu Land oder zu Wasser.

Der Hafen ließ sich am schlechtesten überwachen, also würde er dort die meisten Männer postieren. Er würde seine Mutter beschatten lassen und sämtliche Geschäftsleute ausfindig machen, mit denen er in den letzten Jahren verkehrt hatte.

Der Teehändler reichte Antero Hemd und Hose und Strümpfe. Nackt sah er aus wie ein vierzigjähriges, behaartes Kind.

Antero schlüpfte aus seinen zerrissenen, klammen Kleidern. Während er die Hose des Teehändlers überzog, sagte er: »Lass alles zurück. Nimm nur deine Frau und die Kinder, und verschwinde aufs Land. Oder besser noch, geh nach Übersee. Ihr müsst sofort aufbrechen.« Er fuhr in das Hemd. Es roch streng nach Schweiß. »Sag niemandem, wohin du gehst. In den Kolonien nimmst du einen neuen Namen an.«

Cirilo stammelte: »Aber … der Laden!«

»Vergiss den Laden. Vergiss das Leben, das du bisher gekannt hast. Malagrida ist unerbittlich. Hier hast du keine Zukunft mehr.«

Cirilo zog Anteros zerrissenes Hemd über. Er schlüpfte in die Hose. Dann begann er, Tee in einen Sack zu füllen.

5

An der Königsquelle hatte sich eine Menschenmenge versammelt. Antero drängelte sich hinein. Er brauchte Zeit zum Verschnaufen, Zeit, um einen Plan zu schmieden. Die Menschentraube würde ihn vor Malagridas Häschern verbergen.

Er setzte die Beutel ab. Die Ärmel des Hemdes waren zu kurz, man sah sofort, dass es nicht sein eigenes war. Er krempelte die Ärmel bis zu den Ellenbogen hoch. Schon besser. Was war mit den Beinen? Auch die Hose hing zu kurz herunter. Sie reichte nur bis zu den Kniescheiben, und die Strümpfe ihrerseits kamen nicht bis zum Knie herauf. Entblößte Knie. Ein Unding. Er musste sich neue Kleider kaufen.

Ein Kind weinte. Antero hob den Kopf. Die Menschenmenge stand im Halbkreis um eine dünne Holzwand herum, auf die mit Kreide die Umrisse eines Menschen gemalt waren. Neben der Wand reckte ein Mann eine Puppe in die Höhe und hielt ihr ein Messer an die Kehle. »Ich gebe sie erst frei, wenn sich jemand bereit erklärt, an dieser Wand zu stehen«, rief er.

Die Menge lachte. Das Kind weinte noch lauter.

»Niemand, der es wagt?«

»Meine Puppe«, heulte das Kind.

Eine Frau mit roten Haaren trat aus der Menge hervor und sagte: »Die arme Kleine. Ich tue es.«

Natürlich ist sie seine Helferin, dachte Antero, das Ganze ist abgesprochen. Das Weinen des Kindes hingegen war wohl echt. Ihm liefen Tränen über das Gesicht, und als es seine Puppe überreicht bekam, presste es sie an sich wie einen Säugling, der den Fängen eines Wolfs entrissen worden war.

Der Mann steckte sich in theatralischer Langsamkeit das Messer in den Gürtel. Dann sagte er: »Macht Platz!« Er entfernte sich von der Wand und der Rothaarigen, die sich in die Zeichnung gefügt hatte. Die Menge öffnete eine Gasse für ihn. Plötzlich drehte er sich um und warf ein Messer. Es fuhr neben dem Hals der Frau ins Holz. Die Menge wurde still vor Ehrfurcht. Der Messerwerfer zückte die nächste Klinge. Er warf. In rascher Folge knallten Messer neben der Frau ins Holz, rechts der Brust, links der Brust, rechts des Beins, links des Beins.

Das letzte Messer hielt der Mann lange in der Hand. Er wartete, bis es vollkommen still geworden war. Dann schleuderte er es. Knirschend bohrte es sich in den Bauch der Frau. Sie riss die Augen auf. Dann trat sie nach vorn und zerriss dabei ihr Kleid. Sie war unversehrt. Er hatte haarscharf bei ihrem Körper den Stoff getroffen und ihn an die Tafel geheftet. Die Menge applaudierte. Der Mann gab der Rothaarigen seinen Dreispitz-Hut. Sie ging damit herum und sammelte. Niemand wunderte sich darüber, dass sie für ihn Geld einholte. Bereitwillig warfen die Zuschauer Kupfermünzen in den Hut, Fünf-Reis-Stücke, Drei-Reis-Stücke.

Antero wendete sich ab. Sein Mund war trocken. Er musste etwas trinken. Dann würden seine Gedanken klarer werden. Er trat zum Brunnen. Die Marmorbögen der Königsquelle warfen im Sonnenlicht scharf umrissene Schatten auf den Boden. Das Wasser floss aus sechs Gussrinnen zum Flussufer hinunter; die kleinen Bäche vereinten sich auf halbem Weg zu einem breiten Strom.

Antero stellte die Beutel in den Schatten nieder und streckte die Arme aus. Er ließ sich das lauwarme Nass über die Handgelenke sprudeln. Da hörte er hinter sich eine Stimme rufen: »Schämen Sie sich nicht? Das Leben einer Frau wird aufs Spiel gesetzt, damit Ihre Sensationslust befriedigt wird! Es muss ein

Ende haben mit dieser gotteslästerlichen Unterhaltung, genauso mit den Boxkämpfen, den Trinkgelagen, den Tänzen! Gabriel Malagrida mahnt alle Einwohner Lissabons: Wenn sie nicht umkehren von ihren bösen Taten, wird ein großes Unglück die Stadt heimsuchen!«

Ein Jesuit! Antero bückte sich nieder zur Quelle. Der Jesuit durfte sein Gesicht nicht sehen. Er formte die Hände zur Schale und wartete, bis sie sich mit Wasser gefüllt hatte. Dann hob er sie zum Mund und trank. Nach wenigen Schlucken stutzte er. Er spie das Wasser aus. Es schmeckte nach Schwefel! Er roch an seinen Händen. Schwefelgeruch.

Die Quelle wurde mittels unterirdischer Kanäle mit Wasser versorgt. Wer konnte da herangelangen? Und warum vergiftete er eine Quelle, von der so viele Menschen tranken? Wer einem Einzelnen schaden wollte, würde das nicht tun. Er schädigte zu viele Unschuldige zusammen mit seinem Feind.

Antero sah sich vorsichtig um. Die Menschenmenge verbarg ihn vor dem Mahner der Societas Jesu. Er nahm die Beutel und stand auf. Er lief am Tejo entlang, bis er zur Pferdequelle gelangte. Dort floss das Wasser aus den Mäulern von Pferdestatuen in ein Becken. Vom Beckenrand ergoss es sich in kleinen Strömen auf die Straße. Er schöpfte mit einer Hand und kostete. Das Wasser schmeckte ebenso stechend nach Schwefel.

Etwas Seltsames ging in Lissabon vor. Vielleicht ließ es sich für einen Fluchtplan gebrauchen.

Neben dem Brunnen standen einige Frauen und unterhielten sich. Er fragte sie: »Verzeihung, ist Ihnen aufgefallen, dass das Quellwasser einen stechenden Beigeschmack hat? Seit wann ist das so?«

»Kaufen Sie sich welches von den Wasserträgern«, sagte eine dickwanstige Frau mit breiter Nase.

»Wo haben die ihr Wasser her?«

»Vom Ratoplatz. Das sind die Träger mit den roten Holztönnchen.«

Natürlich, der Aquädukt. Kurz vor seiner Flucht war der letzte Abschnitt vom Alcântara-Tal zur *Mãe-de-Água* fertiggestellt worden. Die Wasserleitung überspannte Lissabons Straßen, sie führte mitten hinein in das Stadtinnere. Das Wasser von außerhalb war also nicht vergiftet. »Können Sie mir sagen, seit wann die Pferdequelle nach Schwefel schmeckt?«

»Seit gestern. Das vergeht wieder. Irgendwas hat sie verunreinigt.«

Vier Soldaten kamen die Uferstraße herunter. Rasch stellte er sich hinter die Dickleibige. Malagrida machte sich das Militär zunutze, mit Heitor hatte er auch Soldaten geschickt. Er brauchte den Königlichen nur einen Schmuggler zu versprechen, schon halfen sie ihm.

Die Frau drehte sich zu ihm um. »Was machen Sie da?«

Er spähte über ihre Schulter hinweg. Der Wind spielte mit den weißen Daunenfedern, die die Hutkanten der Soldaten schmückten. An den Gewehren steckten Bajonette. Die Soldaten sahen sich aufmerksam um.

Er fiel auf die Knie. So verdeckte die Frau ihn ganz vor den Blicken der Soldaten. Er würgte. »Das Wasser! Ich hätte es nicht trinken sollen.«

»Ach was. Ich hab gestern auch einen kräftigen Schluck genommen. Erbrochen hab ich mich nicht deswegen.«

»Mir ist speiübel!«

Rechts und links der Dickleibigen erschienen die Soldaten. Sie richteten ihre Bajonettspitzen auf ihn. Einer von ihnen, ein Zwerg mit schiefen Zähnen, sagte: »Das ist er.«

Dalila zögerte. Vor der Tür der Buchhandlung stand ein Mann und las aus der *Gazeta de Lisboa* vor. Eine Menschenmenge hatte sich um ihn herum versammelt und lauschte. Er hob die Zeitung vor seinem Gesicht in die Höhe und deklamierte: »Edward Hay, der neue englische Generalkonsul, wird überall in der Stadt auf das Freundlichste empfangen.« Die Zuhörer brachen in Gelächter aus.

Dalila schob sich an ihnen vorbei und betrat eilig die Buchhandlung. Als sie hinter sich die Tür schloss, läutete ein Glöckchen. Vier Stufen führten hinab in einen Raum voller Regale und dicker gebundener Bücher, auch kleine gab es, kaum eine Spanne hoch. Manche Bücher waren nackt, sie lagen als einfache Papierbündel da. Andere waren in Leder gebunden, die meisten in braunes, wenige in weißes. Unten in den Regalen standen wagenradgroße Folianten. Es roch nach Papier und Fett.

Ein glatzköpfiger Mann trat aus der Hintertür. Er lächelte. »Willkommen, junge Dame. Womit kann ich Ihnen dienen?«

Sie hatte sich zurechtgelegt, wie sie es sagen würde, aber dennoch kam es ihr nur schwer über die Lippen. »Ich möchte etwas lernen.« Der Mann würde anzüglich grinsen. Er würde sie für lüstern halten.

»Oh, ich habe wunderbare Bücher mit Kupferstich-Illustrationen. Und ich arbeite mit einem guten Buchbinder zusammen, der kann sie schön aufbinden. Mit einem guten Ledereinband ist das Buch ein echter Schatz. Besitzen Sie ein Exlibris, das wir aufbringen sollen?«

»Was ist das, ein Exlibris?«

Das Lächeln verschwand. Dann lächelte der Buchhändler noch breiter, aber sein Lächeln hatte nun etwas Künstliches, Angestrengtes. »Ein Zeichen, das die Bücher als die Ihren ausweist. Viele Buchsammler beauftragen einen namhaften Künstler damit, ihr Exlibris zu gestalten, und lassen es mit einem glühenden Messingstempel in den Ledereinband brennen. Man kann es auch als Vignette auf den Buchrücken kleben. Oder, wenn Sie erst einsteigen in diese Welt, lassen Sie sich doch ein Blatt schreiben und ich klebe es Ihnen in den Vorsatz. Ihr Buch wird in jedem Fall zu einem Unikat. Sie werden sehen, das Büchersammeln ist eine lohnenswerte Beschäftigung.«

Natürlich wusste sie, was ein Exlibris war. Aber sie würde ihm ihres nie und nimmer geben. Nicht bei diesem Buch. »Auf das Äußere kommt es mir nicht an«, log sie.

»Ich verkaufe die Bücher auch broschiert, in Papier gebunden, das genügt völlig, Sie haben recht. Sie sind nicht eine von denen, die am Buch nur der goldene Rücken freut. Es geht um die Inhalte, nicht wahr?«

Ahnte er schon, was sie wollte? Sie spürte, wie sie rot wurde. Ihre Wangen glühten. »Ich möchte ein verbotenes Buch kaufen.«

Er pfiff durch die Zähne.

»Ich möchte –« Es half nichts. Wenn sie Antero gewinnen wollte, musste es heraus. »Ich möchte ein erotisches Buch kaufen.«

Sein Blick wanderte an ihrem Körper herunter. »Sie wissen, die Inquisition hält eine strenge Zensur aufrecht. Bücher dieses zweifelhaften Inhalts kann ich Ihnen nicht anbieten. Hätte ich welche im Sortiment, würde ich dafür ins Gefängnis kommen.«

Dalila sagte: »Ich weiß, dass es solche Bücher gibt. Und ich weiß, dass Sie sie haben.« Sie wusste es nicht. Aber es würde helfen, wenn sie selbstbewusst auftrat. »Eine Freundin hat es mir erzählt.«

Der Buchhändler kratzte sich den Nacken. Er sah sie kritisch an. »Nun gut, wie Sie meinen, junge Dame. Ich habe zufällig ein einziges Exemplar einer Übersetzung von *L'Escole des Filles* hier.

Ein unzüchtiges Buch. Aber es schadet einer soliden Frau nicht, sich über die Verderbtheit der Welt zu informieren, nicht wahr?«

»So ist es.« Es fühlte sich an, als würden ihr jeden Augenblick die Adern platzen, so kräftig schlug ihr Herz.

»Sie möchten es also gleich broschiert kaufen?«

»Ein teurer Einband lohnt ja nicht für ein Buch, das man hernach immer versteckt.« Ihr brach die Stimme. Sie räusperte sich und sagte: »Packen Sie es mir in unbedrucktes Papier ein.«

»Schließen Sie die Augen.«

»Warum?«

»Es ist besser, wenn Sie mein kleines Versteck nicht kennen.«

Sie gehorchte. Bald hörte sie zu ihrer Linken ein schabendes Geräusch. Der Buchhändler ächzte. Sie blinzelte. Der Buchhändler hockte auf dem Boden und hielt zwei Folianten auf dem Schoß, die er offenbar aus dem Regal gezogen hatte. Durch die Lücke im Regal hatte er seinen Arm gesteckt und grub hinter den anderen Folianten. Jetzt zog er einen Stapel Papier hervor. Sie schloss die Augen wieder. Er machte Schritte. Sie hörte, wie er das Buch auf den Tisch legte. Papier knisterte.

»Hier«, sagte er. »Das macht dreitausend Reis. Ich habe nichts dagegen, wenn Sie in Gold bezahlen.«

Sie schlug die Augen auf. Er hielt ihr ein weißes Paket entgegen. Dreitausend! Ein Wucherpreis. Aber Antero war es wert. Sie überreichte dem Händler zwei goldene und zwei silberne Cruzados, das entsprach zweitausendsechshundertachtzig Reis. Den Rest zählte sie in Kupfermünzen ab, nahm das Paket und ging die Stufen zur Tür hinauf. Diese Buchhandlung würde sie nie wieder betreten. Hoffentlich erkannte sie der Buchhändler später nicht auf der Straße.

Als sie die Tür öffnete, läutete verräterisch das Glöckchen. Der Zeitungsleser drehte sich um. Sie wich seinem Blick aus und hastete an der Hauswand entlang. Das Päckchen in ihren Armen fühlte sich an, als sei es mit Schießpulver gefüllt und könnte jeden Augenblick explodieren. Wenn man sie hiermit erwischte, war ihr Ruf für immer dahin.

Antero musterte die Soldaten. Sie konnten nicht wissen, dass er der Gesuchte war. Zumindest mussten sie daran zweifeln, schließlich hatten sie ihn noch nie gesehen. »Gut, dass Sie hier sind«, keuchte er. »Der Brunnen … Er ist vergiftet.«

»Steh auf, Bursche!«

Antero erhob sich. Er täuschte Wanken vor, stand breitbeinig, die Knie leicht gebeugt. »Mir ist übel. Ich weiß nicht … Ich glaube, ich muss mich …«

»Gar nichts wirst du.« Der Zwerg packte ihn am Arm. »Du kommst mit uns.«

Er riss die Augen auf. »Denken Sie, dass ich es war? Ich habe damit nichts zu tun!« Er nahm seine Beutel und versuchte, sich aus dem Griff des Soldaten zu winden. »Diese Frauen können es bezeugen, der Brunnen war schon verunreinigt, bevor ich daraus getrunken habe!«

Sie zogen ihn fort.

Als sie die Hörweite der Frauen verließen, straffte er seine Haltung und sagte mit veränderter Stimme: »Lassen Sie mich gefälligst los. Was denken Sie sich dabei, mich aus der Arbeit fortzureißen?«

»Wir denken uns dabei, dass du ins Gefängnis gehörst.«

»Weswegen?«

»Du bist ein verfluchter Schmuggler. Vor einer halben Stunde haben dich die Hafenhüter enttarnt, und du bist von Bord gesprungen und an Land geschwommen. Dass deinesgleichen immer denken, sie könnten uns für dumm verkaufen!«

Er lachte. »Ihr guten Soldaten, da herrscht ein Missverständnis. Müsste meine Kleidung nicht klamm sein, wenn ich vor einer halben Stunde ins Wasser gesprungen wäre?«

Einer der Soldaten befühlte den Stoff. »Er ist tatsächlich trocken.«

»Ein plumper Trick. Er hat die Kleider gewechselt.« Der Zwerg musterte ihn. »Weibische, schmale Augenbrauen. Vollbart. Leberfleck auf der Wange. Und die Perücke fehlt. Die Beschreibung passt. Er ist es.«

»Aber das könnte jeder sein!«, sagte er.

»Warum hast du dich hinter den Frauen versteckt«, fragte der Zwerg, »wenn du nichts zu verbergen hast? Und dann die Mär von dem vergifteten Brunnen. Darauf falle ich nicht rein. Du bist der Schmuggler.«

Die besten Lügen waren diejenigen, die nahe an der Wahrheit lagen. Antero sagte: »Ich bin Jesuit. Ich habe mich der Verteidigung und Verbreitung des Glaubens und dem Fortschritt der Seelen in christlicher Lehre verschrieben. Der Brunnen schmeckt tatsächlich nach Schwefel. Ich habe das als Gleichnis genutzt für das Wasser, das niemals unseren Durst stillen kann. Die Frauen waren kurz davor, sich für unsere Exerzitien anzumelden. Und Sie reißen mich fort! Sie wissen, als Jesuit ist es mir nicht gestattet, mich in einem geschlossenen Raum allein mit Frauen aufzuhalten. Die Straße ist das beste Missionsfeld.«

»Soso, du willst Jesuit sein. Ein kluger Schachzug, wo die Societas Jesu doch keine Ordenstracht trägt. Dann sag, was beinhalten die Exerzitien, von denen du sprichst? Mein Onkel hat sie mitgemacht. Ich weiß genau darüber Bescheid, Freundchen!«

»In den Exerzitien werden wir gleichgültig den weltlichen Dingen gegenüber und dadurch frei für eine Entscheidung für Gott. In der ersten Woche meditieren wir über die Sündhaftigkeit des Menschen und speziell die eigenen Sünden. Wir begreifen die Barmherzigkeit Gottes. In der zweiten Woche denken wir über das Leben Jesu nach, in der dritten Woche über sein Leiden und seine Auferstehung.«

Der Zwerg runzelte die Stirn. »Hm, hm«, machte er. Er ließ ihn los.

Die Jesuiten waren mächtig. Mit ihnen durfte sich niemand schlechtstellen.

»Die vierte Woche dient der Betrachtung der Liebe«, sagte Antero. »Wir lernen, dass der Mensch in allen Dingen Gott suchen soll. Jeder hier in Lissabon sollte diese Exerzitien einmal durchleben. Er wird so zu einer wahren Nachfolge Gottes finden. Mein Superior, der Rektor des hiesigen Jesuitenkollegs, legt großen Wert darauf, dass gerade auch die Frauen –«

»Und warum blutet Ihr Rücken?« unterbrach ihn einer der Soldaten. »Das Hemd verfärbt sich.«

Er drehte sich zu ihm um und hob die Brauen. »Denken Sie nach! Jemand, der andere wachrütteln will, sollte auch sein eigenes geistliches Leben nicht vernachlässigen.«

Der Soldat kniff die Augen zusammen. »Ich verstehe nicht.«

Seine Gefährten hoben die Hand mit Schwung einmal über die linke, einmal über die rechte Schulter: Sie taten, als geißelten sie sich. Sein Gesicht zuckte zusammen. Ehrfürchtig sah er Antero an. »Verzeihen Sie, Padre.«

»Nichts für ungut. Ich wünsche Ihnen viel Erfolg auf der Suche nach dem Schmuggler. Gott mit Ihnen.«

»Augenblick.« Der Zwerg bückte sich nieder und zog an Anteros Strümpfen. Sie saßen fest, sie ließen sich nicht bis zur Hose heraufziehen. »Ein seltsamer Aufzug für einen Jesuiten. Der Orden achtet auf angemessene Kleidung, hab ich gehört. Schämen Sie sich nicht, so herumzulaufen?«

»Wir passen uns der Kleidung der Leute an, denen wir helfen. In Indien kleiden sich Jesuiten als Brahmanen oder Parias. Jesuiten können aussehen wie buddhistische Mönche oder wie chinesische Mandarine mit Chinesenhut und Zopf, je nachdem, wo ihre Oberen sie hingesandt haben. Meinen Sie, die Freundschaft zu den Indianern in Nordamerika wäre möglich, wenn wir nicht die Sprache der Huronen lernen und uns an ihre Lebensweise anpassen würden? Genauso mache ich es: Ich führe ein Leben in Armut und unterscheide mich in nichts von Lissabons niederen Schichten.«

»Armut, soso. Dein Beutel klingt eher nach 'ner Menge Geld. Du hast nichts dagegen, wenn ich ihn mir mal ansehe, oder?«

Antero zuckte zusammen. Sobald der Soldat Cirilos Geld sah, flog alles auf. Schon streckte er die Hand nach dem Beutel aus, ergriff ihn –

Er ließ den Beutel los, warf sich links in eine Gasse und rannte hangaufwärts, fort vom Tejoufer. Die Schuhe kniffen fürchterlich, sie waren zu klein. Antero sah panisch über die Schulter. Am Fuß der Gasse bissen die Soldaten die Hülsen von Papierpatronen auf und schütteten das Pulver in den Lauf der Gewehre. Verdammt! Er sah wieder nach vorn. Wo kam endlich ein Abzweig? Bestimmt schoben sie längst das Papier und die Projektile dem Pulver nach, legten an, zielten.

Ein Schuss durchzuckte die Luft. Das Krachen hallte von den Wänden der Gasse wider. Antero rannte, seine Beine stampften den Boden. Er schlug Haken, um ihnen das Zielen zu erschweren.

Erneut krachte ein Schuss.

Schmerzte ihn etwas? War der Brustkorb von einer eisernen Kugel durchschlagen? Lief er noch, oder flog er schon nieder? Sein Kopf war innerlich von hellem Rot. Er rannte, rannte. Der

Berg erschien ihm immer steiler, er wollte ihn nicht hinauflassen, er buckelte und verwehrte ihm die Rettung.

Ein dritter Schuss. An der Wand neben ihm zersprang ein Mosaik. Keramikstücke prasselten ihm gegen den Arm. Einen Schuss hatten sie noch, der Zwerg zielte sicher auf seinen Rücken und folgte jeder Bewegung mit dem Gewehrlauf.

Eine Seitengasse! Antero sprang nach links. Es war nur ein schmaler Aufstieg zwischen den Häusern. Wäschestücke hingen an Leinen von Haus zu Haus. Sein Brustkorb wurde immer enger. Die Luft reichte nicht. Wieder bog er ab. Der Speichel schmeckte süß. Vor den Augen tanzten rote Flecken.

Er schlüpfte in einen Hauseingang und hielt sich die stechende Lunge. Er musste sich irgendwo verstecken, bis Malagridas Häscher ermüdeten. Die Einzige, von der die Jesuiten nichts wissen konnten, war Leonor. Wenn er sie besuchte, hatte er äußerste Vorsicht walten lassen, und er hatte nie mit jemandem über sie gesprochen.

Nur durfte sie keine Veränderung an ihm bemerken. Sie musste ahnungslos bleiben.

6

Die Wand zwischen Dalilas und Leonors Schlafgemach im Palácio Oldenberg bestand aus dünnem Holz, sie war nachträglich eingezogen worden, um einen Salon in zwei Räume aufzuteilen. Dalila hörte jedes Wort, das Leonor mit ihrer durchdringenden Stimme sprach, und wenn sie sich ein wenig anstrengte, verstand sie auch, was Antero ihr antwortete. Die beiden redeten seit Stunden. Hauptsächlich redete die Zwillingsschwester.

Vater wusste davon, dass ein Mann zu Besuch bei Leonor war. Er duldete es. Leonor hatte bittend die Augen aufgeschlagen und dazu ihr Kinderlächeln gelächelt, und der Vater hatte ihr die Liebschaft gestattet, so, wie er ihr nahezu alles durchgehen ließ, während er mit Dalila streng war. Leonor hatte ihm natürlich nicht auf die Nase gebunden, dass Antero ein Schmuggler war, ein Feind der Kaufleute.

Es ging ungerecht zu im Leben. Wenn jemand das wusste, dann sie, Dalila.

Sie könnte Vater sagen, wer Antero war. Dann würde er verbieten, dass der Schmuggler ihr Haus betrat, und sie würde ihn nie wiedersehen. Vater würde ihn womöglich sogar gefangen setzen lassen. Also schwieg sie besser.

Sie hob den Stuhl an und setzte ihn an der Wand nieder, leise. Dann nahm sie den goldgerahmten Spiegel vom Haken. Sie stellte ihn ab und setzte sich. Klopfenden Herzens beugte sie sich zu der Stelle vor, an der sie die Tapete aufgeschlitzt hatte, um ins Zimmer ihrer Schwester spähen zu können. Sie sah durch das Loch.

Ein süßer Schmerz breitete sich in ihrem Bauch aus. Antero stand ihr gegenüber. Es sah aus, als blickten seine braunen Augen sie an. Wie sie dieses Abenteurergesicht liebte, und diese Augen, die zart waren und so gar nicht zu dem verwegenen Bart passen wollten.

»Was meinen Sie«, sagte Leonor, »soll ich Großvaters Schrank rauswerfen? Auf Säulchen und Pilaster war man vielleicht früher mal stolz. Heute ist solches Zeug doch eher die Sache kleiner Leute, die keinen Geschmack haben. Im Adel verwendet man wieder den einfachen Kleiderkasten.«

»Hören Sie nicht darauf, was die Leute sagen.« Antero sah sich im Zimmer um. »Einfache Kleiderkästen entsprechen nicht Ihren Bedürfnissen. Was ist zum Beispiel mit Ihrem Sekretär?«

Leonor trat zum Schreibschrank mit seinen Dutzenden Schubladen und Fächern. Sie strich zärtlich über das polierte Holz. »Stimmt. Wo soll ich hin mit den Briefen, mit den Schreibutensilien, den Toilettenartikeln, dem Schmuck? Ich werfe das ganz gewiss nicht in einen Kleiderkasten. Der Sekretär ist verkraftbar. Keine Halbedelsteine, kaum Gewese.« Sie seufzte. »Dennoch, es ist eine neue Zeit angebrochen! Ich muss Ihnen sagen, dass ich mit diesem Palast nicht mehr zufrieden bin. Mir fehlt das Private, das Eigene für mich. Sehen Sie, in diesem Stockwerk reiht sich alles aneinander, Zimmer, Vorzimmer, Salons, Durchgangsräume, Schlafzimmer, alles in einer einzigen Flucht, und die Dienstboten durchqueren sie bei jeder alltäglichen Verrichtung.«

Leonor ließ es erscheinen, als sei sie die Herrin des Palasts. Kein Wort von Vater oder Mutter, kein Wort von ihr, Dalila. Das war schon immer Leonors Stärke gewesen: Sich selbst als den Mittelpunkt der Welt zu sehen. Indem sie an ihre eigene Wichtigkeit glaubte, verführte sie die anderen dazu, das Gleiche zu tun.

Die Schwester gähnte. Leonor konnte den Mund unglaublich weit aufreißen beim Gähnen, es sah aus, als würde sie sich den

Kiefer ausrenken. Zuerst hielt sie die Hand vor den Mund. Dann aber nahm sie sie fort und zeigte Antero ihren Rachen. Einen langen Moment stand er offen, ein Hyänenmaul, das Leonor in ein Tier verwandelte. Kaum schloss sie den Mund, war sie wieder ein Mensch. Nur in den Augen funkelte das Tierhafte weiter und erlosch erst allmählich.

»Sie sind müde. Ich werde gehen.«

Sie lächelte. »Wollen Sie das wirklich? Mitten am Nachmittag?« Mit wiegenden, langsamen Schritten ging sie auf ihn zu. Sie bewegte dabei den Reifrock so, dass er auf und nieder schwang und ihre Fußknöchel entblößte. Sogar der mit Spitze besetzte Unterrock war zu sehen. Dalila wurde es heiß vor Wut. Diese Unverfrorene!

Er runzelte die Stirn. »Wissen Sie, ich werde nicht schlau aus Ihnen.« Die Röte, die sein Gesicht überflog, verriet, dass Leonors Angebot nicht seine Wirkung verfehlte.

»Was meinen Sie?« Leonor lachte und steckte dabei die Zungenspitze zwischen die Zähne. Es verwandelte sie in ein bezauberndes kleines Mädchen.

Sein Blick hing an ihr.

Sie kostete den Augenblick aus, prüfte Anteros Gesichtsausdruck. Dann plötzlich wandte sie ihm den Rücken zu und sagte: »Sie können nächste Woche wiederkommen.« Mit jeder Faser ihres Körpers wies sie ihn ab.

»Ich weiß nicht, ob ich dann noch in der Stadt bin.« Seine Stimme war heiser, und er wirkte unsicher wie ein Halbwüchsiger beim ersten Rendezvous mit seiner Angebeteten. »Und heute Nacht?«, fragte er.

»Nein«, sagte Leonor unterkühlt. »Ich bin nicht so eine.«

»Das weiß ich doch, und ich bin froh darüber. Manchmal frage ich mich, warum Sie mir das antun.«

Sie drehte sich zu ihm um. Sie ging auf ihn zu. Als sie vor ihm stand, legte sie ihm die Hände auf die Brust. Lange stand sie so und sah ihn an.

Ein Lächeln stahl sich auf sein Gesicht. Er beugte sich hinunter und küsste sie. Wie um alles in der Welt konnte er sich so blenden lassen! Leonors Parfum aus dem Orient musste ihn umnebelt haben.

Sie löste sich aus dem Kuss. Mit raschen Schritten stürmte sie zur Wand, auf Dalila zu. Sie kauerte sich nieder und starrte böse in den Spalt hinein. »Meinst du, ich merke nicht, dass du zuschaust?« Sie drehte sich zu Antero um. »Meine Schwester«, sagte sie. »Sie ist verzogen und geschmacklos. Nehmen Sie sich vor ihr in Acht.«

Dalila sprang vom Stuhl auf. Sie wich von der Wand zurück, zitternd vor Scham. Sie wagte nicht zu atmen. Was dachte Antero jetzt von ihr? Wie konnte Leonor sie so bloßstellen! Dalila verließ das Zimmer und eilte durch den Vorraum.

Da ging die Tür von Leonors Zimmer auf. Leonor sagte: »Wir wollen in den nächsten Stunden nicht gestört werden. Du brauchst gar nicht erst anzuklopfen, es ist abgeschlossen.«

Dalila hastete die Treppe hinunter. Ihr Herz krampfte sich zusammen. Warum tat ihr die Schwester das an? Eine Domestikin kam ihr entgegen. Dalila sagte: »Hole den Musiklehrer. Ich wünsche eine Zusatzstunde.« Die Domestikin knickste und machte sich sofort auf den Weg.

Das Musikzimmer war kühl. Dalila klappte das Cembalo auf. Sie setzte sich, stand noch einmal auf, zog den gepolsterten Hocker näher an das Instrument heran und setzte sich erneut. Sie begann zu spielen.

Das Cembalo folgte willig ihren Händen. Es ließ die Akkorde seufzen und rufen. Wie besessen spielte sie. Sie wusste genau, dass Antero es hörte. Jeder Ton musste ihm ihre verzweifelte Liebe verkünden.

Als Dalila den Choral *Nun ruhen alle Wälder* beendet hatte, hörte sie hinter sich die Stimme des Musiklehrers. »Ich wusste nicht, dass Sie eine solche Musikalität besitzen.«

»Nicht jeden Tag gelingt es mir so.«

Er beugte sich vor und nahm eine Mappe vom Beistelltisch. Eine Weile suchte er darin herum, dann setzte er ein neues Notenblatt auf den Ständer. »Versuchen Sie es einmal mit *Allein zu dir, Herr Jesu Christ*. Sind es die deutschen Choräle? Womöglich wecken sie das Blut Ihrer Vorfahren in Ihnen. Ich hätte Ihnen viel früher deutsches Liedgut geben sollen.«

Dalila spielte. Im Kopf sang sie dazu:

Allein zu dir, mein Antero,
Meine Hoffnung steht auf Erden;
Ich weiß, dass du mein Tröster bist,
Kein Trost mag mir sonst werden.

Sie legte Zartheit in die Melodiestimme. Sie spielte sie klangvoll an und sanft zugleich, wie Glockenschläge. Sie stellte sich vor, dass Antero im Zimmer ihrer Schwester den Kopf hob und den Klängen nachlauschte und dass er fragte: »Wer spielt da?«, und Leonor ihm gestehen musste, dass es ihre Schwester war.

Aber nein! Leonor würde behaupten, es sei der Lehrer, der spielte. Augenblicklich stürzte alles in ihr ein. Sie brachte das Lied mit Mühe zu Ende, verspielte sich, schluderte dahin. Dann sagte sie: »Mir ist unwohl. Ich glaube, es wird doch nichts mit der Musikstunde. Danke, dass Sie auf so kurzfristigen Hinweis kommen konnten.«

»Wissen Sie, es gibt diese neuen Instrumente, Klavier genannt. Darauf lässt sich die Klangfarbe der Töne variieren, wie bei einer Violine oder einer Flöte. Sie könnten noch mehr Gefühl in Ihre Spielweise hineinlegen, den einen Ton leise, den anderen laut erklingen lassen, zart spielen und fest, zögerlich und leichthändig. Vielleicht möchten Sie Ihren Vater bitten, ein Klavier zu kaufen? Johann Sebastian Bach hat vor acht Jahren die Silbermannschen Klaviere im Potsdamer Schloss begutachtet und sich durchaus anerkennend geäußert. Wäre er nicht bald darauf verstorben, er hätte sicher selbst Konzerte auf diesem neuen Instrument gegeben. Noch ist die Öffentlichkeit nicht bereit für diesen Schritt, aber ich sage Ihnen, eines Tages wird der Klavierflügel das Cembalo ablösen, auch im Konzertsaal. Sind Sie bereit, auf das neue Instrument zu wechseln? Es ist wie für Sie geschaffen.«

»Meinen Sie?«, sagte sie und sah an ihm vorbei.

»Denken Sie darüber nach.« Der Musiklehrer stand auf und verbeugte sich. »Menina Dalila, Ihr Spiel hat mir heute außerordentliche Freude gemacht. Sie haben mich beeindruckt.«

Sie blieb am Cembalo sitzen, bis er gegangen war. Dann schlich sie zu Leonors Tür. Es durfte kein Schatten unter dem Türspalt hindurchfallen, deshalb blieb sie neben der Tür stehen und neigte den Oberkörper vor, um das Ohr an das weiße, goldverzierte Holz zu legen.

Sie hörte nichts. Keine Worte, kein Lachen. Das konnte nur eines heißen: Sie küssten sich. Schmerzhaft fuhr es ihr durch das Knochenmark. Die Schwester verführte Antero.

Dalila eilte an der Tür vorbei und betrat ihr Zimmer. Mit drei Schritten war sie am Bett und warf sich darauf. Sie schluchzte. Tränen rollten auf das Kissen. Sie drückte den Mund in das Kissen und sagte leise: »Antero, ich liebe dich.« Die Worte brachten ihr Erleichterung. »Ich liebe dich. Ich liebe dich. Ich liebe dich.«

Der heilige Antonius bemühte sich nicht genug. Dalila stand auf und ging zum Betstuhl. Der blaue Stoffbezug des Balkens empfing weich ihre Knie. Sie nahm die kleine Figur des Stadtheiligen aus der Mitte ihrer Figürchen und setzte sie auf die obere Querstrebe, die sie sonst zum Auflegen der Hände und des Gebetbuchs verwendete. »Du hast mich enttäuscht, Antonius. Gib dir mehr Mühe! Dann sollst du auch das Christuskind wieder ansehen.« Sie drehte ihm den hölzernen, aufgesteckten Kopf um, sodass er zum Rücken hinsah, während er gezwungen war, das Christuskind weiter vor der Brust in den Armen zu tragen. Es sah nach einer unbequemen, schmerzhaften Haltung aus. »Unternimm etwas. Willst du, dass mir das Herz bricht? Dass ich sterbe?« Sie sprach es noch einmal aus. »Willst du, dass ich *sterbe?*«

Ja, so fühlte es sich an. Sie hatte die Heilung vor Augen, die sie brauchte. Antero war da! Aber Gott verweigerte ihn ihr. Leonor hielt das Geschenk in den Krallen, das ihr, Dalila, gehörte. Sie hatte es an sich gerissen wie Jakob das Erstgeburtsrecht.

Dalila hatte nie vermutet, dass ihr Leben einmal so tragisch verlaufen würde. Sie hatte auch nicht gewusst, dass sie so sehr lieben konnte. Bevor sie Antero zum ersten Mal begegnet war, hatte sie nur eine gewisse Fürsorge empfunden, für ihren Vater und für Leonor, und eine leise Sehnsucht nach der abwesenden Mutter. Was jetzt ihr Herz zerbrach, war eine stärkere Kraft als Angst und Durst. Jeder Gedanke an Antero rührte schmerzhaft an ihr Inneres.

Sie stellte die Heiligenfigur an ihren Platz zwischen den anderen und stand auf. Der Hals schnürte sich ihr zu. Sie wischte sich neue Tränen aus den Augen. Wie sollte sie weiterleben? Woher sollte sie die Geduld nehmen, woher sollte die Kraft für einen weiteren Tag kommen?

Vielleicht half es, wenn sie Leonor und ihn beim Küssen betrachtete. Wenn sie sich so viel Schmerzen zufügte, dass die Liebe in Wut umschlug und es ihr kurzzeitig gelang, Antero zu hassen, dann würde es ihr besser gehen. Sie hatte zu viel Mitleid mit ihm. Er hatte es doch selbst in der Hand, ob er bei Leonor blieb und ihren Tücken erlag. Diesen Gedanken musste sie nähren, er würde ihr helfen.

Sie trat an die Wand heran. Sei tapfer, sagte sie sich, und sieh genau hin! Sie beugte sich vor und legte das Gesicht an die Tapete. Dort aber, wo sie das Loch hineingeritzt hatte, war alles dunkel. Die Schwester hatte den Schlitz zugehängt.

So schlimm war es also. Sie wollten nicht gesehen werden. Leonor hatte sich ausgezogen für ihn. Er streichelte ihre Brust. Er liebkoste ihren Bauch, ihren Rücken. Dalila schoss die Galle hoch. Sie konnte die Vorstellung nicht ertragen.

Seine Augen fielen ihr ein, und die stille Trauer in ihnen. Leonor nutzte ihn aus. Er war schwach, ja, aber vielleicht hatte er gute Gründe dafür. Wer wusste schon, was ihm widerfahren war! Anstatt dass Leonor ihn tröstete und ihm wieder auf die Beine half, fiel sie über ihn her wie eine Raubkatze, während er sich nicht wehren konnte.

Sie durfte das nicht zulassen. »Es reicht«, sagte sie. Sie musste Antero aus Leonors Klauen befreien. Was immer notwendig war, um Antero zu helfen, würde sie tun.

Antero schloss die Tür der Wagenhalle hinter sich und sank an der Wand hinunter. Sein Gesäß kam hart auf dem Boden auf. Es war kühl hier und roch nach Teerschmiere und Holz. Die kalte Luft machte seinen Verstand wieder klar.

Er hatte nicht vorgehabt, Leonor zu verfallen. Es war immer nur eine kleine Liebelei gewesen, um seine Besuche bei Samira zu verbergen. Er hatte sich gesagt, dass er ihr Gutes tat, wenn er ihr Komplimente machte, dass er sie damit stärkte. So hatte er sein Gewissen beruhigt. Aber sie wusste ihren Körper so einzusetzen, dass sie ihn zu Dingen verlockte, die einer vorgetäuschten Liebschaft nicht gut zu Gesicht standen. Sie setzte ihr Lächeln ein, ihre Augen, ihren schlanken Hals. Sie legte ihm die kühlen Finger um den Nacken und küsste ihn.

Antero fuhr sich mit den Händen über das Gesicht. Zumindest eines war geschafft: Leonor hatte ihm nicht angemerkt, dass ihm Verfolger auf den Fersen waren. Sie hatte keine Ahnung, wer er war. Das Schloss des Barons und seiner Zwillingstöchter blieb ein sicheres Versteck für Samira.

Er erhob sich. Zwei Berlinen standen in der Mitte der Halle, Kutschen mit riesigen Rädern. Jemand am Hof von Friedrich Wilhelm hatte das neue Gefährt in Berlin erfunden, und es hatte binnen Kurzem alle Königreiche erobert.

Neben den Berlinen standen die Tragesänften des Barons, winzige Kabinen, innen mit goldener Tapete ausgeschlagen. Damit ließ er sich zum Kaffeehaus tragen und schlürfte dort eine Schale Kaffee und verbarg sich hinter einer Zeitung vor den Autoren, Anekdotenjägern, Spielern und Müßiggängern. Antero hatte die Gewohnheiten des Barons genau erkundet, bevor er Samira bei ihm versteckte.

Er ging zum Dienstbotengang hinüber. Bento schlug an, bevor er an die Tür klopfen konnte. Antero klopfte dennoch. Augenblicke später öffnete die Köchin. Als sie ihn erblickte, hielt sie die Tür auf. »Kommen Sie herein. Sie sind ungestört.«

Die Köchin schloss die Tür hinter ihm. Bento fuhr ihm schwanzwedelnd um die Beine. Er strich dem Hund über das Fell. »Fein hältst du Wache. Fein, Bento!«

»Samira spielt in ihrem Zimmer«, sagte jemand.

Er kannte die Stimme nicht. Misstrauisch blickte er auf. Eine Frau lächelte ihn an. Er fragte: »Wer ist sie?«

»Das neue Kammermädchen«, erklärte die Köchin. »Sie ist seit einer Woche hier.«

Das Kammermädchen knickste. Es besaß ein rundes Gesicht und lange weiche Wimpern.

Er presste die Lippen aufeinander. Etwas war am Anblick der jungen Frau, das ihn berührte. Es zupfte an seinem Herzen. Dem sanften Zupfen folgte ein Reißen. Dem Reißen ein Stich. »Bist du Jüdin?«

»Neuchristin, Herr.« Sie stockte. »Woher wissen Sie das?«

Er sah die Köchin an. »Das Kammermädchen muss fort. Eine Neuchristin! Der Deutsche ist für die Inquisition unantastbar, schön und gut, aber so macht er sein Haus zur Zielscheibe. Sie werden ihr nachstellen. Es wird Verdächtigungen geben, Beobachtungen, Verhöre. Ich habe *einmal* den Fehler gemacht, unvorsichtig zu sein, und musste bitter dafür bezahlen. Noch einmal passiert mir das nicht.«

»Senhor, sie arbeitet gut. Und sie ist verlässlich und verschwiegen.« Die Köchin blickte mitleidig zum Kammermädchen hinüber.

»Du weißt nicht, wovon du sprichst. Hier geht es nicht um eine Anstellung, es geht um Leben und Tod. Samira …«

»Vater!« Die Kleine erschien im Türrahmen zu seiner Linken und kam auf ihn zugerannt.

Er ging in die Hocke und fing sie auf. Das weiche Gesicht der Kleinen fügte sich an seine Wange. »Wie hab ich dich vermisst!« Er hob sie hoch und drehte sich im Kreis.

»Dein Bart kitzelt«, rief sie.

Antero streckte die Arme in die Höhe und ließ Samira über seinem Kopf schweben. Sie juchzte vor Vergnügen.

Er setzte sie sich auf die Schultern. »Das Pferdchen läuft aber nur, wenn du ihm etwas zu fressen gibst.«

Samira patschte ihm mit der kleinen Hand auf den Mund.

Er tat so, als würde er kauen. Dann sagte er: »Mehr!«

Sie formte die Hand zu einer Schale und hielt sie ihm vor die Lippen. Erst fraß er zum Schein daraus, dann nahm er ihre Finger zwischen die Lippen und biss spielerisch zu. Samira schrie auf und zog rasch die Hand zurück. Sie lachte. Vorsichtig gab sie ihm die Hand wieder. Er knabberte daran. Sie lachte und riss die Hand weg.

Dann sagte sie: »Guck mal, Bento ist komisch. Das hat er vorhin auch gemacht.«

Antero sah sich um. Der Hund stand an der Tür und starrte auf den Spalt, als würde sie sich jeden Augenblick öffnen. Sein Fell sträubte sich. Er knurrte. Dann plötzlich wich er zurück und gab fiepende Laute von sich. Er hob vorsichtig die Schnauze und witterte. Wieder fiepte er und wich weiter zurück. Er klemmte den Schwanz zwischen die Hinterläufe. Der Hund hatte offensichtlich Angst.

»Ruhig, Bento.« Antero setzte Samira ab.

»Ich mache das«, sagte die Köchin. »Gehen Sie dort in die Vorratskammer.«

Antero öffnete die schmale Tür und schloss sie hinter sich. Dunkelheit umgab ihn. Es roch nach Wurst und Käse. Sie durften keine Verbindung zwischen ihm und der Kleinen erahnen. Lieber ließ er sich festnehmen.

Die schmale Tür wurde von der Köchin von außen geöffnet. »Da ist keiner«, sagte sie. »Ich weiß auch nicht, was Bento hat.«

Antero trat nach draußen auf die Straße hinter dem Stadtschloss. Tatsächlich. Niemand war dort. Er sog die Luft ein. Was roch Bento? War der Hund krank? Womöglich konnten

Hunde an ihrer Nase erkranken und Dinge riechen, die nicht da waren.

Es war allerdings unnatürlich still in der Stadt. Die Zikaden schwiegen, und es war kein Vogelzwitschern zu hören. Tiere spürten Naturphänomene vor den Menschen. Wenn ein Sturm heraufzog, flogen die Mauersegler tief über dem Boden, noch bevor eine Wolke am Himmel zu sehen war.

Er vermisste sein Notizbuch. Es verlangte ihn danach, die Vorkommnisse zu protokollieren, sie genau zu beobachten und festzuhalten, damit er seine Schlüsse daraus ziehen konnte.

Erst der Schwefelgeschmack des Wassers, dann die Tiere, die verrückt spielten. Etwas stimmte nicht mit Lissabon.

7

Lissabon war ein Dickicht aus Stein und Eisen und staubbedeckten Bäumen. Tausende Menschen zwängten sich durch seine Gassen. Leonor beugte sich aus der Tragesänfte und sah die steile Straße hinauf, die von der Unterstadt auf den Hügel führte. Häuser besetzten den Hang wie Schimmelpilze. Zu ihrer Linken pries ein Elfenbeinhändler Kämme, kugelförmige Dosen, Flöten und Armreifen an. »Wundervolle Geschenke für Damen! Sehen Sie! Kaufen Sie!« Ein Mann mit englischem Akzent interessierte sich für die Armreifen. Zwei Straßen weiter bekam man dasselbe für die Hälfte. Die Unwissenheit des Mannes würde dem Händler einen unverschämten Profit verschaffen.

Im Gedränge spähten Beutelschneider nach Opfern aus. Leonor erkannte sie an den flinken, wachen Blicken, mit denen sie sich verständigten. Bettler täuschten Lähmungen vor. Kaufleute mogelten mit den Gewichten. Obsthändler drehten ihre Früchte mit der guten Seite nach oben und verbargen die faule vor den Blicken der Käufer.

Jeder suchte nach seinem Vorteil, bemühte sich, mit erlaubten und unerlaubten Mitteln Reichtum zu erlangen. Sie sahen nichts als nur sich, ihr Leben, ihr Vorankommen, ihr kleines gieriges Herz.

Selbst ihren Glauben lebten sie so. Sie feilschten mit Gott um Bevorzugungen, tauschten Kerzen, Gebete und wunde Knie gegen Besitz, Liebesglück und Verschonung von Krankheiten. Sie begriffen nichts von der großen Schlacht zwischen Gut und Böse, die auf dem Planeten tobte.

Selten einmal gab es Menschen, die weiter blicken konnten. Gabriel Malagrida war einer davon. Er besaß einen grenzenlosen Horizont. Er war neugierig auf Dinge, die ihm keinen direkten Vorteil einbrachten. Er war fähig, Geschicke zu lenken und Machtsysteme zu durchschauen. Die Societas Jesu war stark, weil Gabriel Malagrida stark war.

Leonor sank in den Sitz der Tragesänfte zurück und ließ den Vorhang los. Er fiel vor das Fenster und verdunkelte die kleine, schaukelnde Welt. Die Träger glaubten, sie brächten sie zu einer ihrer zahlreichen Liebschaften. Diesen Glauben sollten sie behalten.

Sie klopfte mit der flachen Hand an die Wand der Sänfte. Das Schaukeln endete. Behutsam wurde die Sänfte auf dem Boden abgesetzt. Einer der Träger öffnete die Tür und half Leonor hinaus.

Sie sagte: »Den Rest gehe ich allein.«

»Sollen wir warten, Menina Leonor?«

»Nein.«

Die Träger verbeugten sich. Sie ergriffen die Stangen und hoben die Sänfte an. Leonor sah ihnen nach, bis sie im Gewühl der Straße verschwunden waren, und wartete dann noch eine Weile. Schließlich wandte sie sich in Richtung des Jesuitenviertels *Bairro Alto de São Roque*.

Er streichelte Samira das Gesicht. »Ich besuche nur jemanden in der Stadt und komme bald wieder. Ich fahre gar nicht aufs Meer.«

Die Kleine nickte tapfer.

Antero spähte aus der Dienstbotentür. Die Straße war frei. Er ging bis zur Ecke, dann hielt er sich rechts. Er passierte Villen und große Stadthäuser. Eine Menschenmenge kam auf ihn zu, Priester und Ordensleute, gefolgt von einem Pferdewagen. Er zog sich rasch in einen Hauseingang zurück.

Die Pferde trugen dunkle Schabracken. Auf dem Wagen lag

ein Sarg, von schwarzem Tuch bedeckt. Honoratioren gingen rechts und links des Wagens. Zum Schluss folgte eine Schar schwarzgekleideter Frauen und Männer. Sie trugen jeder eine brennende Kerze in der Hand.

Er dachte unweigerlich an den Tod seines Vaters. Er hatte sich gefürchtet damals, als er die dunkel verhängte Kirche betrat und sie am Katafalk das Seelenamt abhielten, inmitten von flackernden Kerzen. Er hatte in seinem kindlichen Denken den schwarzen Schmuck nicht verstanden, ihm war es vorgekommen, als weihe man den Toten der Finsternis.

Die Pferde zogen an ihm vorüber. Der Verstorbene musste reich und von hohem Rang gewesen sein; üblicherweise folgten nur einige Angehörige und Freunde dem Sarg, und der Sarg wurde von Männern auf den Schultern getragen. Was nützte es ihm? Für den Toten war alles vorüber.

Hätten ihn die Kugeln der Soldaten heute getroffen, läge er jetzt genauso in einem Sarg. Er vermisste Gott. Das Leben fühlte sich ohne ihn kalt und bedeutungslos an. Bäume, Tiere, Menschen – wie vergänglich waren sie, wenn es keinen Schöpfer gab, der sie zum Leben erweckt hatte und ihnen Sinn und Würde gab. Ohne ihn waren sie nichts als Zufälle. Abfälle der vorbeirauschenden Zeit.

Aber andererseits schien Gott nichts zu tun. Er war einfach nicht da. Er hatte Malagrida nicht daran gehindert, Julie zu töten. Warum sollte er es gewesen sein, der die Gewehrkugeln an ihm vorbeigelenkt hatte?

Antero sah dem Leichenzug nach. Malagrida musste endlich bezahlen. Das wäre etwas, womit er nicht rechnete: Wenn er ihm, statt zu fliehen, die Stirn bot, wenn er den Spieß umdrehte und Jagd auf den Jesuiten machte. Er lächelte bitter.

Der Türpfosten vibrierte. Antero zog entsetzt seine Hand

weg. Er streckte die Finger aus und betastete ihn. Der Pfosten fühlte sich an wie ein Nest aufgeregt schwärmender Wespen. Antero ging in die Hocke und fasste an die Treppenstufe. Sie zitterte ebenfalls.

Er machte einen Satz nach vorn.

Die Straße vibrierte auch. Gott ließ die Erde beben, um ihm zu zeigen, dass er da war. Es machte ihm Angst. Er ließ sich auf alle viere fallen und kroch über den Boden. Er spürte das Beben in den Knien und den Handgelenken. Die Erde lebte unter ihm. Sein Herz flatterte wie ein Sperlingsflügel.

Dann verschwand das Zittern. Antero verharrte auf allen vieren. Er wartete. Das Herz flatterte weiter, aber das Beben war fort, er konnte nichts mehr davon spüren. »In Ordnung«, sagte er leise. »Ich glaube dir, Gott. Ich weiß, dass du da bist.«

Er kroch zurück zur Tür und setzte sich auf die Treppenstufe. Er versuchte, ruhig zu atmen. Immer wieder fühlte er mit der Hand nach, ob die Straße ruhig war. Sein Mund war trocken. Das Hemd klebte am Körper. Antero fasste den Türpfosten an. Er war still.

Der Schwefelgeschmack des Wassers fiel ihm ein. In der alten Zeit, als er Naturforscher werden wollte und Bücher las, hatte er da nicht von der Theorie erfahren, dass Erdbeben durch unterirdische Explosionen von Salpeter-Schwefel-Gemischen ausgelöst wurden? Das Brunnenwasser hatte eindeutig nach Schwefel gerochen. Salpeter und Schwefel und Holzkohle ergaben Schießpulver. Glichen die Umstände eines großen Erdbebens, das Donnern, das Erzittern der Luft und der Erde, nicht dem Abfeuern einer Kanone?

Vermutlich war mit dem Zittern gerade ein kleiner unterirdischer Vorrat von Salpeter und Schwefel verbrannt. Bento hatte das im Voraus gespürt. Im Voraus … Antero hielt den Atem an.

Ein Vorbeben.

Er hatte damals davon gelesen. Einem großen Erdbeben gingen in den Tagen zuvor kleine Beben voraus. Was er gerade gespürt hatte, war nur ein drohendes Grollen gewesen, das eine große Explosion ankündigte.

Die Einwohner Lissabons gingen ihren alltäglichen Geschäften nach, sie arbeiteten, tranken, heirateten, spielten, schliefen, während sich unter ihnen eine tödliche Katastrophe zusammenbraute.

Anteros Körper versteifte sich. Der Mahner beim Messerwerfer hatte im Namen Malagridas ein Unglück angekündigt. Ahnte Gabriel Malagrida, dass es ein Erdbeben geben würde? Sah er die gleichen Vorzeichen? Darum der fieberhafte Versuch, ihn zu fassen. Darum der bestochene Kapitän. Darum die Falle draußen im Hafen. Antero hatte Lissabon nicht betreten sollen. Sein alter Lehrmeister wollte das Erdbeben für sich gebrauchen. Wenn jemand davor warnte, entging ihm die große Gelegenheit, seinen Ruf als Prophet zu festigen. Er wusste genau, Antero würde die herannahende Katastrophe bemerken, er, der von Kindheit an die Naturphänomene studiert hatte, der Beobachter, dem Kleinigkeiten nicht entgingen.

Das hieß, dass das erste Vorbeben vor Wochen stattgefunden haben musste. Er stand auf. Ein Erdbeben würde nicht nur Malagridas Macht vergrößern, schlimmer noch, Malagrida und andere würden es gebrauchen, um die aufkeimende Freiheit zu zertrampeln, gerade jetzt, wo das schwache Pflänzchen sich zögerlich zum Licht emporstreckte. Die Welt war nicht so streng eingerichtet, wie es die Jesuiten lehrten, sie besaß mehr Helligkeit, war gnädiger, und sie war vor allem verstehbar. Nach einem Gottesgericht würden die Menschen wieder den Kopf einziehen, man würde ihnen das Fragenstellen verbieten. Das durfte nicht geschehen.

Er lief an siebenstöckigen, blau getünchten Häusern vorüber. Einige der Häuser waren mit glänzenden Kacheln bedeckt. So etwas gab es nur hier. In England benutzte man Kacheln für Öfen. Lissabons Häuser aber mussten sich gegen die salzige, feuchte Meeresluft schützen.

Welchen Schutz gab es gegen ein Beben, das die Erde zerriss wie tausend Pulverfässer? Man musste ihm zuvorkommen. Man musste hundert Brunnen bohren und das gefährliche Schwefelwasser ablassen. Aber das war eine Unternehmung, die Monate dauerte. Sie war unmöglich zu bewerkstelligen, bevor der gefährliche Funke schlug.

Durch eine Toreinfahrt sah er einen von der Abendsonne gefluteten Hof mit Palmen und rotblühenden Büschen. All diese Schönheit würde zerstört werden. An der Straßenecke wies ein Händler auf seinen Bauchladen, als Antero vorüberging, und rief: »Haare und Knochensplitter von Heiligen! Schutz vor Feuer, Unwetter, Dieben, Mördern, Pestilenz und plötzlichem Tod!«

Ein feiner Schutz würde das sein, wenn der Boden explodierte.

Er näherte sich dem *Arsenal de Guerra*. Sorgfältig passte er sein Tempo einer Gruppe von Oratorianermönchen an. Er lief so, dass sie zwischen ihm und den Soldaten gingen, die vor dem breiten Portal wachten. Sollten die Soldaten ihn entdecken, konnte er nur hoffen, dass sie strenge Order hatten, ihren Posten nicht zu verlassen. Sie mussten ja die Gewehre hüten, die hinter ihnen im Gebäudekoloss lagerten, das Schießpulver und die Kugeln, das Zaumzeug für die Kavallerie, die Kanonen.

Das *Arsenal de Guerra* flog sicher als Erstes in die Luft.

Die Oratorianer sprachen über ihre Schüler. Der Orden war eine Konkurrenz für die Jesuiten, König João V. hatte ihm dieselben Privilegien zugestanden wie den Schulen der Jesuiten und außerdem Geld gestiftet für Buchanschaffungen. Seitdem war der Orden kräftig gewachsen. Und warum das alles? Weil der König 1742 eine Herzattacke erlitt, die ihn vollständig lähmte. Als er davon wieder gesundete, meinte er, es einer Statue der *Nossa Senhora das Necessidades* zu verdanken. Zu Ehren der heiligen Jungfrau, die ihn seiner Ansicht nach wieder gesund gemacht hatte, kaufte er das Land, auf dem die Kapelle der *Nossa Senhora das Necessidades* stand, und stiftete eine Kirche, einen Palast und ein Hospiz. All dies übertrug er den Oratorianern. Malagrida hatte den Kopf schüttelt, als er 1749 aus Brasilien heimkehrte und davon erfuhr. Damals war Antero zu seiner rechten Hand geworden.

Vor ihm tat sich der *Terreiro do Paço* auf. Die Händler bauten gerade ihre Stände ab. Esel und Pferde standen über Futtereimer gebeugt. Karren wurden mit den unverkauften Waren beladen. Die Händler hatten nichts vom Beben bemerkt.

Die untergehende Sonne malte orangefarbene Flecken auf die Wand des Opernhauses. Es war erst dieses Jahr eingeweiht worden. Als er Lissabon das letzte Mal besucht hatte, war es noch eine Baustelle gewesen. Der Prunkbau würde ein kurzes Leben haben.

In Porto hatten sie ihm von der Einweihung erzählt. Die erste Vorstellung war die Oper *Alessandro nell'India* gewesen. Der König liebte Opern. Man war neidisch in Porto auf den Reichtum Lissabons. Das neue Opernhaus goss Öl ins Feuer. Sechshundert Sitzplätze hatte das Oktagonal und vier Reihen von Balkonen. Der Balkon des Königs gegenüber der Bühne war mit Marmorsäulen und Gold geschmückt. Auf der Bühne konnte eine sechsspännige Kutsche wenden. Das erzählten sie in Porto. Er hatte damals Stolz empfunden auf seine alte Heimatstadt.

Konnte er sie retten? Er brauchte Hilfe. Ohne Beweise würde der König die Stadt niemals räumen lassen.

Vor jedem Eingang des quadratischen Palasts standen Posten der königlichen Wache. Sie trugen Hellebarden: scharfe Eisenspieße, rechts und links mit halbmondförmigen Klingen bewehrt.

Er musste warten, bis Vasco zum Rauchen vor die Tür trat. Er rauchte nicht in der Bibliothek. Antero spähte über den Platz. Die letzten Marktbesucher drängten sich um eine Bude, die es schon in seiner Kindheit gegeben hatte. Dort verkaufte eine alte Dame mit Mandelcreme gefüllte Küchlein aus Weizenmehl. Sie tunkte sie in kochenden Honig und frittierte sie anschließend in Olivenöl. Das Geschäft lief gut. Neben der Dame wartete ein Wasserträger mit seinem roten Tönnchen darauf, dass die Menschen von der süßen Speise durstig wurden.

Antero reihte sich in die Schlange der Wartenden ein, um nicht aufzufallen. Neben ihm spuckte eine Mutter auf ihren Ärmel. Sie wischte ihrem Sohn damit den honigverschmierten Mund sauber.

Antero sah hoch. Er musste die Palasttür im Blick behalten, die zur Bibliothek führte.

Leonor lächelte in sich hinein. Überall sonst wucherten die Häuserzüge frei, hier aber, im *Bairro Alto de São Roque* rings um die einflussreiche Jesuitenkirche, waren die Straßen rechtwinklig angeordnet: fünf verliefen in Nord-Süd-Richtung, zwei weitere kreuzten sie von Ost nach West, mit dem Winkelmaß geplant. Das Stadtviertel zeigte, wohin die Jesuiten das Königreich führten. Eine gute Ordnung sollte es geben und eine Herrschaft von wohltuender Struktur.

Die Regenrinnen waren frei von Moos, es gab keinen Vogelkot an den Hauswänden, und die Straßen waren sauber gefegt. Hier wohnten reiche Bürger, die sich die Nähe zu den Jesuiten etwas kosten ließen.

Sie passierte die Jesuitenkirche von *São Roque*. Äußerlich war es ein schlichtes Gebäude. Die eckigen Fenster und das rot gedeckte Dach ließen die Kirche wie ein Wohnhaus erscheinen. Leonor aber war darin gewesen. Sie wusste, welche Schätze die Kirche barg. *São Roque* war eine der kostbarsten Kirchen der Welt. Außen weiß und schmucklos, entfaltete sich im Inneren eine Pracht aus Gold, Silber, Elfenbein, Lapislazuli, Marmor und Alabaster. So lebten die Jesuiten. Äußerlich waren sie unscheinbar und still, während sie im Inneren Schätze bargen.

Jesuiten waren auf der ganzen Welt die Beichtväter in den Königshäusern. Vor ihren Beichtvätern hatten die Fürsten keine Geheimnisse. Die Beichtväter waren mitunter ihre engsten Berater. Der Orden zog die klugen Köpfe an sich und bildete sie aus. Er brachte Gesandte in entlegene Kulturen und schloss Freundschaft mit fernen Völkern.

Leonor mochte diesen Gestaltungswillen, die Bereitschaft der Jesuiten, die Menschen zu führen. Das Königreich Portugal war träge geworden, nur noch die Kaufleute trieben fleißig ihre Geschäfte, aber mit welchem Ziel? Sie wollten Geld verdienen, das war alles. Solche flachen Absichten interessierten sie nicht. Die Societas Jesu verfolgte größere Ziele. Hier ging es um den Sinn der menschlichen Existenz und um die Ausrichtung der Menschheit auf ihrem Weg.

Malagridas Haus klebte an der Kirche, die Häuser waren zusammengewachsen wie Zwillinge. Über der Tür prangte das Signet der Jesuiten, die Buchstaben IHS im Strahlenkranz, darunter drei Nägel, je einer für die Gelübde Armut, Ehelosigkeit und Gehorsam. IHS symbolisierte die griechische Form des Namens Jesu, Iesous. Nur die drei ersten Buchstaben wurden wiedergegeben: Iota, Eta, Sigma, das Eta stellte man durch ein H dar.

Leonor zog die Tür auf, ohne zuvor zu klopfen. Auf halber Höhe der breiten Marmortreppe im Inneren drehte sich ein Mann um. Es war Tomás, den sie den Schneider nannten. Er hob zum Gruß die dürre Hand. Dieser Mann schien überhaupt nicht zu existieren in den Falten des Stoffs. Nur ab und an sah man einen Hüftknochen oder einen Ellenbogen den Stoff hervorwölben.

Sie folgte ihm die Treppe hinauf. Es war kühl im Haus. Entlang der Treppe führte eine goldene Linie aufwärts, als wollte sie ihnen den Weg zum Himmel weisen. Tomás sagte über seine Schulter hinweg: »Jedes Mal, wenn Sie hier sind, bereuen sämtliche Jesuiten, dass sie Ehelosigkeit geschworen haben.« Er tat lässig, aber seine Ohren, die sich rot verfärbten, verrieten, dass ihr Anblick ihn aufwühlte.

Mit den Jahren hatte sie sich daran gewöhnt. Es irritierte sie nicht mehr, dass die Männer sie begehrten. Ein Mann, der eine Frau wie sie besitzen wollte, war bereit, große Anstrengungen auf sich zu nehmen. Diese Kräfte galt es zu kanalisieren und zu gebrauchen. Sie beherrschte dazu eine Vielfalt an Fertigkeiten: das Anfüttern, das Hinhalten, das Enttäuschen, das Zerbrechen, das Wiedererwecken von Hoffnungen, das Entfachen von Neid, und, am wichtigsten, sämtliche Spielarten von Eifersucht. Eifersucht war die stärkste Kraft auf dieser Erde. Sie konnte einen gesunden, selbstbewussten Mann dazu bringen, sich zu erhängen. Sie konnte Familien entzweien, Schiffe bewegen, Rechtschaffene zu Schurken machen.

Padre Malagrida beherrschte das Spiel mit den Sehnsüchten der Menschen wie ein Magier. Männer und Frauen taten oft etwas, ohne sich ihrer wahren Motive bewusst zu sein. Gabriel Malagrida wusste, was sie fühlten, ehe sie es selbst begriffen. Er erkannte ihre Wünsche, bevor sie sie selbst erkannten. Es war lehrreich, mit ihm zusammenzuarbeiten.

Man nannte ihn einen Propheten, weil er im August vergangenen Jahres eine Predigt unterbrochen hatte, um den Tod der Königin zu verkünden. Genau in jenem Moment war sie gestorben. Er war monatelang nicht mehr bei ihr gewesen, man hatte ihm den Zugang zu den Gemächern der kranken Königinmutter verwehrt, weil man gemutmaßt hatte, dass er sich ihrer Macht bediente. Er hatte ihren Zustand also nicht kennen können. Woher hatte er ihre Todesstunde gewusst? Niemand konnte das erklären. Die Tiefgläubigen verehrten ihn nun noch mehr. Die Zweifler fürchteten ihn.

Tomás hielt vor der kleinen Tür von Malagridas Studierraum an.

»Sie wollen auch zu ihm?«, fragte Leonor.

»Er hat mich rufen lassen, ja.« Der Schneider klopfte.

Als von drinnen ein »Bitte sehr« ertönte, öffnete er und ließ zuerst Leonor eintreten. Der Raum war klein. An den Wänden gab es zwei Bücherborde, außerdem einen Tisch, einen Stuhl und eine mit schlichtem Stoff bespannte Bank. Das war alles.

Hinter dem Tisch erhob sich Malagrida mit einem Schnaufen. Er überragte Leonor um fünf Handbreit. »Schön, dass Sie kommen konnten.« Eines seiner Augen blickte sie an, das andere schaute zur Seite. Während er um den Tisch herumkam, kratzte er sich knisternd am Perückenansatz. Alles tat er geräuschvoll: Er atmete, schlurfte, räusperte sich. Seine Anwesenheit überfüllte den Raum. Er galt für hundert Menschen, und er verströmte dieses Wissen aus allen Poren.

Sie konnte sich gut erinnern, wie er bei ihrer ersten Begegnung versucht hatte, ihre Furcht zu mildern. Er hatte gelächelt und gesagt: »Lassen Sie sich von meinem Auge nicht irritieren. Es ist tot geboren. Mit dem gesunden Auge sehe ich Sie sehr gut.«

Wenn es nur das Auge wäre, hatte sie damals gedacht. Aber es dauerte nicht lange, und sie begann, Bewunderung für ihn zu empfinden. Er hatte etwas aus sich gemacht. Ungeachtet seines hässlichen Körpers war er zu größtem Ansehen und Einfluss gekommen im Königreich.

»Setzen wir uns!« Er geleitete sie zur Bank. Den Schneider beachtete er nicht. Als sie sich niederließen, knackte unter Malagrida das dünnbeinige Möbelstück.

Tomás zog sich zu den Bücherborden zurück, bis er mit dem Rücken dagegenstieß, und schien die Luft anzuhalten, um endgültig zu einem Nichts zu werden.

»Sie werden von Tag zu Tag schöner«, sagte Malagrida.

»Finden Sie, dass es sich für einen Jesuitenvater ziemt, so etwas zu sagen?«

Malagrida lachte. »Darf ich einer jungen Frau keine Komplimente machen?«

»Die anderen Männer erledigen das schon zur Genüge.«

»Gut so, gut so.« Er wurde ernst. »Wie geht es Ihnen? Und haben Sie Neuigkeiten vom britischen Generalkonsul?«

»Sagen wir es so: Edward Hay schätzt nächtliche Spaziergänge mit mir.«

»Ihr Vater weiß davon?«

»Vater ist froh, dass ich mich in angesehenen protestantischen Kreisen umschaue. Er hofft, mit mir eine gute Partie zu machen. Und der Generalkonsul ist immerhin der Sohn des Earl of Kinnoull, auch wenn er als vierter und jüngster Sohn nichts erben wird.«

»Was haben die Engländer vor?« Wissbegier lag in den Augen des Jesuitenführers.

Er brauchte sie. Die ausländischen Faktoreien hielten den wichtigen Fernhandel in ihren Händen, allen voran die Engländer und die Deutschen. Diese Kaufleute waren zu großen Teilen Protestanten. Sie hatten sich Sonderrechte erkämpft, was die Behandlung durch die Inquisition anging, und misstrauten den Jesuiten. Sie waren eine eingeschworene Gesellschaft in Lissabon, abgeschottet nach außen hin und allem Katholischen abgeneigt. Leonor aber hatte als deutsche Kaufmannstochter überall Zugang. Sie war an diesem Ort die ideale Spionin für Malagrida. »Es geht das Gerücht, dass Edward Hay zum Botschafter für England aufsteigt. Wohl erst in einem oder zwei Jahren, aber er ist auf dem besten Weg an die Macht.«

»Halten Sie sich in seiner Nähe.«

»Nichts anderes hatte ich vor.« Sie lächelte.

»Wie steht es mit der *Bank of England?*«

»Sie kauft weiter große Mengen Gold an. Einer ihrer Angestellten hier in Lissabon, der mir gewogen ist, ließ durchblicken, dass man portugiesische *Moedas* prägen will, um sie in Portugal in Umlauf zu bringen.«

»Wichtige Neuigkeiten.« Malagrida rieb sich das Kinn. »Hetzen die Coppendales und der englische Chaplain weiter gegen die katholische Kirche?«

»Der Chaplain spottete kürzlich über die Sonderregel für Portugal, dass die Priester das Latein der Gebete und Lieder im Gottesdienst nicht verstehen müssen.«

Der Jesuit runzelte die Brauen. »Ein dummer Fehler, diese Regel. Stattdessen sollte man ihnen Latein beibringen! Und die Engländer, lassen sie weiterhin keine Katholiken in die Faktorei?«

»Ja, sie bleiben dabei. Katholiken sind nicht zugelassen, auch nicht die irischen.«

»Eine Frechheit. Es gibt mehr katholische Briten in Lissabon als protestantische, und trotzdem halten sich die Protestanten an der Macht und protzen, als wäre ihre Faktorei der Nabel der Welt.«

»Sie sind erfolgreich«, sagte sie. »Ihr Reichtum wächst von Jahr zu Jahr.«

»In der Tat. Tomás«, rief er den Schneider, »wie viele Briten gibt es in Lissabon, schlagen Sie das für mich nach.«

Der Schneider zog ein Buch aus dem Regal, schlug es auf, blätterte und sagte leise: »Einhundertfünfundfünfzig Geschäftsleute und Händler, sechzehn Witwen, die mit Geschäftshäusern verbunden sind, einhundertfünfundsechzig Gastwirte und Ladenpächter, einige Friseure, Zimmermänner, Schuhmacher, ein Senfmacher.«

»Ich werde das angehen.« Malagrida wendete sich Leonor zu. »Sie brauche ich einstweilen an anderer Stelle. Hören Sie. Ich habe vor fünf Jahren meinen besten Mitarbeiter verloren, einen brillanten Kopf. Jetzt gefährdet er meine Pläne. Obwohl ich alles darangesetzt habe, ihn daran zu hindern, hat er die Stadt betreten. Es ist von äußerster Wichtigkeit, dass er gefasst wird, bevor er größeren Schaden anrichtet.«

»Was kann ich tun?«

»Er hat eine Vorliebe für schöne Frauen. Und schöne Frauen haben eine Vorliebe für ihn.« Der Jesuitenführer lachte.

»Die Aufgabe ist wie für mich geschaffen.«

»Er heißt Antero, aber er wird sich unter falschem Namen bewegen.«

Leonor musste sämtliche Selbstbeherrschung aufwenden, um sich nichts anmerken zu lassen. Antero! Nein, das war unmöglich der Antero, den sie kannte. Oder war er vielleicht nicht nur ein Schmuggler, sondern führte auch die Jesuiten an der Nase herum? Selbst den Propheten? Immer war sie ihren Geliebten überlegen. Bei ihm aber war sie sich der Überlegenheit nicht sicher. »Woran erkenne ich ihn?«

»Er hat versucht, sich zu verändern, um nicht erkannt zu werden. Er trägt jetzt einen Bart, und seine Haut ist ledrig von der rauen See. Aber die Augen sind zart wie die einer Frau.«

Leonor zwang sich, ruhig zu atmen. Er war es. »Sie meinen, ich kann ihn becircen?« Hielt ihre Fassade? War sie gut genug? Sie versuchte immerhin, den Magier höchstselbst zu täuschen.

»Vor Jahren gab es eine Frau, ähnlich schön wie Sie, und auch ihr ist Antero verfallen. Sie hat ihn regelrecht blind gemacht.«

Leonor verspürte einen Stich. Wer war diese andere Frau? Sie, Leonor, hatte ihn noch nicht völlig in der Hand, nicht, wie sie die anderen Männer unterworfen hatte. Diese Frau besaß mehr Macht über ihn. *Ähnlich schön wie Sie* – wollte er damit sagen, dass sie ihre Schönheit besser zur Geltung bringen konnte? Schön war man nicht von Geburt an, das wussten die klugen Frauen. Man formte seine Ausstrahlung, man brachte sie zum Leuchten durch ein Lächeln, durch die Haltung des Körpers, durch Haarbänder und Kleider und Blicke. »In Ordnung«, sagte sie. »Ich werde ihn finden.«

»Es ist ein Jammer, dass der Orden keine Jesuitin zulässt. Sie wissen, dass Sie hier im Haus so genannt werden?«

Er glaubte ihr. Sie belog den Meister. Leonor lächelte. »Ja, ich weiß. Es ehrt mich.«

»Es gab einmal, fünfzehnhundertfünfundvierzig, einen weiblichen Zweig der Societas. Die Jesuitinnen legten dasselbe Gelübde ab wie wir. Aber der Orden der *Töchter Jesu* hatte nur ein Jahr lang Bestand, dann hat Ignatius vom Papst ein Dekret erwirkt, das einen weiblichen Zweig der Gesellschaft Jesu für alle Zeiten ausschloss. Bedauerlich.«

»Wäre ich ein Mann«, sagte sie, »würde ich sofort der Societas Jesu beitreten.«

Es klopfte.

»Jawohl!«, sagte Malagrida scharf.

Die Tür sprang auf und ein breitgesichtiger Mann platzte herein. Er riss sich den Dreispitz vom Kopf und presste ihn an den Bauch. »Padre, er ist weder beim Teehändler, noch versteckt er sich in den Hafenschänken. Ich fürchte, er ist uns entkommen.«

Leonors Blick wurde unweigerlich von den Händen des Fremden angezogen. Seine Daumennägel besaßen die Länge von Kleiderhaken. Eine widerliche Person war das, die sich erdreistete, solchen schlechten Geschmack zur Schau zu tragen.

Was war mit dem knochigen Tomás los? Er stand da am Bücherbord und seine Augen leuchteten. Worüber war er so beglückt? War es das, was der Fremde gesagt hatte? Es sah aus, als feixte er, weil dem Widerling ein Mann entkommen war.

»Ich weiß nicht, ob ich mich freuen oder mich ärgern soll«, sagte Malagrida. Leonor hatte das Gefühl, das tote Auge würde sie ansehen, während das gesunde auf den Fremden gerichtet war.

»Wieso freuen, Padre?«

»Nun, er hat offenbar gut gelernt bei mir! Ich wäre enttäuscht gewesen, wenn er dir allzu leicht ins Netz gegangen wäre.« Malagrida sah Leonor an. »Sehen Sie?«

Sie redeten von Antero! Ihr Herz begann zu rasen.

»Ich habe überall Spitzel postiert«, sagte der Fremde. »Auch die städtische Wache sucht ihn, und die Hafenwärter. Er kann die Stadt nicht verlassen. Durch die Tore kommt er nicht, und über den Fluss auch nicht. Aber ich brauche mehr Männer, um die Straßen zu durchkämmen.«

Malagrida zog ein violettes Seidentuch hervor und tupfte sich den Schweiß von der Stirn. »Zu seiner Mutter und dem Stiefvater geht er nicht, er verabscheut sie. Wahrscheinlich hat er sich irgendwo in einen Hinterhof verkrochen.« Er schloss die Augen. Es sah aus, als versuche er, in eine unsichtbare Welt zu schauen. »Früher oder später wird er Vasco aufsuchen. Wenn ihm alle Wege verbaut sind, geht er immer in die königliche Bibliothek. Er liebt Bücher bis aufs Närrischste.«

»Aber wie gelangt er in den Palast? Die Wachen lassen ihn sicher nicht ein.«

Malagrida öffnete die Augen wieder. »Er wartet, bis Vasco, sein Vetrauter, den Palast verlässt. Dann kommt er hervorgekrochen, und Sie können ihn sich schnappen.«

Das Gesicht des Fremden hellte auf. »Danke, Padre.« Mit einer Verbeugung verließ er den Raum.

Leonor erhob sich. »Ich werde dann auch –«

Er zog sie wieder herunter. »Bleiben Sie.«

Leonor hätte jeden anderen Mann geohrfeigt, der es wagte, sie festzuhalten. Aber es war etwas an Malagrida, das es ihr unmöglich machte, sich gegen ihn zur Wehr zu setzen.

»Die Sache ist zu wichtig, um sich allein auf Heitor zu verlassen. Ich will, dass auch Sie nach Antero fahnden. Nutzen Sie Ihren umfangreichen Freundeskreis, hören Sie sich um.«

»Ja, Padre.«

»Bevor Sie gehen, noch ein rasches Wort über Ihren Vater.« Er sah zum knochigen Jesuiten an der Bücherwand hin. »Bearbeitet Tomás ihn mit den richtigen Argumenten?«

Sie sagte: »Vater wird zustimmen. Sorgen *Sie* dafür, dass ich das Glück meiner Familie nicht umsonst aufs Spiel gesetzt habe.«

»Umsonst wäre das gänzlich falsche Wort.« Gabriel Malagrida lächelte.

8

Möwen umkreisten die runde Kuppel der Kathedrale. Galeonen und Fleuten wiegten sich auf dem angrenzenden Fluss in den Schlaf. Eine Berline fuhr vor das Opernhaus, hielt. Der Kutscher half einer feinen Dame aus dem Wagen. Zwei weitere schlanke, wohlgefederte Berlinen rollten heran.

Anteros Blick ruckte hinunter zur Palasttür. Ein weißhaariger kleiner Mann stand dort und stopfte sich eine Pfeife. Antero kannte die ruhigen Handbewegungen, er hatte sie Hunderte Male gesehen. Es war Vasco.

Mit raschen Schritten ging er auf den Bibliothekar zu. Vasco entzündete die Pfeife mit einem Streichholz. Er wedelte mit der Hand, um es auszulöschen. Dann sog er am langen dünnen Pfeifenhals. Er ließ aus den Mundwinkeln weißen Qualm entweichen.

Plötzlich ein Ruf wie ein Peitschenhieb: »Stehen geblieben!« Antero sah sich um. Malagridas Häscher folgte ihm, kaum zwei Mannslängen entfernt, und es waren Soldaten bei ihm, sie zogen ihre Rapiere blank.

Antero rannte los. Seine Beine kamen ihm lahm und schwer vor, sie hatten keine Kraft mehr. Er stolperte, riss sich vorwärts.

Vasco rauchte. Im Kopf der Pfeife glomm der Tabak auf. Er sah Antero entgegen, ohne Regung, bis auf das Paffen. Er öffnete die Tür des Palasts um einen Spalt. Kaum war Antero hineingeschlüpft, schloss er hinter ihm die Tür.

Draußen hörte Antero die Stimme Heitors: »Im Namen von Padre Malagrida, gehen Sie beiseite!«

»Im Namen des Königs: Nein. Sie bleiben draußen.«

»Wissen Sie, mit wem Sie sich anlegen? Die Societas Jesu –«

»Die Societas Jesu ist derzeit beim König nicht gern gesehen«, unterbrach ihn der Bibliothekar. »Haben Sie das nicht mitbekommen? Malagrida hat sich ein bisschen zu sehr an die Königinmutter gehängt letztes Jahr.«

»Was wollen Sie damit sagen?«

»Nur, dass er seinen Machthunger besser bezähmt hätte. Ist es nicht eine peinliche Bloßstellung, wenn dem Beichtvater der Zugang zu den Palastgemächern verwehrt werden muss?«

»Der Vater unseres Königs, João V., ist in seinen Armen gestorben, und selbst der Papst sagte, João sei glücklich zu schätzen, dass er in den Armen dieses heiligen Mannes sterben durfte!«

»Meinetwegen. Die Königinmutter ist aber nicht in seinen Armen gestorben, und überhaupt wird in der nächsten Zeit niemand in seinen Armen sterben, sofern es von mir abhängt.«

»Sie dreister Hammel, denken Sie, Sie können mich aufhalten? Männer, schafft diesen Greis aus dem Weg!«

Antero riss in der Dunkelheit des Flurs die Augen auf. Er musste sich verstecken, rasch!

»Dieser Greis«, sagte Vasco draußen, »ist der königliche Bibliothekar. Überlegen Sie gut, was Sie tun, meine Herren.«

»Foda-se!« Heitor fluchte.

Es wurde still. Antero hörte sich entfernende Schritte. Die Tür öffnete sich und Vasco trat ein. Er bückte sich nach einer Tonschale, klopfte seine Pfeife darin aus und ging an Antero vorüber, ohne ein Wort. Er öffnete die große Flügeltür zur Bibliothek.

Antero sprang vor und fasste seinen Ärmel. »Vasco!«

Unwillig drehte sich der Bibliothekar um. »Willst du mich jetzt genauso grob angehen? Deine jesuitischen Spießgesellen haben dich ja fein in die Lehre genommen.«

»Verzeihung. Ich wollte mich bedanken.«

Vasco betrat die Bibliothek. Antero folgte ihm, aber es schien ihm, als sei das nicht Vascos Wunsch, als wollte er ihn lieber los sein. Stumm ging der Bibliothekar zu seinem Tisch, setzte sich die Drahtbrille auf die Nase und schlug das Buch der Ausleihen auf.

»Es sind nicht meine Spießgesellen«, sagte Antero.

»Du hattest die Anlagen dafür, klug zu sein. Aber du hast dich für die Macht entschieden und bist dumm geworden. Was willst du hier? Hier ist nicht mehr dein Zuhause. Schau dich um! Bei mir gibt es nur Bücher.«

Antero sah auf. Der Bibliothekssaal war mit italienischen Gemälden und Statuen geschmückt. In den hohen, mit Schnitzereien versehenen Regalen aus Brasilholz standen Bücher. Siebzigtausend waren es. Das hatte ihm Vasco ins Ohr geflüstert, als er das erste Mal hier gewesen war, ein kleiner Junge, der fassungslos vor dem gesammelten Wissen dieser Halle stand. Siebzigtausend. Die Zahl hatte er nie vergessen. Sicher waren es inzwischen sogar mehr.

Auf den Buchrücken saßen Etiketten mit einer Signatur, Ziffern und Buchstaben, mit deren Hilfe man die Bücher in den Listen fand, nach Themen sortiert: Bücher zur Staatenhistorie. Beschreibungen von Land und Leuten im Amazonasgebiet. Bücher über China und die Mongolei, über Tibet und Äthiopien. Auch Romane, *Gullivers Reisen* von Jonathan Swift etwa, oder *Das verlorene Paradies* von Milton. Bücher über Theologie, Recht, Grammatik. Mathematikbücher, Medizinbücher, Landkarten.

Anteros Brust weitete sich zu einem Seufzen.

Dort hinten ging es zur Werkstatt, in der sie Bücher banden und vergoldeten. Neben dem Durchgang waren Stühle und Tische gruppiert. Die kleinen Tintenfässchen auf den Tischen standen den Bibliotheksbesuchern unentgeltlich zur Verfügung. Nur Feder und Papier musste jeder selbst mitbringen. Papier, um die Weisheit darauf festzuhalten, die aus den Büchern gewonnen wurde wie aus einem Bergwerk.

Er liebte das Bergwerk. Er vermisste es. Und er vermisste den Menschen, der er, Antero, einmal gewesen war. Vasco hatte recht. Er hatte sich entschieden. Er war den Weg der Gewalt gegangen und hatte das Feine, das Staunen, die Neugier in sich begraben.

Er begann eine Wanderung durch die Bibliothek, wie einen Abschied. Dort standen die *Constituições do Bispado de Braga*, die Kirchenverfassung des Bistums Braga. Vasco war immer stolz gewesen auf dieses Buch. Es war das erste Buch von einem portugiesischen Drucker.

Hier begannen die Romane. Er berührte die *Estoria de muy nobre Vespesiano*, einen Ritterroman, den er gelesen hatte. Dort stand der *Almanach perpetuum* mit seinen astronomischen Tafeln. Hier die vielen Bände der *Ordenações do Reino*, der Verfügungen des Königreiches. Dahinter begannen die Dissertationen der Universitäten.

In der Ecke gab es eine beachtliche Sammlung von Musiknoten portugiesischer und ausländischer Komponisten. Und da, die *Biblioteca Lusitana*, die erste portugiesische Allgemeinbibliografie.

Vascos Stimme sagte leise: »Es fehlt noch ein Band. Diogo Machado arbeitet daran.« Er zeigte auf die Lücke im Regal.

Antero hatte nicht gehört, dass Vasco ihm nachgekommen war. Er räusperte sich, Vasco sollte ihm nicht anhören, dass er den Tränen nahe war. »Ich habe dir Tee mitgebracht.«

Der Bibliothekar blieb bei ihm stehen. »Wenn es hoch kommt, kann jeder zweite Mann in Lissabon seinen Namen schreiben.

Die wenigsten kommen über den Namen hinaus. Von den Frauen ganz zu schweigen, da müssen neun von zehn ein Zeichen machen, anstatt ihren Namen unter einen Vertrag zu setzen. Die Handwerker verachten das Schreiben, die Kaufleute interessieren sich nur für Zahlen. Und dann taucht ein Junge bei mir auf, der es wissen will. Ein Junge, der am liebsten in der Bibliothek übernachten würde, um noch mehr zu lesen und sich Stunde für Stunde darin zu üben, die Feder zu führen.«

Vasco war damals nur zweiter Bibliothekar gewesen. Für eine karge Kanzlistenbesoldung, kostenfreie Wohnung und Licht sollte er die Bibliothek zu den angegebenen Zeiten öffnen, die Ausleihe überwachen und den Katalog pflegen. Er besserte gern sein Gehalt auf, indem er sich als Schreibmeister betätigte. Es war ein kompliziertes Repertoire von Bewegungsabläufen und Haltungen, das er Antero geduldig erklärte: Man musste in der richtigen Entfernung vom Papier am Tisch sitzen, den Arm ablegen und mit den Fingern die zugespitzte Feder fassen. Man tunkte die Feder ins Tintenfass und führte sie so über das Papier, dass sie es nicht zerkratzte und nicht tropfte.

Seine ersten Seiten hatten furchtbar ausgesehen. Sie waren übersät gewesen von Flecken, schwarzen Fingerabdrücken, in Tinte ersaufenden Buchstaben. Aber er war besser geworden. Vasco hatte ihn bald ganze Texte abschreiben lassen. Antero hatte Vasco geliebt, mehr als seinen verstorbenen Vater.

»Vasco«, sagte er, »was tust du, wenn jemand ein Buch herausnimmt und es an der falschen Stelle wieder ins Regal stellt?«

»Dann bringe ich es zurück an seinen Platz.«

»Es kann Jahre dauern, bis du herausfindest, dass es falsch steht, oder?«

Vasco nickte. »Ich verstehe, worauf du hinauswillst.«

»Ich weiß, dass ich mich damals falsch entschieden habe. Ich habe etwas in mir begraben, tief innen drin habe ich es zugeschüttet. Aus dem Jungen ist inzwischen ein bärtiger, braungebrannter Mann geworden, vielleicht traust du es mir nicht mehr zu, weil ich hart und unnahbar aussehe. Aber ich möchte es wiederfinden. Ich werde den Menschen wiederfinden, der ich einmal war.«

»Draußen lauern die Häscher der Jesuiten. Denen kannst du nicht sagen, lasst mich in Frieden, ich bin jetzt ein anderer.«

»Auf der Flucht zu sein, daran habe ich mich gewöhnt, das kann ich. Ich brauche deinen Beistand als Bibliothekar.«

Vasco sah ihn verblüfft an. »Und wie soll das aussehen?«

»Hilf mir, alle Bücher zusammenzutragen, in denen etwas über Erdbeben steht.«

Der französische Sessel, den Vater ihr vergangenes Jahr zum Geburtstag geschenkt hatte, war Dalilas liebster Leseplatz. Duchesse wurde er genannt. Die Sitzfläche des Sessels setzte sich fort wie zu einem Bett, und am Fußende erhob sich eine zweite Lehne. Die Haussklaven hatten die Duchesse mit frischen Kissen ausgepolstert. Dalila lag bequem. Dennoch pochte ihr Herz wild. Ihre Hände, die das Buch hielten, schwitzten. Das Licht der Kerze beleuchtete die Seiten nur schwach, sie dachte daran, bei Tage weiterzulesen, aber sie konnte nicht aufhören.

Dies waren die Geheimnisse, in die ihre Schwester eingeweiht war. Das Geschilderte kam Dalila ungehörig vor. Gleichzeitig erregte es sie. Im unzüchtigen Buch liebte ein junges Mädchen namens Fanchon einen gewissen Robinet, den Sohn eines Händlers. Er aber war viel erfahrener als sie. Deshalb sprach Fanchons ältere Cousine Susanne mit Fanchon, um sie aufzuklären und ihre Lust zu entfachen.

Sie redeten so ungehörige Dinge! Die männlichen und weiblichen Geschlechtsorgane wurden erklärt und der Beischlaf in verschiedenen Formen. Es wurde beschrieben, wie man die Empfängnis verhütete. Fanchon schlief mit Robinet und sparte in ihrem Bericht darüber nicht mit Einzelheiten.

Dalila wurde es heiß im Gesicht. Sie klappte das Buch zu. War das nicht alles Sünde? Waren das nicht Dinge, die sie erst als verheiratete Frau erfahren durfte? Andererseits, wie sollte sie Antero gewinnen, ohne mit ihrer Schwester gleichauf zu ziehen! Leonor hatte schon immer mit den Männern gespielt. Sie war in den Dingen des Körpers bewandert.

Dalila vergrub das Buch unter den Kissen und wartete, bis sich ihr Puls beruhigt hatte. Dann fasste sie nach der goldenen Handglocke und läutete. Eine Haussklavin betrat den Raum. Dalila befahl: »Schaff eine Wanne her und lass in der Küche Wasser erhitzen. Ich möchte ein Bad nehmen.«

»Sehr gern, Menina Dalila. Aber Menina Leonor hat auch darum gebeten. Es wird ein wenig dauern mit dem Wasser, weil wir den Kessel zweimal zum Kochen bringen müssen.«

Natürlich. Leonor bereitete sich auf Anteros Besuch heute Nacht vor. »Ich will, dass du mir das heiße Wasser bringst, das für Leonor gedacht war. Sie soll erst nach mir baden. Und bringe mir Rosenöl.«

»Aber Menina Dalila, wie erkläre ich –«

»Gar nicht! Du sagst ihr nichts. Sie wird schimpfen, dass es so lange dauert, natürlich. Zur Belohnung für dein Schweigen schenke ich dir eines von meinen hübschen Tüchern. Du darfst es dir selbst aussuchen.«

»Danke, Menina Dalila.«

»Eile dich!«

Schon bald kamen zwei Schwarzhäutige mit der hölzernen Wanne. Sie gossen Eimer heißen und kalten Wassers hinein. Die

Sklavin gab Seifenpulver hinzu und streute Rosenblätter auf die Wasseroberfläche. Sie half Dalila dabei, sich zu entkleiden. Dalila kletterte über den Wannenrand. Das Wasser biss sie in die Waden, es war zu heiß. Sie stöhnte auf.

»Soll ich kaltes Wasser zuschütten?«, fragte die Sklavin eilig. Sie nahm einen Krug und goss Wasser in die Wanne.

Eine kühle Strömung spülte Dalila an die Beine. »Genug, das reicht.« Sie setzte sich langsam nieder. Die Kühle verlor sich rasch. Das heiße Wasser kniff sie ins Gesäß, aber es war ein angenehmer Schmerz. Sie setzte sich auf den Wannenboden, lehnte sich zurück und genoss die wohlige Wärme. Die Sklavin begann, ihr mit einem Schwamm die Schultern und den Nacken zu waschen. Immer wieder tunkte sie ihn ins Wasser und strich damit über Dalilas Rücken. Das warme Nass lief ihr den Rücken hinunter.

Der Vater badete nie. Reinlich zu sein bedeutete für ihn, dass der Kragen und die Manschetten seiner Hemden makellos weiß waren. Daran erkannte man seiner Auffassung nach einen sauberen Menschen. Seine Morgentoilette bestand allein darin, dass er sich trocken abrieb. Wasser war ihm suspekt. Er parfümierte sich, und das hatte zu genügen.

Dalila und Leonor gehörten zu einer neuen Generation. Es war eine andere Zeit angebrochen, für Vater war es zu spät, sich umzugewöhnen. Heute badete man, warmes Wasser galt längst nicht mehr als gesundheitsschädlich.

Ob sich Antero wusch? Sicherlich. Er war nur wenig älter als Leonor und sie. Er gehörte nicht zur alten Zeit. Die altmodischen Kaufleute und Adligen versuchten, ständig Überlegenheit auszustrahlen. Jede Unternehmung gingen sie mit Herablassung und Verächtlichkeit an. Dalila hegte den Verdacht, dass sie zu Hause vor dem Spiegel übten: ihre Verneigungen, ihr Lächeln, ihre Beinstellung beim Stehen. Die Körperhaltung wirkte so, als hätten sie ihren Auftritt geprobt wie ein Schauspieler. Dabei verbarg sich ein Krampf hinter ihrem Lächeln. Eine fürchterliche Anspannung steckte hinter jeder charmanten Handbewegung.

Antero war anders. Er strahlte Ruhe aus. Und er war er selbst. Wenn er sprach, war seine Stimme ernsthaft. Oft zuckten seine Mundwinkel mit diebischer Freude. Er konnte lächeln, einfach so, aus einer Laune heraus.

Dalila wischte einige Rosenblätter beiseite. Sie befühlte die samtenen Blüten. »Ich möchte, dass du mich nach dem Bad mit dem Rosenöl einreibst«, sagte sie zur Sklavin. Ein angenehmer Duft war wichtig, hatte sie aus dem Buch gelernt. Die warme, vom Bad aufsteigende Luft roch nach Seife und Rosenblüten.

Niemals könnte sie einen der Adligen lieben. Diese Adligen beschenkten sich gegenseitig mit Artigkeiten, während sie einander am liebsten die Augen auskratzen würden. An der Tür debattierten sie lang und breit, wer zuerst hindurchgehen sollte, jeder wollte die anderen vorlassen, um seine Höflichkeit zu beweisen. Diese Verlogenheit!

Aber was, wenn sie Antero nicht bekam? Ihre Lungen wurden plötzlich eng. Sie holte Luft. Oh, sie musste Antero gewinnen. Sie liebte ihn. Alles an ihr liebte ihn, jedes Haar, jeder Finger, jeder Flecken Haut.

Antero stand auf, trug einen Stapel Bücher auf den linken Nachbartisch und nahm ein neues Buch von rechts.

Sie besaßen Mikroskope, kannten die Gravitationsgesetze, wussten von der Aberration des Lichts und hatten die kinetische Gastheorie. Fahrenheit hatte das Quecksilberthermometer erfunden und Celsius die Thermometereinteilung. Leibniz hatte eine Multipliziermaschine gebaut, es gab Spinnmaschinen und Spiegelteleskope. Seit letztem Jahr bauten die Reichen eine neue Erfindung an ihre Häuser, eiserne Stangen vom Dach bis zum Boden, und waren so vor Blitzeinschlägen geschützt. Mehr als die Hälfte der Erdoberfläche war erkundet und kartografiert. Warum wussten sie so wenig über Erdbeben? Beim Versuch, dieses Phänomen zu erklären, tappte man förmlich im Dunkeln.

Wenn es Antero gelang, Licht in das Dunkel zu bringen, gelangte er in den Besitz einer Waffe, mit der er sich aus Malagridas Umklammerung befreien konnte. Er hatte diese eine Nacht, um die Waffe zu schmieden.

Er schlug das Buch auf. Vasco hatte es gerade herangeschafft. Seit Stunden holte der Bibliothekar Bücher aus den hintersten Winkeln der Bibliothek, stieg auf Leitern, bückte sich nach Folianten, blätterte in Listen. Er trug Antero viel Wissen herbei. Nur, dass das Wissen veraltet war.

Nach den Beschreibungen musste das Zittern der Erde heute eine Art Vorbeben gewesen sein. Aber wie entstand so etwas, und warum folgten große Beben? Lange Zeit hatte man geglaubt, dass sich bei einem Erdbeben Gase entzünden. Man war dabei von Unwettern ausgegangen. Donnerschläge klangen ähnlich wie das Rumpeln bei einem Erdbeben. Und diese Donnerschläge entstanden, so dachte man, weil Gase in die Luft entwichen waren, Wolken geformt hatten und dann in einem Blitzgewitter explodierten wie Schießpulver.

Vor drei Jahren aber hatte ein Abgeordneter der britischen Kolonien in Nordamerika namens Benjamin Franklin den Einfall gehabt, einen Drachen aus Holzstöckchen und zwei Stofftaschentüchern in die Wolken steigen zu lassen. Die lange Hanfleine isolierte er mit Seidenband und befestigte sie an einem Pfosten. Er hängte einen Schlüssel an ihr Ende. Als er den Schlüssel berührte, schlugen Funken daraus. Er wiederholte den

Vorgang und isolierte diesmal den Schlüssel in einer Flasche mit Kupfer und Wasser. Als er nun den Schlüssel berührte, bekam er einen elektrischen Schlag. Der Drache hatte sich in den Wolken negativ aufgeladen, und die negativen Ladungen an den Schlüssel weitergeleitet. Diese Ladungen wurden von den positiven Ladungen in Franklins Körper angezogen.

Damit bewies Franklin, dass Blitze im Unwetter nichts mit Gasen zu tun hatten. Sie waren elektrischer Natur. Deshalb befestigte man sogenannte Wetterleiter an den Palästen und schützte sie so vor Blitzschlägen.

Was Erdbeben betraf, war man wieder bei null angelangt. Man wusste nichts.

Antero schlug das Buch auf. Es trug einen Stempel der Bibliothek auf der ersten Seite, wie alle Bücher hier. Dieser Stempel machte es zum Teil der Familie. Das Buch war 1750 gedruckt worden, bereits vor Franklins Experiment. Sollte er überhaupt weiterlesen? Es war eine englische Schrift von einem Rev. Dr. William Stukeley: *The philosophy of earthquakes*. Antero begann zu lesen. Dieser Stukeley stellte eine interessante Frage. Waren Erdbeben womöglich durch Elektrizität verursacht?

Er behauptete, auch die Erde könne elektrisch geladen sein. Wenn nun eine Wolke, die nicht elektrisch geladen war, auf einen Bereich der Erde regnete, der sich in einem hoch elektrisierten Status befand, entstehe ein Erdbeben.

Der Forschungsbereich der Elektrizität war noch jung, hier würde man vieles entdecken. Stukeley allerdings brachte keine Beweise, nicht einmal Hinweise. Antero schloss das Buch. Mit Erdbeben ließen sich eben keine Experimente machen. Es wäre geradewegs, als würde man mit dem Tod experimentieren.

Häufig war beschrieben, dass das Wasser von Seen und Flüssen vor einem Erdbeben schweflig gerochen habe und gelb verfärbt gewesen sei. Elektrizität brauchte keinen Schwefel. Das Beben musste irgendwie mit dem Wasser zusammenhängen. Wenn große Mengen Grundwasser auf unterirdische Feuer stießen, würde das nicht eine Dampfexplosion erzeugen? Andererseits erinnerten der Knall und das Rütteln der Erde eher an einen Kanonenschuss. Wenn es die Mischung von Schwefel und Salpeter war, dann mussten sie in Lissabon schleunigst Brunnen bohren, um das gefährliche Schwefelwasser abzulassen und den unterirdischen Druck zu verringern.

Er stellte sich Blasen schwefeliger Luft vor, die in den Brunnen aufstiegen. Um herauszufinden, ob das die Lösung war, müsste er hundert Brunnen bohren. Das war unmöglich. Augenblick! Er konnte prüfen, ob sich in Gebieten mit vielen Brunnen weniger Erdbeben ereigneten. Wo gab es viele Brunnen?

Es gab dicht besiedelte Gegenden und unbesiedelte. In denen gab es folgerichtig auch keine Brunnen. Allerdings wurden Erdbeben in unbesiedelten Regionen nicht bemerkt. So kam er nicht weiter.

Antero nahm ein neues Buch zur Hand. Er schlug es auf und erstarrte. Auf dem Schmutztitel prangte das Monogramm der Jesuiten, die Sonnenscheibe rings um die Initialen IHS. Deshalb war er damals zu den Jesuiten gegangen, weil ihm immer wieder solche Bücher begegnet waren hier in der Bibliothek, Bücher von jesuitischen Forschern im Bereich der Botanik, Pharmazie oder Tierkunde.

Vasco hatte ihm mit einem Zettel eine Stelle bezeichnet. Er las. Der Verfasser behauptete, man könne Erdbeben künstlich erzeugen, wenn man Schwefel und Eisenspäne und einige weitere Zutaten in der Erde vergrabe. Eine Anleitung war beigefügt.

Antero sah auf. Diese Theorie über Schwefel und Salpeter musste er ein für alle Mal klären. Er drehte sich nach Vasco um.

Der Bibliothekar stand auf einer Leiter im hinteren Bereich des Saales und bewegte eine Kerze entlang der Buchrücken. Antero ging zu ihm.

»Ich finde es nicht. Er hat es falsch eingeordnet!«, schimpfte Vasco. »Ich hätte diesen Gehilfen niemals einstellen sollen.«

»Kannst du zu so später Stunde noch etwas für mich besorgen? Gibt es einen Apotheker, der sein Geschäft bei einem Notfall noch einmal öffnet?«

»Sobald ich die Bibliothek verlasse, ist sie kein sicherer Ort mehr für dich.«

»Ich muss sowieso fort. Ich habe noch eine Verabredung.«

Vasco sah von der Leiter herunter und runzelte missbilligend die Stirn.

»Ihr Vater geht beim König ein und aus. Ich muss den König überzeugen, dass er die Stadt evakuieren lässt.«

Vasco stieg die Sprossen herab. »Gut.«

»Nebenbei verhindere ich, dass Malagrida als Einziger die Katastrophe ankündigt und dann wie ein noch größerer Prophet dasteht. Nach dem Beben, wenn er es als Gottesstrafe hinstellt, um den Leuten Angst einzujagen und den Einfluss des Ordens zu erweitern, veröffentliche ich die naturwissenschaftliche Erklärung. Damit reiße ich ihm die Maske vom Gesicht.«

»Auf eine solche Gelegenheit habe ich lange gewartet.«

Antero sagte: »Ich brauche Schwefelblumen und Eisenspäne. Und einen Mörser.«

»Wie willst du rauskommen? Sie bewachen alle Ausgänge.«

»Ich steige durch das Küchenfenster, an der rückwärtigen Seite des Palasts, wo die Büsche wachsen.«

Vasco näherte sich mit der Kerze. Er hielt sie so nahe an Anteros Gesicht, dass sie seine Wange wärmte. Dann lächelte er grimmig. »Du hast dieses Funkeln in den Augen, wie früher.«

9

Beim Palast des Barons von Oldenberg, außerhalb der Stadtmauern nahe dem *Campo de Santa Clara*, war schon Abendruhe eingekehrt. Es war dunkel. Trotz seines Reichtums besaß Lissabon keine Straßenlaternen, den wohlhabenden Bürgern war das seit Langem ein Ärgernis – Antero war froh darüber. Er hatte zuerst das Gefühl gehabt, verfolgt zu werden, nach einer Weile aber hatte sein Instinkt Ruhe gegeben. Die Straße hinter ihm lag still, und er sah den Lichtschein von Kerzen in Leonors Fenster im dritten Stock. Er klopfte an die prächtige Haustür.

Ein schwarzhäutiger Sklave mit einem Licht öffnete. »Sie kennen den Weg?«

»Danke.« Es war ihr Ritual. Jedesmal fragte der Sklave, und jedesmal antwortete ihm Antero. Die Treppe in den zweiten Stock war erleuchtet. Antero ging allein hinauf. Auf der Treppe in den dritten Stock zögerte er. Hier waren die Lichter gelöscht. Oben, vom Empfangszimmer, schien schwaches Kerzenlicht auf die Stufen. Antero stieg die Treppe hoch, Stufe für Stufe. Vom Empfangszimmer zweigten Leonors und Dalilas Räume und ein Gästezimmer ab. Wenn dort nur noch eine Kerze brannte, war er vielleicht nicht mehr willkommen heute.

Doch, da stand Leonor, schöner als je zuvor. Sie trug die Kerze in der Hand. Ihr Kleid schimmerte wie tausend Perlen, und ihr Gesicht erschien ihm weicher als sonst. Der Blick, mit dem sie ihn ansah, wirkte unsicher. Zugleich aber war er voller Liebe. Wollte sie ihm etwas beichten? Sie stand im Empfangszimmer, als habe sie voller Sehnsucht auf ihn gewartet.

Leonor blies die Kerze aus. Damit hatte er nicht gerechnet. Dunkelheit umfing ihn. Er hörte Leonors Kleid knistern. Dann spürte er ihre Hände auf seinem Gesicht, kühl und weich. Feingliedrige Finger strichen ihm über die Wangen. Sie berührte ihn so zärtlich! Es gefiel ihm.

Er roch ihre Haut. Sie duftete nach Rosen. Ihr Gesicht war ganz nahe. Die Nasen berührten sich. Aber Leonor küsste ihn nicht, sie zog ihn zu sich und umarmte ihn. Ihr Atemhauch rührte an sein Ohr. Er bekam eine Gänsehaut, und gleichzeitig erfüllte Wärme sein Inneres.

Sie flüsterte: »Antero.«

Er wollte antworten, aber sein Rachen war plötzlich ausgetrocknet, und er musste schlucken.

Ihre Hände schmiegten sich sanft an seine Seiten. Wieder spürte er ihre Wange, dann ihre Nase, die zart an seine rührte. Endlich küsste sie ihn. Ihr Mund war warm und weich, er war ein wenig geöffnet, als wollte sie all ihr Leben in ihn einhauchen. Niemals hatte Leonor ihn auf diese innige Art geküsst.

Es war nicht Leonor. Der Gedanke traf ihn wie ein Schlag. Die Frau, die ihn küsste, musste eine andere sein! Er löste sich von ihr und schob sie fort. Sie atmete schwer. Seine Augen gewöhnten sich allmählich an die Dunkelheit, und er konnte ihr Kleid sehen, im schwachen Licht, das von der unteren Treppe hinaufdrang. Ihre Schultern hoben und senkten sich, und sie hielt die Hände von sich gestreckt, als sei sie selbst erschrocken, als habe sie genauso wenig wie er mit der Macht dieses Augenblicks gerechnet.

Etwas funkelte an ihrem Hals. Sie trug eine Kette. Leonor trug nie Halsketten, sie verabscheute sie. Es war Dalila, die Zwillingsschwester. Er hatte Leonors Schwester geküsst, eine Fremde. Sie sah ihn unverwandt an. Er streckte die Hand aus und berührte ihren Arm. Die Hand strich am Arm entlang, aufwärts, über die Schulter. Er machte einen Schritt nach vorn.

Irgendwo plätscherte Wasser.

Wieder war da der Rosenduft und der feine Geruch ihrer Haut. Er küsste ihr Gesicht, ihre Augenlider, ihre Stirn. Und erneut diesen sanften, warmen, weichen Mund. Er spürte ihre Hände auf seinem Rücken.

Eine Tür öffnete sich. »Antero?« Licht blendete. Leonor stand da, im Morgenmantel, das Gesicht nass, die Haare nass, mit einem dreiarmigen Kerzenleuchter in der Hand.

Er trat zurück und sah von der einen zur andern. Er wusste nichts zu sagen. In seinem Kopf war nur der Kuss.

Leonor ging auf Dalila los. »Du mieses Stück Dreck! Ich kann nicht fassen, dass du das getan hast!« Sie schlug auf Dalila ein.

Dalila hob nicht einmal die Arme, um sich zu schützen. Sie stand einfach da und sah ihn an.

Gabriel Malagrida schob die Bank beiseite. Er kniete sich nieder und löste eine Planke aus dem Boden. Mit beiden Händen griff er in das Loch und hob eine verbeulte eiserne Kassette heraus. Rost verfärbte seine Finger.

Malagrida öffnete die Kassette. Andächtig entnahm er ihr eine Schöpfkelle aus Kalebassen-Kürbis. Sofort sah er das Flussufer vor sich. Er hörte das leise Platschen von Schildkröten, die von ihren Sonnenplätzen ins Wasser stiegen. Er sah einen Kaiman mit offenstehendem Maul. Vögel spazierten darin herum und suchten zwischen den Zähnen nach Fleischresten.

Im Regenwald schrien Macaco-Affen. Papageien kreischten. Weiße Reiher stolzierten das Flussufer entlang. Auf einer Lichtung am Fluss standen halbkugelige Hütten. Nackte Menschen begrüßten ihn. Sie winkten. Sie freuten sich, dass er kam.

Er vermisste die Indios. Ihre breiten Gesichter, ihre starken, sauberen Körper. Sie hatten ihre Haut mit Jenipapo und Urucum bemalt, wie Kunstwerke liefen sie herum. Zwischen den windschiefen Hütten hatte eine große Schar von Kindern im Staub gespielt.

Gabriel Malagrida holte die Federkrone aus der Kassette. Sie war wie ein Fächer zusammengeschoben. Er zog sie auseinander. Prächtige Arafedern und Papageienfedern spreizten sich vor ihm. Er setzte sich die Federkrone auf den Kopf.

Dann nahm er ein Säckchen aus der Kassette und band es auf. Er ließ sechs steinerne Pfeilspitzen auf seine Handfläche gleiten. Einen Pfeil pickte er heraus und drückte dessen Spitze gegen seinen Daumen. Er ritzte die Haut. Ein Tropfen Blut quoll hervor.

»Ihr wollt nicht hören«, murmelte er. »Also müsst ihr fühlen.«

Wie eine Figur aus Stein saß Antero auf dem Bett. Leonor wusste nicht, ob sie ihn schlagen oder ihn umarmen und trösten sollte. Sie lief auf und ab. Das Blut peitschte ihr durch den Körper. Nie und nimmer hätte sie Dalila diese Dreistigkeit zugetraut. Nach außen hin war die Schwester all die Jahre ruhig und vernünftig erschienen.

Das Seltsame aber war, dass sie die Wut nicht spielen musste. *Sie war verletzt*. Mädchen, dachte sie, Leonor! Du hast dich hoffentlich nicht in ihn verliebt.

Sie blieb stehen. »Du hast doch gewusst, dass sie die Falsche ist.«

»Ich kam hoch, du standst da, hast mich verliebt angeschaut und dann das Licht gelöscht. Wie sollte ich wissen, dass du nicht du warst?« Er sah sie nicht an beim Sprechen. Seine Miene war starr.

»Küsst sie etwa genauso wie ich? Das dumme Ding hat noch nie jemanden geküsst. Sie hat keinerlei Erfahrung!«

»Stimmt, es war anders.«

Zorneshitze schoss in ihr hoch. »Ich werde dich nie wieder küssen. Wie soll ich einen Mund berühren, auf dem die Lippen meiner Schwester gehangen haben?«

Seine Miene blieb regungslos.

Betrübte ihn die Aussicht nicht, dass sie ihn nie wieder küssen würde? War ihm das gleichgültig? Sie war offenbar dabei, ihn an Dalila zu verlieren. Es war ein ungewohntes Gefühl. Für gewöhnlich verlor sie keine Männer. Wen sie an sich binden wollte, den bekam sie auch, mit Leib und Seele.

Er sagte: »Ich wollte dich etwas fragen. Ich weiß, du bist wütend, aber es eilt mit dieser Sache. Ich brauche deine Hilfe.«

Sie konnte die Gütige spielen, deren zartes Herz verletzt worden war, die dem Geliebten aber verzieh. Oder sie zeigte sich stolz und machte ihm bewusst, dass man mit ihr so nicht umging und dass Arbeit vor ihm lag, wenn er sie zurückerobern wollte. Männer mochten es, um eine schöne Frau kämpfen zu müssen. Was nichts kostete, war nichts wert. »Bitte geh«, sagte sie. »Ich muss nachdenken.«

Er sah sie an. »Ja«, sagte er schließlich, stand auf und verließ wortlos das Zimmer.

Leonor fühlte sich betäubt und kraftlos. Sie trat an den Sekretär heran. Aus der fünften linken Schublade nahm sie die kleine nachtblaue Dose, die er ihr einmal geschenkt hatte. Sie streichelte mit dem Daumen die marmorweiße Göttin, die darauf abgebildet war. Die Dose enthielt *Mouches*, aus Seide hergestellte schwarze Fleckchen in Gestalt von Sternen und Mond. Leonor hatte in der Anfangszeit jedes Mal eines der Schönheitspflaster getragen, wenn sie ihn traf, einmal auf der rechten Wange, um auf ihr Grübchen hinzuweisen, dann wieder im Dekolleté.

Ihr war schlecht, weil Antero nicht bei ihr war und weil er

vermutlich wütend auf sie und verzweifelt war. So hatte sie noch nie empfunden. Sie hatte ihn vor den Jesuiten geschützt, sie hatte ihn nicht verraten. Noch wusste er nichts davon. Wenn es zuletzt darauf ankam, konnte sie diesen Trumpf einsetzen.

Leonor zog den Morgenmantel fester um sich und verließ das Zimmer. Draußen klopfte sie an Dalilas Tür. »Dalila, wir müssen reden.«

Es kam keine Antwort.

Sie drückte die Klinke und trat ein. Wo war die Schwester? Die Bettvorhänge waren heruntergelassen, die Kordeln, die sie sonst rafften, hingen vor dem Stoff herab. Leonor trat zum Bett und hob den Vorhang. Es war leer. Dalila war nicht da. Aber sie würde wiederkommen. Sie musste ja schlafen gehen. Wenn sie kam, würden sie ein ernstes Gespräch führen.

Waren schon wieder neue Heiligenfiguren dazugekommen? Leonor sah zur Gebetsecke hin. Auf dem Bord an der Wand standen Dutzende bemalte Holzpüppchen, eine Versammlung von Däumlingen. Dalilas heimliche Familie wuchs und wuchs. Leonor hatte es selbst gesehen, die Schwester redete mit den hölzernen Götzen wie mit Menschen. Sie traute jedem von ihnen große Kräfte zu. Die Heiligen waren ihre Verbündeten, weil sich der böse Rest der Welt gegen sie verschworen hatte.

Leonor setzte sich auf die Duchesse und schob sich ein Kissen in den Rücken. Warum war es so unbequem? Sie saß auf etwas Hartem. Vorsichtig zog sie es heraus. Ein Buch. Dalila musste dauernd lesen! Manchmal erschien es ihr, als weiche ihre Schwester dem wahren Leben aus. Diese Romane und die Heiligenfiguren waren eine Flucht, nichts weiter.

Gelangweilt blätterte sie durch die Seiten. Dann hielt sie inne. Ihr Blick blieb an einem Wort hängen. Sie las den Satz. Sie blätterte um, las Weiteres. Du meine Güte! Was las Dalila da?

Die Tür öffnete sich und Dalila trat ein. Ihr Blick fiel auf Leonor und auf das Buch. Ihr Gesicht färbte sich rot.

Plötzlich ahnte Leonor, wie es ihrer Schwester gegangen sein musste all die Jahre. Immer war sie im Hintertreffen gewesen. Sie musste mit ansehen, wie Leonor die Männer becircte, musste mit ansehen, wie sie einen guten Geschmack für Kleider entwickelte, wie sie im Tanzunterricht brillierte, wie sie lernte, den Vater um den kleinen Finger zu wickeln. Dalila beherrschte all dies nicht. Bis heute hatte Leonor gedacht, dass sie diese Fähigkeiten verachtete, dass sie überhaupt die Oberflächlichkeit der Menschen verachtete und sich selbst für etwas Besseres hielt. Aber so war es nicht. Dalila *beneidete* Leonors Künste. Dalila fühlte sich klein und schwach, sie wünschte, sie wäre wie sie, Leonor.

War es so?

Aus diesem Grund hatte sie sich das Buch beschafft, natürlich! Auch sie wollte wissen, wie man mit Männern umzugehen hatte. Und heute hatte sie zum ersten Mal einen Mann geküsst. Dass es Antero gewesen war, war keineswegs in Ordnung – aber konnte sie, Leonor, nicht gnädig sein mit ihrer Schwester, die so verzweifelt erwachsen werden wollte?

Sie schlug das Buch zu und lächelte. »Komm rein, Schwester.«

»Ich …« Dalila versagte die Stimme. »Ich will es verbrennen.«

Leonor zeigte darauf. »Das?«

»Es lügt. Bei der Liebe geht es doch gar nicht um Stellungen im Bett.«

»Jetzt ist also das Buch daran schuld, dass du meinen Geliebten geküsst hast.«

»Im Buch geht es um Handgriffe. Das ist, als würde man eine von diesen Elektrisiermaschinen bedienen, die sie in den Kaffeehäusern zur Belustigung der Leute zeigen. Aber ein Mensch ist keine Maschine. Ich möchte niemanden als Maschine sehen. Schon gar nicht, wenn ich ihn liebe.«

Leonor stand auf. »Ich hoffe, dass du mit dem letzten Satz nicht auf Antero anspielst.«

»Ich liebe ihn. Ich kann nicht anders.«

»Du kannst sehr wohl anders. Mag sein, dass dich diese Gefühle erschrecken, weil du sie noch nie zuvor verspürt hast. Du denkst dir, dass du ihnen ohnmächtig ausgeliefert bist. Aber das ist Unfug. Du wirst lernen, dass der Verstand auch ein Wörtchen mitzureden hat. Du kannst dich nicht in den erstbesten Mann verlieben, der dir vor die Flinte kommt! Antero gehört mir, und ich werde ihn nicht mit dir teilen.«

»Du verstehst ihn doch gar nicht«, sagte Dalila. »Er passt nicht zu dir. Siehst du nicht, wie traurig seine Augen sind? Etwas betrübt ihn. Aber du fragst nicht danach. Er ist für dich nur ein Spielzeug. Für mich wäre er das nicht.«

»Tut mir leid, dass ich dich da enttäuschen muss, aber erstens ist er für mich kein Spielzeug, und zweitens liebe ich ihn und er mich.«

Dalila schlug den Blick nieder. »Ich weiß nicht. Heute hatte ich das Gefühl, dass er … Er kannte mich doch gar nicht. Na ja, er kennt mich immer noch nicht.«

»Und er wird dich nie kennenlernen. Er will das gar nicht. Er ist glücklich mit mir.«

»Woher willst du das wissen?«

Leonor krampfte die Hand um die Lehne der Duchesse. Die Schwester kämpfte mit scharfen Waffen. Nun, dann würde sie mit spitzer Klinge antworten. »Du meinst, dein Kuss hat ihn beeindruckt, ja? Heute Abend hat er mit mir geschlafen«, log sie. »Er hat überhaupt nicht mehr an deinen Kuss gedacht.«

Dalila wurde bleich.

»Die Sache ist klar. Er hat sich für mich entschieden.«

Mondlicht beschien das Wasser des Tejo. Auf den Wellen, die an das Ufer schwappten, glänzten Sternenfunken. Möwen wiegten sich auf dem Wasser, die Flügel fest an den Körper gedrückt. Antero setzte sich unter den alten Mandelbaum. Er atmete die kühle Nachtluft ein. Sie roch nach Tang.

»Ich habe einen Fehler gemacht, Julie«, sagte er.

Er schwieg.

»Ich vermisse dich. Jeden Tag vermisse ich dich.«

Er sah hinaus auf den Fluss. So hatten sie hier gesessen in vielen Nächten, hatten stundenlang gesprochen und stundenlang geschwiegen, hatten sich geküsst, hatten gelacht. Sie hatte ihm französische Wörter beigebracht. Er hatte sich über jedes von ihnen lustig gemacht, bevor er sie lernte. Sie äffte dafür das Portugiesische nach, bis er sie mit einem Kuss zum Schweigen brachte. Sie hatten hier gesessen, Arm in Arm, und waren glücklich gewesen.

Samira war aus diesen Gesprächen entstanden. Samira, das bedeutete in der arabischen Sprache: *Freunde in abendlichem Gespräch.*

»Ich habe immer gedacht, dass wir all das zusammen erleben. Wie Samira aufwächst, und wie heute Nacht der Mond scheint. Dass wir uns darüber aufregen, dass die Preise für Brot steigen, und dass wir beim Schuhmacher neue Schuhe für Samira bestellen, weil ihre Füße schon wieder gewachsen sind. Ich dachte, dass du hier sein würdest. An meiner Seite. Bis wir graue Haare haben.«

Er sollte lieber Samira in Sicherheit bringen, und sich selbst, und irgendwo ruhig mit ihr leben. Rachegelüste waren kein guter

Ratgeber. Er war Vater, er war für die Kleine verantwortlich! Um Malagrida mussten sich andere kümmern. Auch das Entstehen von Erdbeben würde irgendwann jemand erforschen.

Antero dachte an den Tag zurück, an dem Julie und er sich kennengelernt hatten. Es war ebenfalls am Fluss gewesen, bei den Sitzbänken in der Nähe des Palasts. Auf dem Wasser kreuzten damals Schiffe, und der Himmel war so klar gewesen, dass man das entfernte gegenüberliegende Tejoufer sehen konnte, die Berge zeichneten sich dort wie zarte Schatten am Himmel ab.

Er hatte sich auf eine der Bänke gesetzt, um über das Buffonsche Nadelproblem nachzudenken, von dem er gelesen hatte: Man zeichnete auf ein Blatt viele parallele Geraden, mit dem Abstand von zwei Nadellängen. Dann legte man das Blatt auf den Boden und warf eine Nadel darauf und prüfte, ob sie eine der Geraden berührte oder schnitt. Das Ergebnis notierte man und wiederholte den Wurf. Bei 1955 Würfen landeten 698 auf einer Linie, die relative Häufigkeit betrug also 698 durch 1955 gleich 0,357. Teilte man nun 2 durch 1 minus 0,357, war das Ergebnis 3,11, bei noch mehr Würfen 3,141, die Kreiszahl Pi. Warum?

In der frischen Luft hoffte er auf gute Gedanken. Er nahm eines der drei mathematischen Bücher zur Hand, die er sich aus der Bibliothek der Jesuiten entliehen hatte. Aber es fiel ihm schwer, seine Gedanken darauf zu richten. Er sah hoch und blinzelte. Das Sonnenlicht ließ die Blätter der Mandelbäume funkeln wie Kupfertaler. Auf der benachbarten Bank saß eine junge Frau und las. Sie spielte dabei gedankenverloren mit einer Haarlocke, es sah entzückend aus.

Als sie bemerkte, dass er sie anschaute, lachte sie beschämt. »Sie beobachten mich?«

»Nein«, sagte er und schaute fort.

Nach einer Weile sah er wieder zu ihr, und in genau jenem

Moment hob sie den Kopf und blickte ihn ebenso an. »Was lesen Sie?«, fragte er und hoffte, dass sie nicht die Unsicherheit aus seiner Stimme heraushörte. »Einen Roman, nehme ich an?«

»Ich tauche gern in eine Geschichte ab. Nichts Wissenschaftliches, um Gefühle geht es mir. Dieser ganze moderne Unsinn ärgert mich. Die Erde steht fest. Ich sehe doch selbst, wie die Sonne sich bewegt, wie sie jeden Tag über den Himmel zieht. Dass jetzt jeder diesen Aberwitz einer fest stehenden Sonne glaubt!«

Er wusste nicht, was er darauf sagen sollte. Sie sah so klug aus, wie konnte sie einen solchen Unsinn daherreden?

Da lachte sie herzlich. »Sie müssten Ihr Gesicht sehen!« Sie lachte abermals. »Sie sind mir auf den Leim gegangen, nicht wahr? Natürlich weiß ich, dass die Erde um die Sonne kreist. Aber jemanden, der Bücher über Mathematik liest, kann man so gut erschrecken.«

Nun musste auch er lachen, über sich selbst. Sie gefiel ihm. Er fragte: »Wie heißen Sie?«

»Julie.«

»Ein französischer Name?«

Sie nickte, und beugte sich wieder über ihr Buch, um weiterzulesen.

Er befürchtete schon, das Gespräch könnte beendet sein, da strich sie mit ihrer schlanken Hand über das Holz der Bank und sagte: »Ich liebe Bänke. Bedenken Sie, wer schon darauf gesessen hat, Traurige und Fröhliche, Verliebte und Einsame, Junge, Alte. Die Bank bietet jedem Platz.«

»Kommen Sie oft hierher?«, fragte er leise.

»Im Sommer, ja.«

Am nächsten Tag legte er eine Orangenblüte auf die Bank, in der Hoffnung, dass sie sie finden würde. Am übernächsten

Tag sahen sie sich und redeten eine Stunde lang. Da fing es an, dass er nachts nicht mehr schlafen konnte, immer wieder fiel ihm Julie ein. Er verlor den Appetit. In den Vorlesungen hörte er nicht zu, sondern erwartete ungeduldig die Abendstunden am Fluss.

Es kam der Tag, dass sie das erste Mal zusammen auf *einer* Bank saßen. An jenem Tag sagte sie: »Ich bin Jüdin.« Sie sagte es einfach so, mit ernstem Gesicht, nicht, als würde sie sich entschuldigen.

»Sie meinen, Neuchristin.« Seine Gedanken rasten. Obwohl die Zwangstaufe der Juden dreihundert Jahre zurücklag und es seitdem nur noch Christen in Portugal gab, waren Verbindungen zwischen den sogenannten Neuchristen und Christen verboten, damit sich das ehemals jüdische Blut nicht mit dem christlichen Blut mischte.

»Nein, Jüdin«, sagte sie.

»Haben Sie keine Angst, mir das zu gestehen? Die Spitzel der Inquisition –«

»Sie wissen genau, warum ich es Ihnen sage.«

In seinem Kopf war plötzlich Leere, und er hatte einen bitteren Geschmack im Mund.

»Wer sind die Portugiesen, die uns so hassen?«, fragte sie schließlich. »Wissen Sie das?«

Er schüttelte den Kopf.

»Einst haben Kelten hier eine Burg errichtet. Dann kamen eintausend Jahre vor eurer christlichen Zeitrechnung Phönizier und bauten einen Handelsstützpunkt, samt Werften und Fischereibetrieb. Nach ihnen kamen die Griechen. Auf die Griechen folgten die Römer. Die Bevölkerung hat ihnen zweihundert Jahre lang Widerstand geleistet. Schließlich aber haben die Römer die gesamte iberische Halbinsel beherrscht und Wein und Oliven angebaut. Sie haben das einheimische Volk zum christlichen Glauben bekehrt.« Sie sah ihn nicht an, während sie sprach. »Nach den Römern kamen die Germanen. Alanen, Vandalen, Sueben, und schließlich eine Invasion der Westgoten. Dreihundert Jahre später brachten die Mauren die gesamte Halbinsel in ihre Hand. Sie verhalfen der Medizin zu großen Fortschritten. Im dreizehnten Jahrhundert wurden auch sie vertrieben. Seitdem nennt sich das Volk portugiesisch.«

»Sie kennen sich gut mit der Geschichte aus.«

Julie wandte sich ihm zu. »Wie können sie von Blutsreinheit sprechen? Was soll das für ein Blut sein, keltisch-phönizisch-römisch-germanisches, mit maurischer Zumischung? Und wie können sie dieses Land den Christen vorbehalten, wo es doch jahrhundertelang anderen gehörte?«

Er war erschüttert und gleichzeitig berauscht von ihrem Mut. Sie wünschte sich, mit ihm zusammen zu sein! Ohne darüber nachzudenken, ergriff er ihre Hand. Sie ließ es zu, und so saßen sie bis zum Sonnenuntergang da, in aller Öffentlichkeit, Hand in Hand, ein Christ und eine Jüdin. Die Fremdheit ihrer Seelen hatte ihn hingerissen, und zugleich die Vertrautheit, ihr gemeinsamer Blick über den Tejo und auf die Welt; er wusste damals, dass er Julie nie wieder loslassen würde.

Antero drehte sich zum Mandelbaum um und betrachtete das Herz in der Rinde. Julie hatte es hineingeritzt. Er war dagegen gewesen, weil es den Baum verletzte. Aber Julie hatte gesagt: »Der Baum wird stolz sein, unser Herz zu tragen.«

Er legte den Zeigefinger darauf und fuhr die Kerbe entlang. »Unsere Kleine, Julie – sie braucht dich. Sing ihr ein Abendlied, mit deiner weichen Stimme.« Er lehnte den Kopf an den Baumstamm und weinte.

Bento erwachte. Er hob den Kopf und stellte die Ohren auf. Er vernahm die ruhigen Atemzüge der kleinen Herrin. Was hatte ihn geweckt? Er witterte. Ein Geruch stach seine Nase. Sofort war er hellwach. Das Böse war im Haus.

Er sprang auf. So dicht war es noch nie gewesen. Mit zitternden Flanken schob er die Tür zum Flur auf. Er lauschte. Das Haus war totenstill. Es war nicht nachtstill und nicht morgenstill. Es war leblos. Er hörte angestrengt auf die Stille. Die Holzwürmer tickten nicht im Gebälk. Die Ameisen liefen nicht mit knisternden Beinchen über den Boden. Er hörte keine Mäuse, die raspelnd Brotkrümel fraßen. Waren sie alle fort? Waren sie vor dem Bösen geflohen?

In der Ferne jaulte ein Hund. Ein weiterer fiel ein, und dann ein dritter, der Nachbarshund, der ihn immer reizte. Angst sprach aus ihren Stimmen. Auch sie rochen es. Offenbar war das Böse in der ganzen Stadt.

Bento reckte den Kopf in die Höhe und antwortete auf das Jaulen der anderen. Sie mussten fortziehen von hier. Er musste sein Rudel warnen. Warum war den Menschen das Böse nicht aufgefallen? Sie führten doch das Rudel an. Sie waren unaufmerksam. Es war nicht gut, in einem Rudel zu sein, das von Schwachen angeführt wurde. Jetzt war es seine Aufgabe, die anderen zu führen.

Er ging zurück in das Zimmer der kleinen Herrin, packte ihre Decke mit den Zähnen und riss sie herunter. Dann bellte er. Die kleine Herrin tat sich schwer mit dem Aufwachen. Er bellte lauter.

»Bento, aus«, sagte sie.

Er kam näher und bellte weiter.

Sie richtete sich im Bett auf. Aus verschlafenen Augen sah sie ihn an.

Die Köchin betrat das Zimmer. Sie packte Bento am Nackenfell und schleifte ihn hinaus. Sie zerrte ihn durch das halbe Haus bis zur Küche. Dort ließ sie ihn los und schimpfte auf ihn ein.

Er sah zur Tür. Die Köchin stand im Weg. Wenn er versuchte, an ihr vorbeizuschlüpfen, würde sie ihn sicher fangen, und dann würde sie ihn schlagen. Er musste ihr deutlich machen, worum es ging, dass sie in Gefahr waren. Bento bleckte die Zähne und knurrte. Dann bellte er.

Die Köchin nahm einen Kochlöffel und zog ihn Bento über. Es schockierte ihn. Warum schlug sie zu? Er verstummte und sah sie fragend an. Wieder schlug sie zu, und wieder. Es schmerzte sehr. Er legte sich ergeben nieder, bot ihr die Kehle dar und winselte. Sie nahm das Hanfseil, mit dem sie sonst die Wäsche aufhängte. Unsanft schlang sie es ihm um den Hals. Sie machte zwei feste Knoten und band das Seil am Türknauf fest.

Er bellte entrüstet. Sie mussten fort! Warum band sie ihn an? Aber die Köchin wollte nicht, dass er bellte. Sie zog ihm wieder den Kochlöffel über, diesmal auf den Kopf. Sein Kopf dröhnte von dem harten Hieb. Bento verstummte.

Die Köchin zeigte ihm einen drohenden Finger. Dann ging sie. Bento winselte. Sein Fell brannte von den Schlägen, und er roch das Böse und konnte nicht fort. Begriff sein Rudel nicht die Gefahr?

Er wollte nicht hierbleiben und sterben. Bento riss am Seil. Es schnitt ihm in den Hals, aber der Türknauf gab nicht nach. Er zerrte stärker daran, drehte sich im Kreis, zog mit aller Kraft. Er hielt inne und röchelte.

Vielleicht konnte er das Seil zerbeißen. Er nahm es ins Maul und kaute darauf. Die Hanfschnüre schmeckten staubig. Sie waren hart und trocken. Er durchfeuchtete sie mit seinem Speichel. Trotzdem widersetzten sie sich den Zähnen.

Das Jaulen in der Stadt verebbte. Wurden die anderen Hunde auch geschlagen? Oder waren sie alle auf der Flucht mit ihren Rudeln? Er liebte sein Rudel. Vor allem liebte er die kleine Herrin.

Eine der verwobenen Schnüre löste sich. Bento nagte weiter. Bald darauf löste sich die zweite. Er nagte, bis nur noch einzelne Fäden ihn hielten. Dann zerriss er sie mit einem Ruck. Er stürmte aus der Küche und hinunter zur Eingangstür. Sie war verschlossen. Er lief weiter hinunter, in den Keller. Dort war ein Fenster kaputt. Es war notdürftig mit Ziegenhaut verschlossen. Bento machte einen Satz auf ein altes, leeres Weinfass und roch an der Ziegenhaut. Sie war alt und morsch. Er ging wieder hinunter vom Fass, nahm Anlauf, sprang auf das Fass und gegen das Fenster. Die Ziegenhaut zerriss. Er landete hinter dem Haus auf der Straße. Sofort sah er einige Hunde, die entlang der Häuserfront trabten. Sie waren auf der Flucht wie er. Er eilte ihnen nach.

10

In der Nacht war die rückwärtige Seite des *Paço da Ribeira* verwaist. Am Tage wurden in den Arkaden seltene Handelswaren verkauft, jetzt aber warfen die Säulen lange Schatten und es war still. Die Bäume standen schwarz vor dem Sternenhimmel.

Antero drückte mit dem Stößel gegen die Wände des Mörsers. Er zerrieb und vermischte die Eisenspäne mit den Schwefelblumen. »Mehr Licht«, sagte er.

Vasco unterbrach sein Gespräch mit der königlichen Wache und hielt die Laterne näher.

»Danke.« Die Mixtur verfärbte sich grün, genau wie im Buch des Jesuiten beschrieben. Er goss etwas Wasser aus dem Becher hinein, legte den Stößel beiseite und knetete die Masse mit den Fingern zu einem weichen Teig.

»Wie ist es denn gelaufen bei Ihr-Vater-geht-beim-König-ein-und-aus?«, fragte Vasco. »Verschafft sie dir eine Audienz?«

»Nein. Kannst du mir eine besorgen?«

»Der König war ganze vier Mal in der Bibliothek, seit ich hier arbeite.«

»Das heißt, er kennt nicht mal deinen Namen.«

»Mit einer Nachricht, wie du sie hast, solltest du trotzdem zu ihm vordringen können, denkst du nicht?«

»Jetzt wird es gefährlich«, sagte Antero. Er legte den Teig behutsam in das Erdloch. Mit den Händen schaufelte er es zu. Er stand auf und drückte die Fußspitze fest auf die Erde.

»Du meinst, es wird explodieren?« Vasco hob die Brauen.

»So steht es im Buch. Es soll eine Art Erdbeben geben. Wann das passiert? Keine Ahnung.«

Antero brannten die Augen. Er bemerkte jetzt erst, wie müde

er war. Es war ein langer Tag gewesen. Am Morgen war er mit der *Fortune* in den Hafen eingelaufen. Seitdem befand er sich in Gefahr. Er hatte es satt, zu fliehen und sich zu verstecken. Wenn er Beweise dafür gefunden hatte, dass ein Erdbeben bevorstand, musste er beim König vorsprechen. Es musste irgendwie auch ohne Leonors Hilfe gehen.

Wie lange dauerte es, bis diese Mischung explodierte? Augenblicke? Stunden? Früher hatten die Uhren nur Stundenzeiger gehabt. Auch so war das Leben gut verlaufen. Es war nicht in kleine Happen unterteilt gewesen, und man kostete nicht nur, man aß sich satt an der Zeit.

Als es – außer an den Kirchtürmen – keine Uhren gab, hatte man die Zeit nicht so genau beobachtet. Jetzt aber versuchten die Menschen ihr auf den Pelz zu rücken. Sie maßen sie mit kleinen Apparaten und zerlegten und kontrollierten sie. Sie flog umso eiliger dahin. Womöglich blieb sie freundlicher, wenn man sie ignorierte.

Ein Krachen hallte über den Hof. Erde flog in die Höhe, und eine Flamme fuhr neben Antero aus dem Boden. Vasco und der Wachposten kamen herbeigerannt. Die Flamme brannte hell.

»Du hast es!«, sagte Vasco. »So entstehen Erdbeben!«

Antero schüttelte den Kopf. »Nein. Wir wissen jetzt, dass sie nicht so entstehen.«

Vasco sah ihn stirnrunzelnd an. »Wie meinst du das?«

Er wies auf die Flamme, die allmählich niederflackerte. »Daher weiß ich es. Ich hab jede Menge Erdbebenberichte gelesen. In keinem war davon die Rede, dass Stichflammen aus dem Boden schießen. Stell dir die hundertfache Menge von Schwefel und Eisenspänen vor, und dann ein Erdbeben. Das Feuer könnte man nicht übersehen. Wir haben es nur im Kleinen nachgespielt. Wenn Erdbeben auf diese Weise entstehen, müssten ganze Feuerwände aus der Erde schießen. Der Schwefel ist offenbar nur eine Begleiterscheinung. Er ist nicht die Ursache für ein Beben.«

»Und was ist dann mit dem Zittern der Erde heute?«

Die Flamme brannte nieder. Erboste Stimmen näherten sich, und Fackelschein. Antero sah auf.

»Heda!«, rief die Königswache. »Bleiben Sie zurück! Sie haben sich dem Palast nicht zu nähern!«

Es war eine Gruppe von Männern. Sie waren einfach gekleidet, viele trugen geflickte Hemden. Wenn sie bewaffnet waren, dann versteckten sie es gut. Eilig kamen vom Tor die anderen Wachen herbei. Sie hätten die Männer gar nicht passieren lassen dürfen. Offenbar hatten sie geschlafen. Der Wächter, der neben Vasco stand, senkte drohend die Hellebarde. »Zurück!«

»Wir wollen keinen Ärger«, sagte einer der Männer. »Wir sind Fischer und müssen dem König Meldung machen.«

»Der König weilt in seiner Residenz in Belém. Und er würde Sie so oder so nicht empfangen, schon gar nicht in der Nacht.«

Der Mann sah verunsichert zu seinen Kameraden. Er räusperte sich. »Mario hier hat es bemerkt, und ich war der Meinung, dass wir's melden müssen. Es geht um das Meer. So was hat es noch nie gegeben.«

»Das Ganze hat sicher Zeit bis morgen«, sagte der Wächter. »Gehen Sie morgen aufs Amt für Fischerei.«

Antero machte einen Schritt nach vorn. »Bitte, worum geht es?«

Die Fischer sahen ihn an. »Die Flut ist ausgeblieben.«

Antero erschauderte. »Sie meinen, sie ist verspätet gekommen?«

»Nein. Überhaupt nicht. Die Flut ist seit zwei Stunden überfällig. Das Meer hat sich zur Ebbe zurückgezogen, aber dabei ist es geblieben. Vielleicht ist es Magie.«

»Keine Magie«, sagte Antero. »Es ist eine Katastrophe.« Er kauerte sich nieder und legte die Handflächen auf die Erde. Der Erdboden schien still zu sein. Antero neigte das Ohr, bis es den Boden berührte, und lauschte. Er meinte, ein tiefes Grollen zu hören.

Die Wachen und die Fischer starrten ihn an.

»Es ist so weit.« Er legte Vasco die Hand auf die Schulter.

Der Bibliothekar sagte: »Geh, rette dein Kind. Ich suche dir hier währenddessen Bücher zusammen.«

»Bücher?«

Vasco wies auf das schwelende Loch im Boden. »Das ist nicht die Lösung, hast du gesagt. Also musst du weitersuchen. Du wirst Bücher brauchen, um Malagrida zu widerlegen. Komm im Morgengrauen mit einem Karren und deiner Tochter hierher. Dann bringen wir alles aus der Stadt.«

»Ich weiß nicht, ob wir so viel Zeit haben.«

»Dann rede nicht länger, sondern geh.«

»Verlassen Sie alle die Stadt! Wenn Ihnen Ihr Leben lieb ist, holen Sie Ihre Familien und gehen Sie auf die Felder.« Er ließ die Männer stehen und lief los. Es war kein Stern mehr zu sehen, und über den Dächern färbte sich der Himmel schon blau. Hinter dem Palast bog er nach rechts ein. Jemand folgte ihm. Antero sah ihn nicht, aber er vernahm entfernte Schritte, und wenn er stehen blieb, hörten auch die Schritte auf. Dem Schrittgeräusch nach zu urteilen, war der Verfolger allein, er wagte es offenbar nicht, sich Antero vorzuknöpfen, bevor Verstärkung eintraf.

Seneca, Aristoteles und Plinius hatten verschiedene Erdbebentypen beschrieben. Hoffentlich würde es nur ein *Tremor* sein, ein Erzittern des Bodens. Oder eine *Arietatio*, bei dem die Erde von einer Seite zur anderen wankte wie ein Schiff. Beim *Pulsum* wurde das Erdreich gerade in die Höhe gehoben, dabei fielen

Giebel und Steine von den Gebäuden herab. Das könnte gefährlich werden. O Gott, betete er, lass es kein *Brastes* werden! Beim *Brastes* wurde die Erde wie von einer Explosion zerrissen und in die Höhe geworfen. Das schlimmste Erdbeben nannte man *Subversio*. Dabei wurde durch die Erschütterung alles zerstört. Er mochte sich das gar nicht ausmalen.

Die Häuser in den ärmeren Vierteln waren im Zerfall begriffen. Sie würden einem Erdbeben niemals standhalten. Er sah die schweigenden Häuserfronten an, an denen er vorüberlief. Müsste er nicht an jede Tür trommeln und die Bewohner warnen? Es lebten zweihundertfünfundsiebzigtausend Menschen in Lissabon. Nur der König mit seinen Truppen konnte sie alle wecken und aus der Stadt bringen. Antero würde mit der Kleinen zum König gehen und ihn alarmieren.

Er betrat den Rossioplatz. Es gab ihm weiteren Vorsprung vor dem heimlichen Verfolger. Auf dem weiten Platz konnte er ihm nicht nachgehen, der Häscher musste auf der zurückliegenden Seite warten, bis Antero den Platz völlig überquert hatte, wenn er verborgen bleiben wollte. Die Fläche erschien im Morgengrauen noch größer als am Tag. Hier fanden die Bullenkämpfe statt und die öffentlichen Hinrichtungen, wenn die Inquisition Scheiterhaufen entzündete. Bis auf wenige Ausnahmen, wie damals.

Den Kopf des Platzes füllte der Palast der Inquisition. Die Ostflanke nahm das Allerheiligen-Hospital ein, vier Klöster samt herrlicher Gärten. Gewölbebögen führten zu Schlafsälen und Speisesälen und zu den Wohnungen der Ärzte und Pharmaziegelehrten. Was, wenn hier in Kürze kein Stein mehr auf dem anderen stand? Aus einem Fenster drang leises Wimmern in den Morgen, sonst war es still.

Neben den Kirchen befand sich die Schule. Jeden Tag war er hier gewesen. Als Sechsjähriger in der Vorschule, dann im Gymnasium, bis er dreizehn war. Immer waren es Jesuiten gewesen, die ihn unterrichteten. Freundliche Lehrer, die er liebte.

Antero blieb stehen. Das Haus des Stiefvaters war nur zwei Querstraßen von hier entfernt. Er musste die Mutter warnen. Sie war gut zu ihm gewesen in den ersten Jahren seines Lebens. Sie hatte ihn gefüttert und getröstet und jeden Abend mit ihm gebetet. Er konnte sie nicht im Stich lassen.

Eilig bog er in die Straße der Wagner ein und von dort in die Straße der Engländer. Dort vorn stand das Elternhaus. Er war fünf Jahre nicht mehr hier gewesen. Von einem Stab über der Tür hing die britische Fahne herab: das rote Kreuz der Engländer vor dem weißen diagonalen Kreuz der Schotten auf blauem Grund. Die Fahne machte deutlich, wer hier herrschte. Der Stiefvater hatte das Sagen. Es würde kein freundliches Wiedersehen sein.

Das Haus war beschämend für ein Mitglied der britischen Faktorei. Die anderen Händler besaßen Höfe mit vier Gebäudeflügeln, mit Türmen und großem Einfahrtstor. Dieses Haus aber hatte sich der portugiesischen Heimat angepasst. Zwei Stockwerke duckten sich unter ein rotes Ziegeldach. Das Gemäuer verfiel. Es war nicht zu übersehen, dass die Geschäfte des Engländers schlecht liefen.

In der Ferne jaulte ein Hund. Die Schritte des Verfolgers verstummten. Irgendwo hinter ihm stand er und starrte ihm in den Rücken. Antero schlug die Faust gegen die Tür. Er wartete nicht ab, ob er von innen etwas hörte, sondern schlug immer wieder dagegen.

Endlich öffnete sich die Tür und eine Kerzenflamme erhellte den Türspalt. Der Stiefvater trug keine Perücke. Das kastanienbraune Haar stand ihm buschig vom Kopf ab. In der Linken hielt er die Kerze, in der Rechten eine längliche Pistole.

»Ich muss Mutter sprechen. Dringend.«

»Antero? Du kennst offenbar immer noch keinen Anstand. Komm am Tag wieder.«

»Es ist wichtig.«

Der Stiefvater kniff die Augen zusammen. »Du hast getrunken.«

»Wir haben jetzt keine Zeit für einen Streit«, stieß Antero zwischen den Zähnen hervor. »Ich bin hier, um Sie vor einem Erdbeben zu warnen.«

»Hältst du mich für dumm? So etwas kann kein Mensch wissen. Du kannst nicht nach fünf Jahren mitten in der Nacht hier aufkreuzen und mir dann so eine Geschichte auftischen.«

»Ist das Antero?«, kam es von drinnen. »Bitte, lass ihn doch ein.«

Der Stiefvater zögerte. Schließlich öffnete er widerwillig die Tür.

Antero trat ein. Auf der Treppe stand die Mutter, im Nachthemd. Das breite, fleischige Gesicht trug rote Abdrücke vom Kopfkissen. Schliefen sie jetzt dort oben, wo damals sein Zimmer gewesen war?

Er sah die Mutter an, wie sie dastand in ihrem Nachthemd. Sie war dick geworden. Sie hatte keinen Schimmer davon, was er getrieben hatte in den vergangenen Jahren. »Mutter, ich bin hier, weil ich –«

»Mein Junge!«

Anstatt die letzten Treppenstufen hinabzusteigen und ihn zu umarmen, stand sie nur da und sah ihn an, als hätte sie Angst vor ihm.

Er sagte: »Mutter, ein Erdbeben bedroht Lissabon.« Er sah den skeptischen Blick des Stiefvaters und fügte, an ihn gewandt, hinzu: »Haben Sie das Zittern der Erde gestern bemerkt? Außerdem führen die Brunnen schwefliges Wasser. Und gerade habe ich von Fischern gehört, dass sich das Meer zurückgezogen hat und nicht wiederkehrt. Ich hab die ganze Nacht in der Bibliothek gesessen und alles gelesen, was wir über Erdbeben wissen. Sie müssen die Stadt verlassen, und du, Mutter, auch!«

Ein feines Stimmchen fragte: »Wer ist das, Mama?«

Er drehte sich um. Vor dem Raum, der früher das Schlafzimmer der Eltern gewesen war, standen zwei Mädchen und ein kleiner Junge mit dunklen Locken. Der Junge rieb sich das rechte Auge und blinzelte ihn mit dem Linken müde an. Es mussten kleine Halbgeschwister von ihm sein. Ihr Anblick schmerzte ihn. Sie bekamen die Liebe, die man ihm vorenthalten hatte.

»Das ist mein Sohn«, sagte die Mutter. »Er heißt Antero.«

Sie hatten den Kleinen nicht einmal gesagt, dass es ihn gab? Man hatte ihn also aus der Erinnerung gestrichen. Er hätte sich den Weg hierher sparen sollen.

Die Kinder sahen ihn neugierig an.

Plötzlich erdröhnte die Tür unter Faustschlägen. »Öffnen Sie, oder wir brechen die Tür auf!«, kam es dumpf hindurch. Wieder Faustschläge.

Der Jüngste begann zu weinen.

»Verlasst Lissabon«, stieß Antero hervor. »Es ist ernst!«

Sie würden bereits an der Hintertür warten. Er musste einen anderen Weg finden. Schon als Jugendlicher war er einmal über das Dach des Nachbarhauses abgehauen. Er stürmte die Treppe hinauf und kroch durch ein Fenster ins Freie. Es war die Seitenwand des Hauses. Niemand achtete hier auf ihn.

Wer wusste, wie viel Zeit ihnen noch blieb. Er musste Samira aus der Stadt bringen. Antero schlich an der Hauswand entlang und spähte um die Ecke. Die Häscher stritten mit dem Stiefvater. Sie packten ihn und zerrten ihn beseite. Da stürzte sich ihnen die

Mutter entgegen. »Lassen Sie meinen Sohn in Ruhe!«, schrie sie und schlug auf den vordersten Söldner ein.

Der Mann schloss seine Hand um ihre Kehle und drückte zu. Die Mutter riss entsetzt die Augen auf. Er hielt sie fest, bis sie röchelnd zu Boden ging. Erst dann ließ er sie los.

Antero ballte die Fäuste. Die Wut trieb ihm Tränen in die Augen. Wie konnten sie seine Mutter so behandeln! Er wollte ihr aufhelfen und sich den Häschern entgegenwerfen und sie an den Haaren nehmen und vom Haus wegschleifen. Vier von ihnen hielten den tobenden Stiefvater fest und zerrten ihn durch die Türöffnung ins Innere.

Malagrida, dachte Antero, das wirst du büßen.

11

Die Morgensonne wärmte Dalilas Rücken. Sie strahlte durch das Fenster auf das weiße Tischtuch und die silbernen Teller. Die Kristallgläser funkelten. Dalila biss vom Weizenbrot ab und schlürfte die letzten Schlucke ihrer Schokolade. Sie vermengte beides im Mund zu einem Brei und schluckte ihn herunter.

Sie sah zur Schwester. Seit sie denken konnte, hatte sie sich mit Leonor verglichen. Oft schnitt sie schlecht dabei ab. Sie hasste die Schwester dafür, dass sie sie in allem übertrumpfte. Gleichzeitig liebte sie Leonor und wünschte sich nichts sehnlicher, als so zu sein wie sie.

Heute trug Leonor das goldgelbe Kleid. Da konnte ihres vielleicht mithalten. Blauer Seidendamast stand ihr gut, und die Schleife vor der Brust lenkte die Blicke auf sich. Aber mit der Frisur war ihr Leonor wieder einmal überlegen: Sie hatte die Perücke nach französischer Art hochgesteckt, so wie die Damen am portugiesischen Königshof. Sie hingegen, Dalila, trug die Locken im englischen Stil herabhängend, das war weitaus weniger elegant – und das Frühstück war heute im eleganten Stil gehalten. Was bezweckte Vater mit der reichgedeckten Tafel? Ihr Blick wanderte zu dem fremden Mann, den Vater eingeladen hatte. Vermutlich machte er Geschäfte mit ihm.

»Ich danke Ihnen«, sagte der Mann, »für das herrliche Frühstück.«

Vater antwortete: »Ich freue mich, Dom Nicolau Fernandes, dass Sie der Einladung gefolgt sind, mit uns zu speisen.«

Der Mann sah zu Leonor hin und lächelte unsicher.

»Wir alle freuen uns«, sagte Vater. Er fuhr sich über den bestickten Frack, als gäbe es unsichtbare Krümel fortzufegen.

Die Domestiken eilten hinaus. Sie brachten dampfende Platten und Schüsseln herein: Lammpastete, geröstetes Hühnchen, Putenfleisch und gebratene Rinderzunge. Dazu Salate, Orangencreme, in heißer Asche gebratene Trüffeln, Mandelpudding. Sie legten Servierbesteck bereit.

Dalila entfaltete die Serviette über der Brust. Vater hatte sogar das Prunkbesteck befohlen. Sie fuhr mit dem Finger unauffällig über den Gabelgriff neben ihrem Teller. Das goldene Besteck trug die Initialen MO. Jedes Löffelchen, jede Gabel auf dem Tisch besaß die Buchstaben auf dem Griff.

Der Vater ließ sich gebratene Rinderzunge und Salat auftun. Leonor bat um Lammpastete. Dalila sah den Fremden an. Hatte er ihr gerade heimlich zugenickt? Das war unmöglich. Sie saßen alle steif da und stützten dezent die Handgelenke auf den Tisch, da war kein Platz für solche Gesten.

»Nun, Verehrter«, sagte Vater, »wo haben Sie Dalila gesehen? Sie geht nicht so oft aus dem Haus wie ihre Schwester, da müssen Sie einen guten Augenblick erwischt haben.«

Dalila wurde es heiß. Was hatte Vater vor? Wollte er sie etwa an den Fremden verheiraten? Sollte sie weggegeben werden, damit sie aus dem Weg war, wollte sich die Familie ihrer entledigen?

Sie konnte diesen Mann nicht heiraten. Sie liebte Antero.

Der Fremde sagte: »Auf dem Markt.« Er errötete ein wenig und sah Dalila an. »Ich bin Ihnen nachgelaufen, weil ich herausfinden musste, wo Sie leben und wer Sie sind.«

Ich will dich nicht, dachte sie. Sie wandte sich den Speisen zu. Er sollte deutlich merken, dass er auf taube Ohren stieß.

»Salat«, sagte der Vater streng. Die Dienstbotin, die hinter ihm stand, beugte sich über den Tisch, um ihn zu bedienen. Ihre dunkelhäutigen Arme hoben sich von der weißen Tischdecke ab. Etwas leiser sagte er: »Sie hat ihre störrischen Momente, aber sie wird sich fügen.« Er wartete, bis sein Teller beladen war, und stach dann mit der Gabel in den Salat. »Für wann planen Sie die Vermählung?«

Dalila stand der Mund offen. »Ich weiß nichts über diesen Mann«, sagte sie. »Verkaufst du mich, Vater?«

»Von Verkaufen kann keine Rede sein, ich gebe dir eine reiche Aussteuer mit.«

»Ich bin Nicolau«, sagte der Fremde und sah sie besänftigend an. Das Haar seiner Perücke lag ihm in kleinen Locken eng am Kopf an. »Ich arbeite als militärischer Baumeister für den Kriegsminister. Ich plane und errichte Befestigungsanlagen und Kanonentürme.« Er wandte sich an Vater: »Zu Ihrem Palast muss ich Ihnen ein Kompliment machen. Ich halte nichts von den Adligen, die in Palästen von rosenfarbenem Marmor residieren. Diese Paläste sind nichts als Fehlzüchtungen. Fortlaufend müssen sie von einer Heerschar an Dienern gepflegt werden. Der Marmor wird rissig und muss mit Mastixharz ausgebessert werden, immer wieder, aber diese Adligen lieben die glänzende Fassade, ob das Baumaterial nun geeignet ist oder nicht. Abstrus! Ihr Palast hingegen –«

»Mastixharz?«, unterbrach ihn Leonor. »Wie geht das?«

»Man mischt ihn mit Ziegelmehl, Pech und Wachs und gibt ihm Farben bei, um die Adern des Marmors nachzuahmen.«

Niemals würde sie, Dalila, diesen Mann heiraten. Eher trat sie in ein Kloster ein oder stürzte sich ins Meer.

Leonor fragte: »Und es stört Sie nicht, dass meine Schwester Protestantin ist?«

Nicolau Fernandes holte Luft, um etwas zu sagen, aber Vater kam ihm zuvor. »In diesem Haus sind alle Protestanten. Sie müssten meiner Tochter ermöglichen, ihren Glauben weiter auszuleben.«

»Sie ist sowieso eine halbe Katholikin.« Leonor winkte ab. »Martin Luther hat es für Götzendienst gehalten, wenn man zu den Heiligen betet anstatt zu Gott. Aber Dalila hat eine ganze Armee von Heiligen, die sie jeden Tag um Hilfe anruft.«

»Wir sehen es nicht verbissen.« Der Vater tupfte sich etwas Salatsauce aus dem Mundwinkel. »An besonderen Tagen gehen wir, obwohl wir Protestanten sind, in die katholische Messe, heute beispielsweise, weil Allerheiligen ist. Als Adliger und Kaufmann von meinem Stand gehört es sich, dass ich mich von Zeit zu Zeit in der Kathedrale blicken lasse. Darf ich noch einmal auf Ihre Pläne zu sprechen kommen? Ich muss ja einige Vorbereitungen treffen.«

»Eine Vermählung ist ein ernster Schritt«, sagte Nicolau Fernandes. »Ich möchte zunächst mit meinem Herrn, Sebastian de Carvalho, darüber sprechen. Vom Wohlwollen und der Güte des Ministers hängt viel für mich ab.«

»Selbstverständlich, das verstehe ich. Sie werden sehen, dass er mit meiner Familie überaus zufrieden ist. Wiewohl ich bessere Verbindungen zu Seiner Majestät, König José, pflege, als zu Seinem Kriegsminister.«

Der Fremde zuckte zusammen. Natürlich, Vater saß im Getriebe des Königreichs an den besseren Hebeln. Ein warnender Unterton hatte mitgeschwungen in der Art, wie er das herausstellte. Vaters gerötete, von Äderchen durchzogene Augen waren fest auf ihn geheftet.

»Ich möchte Sie keineswegs kränken mit meiner Vorsicht, Baron«, sagte Nicolau Fernandes.

»Wissen Sie, es haben sich schon viele um meine Töchter bemüht. Unser Reichtum ist nicht zu übersehen, und die Mädchen sind eine Augenweide. Aber wenn Sie unsicher sind – ich möchte Sie keinesfalls zu etwas überreden.«

Dalila warf ihre Serviette auf den Teller und stand auf. Sie sah den Fremden an. »Wollen Sie in eine Familie einheiraten, in der keiner mit dem anderen redet? Ja? Wollen Sie das? Kein Wort hat mir Vater von Ihnen gesagt. Und Leonor trifft sich mit einem Schmuggler.«

Vaters Kopf ruckte herum. »Ein Schmuggler?«

»Er ist kein Schmuggler.« Leonor sah Dalila ruhig an, als wäre es nichts. »Dalila lügt.«

»Leonor«, sagte Vater, »das hoffe ich. Solche Leute rauben uns aus. Die machen uns das Geschäft kaputt.«

Nicolau Fernandes stand ebenfalls auf. Er schob seinen Stuhl an den Tisch und verneigte sich. »Verehrte Damen, verehrter Baron, die Höflichkeit gebietet, dass ich mich zurückziehe. Es ist Allerheiligen, Sie werden den Kirchgang vorbereiten wollen. Ich danke für die Einladung, und« – er sah zu Dalila – »ich freue mich auf ein Wiedersehen.«

Eine zarte, zu einer geraden Linie ausgestreckte Wolke zeigte sich am Himmel. Nirgendwo war ein Vogel zu sehen, nicht in den Baumwipfeln, nicht auf den Dächern. Die Rahen der Schiffe waren verwaist. Auf den Wellen des Tejo saß keine Möwe. Die Wellen aber brandeten plötzlich mit großer Kraft an den Kai, es war, als kündigte sich ein Sturm an.

Nur dass kein Lüftchen wehte.

Es war Samstag, der 1. November 1755. Wie jedes Jahr zu Allerheiligen strömte die Bevölkerung in die Kirchen. Vor den Kirchenportalen bildeten sich Trauben feingekleideter Damen. Kinder neckten sich und wurden von ihren Eltern ermahnt. Greise stützten sich bei jedem Schritt auf einen Stock.

Antero bemerkte einen Menschenauflauf an einem der Brunnen.

»Es brodelt«, rief jemand. »Das Wasser wühlt sich auf!«

Er erschrak. Er war nicht so schnell vorangekommen, wie er gehofft hatte. Immer wieder hatte er sich in Toreinfahrten und Hinterhöfen vor patroullierenden Soldaten verstecken müssen. »Verlassen Sie die Stadt!«, rief er. »Sie alle, Sie müssen fort von hier!«

Zu Samira war es nicht mehr weit, aber wenn er sie geholt hatte, würde er es zum König nicht mehr schaffen, Belém lag fern der Stadtgrenzen. Dennoch, jemand musste die Stadtbevölkerung warnen. Er sah sich um. Das Kriegsministerium! Vielleicht konnte er den Kriegsminister auf dem Weg zur Kirche abfangen. Der Minister war zwar nicht der König, aber er konnte mittels der Truppen die Bevölkerung aus Lissabon evakuieren.

Antero sah am Ministerium hinauf. Ein Wetterleiter führte vom Boden zum Dach. Die Fenster blitzten im Sonnenlicht, sie waren frisch geputzt. Er klopfte. Ein junger Mann öffnete. Seine Hände waren fleckig von Tinte. »Sie wünschen?«, fragte er.

»Ich möchte den Minister sprechen, Dom Sebastian de Carvalho.«

Der Blick des Jünglings wanderte an ihm hinunter. »Das ist ohne Voranmeldung nicht möglich. Wer sind Sie, wenn ich fragen darf?«

Natürlich, in seiner schäbigen Kleidung sah er nicht nach jemandem aus, den der Minister empfangen würde. Er trug nicht einmal eine gepuderte Perücke. »Ist er denn überhaupt noch hier? Oder ist er schon zur Kirche gefahren? Ich bin Wissenschaftler und habe etwas entdeckt. Der Minister sollte es sofort erfahren. Es ist entscheidend für dieses Land.«

»Ich sehe keine Maschinen und keine Pläne.«

Antero tippte sich gegen die Stirn. »Alles hier drin. Es ist ein Geheimnis.« Er sah den Jüngling eindringlich an. »Sie machen sich keine Vorstellung von seiner Größe. Ich bin Portugiese, deshalb bin ich zuerst zu Ihnen gekommen. Wenn Sie es nicht haben wollen, gehe ich zu den Spaniern oder den Engländern.«

Der Jüngling zögerte. Schließlich sagte er: »Ich werde Sie melden, aber ich kann Ihnen nicht versprechen, dass Sie vorgelassen werden.« Er hielt ihm die Tür auf.

Antero trat ein. »Also ist er hier?«

»Folgen Sie mir bitte.«

Rechts und links der weißen Treppe lagen Kristalle und Gestein in Schaukästen. Vor jedem Stein und jedem Kristallgewächs bezeichnete ein säuberlich beschriftetes Stück Papier, um was es sich handelte. Der Minister schätzte die Naturwissenschaften. Das war gut.

Der Jüngling führte Antero die Treppe hinauf. An der mittleren Wand hing ein Spiegel, gerahmt in vergoldete Schildkrötenpanzer. Die Seiten des Spiegels schmückten kleine indische Schränke von poliertem dunklen Holz.

Sie wandten sich nach rechts und betraten einen Vorraum. Hier standen mit rotem Samt bespannte Polstermöbel an den Wänden. Auf den Bänken saßen Männer und unterhielten sich gedämpft.

Der Jüngling sagte: »Der Herr Minister ist gerade in einer Besprechung mit Staatssekretär Coutinho. Wenn die Besprechung beendet ist, werde ich Sie melden.«

»So lange kann ich nicht warten.«

Der Jüngling runzelte die Stirn.

»Es ist eine Sache von äußerster Wichtigkeit. Hunderte Menschenleben hängen davon ab, dass wir rasch handeln.«

»Wie Sie meinen. Es wird den Herrn Minister unfreundlich stimmen, dass ich Ihretwegen störe, und Ihrem Anliegen keineswegs nützen.« Er trat zu einer großen Flügeltür und drückte die Klinke hinunter, so langsam, als betrete er die Kammer eines schlafenden Löwen. Er schlüpfte in den Raum und schloss die Tür hinter sich.

Einer der wartenden Männer – das Haar seiner Perücke war zu Löckchen gerollt, die sich um das blasse Gesicht fügten, als sei jede Locke einzeln dahingelegt – sagte leise zu seinem Sitznachbarn: »Ihren Trost in allen Ehren, alter Freund, aber was würden Sie tun, wenn die Frau, die Sie heiraten wollen, Sie nicht haben will? Würden Sie sie trotzdem heiraten?«

Er sollte sich längst um Samira kümmern. Was tat er hier noch? Antero trat zur Flügeltür. Wenn der Bedienstete herauskam und ihm sagte, dass der Minister ihn nicht sprechen wollte, würde er ihn beiseite stoßen und ungebeten eintreten.

»Wissen Sie«, redete der Mann weiter, »ich war gerade zum Frühmahl bei ihr. Ihr Vater ist begeistert von meinem Antrag. Sie hingegen ist es nicht. Früher hätte man gesagt, die Liebe wird sich schon noch einstellen. Man hätte zuerst geheiratet und dann gelernt, sich aufeinander einzustellen und einander zu lieben. Aber heutzutage sehen doch viele die Liebe als Vorbedingung für eine gute Ehe, nicht wahr? Wenn ich das hübsche Ding gegen seinen Willen heirate, wird es mich für ein Ungeheuer halten.«

Draußen rumpelten Kutschen durch die Straße.

Dutzende davon.

Oder –

– es waren keine Kutschen.

Er ließ sich auf den Boden fallen und befühlte ihn. Das Haus vibrierte. Antero erhob sich und stieß die Flügeltür auf. Niemand war in dem dahinterliegenden Raum. Drei Türen führten von dort weiter. Der Minister und der Staatssekretär hatten sich irgendwohin zurückgezogen.

Er musste sofort zu Samira. »Hören Sie«, sagte er im Vorzimmer zu dem Mann mit Liebeskummer, »ich bin Wissenschaftler. Es wird gleich ein fürchterliches Erdbeben geben. Ich bin hier, um den Minister zu warnen. Aber ich kann nicht länger warten. Gehen Sie durch das Haus, suchen Sie ihn! Lassen Sie sich von niemandem aufhalten, hören Sie? Sagen Sie, Antero Moreira de Mendonça schickt Sie, er muss die Glocken Sturm läuten lassen!«

»Ein Erdbeben?«

Da donnerte es wie von explodierenden Pulverfässern, und es gab einen Stoß. Antero sah zur Decke hinauf. Putz rieselte herunter und fiel ihm in die Augen. Er blinzelte und wischte sich über das Gesicht. Draußen schrien Menschen in Panik. Aber der Boden war wieder ruhig, es bebte nicht mehr.

»Gehen Sie!«, sagte er und eilte in Richtung der weißen Treppe aus dem Vorzimmer. Er kam zum Spiegel und den indischen Schränken. Da kehrte das Grollen zurück. Der Boden erzitterte, und dann schlug ein Riese dreimal auf die Erde. Antero wurde emporgestoßen. Steine fielen von der Decke herab. Er stolperte die Treppe hinunter. Samira! Er musste seine Tochter retten, er musste sie aus dem Haus holen.

Am Fuß der Treppe wurde er umgeworfen. Der Boden schwankte unter ihm. Antero kroch unter Steingeprassel nach draußen. Scharfe Schläge trafen seinen Rücken. Er fasste danach und fühlte Blut.

Überall in der Straße stürzten die Häuser ein. Dächer brachen nach innen. Wände fielen. Es gab ein ohrenbetäubendes Poltern. Menschen flohen aus den Häusern, sie krampften ihre Hände ineinander und flehten mit verzerrten Gesichtern um Gnade. Manche stürzten sich aus den oberen Geschossen zerberstender Häuser, fielen herab und blieben mit gebrochenen Beinen liegen.

Neben Antero kroch eine dicke Frau auf allen vieren auf die Straße. Sie wimmerte. Ein Mauerblock stürzte herunter und zertrümmerte ihren Kopf. Weitere Steine landeten auf ihrem Rücken.

Antero zwang sich auf die Füße. Er schleppte sich in die Mitte der Straße und weiter in Richtung des Palácio Oldenberg. Eine Staubwolke verhüllte alles. Er wurde vom Bodenschütteln umgeworfen. Die Häuser um ihn herum schwankten wie ein Maisfeld im Wind. Eine Wand brach auf ihn nieder.

Vor Schmerzen wurde ihm erst rot vor Augen, dann schwarz. Das Poltern rückte in weite Ferne. Nein!, flehte er. Er durfte nicht ohnmächtig werden, er musste weitergehen, musste Samira retten.

Er blinzelte. Verschwommen sah er die fliehenden Menschen. Er brüllte: »Hilfe!« Da, war das nicht der Mann aus dem Vorzimmer des Ministers? »Helfen Sie mir, ich stecke fest!«

Der Mann drehte sich nach ihm um. Er bückte sich. »Sie stecken unter einem ganzen Berg von Geröll«, brüllte er.

Antero hielt dem Mann seine Hände hin. »Ziehen Sie mich raus!«

Der Mann ergriff seine Hände und zog daran. »Tut mir leid.« Er ließ ihn los. »Ich kann nichts machen.« Er wandte sich ab und rannte davon.

In Anteros Kopf rauschte es. Alles wurde dunkel um ihn.

Der Priester war schwer zu verstehen wegen des Donnerns und der ängstlichen Schreie der Menschen. Er sprach jetzt sehr laut, seine Worte hallten durch die Kathedrale: *»Gaudeamus omnes in Deo.«* Leonor sah sich um. Die Kirche war bis zum letzten Platz gefüllt, aber niemand hörte dem Priester mehr zu. Sie lauschten erschreckt auf das Rumpeln von draußen.

Schossen sie dort mit Kanonen? Wurde der Hafen angegriffen? Leonor rührte dem Vater an die Schulter. »Wer könnte uns angreifen?«, fragte sie.

Vater sah finster drein. »Mir gefällt das nicht. Irgendwas ist hier nicht in Ordnung.«

Da wurde die große Marmorkirche plötzlich emporgehoben. Sie schwankte wie ein Schiff in stürmischer See. Die Menschen schrien. Sie sprangen auf und wurden sofort umgerissen von schweren Bodenstößen. Steine prasselten vom Kuppeldach herunter und erschlugen vor Leonors Augen Männer und Frauen. Leonor wurde vom Vater gepackt. Er zog sie zur Seite der Kirche.

»Zur Tür!«, schrie sie. »Wir müssen raus!«

Vater aber ließ sie nicht los. Er hinderte sie daran loszulaufen.

Alle schoben zur Tür. Die Menschen kletterten übereinander, zwängten sich, drängten, stießen vorwärts zum Eingangsportal. Vater war unerbittlich. Er schleifte Leonor zur Seitenwand. Da begriff sie, was er vorhatte. Sie hob einen Stein auf, der neben einem Erschlagenen lag. Blut klebte daran. Sie zertrümmerte das Kirchenfenster. Auch der Vater nahm einen Stein. Er fegte entlang des Rahmens und schlug die Glassplitter heraus.

»Steig da rauf«, befahl er und hielt ihr seine verschränkten Hände hin. Als sie ihren Fuß auf seine Hände gesetzt hatte, schob er sie hinauf auf den Fensterrahmen. Von oben reichte sie ihm die Hände und zog. Nie hätte sie dem Vater zugetraut, dass er diese Höhe erklimmen konnte. Aber er schaffte es. Hinter ihm wölkte Staub und es regnete Trümmer. Die Schreie von Sterbenden drangen aus der Kathedrale.

Leonor blieb auf dem Fenstersims hocken, während der Vater auf der anderen Seite hinuntersprang.

»Komm«, sagte er.

Sie wendete sich ab und rief in das Tohuwabohu der Kirche: »Hierher! Hier geht es raus!«

Vater befahl: »Steig sofort da runter. Wir müssen zu den Lagerhäusern und retten, was zu retten ist.«

Ein Junge, er mochte zehn oder elf sein, rannte weinend auf sie zu. Ein Erdbebenstoß fegte ihn von den Füßen, aber er kroch weiter und langte am Fenster an. Leonor streckte ihm die Hände entgegen. Sie half ihm hinauf und hievte ihn über die scharfen Glasscherben hinweg. Er zerschnitt sich das Bein, Blut troff. Leonor ließ ihn an der Außenseite wieder hinunter.

Vater war fort. Waren ihm die Menschen gleichgültig? Er hatte seine Güter im Kopf, sonst nichts, so schien es. Leonor sah in die Kirche zurück. Überall lagen Leichen und Trümmer. Menschen krochen dazwischen umher. »Hierher«, rief sie noch einmal.

Natürlich, auch sie hoffte, dass der Palast noch stand und ihre Schminkdosen nicht vom Tisch gestürzt waren und der Spiegel keinen Sprung –

Dalila.

Wenn Dalila etwas zustieß, war es allein ihre, Leonors, Schuld.

Die Erde erwachte aus ihrem Jahrtausendschlaf. Sie wälzte sich hoch. In Afrika zerstieß sie Moscheen und Synagogen. Die Häuser von Agadir und Rabat zerfielen. Algier zerbarst.

Im fernen Falun, Tausende Meilen entfernt, spürten die Schweden die Wut im Erdreich brodeln. Die Flüsse der Schweiz führten plötzlich Schlamm. Der See von Neuchâtel stieg über seine Ufer. Frankreich erzitterte. Die Deutschen hörten Grollen wie von einem Krieg. In Schottland und Wales bebten die Hügel.

In Lissabon aber riss die Erde ihren Schlund auf. Sie fraß dreißigtausend Menschen. Sie zerknackte die lächerlichen Mauern der Häuser und zerbrach Paläste wie Streichholzhütten. Klöster schüttelte sie um. Kaufmannshäuser zermalmte sie.

Die Erdkruste platzte auf. Heißer Atem brach aus der Tiefe. Stein schmolz. Bäume zersplitterten, und schmiedeeiserne Tore verbogen sich. Die Gemälde von Rubens und Tizian galten der Erde nichts, sie wurden von ihr ins Feuer geschleudert. Kostbares chinesisches Geschirr zerbrach. Im Bragança-Palast zerquetschte die Erde die Kronjuwelen.

Der Aquädukt stürzte um, seine Steine fielen sechzig Schritt in die Tiefe und klatschten ins Wasser des Alcântaraflusses. Die Billardtische der Kaffeehäuser wurden zusammengeklappt wie Spielkarten. Billardkugeln rollten über den Boden und verschwanden in tiefen Spalten.

Heiligenfiguren stürzten in den Seitenkapellen der Kirchen auf ihr Angesicht. Erdrisse schluckten den Reichtum Lissabons: Elfenbein, Gold, Edelsteine. Im königlichen Archiv verbrannte Portugals Geschichte. Seekarten verglühten zu Asche.

Die Häuser schwankten wie Weidenbüsche. Dann gaben die Mauern nach, und die Balken zerknackten. Das Gestein prasselte auf die Gassen hinunter, in denen sich Menschen aneinanderklammerten. Die Häuser begruben ihre Einwohner.

Staub stopfte die Münder der Schreienden. Die Toten fielen in den schmalen Straßen übereinander, erschlagen von Gesteinsbrocken, erstickt vom Qualm, verbrannt, zermalmt, gequetscht. Schwarzer Rauch zog in die Hinterhöfe und umschlang die Überlebenden, bis ihnen der Atem verging. Die Erde zerstörte Lissabon die Große und jagte ihre Kinder.

12

Der Henker legte ihm den Strick um den Hals und sagte: »Sie haben Judenblut und Christenblut vermischt und mit der Jüdin Durré ein Kind gezeugt. Damit haben Sie die Gesetze der Blutsreinheit gebrochen. Zur Strafe folgen Sie Julie Durré in den Tod.« Die Menge johlte. Das Johlen klang wie eine Steinlawine. Eine Klappe öffnete sich unter ihm. Er fiel. Um seinen Hals zog sich das Seil zu. Er erstickte und trat mit den Füßen die Luft. Gleichzeitig drückte etwas schwer auf seine Brust. Antero riss die Augen auf.

Da war kein Henker. Aber warum blieb das Würgen? Woher rührte das schwere Gewicht auf seiner Brust? Überall war Staub. Antero lag bäuchlings auf dem Boden. Ein Tonnengewicht lastete auf seinem Rücken und presste ihm den Atem ab. Ein Steinblock. Er stemmte die Arme auf den Boden und versuchte, den Oberkörper anzuheben. Der Stein ließ es nicht zu.

Das Erdbeben.

»Hilfe«, rief er, und hustete. »Hilfe!«

Die Köchin, die für Samira zuständig war, ging als deutsche Protestantin an Allerheiligen nicht in die Kirche. Samira könnte im Palast des Barons überlebt haben und genauso verschüttet sein wie er. Oder sie irrte durch die zerstörte Stadt, schutzlos und verängstigt, und rief nach ihm. Sie hatte ihren Vater nie dringender gebraucht als jetzt.

Er spannte noch einmal die Muskeln an. Alles, was an Leben und Kraft in ihm war, legte er in die Anstrengung hinein. Er drückte sich gegen den Boden, bis ihm die Arme schmerzten. Der Stein bewegte sich. Jetzt durfte er nicht nachlassen. Er atmete in Stößen und versuchte, ihn zur Seite zu hieven. Aber noch bevor er die Hälfte des Weges geschafft hatte, ließen die Kräfte im linken Arm nach. In Todesangst stemmte Antero den rechten Arm auf den Boden. Der Steinblock kam ins Rutschen. Er schrammte über seinen Rücken, riss die Haut auf, blieb hängen, rutschte weiter. Antero stöhnte vor Schmerzen auf. Sein Arm zitterte. Da schlug der Stein neben ihm auf. Sand zerknirschte darunter.

Antero atmete. Er schmeckte Staub. Schweiß und Blut liefen ihm unter die Achseln und am Brustkorb entlang. Er versuchte, etwas zu sehen. Von irgendwoher drang fahles Licht in die Staubhölle herein. Der Boden grollte unter ihm. Er musste raus hier.

Er überdehnte den Kopf. Daher kam es, das Licht. Eine Staubwolke blies auf ihn zu. Antero kroch auf das Licht zu. Er setzte die Ellenbogen auf harten, unebenen Grund auf und seine Brust schleifte über Steinkanten. Während der Zeit seiner Ohnmacht mussten Unmengen an weiterem Gestein auf ihn heruntergestürzt sein.

Er gelangte zu einem faustgroßen Loch im Trümmerberg. »Ist da jemand?«, rief er. Er streckte den Arm durch das Loch. »Helft mir, ich stecke fest!«

Ein Rütteln ging durch die Trümmer. Putz fiel ihm ins Haar. Draußen krachte es. Er zog den Arm zurück und spähte hinaus. Wenn dieser Staub nicht wäre! Antero nahm kleinere Steine von der Öffnung weg und ließ sie draußen nach unten poltern. Immer mehr Steine entfernte er. Das Loch wurde größer. Antero streckte beide Arme hindurch. Er schob sich mit den Knien vorwärts. Endlich konnte er den Kopf hinausstrecken. Die Öffnung zwängte seinen Brustkorb ein. Aber wenn er kräftig genug schob, genügte sie vielleicht für ihn.

Steinkanten quetschten seine Haut. Er schob, er keuchte und

strampelte. Er stützte sich auf den Trümmern ab und stemmte sich hoch. Die Beine kamen frei. Antero kletterte vom Trümmerberg hinunter. Die Straße lag voller Steine. Nur vereinzelte Häuser standen noch. Tote hingen zwischen den Trümmern wie Puppen. Irgendwo weinte eine Frau. Eine Ziege ragte mit dem Kopf und den Vorderbeinen aus einem Trümmerberg. Sie blökte verstört und zappelte.

Er suchte sich einen Weg über die Trümmer. Bei jedem Schritt schmerzte sein rechtes Bein, er schleifte es hinterher. Der Gedanke an Samira trieb ihn weiter, obwohl sein Körper wie Feuer brannte. Überall die Toten! Mit kaltem Blick starrten sie ihn an. Ihre Glieder waren verrenkt.

Samira lebt, sagte er sich. Sie lebt. Trotzem suchten seine Augen unter den Toten nach ihrem kleinen Körper. Er hatte wieder versagt, der zweite geliebte Mensch wurde ihm aus den Händen gerissen, weil er nicht zur Stelle gewesen war. Er hatte seine Aufgabe nicht erfüllt. Er war doch verantwortlich für die Kleine! Was würde ihm Julie sagen, wenn sie sich in der Ewigkeit wiedertrafen, wie würde sie ihn ansehen, wenn sie erfuhr, welches Ende Samira genommen hatte und dass er nicht dagewesen war für sie?

Ein Grollen kam wie von Ferne. Es donnerte unterirdisch. Antero wurde niedergeworfen. Er landete hart. Entsetzt sah er, wie sich unter Rütteln und Beben der Boden verschob. Ein gewaltiger Riss tat sich auf. Wieder gab es einen Schlag. Steine wurden in den Riss hineingeschüttelt. Antero sah sie im gähnenden Schlund verschwinden. Er krabbelte auf allen vieren fort vom Spalt, so gut es mit dem verletzten Bein gelang. Das Beben hörte nicht auf. Es wollte ihn in die Tiefe ziehen.

War dies vielleicht gar kein Erdbeben? War es das letzte Gericht, das Ende der Welt? Alle Gerechten waren bereits entrückt worden zu Jesus Christus, in den Himmel, wo es Lachen und Glück und Frieden gab. Nur er und die anderen Verlorenen krochen noch über die zerstörte Erde.

In den Trümmern loderten Brände auf. Die Flammen fraßen sich durch Kleider, Vorhänge, Möbel, Gemälde. Eine Gruppe von Verängstigten kam auf ihn zu. Sie hielten sich an den Händen gefasst. Es waren alles Halbwüchsige und Kinder. In ihrer Mitte ging ein adliges Mädchen in einem Kleid von grünem Seidendamast, das die Gruppe offenbar anführte. Der Saum des Kleids war halb abgerissen und hing herunter. Aber ihr Gesicht war das eines helfenden Engels inmitten der Katastrophe. Wenn ein Mensch wie sie noch hier war, dann konnte das Endgericht nicht stattgefunden haben.

»Zum Marktplatz«, brüllte er gegen das Rumpeln an. »Flieht auf freies Gelände!«

Das Mädchen nickte dankbar und zog die weinenden Kinder weiter.

Leonor hörte Hilferufe aus den Trümmern. Aber sie hastete weiter. Um sie herum lagen Männer mit aufgerissenen Bäuchen, Frauen mit gebrochenen Gliedern, schreiende Kinder. Jedesmal meinte sie, Dalila bei den Toten zu sehen.

Dalila war zu Hause geblieben. Kein Wort hatte sie seit dem Frühstück gesprochen. Erst als Leonor sie gefragt hatte, ob sie nicht mit in die Kirche ginge, hatte sie gesagt, dass sie bei Samira bleiben würde. »Aber du bist noch da, wenn wir wiederkommen?«, hatte Leonor sie gefragt. Dalila hatte die Schultern gezuckt.

Sie hätte Nicolau Fernandes nicht auf die Schwester ansetzen sollen. Aber Dalila hatte sich an Antero herangemacht, den einzigen Mann unter ihren Bewunderern, an dem sie wirklich interessiert war. Die ganzen letzten Wochen war sie seltsam gewesen, so wie man nur seltsam wird, wenn man verliebt ist. Sie hatte kaum noch gegessen, am Abend brannte lange Licht in ihrem Zimmer, und wenn Antero im Haus war, wurde es ganz schlimm, die Schwester starrte ihn an, oder sie weinte im Nebenzimmer, wenn sie sich unterhielten. So hatte es doch nicht weitergehen können.

Der Baumeister war ihr, Leonor, schon lange nachgestiegen. Und Dalila war ihr wie aus dem Gesicht geschnitten. Alles, was es gebraucht hatte, war ein deutlicher Korb für Nicolau Fernandes und der Hinweis, dass ihre Zwillingsschwester zu haben war.

Dass die Nachricht von ihrer Zwangsvermählung die Schwester erschüttern würde, ja, das war absehbar gewesen. Aber dass heute die Erde aufreißen würde, ausgerechnet als Dalila zu Hause zurückblieb, das hatte doch niemand wissen können!

Leonor wischte sich den Staub aus dem Gesicht. Er war nass. Sie musste zu weinen begonnen haben, ohne es zu merken. Siehst du, dachte sie, jetzt heule ich schon deinetwegen, blöde Schwester. Sie würde es Dalila büßen lassen. Dalila sollte dankbar sein, einen Mann wie Nicolau zu bekommen, so unbeholfen, wie sie mit Männern war. Leonor hatte ihn ihr abgegeben, immerhin einen, der sich ihr verschrieben hatte.

Frauen liefen vor zusammengestürzten Häusern auf und ab und riefen verzweifelt nach ihren Familienangehörigen. Männer schlugen mit ihren Mänteln auf die Flammen ein, die aus den Ruinen emporzüngelten. Esel schrien. Verwundete Pferde verdrehten wirr die Augen.

Das Beben setzte wieder ein. Es warf alles durcheinander. Es schleuderte die Eltern von den Füßen. Es warf die Kinder zu Boden, riss Wände um, zerschlug Brunnen und Lagerhäuser und Wohnungen.

Leonor wartete auf die kurze Ruhepause zwischen den Erdschlägen, um weiterzukriechen. Wo war ihr Zuhause? Es musste doch dort stehen, auf halber Höhe des Hangs. Sie richtete sich auf und starrte voran.

Sie brüllte laut Dalilas Namen. Sie rannte auf die Trümmer zu. Am Rand des Steinhaufens blieb sie stehen. Wo waren sie alle? Sie waren sicher vor dem Erdbeben geflohen. Sie mussten geflohen sein.

»Dalila«, rief sie.

Aus allen Straßen antwortete Heulen. Verletzte stöhnten. Leonor sah hinunter. Zu ihren Füßen sah sie eine schwarze Schulter und einen von Kraushaar bedeckten Kopf. Der Rest des Körpers war unter Trümmerstücken begraben. Sie kauerte sich nieder. »Jeronimo?« Sie berührte den Kopf. Im Haar klebte Blut.

Sie schüttelte die Schulter. »Jeronimo!«

Ein Stöhnen. Jeronimo bewegte sich. Er richtete sich mühsam auf. Steine polterten von seinem Rücken. »Menina Leonor. Ich muss gestürzt sein. Mein Kopf.« Er fasste sich an die Schläfe. Dann sah er sich um. »O Gott. Das Haus!«

»Wer war noch drin, als es eingestürzt ist?«, fragte sie.

»Ich weiß nicht. Die Köchin hat Äpfel geschnitten. Und ich habe einen Auerhahn gerupft. Für das Mittagessen.« Er hob die Hände. Daunenfedern hingen daran. »Die Kleine hat gebadet. Ich glaube, Ihre Schwester, Menina Dalila …« Er sah zu den Trümmern. »Sie war bei ihr.«

Leonor wurde es kalt. »Du wirst mir helfen. Wir räumen die Steine weg.« Sie kletterte auf den Trümmerhaufen und hob einen Stein auf. Sie schleppte ihn hinunter vom Haufen und warf ihn nieder. Jeronimo tat es ihr nach. Sie kletterte hoch und holte einen weiteren Stein. Sie würde sie alle abtragen. Sie würde nicht ruhen, bis der letzte Stein fortgeschleppt war.

Vor ihrem inneren Auge sah sie furchtbare Bilder. Sie sah sich einen Trümmerbrocken anheben. Darunter: Dalilas Gesicht, reglos und blass, die Augen aufgerissen, der Mund zu einem Schrei geöffnet.

Sie umfasste einen großen Brocken. Der Rücken schmerzte, als sie ihn anhob. Sie musste ihn sofort wieder fallen lassen, er war zu schwer. Was blitzte dort in der Fuge? Sie griff danach. Die Silbernuss! Ihre Handschuhe! Sie waren aus der Haut eines ungeborenen Kalbs hergestellt worden, weiche leichte Handschuhe, für die eine trächtige Kuh und ihr Junges hatten sterben müssen. Entsprechend teuer waren sie gewesen. Dafür waren sie so dünn, dass sie in einer Walnussschale Platz fanden. Leonor liebte sie. Sie verstaute die Nuss in ihrem Gürtelbeutel.

Dalila erstickt unter den Trümmern, flüsterte eine Stimme in ihr, und du suchst dir deinen Besitz zusammen. Ganz der Vater.

»Jeronimo«, rief sie, »hilf mir mit diesem Stein. Vor allem die Großen müssen fort.«

Jeronimo kam. Er packte den Stein an. Sie umfasste ebenfalls den Stein und kam dabei Jeronimo so nahe, dass sie seinen Schweiß roch und dicht vor ihrem Gesicht die schwarze Stirn glänzen sah. Er schüttelte den Kopf. »Lassen Sie, das ist keine Arbeit für eine Dame.«

Sie ließ los.

Er hievte den Stein in die Höhe und schleppte ihn fort. Jeronimo hatte breite Schultern und war stark. Für ihn war der Stein sicher nicht so schwer.

Ein blaues Kissen, und das darunter, war das nicht Dalilas Duchesse? Leonors Herz hämmerte wild gegen ihre Brust. »Jeronimo«, rief sie, »hier!« Sie würden alles finden: die Bücher, die Kleider, Dalilas Bett. Und mitten darin die Schwester.

Der Sklave sah auf die Duchesse nieder. Ihr Holz war zerborsten. Er sagte: »Sie war in der Küche bei Samira. Wir müssen woanders suchen. Dort drüben.« Er zeigte auf die hintere Erhebung im Trümmerfeld.

Leonor kletterte zur anderen Seite. Ein großer Trümmerstein fiel ihr auf. Sie verspürte ein ungutes Gefühl, als sie ihn ansah, als wüsste sie bereits, dass sich darunter das Entsetzliche verbarg.

Sie trat an den Stein heran. Du hast meine Schwester umgebracht, dachte sie. Ein Stein aus der Wand, die sie all die Jahre vor Regen und Wind beschützt hatte. Ein Stein, der seine Aufgabe erfüllt hatte, ohne Murren, stumm. Etwas musste ihn verärgert haben.

»Passen Sie auf«, sagte Jeronimo, »hier liegt Glas. Kaputte Fensterscheiben.«

Leonor umfasste den Stein und zerrte mit aller Kraft daran. Sie versuchte, ihn beiseite zu rollen. Es gelang nicht. Er fiel an seinen alten Platz zurück.

Dann war da ein zweites Paar Arme, schwarze Arme, die mit anpackten. Jeronimo sagte: »Auf drei. Eins, zwei, drei!« Sie stemmten gemeinsam den Block in die Höhe, trugen ihn einen Schritt und ließen ihn den Trümmerhang hinunterpoltern.

Von der benachbarten Ruine zog Rauch herüber. Feuer schlug dort aus den Trümmern. Leonor sah zu Boden. Aus dem Spalt, von dem sie den großen Trümmerbrocken entfernt hatten, sah ihr ein Gesicht entgegen.

Ein strenger schmaler Mund. Blaue Augen. Die Haut über den Wangenknochen pergamentartig gespannt. Die Köchin blinzelte nicht, obwohl sie wie lebendig aussah. Sie regte nicht den Mund und nicht die Hand, die neben ihrem Gesicht zwischen den Steinen ruhte.

Aus dem beständigen Zittern, das Leonor unter den Füßen verspürte, wurde ein Stoßen und Schlagen. Sie streckte die

Hände aus, um das Gleichgewicht zu bewahren, fiel aber dennoch hin und schlug sich die Knie blutig an den schroffen Trümmern. Auch Jeronimo wurde umgeworfen.

Leonor klammerte sich an den Trümmern fest. Das Beben stieß sie gegen die Steine. Staubwolken stiegen auf und mischten sich mit dem Rauch der Brände. Ein Stück weiter weg stürzten Gebäude unter Ächzen und Krachen in sich zusammen. Überall schrien die Menschen spitze hohe Töne. Es klang nach Tierrufen. Es klang nach furchtbaren Schmerzen und Todesängsten.

»Dalila«, rief Leonor, »wenn du noch lebst, hab keine Angst! Ich hole dich.«

Endlich grollte das Beben aus. Leonor stand misstrauisch auf und wartete, aber sie wurde nicht mehr umgeworfen. Sie kletterte nach oben und schleppte einen Stein an den Rand der Ruine. Sie holte einen weiteren, und noch einen.

Auch Jeronimo trug Steine ab. Unter einem Trümmerstück fand Leonor den Hampelmann des kleinen Mädchens. Er bestand jetzt aus zwei Teilen, die Beine waren ihm abgetrennt worden. Wenn hier die Spielsachen waren und Dalila beim Kind gewesen war, dann mussten sie die Schwester bald finden. Sie würden Dalila befreien, bevor die Erde wieder erbebte. »Weiter hier drüben«, sagte sie, »hier muss es sein.«

»Shhhh«, machte der Sklave. Er richtete sich auf und sah angestrengt ins Leere. »Hören Sie das?«

Sie lauschte. Da war ein Geräusch unter den Trümmern. Es klang wie ein Wimmern.

»Hier«, sagte Jeronimo. Er deutete auf eine Stelle und nahm einen Stein auf.

Leonor hastete hinüber und entfernte ebenfalls einen Stein. Wie im Rausch arbeiteten sie. Sie warfen die Steine hinter sich und stießen sie den Trümmerberg hinunter. Als sie einen Trichter geschaffen hatten, bückte sich Jeronimo hinunter und rief: »Kann mich jemand hören?«

Es war still. Dann, zögerlich, im Ton ungläubiger Hoffnung, kam es aus den Steinen: »Jeronimo? Ich bin hier! Ich kriege keine Luft.«

Samiras Stimme! Eine heiße Welle von Schmerz und Erleichterung durchspülte Leonor. »Ist Dalila bei dir?«, fragte sie.

»Ja. Bist du es, Menina Leonor?«

»Ich bin es! Haltet aus! Wir holen euch. Haltet nur noch einen kleinen Moment aus!« Sie nahm einen Stein und warf ihn über den Rand des Trichters. Der nächste war zu schwer dafür, sie trug ihn hinauf und ließ ihn abwärts poltern. Ihr liefen Tränen über das Gesicht. Sie waren doch Schwestern!

Jeronimo arbeitete mit ihr. Er trug Steine hinauf. Die schwersten Brocken schleppten sie gemeinsam. Als sie am Boden des Trichters erneut einen unförmigen Trümmerbrocken in die Höhe stemmten, kam darunter ein Körper zum Vorschein.

Sie ließ den Brocken los. Jeronimo konnte ihn nicht halten und stürzte mit dem Steinbrocken hin. Es kümmerte sie nicht. Leonor fiel auf die Knie nieder und rührte an den Körper, der dort lag. »Dalila«, sagte sie, »die Trümmer sind weg, wir sind endlich da!« Dalilas Rücken war warm. Aber sie bewegte sich nicht. Überall waren Wunden im Fleisch.

Leonor drückte Dalilas Schulter. »Wach auf, Schwester. Du musst aufwachen!«

Ihr Körper zuckte.

»Dalila?«

Sie lag auf dem Bauch. Der Rücken war zertrümmert, das Gesicht zur Seite gewandt, starr. Von ihrem Kopf troff Blut. Aber es konnte keine Täuschung sein, der zerschlagene Rücken regte sich. Er hob sich an.

Eine feine Stimme sagte: »Jeronimo?«

Der Sklave stürmte vor, schob Leonor beiseite und hob Dalilas Körper an. »Sie ist darunter«, sagte er. »Sie ist unter ihr.«

Leonor stand nur da und starrte auf den Körper, der sich wie unter einem Zauber bewegte. Der Sklave hievte Dalila in die Höhe. Er schob sie auf die Steine. Sie triefte von Wasser.

Dort, Samira. Sie kauerte im Waschzuber, die Knie an den Bauch gedrückt, und zitterte. Seifenschaum und Staub bedeckten das Wasser im Zuber. Es war blutrot. Die Kleine sagte: »Ich mag nicht mehr spielen.«

Jeronimo hob sie aus der Wanne. Er zog seine Arbeitsjacke aus und rieb Samira damit trocken. Er wischte Blut und Wasser von ihr ab. Das Kind war unversehrt, die Arme, die Beine, nichts war verletzt. Das Blut musste sämtlich von Dalila stammen.

Leonor sah die Schwester an. Dalila ist tot, dachte sie. Aber sie konnte den Gedanken nicht verstehen. Er blieb fremd und kalt in ihr, als hätte ihn jemand anderes gedacht.

Jeronimo nahm Samira auf den Arm und drückte sie an sich. »Du frierst ja! Hier, zieh das an.« Er setzte sie ab, zog sein Hemd über die Schultern und ließ sie hineinschlüpfen. Es hing der Kleinen bis zu den Füßen. Samiras Arme legten sich um Jeronimos Nacken. Sie schmiegte das Gesicht in seine Halsbeuge. Sie sagte: »Ich habe Angst.«

»Jetzt bist du in Sicherheit.«

Sie hob den Kopf. »Das ganze Haus ist eingestürzt.«

»Der Herr Baron baut es wieder auf.«

Sie löste sich von ihm, lief zur Leiche hinüber und tippte sie an. »Menina Dalila, das Spiel ist zu Ende. Du musst nicht mehr stillhalten.«

Leonor erwachte aus ihrer Starre. Sie trat ebenfalls an die Leiche heran. Mit erstickter Stimme fragte sie: »Welches Spiel?«

Samira beachtete Leonor nicht. Sie redete weiter zur Toten. »Wenn ich das nächste Mal bade, können wir es wieder spielen, ja? Bitte beweg dich wieder. Ich mag jetzt nicht mehr weiterspielen.«

»Wovon redest du?«, fragte Leonor.

»Wir haben Höhle gespielt. Sie hat sich so über den Zuber gelegt, als ob sie ein Dach wäre, und ich durfte sie nicht kitzeln und nicht nassspritzen, ich sollte ganz still sitzen. Sie hat gesagt, dass es in Höhlen manchmal poltert und dass ich keine Angst haben soll. Aber ich hab trotzdem Angst gekriegt.«

Leonor stieg eine Gänsehaut den Rücken hinauf. Hatte Dalila das Bastardkind so sehr geliebt? Vermutlich hatte sie nicht gewusst, dass es so schlimm werden würde. Sie hatte nicht gedacht, dass sie sterben würde, ganz sicher hatte sie das nicht gedacht.

Leonor würgte. Ihre Kehle fühlte sich an, als habe man ihr einen Propfen in den Hals gestopft.

Samira rüttelte an der Schulter der Toten. »Dalila, ich will nicht mehr spielen. Guck mal, das ganze Haus ist kaputt, wir müssen es wieder aufbauen!«

Jeronimo ging neben ihr in die Hocke. »Sie kann dich nicht hören. Sie ist gestorben.«

Mit großen Augen sah ihn Samira an. Entsetzen ruhte auf dem Grund ihres Blicks, ein kalter Hauch, der nicht in ein Kindergesicht gehörte. »So wie meine richtige Mama?«

Er nickte.

Sie sah in den Zuber. »Ist das ihr Blut?«

Jeronimo zog sie an sich. Aber die Kleine fügte sich nicht in seine Umarmung, sie blieb steif. Wenn sie wenigstens weinen würde, wenn sie widersprechen würde! Sie blieb stumm und begrub das Leid in sich. Dieses Kind hatte schon vieles ertragen. Zu vieles.

Leonor sagte: »Samira, ich kenne meine Schwester sehr gut, ich kenne sie, seit ich auf der Welt bin. Das ist eine lange Zeit. Und ich möchte dir etwas sagen.«

»Was?« Es war kaum mehr als ein Hauch.

»Sie hat heute etwas Großes für dich getan. Sie hat dich sehr lieb gehabt.«

Da begann die Kleine zu schluchzen. Tränen rollten Samira über die Wangen. Sie weinte immer lauter. In ihrer jungen Stimme lag ein schmerzlicher Verlust. Jeronimo nahm sie auf den Arm und erhob sich. Er klopfte ihr beruhigend auf den Rücken.

Leonor kauerte sich neben der Schwester nieder. Dalila trug immer noch die lächerliche Halskette, so oft hatte Leonor ihr gesagt, dass die dünnen Goldglieder ihr nicht gut standen, dass sie besser Silber tragen sollte, aber Dalila hatte nicht darauf gehört. Leonor löste die Kette und nahm sie ihr ab. »So siehst du besser aus, Schwesterchen. Du kannst mir das ruhig glauben.«

Alle Kraft war aus Dalilas Gesicht gewichen. Die Schwester hatte ihr Letztes gegeben, um ein Kind zu retten. Es passte zu ihr. Sie war immer die Gute gewesen, diejenige, die das Richtige tat, diejenige, die häufig betete und in erbaulichen Büchern las.

Wie aus der Ferne hörte sie Jeronimo das Kind trösten. Sie neigte sich nach vorn und küsste Dalilas warme Stirn. »Verzeih mir. Ich hab dir nie gesagt, wie sehr ich dich liebe, Dalila.«

Leonor legte sich die goldene Kette um den Hals. Es war Dalilas Vermächtnis. Dalila war die Gütige gewesen von ihnen. Dalila war die gewesen, die den anderen half. Jetzt war sie fort. Leonor würde sich bemühen müssen, Dalilas Fertigkeiten zu erlernen, all die Dinge, die sie bisher verachtet hatte. Ihre Freiheiten und ihren Egoismus hatte sie Dalila zu verdanken gehabt, ohne dass sie es wusste; weil Dalila die Vernünftige gewesen war, hatte Leonor die Unvernünftige sein können; weil Dalila die Friedfertige gewesen war, hatte Leonor herumstreiten können; weil Dalila die Armen liebte, hatte Leonor sie verabscheuen können.

Wer bin ich jetzt?, fragte sich Leonor. Sie hatte keine Schwester mehr. Sie war allein auf der Welt mit dem Vater, der tagaus, tagein arbeitete, und der Mutter, die vor ihm geflohen war und nie nach Hause kam, auch wenn sie es immer wieder vollmundig versprach. Eine große Trauer brach in ihr auf, und sie ahnte, dass diese Trauer schon immer dagewesen war, schon in der Kindheit, aber dass sie vor ihr davongelaufen war.

»Ist das die Trauer, die du immer verspürt hast, Schwester?«, flüsterte sie. »Jetzt kann ich sie auch fühlen.«

13

Schon von fern sah er, dass der Palácio Oldenberg nicht mehr stand. Antero humpelte, kletterte über umgestürzte Händlertische und durch pechschwarze Rauchschwaden. Er sah Julie vor seinem inneren Auge, wie sie ihm die Kleine in den Arm gab. Kurz nach der Geburt war es gewesen, damals hatte er Samira zum ersten Mal gehalten. Sie war so leicht gewesen, so zart! Julie hatte gesagt: »Unser Kind, Antero.«

Jahrelang war er für Samira immer wieder nach Lissabon zurückgekehrt, um sie zu sehen und dem Baron durch Mittelsmänner Geld für sie zu übergeben. Er hatte jahrelang sein Leben in Gefahr gebracht – und ihres.

Ich hole die Kleine da raus, dachte Antero, und dann wirst du dafür bezahlen, Malagrida, dass Samira ohne mich aufwachsen musste, und noch schlimmer, ohne ihre Mutter.

Er stutzte. Da waren Menschen. War das nicht Jeronimo, der Sklave, der ihn immer ins Haus gelassen hatte? Er trug ein Kind auf dem Arm. Samira? Sie lebte! Er hielt sie auf dem Arm, sie weinte, Antero konnte ihre hohe Kinderstimme hören.

Als er näher kam, verebbte das Weinen plötzlich. Er hörte Samira rufen: »Papa!« Sie begann zu zappeln, und der verblüffte Sklave setzte sie ab. Sie rannte auf ihn zu. Antero beugte sich nieder und fing sie in seinen Armen auf. Er drückte ihr tränennasses Gesicht an sich, lachte und weinte. »Meine liebe kleine Samira.«

»Alles ist eingestürzt«, schluchzte sie, »es hat gerumpelt, und Dalila hat mich beschützt. Jetzt ist überall Blut! Ich dachte, dass wir Höhle spielen, aber es war gar kein Spiel. Sie hat aufgepasst, dass mir nichts passiert.«

»Das war sehr mutig von ihr.«

»Sie wollte, dass mich kein Stein trifft. Dann haben die Steine sie getroffen.« Die Kleine erschrak. »Bento! Wo ist er?« Sie sah sich um. »Er ist unter dem Haus begraben.« Sie rannte zu den Trümmern. »Bento, hörst du mich? Du musst bellen, damit wir dich finden!«

Dort kam Dalila. Sie trug die goldene Kette, wie bei ihrem Kuss. Dalila hatte an Julies Stelle auf die Kleine aufgepasst. Antero begann, etwas Zärtliches für diese Frau zu empfinden, zum ersten Mal, seit Julie tot war, fühlte er so etwas. Er sagte: »Danke, Dalila. Sie ahnen nicht, was es mir bedeutet, dass Sie Samira gerettet haben.«

Sie wirkte verwirrt. »Ich … Ich bin nicht …«

»Ich konnte es Ihnen nicht sagen. Samira ist meine Tochter. Bitte, schwören Sie, dass es Ihr Geheimnis bleibt. Ich muss sie versteckt halten.«

Dalilas Blick war voller Schmerz. Sie schwieg eine Weile. Dann sagte sie: »Ja.«

»Danke für alles, das Sie getan haben.«

Dalila fragte: »Sie waren jedes Mal wegen der Kleinen hier, nicht wegen … meiner Schwester?«

Er senkte den Blick. »Ich brauchte einen Grund für die Besuche. Ich konnte nicht sagen, dass ich Samiras Vater bin. Es hätte sie in Gefahr gebracht. Aber bald wird alles anders.« Er sah sie an.

Dalila nickte wortlos.

Leonor hätte tausend Worte gemacht. Dalila aber nahm die neue Lage still hin, all seine Lügen. Sie konnte ihm ins Herz blicken und verstand, dass er aus Liebe zu Samira gehandelt hatte.

Er sagte: »Es wird weitere Beben geben im Laufe des Tages. Besser, Sie verlassen die Stadt. Ich kann nicht mit Ihnen gehen, ich muss nach einem alten Freund sehen, und dann zum König. Haben Sie noch einmal tausendfachen Dank. Ich hoffe, ich kann mich Ihnen eines Tages erkenntlich zeigen.«

Samira hockte vor einem Trümmerblock und versuchte, ihn anzuheben.

Er rief nach ihr. »Komm mit mir, Jeronimo wird nach Bento suchen.«

»Ich verspreche es«, sagte der Sklave, »ich suche deinen Hund.«

Samira rief noch einmal: »Bento!« Sie lauschte. Als keine Antwort kam, lief sie zu Antero und ließ sich von ihm hochheben.

Nach fünfzig oder hundert Schritten drehte er sich noch einmal um. Dalila stand am selben Fleck und sah ihm nach.

Die Hunde liefen weiter. Bento blieb auf der Bergkuppe stehen und blickte über die Stadt, aus der sie gekommen waren. Schwarze Rauchsäulen stiegen von ihr auf. Die Häuser waren zertrümmert.

Er konnte das Böse nicht ausmachen, es war unsichtbar. Es zog mordend durch die Straßen, ohne dass man es mit den Zähnen packen konnte. Zu fliehen war die richtige Entscheidung gewesen.

Das Böse wollte sie einholen. Es fuhr unter der Erde entlang und knurrte. Immer wieder stieß es von unten gegen den Erdboden, als wollte es mit dem Kopf herausschießen und einen von ihnen verschlingen. Dann wurden sie umgeworfen, und auch wenn sie versuchten davonzuspringen, schleuderte die Kraft des Bösen sie nieder. Der Boden spie aber keine Bestie aus. Das Böse blieb verborgen. Er hasste und fürchtete diesen Feind, den er nicht sehen konnte.

Bento witterte Ruß. Er witterte Steinstaub. Das Böse knurrte wieder unter ihm. Es hatte die Verfolgung noch nicht aufgegeben. Er musste die anderen Hunde einholen. Im Rudel fühlte er sich sicherer. Wie vermisste er sein altes Rudel, vor allem die kleine Herrin!

Er warf einen letzten Blick auf die Stadt. Wind kam auf und drückte die Rauchsäulen nieder. Das rote Leuchten am nördlichen Ende der Stadt wurde stärker. Der Wind fachte das Feuer an. Es bäumte sich auf zu einer Walze von Glutregen und prasselnden Flammen. Das Böse fuhr in die Straßen ein, in die Ruinen und Kirchen, und trieb die Menschen vor sich her. Wer sollte es aufhalten? Kein noch so starkes Rudel konnte sich einem solchen Feind entgegenwerfen.

»Schaffen Sie nasse Tücher her.« Der Vater raufte sich die Haare. Er lief vor dem Lagerhaus auf und ab und brüllte die Flüchtenden an: »Wir brauchen sofort nasse Tücher! Ich bezahle Sie, hören Sie nicht? Sie bekommen Geld für läppische Tücher!«

Niemand hörte auf ihn.

Seine Verzweiflung zu sehen, schnürte Leonor die Eingeweide zusammen. »Vater«, sagte sie, »ich habe schlechte Nachrichten.«

»Ich weiß schon, dass die anderen Lagerhäuser zerstört sind, Leonor. Dieses ist das letzte, das noch steht. Und da lodert es schon.« Er zeigte auf das zweitnächste Haus. »Wie soll ich es aufhalten, wenn gleich das Nachbarhaus brennt? Gütiger Himmel, bin ich froh, dass die achttausend Sack sizilianischen Weizens noch nicht im Hafen eingelaufen sind! Aber das Brasilholz ist hin, wenn das Lager brennt. Verstehst du? Das Lager ist ein Scheiterhaufen, eine Einladung für den kleinsten Funken. Wir müssen es nass machen. Das Haus muss von außen gut genässt sein, sonst sind wir verloren.«

»Ich war zu Hause«, sagte sie. »Wegen Dalila.«

Rußflocken schwebten vorüber. Der Wind fegte glühende Funken auf die Straße. Ein gefährliches Knistern drang aus dem Haus zur Linken des Lagers. »Verdammt«, rief Vater. »Siehst du das? Dort brennt es schon. Und wir stehen hier herum.« Er zog sich den goldbestickten Frack aus und stürmte zur Tür des Nachbarhauses. Ohne zu zögern, stürzte er hinein.

Leonor eilte ihm nach. Drinnen stand dichter Qualm. Irgendwo knackte und schwelte es. »Vater?«, rief sie. Sie lauschte. Jemand schlug auf etwas ein. Sie folgte dem Geräusch und fand den Vater inmitten von Qualm vor einer Polsterbank.

Breitbeinig stand er da und schlug den Frack auf die Flammen. »Aus«, rief er, »hier gibt es nichts zu brennen!«

Sie ergriff seine Schultern und zog ihn zurück. »Wir müssen raus hier. Willst du ersticken?«

Er schüttelte sie ab, aber sie fasste nach. Er keuchte und krümmte sich. So weit war es schon, der Rauch vergiftete ihn! Entschlossen zog sie ihn zur Tür. Sie würde ihren Vater nicht sterben lassen. Draußen sagte sie: »Dalila ist tot. Wir haben sie unter den Trümmern gefunden.«

Der Vater brüllte: »Wo waren Sie so lange, Mann!« Verwirrt folgte Leonor seinem Blick. Der Lagerverwalter kam mit drei Sklaven die Straße herunter. Vater sagte: »Hier brennt es jeden Augenblick. Wir räumen das Lager aus. Das Brasilholz ist zu schwer, es ist ein Jammer. Ich möchte, dass ihr euch Tabakkisten schnappt.« Er zeigte auf einen der Sklaven. »Du nimmst ein Fässchen von ausgelassenem Walfett. Nach dieser Katastrophe wird alles teuer sein, selbst Seife. Es ist gut, sich auf ein breites Fundament zu stellen. Leonor, auch ein Weibsbild muss in einer solchen Lage mit anfassen. Schnapp dir einen Sack Reis. Vorwärts!«

Er eilte voran ins Lagerhaus. Hatte er nicht gehört, was sie gesagt hatte? Sie lief ihm und den Männern nach. Im Lagerhaus war es still, und die Luft war klar. Es war ihr, als habe sie eine rettende Höhle betreten, die vor allem Unglück beschützen konnte. Auch wenn die Regale umgestürzt waren und die Stiegen, die sonst in die höheren Ebenen führten, am Boden zerbrochen zwischen den herabgestürzten Waren lagen, sie schliefen einen tiefen Schlaf, die Holztrümmer, Kisten, Bündel, Ballen von Rohwolle, Fässer mit Olivenöl, Zuckerhüte. Es roch würzig nach Tabak. Durch die Luken fiel schwaches Licht. Glutfunken stoben herein.

Sie sagte: »Vater, Dalila ist tot. Hast du nicht gehört?«

Er sah sie kurz an, dann nickte er kaum merklich. Er ging, um die Sklaven einzuweisen.

Er macht es wie ich all die Jahre, dachte sie. Er verdrängt den Schmerz, weil er ihn nicht aushalten kann. Vielleicht hatte sie es von ihm geerbt. Auch sie wollte nicht an Antero denken und daran, dass er sie nicht liebte. Sie wollte nicht an Dalila denken, die dort bei den Trümmern lag, nur von Jeronimo bewacht, und sich nicht mehr bewegte.

Leonor trat an eine Ladung Brasilholz heran und berührte die rote Rinde. Brasilbäume waren teuer. Ihrem portugiesischen Namen *pau brasil*, glühendes Holz, verdankte die Kolonie Brasilien ihren Namen. Man gewann kostbaren roten Farbstoff aus Brasilholz für Samtstoffe. Vor allem aber bauten die Meister wertvolle Möbel daraus, nach denen der Adel und die Kaufleute gierten. Möbel wie Dalilas Duchesse. Sie würde die Duchesse restaurieren lassen und ihr einen Ehrenplatz geben in ihrem Zimmer. Sie würde jedes Mal an die Schwester denken, wenn sie sich darauf setzte, und sie würde jedes Mal wünschen, sie hätte mehr Zeit mit ihr verbracht, sie einfach beim Lesen gestört und ein wenig mit ihr geplaudert. Habe ich meine Schwester überhaupt einmal umarmt?, fragte sie sich. Es fiel ihr nicht ein, und sofort wurde sie traurig, weil sie das nie getan hatte, wie so viele andere Dinge, für die es nun zu spät war.

»Steh nicht herum«, schimpfte der Vater.

Leonor ging zum Reis. Auf die Säcke war mit großen Buchstaben *Carolina Rice* geschrieben, es war Reis aus den britischen Kolonien in Nordamerika. Sie versuchte, einen der Säcke anzuheben. Er rührte sich nicht von der Stelle. Also band sie ihn kurzerhand auf und stieß ihn um. Reiskörner ergossen sich über den Boden.

»Was tust du da?«, rief der Vater entsetzt.

Sie nahm den halbleeren Sack und hob ihn sich auf den Rücken. So ging es. Sie folgte dem Sklaven, der ein Fass auf der Schulter schleppte. Er ging mit gebeugten Knien. Das Walfett im Fass musste schwer wiegen. Hinter ihr folgten Vater und die anderen mit großen Tabakkisten.

»Wohin?«, ächzte sie.

Vater sagte: »Zum Marktplatz. Da erreicht uns das Feuer nicht.« Er wusste immer, was zu tun war. Schlaue Entscheidungen zu fällen war seine Natur.

Sie gingen hintereinander. Jeder mühte sich mit seinem Gewicht. Wo Trümmer die Straße bedeckten, suchte der Sklave, der vor ihr lief, einen Weg zwischen den Steinbrocken. Leonor beobachtete seine Füße und nahm dieselben Tritte wie er. Der Sklave war es gewohnt, Dinge zu tragen und zu Fuß zu gehen, er würde wissen, welche Trümmerblöcke guten Halt gaben und wo man abzurutschen drohte.

Die Gebäude rings um den Marktplatz brannten. Der Ribeira-Palast. Das Zollhaus. Das Arsenal. Der Platz war voll von Menschen. Schwerverwundete schrien. Ein Priester ging mit einem Kruzifix von Gruppe zu Gruppe und nahm den Sterbenden die Beichte ab.

Leonor erkannte Dom João de Bragança zwischen den Verletzten und Verzweifelten, den Cousin des Königs. Er verteilte Decken und half Soldaten dabei, Verletzte zu verbinden. Sie kannte ihn gut, so wie sie alle ihre Spionageopfer kannte. Sie wusste, dass er Mundwasser benutzte, dem Gewürznelken von den Molukken beigesetzt waren. Sie kannte die geheime Stadtwohnung, die er aufsuchte, wenn er ungestört sein wollte, das Vorzimmer, das Eßzimmer, den Gesellschaftsraum für den Sommer, den beheizbaren für den Winter, das Schlafzimmer mit Ankleideräumen, das kleine Bibliothekskabinett.

Für wen sie arbeitete, wusste er nicht. Er hatte ihr sogar einmal erzählt, in eben jenem Bibliothekskabinett, weshalb er keinen Jesuiten zum Beichtvater nahm.

»Ich verweigere mich dieser Modeerscheinung! Warum sollte ein Jesuit besonders geschickt darin sein, mit dem Gewissen zu arbeiten?«

»Alle sind sich darin einig«, sagte sie.

»Den Ruf hat die Societas Jesu doch nur, weil ihre Beichtväter schlicht mehr Zeit haben als die Priester, die in ihrem Sprengel Tausende betreuen müssen. Gewöhnliche Menschen gehen einmal im Jahr vor Ostern zur Beichte. Die reichen Beichtkinder, die einen Jesuiten zum Beichtvater haben, liefern sich ihm jede Woche zur Besserung aus. Das ist der Unterschied.«

»Meinetwegen. Fest steht aber, dass sie ihren Beichtkindern helfen, den Weg zur Vollkommenheit weiterzuverfolgen, und darin recht erfolgreich sind.«

»Das ist nicht gesagt. Wissen Sie, für den Adel zählt, wie so oft, der äußere Schein. Einen Jesuiten zum Beichtvater zu haben verschafft den Ruf, geistig und moralisch ein ehrenhafter Mensch zu sein oder sich zumindest auf dem Weg dahin zu befinden. Ich verwehre mich gegen solche Tapete. Nur um gut dazustehen und weil es alle machen, brauche ich keinen Jesuiten.«

Leonor schämte sich, einen Sack Reis zu tragen, während João de Bragança den Menschen half. Dalila wäre sofort zu ihm gegangen.

In der Mitte des Platzes stapelten Blauröcke Kisten, vermutlich Schießpulver aus dem Arsenal und Gewehre. Einige der Soldaten hatten ihre Perücken verloren. Manche trugen zwar die Perücke, aber keinen Dreispitz mit Federdaunen. Dennoch war ihr Anblick beruhigend.

»Dorthin«, sagte Vater.

Bei den Soldaten setzten sie ihre Lasten ab. Vater sprach mit einem Sargento und reichte ihm ein Säckchen mit Münzen. Der Sargento nickte.

Vater sagte: »Wir lassen alles hier stehen. Zurück zum Lager.«

Auf dem Weg gab es ein Handgemenge. Ein Protestant, den sie einmal im Haushalt des britischen Generalkonsuls gesehen hatte, musste ein Heiligenbild küssen, der Pöbel duldete seine Verweigerung nicht. »Deinem Unglauben verdanken wir dieses Gottesgericht«, rief einer der Peiniger. »Ihr Protestanten seid eine Schande!«

Der Vater trieb die Sklaven und den Lagerverwalter aus der Menge heraus: »Wir müssen noch mindestens zehnmal gehen. Ich möchte, dass der Tabak vollständig auf den Marktplatz kommt. Die Verluste sind so schon verheerend.«

Sie kämpften sich durch Qualm und über Trümmer. Unterwegs bekam Leonor einen Hustenanfall. Das Brennen in der Kehle wollte nicht weichen. Sie hustete so sehr, dass sie meinte, ihre Lunge erbrechen zu müssen. Die Sklaven stützten sie und zogen sie weiter.

Dann blieben sie stehen. Sie hatten ihr Ziel erreicht – aber das Lagerhaus brannte lichterloh. Vaters Besitz ging in Flammen auf. Er sagte nichts. Stumm starrte er auf die Flammen. Er musste nichts sagen. Leonor wusste: Er konnte nicht länger ausweichen. Er dachte an seine Tochter Dalila.

Menschen aller Schichten suchten Zuflucht auf dem *Terreiro do Paço*. Keiner davon war unversehrt. Reiche *Fidalgos* wurden von Fischfrauen gestützt, Handwerker hielten sterbenden Staatsbeamten die Hand. Antero sprach einen Mann mit kräftigen Oberarmen an, der ein Kind von den Flammen wegzog. Er war vermutlich Hafenarbeiter. »Wären Sie so gut, kurz auf meine Tochter aufzupassen?«

Der Mann sagte: »In Ordnung.«

Antero kauerte sich vor sie. »Samira, ich muss nach einem alten Freund sehen. Ich bin gleich wieder da. Versprichst du mir, dass du bei diesem Mann bleibst?«

Samiras Augen wurden groß vor Furcht. Aber sie nickte.

Es wurde Zeit. Aus allen Fenstern des Palasts quoll bereits dicker Rauch. Vor den Türen standen keine Wächter mehr. Hitze schlug Antero entgegen. Er presste sich den Ärmel gegen den Mund und betrat die brennende Bibliothek. Seine Kopfhaut zog sich zusammen. Die Fingernägel schmerzten, als fasse er nach glühenden Kohlen. Er nahm kurz den Ärmel fort. »Vasco!«

Die Bücher brannten mit weißer und blaugelber Flamme. Es sah aus, als sei die Halle aus Feuer gebaut: Die Wände, die Decke und die Regale loderten. Vasco rannte zu den Regalen, riss ein Buch heraus, löschte es, indem er es gegen seinen Leib wälzte, und brachte es in die Mitte des Raumes zu einem Sacktuch, auf dem sich angekohlte Bücher häuften.

Antero eilte zu ihm. »Vasco, raus hier!«

»Eines noch!« Der Bibliothekar stürzte erneut zu den Regalen. Verbrannte er sich nicht die Hände, wenn er die lodernden Bücher anfasste? Er kam zurück mit einem verrußten Exemplar und legte es zu den anderen. Dann raffte er das Tuch über den rauchenden Büchern zusammen und versuchte sie anzuheben. »Hilf mir.«

Antero griff mit zu, aber auch gemeinsam konnten sie die Last nicht bewegen. »Komm, wir müssen raus hier.« Ein loderndes Regal stürzte um und zerbarst im Funkenregen. Von der Decke tropfte geschmolzenes Gold.

»Du brauchst diese Bücher. Sie werden dir helfen, das Erdbeben zu erklären.« Vasco packte ihn am Arm. »Warte, bis die Jesuiten die Stadt mit einem Bußfeldzug überzogen haben. Dann erst bringst du die wissenschaftliche Erklärung.«

»Komm jetzt raus!« Wie konnte er es schaffen, Vasco ohne die Bücher aus der Bibliothek zu bringen? Er packte ihn hart an. »Nimm *ein* Buch, und das war's!«

Vasco sah sich um. »Ich kann nicht.«

»Du hast keine Wahl.«

Der Bibliothekar griff zögerlich eines der Bücher vom Stapel und drückte es mit blasigen, verbrannten Händen an seine Brust. »Isaac Newton«, sagte er heiser, ohne den verkohlten Buchdeckel aufzuschlagen. Er kannte seine Kinder.

Die Hitze schnitt Antero in die Haut. Flammen züngelten über seine Kleidung. »Los jetzt«, befahl er. Er packte Vasco beim Ärmel, warf sich herum und rannte durch das Feuermeer zur Tür. Endlich frische, kühle Luft. Der Marktplatz. Menschen überall. Er lebte.

Er ließ Vasco los, ging in die Knie und beugte sich vornüber. Er hustete. In seiner Lunge war der stechende Rauch und wollte nicht hinaus. Antero rührte beim Husten mit der Stirn an den Boden. Seine Haut wurde ihm zu eng. Ihm war, als wollte sie ihm von den Knochen platzen.

Er sah auf und blinzelte, bis er klar sehen konnte. »Vasco?« Er stand auf.

»Ist wieder reingerannt, der Narr«, sagte der Mann, der Samira an der Hand hielt.

Einen Herzschlag lang hielt die Welt den Atem an. Dann sprang Antero auf. Er wollte zur Tür der Bibliothek hinstürmen. Aber er kam nicht einen Schritt voran. Der Mann hielt ihn fest, er nahm ihn in den Schwitzkasten und ließ ihn nicht los. »Sie gehen da nicht wieder rein. Denken Sie an die Kleine!«

Gegen seine Kraft kam Antero nicht an. Er brüllte: »Vasco!« Noch einmal versuchte er, sich loszureißen. Der Mann hielt ihn so fest, dass Antero kaum noch Luft bekam.

Das Dach der Bibliothek stürzte ein. Funken sprühten in den Himmel. Dann schossen Flammen auf. Das Pflaster des Marktplatzes glänzte im rötlichen Feuerschein. Auf den Steinen, gleich vor seinen Füßen, lag ein rußgeschwärztes Buch.

Er sah auf die Flammen, dort, wo die Tür gewesen war. Konnte nicht ein Wunder geschehen? Vasco konnte aus dieser Öffnung gelaufen kommen und triumphierend ein weiteres Buch in die Höhe halten. Der Rauch konnte von ihm abgleiten wie Wasser. Er konnte unversehrt sein.

Mit jeder Minute, die Antero länger auf die brennende Bibliothek starrte, sank seine Hoffnung.

»Er ist tot«, sagte der Mann.

Antero schwieg.

Der Mann ließ ihn los.

Antero richtete sich auf. Er brachte kein Wort heraus. In seiner Brust war eine Leere, als hätte man ihm das Herz herausgerissen. Er fühlte sich allein. Mönche schleppten Verwundete auf den Platz, Männer mit Brandblasen, Frauen mit Quetschungen und Knochenbrüchen. Händler brachten Warenballen aus der *Rua Nova dos Mercadores* und der *Rua da Confeitaria*. Sie organisierten Lagerplätze. Antero aber stand vor der Feuerwand, die ihm Vasco genommen hatte, und wusste nicht mehr, wohin er gehörte.

Eine kleine weiche Hand fügte sich in seine Hand. Samira. Er sah auf seine Tochter hinunter, auf die rotblonden Haare. Sie vertraute ihm. Sie rechnete fest damit, dass er sie beschützte. Er hob den Kopf und sah sich um. Die Rauchwolken zeigten, dass sich eine Feuerfront näherte. Er musste die Uferstraße nehmen, den letzten Korridor, um der Feuersbrunst zu entkommen, und sich beeilen.

Antero ergriff das warme, verkohlte Buch. Er hob auch Samira hoch und setzte sie auf seinen Arm. Zum Hafenarbeiter sagte er: »Danke.«

»Wo wollen Sie hin? Doch nicht etwa mit dem Kind in die Flammen? Hier auf dem Platz sind Sie sicher. Bleiben Sie!«

»Wir gehen am Flussufer entlang, noch ist der Weg frei. Mein Freund soll nicht umsonst gestorben sein.«

Es wurde heiß auf dem *Terreiro do Paço*. Das Feuer fauchte bis in den Himmel hinauf. Es schloss den Platz von drei Seiten ein. Leonor musste an Antero denken. Einmal hatte sie gemeint, ihn in der Menschenmenge zu sehen, aber sie hatte ihn gleich wieder verloren.

Warum hatte er ihnen verheimlicht, dass er Samiras Vater war? Die Kleine war damals über Mittelsmänner zu ihnen gebracht worden. Alles war sehr geheimnistuerisch verhandelt worden, die Kosten, der Vertrag.

Die Mutter der Kleinen musste diese Frau gewesen sein, die er so geliebt hatte. Das erklärte, dass sich ein Schmuggler und Weltenbummler derart aufopfernd um ein Kind kümmerte. Dafür, dass sie in ihrem Haushalt leben durfte, waren hohe Summen an den Vater geflossen.

Es tat ihr weh, an Antero zu denken. Sie hatte so etwas noch nie empfunden. Sie war unversehrt vom Erdbeben, der Schmerz rührte allein aus ihrem Herzen. War es das, was man Liebe nannte?

Sie sollte bei den Waren bleiben, hatte der Vater gesagt, und sie notfalls näher zum Ufer bringen. Er hatte ihr Geld gegeben, damit sie Helfer bezahlen konnte. Vater hatte ihr versprochen, sich nicht in Gefahr zu begeben. Er wollte nachsehen, ob die Seidenmanufaktur vor den Stadtmauern noch stand, und sie gegen das Feuer sichern.

Windböen wehten die Flammen auf sie zu. Unter Angstschreien wichen die Menschen zum Fluss zurück. Leonor rief: »Trägt jemand für gutes Geld diese Kisten zum Ufer?« Aber keiner hörte auf sie.

Sie fasste nach einer Kiste und hob sie an. Kochend heißer Wind blies sie an. Er brannte auf ihrer Haut. Leonor musste die Kiste fallen lassen. Sie wich vor der Hitze zurück. Hunderte drängten sich am Ufer. Vaters Tabakkisten fingen Feuer. Dann brannte auch der Reis, und aus dem Fässchen mit Walfett züngelten Flammen. Leonor musste es hilflos mit ansehen. Die Warenlager der anderen Händler brannten ebenso. Machtlos liefen die Händler auf und ab und rauften sich die Haare.

Die Priester gingen von einem Verwundeten zum nächsten und erteilten die Sterbesakramente. Einige, die nicht mitgeschleppt worden waren, starben unter Schreien in den Flammen. »Wir sind hier sicher«, sagte eine Mutter zu ihren Kindern. »Das Feuer kann nur dorthin, wo es etwas zu fressen findet. Die Pflastersteine können nicht brennen.« Ihr Gesicht trug Rußflecken.

Zwei Ruderkähne legten an. Die Bootsleute waren bewaffnet. Sie hielten drohend Rapiere und Pistolen vor sich und riefen: »Wer übersetzen möchte, zahlt zehn Silberkronen oder fünftausend Reis!«

Fünftausend Reis waren ein Vermögen. Dennoch wurden die Kähne von den Kaufleuten und *Fidalgos* bestürmt, die sich einen Platz erkaufen wollten.

Leonor nahm ein Fünf-Reis-Stück aus dem Geldsack und befühlte es. Das große V auf der Rückseite, die Jahreszahl 1751, den Text PORTUGALIAE ET ALGARBIORUM REX V. Vorn war ein Kreuz aus fünf Schilden abgebildet, und sieben Burgtürme, und der umlaufende Text IOSEPHUS I DEI GRATIA. Sie bräuchte Tausend dieser Münzen, um überzusetzen, und besaß nur zehn.

Offenbar hatten andere ihr ganzes Vermögen bei sich, Goldmünzen, Juwelen. Innerhalb kürzester Zeit waren beide Kähne voll besetzt. Aber das Feuer konnte sie hier am Ufer ja nicht erreichen. Sie musste nur den Qualm aushalten und die Hitze, bis der Palast, das Zollhaus und das Arsenal niedergebrannt waren. Wie lange dauerte so etwas? Stunden? Oder Tage? Verdursten konnten sie nicht. Der Fluss versorgte sie mit Wasser. Sie verzog den Mund. So weit war sie schon. Sie war bereit, das widerwärtige Wasser des Tejo zu trinken.

Wenn das vorhin Antero gewesen war, wo war er jetzt? Sie sollte ihn hassen für seine Lügen. Er hatte ihr Komplimente gemacht, er hatte Interesse geheuchelt, wenn sie mit ihm sprach. Er hatte sie geküsst, obwohl sie ihm nichts bedeutete. Aber sie konnte ihn nur noch mehr lieben. Er kümmerte sich um sein Kind. Er hatte für Samira gelogen.

Die Kähne legten ab. Die Ruderer steuerten sie zwischen die wuchtigen Bäuche der Schiffe, die im Hafen vor Anker lagen, und von dort weiter in Richtung des fernen gegenüberliegenden Ufers, das nur bei nebelfreiem, gutem Wetter zu sehen war. Bald verschwanden die Kähne im Rauch, der über den Fluss zog.

Leonor stutzte. Die holländischen Fleuten hoben und senkten sich. Die französischen Pinassschiffe schwankten. Selbst die Fregatten im Kriegshafen wurden von Wogen gestoßen. Sie sah ans Ufer. Das Wasser des Tejo schwappte an den Treppenstufen herauf. Jetzt bemerkten es auch die anderen. Sie drehten der Feuerbrunst den Rücken zu und beobachteten entsetzt, wie das Wasser sich aufwühlte.

Plötzlich gab es ein ohrenbetäubendes Krachen. Leonor sah die Ankerkette einer Nao ins Wasser klatschen. War sie zerrissen? Es krachte erneut. Weitere Ankerketten platzten.

»Die Schiffe reißen sich los!«, rief ein Soldat.

Der hausgroße Schiffsleib einer Galeone trieb ankerlos über das Wasser. Er kam auf die weißen Steintreppen zu, auf denen sich die Menschen aneinanderdrängten. Auch eine Nao näherte sich, und eine Fleute. Weiter draußen zerbarsten die nächsten Ankerketten. Die Wogen wurden immer höher, sie warfen Schiffe gegeneinander. Holz splitterte.

Wohin sollte sie fliehen? Der Platz war von Feuerwänden eingeschlossen. Die Treppe am Wasser war der einzige sichere Ort gewesen. Der Boden begann zu zittern. »Es bebt«, kreischte ein Kind. Sein Vater kauerte sich nieder und gebot ihm, sich ebenfalls auf die Treppe zu knien. »Halt dich gut an mir fest«, sagte er.

Auf der untersten Stufe hielt eine Kette von Männern die Arme nach vorn gereckt, um die Galeone aufzuhalten. Sie trieb näher. Wo eben noch trockener Stein gewesen war, spülte das Wasser den Männern jetzt bis zu den Knien. Ihre Hände reichten beinahe an den Schiffsrumpf. Da wurde die Galeone von einer großen Woge emporgehoben und gegen das Steinufer geschleudert. Sie riss die Männer um. Etliche fielen ins Wasser.

Leonor kletterte hinunter, um ihnen wieder an Land zu helfen, bevor sie zwischen dem Schiff und dem Ufer zermalmt wurden. Auf halber Strecke blieb sie stehen und gefror vor Entsetzen. Das Schiff entfernte sich, mit ihm die Männer und die anderen Schiffe. Es sah aus, als zöge ein Sog alles Wasser fort von Lissabon.

Mit Muscheln und grünem Tang besetzte Treppenstufen wurden frei. Das Wasser bildete ein Tal von glatter Haut, es zog sich immer weiter auf. In der Ferne, hinter den Rauchwolken, sah sie etwas Dunkles. Es war so breit wie der Horizont.

Eine Mauer aus Wasser.

Über ihre Höhe war sie nicht sicher, bis sie sah, wie die Wassermauer die ersten Schiffe überrollte. Sie verschluckte sie mühelos. Pinassschiffe zerbrachen. Masten wurden umgeknickt. Fischerboote wirbelten herum wie Korken.

Die Mauer zog auf das Ufer zu. Aber sie wurde nicht kleiner. Wellen brachen doch immer, wenn sie das Ufer erreichten! Diese Welle brach nicht und rollte nicht aus. Die Wassermauer verdunkelte den Himmel. Von ihrer Krone spritzte Schaum. Schiffstrümmer wurden emporgezogen, Galeonen überrannt. Das Linienschiff im Kriegshafen wurde umgewälzt; seine schweren Kanonen stürzten in die Fluten.

Leonor drehte sich um und stürmte die Treppe hinauf. Aber wo sollte sie hin? Ins Feuer? Sie hastete an den Zierbrunnen vorüber zur Baumreihe der Uferpromenade. Hinter sich hörte sie Schreie aus Dutzenden Kehlen. Dann krachte die Woge gegen das Ufer und gurgelte die Stufen hinauf. Sie sah sich um. Die Welle überragte alles, den brennenden Palast, die lodernde Ruine der Kathedrale, jedes menschengebaute Werk duckte sich nieder vor ihrer Gewalt. Mütter und Kinder wurden von ihr auseinandergerissen. Alle Menschen saugte sie in sich auf.

Leonor umfasste die heiße, dampfende Rinde eines Baums und verschränkte ihre Finger auf der gegenüberliegenden Seite.

Die Wand von schmutzigem Wasser sog die Schiffsplanken und die Steine des Kais und die Menschlein in sich auf wie eine riesenhafte Amöbe.

Dann brach die Urgewalt über Leonor herein. Das Wasser fasste sie kalt an. Sie spürte, wie es den Baum aus dem Boden riss. Das Wasser zerrte an ihren Gliedmaßen, es wollte ihr die Gelenke zermalmen. Sie spannte jeden Muskel im Körper an. Wasser drang in ihren Mund. Sie schluckte es. Sie machte die Augen auf, aber im Strudel von Schmutz und Luftblasen konnte sie nicht einmal sehen, wo oben und unten war. Atemnot sprengte ihr die Brust. Sie wollte den Baum freigeben. Wo waren ihre Finger, wie löste man sie, wie konnte man ihnen befehlen, voneinander zu lassen?

Strudel, Luftblasen, Schaum. Schaum, das hieß doch, dass sie an der Oberfläche war! Sie reckte den Kopf in die Höhe. Überall war weiße Gischt. Der Baum musste sie nach oben getrieben haben. Sie umklammerte den Stamm mit den Beinen und richtete den Oberkörper auf. Sie bekam Luft. Mit der Luft atmete sie Wasser ein. Sie hustete.

Sie sah sich um. Die Flut spülte durch die *Baixa*, die Innenstadt. Es ging über die Ruinen hinweg. War das der Rossioplatz? Hier stand noch eine Mauerecke des Dominikanerklosters. Die Flut führte sie geradewegs darauf zu. Gleich musste sie dagegenknallen.

Der Baum rammte eine Fensteröffnung, dass die Ziegel splitterten. Leonor wurde nach vorn geschleudert. Sie griff panisch um sich, bekam einen Ast zu greifen. Sie hielt sich daran fest. Das Wasser umspülte sie, es versuchte, sie mitzuziehen.

Nach einer Weile ließ die Flut nach. Es gelang Leonor, sich in die Baumkrone zu hieven. Von dort kletterte sie auf den Mauersims des Klosters. Jetzt steckten nur noch ihre Füße im Wasser.

Nässe tropfte ihr vom Kinn und lief ihr aus dem Haar den Rücken hinunter. Sie keuchte.

Vom Hafen sah sie eine zweite Flutwelle anrollen und dahinter eine dritte. Oben auf den Hügeln wütete immer noch das Feuer. Unter ihr trieben Holzplanken im Wasser, Stoff, Hausrat und entwurzelte Pflanzen. Dazwischen führte das Wasser Menschen mit sich. Sie hingen ergeben und regungslos in ihm, die Rücken zuoberst, die Arme ausgebreitet. Leichen.

Lissabon war vernichtet.

14

Wie die Zunge eines Meeresuntiers, die über Land geleckt hatte, zog sich das Wasser zurück. Das Untier hatte verschlungen, was ihm schmeckte. Es war gesättigt. Zurück blieben Pfützen und Wasserlachen.

Die Straße nach Belém glich einem schlammigen Flussbett. Zwischen entwurzelten Bäumen und Schiffstrümmern glänzte Wasser. Antero stieg mit Samira vom Berg hinab, auf den sie sich vor der Woge gerettet hatten. Das rechte Knie stach bei jedem Schritt, als würde es zerbrechen. Er ließ die Kleine vor sich gehen, damit sie nicht sah, wie er vor Schmerz die Hände zu Fäusten ballte.

Unten an der Straße hob er sie über einen umgestürzten Baum. Gott sei Dank, dachte er, sie zittert nicht mehr. Als die Welle heranbrandete, hatte ihr Körper so arg gebebt, dass Antero sie kaum hatte halten können. Samira konnte nicht schwimmen. Sie fürchtete das tiefe Wasser, hatte es immer gefürchtet, selbst wenn es nur darum ging, mit einem Boot überzusetzen.

»Wohin gehen wir, Papa?«

»Zum König.«

»Warum denn?«

Er hievte sein verletztes Bein über den feuchten Stamm. »Weil er mir helfen muss, einen bösen Mann zu bekämpfen«, sagte er.

»Darf ich dem König guten Tag sagen?«

»Auf keinen Fall. Wir werden dich verstecken, und wenn meine Arbeit fertig ist, hole ich dich wieder ab. Aber du kannst ihn von Ferne betrachten.«

Samira sah auf den Fluss hinaus. »Ich möchte mich nicht verstecken«, sagte sie. »Ich will bei dir bleiben.«

Hufschlag näherte sich. Antero drehte sich um. Von der qualmenden Stadt her kamen Reiter. Sie hielten sich neben der Straße auf dem Gras. Einige der Reiter trugen blaue Soldatenuniformen.

Beim Baumstamm mussten sie die Pferde in den Schritt fallen lassen. Antero nahm Samira an die Hand und zog sie zum Straßenrand. Augenblick, war das nicht der Kerl aus dem Warteraum beim Kriegsminister? Dann musste die imponierende Erscheinung neben ihm Sebastian de Carvalho sein, der Kriegsminister. Der Minister ritt in vornehmer Haltung. Sonnenlicht gleißte auf seinen goldenen Fingerringen.

Antero raunte Samira zu: »Bleib hier stehen.« Er machte einen Schritt nach vorn, sodass er den Pferden im Weg stand. »Exzellenz, auf ein Wort!«

»Pack dich!«, befahl der vorderste Soldat. Er trieb sein Pferd geradewegs auf ihn zu.

»Exzellenz, Herr Minister, ich muss Sie sprechen. Es betrifft das Erdbeben.«

Die Gruppe ritt unbeirrt auf ihn zu.

Er musste zur Seite springen, um nicht unter die Hufe zu geraten. Er rief: »Ich war Gabriel Malagridas rechte Hand. Ich habe Kenntnis von geheimen Plänen!«

Der Minister gab einen knappen Befehl, und sie hielten an. Er wendete sein Pferd und ritt zurück zu Antero. Lange Falten, die sich rechts und links der Nase zu den Mundwinkeln gruben, gaben seinem Gesicht einen Ausdruck von Strenge. Der Minister sah auf Antero herab. »Was hat Er mir zu sagen?«

»Gabriel Malagrida will das Erdbeben benutzen, um seine Macht zu vergrößern. Er wird sich als Prophet darstellen und das Erdbeben eine Gottesstrafe nennen.«

Der Minister sah mit heruntergezogenen Mundwinkeln zu

Samira. Es musste Sebastian de Carvalho befremdlich sein, dass er, Antero, mit einem Kind unterwegs war. Eltern hatten ihre Kinder in die Obhut von Erziehern zu geben. Nur die Besitzlosen kümmerten sich selbst um ihre Söhne und Töchter. Der Sohn des Ministers, Henrique, wurde ganz sicher von Privatlehrern erzogen und war auch jetzt, während der Katastrophe, bei ihnen. »Wir wissen noch nicht einmal, ob der König das Beben überlebt hat, und Er palavert über Nichtigkeiten, die jedermann weiß. Ich sollte Ihm eine Tracht Prügel verabreichen lassen. Leider ist dafür jetzt keine Zeit.« Sebastian de Carvalho machte Anstalten, sein Pferd zu wenden.

Antero sagte: »Zeit ist eine relative Sache, Exzellenz. Ich war in Eurem Haus, als das Erdbeben eingesetzt hat. Ich war dort, um Euch vor dem Beben zu warnen. Hättet Ihr mich rechtzeitig empfangen, wären einige Menschen noch am Leben, die jetzt tot sind.«

Der Minister ließ die Zügel wieder sinken. Er kniff die Augen zusammen. »Eine scharfe Zunge hat der Bursche. Die Tracht Prügel wird kräftig ausfallen. Wie will Er vom Erdbeben gewusst haben?«

»Ich bin Wissenschaftler. Ich habe Vorzeichen erkannt. Schwefel im Brunnenwasser. Fliehende Tiere. Das Ausbleiben der Flut.«

Das Gesicht des Ministers hellte auf. »Sie können also erklären, wie Erdbeben entstehen?«

Zur Hälfte hatte er ihn gewonnen. Immerhin redete ihn der Minister nicht mehr wie einen Stallknecht an. »Ich bin kurz davor«, sagte Antero, »es herauszufinden. Geben Sie mir eine Woche.«

»Wer sagt mir, dass Sie mich nicht für dumm verkaufen? Gabriel Malagrida schickt Sie, sagen sie. Es kann genauso gut sein, dass Sie deshalb in meinem Haus waren.«

»Es gibt zwei Gründe, mir zu vertrauen. Der erste ist, dass ich *vor* dem Erdbeben davon wusste. Dieser Herr dort«, er sah zum Mann aus dem Warteraum, »ist Zeuge. Ich traf ihn in Eurem Haus.«

Der Minister drehte sich um.

Der Mann sagte widerstrebend: »Es ist wahr. Er sprach von einem Erdbeben.«

»Und Sie haben mich nicht gewarnt?«, zischte der Minister.

Der Mann schluckte.

»Der zweite Grund«, sagte Antero, »ist, dass die Jesuiten durch das Beben an Macht gewinnen werden. Sie werden es als Strafe Gottes hinstellen. Ich kann Ihnen helfen, das Volk zu beruhigen. Ein verängstigtes Volk ist das Letzte, was Portugal jetzt braucht. Mit der zerstörten Hauptstadt liegt das Königreich am Boden.«

Der Minister wandte sich einem Soldaten zu. »Steigen Sie ab. Sie gehen zu Fuß weiter. Das Pferd soll den Wissenschaftler und sein Kind tragen.«

Gehorsam stieg der Soldat aus dem Sattel. Er führte seinen Schimmel zu Antero und übergab ihm den Zügel.

Antero hob Samira in den Sattel. Er schob seinen linken Fuß in den Steigbügel und saß auf. Sofort gab der Minister den Befehl zum Anreiten. Sie trabten neben dem Weg. Hindernisse umgingen sie im Schritt.

»Sie sind Malagridas rechte Hand, haben Sie gesagt. Warum arbeiten Sie gegen ihn?«, fragte der Minister.

Antero dachte nach. Er wollte nicht von Julie erzählen. »Malagrida verachtet Schwäche. Er hat mir oft gesagt, dass ich das Träumen aufgeben soll. Dabei habe ich nicht geträumt. Ich habe nur Details gesehen und sie betrachtet und darüber nachgedacht. Malagrida hat eine andere Art von Stärke erwartet.«

»Er will Sie nicht zum Wissenschaftler heranziehen? Wozu dann, wenn das doch Ihre Begabung ist?«

»Ich glaube, er wollte einen zweiten Malagrida aus mir machen.« Es gab Dinge, die begriff man erst, wenn man sie aussprach. Antero umfasste Samira, die vor ihm auf dem Sattel saß. Er strich ihr mit der Hand über den Bauch.

»Papa«, raunte die Kleine, »das Pferd ist schön.«

Sie näherten sich Belém. Die weiße Kathedrale und das Kloster der Hieronymus-Mönche standen noch, nur von der Dachbalustrade waren Teile herabgestürzt, und einer der Türme war beschädigt. Auch der vierstöckige Festungsturm im Fluss hatte den Flutwellen getrotzt.

Sie ritten an aristokratischen Häusern vorüber. Einige der Häuser trugen Risse in den Mauern, anderen war das Dach zertrümmert. Der Palast von Belém schwelte, es hatte offenbar einen Brand gegeben.

Im verwüsteten Park fanden sie den König, unversehrt und umgeben von Soldaten und Beratern. Sebastian de Carvalho nannte Antero ihre Namen. Da waren Pedro de Bragança, der Oberste Richter, Diogo de Noronha, der siebenundsechzigjährige Großmeister der Pferde, der einen Teil des Militärs befehligte, außerdem Fernão Telles da Silva, der Präsident des Senats und Verantwortliche für die Wirtschaft, und der Oberkommandierende des Heeres, der Marquês de Abrantes. Gleich nach dem Absitzen fragte Antero: »Meinen Sie, meine Tochter kann bei den Prinzessinnen warten?«

Sebastian de Carvalho winkte einen königlichen Bediensteten herbei und befahl: »Begleiten Sie das junge Mädchen zu den Prinzessinnen. Sie soll dort betreut werden.«

Antero drückte sie an sich und flüsterte ihr ins Ohr: »Hab keine Angst. Ich hole dich bald.« Dann setzte er sie auf den Boden.

Sie ging gehorsam an der Hand des Bediensteten davon, aber sie hielt dabei den Kopf nach hinten gewandt und sah ihn an, als führe man sie zum Schafott. Sie wird merken, dass man sie gut behandelt, sagte er sich. Bald wird sie ihre Angst vergessen.

Der König befahl: »Die Soldaten sollen verschwinden.« Er hatte ein fettes Gesicht, ein Doppelkinn und dick gewölbte Schmolllippen. Sein Justaucorps wölbte sich über dem kleinen, gedrungenen Körper, weißgrauer Seidenstoff, mit goldenen Blättern und Ranken verziert. Der König war erwachsen, und doch war er ein mürrisches Rabenkind, das sie alle aus dem Nest stoßen konnte, wenn es unzufrieden war.

»Majestät, sie sind zu Eurem Schutz hier«, erwiderte der Großmeister der Pferde.

»Gegen ein Erdbeben können sie nichts tun«, sagte der König, »überhaupt nichts.«

Der Marquês de Abrantes sagte: »Sie zeigen in einer schwierigen Stunde Eure Nähe zum Heer. Niemand sollte in diesen Tagen daran zweifeln dürfen, dass Ihr die Zügel in der Hand haltet und die Macht allein in Euren Händen liegt.«

Der König nestelte an einem Knopf seines Justaucorps. Es war ein kugeliger Knopf, mit einem Netz von Goldlahn umsponnen. »Wir nehmen an«, sagte er, an die Neuankömmlinge gewandt, »dass Wir heute Abend nicht nach Lissabon fahren werden?«

König José verbrachte die meisten Tage auf seinem Landgut in Belém und kehrte nur am Abend nach Lissabon zurück, um sich mit seinen Ministern zu beraten. Im Grunde ließ er sie die Arbeit machen. Seine Aufmerksamkeit galt der Jagd, dem Reitsport, der Opernmusik. Antero fragte sich, ob alle Könige so waren.

»Heute würde ich das nicht empfehlen, Majestät«, sagte Sebastian de Carvalho. »Und auch in der nächsten Zeit würde ich

Euch raten, Euch von Lissabon fernzuhalten.« Er sah die anderen Berater an. »Die Stadt ist zerstört. Beben und Feuer und Flut haben Zehntausende das Leben gekostet, Hunderte sind vermutlich noch verschüttet und ersticken, während wir hier sprechen. Es steht kaum ein Stein auf dem anderen. Zweihundertfünfzigtausend Menschen brauchen Obdach und Nahrung. Leichen müssen aus den Straßen geschafft werden, Güter müssen herbeigeholt werden, und zwar rasch, sonst wird Lissabon zur Hölle.«

»Nach dem, was Sie schildern, verehrter Minister, ist es bereits die Hölle«, sagte der Großmeister der Pferde.

Der König blinzelte. »Was tun wir nur? Ein Erdbeben, alles ist zerstört ... Was sagten Sie, wie viele Tote ...?«

»Zehntausende, Majestät.«

Die Berater erbleichten.

Der König flüsterte: »Wir sind am Ende.«

»Wenn wir nicht rasch handeln, wird es schlimmer«, sagte Sebastian de Carvalho. »Es ist ein Schock, ein Albtraum – aber wir können uns kein Entsetzen leisten, jedes Zögern kostet weitere Menschenleben. Bald werden die Menschen hungern. Außerdem werden sich binnen Kurzem Plünderer das Durcheinander zunutze machen.«

»Was raten Sie?«, fragte König José.

»Wegen der Plünderer?« Sebastian de Carvalho zählte an den Fingern ab. »Erstens: In der Münze lagern Gold und Silber. Das ist jedem bekannt. Ich würde schleunigst Soldaten entsenden, die sie beschützen. Eure Majestät werden Geld brauchen, um im Ausland Nahrung und Baumaterialien zu kaufen. Zweitens müssen die Gefängnisse –«

»Verehrter Minister«, unterbrach ihn der Marquês de Abrantes, »Sie unterschätzen meine Offiziere. Ich bin sicher, sie haben sich längst dieselben Gedanken gemacht und die Münze ist gut bewacht. Die Offiziere wissen wie wir, dass mit der Brasilienflotte gerade neues Gold angelangt ist.«

»Ich komme geradewegs aus Lissabon, Marquês«, erwiderte der Minister. »Ich habe mit eigenen Augen gesehen, dass der Großteil der Garnison mit der Bevölkerung aus der Stadt flieht. Die Münze wird derzeit nur von einem jungen Leutnant und vier Soldaten verteidigt, und ich habe ihnen versprochen, Hilfe zu holen.«

»Was ist mit den Gefängnissen?«, fragte der König. »Was wollten Sie sagen?«

»Die Gefängnisse sind dem Beben genauso zum Opfer gefallen wie alle anderen Gebäude. Es sind Diebe entkommen, Galeerensklaven und zum Tode Verurteilte. Wir brauchen ein sicheres Gefängnis für sie. Im Turm ist nicht genug Platz. Mein Baumeister, Nicolau Fernandes, kann sich darum kümmern, dass ein provisorisches Gefängnis errichtet wird.«

Der König nickte.

»Was benötigen Sie?«, fragte der Minister und wandte sich an den Mann, den Antero aus dem Warteraum kannte.

»Sie meinen mich?« Nicolau Fernandes schluckte. »Holz. Steine können wir von den Trümmern holen. Ich brauche ein Dutzend Männer, dazu vier oder fünf geübte Handwerker, und Kalk für den Mörtel.«

Sebastian de Carvalho sagte: »Wenn wir zweihundertfünfzigtausend Menschen versorgen wollen, müssen wir Fuhrwerke in die Stadt bringen. Dafür müssen die Wege und Straßen wieder passierbar gemacht werden. Meine Baumeister können das übernehmen, wenn wir ihnen Soldaten zuweisen, die ihnen zur Hand gehen.«

Der Oberkommandierende des Heeres runzelte die Stirn.

Nicolau Fernandes hob die Hand, und als niemand darauf

reagierte, sagte er: »Ich schlage vor, dass wir an einigen Stellen in der Stadt Schutthalden einrichten. Dort könnten wir den Schutt sortieren. Sicher gibt es dabei noch brauchbares Baumaterial.«

»Schön und gut«, sagte der Marquês de Abrantes, »dass Sie hier solche Ideen vortragen. Aber alle diese Entscheidungen sind Sache des Premierministers. Sie, Sebastian de Carvalho, sind für die Beziehungen zu anderen Königreichen zuständig. Mit Verlaub, die Versorgung des schicksalsgeprüften Volks ist nicht Ihre Aufgabe.«

Der Großmeister der Pferde nickte. »Das ist richtig. Eure Majestät sollten den Premierminister mit diesen Aufgaben betrauen.«

Pedro de Bragança, der Oberste Richter, sagte: »Auch ich bin dieser Meinung.«

»Und ich«, sagte Fernão Telles da Silva. »Es ist ein Unding, dass sich der Außenminister derart in den Vordergrund drängt. Er mischt sich in Dinge ein, die ihm nicht zustehen. Das Unglück schamlos auszunutzen, um seine Kompetenzen auszuweiten! Das ist unerhört.«

»Wer ist überhaupt dieser Fremde, den Sie da mitgebracht haben?«, fragte der Marquês de Abrantes. »Was hat er bei unseren Beratungen zu suchen?«

»Er ist Wissenschaftler.« Sebastian de Carvalho wandte sich Antero zu. »Stellen Sie sich selbst vor.«

»Mein Name ist Antero Moreira de Mendonça. Ich erforsche Erdbeben.«

Für einen Moment herrschte kühles, feindseliges Schweigen. Der König beendete es, indem er Sebastian de Carvalho die Hand auf den Arm legte und dazu sagte: »Wir bitten Sie, Uns zu verlassen, bis Wir Sie wieder rufen lassen.«

»Selbstverständlich.« Der Minister verbeugte sich und zog sich zurück.

Als er fort war, sagte der König: »Sie alle wissen, dass Frei Gaspar da Encarnação krank ist. Er kann die Aufgabe eines Premierministers nicht länger wahrnehmen. Die Ärzte geben ihm nur noch wenige Monate.«

»Dann«, sagte der Präsident des Senats, »sollte ein Nachfolger für ihn bestimmt werden. Die Katastrophe, die unser Land ereilt hat, erfordert entschlossenes Handeln.«

»So ist es.« Der König zog eine dicke eiserne Gabel mit zwei Zinken hervor. Er schlug sie gegen seine Gürtelschnalle und hielt sie sich an das Ohr. »Wussten Sie, dass der englische Trompeter John Shaw dieses Instrument erfunden hat? Es nennt sich Stimmgabel. Ein herrlicher klarer Ton.«

Sie starrten ihn an, als sei der König dem Wahnsinn verfallen.

»Mein Königreich ist zerstört, aber es gibt immer noch die Musik. Ein beruhigender Gedanke.« Er sagte zur Stimmgabel hin: »Wir sind entschlossen, Sebastian de Carvalho zum neuen Premierminister zu ernennen.«

Die Umstehenden fuhren zusammen.

»Haben Sie Einwände vorzubringen?«

Der Großmeister der Pferde räusperte sich. »Majestät, Sie wissen, ich habe bereits Ihrem Vater gedient. Und ich gebe zu bedenken, dass König Johann mit all seiner Erfahrung diesen jungen Mann nicht mochte. Er sagte mir einmal, Sebastian de Carvalho habe kein gutes Herz.«

»Und was sagen Sie selbst?«

»Ich frage, wie ist er Kriegsminister und Außenminister geworden? Durch die Königin, Eure hochgeschätzte Frau Mutter. Sie mochte ihn, weil er eine österreichische Frau geheiratet hat. Das ist alles. Wenn Sie meine Meinung hören wollen, Majestät, ist er überhaupt nicht dafür geeignet, ein hohes Ministeramt zu bekleiden.«

»Er ist unportugiesisch!«, blaffte der Marquês de Abrantes. »Ein solcher Mann soll Verantwortung für das Königreich übernehmen? Was weiß er schon über Portugal! Erst war er vier Jahre als Gesandter am englischen Königshof, dann vier Jahre in Wien. Überall hat er Modernitäten aufgeschnappt, die er hier einführen möchte, gegen den Willen des Adels und der Bevölkerung. Er würde das Königreich noch ärger zugrunde richten.«

Der Präsident des Senats, Fernão Telles da Silva, sagte: »Er ist der Sohn eines einfachen Gutsherrn vom Lande. Der Adel würde niemals auf ihn hören. Mag ja sein, dass er ein feines Gesicht besitzt und sich eine vornehme Haltung zugelegt hat. Aber er bleibt ein Emporkömmling. Sein Bruder ist einfacher Priester! Wäre er nicht der Schützling von Staatssekretär Coutinho, hätte er niemals Zugang zum Königshof erhalten.«

»Was zeichnet ihn denn aus?«, fragte Pedro de Bragança, der Oberste Richter. »Warum wollt Ihr ausgerechnet ihn zum Premierminister machen? Welche Eigenschaften befähigen ihn dazu?«

Antero räusperte sich. »Ich bin nur Wissenschaftler«, sagte er, »aber ich –«

»Sie sollten besser schweigen«, unterbrach ihn der Marquês de Abrantes. »Natürlich haben Sie als Berater des Ministers ein Interesse daran, dass er das mächtigste Amt des Königreichs erhält. Ihre eigennützige Rede können Sie sich sparen.«

Der König machte eine unwillige Geste. »Lassen Sie ihn sagen, was er zu sagen hat.«

Was wusste er über Sebastian de Carvalho? Es war nicht viel, nur Dinge, die jeder wusste. Er musste es klingen lassen, als habe er sie aus eigener Anschauung gewonnen. Der König mochte den

Minister, und Sebastian de Carvalho schätzte die Wissenschaften. Wenn Antero ihm dabei half, Premierminister zu werden, gewann er womöglich die Unterstützung der beiden mächtigsten Männer des Königreichs. »Sebastian de Carvalho ist ein hart arbeitender Mann. Früh am Morgen sitzt er schon am Schreibtisch und erledigt die Korrespondenz mit den Gesandten. Wir verdanken ihm viel, zum Beispiel die Reform der Gesetze über die Minen in Brasilien. Haben Sie vergessen, wie das die Einnahmen erhöht und den lästigen Überseerat entmachtet hat? Wer war es denn, der den Zoll für Tabak und Zucker gesenkt hat? Der Minister! Seitdem hat der Schmuggel nachgelassen, weil die Geschäfte für Schmuggler weniger attraktiv sind. Sebastian de Carvalho hat den Diamantenhandel neu organisiert. Und er hat die Grão-Pará-Gesellschaft gegründet, die den Handel mit Brasilien und die Rechte der Siedler und Kaufleute von Pará-Maranhão regelt. Dieser Mann ist kein Emporkömmling, er ist ein mit besonderen Gaben ausgestatteter, überaus fleißiger Diener des Königreichs Portugal. Er hat an der Universität von Coimbra Geschichte und Politik und Recht studiert. Portugal liegt ihm am Herzen. Wie oft wird in seinem Salon darüber diskutiert, wie es gelingen kann, dass unser kleines Land ökonomische Bedeutung behält in einem internationalen System größerer, stärkerer Länder wie Großbritannien, Preußen, Frankreich oder Russland! Alles, was er ist und hat, setzt er ein, um Portugal zu helfen.«

»Ein kleines Land?« Der Großmeister der Pferde errötete vor Zorn. »Wir haben den Seeweg nach Indien entdeckt! Lissabon ist die bedeutendste Handelsstadt der Welt! Wir verfügen über Reichtümer, von denen andere Königreiche nur träumen.«

»Die bedeutendste Handelsstadt der Welt liegt in Trümmern. Davon abgesehen, über solche Fragen streiten Sie sich am besten mit ihm selbst. Ich kann seine Gedanken nicht wiedergeben.«

»Aber ich!«, sagte der Großmeister der Pferde. »Er behauptet zum Beispiel, dass wir durch die Methuen-Verträge in englisches Fahrwasser geraten sind!«

Antero geriet ins Schwitzen. »Es erfüllt ihn eben mit Besorgnis, dass wir uns nicht mehr selbst ernähren können. Wir sind durch den Kolonialhandel faul geworden. Getreide muss importiert werden, Kleidung, Gewehre und Schießpulver. Viele Gewerbe liegen am Boden. Bedenken Sie allein, wie wenige Schiffe unsere große Seefahrernation in den letzten Jahren gebaut hat. Gegenüber dem Schiffbau Großbritanniens sind wir weit zurückgefallen.«

»Soll so jemand«, sagte der Präsident des Senats scharf, »unser Premierminister werden? Einer, der uns schlecht macht? Der uns den Stolz nimmt?«

Sie alle sahen den König an.

Er blickte an ihnen vorbei in die Ferne. »Wir haben Ihre Bedenken gehört. Vergessen Sie aber nicht: Das Königreich hat heute den schlimmsten Schlag seiner Geschichte erlitten. Es muss neu aufgebaut werden, und zwar von jemandem, der nicht an alten Strukturen hängt. Sebastian de Carvalho steht für die neue, moderne Zeit, das wird jeder von Ihnen zugeben. Er ist der richtige Mann. Wir wollen, dass Sie von dieser Stunde an seinen Wünschen Folge leisten.«

Der König wandte sich zum Park um. »Dieser verwüstete Garten war heute Morgen noch ein Meer von Blumen. Der Duft von Rosen und blühenden Obstbäumen hat Unserer Seele Frieden gegeben.« Er schlug die eiserne Gabel gegen seine Gürtelschnalle und hielt sie sich an das Ohr. »Wir möchten, dass der Park neu angepflanzt wird. Hecken aus Spalierobst soll es geben und weinüberrankte Gitter, dort, bei den Gartenpfaden. Außerdem müssen die Brunnen repariert werden, und Wir wollen, dass die Teiche gesäubert werden.« Er sah den Baumeister an. »Wie war Ihr Name doch gleich?«

»Nicolau Fernandes, Majestät.«

»Sie sind Uns dafür verantwortlich, Dom Nicolau Fernandes.«

Antero schlug das Herz gegen die Rippen. Jetzt galt es. Er sagte: »Majestät, darf ich Euch kurz unter vier Augen sprechen?«

Der König verzog unwillig den Mund. »Ist das notwendig?«

»Was ich zu sagen habe, sollt zunächst nur Ihr hören. Dann könnt Ihr entscheiden, wem Ihr es weitergebt.«

Lustlos wedelte der König die Hände. »Verlassen Sie uns. Alle, bis auf den Wissenschaftler.«

Als die Würdenträger gegangen waren, straffte sich der Körper des Königs. »Gerade heraus!«, befahl er. »Welche Schreckensbotschaft haben Sie Uns zu bringen? Wird es weitere Erdbeben geben?«

»Nachbeben in jedem Fall. Aber ich möchte Euch vor etwas anderem warnen. Vor einem Menschen.«

»Wer sollte das sein?«

»Gabriel Malagrida.«

Das Gesicht des Königs verfinsterte sich. »Padre Malagrida war der Beichtvater Unserer Eltern. Er genießt hohes Ansehen im Volk. Und er hat viel für Uns in Brasilien getan. Mag sein, dass er ebenso viel für den Jesuitenorden getan hat, aber das ist sein gutes Recht, oder etwa nicht? Beschimpfungen gegen ihn wollen Wir nicht hören. Wir haben ihm schon den Zugang zu Unseren Palästen verwehrt, das war Strafe genug.«

»Es geht nicht länger mehr nur um die Societas Jesu. Das Erdbeben –«

»Wir haben Spione am spanischen Königshof«, unterbrach ihn der König, »am französischen, am englischen, und sie alle haben

Spione bei Uns. Warum sollten sich nicht auch die Jesuiten solcher Zuträger bedienen? So ist es nun mal. Für solche Binsenweisheiten verlangen Sie eine Privataudienz? Natürlich haben die Jesuiten Spione, die Unsere Berater aushorchen! Wenn Wir ihnen deshalb eine Szene machen, beschädigen wir ihren und Unseren Ruf und erzürnen nebenbei noch den Papst gegen unser Land.«

»Darum geht es mir nicht, Majestät. Ich weiß, wer Gabriel Malagrida ist und was er tut. Ich war seine rechte Hand.«

Der König hob erstaunt die Brauen.

»Erlaubt Ihr, dass ich frei spreche?«

»Nur zu.«

»Wenn Ihr nicht handelt«, sagte Antero, »wird das Erdbeben Eurem Land noch größeren Schaden zufügen, als es das bereits getan hat. Was macht Königreiche wie England oder Spanien so groß? Der Handel und die Wissenschaften. In Eurem Land, Majestät, führen Ausländer die Handelsgeschäfte, die größten Flotten gehören längst den Briten und den Deutschen. Und den Wissenschaften wird die Luft abgedrückt. Die Inquisition ist nirgendwo so mächtig wie hier. Ich sage Euch nun, was in den nächsten Monaten geschehen wird. Gabriel Malagrida wird das Erdbeben als Gottesurteil darstellen und sich damit all jene Portugiesen unterwerfen, die sein Prophetenamt bisher noch angezweifelt haben. Er wird Euer Volk unmündig und feige machen, und Ihr werdet endgültig den Anschluss an die großen Königreiche verlieren.«

»Sie sagten, Sie sind Wissenschaftler. Ist dieses Erdbeben ein Naturphänomen oder ist es eine Strafe Gottes?«

»Gott kann Naturphänomene einsetzen, um uns zu strafen. Aber ich bin sicher, dass es ein erklärbares Phänomen ist.«

»Könnten Wir zukünftige Erdbeben verhindern?«

»Möglicherweise. Ich muss das noch ergründen. Versteht Ihr, genau darum geht es mir: Wer die Deutungshoheit über das Beben hat, hat die Herrschaft. *Ihr* solltet herrschen, nicht die Angst vor dem Propheten Malagrida und weiteren Strafen. Nur in einem Land der Freiheit blühen Handel und Wissenschaften auf.«

»Was brauchen Sie?«

»Ein Pferd, um rasch wieder nach Lissabon zurückzukehren. Und einen Kompass, damit ich die Ausrichtung der Trümmer bestimmen kann. Später vielleicht einige chemische Zutaten für Experimente.«

»Sie sollen alles erhalten. Unsere Priester und Wir selbst werden beten, um Gottes Zorn zu besänftigen. Forschen Sie derweilen nach natürlichen Ursachen. Wenn Sie einen Weg finden, diese schrecklichen Katastrophen zu verhindern, dann dürfen Sie Unserer Unterstützung gewiss sein.«

»Ich danke Euch.«

Der König wandte sich ab. Dann drehte er sich noch einmal nach Antero um. »Und schaffen Sie Beweise heran. Wir müssen das Volk überzeugen.«

Leonor erbrach Wasser. Ein fester Strahl sprühte ihr aus dem Mund. Sie fürchtete zu ersticken. Als es endlich aufhörte und sie wieder Atem schöpfen konnte, kroch sie zitternd von der Ruine hinunter. Sie fühlte sich, als seien ihr sämtliche Knochen gebrochen. Kleider und Haare stanken nach fauligem Wasser.

Überall lagen nasstriefende Trümmer. Das war das Unglück, von dem Gabriel Malagrida gesprochen hatte. Er hatte das Erdbeben angekündigt, er hatte seit Wochen seine Novizen in die Straßen geschickt und sie Warnpredigten halten lassen. Malagrida war kein Prophet. Er musste ein noch größerer Wissenschaftler sein, als sie geglaubt hatte.

Wie hatte er vorausberechnen können, dass es ein Erdbeben geben würde?

Die Jesuiten waren unermüdliche Forscher. Sie hatten große Teile des brasilianischen Urwalds erkundet, und Indien, China und Tibet. Von ihren Reisen brachten sie lebende Pflanzen mit, Früchte und Sämereien, Gewürze, getrocknete Pflanzenteile, Essenzen und Extrakte, und vergrößerten so das Wissen über die geschaffene Welt. Während es immer noch Menschen gab, die nicht glauben konnten, dass Gewitter ein elektrisches Phänomen waren, waren die Jesuiten längst auf der Suche nach weiteren Antworten.

Sie musste sich näher an Gabriel Malagrida halten. Sie musste lernen, wie er dachte und wie er Geheimnissen auf die Spur kam. Gabriel Malagrida verachtete die Frauen nicht, wie es die meisten taten; er traute ihr zu, ebenso Großes zu leisten.

Vor drei Wochen hatte Malagrida ihr gesagt: »Wenn ein Unglück über die Stadt Lissabon hereinbricht, kommen Sie zum Tejoufer und treffen Sie mich dort.« Das hieß wohl, dass er das Einstürzen der Öfen und die Feuersbrunst vorausgeahnt hatte, die Flutwelle aber nicht.

Hatte der Vater überlebt? Die Frage drückte auf ihren Magen. Sie musste ihn suchen gehen. Und was war mit Dalilas Körper geschehen? Hoffentlich hatte Jeronimo ihn vor der Flut retten können.

Lissabon war zu einer Geisterstadt geworden. Vereinzelte Menschen kletterten über die Trümmer und riefen nach ihren Verwandten. Sie hoben Steine an, wie Krähen, die den Müll zerpflückten.

Leonor sah sich um. Man verlor leicht die Orientierung in dem Feld von Ruinen. Von den Hügeln her zu urteilen, musste sie sich oberhalb der Alfama befinden. Waren dies die Überreste der Kirche vom heiligen Martin? Ein entwurzelter kleiner Baum hing zwischen den Trümmern fest.

Bei den Steinen regte sich etwas. Leonor sah eine schmutzige Hand, die sich aus einem Loch tastete. Dort musste jemand verschüttet sein. Sie kletterte hinüber und rührte an die Hand. Sofort erstarrten die Finger.

»Ich helfe Ihnen«, sagte sie. »Nehmen Sie die Hand zurück, damit Sie nicht verletzt werden.« Verstand der Verschüttete, was sie sagte?

Die Hand verschwand im Loch. Leonor lehnte sich mit ihrem ganzen Gewicht gegen den großen Steinblock, den die Hand betastet hatte. Er gab knirschend nach, es gelang ihr, ihn beiseite zu wälzen. Sofort erschien die Hand wieder und dazu ein Arm. Leonor räumte weitere Steine beiseite. Aus dem Loch streckte sich ihr ein bärtiges Gesicht entgegen, so schwarz vor Dreck, dass das Weiß der Augen herausstach. Sie hievte den nächsten Steinbrocken fort. Als sie zurückkehrte, fasste der Mann rechts und links des Lochs auf die Trümmerbrocken und stemmte sich heraus.

Seine Kleider trieften von Wasser. »Danke.« Er lächelte Leonor an. Die Zähne waren faulig. Der Kinnbart war in zwei grobe Zöpfe geflochten. Er rief nach unten: »Los, los, verliert keine Zeit!«

Dann sah er sich um. Er stieß einen leisen Pfiff aus. »Da hat sich ja einiges verändert.«

Hinter ihm kletterten acht weitere Männer aus dem Loch. Sie trugen alle verfilzte Bärte und zerschlissene, nasse Kleider. Von ihren Leibern stieg beißender Gestank auf. Sie blickten staunend um sich.

Leonor wich zurück. Der Palast am Zitronenbaum! Er hatte neben der Kirche des heiligen Martin gestanden. Der *Limoeiro* war das Gefängnis der Hoffnungslosen gewesen, die zur Verbannung in Überseegebiete verurteilt waren und in ihren Zellen auf den Tag der Abfahrt warteten. Sie hatte Verbrecher befreit.

Aber heute spielten Standesunterschiede keine Rolle. Sie musste an João de Bragança denken, der auf dem Marktplatz Decken an die Verwundeten verteilt hatte. In dieser großen Not halfen Reiche den Armen und umgekehrt. Sie sagte: »Willkommen in der Freiheit. Nutzen Sie diese Möglichkeit. Sie können ein neues Leben beginnen!«

»Das tun wir.« Der Mann grinste, und seine Kumpanen grinsten ebenfalls. »Wie es aussieht, sind die Wachen vom Erdboden verschluckt worden.« Seine dreckige Hand fasste nach Leonors Arm.

»Gott hat Ihr Leben verschont. Danken Sie dem Allmächtigen!«

Er zog sie zu sich. Der Griff war unnachgiebig wie eine Eisenzwinge. »Püppchen, wenn du wüsstest, wie lange ich darauf gewartet habe, jemanden wie dich in den Armen zu halten!« Er küsste ihren Hals. »Rosenwasserduft! Du hast dich richtig hübsch gemacht für uns, was?«

Sie versuchte, sich freizuwinden.

»Lass sie«, sagte ein anderer Mann. »Dafür ist später noch Zeit. Holen wir uns Gold, solange hier Tohuwabohu ist!« Er kletterte auf den Berg aus Trümmern und spähte ringsum. »Die hauen alle ab. Das ganze Geschmeiß verlässt die Stadt. Besser könnte es nicht laufen.«

»Meinetwegen«, sagte ihr Peiniger. »Auf zur *Casa da Moeda!* Das junge Ding nehmen wir mit. Ich lege ihr einen Haufen Cruzados zwischen die Brüste, und dann vernasch ich sie.«

15

Die Prinzessinnen weinten. Zuerst konnte Samira nicht erkennen, was der Grund dafür war. Dann zeigte die größere der beiden auf ein Puppenhaus und sagte: »Ich will, dass das alles wieder in Ordnung gebracht wird.« Sie sah einen der Lakaien an. »Von Ihm!«

Die schwarzen Augenbrauen der Prinzessin senkten sich drohend. Tränen hatten Bahnen auf ihre gepuderte Haut gezeichnet. Sie begutachtete aufmerksam, wie der Lakai sich mühte, umgestürzte Puppenschränke wieder aufzustellen.

Er zog einen Tisch heraus, von dem ein Bein abgebrochen war. »Ich bedaure sehr, Prinzessin, aber diesen Tisch müssen wir leimen.«

Sie nickte mürrisch.

Eine Amme schob Samira näher und sagte: »Vielleicht möchtet ihr mit diesem Kind spielen, bis das Puppenhaus repariert ist? Sag deinen Namen!«

»Samira«, sagte sie.

Die Prinzessinnen sahen sie an. Hinter ihnen arbeitete der Lakai am Puppenhaus. Ammen näherten sich mit Tüchern den Gesichtern der Prinzessinnen, aber beide wehrten sie ab.

»Wie heißt ihr?«, fragte sie.

»Du weißt nicht, wer wir sind?«, fragte die Jüngere. »Eine Frechheit!«

Die Ältere verschränkte die Arme und sagte: »Ich heiße Maria Doroteia und bin die Tochter des Königs.«

Die Jüngere verschränkte genauso die Arme und sagte: »Ich bin Maria Benedita und bin ebenfalls die Tochter des Königs.«

»Ihr heißt beide Maria?«, fragte Samira verwirrt.

»Das verstehst du noch nicht«, sagte die Ältere. »Du bist zu klein.« Sie wandte sich an einen weiteren Lakeien. »Bringe Er mir den Schmuck meiner Großmutter!«

Der Lakai verbeugte sich und eilte davon.

»Womit willst du überhaupt spielen?« Benedita musterte sie von oben bis unten. »Du hast kein Spielzeug.«

»Doch«, sagte Samira. »Ich habe einen Ball, ein Holzpferd, einen Spielzeugvogel, einen Spielzeugtopf, eine kleine –«

»Wo denn?«, unterbrach sie Doroteia.

»Zu Hause.« Aber das Haus war kaputt. Der Gedanke daran schnürte ihr die Kehle zu. Sie hatte kein Zimmer mehr, kein Bett, keine Tante Dalila. Und auch wenn sie ein neues Bett bekam und ein neues Zimmer, Dalila würde nie wiederkommen.

Der Lakai brachte einen glitzernden Knoten aus Silber und Gold. Er reichte ihn Doroteia auf einem rotsamtenen Kissen. Doroteia hob ihn mit spitzen Fingern auf und hielt ihn ins Licht. »Das ist *mein* Schmuck«, sagte sie. »Ich habe ihn von meiner Großmutter geerbt, die letztes Jahr gestorben ist. Ich trage ihn zu festlichen Anlässen. Hier, in der Mitte, siehst du einen großen Smaragd. Er ist aus Indien. Das, was darunter hängt, ist ein Diamant. Viele kleine Diamanten sind darum herum angeordnet, damit es schön funkelt. So etwas hast du nicht. Du bist auch keine Prinzessin. Und du hattest keine Großmutter wie unsere Anna von Österreich.«

Samira schluckte. Was hatte sie? Ihren Vater hatte sie, der sie ab und zu besuchen kam. Aber wer würde sich in den Tagen dazwischen um sie kümmern? Wer würde ihr zu Essen geben? Wer würde sie ins Bett bringen wie Tante Dalila und ihr Gesicht streicheln? »Ich habe einen Hund«, sagte sie. »Er heißt Bento, und er ist klug. Ich kann ihm ›Sitz!‹ sagen, dann setzt er sich hin. Ich kann ›Komm!‹ sagen, und er kommt zu mir.«

Die Prinzessinnen schwiegen betroffen.

»Wenn ich ›Hopp!‹ sage und auf die Bank zeige, springt er darauf. Er holt mir meine Spielsachen. Bento hört auf mich. Er mag mich.«

»Vaters Jäger haben viele Hunde«, versuchte Prinzessin Benedita, die Lage zu retten. Aber es war deutlich, dass sie dem Gesagten nichts entgegensetzen konnte.

Antero hielt den Kompass an das Trümmerstück. Er wartete darauf, dass die pendelnde Nadel ihre Position fand. Sie schwankte auf ihrem Stift, bis sie schließlich stehenblieb. Nordwest. Er machte einen Bleistiftstrich auf seiner Liste. Siebzehn Mal Nordwest, vierundzwanzig Mal Nordost, zwölf Mal Süd, neunzehn Mal West, einundzwanzig Mal Ost … Nein. Das war nicht die Lösung. Das Erdbeben hatte keine Stoßrichtung wie etwa ein Sturm, der alle Bäume in eine Richtung knickte. Lissabons Häuser waren unregelmäßig gefallen, wie Äpfel, die man von einem Baum geschüttelt hatte.

Er streckte müde seinen Rücken.

Das Beben entstand also weder durch eine Explosion von Schwefel, Salpeter und Eisenspänen, noch hatte es eine Stoßrichtung. Vielleicht war es doch eine Dampfexplosion, hervorgerufen vom Grundwasser, das auf unterirdische Feuer stieß?

Antero trat aus dem Geviert der schwarznassen Ruinen. Er sah über den Rossioplatz. Ein Strom von Flüchtlingen zog über das Trümmerfeld hinweg. Männer, Frauen und Kinder kletterten über die Steinblöcke und zerborstenen Balken. Manche trugen ihre Habe bei sich. Andere stützten Verwundete. Der Strom führte nach Norden. Die Menschen flohen aus der Stadt.

War das nicht die Sänfte des Patriarchen? Selbst das Kirchenoberhaupt verließ Lissabon. Der Goldschmuck und die blauen Vorhänge der Sänfte wirkten deplatziert inmitten der Krüppel, die sich über die Trümmer schleppten. Während die Träger des Patriarchen über die Steine stiegen, stand die Sänfte schief und schwankte. Auf seltsame Weise machte das den Patriarchen doch zu einem von ihnen, zu einem der flüchtenden Menschen, auch wenn er sich in einem Kasten versteckte.

Und er, Antero? Er konnte nicht gehen. Er hatte eine Aufgabe hier, er musste das Erdbeben untersuchen und das Geheimnis seiner Entstehung lüften. Malagrida hatte ihm das Studium verdorben. Er hatte ihm das Staunen ausgetrieben, hatte sein weiches Herz in einen Eisenpanzer gesperrt und ihn zum Lügner gemacht. Am Ende hatte er Julie umgebracht.

Malagrida griff zu und sog Schwächere aus, um selbst Kraft zu gewinnen. Kein Zweifel, dass er das Erdbeben überlebt hatte. Einer wie er überlebte alles. Er würde aus der Katastrophe Vorteile für sich ziehen. Der Gedanke daran widerte Antero an.

Ich lege ihm das Handwerk, sagte er sich. Es ist Zeit für eine Abrechnung. Es ist Zeit, dass das Biest an die Leine gelegt wird. Ich werde das Verhalten der Erde verstehen lernen und Gabriel Malagrida zur Strecke bringen.

Er atmete tief ein. Der Plan gab ihm Kraft. Er würde endlich tun, wofür er geschaffen war.

Die Quellen konnten ein Schlüssel sein. Er musste herausfinden, ob sie immer noch schwefelhaltiges Wasser führten oder ob nach dem Beben der Schwefelgehalt verschwunden war. Er drehte sich nach seinem Wallach um.

Das Pferd war verschwunden.

Er hatte es an einem verbogenen Balkongeländer festgebunden, es konnte sich unmöglich selbst befreit haben. Antero lief zur nächsten Kreuzung. Da! Eine Gruppe von Männern führte es am Zügel.

Er humpelte ihnen hinterher. »He, das ist mein Pferd!«

Der Mann, der es am Zügel hielt, drehte sich nach ihm um. Sein Bart war zu Zöpfen geflochten. Er grinste. »Ich glaube, es geht lieber mit uns.«

»Geben Sie mir das Pferd zurück!«

Das Lächeln schwand aus dem Gesicht des Bärtigen. »Vergiss es! Und wenn du nicht die Klappe hältst, schneide ich dir die Kehle durch, verstanden?«

Einer der Männer hielt den Arm um eine Frau geschlungen. Dunkelblonde, gelockte Haare, ein goldgelbes Kleid – war das nicht Dalila? Der grobe, unzüchtige Griff um ihren Leib ließ Antero vor Wut die Kiefer aufeinanderpressen.

So abgerissen, wie die Kerle aussahen, waren sie geradewegs dem Kerkerloch entstiegen. Mit ihnen war nicht gut Kirschen essen. Antero wandte sich gen Süden, zum Flüchtlingsstrom hin. Er sprach einen Soldaten an, der eine alte Frau stützte. »Ich brauche Ihre Hilfe.«

»Tut mir leid«, sagte der Soldat. »Ich bringe meine Mutter raus aufs Land. Sehen Sie das nicht? Ich kann sie nicht allein lassen.«

»Unholde haben eine Frau in ihrer Gewalt, wir müssen etwas unternehmen!«

Der Soldat schüttelte den Kopf. »Die Stadt ist verflucht. Hier krepiert man doch nur noch.«

»Wo finde ich Soldaten, die im Dienst sind?«

»Dienst? Die Welt geht unter, Mann. Da fragt keiner nach dem Dienst.« Der Soldat zog die Greisin weiter.

Antero suchte sich einen Weg über die Trümmer. Er konnte Dalila nicht in den Händen dieser Männer lassen. An einem nassen Balken rutschte er ab und fiel in den Dreck. Er stand wieder auf. Eisern zwang er sich weiterzuhumpeln.

Der Wind von Nordost trug Rußflocken und Asche herbei. Die Ascheteilchen reizten seinen Rachen. Antero hustete. Die brennenden Ruinen auf den Hügeln waren ein gespenstischer Anblick. Das Feuer sandte schwarzes Gewölk in den Himmel und gab dem Trümmerfeld, das einmal die Hauptstadt des Königreichs gewesen war, einen rötlichen Schein.

Ein Schuss knallte. Von wo war das gekommen? Es war vor ihm gewesen, aber etwas zur Linken. Der kleine Hafen? Der hintere Kai? Wo geschossen wurde, mussten Soldaten sein. Antero beeilte sich, vorwärts zu kommen. Er humpelte über freie Flächen, so gut es das stechende Knie zuließ. Trümmer überkletterte er unter Zuhilfenahme der Hände.

Alles, was von der Kirche von São Pedro übrig war, waren ein Tor und einige verkohlte Bänke. Der Rest des Gebäudes fehlte. Das Tor führte ins Nichts. In der Ferne sah er hinter der Toröffnung das Wasser des Tejo schwappen. Auf jedem Wogenkamm schwammen Planken und Fässer.

»Keinen Schritt näher!«, brüllte jemand. »Wir haben Gewehre hier, und wir werden euch die Köpfe wegblasen, wenn ihr nicht verschwindet.«

Eine raue Stimme antwortete: »Nur die Ruhe, Leutnant. Wir sind neun, und ihr seid nur fünf. Außerdem landen eure Kugeln im Leib dieser unschuldigen Frau.«

Waren das die Diebe? Antero schlich näher. Die *Casa da Moeda!* Natürlich, sie wollten das königliche Gold rauben, sein Pferd brauchten sie, um es abzutransportieren. Das obere Stockwerk der *Casa da Moeda* war eingestürzt, aber die trutzigen Mauern des unteren Stockwerks standen nahezu unversehrt. Die Fenster waren mit schmiedeeisernen Gittern gesichert. Die Flut hatte den Ruß der Hausbrände nicht vollständig von den Wänden gewaschen. Es gab der Münze das Aussehen einer belagerten Burg.

Geschützt von der verkohlten, nassen Ruine des Nachbarhauses lief Antero zur Frontseite. Er spähte um den schwarzen Hauswinkel und zuckte sofort zurück. Vor der Münze duckte sich die Gruppe von bärtigen, schmutzigen Männern hinter einen Schutthaufen. Dalila hielten sie fest wie einen menschlichen Schutzschild.

»Jeder von euch kann nur einmal feuern.« Die raue Stimme gehörte dem Mann mit dem geflochtenen Bart. »Was wollt ihr uns nach den fünf Schüssen entgegensetzen? Hast du nicht von mir und meinen Leuten gehört, Leutnant? Ich bin Diogo Barbosa. Im Handgemenge stecken wir euch mit Leichtigkeit in den Sack. Du hast dein Leben sicher mühsam durch das Beben gebracht. Willst du jetzt ins Gras beißen? Niemanden schert es, ob die Kisten hinter dir weggespült wurden oder ob sie jemand mitgenommen hat.«

»Das Gold gehört dem König. Glaubt ihr, durch ein Erdbeben werden die Gesetze außer Kraft gesetzt? Dann habt ihr euch getäuscht.«

»Deine Garnison ist geflohen«, rief Diogo Barbosa. »Es ist keine Seele mehr hier. Willst du eine Stadt von der Größe Lissabons bewachen? Mach dir doch nichts vor. Überall plündern sie die Leichen aus, die Läden, die Lager. Du kannst es nicht verhindern.«

»Wir können nicht überall sein«, antwortete der Leutnant. »Aber meine Männer und ich werden die Münze verteidigen. Hier wurden wir postiert, und hier kämpfen und sterben wir, wenn es sein muss. Dich nehmen wir ganz gewiss mit in den Tod, Barbosa.«

Antero sah erneut vorsichtig um die Ecke. Der Bärtige zerrte Dalila zum Rand des Schutthaufens, er hielt sie, als sei sie ein wertloses Stück Fleisch, gerade gut genug dafür, Kugeln aufzufangen. Zorn stieg in Antero auf.

Der Schurke rief: »Was soll der König mit dem Gold anfangen? Die meisten Schiffe sind zerborsten, und auf dem Markt kann man nichts kaufen. In Notzeiten ist Gold genauso viel wert wie Staub!« Gleich darauf flüsterte er seinen Männern etwas zu. Vier von ihnen schlichen auf Antero zu.

Antero zog sich hinter die Ecke zurück. Barbosa wollte wohl, dass sie von der Rückseite her in die *Casa da Moeda* eindrangen. Wenn sie ihn hier fanden, machten sie kurzen Prozess mit ihm.

Er nahm zwei Steine auf und ließ sie zu Boden fallen. Dann zischte er: *»Merda!«*

Die vier Männer blieben stehen. Sie sagten: »Barbosa, da ist jemand hinter der Ruine.«

Antero verstellte seine Stimme und sagte: »Schlimm genug, dass Sie Ihre Füße nicht setzen können, Soldat! Sie können auch den Mund nicht halten! Sie sollten unbemerkt Stellung beziehen, und Sie haben nichts Besseres zu tun, als unsere Stellung zu verraten?«

»Kameraden?«, rief der Leutnant aus der *Casa da Moeda*.

Antero schlitterte mit dem Fuß über den Schutt. Er sagte: »Keine Sorge, Leutnant! Diese Hunde werden nicht entkommen.«

»Gott sei Dank!«

Er hockte sich nieder und spähte um die Ecke. Die vier Männer zogen sich hastig zum Schutthaufen zurück. Barbosa aber runzelte die Stirn. Er empfing sie ungnädig: »Feiglinge! Wenn da Soldaten wären, hätten sie euch längst erschossen. Jemand versucht, uns reinzulegen.«

Dalila blickte hilfesuchend in seine Richtung. Die vier Männer machten wieder kehrt. Was hielten sie da in den Händen? Jeder der Männer trug ein Stoffbündel. Während sie sich näherten, ließ einer von ihnen das Bündel fallen und hielt dabei die Enden des Stoffs fest. Der Ballen fiel schwer und blieb auf halber Strecke hängen. Sie hatten Steine in Stoffbahnen eingewickelt, um mit ihnen ausholen zu können. Er legte keinen Wert darauf, einen dieser Steine gegen den Kopf geschlagen zu bekommen.

Lauf!, gellte eine Stimme in seinem Kopf. Nimm die Beine in die Hand! Aber da waren bittere Gedanken, schwer wie Blei, die ihn hinderten. Sie würden Dalila Gewalt antun. Wie sollte er weiterleben, wenn er das zugelassen hatte?

Er setzte das härteste Gesicht auf, dessen er fähig war. Er stand auf und trat hinaus. »Ihr habt die Wahl. Ergebt euch oder sterbt.«

Die vier Männer grinsten. Ihre Zähne waren schwarz. Einer äffte: »Dass Sie Ihre Füße nicht setzen können, Soldat!« Er begann, den Stein hin und her zu schwingen, während sie näherkamen. »Dachtest du, du kannst uns für dumm verkaufen?«

»Wie ihr wollt. Ihr habt euch also für den Tod entschieden.« Antero ging ihnen entgegen.

Verwirrung trat auf ihre Gesichter. Da holte einer mit dem Stein aus. »Du bist der, der hier stirbt, Freundchen!«

Antero duckte sich unter den Hieb. Der Stein rauschte über seinen Kopf hinweg. Es gab ein hässliches Pfeifen in der Luft. Anteros Haarschopf wurde vom Windzug angehoben. Ehe der Nächste zuschlagen konnte, warf er sich nach links und eilte zwischen der Ruine und dem Schutthaufen auf die *Casa da Moeda* zu.

Die vier Männer rannten ihm nach.

Antero gab sein Letztes. Das Bein schmerzte bei jedem Schritt. Er wandte sich vor dem Schutthaufen nach rechts, humpelte an der Front der *Casa da Moeda* entlang und brüllte: »Leutnant, feuern Sie!«

Kurz darauf blitzte im Haus Mündungsfeuer auf. Vier Schüsse krachten. Antero sah über seine Schulter. Drei der Männer fielen. Der vierte rannte ihm weiter nach und brüllte mit wutverzerrtem Gesicht: »Ich bringe dich um, du Schwein!«

Hinter dem Schutthaufen rief Barbosa: »Vorwärts, Männer! Das war's mit den Gewehren, auf zum Gold!« Die verbliebenen Spießgesellen kamen über den Schutthaufen gestürmt.

Ein fünfter Schuss knallte. Einer der Gewalttäter fiel nieder und hielt sich schreiend die Schulter. Antero rannte im Bogen um den Schutthaufen herum. Wie erhofft, hatten sie die Frau beim Ansturm zurückgelassen.

Ein Stoß traf ihn in den Rücken. Schmerz brandete durch seinen Körper. Er knickte ein und landete hart auf den Knien. Der Schmerz pulste immer kräftiger über seinen Rücken. Antero ächzte. Der Verfolger musste ihn mit der Steinschleuder getroffen haben. Er sah einen schmutzigen Fuß mit vergilbten Nägeln auf sich zukommen. Der Tritt landete hart in der Magengrube. Aller Atem wich ihm aus dem Leib.

Antero tastete auf dem Boden nach einem Trümmerbrocken. Er nahm den erstbesten, den er fand, und hieb ihn dem Angreifer auf den Fuß. Ein Zittern lief über den fremden Körper. Antero schlug den Brocken gegen das Bein. Der Angreifer wirbelte den Stein im Stoff herum und traf Antero an der Schulter. Es fühlte sich an, als würde sich etwas tief in sein Fleisch bohren. Antero brüllte auf vor Schmerz.

Er fasste nach dem zerschlissenen Hemd des Angreifers, zog sich daran hoch. Er packte ihn am Bart und hieb ihm das Knie zwischen die Beine. Mit einem Satz war er bei Dalila und fasste sie an der Hand. »Weg hier!«

Im Fortlaufen sah er hinter sich. Der Mann lag gekrümmt am Boden, zog die Knie an den Bauch und stieß krächzende Laute aus. Die Räuber drangen hinter dem Schutthaufen in die *Casa da Moeda* ein.

Er brachte Dalila fort in Richtung des Tejoufers. Dort bog er gen Westen ein. Er lief mit ihr durch die Pfützen, bis sie zwischen den Ruinen die ausgebrannte Kuppel der Kathedrale sahen und die von der Flut zerschmetterten hohlen Mauern des Palasts.

Sie nahm ihre Hand zurück und blieb schwer atmend stehen. »Ich bin es nicht gewohnt.« Ihre Wangen waren von der Anstrengung gerötet. »Zu rennen, meine ich.«

»Glauben Sie mir, auch meine Lunge sticht.« Eher war es der Rücken, der bei jedem Atemzug schmerzte, und die Schulter, die ihm Pein durch den Körper jagte. Er rührte vorsichtig an das Bein. Ein blaugelber Fleck hatte sich auf dem gesamten Kniegelenk gebildet. Er biss die Zähne zusammen. »Und dieses Bein will nicht mehr.«

Als er aufsah, weitete sich ihm vor Wärme die Brust. Ihre strahlend blauen Augen waren auf ihn gerichtet. Sie sagte: »Sie waren sehr mutig. Sie haben mir das Leben gerettet.«

Er lächelte. »Sie haben mehr als das verdient, Dalila.«

Ihr Blick flackerte. Da war etwas, das sie nicht sagte. Sie fragte: »Wie geht es Ihrer Tochter?«

»Sie ist bei den königlichen Prinzessinnen in Belém. Es fehlt ihr an nichts.«

»Ich werde mich auf die Suche nach meinem Vater machen. Ich hoffe, er hat die Flut überlebt. Haben Sie noch einmal von Herzen Dank. Gott möge Ihnen Ihre Selbstlosigkeit lohnen.«

»Wie geht es Leonor, Ihrer Schwester?«

Dalila zögerte noch einen Augenblick, dann wandte sie sich von ihm ab und ging am Ufer entlang.

Antero stutzte. Ihr Verhalten war unerklärlich. »Warten Sie!« Er humpelte ihr nach. Als er sie erreichte, sah er, dass ihr Tränen über das Gesicht liefen.

»Ich muss … meinen Vater suchen«, sagte sie.

»Es tut mir furchtbar leid, was auch immer Leonor geschehen ist. Und dass diese Männer, ich meine, was sie Ihnen angetan haben! Soll ich Sie nicht besser begleiten?«

»Nein. Bitte lassen Sie mich allein.«

Er blieb stehen. Warum verstand er nicht, was in ihr vorging? Sie war ihm fremd, und gleichzeitig brannte ihm das Herz vor Liebe.

16

Es wird euch an nichts mangeln«, sagte Gabriel Malagrida. »Ich wusste, dass ein Erdbeben kommen würde, und habe die Schätze der Jesuiten rechtzeitig aus der Stadt schaffen lassen.«

Die vier abgerissenen Gestalten sahen ihn mit glühender Verehrung an.

»Ihr werdet Nahrung haben und ein Dach über dem Kopf. Bevor alle anderen zu bauen beginnen, werde ich euch Steine und Mörtel verschaffen. Ihr werdet zu den Ersten gehören, die ein neues Haus besitzen.«

Die vier Gestalten nickten dankbar. Hinter ihnen glänzten die verkohlten Balken der Hafenmeisterei. Wasser tropfte vom Holz und zeichnete Ringe in eine schwarze Pfütze.

»Vertraut ihr mir?«

»Wir vertrauen Ihnen, Padre.«

»Geht und mischt euch unter die Flüchtenden. Erzählt ihnen, dass die Jesuiten vorbereitet waren, und sagt, dass ich die Katastrophe genau für den 1. November vorhergesagt habe.«

Die zerlumpten Gestalten sahen erstaunt auf.

»Ihr bereitet den Boden für eine gute Saat. Ich werde dem Volk predigen. Es wird sich Gott neu weihen.«

»Ja, Padre.«

»Das ist alles. Kommt morgen Abend hierher zurück.«

Sie verbeugten sich und zogen sich zurück.

Er drehte sich zum Fluss um. Wind fuhr ihm unter die Kleider. Auf der Barke von etwa zehn Schritt Länge, die er wiederherstellen ließ, hämmerten Bootszimmerleute Ersatzplanken fest. Ihre Gehilfen strichen Pech in die Fugen. Das Wasser war ein wenig aufgewühlt, aber nicht mehr als an jedem anderen windigen Tag.

Die Einwohner Lissabons lähmte noch das Entsetzen, er aber war innerlich gewappnet gewesen und deshalb in der Lage, vernünftig und zielgerichtet zu handeln, auch wenn das Unglück erst wenige Stunden zurücklag. Natürlich, das Beben hatte auch ihn überrascht – er war davon überzeugt gewesen, noch rechtzeitig die Stadt verlassen zu können, sobald sich die Vorzeichen mehrten, das schwache, kaum merkliche Zittern des Bodens, die aufgewühlten Brunnen. Dann aber war es *plötzlich* hereingebrochen, in einer Heftigkeit, die selbst er nicht vorausgeahnt hatte. Er hatte überlebt, und jetzt galt es, rasch und ohne Zögern die Gunst der Stunde zu nutzen und die Vorbereitungen abzuschließen.

»Zurück zu Ihnen, Leonor«, sagte er.

»Warten Sie. Darf ich Sie etwas fragen?«

Er sah weiter auf den Fluss hinaus. »Sie wollen wissen, warum ich lüge?«

»Ja.«

»Sie lügen auch, wenn Sie Ihren Geliebten etwas vorspielen, oder nicht?«

»Das stimmt.« Leonor verdrängte den Gedanken an Antero. »Ich kann schwer erklären, warum es mich so wundert, aus Ihrem Mund eine Lüge zu hören. Vielleicht hängt es damit zusammen, dass ich bisher dachte, Sie würden für Gott arbeiten.«

»Ich arbeite für Gott!«

»Hat er es nötig, dass Sie für ihn lügen?«

Gabriel Malagrida wandte sich ihr zu. »Glauben Sie mir, ich wünschte, es wäre nicht nötig. Gott könnte einen Mose aus mir machen. Einen Elia.« Er sah ihr gerade in die Augen. »Ich bin bereit. Ich biete ihm ein Heer von Dienern an. Ich biete ihm meine Stimme an, die nicht unbeträchtlich ist, und meine Kräfte.«

»Mose war achtzig Jahre alt, als Gott ihn berufen hat. Vielleicht brauchen Sie mehr Geduld.«

Der Jesuitenführer holte hörbar Luft. »Ich habe keine Zeit mehr. Wussten Sie, dass Sebastian de Carvalho die Jesuitenmissionen in Brasilien schließen will? Kaum ist er Premierminister, redet er dem König ein, dass unser Einfluss in Südamerika zu groß ist. Er will, dass Beamte des Königreichs in der Kolonie das Ruder übernehmen.«

»Wäre das schlimm?«

»Meine Indios fahren mit ihren Flößen auf das Meer raus und fischen, während Sebastian de Carvalho intrigiert. Sie nehmen Pfeil und Bogen und gehen im Regenwald zur Jagd, und ohne ihr Wissen tut ein feindseliger Mann in Portugal alles, um ihren Frieden zu zerstören. Er will sie aus der schützenden Hand der Jesuiten reißen, sie werden wieder Freiwild sein für die Sklavenjäger. Mit wie viel Mühe haben wir ihnen dort sichere Gebiete geschaffen! Der Minister will den Jesuitenorden Schritt für Schritt entmachten. Er darf keine drei Tage im Amt bleiben. Jeden Tag fügt er uns weiteren Schaden zu.«

»Sie wollten, dass ich nach der Katastrophe zum Flussufer komme. Hier bin ich.«

»Und keine Stunde zu früh, Leonor. Es ist Zeit, Ihren Plan Wirklichkeit werden zu lassen.«

Stöhnen und Hilferufe hallten in den Nachthimmel. In den Gebäudeskeletten der höhergelegenen Klöster wütete Feuer, und die ausgebrannten Paläste auf den Hängen glühten. Leonor folgte Vater und dem Jesuiten durch die Nacht. Tomás glich einer Krähe. Sein Gewand flatterte im Wind, die dürren Hände staken heraus wie Krallen.

Eine eingestürzte Mauer blockierte die Treppe, die sie hügelab gehen wollten. Zur Linken kamen sie wegen des Feuers nicht weiter. Tomás wandte sich nach rechts.

»Ich verstehe nicht«, sagte der Vater, »dass er uns ausgerechnet in dieser Nacht sprechen möchte. Ist Ihnen nicht klar, wie viel wir heute verloren haben? Und welche Aufgaben vor unserer Familie liegen, wenn sie überleben will? Ich brauche jede Stunde!«

»Bald wird Sie nicht mehr schmerzen, was Sie heute verloren haben, Baron.«

»Wovon reden Sie?«, fragte Leonor. Die unwissende Tochter zu spielen fiel ihr heute schwer. Sie war es nicht gewohnt, Vater so verletzlich und schwach zu sehen. Am liebsten hätte sie ihn sofort eingeweiht.

»Halt dich da raus«, sagte der Vater.

Tomás sagte: »Padre Malagrida verfolgt einen großen Plan. Darüber habe ich bereits bei einigen Gelegenheiten mit Ihrem Vater beraten. Padre Malagrida hat beschlossen, dass Sie daran mitwirken dürfen, Menina Leonor. Sie sollten sich geehrt fühlen.«

Selbstverständlich wusste Tomás, dass es von Anfang an *ihr* Plan gewesen war. Aber Vater durfte das nicht wissen. Er glaubte, dass *er* die Familie in ein kluges Bündnis mit den Jesuiten führte.

»Wie können Sie heute Nacht Pläne schmieden?«, sagte sie. »Wir wissen nicht einmal, ob wir unseres Lebens sicher sind! Womöglich kommt eine neue Flutwoge, oder es bebt wieder. Wo sollen wir uns verkriechen? Wo sollen wir die wenigen Dinge hinschaffen, die uns noch geblieben sind? Es geht das Gerücht, dass das Pulvermagazin der Burg kurz davor ist, zu explodieren wegen der Hitze des Feuers. Nicht einmal dort ist man sicher. Und Sie reden von geheimen Plänen.«

»Ein Mann wie Padre Malagrida schaut über den kurzen Tag hinaus.«

Sie kamen an das Tejoufer. Der Feuerschein der brennenden Stadt tanzte auf den schwarzen Wogen. Die Ruderbarke war vor dem zerstörten Kai festgemacht. Der Schneider ging vor Vater und ihr den Laufsteg hinauf. Als sie die Reling erreichten, sah Leonor Bänke für etwa fünfzig Ruderer. Im Heck stand ein Zelt. Laternen brannten an zwei eisernen Ständern davor.

Der Schneider wies auf das Zelt: »Padre Malagrida wartet dort auf Sie.«

Eine Sklavin hatte mit ihr das Kleid getauscht. Aber sie fühlte sich im Kleid der Sklavin nackt. Sie hätte das ihre anbehalten sollen, zerrissen wie es war. Außerdem war sie ungeschminkt, sie trug weder Rouge auf den Wangen, noch waren die Adern nachgezogen. Eines ihrer guten Kleider hätte ihr geholfen, sich wohler zu fühlen.

Vater blieb vor dem Zelt stehen und räusperte sich. »Padre Malagrida?«

»Kommen Sie herein«, tönte es von drinnen heraus.

Der Vater schlug die Plane auf. Die Zelthaut klatschte aufeinander wie nasser Samt. Leonor bückte sich darunter hindurch und trat in das Zelt. Sie sah Kerzen und eine silberne Karaffe auf einem kleinen Tisch, dabei drei Becher wie eine kleine Familie. Malagrida inszenierte das Treffen gut. Wenn Vater noch Vorbehalte hatte, würden sie rasch verfliegen.

Der Jesuit erhob sich schwerfällig. Er wies ihr und Vater je einen Schemel zu. »Setzen Sie sich, Menina Leonor, Baron. Ich freue mich, dass Sie gekommen sind.«

Sie nahmen Platz. Vater sagte: »Worum geht es? Was ist so wichtig, dass Sie mich am heutigen Tag herbestellt haben?«

Malagridas totes Auge betrachtete Leonor, während er zu Vater sah. »Heute ist nicht nur die Stadt zerstört worden. Es ist auch eine äußerst bedauerliche Entscheidung am Königshof gefallen.« Er hob die Karaffe an und goss Wein in die silbernen Becher. Einen der Becher reichte er Leonor, einen weiteren dem Vater.

Sie nahm den Becher entgegen, trank aber nicht.

»Sebastian de Carvalho wurde zum Premierminister ernannt.« Malagrida setzte seinen Becher an und trank. Das Zelt war zu niedrig für ihn. Er wirkte wie ein Bär in einem Dachsbau. Er stellte den Becher wieder ab. »Sie wissen, Baron, was wir besprochen haben. Die Zeit ist reif. Nur eines fehlt uns noch, das kann uns Ihre Tochter besorgen.«

»Ich?« Leonor tat erschrocken.

Vater sagte: »Ich bin Kaufmann, Padre. Ich bin es gewohnt, mit Waren zu handeln, nicht mit Versprechungen.«

»Sie brauchen mich nicht zu belehren, Baron. Ich weiß sehr genau, wer Sie sind.« Malagrida röchelte einige Atemzüge. Dann hustete er Schleim hervor und schluckte. Es war still. Endlich sog er pfeifend Luft ein. »Mein Angebot ist gut. Sie wissen, dass Sie ihm nicht widerstehen können. Niemand könnte das.«

»Bisher bin allein ich in Vorleistung gegangen. Ich finde, es wird Zeit, dass Sie mir zeigen, wie ernst es Ihnen ist mit unserem Geschäft.«

Malagrida starrte den Vater an. Sein Gesicht war reglos.

Vater starrte zurück mit seinen geröteten Augen. Auch er rührte keine Miene.

Endlich sagte der Jesuit: »In wenigen Tagen werden Sie einer der mächtigsten Männer im Königreich Portugal sein. Und Sie wollen, dass ich Ihnen beweise, wie ernst es mir ist? Ihre Krämerseele enttäuscht mich.«

»Bis heute bezahlen Sie mich mit Versprechungen«, sagte der Vater. »Das genügt nicht mehr.«

Malagrida schnaufte. »Also gut, ich bin bereit, Ihnen mein

Wohlwollen zu beweisen.« Er setzte sich. »Lissabon ist verwüstet. Dennoch haben einige wenige Gebäude das Erdbeben unversehrt überstanden. Eines davon ist ein Haus in der *Rua Formosa*, das kürzlich in meinen Besitz geraten ist.« Er sah zu Leonor und erneut zum Vater. »Es soll Ihnen gehören.«

»Sie stellen uns eine Schenkungsurkunde aus?«

»Zu auffällig. Mein Kanzler schreibt einen Kaufvertrag über eine stattliche Summe, die Sie mir nie bezahlen müssen.«

»Das heißt, Sie bestätigen mir, dass ich sie bezahlt habe?«

Malagrida zögerte kurz. Dann nickte er. »Meinethalben.«

Der Vater sagte: »Einverstanden. Was soll Leonor tun?«

Leonor stand auf. »Ich fasse das nicht. Tausende liegen im Sterben, Vater, und du schacherst um ein Haus und irgendwelche Pläne?«

»Setz dich hin«, befahl der Vater.

»Die Aufgabe wird Ihnen Freude bereiten«, sagte Gabriel Malagrida.

Sie setzte sich. Obwohl alles lief, wie sie es sich gewünscht und es lange vorbereitet hatte, zog sich ihr das Herz zusammen. Sie mochte es nicht, den eigenen Vater zu belügen. Noch vor Tagen hätte es ihr nichts ausgemacht, aber das Beben hatte etwas in ihr verändert. Das Beben und Dalilas Tod und das viele Leid, das sie gesehen hatte. Es war schäbig, hier zu sitzen und zu intrigieren, während Familien und Kinder und Alte jämmerlich starben.

Malagrida sagte: »Bevor ich also mit Ihrem Herrn Vater die Einzelheiten abspreche, zu Ihnen, Menina Leonor. Ich will, dass Sie sich an einen Kanzleischreiber des neuen Premierministers hängen. Machen Sie ihn sich gefügig. Sie haben zwei Tage. Dann besorgen Sie sich ein Dokument von seinem Minister. Einen Staatsvertrag, ganz gleich, welchen. Den bringen Sie mir.«

»Wie soll ich das machen?«

»Menina Leonor«, sagte er, »sehen Sie sich manchmal im Spiegel an?«

»Selbstverständlich.«

»Dann muss Ihnen bewusst sein, dass es keinen Mann gibt in Lissabon, der Ihnen einen Wunsch abschlagen könnte.«

Sie sah zu Boden. Malagridas Kompliment verletzte sie, denn es stimmte nicht. Es gab einen Mann, der ihre Wünsche abschlug.

Als die Besucher gegangen waren, sagte er: »Sie hat ihn getroffen.«

Der Schneider trat aus den Schatten des Zeltes hervor. »Woher wissen Sie das?«

»Als ich gerade gesagt habe, dass kein Mann ihr einen Wunsch abschlagen könnte, war ihr Schmerz mehr als deutlich. Jemand lehnt sie ab. Wer würde eine Frau wie sie von der Bettkante stoßen? Das kann nur einer sein.«

»Also belügt sie uns?«

»Das stört mich nicht. Es ist gut, dass sie das kann. Sie wird diese Fähigkeit brauchen, um an den Staatsvertrag heranzukommen.« Gabriel Malagrida fuhr sich mit den Daumen über die Mundwinkel. »Mich beunruhigt, dass Antero immer noch hier ist, obwohl er weiß, dass ich ihn jage. Das bedeutet, dass er mich nicht fürchtet. Oder er hat ein Ziel, das ihn sein Leben riskieren lässt. Beides ist nicht gut für uns.«

»Es könnte doch sein, dass er nur auf eine bessere Gelegenheit gewartet hat, um aus der Stadt zu entkommen.«

»Nein. Er ist hier, weil er hier sein will. Wenn er lebt, ist er eine Gefahr für mich. Also werde ich ihm helfen zu sterben. Folge Leonor. Sie führt dich zu ihm.«

Ein Blaukehlchen sang in der kühlen Morgenluft. Die Sonne stand noch niedrig. Sie goss orangefarbenes Licht über die entwurzelten Bäume des königlichen Parks. Leonor erschien es unwirklich wie ein Märchen. Vier Meilen entfernt brannten die Ruinen Lissabons. Plünderer fledderten Leichen und gruben in den Ruinen nach Verwertbarem. Hier aber, in Belém, nur ein paar Süßkartoffelfelder und Olivenhaine westlich, herrschte im Morgengrauen friedliche Idylle.

Sie hob den Kopf über den pferdeförmigen Wasserspeier und spähte in Richtung des Palasts. Vor dem Prachteingang standen Zelte mit silbernen Borten. Die Leibgarde des Königs umgab die Zelte, in aufrechter Haltung, Mann neben Mann. Die sichelförmigen Klingen der Hellebarden spiegelten die Morgensonne.

Zur Seite des Palasts spielten Kinder vor einer schief stehenden Silberweide. Ein Teil der Wurzeln war durch die Flut freigelegt worden, und der Baum hatte sich abgesenkt. Vom schrägen Stamm hingen die Zweige bis auf den Boden herab. Diese Kulisse hatten sich die Kinder zum Spielen gesucht. Ammen und Wächter standen nahebei.

Ein Mädchen mit rotblonden Haaren flocht etwas abseits Gräser zu einem Kranz. Das musste sie sein.

Leonor verließ den Brunnen und lief gebückt hinter einer Reihe von Ziersträuchern bis zu einem weinüberrankten Torbogen. Nun befand sich die Silberweide zwischen ihr und der Gruppe von Erwachsenen. Leonor pflückte eine rote Blüte vom Strauch und ging auf den Weidenbaum zu.

Der Schatten der niedrig hängenden Baumkrone verschluckte sie. Die Weide roch säuerlich nach Laub. Leonor schlich sich bis nahe an die vorderen Zweige heran. Die Blätter formten einen Vorhang, der das Dunkel von der Helligkeit schied. Jedes der

Blättchen war mit silbernem Fell bewachsen. Samira stand nur wenige Schritte vom Baum entfernt.

Leonor flüsterte ihren Namen.

Die Kleine hörte es sofort. Sie sah mit großen Augen zum Baum.

»Komm zu mir. Ich bin es.«

Nach kurzem Zögern kam Samira näher.

»Ich bin hier. Hinter den Zweigen. Ich möchte dich etwas fragen. Aber die Ammen dürfen mich nicht sehen.«

Samira trat an die Zweige heran. Still sah sie durch den Vorhang hindurch. »Bist du jetzt ein Baumgeist, Tante Dalila?«, fragte sie.

»Nein, ich bin's. Leonor. Und ich bin kein Geist.«

»Warum dürfen dich die Ammen nicht sehen?«

»Niemand darf wissen, dass ich hier bin.«

Das Mädchen trat durch den Vorhang von Silberblättern. Es staunte Leonor an.

»Ich suche deinen Vater«, sagte sie. »Tust du mir einen Gefallen? Bringe ihm diese Blüte von mir, und frag ihn, ob er hierher kommt.«

Die Kleine verzog das Gesicht. »Ich darf ihn nicht stören.« Sie fuhr mit dem kleinen nackten Fuß über das vertrocknete Gras. »Er arbeitet, und er hat gesagt, ich muss hier bei den Prinzessinnen bleiben.«

»Wo ist er denn?«

»Beim Kloster.« Zögerlich streckte sie die Hand aus. »Gibst du mir die Blume?«

Leonor reichte sie ihr.

Die Kleine drehte die Blüte in den Händen. Schließlich schlüpfte sie durch den Blättervorhang und rannte mit der Blüte davon. Die Ammen riefen: »Wo willst du hin, Samira? Hiergeblieben!« Samira rannte einfach weiter, und die Ammen liefen ihr nicht nach. Als das Mädchen um die Ecke des Palasts verschwunden war, wandten sie sich wieder ihrem Gespräch zu.

Leonor atmete auf. Nun musste sie sich nur noch überlegen, wie sie es Antero beibrachte. Samiras Mutter war sicher eine besondere Frau gewesen, eine, die ihn in Erstaunen versetzte, eine von seinem Kaliber. Die konnte sie, Leonor, ebenfalls sein. Nur hatte sie ausgerechnet da versagt, wo es um Antero ging.

Malagridas Blick hatte es ihr gezeigt. Als Vater und sie das Zelt verließen, hatte der Jesuit sie aufmerksam angesehen, so, wie man jemanden musterte, von dem man nicht wusste, ob er Freund oder Feind war. Sie musste sich irgendwie verraten haben. Er hatte Antero nicht mehr erwähnt. Aber der Blick war eindeutig gewesen: Der Magier hatte sie entlarvt.

17

Antero wog das verbrannte Buch in den Händen. Schwarze Stückchen bröckelten davon ab und verfärbten seine Finger. Das Buch verströmte Rauchgeruch. Es war Vascos Vermächtnis. Vasco war verbrannt. Der Hüter der Bücher hatte seine Kinder in den Tod begleitet.

Er vermisste den Bibliothekar. Die gichtgekrümmten Finger, die ruhig eine Zeile entlanggeglitten waren, wenn er las. Die bedächtige Stimme. Die Runzeln rings um die Augen. Antero starrte hinaus auf den Fluss, dessen Wassermassen träge vorüberzogen, und schluckte. Er würgte an Tränen.

Vasco hatte nie verwinden können, dass die Inquisition Bücher aus seiner Bibliothek entfernte. Die Zensur musste ihm vorgekommen sein wie ein Kinderraub. Sein Misstrauen übertrug sich auf die mächtigen Jesuiten, als er hörte, dass sie die Zensur unterstützten, anstatt dagegen anzukämpfen.

Er aber, Antero, hatte ein Wissenschaftler werden wollen wie Padre Barnabas Cobo, der berühmte Jesuit, der 1638 die Rinde der peruanischen Chinchona-Bäume vom Ostrand der Anden nach Madrid brachte und damit Malariakranke heilte. Cobo erfand das »Jesuitenpulver«, das die Kranken in ein Getränk einrührten, um gesund zu werden. Das Heilmittel hatte seitdem Abertausende Leben gerettet.

Er wollte wie Grimaldi sein, der Jesuitenphysiker, der die Beugung des Lichts und das gebrochene Sonnenlicht im Prisma entdeckt hatte. Oder wie Lorenzo Gusmao, ebenfalls Jesuit, der noch vor Montgolfier einen Ballon hatte steigen lassen, ein unerhörtes Wunderwerk.

Gabriel Malagrida hatte diese Neigung in ihm erkannt. Er

hatte ihm Bücher beschafft, die von der Inquisition konfisziert worden waren und auf der Verbotsliste standen. Er hatte ihm erlaubt, Vorlesungen des Jesuitenkollegs beizuwohnen, die sich mit Mathematik und Physik befassten – obwohl er gar nicht die zweijährige Bewährungszeit als Novize absolviert hatte und weder dem Orden beigetreten war, noch die drei Mönchsgelübde für Armut, Gehorsam und Keuschheit geleistet hatte.

Malagrida hatte ihm von Italien erzählt, seiner Heimat, von der Insel Korsika, auf der er als Lehrer gearbeitet hatte, und von seinen Forschungsreisen nach Brasilien. Er hatte ihm berichtet, wie er den Amazonas hinaufgefahren war, wie er die Sprache der Indianer gelernt, wie er am Fluss Itapicuru unter den Tobajaren gelebt hatte. Er hatte ihm fremdartige Tiere beschrieben, das Kreischen der Vögel im Dschungel, die feuchtheiße Luft und die giftigen Schlangen.

Antero verehrte ihn. Und er verfiel dem fieberhaften Wunsch, Naturforscher zu werden. Als er den Jesuitenführer bestürmte, ihn mitzunehmen in die Kolonien, hatte Gabriel Malagrida zur Bedingung gestellt, dass Antero die Novizenzeit beginnen sollte.

Damals hatte er Vascos Herz gebrochen. Der Bibliothekar konnte nicht fassen, dass sich sein geliebter Schüler den Jesuiten anschloss. Er hatte ihn geschüttelt und ihn gewarnt: »Antero, du weißt nicht, was du da tust!«

»Natürlich weiß ich das.«

»Bedenkst du, was nach deiner zweijährigen Novizenzeit kommt? Nach den Mönchsgelübden, nach der Zeit als Scholastiker, nach der Priesterweihe? Ein Mann von deiner Schläue wird in die Elite der Professi aufgenommen, in den innersten Kern des Ordens. Du wirst das vierte Gelübde leisten müssen.«

»Welches vierte Gelübde?«

»Es geht ihnen nicht um die Erforschung der Welt, Antero.«

»Was ist das vierte Gelübde?«

»Kein anderer Orden kennt diesen Schwur. Wenn du dich den Professi anschließt, schwörst du *unbedingten Gehorsam.* Darum geht es ihnen. Die Jesuiten führen Krieg gegen die Protestanten, du wirst mein Feind sein und der Feind deiner Eltern, du wirst in eine Schlacht hineingezogen, die nicht deine ist. Am Ende wird dir Blut an den Händen kleben.«

Er hatte damals gelacht über die Angst des Bibliothekars. Er hatte sich stark gefühlt. Kurz darauf machte ihn Gabriel Malagrida zu seiner rechten Hand. Nach und nach weihte er ihn in die Geheimnisse seines Ordens ein.

Antero half dabei, Gewehre, Schießpulver, Kugeln und Rapiere zu beschaffen und sie nach Südamerika zu verschiffen. Er schrieb in Malagridas Auftrag Briefe an die Leiter des dortigen »Jesuitenstaats« und erklärte ihnen, dass sie eine Armee aufzubauen hatten, damit sie sich gegen die Angriffe europäischer Kolonialmächte und gegen Sklavenjäger wehren konnten.

Er beriet lange mit Malagrida, wie Jesuiten in protestantische Länder einzuschleusen waren und ihre Arbeit beginnen konnten, ohne den königlichen Ämtern aufzufallen. Sie entschieden gemeinsam, welche Ordensmitglieder an welche Fürstenhöfe entsandt wurden, damit sie dort als inoffizielle Berater arbeiten konnten.

Antero schickte Jesuiten zu den Adligen und Stadtherren, um Stiftungskapital für neue Kollegien zusammenzubekommen, das den Schulbetrieb ermöglichen sollte. »Du bist an einem wichtigen Ort«, sagte Malagrida oft zu ihm. »Portugal war die erste Ordensprovinz der Societas Jesu. Erst nach uns kamen Spanien, Indien, Frankreich, Deutschland und die anderen. Hier hat der Orden den stärksten Rückhalt. Wer, wenn nicht wir, sollte die Führung übernehmen?«

Wenn Antero fragte, ob er wieder Bücher bekommen konnte, vertröstete Gabriel Malagrida ihn auf spätere Monate. »Du bist klug, Antero, wie niemand sonst, den ich kenne. Ich werde dir eine großartige Bildung verschaffen. Habe Geduld. Deine Zukunft ist in guten Händen.«

So gingen die Monate dahin. Die anderen Ordensmitglieder begannen, Antero mit Respekt zu begegnen – ob aus Angst vor Malagrida oder aus Bewunderung, wusste er nicht zu sagen. Vasco, den Bibliothekar, sah er nicht mehr wieder. Nachts, wenn er im Bett lag, hielt ihn die Sehnsucht nach Büchern und naturwissenschaftlicher Forschung wach.

An einem milden Tag im Juni wartete er in Malagridas Studierzimmer auf den Jesuitenführer. Um sich die Zeit zu vertreiben, zog er ein Buch aus dem Regal und begann zu lesen. Ein Wort glühte in seinem Verstand auf: *Gehorsam*. Er runzelte die Stirn.

Ignatius von Loyola, der Gründer des Jesuitenordens, beschrieb im Buch verschiedene Grade des Gehorsams, die man neuen Ordensmitgliedern beizubringen hatte. Die unterste Stufe war der rein äußerliche Gehorsam der Tat. Er bestand allein darin, dass der Untergebene die ihm aufgetragene Handlung vollführte. Ignatius nannte dies eine sehr unvollkommene Form des Gehorsams.

Die zweite Stufe beinhaltete, dass der Untergebene den Willen des Oberen zu dem seinen machte. Ignatius nannte sie den Gehorsam des Willens. *Diese Stufe verleiht bereits Freude am Gehorchen*, schrieb er.

Jeder Jesuit müsse aber dahin gelangen, dass er nicht nur das Gleiche wolle, sondern auch das Gleiche denke wie der Obere. Das sei der Gehorsam der Einsicht und die höchste Stufe, denn der Verzicht auf die eigene Überzeugung sei das Schwerste, das einem Menschen zugemutet werden könne. Eben darum sei es das Merkmal des vollkommenen Jesuiten.

Antero stutzte. Aufopferung des eigenen Verstandes? Er las den letzten Satz noch einmal.

Es geht um einen schrankenlosen Gehorsam bis zum Opfer der Überzeugung.

Vascos Warnung kam ihm in den Sinn. »Es geht ihnen nicht um die Erforschung der Welt, Antero.« Plötzlich erhielt alles, was er in den vergangenen Monaten für Malagrida getan hatte, eine andere Bedeutung.

Die Schulen dienten dazu, junge Menschen zu prägen. Die Universitäten zogen die hellen Köpfe des Landes in die Nähe des Ordens. Politische Berater und Beichtväter an den Fürstenhöfen beeinflussten die Regierungsgeschäfte. Die Armee in Südamerika beschützte nicht nur die Indianer, sondern auch die Jesuitenmissionen.

Mit wild pochendem Herzen las er weiter:

Mögen die übrigen religiösen Genossenschaften uns durch Fasten und Nachtwachen sowie durch andere Strenge in Nahrung und Kleidung übertreffen, so müssen unsere Brüder durch wahren und vollkommenen Gehorsam, durch den freiwilligen Verzicht auf eigenes Urteil, hervorleuchten.

Antero schloss das Buch und stellte es ins Regal zurück. Er zog mit bebenden Händen ein anderes heraus, blätterte. Im *Imago primi saeculi Societatis Jesu* von 1640 las er:

Es kann nicht geleugnet werden, dass von uns ein heftiger, dauernder Kampf für die katholische Religion gegen die Ketzerei begonnen worden ist. Solange noch ein Lebenshauch in uns ist, werden wir gegen die Wölfe anbellen, um die katholische Herde zu verteidigen. Es gibt keine Hoffnung auf Frieden, der Same des Hasses ist uns eingeboren. Was Hamilcar dem Hannibal, das war uns Ignatius: Auf seine Anstiftung hin haben wir ewigen Krieg an den Altären geschworen.

Der Same des Hasses ist uns eingeboren, wiederholte er in Gedanken. *Wir haben ewigen Krieg an den Altären geschworen.*

»Du bist blass«, sagte Gabriel Malagrida.

Antero schrak hoch. Er hatte nicht gehört, wie sich die Tür geöffnet hatte. Rasch schloss er das Buch und stellte es zurück.

»Was hast du gelesen?«

»Es ging um den Gehorsam.«

»Das macht dir Sorgen?« Malagrida lächelte. »Wer den Zustand des wahren Gehorsams erreichen will, der muss seinen Willen ausziehen und den göttlichen Willen, der ihm von seinem Oberen auferlegt wird, anziehen. So ist es nun mal.« Er setzte sich an den Schreibtisch. »Aber das muss dich nicht bekümmern. Du wirst jemand sein, dem andere Gehorsam schulden, nicht umgekehrt.«

Antero schwieg. Er dachte: Es geht ihnen nicht um die Forschung. Es geht ihnen um den Krieg gegen die Protestanten. Vasco hat recht gehabt.

In diesem Moment fasste ihn Malagrida in einen langen, prüfenden Blick. Es war, als könne er seine Gedanken lesen. »Sei vorsichtig, Junge«, sagte er. »Du weißt viel. Das macht dich wertvoll, für alle Seiten. Jemand wie du gerät leicht zwischen die Fronten.«

Damals hatte er das erste Mal daran gedacht zu fliehen.

Antero sah auf den Fluss hinaus und strich über das schwarze, verbrannte Buch. Vasco war tot.

Er schlug das Buch auf und las einige Zeilen. Newtons *Mathematische Grundlagen der Naturphilosophie*. Isaac Newton beschrieb darin anziehende und abstoßende Kräfte, die unsichtbar waren. Er hatte das Wort *Gravitation* erfunden, für eine Schwerkraft, die sowohl auf der Erde als auch im Himmel bei den Gestirnen galt.

Er las: *Die Anziehungskraft nimmt mit der Entfernung ab.*

Er sah auf. Und wenn das Erdbeben nun doch mit Elektrizität zusammenhing? Er hatte die elektrische Kraft einmal am eigenen Körper gespürt, als er eine der Maschinen berührte, die als Attraktion für die Besucher der Kaffeehäuser vorgeführt wurden. Sein Arm hatte danach eine Nacht lang geschmerzt.

Andererseits war Elektrizität etwas Unnatürliches, etwas, das Maschinen erzeugten. In der Natur schien sie nur in Blitzschlägen vorzukommen. Wenn die Erde eigene elektrische Ladungen beherbergte, dann verbarg sie sie gut.

Antero hob einen Stein auf und warf ihn in den Fluss. Die glatte Wasserfläche malte Kreise und zog sie mit sich, hin zur Mündung ins Meer. Er warf noch einen Stein. Wieder entstanden kreisförmige Wellen. Innen waren sie scharf umrissen. Nach außen hin liefen sie schwächer aus, bis sie nicht mehr zu sehen waren.

Die Anziehungskraft nimmt mit der Entfernung ab.

Er richtete sich auf. Erneut warf er einen Stein und beobachtete die Reaktion des Wassers. Was wäre, wenn ein Erdbeben die Oberfläche des Planeten genauso aufwarf wie ein Stein das Wasser? Es bebte niemals überall gleich stark. Immer gab es Gebiete, in denen schreckliche Verwüstungen geschahen, und angrenzende Gebiete, die weniger schlimm betroffen waren. War es möglich, dass das Beben wie eine Welle über das Land zog, und diese Welle allmählich auslief? Konnte das Erdreich die Form einer Welle annehmen?

Er hatte keine Welle gesehen in Lissabon, aber möglicherweise war sie auch zu groß, um mit dem bloßen Auge wahrgenommen zu werden. Vielleicht musste man in anderen Kategorien denken, in Städten und Landstrichen. Die Flut war immerhin als Welle gekommen, erst eine starke und dann weitere schwächere Wellen.

Antero stand auf. Er ging zurück zum Palast. Er musste herausfinden, wann es in den anderen Städten Portugals gebebt hatte und ob über das Land hinaus etwas zu spüren gewesen war, vielleicht in Spanien, Frankreich, Afrika.

Wen könnte er danach fragen? Antero ließ seinen Blick über den Park streifen. Die aufgehende Sonne blinzelte durch die Baumwipfel. Tau glänzte auf dem Rasen. Gärtner pflanzten neue Hecken. Steinmetze reparierten Brunnen.

Vor ihm sägten Zimmerleute Holz für ein Weinrankengitter zurecht, das wohl eines der zerstörten ersetzen sollte. Nicolau Fernandes stürmte herbei und schimpfte: »Was glaubt ihr, was ihr hier tut?« Er trat nach den Leisten. »Wollt ihr, dass die Gitter in einem halben Jahr verfaulen? Ihr werdet im königlichen Park kein Splintholz verwenden! Habt ihr mich verstanden?«

»Es ist gute Eiche, Dom Nicolau Fernandes«, sagte ein stämmiger Handwerker.

»Bist du Zimmermann, oder bist du Bäcker? Dir muss doch klar sein, dass das Splintholz für Pilzbefall anfällig ist. Eiche hin oder her, das Holz wird im Nu von Pilzen zerstört oder von Insekten. Solange du für mich baust, verwendest du nicht einen Span davon für ein Gitter, das Tag und Nacht dem Wetter ausgesetzt ist. Ich habe gesagt, dass ich Kernholz haben will.«

Nicolau Fernandes sah zu einer anderen Gruppe hinüber. Sie trug gerade ein fertiges Gitter entlang des Weges. »Weiter weg vom Palast«, rief er. »Diese Gitter sind für Diebe eine Einladung, wenn sie so dicht an den Fenstern stehen.«

Antero ballte die Fäuste und ging stumm vorüber. Hier brüllte der Baumeister und gab Befehle, aber als er, Antero, unter Steinen begraben gewesen war, hatte er ihn feige im Stich gelassen. Er trat auf wie ein Löwe, dabei besaß er kaum den Mut einer Laus.

Und ich?, dachte er. Bin ich mutiger? Er war beim Haus seiner Eltern gewesen, bei dem Haufen aus Mauerbruchstücken und zerborstenen Balken. Keiner war dort gewesen. Die Eltern hatten hoffentlich die Stadt verlassen mit ihren neuen Kindern, bevor das Beben einsetzte. Wenigstens ihr Leben musste er gerettet haben. Der Anblick der Leichen in den Straßen war für ihn kaum zu ertragen.

Samira kam auf ihn zugerannt. Sie brachte ihm eine rote Blüte. Vielleicht hatten die Prinzessinnen sie geärgert, und sie hielt es dort nicht mehr aus. Aber sie schien nicht unglücklich zu sein, im Gegenteil, sie strahlte.

Er ging ihr entgegen, fort von den Zimmerleuten. »Was gibt es, Schatz?«

»Die soll ich dir geben.« Sie streckte ihm die Blüte hin.

Eine sanfte Liebeserklärung wie diese konnte nur von *einer* Frau kommen. Von Dalila. Ihm wurde warm vor Rührung. Offenbar reute es sie, dass sie ihn so abweisend behandelt hatte bei der brennenden Ruine der Kathedrale. Es war ein wohltuendes Gefühl, so zart umworben zu werden. »Führe mich zu ihr, Samira.«

»Die Ammen dürfen sie nicht sehen, hat sie gesagt. Aber ich weiß, wo sie ist.« Samira begann zu rennen.

Er hinkte ihr nach, um den Palast herum. Weiter vorn verschwand die Kleine unter den dichtbelaubten Ästen einer Silberweide. In der Nähe des Baumes spielten die Prinzessinnen. Sie beachteten ihn nicht. Er war ein Bediensteter in ihren Augen, eine der unwichtigen Kreaturen, deren einzige Bestimmung es war, für ihr Wohlbefinden zu sorgen. Nur die Ammen warfen ihm neugierige Blicke zu. Er nickte freundlich und trat dann durch den Vorhang von silberfellbewachsenen Blättern.

Dalila. Sie trug ein graues, unscheinbares Kleid und war ungeschminkt. Es machte sie verletzlich. Leonor war immer geschminkt gewesen, ihre Schönheit war künstlich und kühl. Dalila aber war menschlich. Ihr schlichtes Äußeres rührte ihn an. Er lächelte. Ihre Lippen sahen weich aus. Auch ihr Blick war weich. Wusste sie, wie schön sie war? Ihre Gesichtszüge, die Linie, die ihr Kinn zeichnete – am liebsten wollte er darüberstreichen.

Etwas in ihm begehrte auf. Er sollte nicht so über Dalila denken. Er sollte sie nicht so ansehen. Das Aufbegehren hatte mit Julie zu tun, auf eine Weise, die er besser nicht zu Ende dachte.

Sie sagte: »Ich muss mit Ihnen sprechen.«

Er lächelte. »Samira, bitte geh zu den Prinzessinnen.«

Die Kleine sah ihn an und schob unwillig die Unterlippe vor. Er hielt ihren Blick. Schließlich gab sie nach, schlüpfte unter dem Blätterteppich hindurch und trottete in Richtung der anderen Kinder.

»Wie kann ich Ihnen helfen, Dalila?«

Dalila zuckte zusammen.

18

Sie musste es ihm sagen. Aber er würde sie nicht mehr auf diese Weise ansehen, wenn er wusste, wer sie war. Leonor kannte er, von ihr erwartete er nichts Neues. Dalila war unbekannt für ihn. Er war neugierig auf sie.

Es war absurd. All die Jahre hatte sie verbergen müssen, wer sie wirklich war: Ihre protestantische Familie durfte sie nicht dabei erwischen, wie sie den Rosenkranz betete, und die Kaufleute und Regierungsmitglieder, die sie ausspähte, durften nicht sehen, dass sie sich mit jesuitischen Mittelsmännern traf. Sie hatte ihre Klugheit verbergen müssen, ihre Ambitionen. Und jetzt, wo sie sich endlich jemandem offenbaren wollte, hielt er sie für eine andere.

Sie hatte mit dem Begehren und den Herzen der Männer gespielt, um an das Wissen zu gelangen, das Malagrida brauchte. Keiner hatte ihr widerstehen können. Jetzt, wo sie nichts mehr wünschte, als nur Anteros Herz zu gewinnen, liebte er eine andere und hatte seinerseits *sie* benutzt, um seine Tochter zu sehen.

Sollte sie ihn in seiner Täuschung belassen? Was änderte später schon ein Name? Wenn sie Samiras Mutter übertroffen hatte und er bis in die Haarspitzen in sie, Leonor, verliebt war, dann brachte sie nichts mehr auseinander.

Andererseits war vielleicht die Wahrheit genau das, was ihn überzeugen würde. Er brauchte einen starken Widerpart, den er achten konnte. Eine Frau, mit der er Pferde stehlen konnte, im wörtlichen Sinn. Wenn sie ihm offenbarte, wer sie wirklich war, würde er sie höher achten.

»Ich bin hier, um Sie zu warnen«, sagte sie. »Ich weiß, dass

Sie ein Schmuggler sind. Sie spielen den Hafenhütern Streiche. Sie unterschlagen Steuern und unterlaufen staatliche Handelsabkommen.«

Er stutzte. »Sie überschätzen mich.«

»Machen Sie mir nichts vor! Das brauchen Sie nicht. Ich bin selbst kein unbeschriebenes Blatt. Ich arbeite seit Jahren als Spionin.«

Sein Blick verdunkelte sich. »Das glaube ich nicht.«

»Leuchtet Ihnen nicht ein, dass meine brave Fassade eine hervorragende Maske ist?«

»Was wollen Sie von mir?« Sein Tonfall kühlte ab. Längst war das Lächeln aus seinem Gesicht verschwunden.

Was machte sie falsch? War Samiras Mutter nicht so eine gewesen, eine Piratenbraut? »Ich bin hier, um Sie zu warnen. Die Jesuiten machen Jagd auf Sie.«

Antero schnellte vor und packte sie am Oberarm. »Was sollst du tun? Mich in eine Falle locken? Mich aushorchen?« In seine Augen trat heiße Wut.

»Nichts von alledem. Ich bin hier, weil ich dir helfen will!«

»Nein«, zischte er. »Du bist hier, weil dich Gabriel Malagrida hergeschickt hat.«

»Ich weiß, dass er dich sucht. Aber ich habe ihm nichts von dir gesagt, nichts! Ich habe nicht einmal gesagt, dass ich dich kenne.«

»Wenn das so wäre, warum schickt er dich dann her?«

Anteros Griff schmerzte. Die Finger bohrten sich wie eiserne Nägel in ihren Arm. »Er wusste nicht, dass ich herkomme«, sagte sie. »Deshalb hab ich ja dafür gesorgt, dass wir uns ungesehen unterhalten können. Ich mache mir Sorgen um dich, Antero. Und ich wollte dich sehen! Das ist alles.«

Er sah sich um. Seine Stirn war zerfurcht. »Nein«, sagte er

kalt. »Du hast einen Auftrag. Was sollst du für ihn tun?« Er blickte ihr gerade in die Augen. »Rede!«

Leonor schluckte. Es fiel ihr schwer, seinem Blick standzuhalten. »Es geht um einen Staatsvertrag«, sagte sie schließlich. »Ich habe den Auftrag, Sebastian de Carvalho einen Vertrag zu stehlen.«

Er ließ sie los. »Lass dich hier nie wieder blicken.«

Feuer brannte in ihrem Oberarm. »Das ist also dein wahres Gesicht! Du benutzt die Menschen, solange sie dir Vorteile bringen, und dann lässt du sie fallen. Auch mich hast du nur ausgenutzt.« Sie musste blinzeln, weil sich in ihren Augen Tränen sammelten. Bei den Männern hatte sie es verachtet, wenn sie sich nicht beherrschen konnten, und jetzt gelang es ihr selbst nicht. »Du hast mit mir geturtelt, weil du einen Vorwand brauchtest, um in unser Haus zu gelangen, das war alles. Kaum bin ich nicht mehr von Wert für dich, stößt du mich fort.«

Er fuhr zurück. »Leonor?«

»Ja, ich bin Leonor. Das hat dir auch nichts ausgemacht, nach allem, was wir geteilt haben, plötzlich meine Schwester zu hofieren! Du bist … du bist …« Abscheulich. Widerwärtig. Ich hasse dich!

Sie konnte es nicht aussprechen, aus Sorge, ihn dadurch für immer zu verlieren. Sie liebte ihn, und gleichzeitig verachtete sie sich dafür. Sie konnte es nicht unterbinden. Das Gefühl blieb, obwohl er sie betrog, misshandelte, ihrer überhaupt nicht wert war.

»Du hast mich belogen«, sagte er. »Warum trägst du Dalilas Kette? Das tust du doch nur, damit ich dich mit ihr verwechsele.«

»Du wolltest ja Dalila in mir sehen. Dalila ist tot. Sie hat sich über deine Tochter geworfen, als das Erdbeben kam.«

Sämtliche Kraft schien aus seinem Körper zu weichen. »Ist das wahr?«

Leonor schwieg.

Er stand da und starrte ins Leere. »Weiß es Samira?«

»Sie weiß es.«

Antero ging. Ohne ein Wort ließ er sie stehen.

»Padre«, riefen sie. »Vater Malagrida! Helfen Sie uns!«

»Segen!«

»Heilung!«

»Erbarmen!«

Hinter ihm ging die Morgensonne auf. Vor ihm, am Ufer, hatten sich Krüppel, Versengte und Sterbende versammelt und sahen zum Deck der Ruderbarke hinauf. Er schlug lustlos das Kreuz über ihnen.

Der Anblick ihrer geschundenen Körper versetzte ihn in seine Kindheit zurück. Sein Vater, Giacomo Malagrida, war ein bekannter Arzt gewesen. Auch er hatte solche Massen angezogen – nur, dass er ihnen wirklich helfen konnte und nicht bloß die Hand durch die Luft bewegte.

Wenn er jetzt hier wäre, er wüsste die gebrochenen Gliedmaßen zu schienen, die Abschürfungen zu verbinden, die Fleischwunden und Verbrennungen mit Salben zu heilen. Er wüsste, wessen Leben zu retten war und wen er aufgeben musste. Er hätte die Handgriffe und Kenntnisse parat, die man brauchte, um das Leid dieser Menschen zu lindern. Er hätte Chinin gegen Fieber, Klemmen und Wundverbände, Lanzetten für den Aderlass, Brenneisen, Messer, Sägen für Amputationen gehabt.

Gabriel seufzte. Damals, als er in Como zur Schule gegangen war, hatte er die Erwachsenen verachtet für ihre Heuchelei: In der Kirche beteten sie mit Inbrunst, aber im Alltag logen sie und brachen die Ehe und redeten kein Wort mit Gott. Er hatte es anders machen wollen.

Aber er war geworden wie sie.

Er hatte mit Gott leben wollen wie Noah, wie Mose, wie Josef. Er hatte jeden Schritt seines Lebens mit dem Schöpfer gehen wollen, mit diesem faszinierenden Wesen, das manchmal mit einem Menschen sprach und dann Jahrhunderte schwieg.

Er wollte wieder der Schuljunge sein, der das Leben noch vor sich hatte und alles besser machen konnte. Die rauchenden Ruinen Lissabons ließen ihn an Menaggio denken, seine Geburtsstadt in Italien. Auch dort hatten die Häuser bis ans Ufer des Comer Sees gestanden. Dahinter hatten sich Berge erhoben, viel höher und gewaltiger als hier in Portugal, das Wasser hatte die Hausfassaden gespiegelt, und die Kirchenglocke hatte geläutet, und er hatte sich entschieden, sein Leben Gott zu weihen.

Er sah auf die Ruinen. Sein Leben war genauso ein Trümmerfeld. Was er in Brasilien für die Indios getan hatte, wurde Schritt für Schritt vernichtet durch Sebastian de Carvalho. Und er, Gabriel, enttäuschte den Schöpfer jeden Tag.

Die Menschen hielten ihn für einen Propheten. Sie dachten, er könne sie heilen. Sie dachten, er empfange Botschaften von Gott. Dabei war er schwächer als sie alle.

»Padre, Sie hatten recht.«

Er fuhr herum. Tomás. »Wovon reden Sie?«

»Menina Leonor hat mich zu ihm geführt. Er ist beim König.«

»Beim König? Verflucht.« Sein ehemaliger Schüler holte sich Unterstützung.

»Padre Malagrida, da ist noch etwas.«

»Was?«

»Er hat eine Tochter.«

»Antero ist *Vater?*«

»Ich weiß auch nicht, wie er sie all die Jahre versteckt hat. Sie ist im passenden Alter. Sie könnte von der Jüdin sein.«

»Gut.« Malagrida nickte. »Sehr gut.«

Aschewolken verdunkelten den Himmel. Die zerstörte Stadt tat Leonor weh. Alles war in Unordnung, zerstörte Wagen, zerstörte Gärten, zerstörte Wirtshäuser, und Tote, wohin sie sich auch wandte.

Die Toten waren eine Warnung. Das Leben war zerbrechlich, Leonor musste die nächsten Schritte gut überlegen.

Die Zusammenarbeit mit Gabriel Malagrida konnte zum Albtraum werden. Sah er ihre Lüge als Verrat an, würde er womöglich versuchen, sie aus dem Weg zu räumen. Sie musste vorsorgen.

Dort vorn, auf dem Ratoplatz, würde sie Menschen antreffen. Der große Platz konnte unmöglich von Schutt und Trümmern überhäuft sein wie die Straßen. Und hier war ja das Hospital gewesen, die Verletzten würden an diesem Ort Hilfe suchen.

Sie kletterte über einen Trümmerberg. Ihr Herz machte vor Freude einen Satz. Der Ratoplatz war angefüllt mit Menschen. Sie stieg hinunter und suchte die Menge nach bekannten Gesichtern ab.

Edward Hay wäre der ideale Bündnispartner gewesen, er misstraute den Jesuiten und hatte die mächtige britische Faktorei hinter sich. Aber sie konnte ihn nirgendwo erblicken. Einen Angestellten der *Bank of England* sah sie, er presste ein Stück Tuch gegen seinen Kopf. Es war von Blut getränkt. Er würde andere Sorgen haben als das Schicksal einer deutschen Kaufmannstochter.

Konnte nicht João de Bragança hier sein? Der Cousin des Königs würde sie beschützen. Er war ihr einmal verfallen gewesen, sicher würde es ihr gelingen, das Feuer erneut in ihm zu entfachen.

Sie drängte sich in die Menschenmenge. Der Platz war freigeräumt von Trümmern, bis auf ein Ruinenstück in seiner Mitte, einen Rest des Aquädukts, der nun ohne Anschluss zur Leitung im Freien stand, trocken und nutzlos nach nur acht Jahren Dienst.

Da war Ana, die Tochter eines Ölhändlers, die sie einmal kurzzeitig als Botin gebraucht hatte. Zu spät, sie hatte Leonor bereits erblickt.

»Es wird gleich einen Gottesdienst geben«, sagte Ana. »Bleiben Sie?«

»Deshalb bin ich ja hier«, log sie.

Ana hatte blutverkrustete Abschürfungen im Gesicht und ihr Kleid war an der Hüfte zerrissen. Sie sagte: »Immer habe ich im Gottesdienst die Texte mitgelesen. Mein schönes Messbuch, es hatte neben den lateinischen Gebeten auch die Übersetzung ins Portugiesische. Jetzt ist es auf Nimmerwiedersehen verbrannt.«

»Das ist bedauerlich.« Leonor sah sich weiter in der Menge um, während sie sprach. »Ich habe auch eine Menge verloren. Die Kleider. Die Schuhe. Die Briefe von Verehrern. Nur mein Schmuckkästchen haben die Sklaven in den rußigen Trümmern gefunden.«

Es kam eine beachtliche Menge zum Gottesdienst zusammen. Alte und Junge, Verwundete und Unversehrte, Frauen mit Kindern und Männer in abgerissener Kleidung. Dabei ging heute kein Küster durch die Straßen und prüfte, dass alle ihrer Pflicht nachkamen und in der Kirche waren. Heute versammelten sie sich, weil sie den Gottesdienst brauchten.

Die ersten Lieder wurden gesungen. Der Gesang rührte an Leonors Herz. Er lockte sie, er lud ein, schwach zu sein und sich der Menge anzuvertrauen, während die Menschen gemeinsam ihr Herz Gott hinhielten und den Schöpfer um Hilfe anflehten. Aber Leonor gestattete sich die Schwäche nicht. Sie wehrte sich innerlich gegen die wehleidigen Lieder.

Natürlich, die Menschen hofften auf Trost. Sie trafen sich unter freiem Himmel, weil Beben, Feuer und Flut keine Kirche verschont hatten, und hofften zu verstehen, warum ihre Stadt derart heimgesucht wurde.

»Ist seltsam unter freiem Himmel, nicht?«, raunte Ana.

Leonor nickte, während sie sich weiter umsah.

Mechanisch wiederholte Ana die Gebete, die der Priester vorsprach, für die Verstorbenen, den Papst, den König. Das Paternoster folgte und das Ave Maria. Heute betete man mit besonderer Inbrunst.

Gott belohnte nicht einmal die, die das Richtige taten. Er hatte Dalila umkommen lassen, während sie dabei war, ein Kind zu retten! Antero war genauso ungerecht. Sie schützte ihn vor den Jesuiten, und er verachtete sie dafür.

Die Menge betete das Credo:

Credo in unum Deum,
patrem omnipotentem, factorem cæli et terræ,
visibilium omnium et invisibilium.
Et in unum Dominum Jesum Christum,
Filium Dei unigenitum.

Warum zeigte Antero ihr sein hässliches Gesicht? Sie war sicher, dass er liebevoll sein konnte. Irgendwie musste Samiras Mutter es geschafft haben, sein Vertrauen zu verdienen. Samira konnte kein Unfall gewesen sein. Dass er sich so um die Tochter kümmerte, bewies, welche Liebe er für ihre Mutter gehegt hatte.

Hunderte Köpfe wandten sich einer Berline zu, die auf den Platz gefahren kam. Vier Pferde zogen die Kutsche. Neben dem vorderen Pferdepaar ritt ein Postillon mit einer Peitsche. Er trug einen roten, schwalbenschwänzigen Überrock und schwarze Stiefel. Der Kutscher hinter ihm rief »Brrrr« und zog die Zügel. Die Berline hielt. Vom Brett am rückwärtigen Ende sprang ein Diener mit weißen Kniestrümpfen und glänzenden schwarzen Schuhen herunter und eilte zum Schlag. Er öffnete ihn. Ein Mann trat heraus.

Leonor erkannte ihn sofort. Sebastian de Carvalho war eine imponierende Erscheinung. Seine Haltung war vornehm wie die eines Fürsten. Rechts und links der Nase verliefen lange Falten zu den Mundwinkeln. Sie verliehen seinem Gesicht einen Ausdruck von Strenge. Ernst sah er über den Platz. »Machen Sie weiter«, forderte er den Priester auf.

Diesen Mann sollte sie bestehlen.

Der Priester, der gerade mit der Predigt begonnen hatte, räusperte sich. »Wir alle haben keinen anderen Gedanken mehr als nur die eine Frage. Warum? Warum hat uns Gott mit einer solchen Strafe heimgesucht? Ich sage, er war schon lange betrübt über diese Stadt. Auf den Straßen wurden blasphemische Witze erzählt. Männer hatten auf unzüchtige Weise Umgang miteinander. Die ganze Stadt war verrückt nach Amusement und Unterhaltung. Theaterstücke, Tänze, Hahnenkämpfe – wir haben nach unseren Gelüsten gelebt. Die Engländer haben die Sünde der Boxpreiskämpfe hierher gebracht. Wir Portugiesen waren stolz darauf, die Gebieter der Meere zu sein. Wir waren stolz auf unsere Besitztümer in Übersee. Jeder von Ihnen weiß es: Lissabon hat zügellos gelebt.«

Leonor fielen plötzlich ihre Lügen ein. Sie dachte an ihre Eitelkeit, an die Stunden, die sie vor dem Spiegel gestanden hatte, um sich in verschiedenen Kleidungsstücken zu betrachten. Sie war egoistisch gewesen. Sie hatte die Strafe verdient.

»Gott musste unseren Stolz zu Fall bringen. Das Beben ist eine Warnung. In den letzten Jahren ist es immer mehr zur Mode geworden, zu glauben, dass Gott sich zurückgezogen hat. Viele glauben, dass er die Erde sich selbst überlassen hat. Diese Deisten sind nun deutlich widerlegt. Gott kümmert sich um die Erde! Er hat eine schreckliche Strafe geschickt, um seine Kinder wachzurütteln.«

In der Reihe vor Leonor flüsterte jemand zu seinem Nebenmann: »Oder er ist zurückgekehrt. Könnte das nicht sein? Gott war fort und jetzt ist er wieder hier.«

Hinter ihr rief eine starke Stimme: »Sie liegen falsch.«

Sie drehte sich um. Der Minister!

Sebastian de Carvalho sagte: »Erdbeben gehören zu dieser Welt. Und die Welt ist gut geschaffen. Wir sollten die Beben als natürliche, wissenschaftlich erforschbare Phänomene betrachten. Gott hat die Welt so gemacht, dass ihr Gleichgewicht von Zeit zu Zeit ein Erdbeben erfordert. Das Beben gehört offenbar zu dem geplanten Betrieb. Es gehört zum physikalischen Verhalten der Erde. Sie ist die allervollkommenste Maschine – nichts, was von der Natur kommt, kann böse sein.«

»Mit Verlaub, Herr Minister«, erwiderte der Priester, »wenn Tausende Menschen umkommen und eine ganze Stadt zerstört wird, würden Sie das als etwas Gutes bezeichnen?«

»Die Erde kümmert sich nicht darum, wo wir unsere Städte errichten. Womöglich muss sie gereinigt werden durch ein Erdbeben, oder es müssen die Bodenschätze erneuert werden, die Mineralien und Erze. Vielleicht muss fruchtbare Wärme für die Pflanzen aus dem Erdinneren aufsteigen.«

»Sehen Sie nicht, was auf diesem Planeten los ist? Tiere fressen sich gegenseitig auf. Menschen bringen sich um. Wir hungern, wir leiden Schmerzen, wir verrotten durch Krankheiten. Diese Erde ist keine vollkommene Maschine. Sie ist krank, und sie siecht seit Jahrhunderten. Wir haben rebelliert gegen das Leben. So oft wir das gute, würdevolle Leben abschütteln, so oft kriecht uns danach der Tod an!« Der Priester zog ein Taschentuch hervor und tupfte sich den Schweiß von der Stirn. »Und zu Ihrem Hinweis, dass sich die Erde nicht kümmert, wo sie bebt: Die Erdbeben treffen immer reich bevölkerte Städte. Wie erklären Sie das? Vor fünf Jahren London, vor neun Jahren Lima in Peru, vor sechzig Jahren Port Royal. Wundert Sie das nicht?«

Einen Moment lang sah es so aus, als wollte der Minister zur Kutsche zurückkehren und den Streit abbrechen. Er war schon halb abgewendet, da drehte er sich wieder um und sagte: »Jesus hat diese Fragen ein für alle Mal geklärt. Sie können es im Lukas-Evangelium nachlesen. Er redet von den achtzehn Menschen, die der Turm von Siloah erschlagen hat, als er zusammengestürzt ist. Waren sie schuldiger als andere in Jerusalem? Seine Antwort: Sie waren es nicht. Ich sage Ihnen, hören Sie auf, Predigten über Gottes Zorn zu halten. Hören Sie auf, Listen von Sünden aufzustellen. Stattdessen sollten Sie denen helfen, die Not leiden. Das ist Gott viel eher wohlgefällig. Es sind immer noch Menschen verschüttet und ersticken unter den Trümmern. Tausende Familien sind ohne Obdach. Die Bevölkerung hungert. Es ist nicht die Zeit für große Reden, es ist die Zeit des Handelns.« Damit trat Sebastian de Carvalho zur Kutsche und stieg ein. Der Diener schloss die Tür.

19

Antero beugte sich in der Kutsche nach vorn und sah aus dem Fenster. War das nicht Leonor dort im Gedränge auf dem Platz? Aber als der Minister sich auf den Sitz fallen ließ und die Kutsche anfuhr, konnte er ihr Gesicht nicht mehr ausmachen zwischen den vielen anderen, die vorüberrauschten. Er sank zurück.

Gabriel Malagrida hatte sie in seinen Fängen. Früher oder später würde er erfahren, dass sie mit ihm, Antero, eine Liebschaft gepflegt hatte, und irgendwann kam er auf Samiras Fährte. Gleich nach der Begegnung mit Leonor war er zu Samira gegangen und hatte ihr eingeschärft, mit niemandem mitzugehen. Sie hatte ihm schwören müssen, immer bei den Prinzessinnen zu bleiben. »Als ob du an ihnen klebst. Versprichst du mir das?«

»Als ob ich an ihnen klebe?«

»Ja. Wenn sie gehen, gehst du mit. Wenn sie essen, isst du mit. Wenn sie sich auf die Wiese legen, legst du dich mit ihnen auf die Wiese.«

»Warum, Papa?«

»Das würdest du noch nicht verstehen.«

Samira stampfte mit dem Fuß auf. »Ich bin nicht mehr klein. Ich kann das verstehen.« Sie sah ihn böse an.

Und wirklich, wie groß sie geworden war! Er war jedes Mal erschrocken, wenn er von einer Seereise zurückkehrte und sie sah. Jedes Mal war sie ein neuer Mensch gewesen. Sie strebte mit Siebenmeilenstiefeln dem Erwachsenenalter zu. Noch war sie ein Kind, aber wer sie ansah, ahnte schon, dass sie eine wunderschöne Frau werden würde.

Er sollte mit ihr untertauchen, in ein fernes Land fliehen, weit weg von Gabriel Malagrida. Was bildete er sich ein, dem Freund des Papstes den Krieg zu erklären? Er war allein. Gabriel Malagrida hatte Jesuiten in drei Dutzend Ländern hinter sich, Professhäuser, Residenzen, Missionen, Beichtväter an den Königshöfen, Hunderte Münder, die in die Ohren der Fürsten sprachen. Er hatte Macht. Was konnte man einem wie ihm entgegensetzen?

Du kannst nicht dein Leben lang fliehen, sagte eine ruhige Stimme in ihm.

Ach ja?, schrie er die Stimme an. Ich habe schon Julie verloren!

Er verfolgt dich, weil er dich fürchtet. Malagrida kennt deine Stärke besser als du selbst. Was meinst du, warum er dich damals zu seiner rechten Hand gemacht hat? Sieh dich um. Du sitzt mit dem neuen Premierminister des Königreichs in einer goldenen Kutsche. Auch du hast Verbündete.

Antero sagte: »Man weiß überhaupt nicht, wo man anfangen soll, nicht wahr?«

Der Minister strich sich über die Stirn und nickte. »Wir müssen provisorische Hospitäler errichten. Wir brauchen Betten für die Verwundeten. Währenddessen sollte das Militär Warenhäuser und Scheunen rings um Lissabon ausfindig machen. Wo kein Feuer ausgebrochen ist, muss es noch Nahrungsmittel geben. Wir müssen sie beschlagnahmen und unter Aufsicht des Militärs an die Bevölkerung verteilen. Dann erst ist an einen Wiederaufbau zu denken.«

Die Berline war gut gefedert. Ihre schmale Kabine war an Ledergurten aufgehängt, die den Stoß bei jeder Bodenunebenheit ausschwangen. Sie krächzten dabei. Die Räder klapperten über das Straßenpflaster.

»Ho«, rief draußen der Kutscher und hielt die Berline an.

»Wir können unmöglich schon da sein.« Antero kniff die Augen zusammen.

Der Minister öffnete den Schlag und beugte sich hinaus. »Warum halten wir?«

»Die Straße ist nicht passierbar, Herr Premierminister«, antwortete der Kutscher.

»Himmel! Ich habe doch gesagt, man soll die *Rua Antonio Maria Cordoso* umgehend freiräumen. Können Sie wenden?«

»Auf der Kreuzung müsste es gehen.« Die Zügel knallten, und die Kutsche fuhr wieder an.

Der Minister schloss den Schlag. Er sah Antero an. »Wenn wir die Straßen nicht rechtzeitig frei kriegen, verhungert uns das Volk. Ohne Straßen können wir niemals genug Nahrungsmittel in die Stadt schaffen.«

»Haben Sie nicht die langen Züge von Menschen gesehen, nach Norden hin, aufs Land? Das Volk flieht aus der Stadt.« Antero fuhr mit der Hand über die samtene Sitzbank. Warum war Malagrida so versessen auf einen Staatsvertrag?

»Wir müssen sie zurückholen, notfalls mit Gewalt. Wenn Lissabon entvölkert ist, wird es unmöglich, die Stadt wieder aufzubauen. Mehr als dreißigtausend Häuser errichten Sie nicht mit ein paar Handwerkern.«

»Sind die Leute erst einmal in der Provinz, können Sie kaum noch feststellen, wer aus Lissabon stammt. Dafür brauchen Sie Steuerlisten, und die sind verbrannt, nehme ich an.«

»Ich werde die Provinzen dazu verpflichten, alle Neuankömmlinge sofort wieder zurückzuschicken. Und ich werde ein Passsystem einrichten, das den Zugang zur Stadt und die Wege nach draußen regelt.«

»Sind die Listen denn verbrannt? Und was ist mit den Staatsverträgen?«

Die feinen Augenbrauen des Ministers hoben sich. »Verträge werden immer von beiden Seiten aufbewahrt, ist Ihnen das nicht klar? Ein Vertrag mit England befindet sich in England und hier, einer mit Spanien in Spanien und hier. Abgesehen davon werden die wichtigsten Dokumente in feuerfesten Kisten aufbewahrt. Ich habe sie nach Belém bringen lassen. Dort habe ich eine provisorische Kanzlei in einem Nebenraum der Königlichen Reithalle eingerichtet. Es ist alles in Sicherheit.«

»Gabriel Malagrida ist aus irgendeinem Grund versessen darauf, einen Staatsvertrag in seine Hände zu bekommen, hörte ich.«

»Was sollte er damit wollen? Seine Spione haben ihm den Inhalt der Verträge längst gemeldet. Sie sehen Gespenster, mein Bester. Kümmern Sie sich um Ihre Forschungen! Sie haben den Priester gehört. Wir brauchen eine Erklärung für das Beben. Wenn das Volk glaubt, dass es eine Strafe war, wird es diese Stadt nicht wieder aufbauen, da kann ich Zwang anwenden, so viel ich will. Haben Sie etwas Neues?«

»Möglicherweise.« Der Minister durfte auf keinen Fall von Julie erfahren und davon, dass Samira das Kind einer Jüdin war. Gerade jetzt, wo Sebastian de Carvalho zum Premierminister ernannt worden war, durfte eine solche Geschichte nicht ans Licht kommen. Für die Ämter am Hof war ein Zertifikat notwendig, das belegte, dass kein jüdisches Blut in den Adern des Amtsinhabers floss. Antero besaß zwar das Zertifikat, das ihm Blutsreinheit, *pureza de sangue*, bescheinigte – aber es war von eben der Inquisition ausgestellt, die Julie verbrannt hatte, Julie, die er nie geheiratet hatte, weil es verboten war, Neuchristen zu heiraten, damit es zu keiner Vermischung des Blutes kam. Samira war vermischten Blutes.

Warum kam dieser Streit nicht zur Ruhe? Es war über dreihundertfünfzig Jahre her, dass man in Portugal alle Juden gezwungen hatte, sich taufen zu lassen. Und immer noch jagten sie die Zwangsbekehrten und verdächtigten sie, ihren alten Bräuchen zu folgen.

»Worüber sinnen Sie nach?«, fragte der Minister.

»Ich frage mich, was ist, wenn uns Gott tatsächlich für etwas bestraft?«

Der Blick des Ministers wanderte aus dem Fenster, und er nickte. »Das habe ich mich auch gefragt. Aber wissen Sie, wenn der Allmächtige uns vernichten will, dann sind wir sowieso verloren. Es wäre ihm ja ein Leichtes, uns zu zerschmettern. Solange er mich am Leben lässt und sich nicht vollends von mir abwendet, tue ich das, wozu er mich befähigt hat.«

Ein Schuss krachte. Antero zuckte zusammen.

»Diebe«, sagte der Minister. »Wer in den Ruinen die Habe anderer Leute stiehlt, wird erschossen.«

Antero stockte der Atem. Er stand auf. »Bitte lassen Sie mich aussteigen. Ich muss dringend etwas erledigen.«

»Such dir dein eigenes Versteck«, zischte Benedita.

Samira sagte: »Nein.«

Die Prinzessin rollte die dunklen Augen. »Du bist so anstrengend! Sind kleine Kinder immer so?«

Kleine Kinder! Sie sagte das absichtlich. Dauernd sagte sie es, weil sie merkte, dass es Samira verletzte. Dabei sollte sie lieber still sein. Der Lakai näherte sich ihrem Gebüsch. Die Prinzessinnen wollten nie die sein, die suchen mussten. Also hatte Benedita kurzerhand befohlen, dass der Lakai sie suchen sollte. Er blieb vor ihrem Gebüsch stehen. Gewiss hatte er Benedita gehört.

Die Prinzessin zischte: »Siehst du? Jetzt hast du uns verraten.« Laut sagte sie: »Ich befehle Ihm weiterzugehen! Er hat uns nicht gefunden!«

Der Lakai machte kehrt und sagte in gespielter Verzweiflung: »Wo sind sie nur?«

Gegenüber, hinter dem geschälten Stamm der Korkeiche, sah ein Zipfel von Doroteias Kleid hervor. Der Lakai tat, als würde er es nicht sehen. Samira flüsterte: »So macht es keinen Spaß.« Die Prinzessinnen machten alles kaputt mit ihren Befehlen.

»Still«, befahl Benedita.

Wie konnte sie das öde Spiel zu einem Ende bringen? Samira kroch unter den Busch. Dornen stachen durch den Stoff ihres Kleides, und es roch nach Moder. Sie grub die Hände in die Erde. Es musste doch Würmer hier geben, oder Käfer, irgendetwas, vor dem sich die Prinzessin ekelte.

»Ich suche Anteros Tochter«, sagte eine freundliche Männerstimme, »habt Ihr sie gesehen, Prinzessin?«

»Da unten«, sagte Benedita.

Samira kroch hinaus und stand auf. Sie klopfte sich die Erdkrumen vom Kleid. Das war nicht der Lakai, es war einer der Soldaten. Er trug einen Dreispitzhut und einen blauen Überrock mit roten Armaufschlägen. Seine Stiefel glänzten. Am Gurt hing ein Degen.

Er sagte: »Komm mit mir, dein Vater hat mich gebeten, dich zu ihm zu bringen.« Er lächelte. Seine Gesichtshaut war fiebergelb, als wäre er krank.

Samira zögerte. Sie konnte nicht mit dem Soldaten gehen und gleichzeitig in der Nähe der Prinzessinnen bleiben. Sie fragte: »Benedita, kommst du auch mit?«

Der Soldat schüttelte den Kopf. »Das geht nicht«, sagte er. »Dein Vater will dich allein sehen, ohne die Prinzessinnen.«

»Er hat mir gesagt, dass ich immer bei den Prinzessinnen bleiben soll.«

Der Soldat lachte. »Das hat er mir auch erzählt, und wenn du das sagst, soll ich dich loben, weil du so brav bist. Du sollst aber trotzdem mitkommen.«

In ihrem Kopf drehte sich alles. Geh mit niemandem mit, hatte der Vater gesagt. Mit niemandem! Sie sagte: »Ich bleibe hier bei den Prinzessinnen. Vater soll mich selbst abholen.«

Der Soldat hockte sich nieder. Er sah ihr jetzt gerade in die Augen. »Schau doch, ich habe die Uniform des Königs an. Ich gehöre zu seiner Leibwache. Du kannst mir vertrauen.« Er griff nach ihr. Seine Hände packten so grob zu, dass Samira vor Schreck keine Luft mehr bekam.

Der Soldat stand auf und hob Samira in die Höhe.

»Sie dürfen das nicht!« Tränen stiegen ihr in die Augen. »Lassen Sie mich los!«

Er ging einen Schritt und blieb abrupt stehen.

Benedita hatte sich ihm in den Weg gestellt. Die schwarzen Augenbrauen der Prinzessin fuhren drohend nach unten. »Er lässt sie sofort los! Das ist meine Freundin, und ich bin die Tochter der Königs. Wenn Er sie nicht loslässt, schreie ich, bis die gesamte Wachmannschaft zusammenläuft.«

»Ich gehöre ja zur Wache«, sagte er.

»Das ist mir gleich. Er setzt sie wieder herunter. Ich zähle bis drei: Eins ... zwei ...«

Der Soldat setzte Samira ab. »Schon gut, schon gut.« Er sah Samira an. »Dein Vater wird sehr enttäuscht sein.« Mit steifem Schritt ging er über die Wiese fort, ohne sich noch einmal umzudrehen.

Benedita sagte: »Muss man immer auf dich aufpassen? Ich möchte nie Kinder haben. Ihr seid so anstrengend! Jetzt komm, wir müssen uns ein neues Versteck suchen.« Sie griff nach Samiras Hand und zog sie zu einer Reihe von Rosenbüschen. Samira aber konnte den Blick nicht vom Soldaten abwenden. Wenn er sich umdrehte, um sie noch einmal anzusehen, würde ihr sicher das Herz stehenbleiben.

Es roch nach verbranntem Holz und Steinstaub. Rauch quoll aus einem Gemäuerrest. Leonor nahm einen Umweg nach Hause. Sie fühlte sich schmutzig. Ihr ging nicht aus dem Kopf, was der neue Premierminister gesagt hatte. Es waren immer noch Menschen verschüttet und erstickten unter den Trümmern. Tausende Familien waren ohne Obdach. Die Bevölkerung hungerte. Es war ihre Aufgabe, die Not zu lindern.

Sie schämte sich plötzlich für ihre Feste, ihre Liebschaften, ihre Kaffeerunden mit den Freundinnen, für die verachtenden Blicke, die sie auf Spaziergängen den Bettlern zugeworfen hatte. Die Lästerworte, die sie ihren Freundinnen zugeraunt hatte, erzeugten einen schalen Geschmack in ihrem Mund.

Sie schämte sich dafür, dass sie die Menschen nur als Mittel zum Zweck gesehen hatte. Sie war mit außergewöhnlichen Fähigkeiten gesegnet. Aber wofür nutzte sie diese Fähigkeiten? Eine Spionin zu sein, das nützte niemandem außer ihr selbst und der Societas Jesu. Im Grunde führte sie das Leben einer Egoistin.

In dieser Straße hatte ihre Freundin Francisca gelebt. Wo jetzt nur noch drei Stufen zu sehen waren, hatte bis gestern eine steile Treppe gestanden, die zum Hauseingang der Familie Almeida hinaufführte. Der verkohlte Baumstumpf gehörte zum Garten, der den Kindern der Familie Schatten geboten hatte. Das verbogene Eisengeflecht war der Balkon des Nachbarhauses gewesen. Und hier war die Kutsche des Feliciano Machado verbrannt. Die Eisenbeschläge der Räder lehnten nutzlos an den Trümmern.

Wo waren die Almeidas, wo war Feliciano Machado? Leonor hoffte, dass sie die Stadt verlassen hatten, bevor die große Feuersbrunst gekommen war. Sie hoffte, dass niemand mehr unter den Trümmern begraben lag.

Zu ihren Füßen lag etwas auf der trümmerbedeckten Straße. Es war schwarz und besaß im Groben die Form eines Menschen. Leonor erstarrte. Etwas Schreckliches dämmerte ihr. War das etwa …? Plötzlich schärfte sich ihr Blick, und sie sah überall verbrannte Leichen liegen. Ihre Freunde lagen tot vor ihren Häusern.

Ihr wurde übel. Sie stolperte rückwärts. In jeder der Leichen sah sie Francisca. Francisca verstümmelt. Francisca zu teerglänzender Unform verkohlt. Sie rannte fort, sorgfältig darauf bedacht, keinem der schwarzen Körper nahe zu kommen.

Tot, genauso tot wie Dalila, schoss es ihr durch den Kopf.

Ein Kind weinte. Leonor blieb stehen. Etwas regte sich in ihr wie ein Wurm. Der unwiderstehliche Wunsch keimte in ihr auf, gut zu sein. Vater kümmerte nur, wie lange der Wiederaufbau der Seidenmanufaktur im Norden Lissabons dauern würde und welche Schäden die Obstplantagen genommen hatten. Er ließ die Sklaven in den Trümmern ihres Hauses nach dem chinesischen Porzellan graben.

Dabei war es ihre Aufgabe zu helfen! Man konnte in solchen Tagen nicht nur auf die eigene Haut bedacht sein. Das hohe Stimmchen kam aus der Richtung der Pauluskirche. Leonor lauschte. Das Weinen ließ nicht nach. War denn niemand da, der das Kind tröstete? Die Vorstellung, dass ein Kind mit tränenüberlaufenem Gesicht allein zwischen den Ruinen stand, schnürte ihr das Herz ab. Sie ging der weinenden Stimme nach. So gut sie es konnte, behielt sie die Richtung bei, auch wenn es bedeutete, über Trümmer zu klettern.

Bald hörte sie das Kind ganz nah. Sie spähte um eine geschwärzte Mauer. Da stand ein weinender Junge. Er war sicher noch keine vier Jahre alt. Zwei Mädchen sahen ihm mit großen Augen beim Weinen zu, während ein Mann, der vor dem Jungen hockte, beruhigend auf ihn einredete.

Sie ging auf die Familie zu. Zuerst hoben die Schwestern den Blick und sahen ihr entgegen. Dann drehte sich der Mann um. Er stand auf. »Gott sei Dank. Sie schickt der Himmel.«

»Warum weint der Kleine?«, fragte Leonor.

»Er hat Hunger. Aber ich kann ihm nichts geben. Ich bin Schuhflicker. Ich hatte nichts als meinen Laden. Die Kinder tun mir leid. Ich kann sie doch nicht hier stehen lassen.«

»Sie wollen Ihre Kinder stehen lassen?«

»Das sind nicht meine Kinder. Sie sind mir nur über den Weg gelaufen. Ich weiß nicht, wie ich *mich* durchbringen soll, geschweige denn diese Kleinen.«

Sie kauerte sich nieder und sah den Jungen an. »Du hast Hunger?«

Sein Weinen ließ etwas nach, und er nickte.

Sie wandte sich an die Mädchen. »Wo sind eure Eltern?«

Die Mädchen zeigten auf die gewaltige ausgebrannte Ruine der Pauluskirche. »Sie waren da drin. Seine Eltern auch.«

Die drei waren nicht einmal Geschwister! Leonor blickte zur Ruine hinüber. Konnte jemand unter den Trümmern überlebt haben? Glühende Asche füllte jede Ritze aus. Leonor spürte Hitze auf der Haut. Es musste einen furchtbaren Brand gegeben haben.

»Eine Tragödie«, sagte der Schuhflicker. »Es sind gestern über hundert Menschen in der Kirche verbrannt.«

Die Kinder taten ihr leid. Sie wollte ihnen Gutes tun. Eine Stimme in ihr warnte: Sie werden dich ausnutzen. Du gibst ihnen den kleinen Finger, und sie nehmen die ganze Hand. Lass es lieber. Jeder ist hier für sich selbst verantwortlich.

Sie brachte die Stimme ärgerlich zum Schweigen. Der Kleine sollte mit seinen kaum vier Jahren schon für sich verantwortlich sein? Sie sagte: »Ich weiß, wo es zu essen gibt. Kommt mit.« Andere hatten seit gestern früh nichts gegessen, während sie gesättigt war. Der Vater besaß Verbindungen ins Hinterland. Was aber taten die, denen ihre Werkstatt in Lissabon alles gewesen war, oder schlimmer noch, die Waschfrauen, Hafenarbeiter, Tagelöhner?

Leonor führte die Kinder und den Schuhflicker aus den Hügeln von *Santa Catarina* hinein in die *Cidade Baixa*. In der *Rua Formosa* blieb sie vor dem einzigen Haus stehen, das noch stand. Es trug Risse im Gemäuer. Vater hatte die Sklaven die unteren Fenster mit Brettern vernageln lassen. Außerdem hatte er Gewehre und Rapiere beschafft, mit denen die Sklaven angreifende Plünderer töten sollten. Leonor sagte: »Wartet hier, bitte. Es könnte Ärger geben. Ich möchte zuerst mit meinem Vater sprechen.«

Der Schuhflicker und die Kinder blieben am Rand der mit Steinbrocken übersäten Straße stehen. Leonor trat zur Tür und versuchte, sie zu öffnen. Sie war fest verschlossen. War der Vater mit allen Sklaven fortgegangen? Sie klopfte an und rief: »Ist jemand da?«

Der Riegel schrammte laut beiseite. Ein schwarzhäutiges Gesicht erschien im Türspalt. »Menina Leonor! Ich habe mir Sorgen gemacht.« Jeronimo öffnete die Tür.

Leonor trat ein. »Wo ist Vater?«

Der Hausssklave zeigte mit dem Finger auf die hintere Tür. »Er hat einen Besucher.«

»Danke.« Es war seltsam, ein fremdes Haus zu bewohnen. Die Möbel, die hier standen, hatten anderen Menschen gehört. Sie enthielten in ihren Schubladen private Gegenstände, die sie nicht kannte. Sie wusste nichts über die Familie, die hier gelebt hatte.

Leonor lehnte sich an die Tür und lauschte. Wer besuchte den Vater?

»...sprochen habe, die Herzöge de Aveiro und de Lafões sind bereit. Ebenso der Großmeister der Pferde, der Marquês de Marialva. Der Adel steht hinter Ihnen, Baron.«

»Es ist sinnlos ohne einen handfesten Beweis.«

»Den bekommen Sie. Er ist in Arbeit. Sind Sie bereit, vor den König zu treten?«

Die Stimme kam ihr bekannt vor. Sie klang ein wenig heiser. Ein Bild sprang ihr vor Augen: ein dürrer, fast körperloser Mann mit Krähennase. Tomás. Kälte kroch ihr den Rücken herauf. Leonor wusste nicht mehr, auf welcher Seite sie stand. Gehörte sie zu Gabriel Malagrida, war sie weiterhin seine Jesuitin?

»Sobald ich den Beweis von Ihnen habe«, sagte Vater.

»Es wird nicht lange dauern.«

Sie hörte Schritte. Eilig zog sie sich zurück. Da öffnete sich auch schon die Tür, und der Jesuit trat heraus. Er hielt inne und musterte sie. Dann wandte er sich zur Haustür. Der Sklave entließ ihn nach draußen.

Die Herzöge de Aveiro und de Lafões waren namhafte Adlige. Dass sie am Geschäft beteiligt waren, musste Vater überzeugen. Er war als Baron ein kleiner Fisch im Teich, auch wenn der Reichtum ihrer Familie dem der Herzöge nur wenig nachstand.

Sie betrat den Gesellschaftsraum für den Winter. Jetzt war er aufgeräumt, aber Leonor erinnerte sich gut daran, wie er heute Morgen ausgesehen hatte. Der Spieltisch in der Ecke, auf dem die Schachfiguren säuberlich in ihren Reihen standen, hatte umgekehrt gelegen, und die Figuren waren auf dem Boden zerstreut gewesen. Die Vitrinen des großen Schranks waren im Beben zerbrochen und das Porzellan herausgestürzt. Es hatten überall Scherben gelegen. Inzwischen war der Boden gefegt, und es klebte Papier über den Schranktüren.

Vater stand am Fenster. Die Bretter wiesen Abstände auf, Leonor wusste nicht, ob aus Mangel an Holz oder damit sie Gewehrläufe hindurchstecken konnten. Das Licht, das durch die Lücken fiel, nutzte der Vater zum Lesen eines Papiers.

Es würde besser sein, nicht nach dem Jesuiten zu fragen. Sie brauchte Vaters Wohlwollen für die Notleidenden, die draußen warteten. »Vater«, sagte sie, »ich möchte dich etwas fragen.«

Er sah auf. »Ja, Leonor?«

»Woher stammte die Rindslende? Und woher kam der Salat, den wir vorhin gegessen haben?«

»Es ist nicht alles im Feuer vernichtet worden. Einige Händler konnten Waren retten.«

»Ich nehme an, sie kosten Unsummen.«

»Unsere Familie hat schweren Schaden erlitten durch die Katastrophe. Aber ich kümmere mich um alles. Wir bauen die Familie Velho da Rocha Oldenberg wieder auf, vertraue mir.«

Sie trat vor den Kamin und fuhr mit den Fingern über seinen glattpolierten Sims. »Ich habe einen Mann und drei Kinder gefunden in der Stadt. Sie haben seit gestern früh nichts gegessen. Ich würde ihnen gern etwas geben. Habe ich deine Erlaubnis?«

Er runzelte die Stirn. »Leonor, kennst du diese Menschen? Unseren Freunden können wir helfen. Für Fremde können wir nichts tun.«

»Wenn alles an Nahrung vernichtet ist, oder fast alles, wird dann nicht eine Hungersnot ausbrechen?«

»Eine Hungersnot? Du übertreibst. Es hat noch niemandem geschadet, ein paar Tage zu fasten.«

»Der Junge ist keine vier Jahre alt, und die Mädchen sind auch noch klein. Es schadet ihnen sehr wohl, wenn sie nichts essen.«

»Wir müssen uns darüber nicht den Kopf zerbrechen. Das ist die Aufgabe des Königs. Er und seine Berater werden sich um die Not der Bevölkerung kümmern.«

»Und wie?«

»Das weiß ich nicht. Ich habe genug Sorgen! Leonor, wir haben Mühe, dem Bankrott zu entgehen, verstehst du nicht? Jetzt ist nicht die Zeit für mildtätige Hilfe.«

»Wann dann, Vater? Genügt es nicht, dass überall Tote in den Straßen liegen? Müssen wir noch die Überlebenden verhungern lassen, während wir üppig speisen?«

»Leonor!« Er schlug unwillig die Hand auf den Tisch. »Wir haben ein karges Essen zu uns genommen. Man kann unser Frühstück wohl kaum ein üppiges Gelage nennen! Und so wird es die nächsten Tage bleiben. Willst du deinen Teller mit zweihundertfünfzigtausend Menschen teilen? Wie naiv bist du? Du hörst dich schon an wie deine Schwester, die am liebsten das Geld aus dem Fenster werfen wollte! Willst du wissen, was wir durch das Beben alles verloren haben? Willst du wissen, was die Reparaturen kosten und die eingebüßten Geschäfte? Nein, dich kümmern vier Fremde, die du in der Stadt gefunden hast. Deine Loyalität, Leonor, sollte in erster Linie deiner Familie gelten.«

»Rede nicht so über Dalila.«

»Ich rede nicht nur, ich tue auch etwas. Ich habe Engländer bezahlt. Während wir hier streiten, behauen sie einen guten Stein für Dalilas Grab am Stadtrand. Die Engländer, Leonor, haben einen Armenkasten, *The Poor Box* nennen sie ihn. Der Schatzmeister ihrer Faktorei hat dafür jahrelang Gebühren auf die Zollgüter erhoben. Das Geld war für Briten gedacht, die durch Piratenüberfälle in Not geraten oder Schiffe im Seesturm verloren haben. Denkst du, der Armenkasten hilft jetzt? Es ist lachhaft! Wenn auf einen Schlag alle verarmen, dann ist diese Kasse nichts als ein Tropfen auf den heißen Stein. Aber ich helfe, indem ich ihnen einen Auftrag gebe und sie gut bezahle.«

»Sieh dir die Stadt an, Vater. Es ist alles vernichtet. Wir können nicht in einem Haus inmitten von Trümmern und Toten leben.«

»Willst du mich belehren?« Er seufzte. In seinen Augen stand Müdigkeit. »Dafür musst du früher aufstehen. Ich soll die Leute füttern? Hast du eine Vorstellung davon, wie lange es dauert, bis dreißigtausend Häuser gebaut sind? Rechne mir vor, wie ich die Schiffsflotten bezahlen soll, die Getreide herbeischaffen, um die Menschen so lange zu ernähren! Rechne mir vor, wie ich das Getreide kaufen soll! Auch wenn du es nicht begreifen willst: Vier arme Kreaturen zu füttern wird nichts ändern, überhaupt nichts.«

Was konnte sie sagen? Er hatte recht, sie konnten nicht die ganze Stadtbevölkerung sättigen. Es war illusorisch, sich vorzunehmen, die Überlebenden zu versorgen. Trotzdem wollte sie den drei Kindern und dem Schuhflicker helfen. Auch wenn das nichts am großen Bild änderte, es fühlte sich richtig an. »Für die vier Menschen ändert es sehr wohl etwas«, sagte sie. Sie machte kehrt und schloss die Tür hinter sich.

Draußen befahl sie Jeronimo zu sich. »Bringe mir Käse und Brot.«

»Hat es der Baron erlaubt?«, fragte er.

»Nein.« Sie hielt seinem Blick stand.

Einige Momente schwieg er. Dann sagte er: »Wie Sie wünschen, Menina Leonor.« Er verschwand und kehrte mit zwei Broten und in Papier eingewickeltem Käse zurück. »Gott wohnt in Ihrem Herzen, Menina Leonor. Ich bin stolz auf Sie.«

Vor dem Haus schlangen die Kinder das Brot und den Käse hinunter. Der Schuhflicker sagt leise, fast beschämt: »Sie wissen nicht, was mir das bedeutet.« Ihm standen beim Kauen Tränen in den Augen.

Dalila wäre auch stolz auf mich, dachte Leonor. Das Gute in ihr, der Finger, der in ihre Seele schrieb, wärmte sie.

20

Tropfen platzten auf Anteros Haut. Schließlich setzte leise rauschender Regen ein. Er spülte ihm beißenden Puder in die Augen. Antero riss sich die Perücke vom Kopf. Was bedeutete an Tagen wie diesen schon das korrekte Äußere! Das Unglück offenbarte ja, was sie mit geschäftiger Alltagsroutine zugedeckt hatten: Sie waren sterblich. Jeden Tag konnte ihre Existenz zu Ende sein.

Er war dankbar, dass er atmete. Er war dankbar für die Rinnsale des Regenwassers, die über den staubigen Boden rannen. Er war dankbar für den sauren, frischen Geruch der Luft. All das zeigte ihm, dass er lebte.

Würde Kohlenabrieb bei Regen an einem Stein haften bleiben? Am besten, er ritzte die Worte ein. Dann blieben sie einige Tage lesbar. Ihm knurrte der Magen. Aber er ging eilig weiter. Die Eltern durften nicht in den Ruinen graben. Er musste sie warnen.

Der Regen zog wie ein glitzerndes Tuch über die Ruinen. Warum waren die Häuser eingestürzt? Wenn sich durch die Wellenwirkung die Erdoberfläche anhob und eine schiefe Ebene bildete, und die Gebäude deshalb zusammenfielen – wo waren dann die Risse? Wo waren die Schluchten? Um Häuser umzuwerfen, musste die Neigung beträchtlich sein. Oder war es die Schüttelkraft, die sie einstürzen ließ?

Wenn es die Neigung gewesen sein sollte, müsste immer noch etwas davon zu sehen sein. Denn sobald ein Teil der Erdoberfläche seine natürliche Lage verließ und sich neigte, musste er sich irgendwo vom Rest der Erde losreißen. Hob sich ein Stück Erde von vierundzwanzigtausend Fuß Länge um nur fünf Grad, dann musste es sich auf einer Seite um tausend Fuß unter den angrenzenden Teil der Erde senken, auf der anderen Seite aber um tausend Fuß über ihn erheben. Ein Beben müsste enorme Verschüttungen hervorrufen. Es müsste Erdwälle aufwerfen.

Das Regenwasser lief ihm den Nacken hinunter. Möglicherweise wackelte gar nicht die Erde selbst, sondern es wirkte nur die Schwerkraft in einer gewissen Region schief auf die Erdoberfläche. Um das zu untersuchen, musste man herausfinden, wie die Schwerkraft genau funktionierte und wo sie herkam. Nur dann konnte er feststellen, ob es möglich war, dass sie ihre Stabilität einbüßte. Ihn erwartete viel Arbeit.

Er blieb stehen. Das war die Straße der Engländer gewesen. Dann war der Trümmerhaufen dort einmal sein Zuhause. Eine Hütte stand an seinem Rand: zwei Wände von aufeinandergestapelten Steinbrocken, eine Rückwand aus Holzteilen, und ein Dach von Segeltuch. Antero ging um die Hütte herum. Regen trommelte auf das Segeltuchdach. Von vorn war die Hütte offen, es gab keine Tür.

Der Stiefvater stand drinnen.

»Sie sind schon zurückgekehrt!«, rief Antero aus.

»Ja.«

»Darf ich reinkommen?«

»Meinetwegen.«

Antero zwängte sich neben den Engländer in den engen Raum. Er ließ die Perücke auf den Boden klatschen und strich sich mit beiden Händen das Wasser aus dem Haar. Der Stiefvater trug Schürfwunden, war sonst aber nicht verletzt. »Warum sind Sie nicht länger auf dem Land geblieben? Der Premierminister will alle zurück in die Stadt befehlen, aber bis das geschieht, ist das Überleben auf dem Land sicherer als hier. Wo ist Mutter?«

Der Stiefvater schwieg.

Antero erstarrte. Er konnte sich nicht rühren. Das Prasseln des Regens war plötzlich ein kaltes, hässliches Geräusch. Das Atmen fiel ihm schwer, und er brachte es nicht fertig, den Stiefvater anzusehen. »Ist sie …?«

Der Stiefvater sagte: »Vor drei Jahren, als sie den Gregorianischen Kalender eingeführt haben in England, da dachte ich zum ersten Mal in meinem Leben, dass alles gut ist. Ich dachte, dass ich mit Luisa alt werden würde. Wir kannten uns jetzt schon sechs Jahre, und meine Welt war in Ordnung und geregelt. Ich saß an meinem Schreibtisch und dachte, dass nun die Arbeit leichter werden würde, weil ich nicht mehr beim Briefwechsel elf Tage zum Datum hinzurechnen musste wegen der unterschiedlichen Kalender, und dann fiel mir auf, dass überhaupt alles einfacher geworden ist, seit ich Luisa kenne, und ich war so glücklich! Hätte ich geahnt, dass ich sie nur noch drei Jahre bei mir haben würde, dann hätte ich so vieles anders gemacht.«

Sie schwiegen. Der Regen prasselte auf das Segeltuch.

»Ich auch«, würgte Antero heraus. Er sackte abwärts, bis er mit dem Gesäß auf dem Boden landete.

»Du hast uns nicht ein Wort gesagt damals. Du hast dich nicht verabschiedet, gar nichts. Weißt du überhaupt, wie lange sich deine Mutter gegrämt hat? Sie hat sich gefragt, was sie falsch gemacht hat. Wofür du sie bestrafen wolltest, das hat sie mich immer wieder gefragt.«

»Ich durfte mit niemandem über meine Fluchtpläne sprechen. Sie kennen Malagrida nicht.«

»Wenn es das gewesen wäre, Antero, dann hättest du uns schreiben können, nachdem du in Sicherheit warst.«

Der Stiefvater hatte recht. Er hatte nicht schreiben wollen. Er hatte auch nicht das Bedürfnis gehabt, die Mutter zu besuchen. Sie hatte den Engländer geheiratet. Damit hatte sie den Vater verraten. So hatte er es empfunden. Dass er, Antero, sie verletzt und im Stich gelassen hatte, war ein neuer, schmerzhafter Gedanke. »Was ist ihr zugestoßen?«

»Wir wollten dir Zeit verschaffen, damit du fliehen kannst. Das hat die Jesuitenhäscher wütend gemacht. Sie haben deine Mutter übel zugerichtet.«

Antero erinnerte sich genau daran, wie sie gewürgt worden war und dann am Boden lag. Er schloss die Augen. Für ihn hatte sie das erlitten. Für ihn.

»Sie konnte in dem Zustand kaum gehen. Wir mussten immer wieder rasten. Das Erdbeben hat uns bei *Nossa Senhora da Graça* erwischt, vor dem Augustinerkloster. Ein Teil der Stadtmauer ist zusammengestürzt. Die großen Brocken ... Sie haben Luisa vor meinen Augen erschlagen.«

Er hatte das Gefühl, eine Feuerkugel statt eines Magens in sich zu tragen. Er würde ihr nie erklären können, warum er damals fortgegangen war. Sie würden sich nicht versöhnen, nicht umarmen, nicht gemeinsam an den Vater erinnern.

»Warum hast du dich von Malagrida verleiten lassen?«, fragte der Stiefvater.

Antero stand auf. »Sie haben meine Mutter ein paar Jahre gekannt. Ich kannte sie mein ganzes Leben. Es schmerzt genug, Sie müssen die Qual nicht größer machen.«

Der Stiefvater besah seine Hände. »Ich weiß. Du kannst ja auch nichts für diesen sinnlosen Tod.«

»Seien Sie auf Malagrida böse. Hätten seine Häscher die Mutter nicht gewürgt, dann wäre sie schon aus der Stadt gewesen, als das Erdbeben eingesetzt hat.«

»Du hast dich doch sonst immer auf die Seite der Jesuiten geschlagen.«

Es ging einfach nicht. Der Stiefvater und er hatten sich nie verstanden, und sie würden sich auch jetzt nicht verstehen. »Ich habe mich nicht auf ihre Seite geschlagen. Ich habe Gabriel Malagrida bewundert, das ist alles.«

»Ausgerechnet Malagrida! Und warum, wenn ich fragen darf?«

»Er hat getan, was ihm in den Sinn kam, ohne sich um die Amtsträger des Königs zu kümmern. Das hat mich beeindruckt. Ich wollte ihm gefallen. Er hat mich als weinerlich und überempfindlich beschimpft. Ich wollte ihm beweisen, dass ich etwas leisten kann.« Antero versuchte, die Ärmel auszuwringen.

»Er war es, der Julie auf den Scheiterhaufen gebracht hat, ist es nicht so?«

»Ja. Dafür werde ich ihn stürzen.«

»Er ist mächtig.«

»Aber ich weiß, wie Malagrida arbeitet. Er wird das Erdbeben zu einer Waffe machen, um seine Macht zu festigen. Genau diese Waffe werde ich ihm in der Hand umdrehen und sie in seinen Leib stoßen.«

Sie schwiegen.

»Ich habe Luisa begraben«, sagte der Engländer. »Ohne Priester.«

»Warum?«

»Sie sollte nicht in einem Massengrab landen. Sie hat das nicht verdient.«

»Nein, das hat sie nicht.«

Antero sah hinaus in den Regen. Dort, an der Ecke, hatte der alte Pfeifenbäcker gewohnt. Er hatte tönerne Pfeifen hergestellt und sie in seinem kleinen Ladengeschäft verkauft, dazu Fidibusse, Tabakdosen und Schnupftabak. Es gab Moschus, Ambra, Bergamotte, Orangenblüte, »römischen Duft« und »Malteserduft«, und genauso roch es vor dem Ladengeschäft: nach einer

Mischung von Orangen und Moschusochsenfell. Zu seinen Kunden gehörten neben Herrschaften auch alte Mütterchen, die die Pfeife nicht lassen konnten und nachmittags schmauchend am Straßenrand standen. Als Antero noch ein Junge gewesen war, hatten sie sich immer freundlich zugenickt, er und der Pfeifenbäcker. Der Alte hatte das Beben sicher nicht überlebt. Sein Haus war zerstört wie ihres.

»Ich weiß, dass du mich nie besonders geschätzt hast«, sagte der Stiefvater.

Antero schwieg.

»Hast du mich wegen meines Glaubens verabscheut?«

»So verschieden ist der katholische Glaube nicht von eurem protestantischen.«

»Du weißt genau, dass er verschieden ist. Ihr denkt, dass die Kirche durch Jesus Christus gerettet ist, und der Einzelne wird gerettet, wenn er der Kirche angehört. Wir glauben, dass der persönliche Glaube an Jesus Christus die Errettung bringt, ohne den Umweg über die Kirche oder einen Priester als Vermittler. Eure Priester sind ja für euch die Hüter der Rechtgläubigkeit. Für uns ist allein Christus der Weg. Wir schließen Freundschaft mit ihm.«

»Ihr habt doch genauso Pfarrer.«

»Freundschaft mit Gott. Weißt du, was das bedeutet?«

Der Tonfall gefiel ihm nicht. Fing der Stiefvater schon wieder damit an, ihn zu belehren? »Ich bin eigentlich gekommen«, sagte Antero, »weil ich Sie warnen wollte. Das Heer erschießt Plünderer, man muss nachweisen können, dass man Besitzer eines Hauses ist.«

»Ich verstehe. Wo bekomme ich den Nachweis her?«

»Vom Magistrat, vermute ich.«

Der Regen rauschte.

Antero fragte: »Warum haben Sie eine Hütte gebaut?«

»Irgendwo musste ich beginnen. Ich werde auch das Haus wieder errichten, wenn die Nachbarn zurückgekehrt sind und mir helfen. Wir werden die ganze Straße wieder aufbauen, und wenn wir uns dafür das Fleisch von den Händen arbeiten. Dann hole ich die Kinder nach.«

Er sah ihn an. »Ich bewundere Ihren Mut, Vater.«

Der Engländer sagte nichts.

»Wissen Sie eigentlich, dass ich nach England geflohen bin? Ich habe fünf Jahre in Ihrer alten Heimat gelebt.«

Immer noch sagte er nichts. Er stand einfach da und sah Antero an. Der Regen rauschte.

»Was ist?«

»So hast du mich noch nie genannt«, sagte der Engländer leise.

»Wie?«

»Vater. Du hast mich gerade zum ersten Mal Vater genannt.«

Die Königliche Reithalle war unversehrt geblieben. Ausgerechnet ein Gebäude, das eigentlich überflüssig war, mit der Ausnahme, dass es das Vergnügen des Königs mehrte. Gott hatte die Mutter mit niederstürzenden Steinbrocken erschlagen, die doch ein guter Mensch gewesen war, und diese unnütze Reithalle hatte er verschont.

Der Gedanke an die Mutter tat weh. Er vermisste sie. Er blinzelte Tränen weg und richtete sich auf. Besser, er lenkte sich ab.

Über dem Reitfeld schwebten Balkone mit gedrechselten Balustraden aus glänzend poliertem Holz. Im größten Balkon saß der König mit drei jungen Männern. »Wer sind die?«, fragte Antero seine Sitznachbarin, eine sehnige kleine Frau, die sich als Marquesa de Távora vorgestellt hatte.

»Das sind die Palhavã-Prinzen«, sagte sie. »Kennen Sie die nicht?«

»Nein. Ich war lange auf Reisen.« Er steckte wie zum Beweis sein steifes Knie aus.

»Der König hat seine Verwandtschaft zu ihnen Anfang des Jahres offiziell gemacht. Es sind illegitime Söhne von João dem Fünften. Alle nennen sie die Palhavã-Prinzen, weil sie im Palhavã-Palast aufgezogen wurden. António, José und Gaspar heißen sie. Ihre Position am Hof ist mehr als unsicher. Deshalb lassen sie sich keine Gelegenheit entgehen, sich an der Seite des Königs zu zeigen.«

Auch die anderen adligen Perückenträger in den Balkonen rechts und links vom König stellte sie ihm vor. Da war der Marquês de Angeja mit seinem roten Trinkergesicht, der dünne Fernão Telles da Silva, ihre Gattinnen. Selbst der Oberste Richter, der Großmeister der Pferde und der Präsident des Senats waren da. Ganz am Rand saß der Marquês de Abrantes, der Oberkommandierende des Heeres. Nur Sebastian de Carvalho fehlte. Der Premierminister war offenbar der Einzige, der erkannt hatte, dass nach dem Erdbeben die Katastrophe nicht überstanden war, sondern erst wirklich begann.

»Gehen Sie hin«, hatte er zu Antero gesagt. »Zeigen Sie sich diesen kurzsichtigen Mammonsdienern. Die sollen schließlich später auf Sie hören, wenn Sie das Erdbeben erklären. Es schadet nicht, wenn sie sich daran erinnern, Ihr Gesicht schon einmal gesehen zu haben.«

»Ich dachte, ich soll Sie begleiten«, hatte er gesagt.

Der Premierminister hatte ihn verwirrt angesehen. »Glauben Sie, ich finde Gefallen an Reiterspielen, während die Menschen, für die ich verantwortlich bin, zugrunde gehen? Von dem, was wir heute entscheiden und tun, hängt ab, ob Portugal für alle

Zeiten von den Landkarten verschwindet und sein Volk für immer untergeht, oder ob es zu retten ist. Auf jede Stunde kommt es an.«

Der Minister hatte recht. Die Reiterspiele waren absurd in einer Lage wie dieser. Zuerst hatten sie eines vorgeführt, das »Kopf der Medusa« hieß. Die Reiter mussten auf einen Medusenkopf lospreschen und aus fünfzehn Schritt Entfernung einen kurzen Turnierspeer werfen, ohne die Markierung zu passieren, die in den Sand gezeichnet war.

Danach hatten sie bei einem Spiel namens »Angriff auf den Estafermo« einen hölzernen Mohren angegriffen und seinen Schild mit einer Lanze gestoßen. Das versetzte den Mohren in Drehung, und die Reiter mussten nun versuchen, der Peitsche zu entgehen, die um die Mohrenfigur herumschwang.

Jetzt sammelten die Reiter ihre Pferde am Ende der Halle. Die Körper der Pferde glänzten von Schweiß. Stolz hielten sie die Köpfe in die Höhe. Auf ihren Stirnen prangten Federbüsche. Sechs Bläser traten mit silbernen Trompeten vor, an denen Standarten aus grünem Damast hingen. Ein siebter Musiker spielte die Kesselpauke und trieb die Trompeter zu einer wilden Fanfare an. Der Zeremonienmeister verkündete das nächste Reiterspiel. »Alcanzias!«

Die Reiter erhielten rote ovale Lederschilde. Sklaven traten mit Körben auf die Reitfläche. Sie begannen, gebrannte Lehmbälle auf die Reiter zu werfen. Sofort stob die Reitergruppe auseinander. Die Reiter hielten ihre Lederschilde hoch, um nicht von den Bällen getroffen zu werden. Die ersten Bälle zerplatzten an den Schilden. Eine Flüssigkeit entrann den Bällen und füllte den Raum mit dem Geruch von Rosen. Der Duft erinnerte ihn an Dalila.

Dem Mann hinter Antero entfuhr ein Laut der Verblüffung.

»Grandios«, hauchte er. »Ich liebe diesen König.« Er war irgendein berühmter italienischer Sänger. Seinen Namen hatte Antero wieder vergessen. Der Sänger war zusammen mit etlichen Tänzern und Musikern nach Lissabon gekommen, um eine Opernvorstellung zu geben. Offenbar hatte ihn der König für das zerstörte Operntheater und das geplatzte Engagement großzügig entschädigt, anders war die gute Laune des Mannes nicht zu erklären.

»Bitte entschuldigen Sie mich«, sagte Antero und erhob sich.

»Sie verpassen das Beste.« Die Marquesa hielt ihn sanft am Ärmel fest. »Wann sehen Sie das nächste Mal ein solches Spektakel?«

»Ich habe genug gesehen für die nächsten hundert Jahre. Denken Sie an die vielen Menschen, die gerade ums nackte Überleben kämpfen.«

Er stieg die Treppe hinunter, öffnete eine knarrende Tür und trat nach draußen. Der Abend dämmerte. Vor dem Reitstall parkten mehrere Berlinen. Die Pferde waren ausgespannt und weideten auf einem kleinen Wiesenstück. Unter einem Feigenbaum saßen die Kutscher und tranken Gebrannten. Sie reichten die bauchige Flasche von einem zum anderen.

Ein Dicker setzte gerade die Schnapsflasche ab und sagte zu seinem Nebenmann: »Was hältst du von dem Zeug, das die im Norden und Osten trinken? Diesem, wie heißt es doch gleich …«

»Bier?«, fragte der Nebenmann. »Hab gehört, sie tun da Klatschmohn rein oder Pilze oder Lorbeerblätter, alles mögliche. Sie versuchen verzweifelt, ihm einen Geschmack zu geben.«

Der Dicke lachte. »Aber es nützt nichts! Das Bier bleibt erbärmlich. Das schmeckt doch wie die Pisse von ’nem fiebrigen Hengst.«

Die Kutscher prusteten.

Ein königlicher Gardist mit Hellebarde bewachte den Nebeneingang des Reitstalls. Waren dort die Staatsverträge untergebracht? Am anderen Ende des Wiesenstücks saßen Soldaten im Gras. Ihre Gewehre lehnten an den Bäumen.

Antero trat vor die Kutscher hin. »Ihr seid meine Rettung! Ich flehe euch an, gebt mir einen Schluck.«

Der Dicke reichte ihm die Flasche.

Antero setzte sie an und trank. Der Schnaps war mit Wasser gestreckt und mit Pfeffer versetzt. Er schmeckte stechend und brandig. Antero nahm die Flasche herunter und verzog das Gesicht. »Pfui! Widerliches Gesöff!«

»Was kümmert's dich? Musst es ja nicht trinken.« Der Dicke nahm ihm die Flasche weg.

»Ihr kennt kein englisches Bier. Ich hab fünf Jahre in England gelebt. Das Bier schmeckt dort hundertmal besser als der Fusel, den ihr hier habt.«

Die Gesichter der Kutscher wurden ernst. Dann brachen sie in Gelächter aus. »Die Engländer! Als hätten die irgendeine Ahnung.«

»Natürlich haben sie Ahnung. Wer kann zum Beispiel so gut Schafe züchten wie sie?«

Das Gelächter wurde lauter. »Schafe züchten! O ja, das ist wichtig!«

»Wollt ihr mich beleidigen?«, knurrte Antero.

Der Dicke grinste. »Kann man denn ein Schaf beleidigen?«

Antero machte auf den Fersen kehrt und ging schnurstracks zum Gardisten.

Der Gardist sagte mit tiefer Stimme. »Kein Zutritt.«

»Weißt du, was die Kerle da drüben über dich sagen?«

»Das interessiert mich nicht.«

Antero drehte sich zu den Kutschern um. Die Kutscher hoben zum Gruß die Schnapsflasche und begannen, wie Schafe zu blöken. »Määäh!«, »Baaah!«, »Möööh!«. Sie schlugen sich auf die Knie und lachten Tränen. »Bääänh!«, »Mööööh!«.

Er wandte sich wieder dem Gardisten zu. Dem Mann schoss vor Zorn das Blut ins Gesicht. Hinter Antero riefen die Kutscher: »Und er schaut wie ein Schaf, seht ihr das?«

Der Wächter zischte: »Das geht zu weit.« Er stampfte auf die Kutscher zu. »Habt ihr noch einen Rest Verstand in euren hohlen Köpfen?!«

Antero schlüpfte in das Gebäude. Er fand sich in einem Flur mit weiß getünchten Wänden wieder. An rostigen Haken hing Zaumzeug. Es roch nach Pferdemist. Hier wurden die Verträge aufbewahrt, die das Königreich Portugal mit England, Preußen und Spanien abgeschlossen hatte?

Die Reiterspiele zu besuchen, mochte klug sein. Einen viel größeren Dienst würde er dem Premierminister aber erweisen, wenn er prüfte, wie leicht an seine Staatsverträge heranzukommen war, und half, sie gegen Malagrida zu sichern.

Er öffnete eine Brettertür zur Linken und blickte in eine fensterlose Kammer. Vom Boden bis zur Decke hingen Sättel auf Haltestäben. Ein Halbwüchsiger kniete neben einer Dose mit glänzendem braunem Inhalt und fettete einen Sattel ein.

Antero schloss die Brettertür wieder und hinkte den Flur hinunter. Er drückte die nächste Tür auf.

»Sie wünschen?« Ein Mann in sauberem weißen Hemd sah vom Tisch auf. Er hatte ein Buch vor sich, eine Reihe von Stempeln und ein Tintenfässchen mit Feder.

Antero fragte: »Ist dies die Kanzlei des Außenministers?«

»Kanzlei übertreibt wohl ein wenig«, erwiderte der Mann. »Aber zur Überbrückung werden manche Schreibarbeiten des Premierministers hier erledigt, ja.«

Es war viel zu leicht, hier hineinzugelangen. Er würde den Minister bitten müssen, mehr Wachen aufzustellen. Wenn sie Malagridas Handlanger fingen, hatte man womöglich etwas gegen den Jesuitenführer in der Hand. Man müsste ihnen eine Falle stellen.

»Nun? Warum sind Sie hier?« Der Blick des Kanzleibeamten wanderte an ihm herunter. »Haben Sie etwas zu überbringen?«

Einer, der aussah wie er, konnte allenfalls ein Bote sein, natürlich. »Das hatte ich. Ich sollte eine Nachricht übergeben, einen Brief von höchster Wichtigkeit. Dann wurde ich von Plünderern überfallen. Ein Mann war darunter, der hatte seinen Bart in Zöpfen geflochten. Er nennt sich Diogo Barbosa. Dieser Mann hat jetzt den Brief.«

»Wer hat Ihnen den Brief gegeben?«

»Padre Malagrida.«

Der Kanzleibeamte runzelte die Stirn. »Das klingt ein wenig … unglaubwürdig.«

»Ich bin keiner seiner üblichen Boten. Ich habe eigentlich im Untergrund für ihn gearbeitet, als eine Art Zuträger von dem, was das Volk sagt.«

»Sie meinen, als Spion.«

»So nennen wir es nicht. Jedenfalls erfordern die Umstände dieses schrecklichen Tages, dass er mich schickt. Ausnahmsweise.«

»Dann gehen Sie zurück zu Ihrem Herrn und bitten ihn, den Brief erneut aufzusetzen. Ich kann Ihnen nicht helfen.«

Drei dunkle Truhen standen hinter dem Tisch. Möglicherweise enthielten sie die Verträge. Der Minister hatte von feuerfesten Kisten gesprochen. »Kennen Sie Padre Malagrida?«

»Nicht persönlich.«

»Er kann sehr wütend werden. Ich dachte, wenn ich wenigstens die zweite Hälfte meines Auftrags erfüllt habe, würde das seinen Ärger besänftigen.«

»Dann wünsche ich viel Erfolg.«

»Ich brauche Ihre Hilfe.« Was könnte er erzählen? Am besten eine wahre Geschichte, der er nur eine kleine Lüge hinzugeben musste. Er grub in seinen Erinnerungen nach Gerüchten, die er in den Hafenkneipen aufgeschnappt hatte, und Nachrichten, die seine Hehler ihm mitgeteilt hatten. »Es geht um John Bristow, wissen Sie, den Neffen des stellvertretenden Gouverneurs der Südsee Company. Zusammen mit der Familie Ward und anderen handelt er als *Bristow, Ward and Company*. Sie –«

»Sparen Sie sich das«, unterbrach ihn der Notar, »ich kann Ihnen sowieso nicht helfen. Mit dem Diamantenhändler John Bristow habe ich nichts zu tun, weniger als nichts, und ich werde Ihnen auch keinen Brief an den Mann aufsetzen, das ist nicht meine Aufgabe.«

»Doch, hören Sie! Beim Erdbeben wurden seine Lagerhäuser zerstört. Er will sie wieder aufbauen und weiter Handel treiben. Deshalb will er einen Schuldschein einlösen. Manuel Gomes de Silva, der verstorbene Leutnantgeneral der Marine, hatte bei Bristow Schulden, umgerechnet hundertzwanzigtausend Britische Pfund. Weil das portugiesische Königshaus seinerseits dem verstorbenen Leutnantgeneral viel Geld schuldet, wurden die Schuldscheine einfach überschrieben. Nun möchte der Diamantenhändler sein Geld vom König haben.«

»Dafür ist das Schatzamt zuständig.«

»Richtig. Nur: Das Schatzamt stellt sich taub. John Bristow hat sich an Padre Malagrida gewandt, weil er ihn aus Brasilien kennt, wo er seine Minen hat. Bristow hat ihn gefragt, was der übliche Weg ist, um internationale Streitigkeiten beizulegen. Sie müssten doch die Handelsverträge mit England hier haben, die solche Fälle klären.«

Der Notar verzog unwillig den Mund. Er drehte sich zu den Truhen um, zog einen Schlüssel hervor und steckte ihn in das Schloss der linken Truhe. Er drehte den Schlüssel. Antero hörte ein metallisches Schnappen.

Also waren sie hier. Es war wirklich nicht schwer, an die Verträge heranzukommen. Er würde dem Minister berichten, wie leicht es ihm gefallen war. Vielleicht war es auch gut, nichts an der Lage zu verändern – wenn Malagridas Leute die Lage genauso erkundeten, würde es sie ermutigen, einen Diebstahl zu versuchen. Sie würden in die Falle tappen.

Der Notar klappte den Truhendeckel auf und begann, Schachteln und Bücher und schwere Ledermappen auf den Tisch zu räumen, die das Königssiegel auf der Vorderseite trugen. Er öffnete einzelne Schachteln, nahm Papiere und Pergamente in die Hand. Auch eine der Mappen öffnete er. Er entnahm ihr ein großes, eng beschriebenes Blatt und las schweigend. Er sagte: »Da haben wir es. Zuerst sollte der Generalkonsul versuchen, den Streitfall mit den zuständigen portugiesischen Stellen zu klären. Misslingt dies, darf er sich an den Botschafter Seiner Majestät des Königs von England in Portugal wenden. Kann auch dieser den Streit nicht schlichten, wird die Sache an den Secretary of State in England überwiesen.«

»Wann wurde der Vertrag geschlossen?« Antero trat neben den Tisch, als wollte er einen Blick auf den Staatsvertrag werfen.

Es klopfte.

Der Notar blickte auf. »Bitte sehr!«

Die Tür öffnete sich, und Nicolau Fernandes trat ein, der Baumeister. Er sah nicht den Notar an, sondern Antero. »Also ist es wahr.«

»Wovon sprechen Sie?«

»Ich würde nicht schießen an Ihrer Stelle«, sagte der Baumeister. »Vor der Tür wartet die königliche Garde auf mein Zeichen. Sie würden nicht weit kommen.«

»Schießen?« Antero hob irritiert die Brauen.

»Ist das keine Pistole, die Sie da hinter dem Rücken verbergen?«

Er zeigte seine Hände. »Warum sollte ich eine Pistole tragen?«

Der Baumeister trat an Antero heran und sagte hart: »Was tun Sie hier? Wer hat Sie beauftragt?«

»Beauftragt? Ich weiß nicht, wovon Sie sprechen.«

»Was geht hier vor?«, fragte der Kanzleibeamte streng.

»Die Inquisition hat mich gewarnt«, sagte der Baumeister. »Ich soll ein Auge auf ihn haben, haben sie gesagt. Er ist nicht der, der er vorgibt zu sein. Als er sich aus den Reiterspielen geschlichen hat, hab ich gewusst, dass er etwas Ungutes vorhat. Was wollte er von Ihnen?«

»Er wollte diesen Staatsvertrag sehen.« Der Kanzleibeamte gab ihn an Nicolau Fernandes weiter.

Natürlich steckte Malagrida dahinter. Und diese Blinden arbeiteten ihm beflissen in die Hände. »Ich arbeite als wissenschaftlicher Berater für den Premierminister«, sagte er. »Wenn Sie an mir etwas auszusetzen haben, besprechen Sie das bitte mit ihm. Bis dahin möchte ich Sie ersuchen, dass Sie aufhören, mich zu beleidigen.«

Der Baumeister besah den Vertrag. »Interessant. Sehr interessant.« Er rief nach draußen: »Wache!«

Der Gardist und vier Soldaten kamen herein. Sie packten Antero. »Ein Schaf, ja?«, sagte der Gardist und rammte ihm das Knie in den Bauch.

Antero krümmte sich und stöhnte.

Eine Stimme sagte: »Schont ihn.«

Er sah hoch.

Heitor trat in den Raum. Um seinen Kopf war eine weiße Bandage gewickelt, auf der ein egelgroßer Blutfleck prangte. Seinen Rock schmückte eine lange Reihe von halbkugeligen Knöpfen. Spitzenmanschetten schauten aus den Ärmeln des Justaucorps heraus. Sein Rücken war krumm, die Schultern breit. Es wirkte, als würde er sich ducken, eine Bestie, die bereit war zum Sprung. Er richtete sich mit kurzen Handbewegungen das kohlenschwarze Haar. »Wir haben uns einander nicht vorgestellt, Jean«, sagte er. »Oder soll ich Antero sagen?«

»Malagrida vergisst seine Kinder nie, richtig?« Antero richtete sich mühsam auf. Sein Magen fühlte sich an, als stecke das Knie das Gardisten immer noch darin.

»Gut, dass Sie da sind«, sagte der Baumeister. »Es ist genau so, wie Sie gesagt haben. Er ist ein Spion. Ich habe beobachtet, wie er sich hierher geschlichen hat und die Verträge des Premierministers ausgespäht hat.«

Heitor griff nach dem Staatsvertrag. Die vogelschnabellangen Fingernägel schabten darüber. »Das wollte er sehen?« Er überflog den Text. »Ich muss das Schriftstück mitnehmen und prüfen lassen. Sonst lässt sich nicht herausfinden, was er mit dem Vertrag vorhatte und warum er ausgerechnet diesen sehen wollte.«

»Sie können den Vertrag nicht mitnehmen«, sagte der Kanzleibeamte.

»Wenn Ihr Vorgesetzter Ärger macht, sagen Sie ihm, er soll sich an das Inquisitionsamt wenden.« Heitor verließ den Raum. Im Hinausgehen sagte er: »Schaffen Sie den Kerl in den Turm.«

Antero würgte. Er half ihnen auch noch, an den Vertrag heranzukommen!

Sie schleppten ihn durch den engen Flur hinaus. Die Kutscher saßen unter ihrem Baum und gafften stumm, während man ihn fortzerrte. Soldaten griffen ihm rechts und links unter die Achseln und trugen ihn mehr, als dass sie ihn laufen ließen. Es war demütigend.

Malagrida hatte ihn ausmanövriert. Genauso wie er Julie damals matt gesetzt hatte. Er hatte sie zum Essen eingeladen und ihr Suppe vorgesetzt. Während des Essens hatte er beiläufig das darin enthaltene Schweinefleisch gelobt. Julie war es nicht gelungen, ihren lebenslang eingeübten Ekel zu verbergen. Die kleinste Regung wurde ihr zum Verhängnis, sie entlarvte sie als Jüdin.

In der Ferne sah er die königlichen Zelte. Dort, in einem Nebenzelt, übernachteten Samira und die Prinzessinnen. Er hätte Samira ins Bett bringen sollen. Sie brauchte ihn. Er hatte sich doch vorgenommen, sich endlich besser um sie zu kümmern.

Aber er wurde fortgeschleift. Er sehnte sich nach dem billigen Schnaps der Kutscher. Es verlangte ihn danach, sich zu betrinken, um dem Unglück nicht bei klarem Verstand ins Gesicht sehen zu müssen. Er war in Malagridas unerbittliche Arme zurückgekehrt.

21

Das Erste, was Leonor bemerkte, als sie am Montagmorgen vor die Haustür trat, war, dass es stank. Es roch, als sei das Wasser der Tümpel am Verfaulen. Die nassen Überreste der Flutwelle vermischten sich mit der Brühe aus den zerstörten Abwasserrohren. Aber das war es nicht allein. Ein süßlicher Verwesungsgeruch hing in der Luft. Beim Gedanken daran, woher er rührte, stockte ihr der Atem.

Die Schwüle vom gestrigen Regen hielt die Gerüche wie einen stickigen Brodem in den Straßen. Leonor hatte schlecht geschlafen, immer wieder war sie wach geworden und hatte an die Schwester gedacht. Sie vermisste Dalila.

An Antero dachte sie auch. Sie fühlte sich wie weichgeprügelt. Alles war so verfahren. Der Karren steckte im Dreck, und sie wusste nicht, wie sie ihn da wieder herausholen sollte. Das Einzige, was gelang, war ihre Intrige, die Vater in die Regierung bringen würde. Malagrida hatte ihr mitteilen lassen, dass er schon auf anderem Weg an den Vertrag gelangt war.

Der Tag des Umsturzes war nahe. Aber es freute sie nicht mehr. Antero hasste die Jesuiten, und die Jesuiten hassten ihn. Seit sie das wusste, besaß die Zusammenarbeit mit der Societas Jesu für sie eine Bitterkeit, die ihr den Genuss vergällte.

Das Frühstück bewegte sich ungut in ihrem Magen. Am *Toucinho de Céu*, dem Himmelsspeck, konnte es nicht liegen, den vertrug sie immer, schon seit der Kindheit liebte sie Mandelkuchen. Aber sie hatte – mit schlechtem Gewissen wegen der Hungernden – auch dicke, verflüssigte Schokolade aus Neuspanien getrunken, mit Zimt gewürzt, und hätte den Käse aus der Brie nicht dazu essen sollen.

Es waren viele Menschen in den Ruinen unterwegs. Woher kamen sie? Kehrten die Flüchtlinge zurück? Mit Bündeln bepackt, zogen Familien durch die Straßen und kletterten über Steine und verbogene Stangen. Ihre Gesichter sahen aus, als hätten sie jede Hoffnung verloren. Es waren auch Soldaten da: Berittene trabten mit rasselnden Sporen die Straße hinunter, und über die Plätze marschierten Blauröcke, die Gewehre geschultert.

Leonor überholte eine Flüchtlingsfamilie. Sieben Kinder liefen mit Vater und Mutter neben einem Handwagen her. Sie waren schmutzig, und die Beine der jüngeren Kinder waren dünn. Sicher hatten die Kinder Hunger. Es war ungerecht. Der neue Premierminister hatte gefordert, dass sie anpackten und halfen. Das war das Gebot der Stunde. Und was tat sie? Sie aß sich satt und sehnte sich nach Antero.

Auf dem Rossioplatz richteten Männer einen rohen Holzbalken auf. Dem Augenschein nach würde das ein Galgen werden. Sie überholte einen Priester und zwei Soldaten, die einen Karren anschoben. Die schweren Räder hingen an einem Trümmerbalken fest, der quer über der Straße lag, deshalb stemmten sich die drei Männer von hinten gegen den Karren. Leonor sah genauer hin. Eine Hand hing zwischen den Seitenstreben heraus. Weiter vorn auf dem Karren erblickte sie ein verschorftes Gesicht. Das waren Tote!

Die Männer schafften es nicht. Die Mutter der sieben Kinder kam ihnen zu Hilfe. Als Nächstes auch ihr Mann. Nein, dachte Leonor, das tue ich nicht. Ich werde keine Leichen berühren. Sie fand schon Totengräber beängstigend. Manchmal, wenn sie eine Ladentür öffnete, fragte sie sich, ob ein Totengräber vor ihr die Klinke berührt haben könnte. Dann schüttelte es sie vor Ekel. Wie sollte sie Tote anfassen?

Dalila hätte ihnen geholfen, schoss ihr durch den Kopf. Sie

zögerte. Abscheu würgte sie, aber schließlich legte sie die Hände an die Planken und schob mit.

»Auf drei«, sagte der Priester. »Eins, zwei – drei!«

Sie stemmte ihr Gewicht gegen den Wagen. Er hob sich an und fiel auf der anderen Seite des Balkens wieder zurück auf die Straße. Nun rollte er leicht. Sie ließ los und wischte sich die Hände am Kleid ab.

»Wir brauchen Ihre Hilfe«, sagte der Priester. Er sah sie an und nach ihr den Mann und die Frau. »Das Fleckfieber ist ausgebrochen wegen der vielen Leichen. Wir müssen sie fortschaffen, ehe die ganze Stadt uns deshalb wegstirbt.«

»Wir hungern, meine Familie und ich«, erwiderte der Mann. »Zurück in die Stadt, sagen die Soldaten. Aber hier ist nichts. Ich kann nicht, Padre. Mich um die Toten kümmern? Die Lebenden, die brauchen mich. Meine Kinder sollen nicht auch noch ... Dieses Beben, nur Albträume haben die Kleinen.«

»Lassen Sie die Kinder bei Ihrer Frau. Helfen Sie uns.« Der Priester hob flehentlich die Brauen. »Am Abend werde ich dann sehen, dass ich Ihnen etwas zu essen beschaffe, Ihnen und Ihrer Familie.«

Leonor zog sich vorsichtig zurück.

Der Blick des Priesters fasste sie. »Bitte«, sagte er. »Gehen Sie nicht weg, helfen Sie mit.«

Sie war ertappt. Er wusste, dass sie sich davonstehlen wollte. Aber es war seine Aufgabe, nicht ihre. Er war schließlich Priester. Und er bekam etwas für seinen Dienst. Oder es war eine Strafarbeit. Aus irgendeinem Grund war er dazu verdammt worden, Tote aufzustapeln.

Sie musste ihn ablenken. »Wohin bringen Sie die Leichen?«

»Zum Tejo. Tausende Menschen sind tot. Wir können nicht für jeden ein Grab ausheben.«

»Sie werfen die Leichen in den Fluss? Einfach so?«

»Wir laden sie auf Boote. Die Boote versenken wir in der Flussmitte. Der Patriarch hat es genehmigt für diese Tage. Kommen Sie, wir gehen dort drüben in die Ruine.«

Leonor sah sich um. Der Vater der siebenköpfigen Familie kletterte bereits mit einem der Soldaten zu ihrer Rechten über eine zerfallene Mauer. Die zwei anderen Soldaten traten zu ihrer Linken in einen Hof. Wenn sie dem Priester nicht half, musste er seine Toten ganz allein tragen. In ihr drückte der Finger auf ihre Seele. Sie sollte helfen.

Sie folgte ihm durch den Torbogen. Neben einem Trümmerberg lag eine tote Frau. Es war nicht zu erkennen, woran sie gestorben war. Der Priester bückte sich und griff ihr unter die Arme. Er sagte: »Nehmen Sie die Füße.«

Sie fasste danach und zuckte zurück. Die Füße waren eiskalt. Sie hatte die Hornhaut einer Toten berührt! Sie konnte unmöglich noch einmal dort anfassen.

»Kommen Sie«, drängte der Priester, »so enden wir alle. Jeden Tag sterben Menschen. Wollen Sie ewig die Augen davor verschließen?«

»Es ist grauenvoll«, sagte sie.

»Das kommt, weil wir ursprünglich als Unsterbliche geschaffen waren. Aber wir haben gegen unseren Schöpfer rebelliert, und er hat uns die Unsterblichkeit wieder genommen, das ist nun einmal so. Bis er sie uns zurückgibt am Jüngsten Tag, müssen wir mit dem Tod umgehen lernen. Nehmen Sie die Füße!«

Sie wollte nicht daran denken, dass sie auch einmal so enden würde. Sie wollte nicht an Dalila denken, die in ihrem Grab verweste. Leonor umfasste die kalten Füße. Der Priester hob den Oberkörper an. Sie schleppten die Tote durch den Torbogen zum Karren.

Aus dem benachbarten Trümmerhaufen zogen sie einen Greis mit zerquetschtem Brustkorb. Vom nächsten Grundstück holten sie zwei verkohlte Männer. Leonors Hände wurden schwarz. Mit Mühe bekamen sie die Toten noch auf den Karren. Sie schoben ihn zum Ufer. Leonor musste neben dem Karren herlaufen und zupacken, wenn eine Leiche drohte, von der Ladefläche zu rutschen.

Fünf Karmelitermönche halfen ihnen, die Toten in ein Boot zu laden. Sie durften das Versenken der Leichen den Mönchen überlassen und mit dem leeren Karren umkehren. Was war das für ein grausiges Geschäft! Sie transportierten Menschen wie Mehlsäcke.

Als sie in der unteren *Baixa* einen vierschrötigen Toten mit verrenkten Beinen in den Karren gehievt hatten und kurz verschnauften, fragte Leonor: »Warum bestraft uns Gott so hart? Ich kann das nicht verstehen.«

»Offenbar haben wir es verdient. In Sodom und Gomorra waren die Menschen auch sehr von sich überzeugt, während ihre Lebensweise zum Himmel gestunken hat.«

Sie kletterten über Mauerstümpfe in eine zurückliegende Gasse. Leonor hatte das Gefühl, dass sich ihre Eingeweide verknoteten. Etwas stimmte nicht an der Erklärung des Priesters, sie passte nicht zum Unglück, das Lissabon ereilt hatte. »Müsste Gott andere Städte nicht genauso vernichten? War Lissabon denn schlimmer als Madrid oder Paris? Und selbst wenn sich viele Menschen in Lissabon schuldig gemacht haben – sind das die, die das Erdbeben getötet hat? Wer noch am Leben ist, gehört zu den Guten? Wenn Gott die Bösen durch das Erdbeben hingerichtet hat, dann hätte er auch mich töten müssen.«

Der Priester stand eine Weile da, schweigend. Dann sagte er: »Sie haben recht. Wir sind alle schuldig vor Gottes Gesetz. Es gibt keinen, der von sich behaupten könnte, dass er vollkommen gut ist. Wir sind Egoisten. Wir sind blind für das Leiden anderer. Darum ist Jesus Christus gestorben. Er hat für alles bezahlt, was wir uns zuschulden kommen lassen haben.«

»Und warum hat Gott diese furchtbare Strafe geschickt, wenn doch unsere Schuld schon bezahlt ist? Viele sind in die Kirchen geflohen. Warum hat er seine eigenen Heiligtümer zerstört? Er hätte doch die Kirchen verschonen können.«

»Warten Sie.« Der Priester hatte etwas gefunden. Er hob zwei Steine beiseite. Reglos starrte er vor sich auf den Boden. »Am besten nimmt jeder eines.« Zu seinen Füßen lagen zwei Kinderleichen.

Die Kinder hielten sich an den Händen. Das eine war ein Mädchen, vielleicht fünfjährig. Die schwarzen Haare waren auf seinem Kopf zum Kranz gebunden, die Augen waren geschlossen. Das andere war ein Junge, kaum drei Jahre alt. Seine Augen standen offen. Der Kopf war zu ihr gedreht, als sähe er auch im Tod seine Schwester an.

Leonor erschauderte. Sie wich zurück. Diese Kinder konnten unmöglich so schwer gesündigt haben, dass sie den Tod verdient hatten. Ihr Tod war ungerecht, es war ein furchtbares Versehen, Gott war unaufmerksam gewesen, er hatte seine Pflichten verletzt!

»Wir alle sind des Todes«, sagte der Priester. Seine Stimme war plötzlich heiser. »Jedes Geschöpf, das sich vom Schöpfer abwendet, ist todgeweiht, so wie eine Pflanze eingehen muss, die sich der Sonne entzieht. Manche leben achtzig Jahre, bis sie sterben. Andere sterben jung. Ich bin sicher, dass Gott jeder Tod schmerzt. Er ist der Schöpfer, der Gott des Lebens! Hören Sie, er wird diese Kinder wieder auferwecken am Jüngsten Tag. Sie sind nur vorübergehend tot.«

»Aber wenn er der Gott des Lebens ist, warum tötet er dann? Warum hat er diese Kinder sterben lassen, bevor sich überhaupt ihr Leben entfalten konnte? Dieses Beben kann niemals von Gott herrühren. Wahllos hat es getötet! *Wahllos!*«

Der Priester bückte sich und hob sich das Mädchen auf die Schulter. Er sah Leonor an. Sein Gesicht war blass. »Vielleicht haben Sie recht, und das Erdbeben war keine Strafe. Womöglich waren es wilde Naturgewalten.«

»Hätte er die Kinder nicht beschützen können? Wir reden so viel von Engeln und beten um Schutz, und dann kann der Herrgott nicht einmal zwei kleine Kinder vor niederstürzenden Steinbrocken bewahren!«

»Ich weiß nicht, ob Gott jede Krankheit schickt, jeden Reitunfall, jeden Strudel im Tejo, der jemanden ertrinken lässt. Ich weiß, dass er sie verhindern kann. Er kann jemanden im Krieg unverletzt durch den Kugelhagel gehen lassen. Es gibt solche Wunder! Aber der Schöpfer greift nur selten auf diese Weise ein. Das hat mit unserer Würde zu tun.«

Sie zitterte vor Wut. »Mit unserer Würde? Wie können Sie von Würde reden –«

»Würde«, unterbrach sie der Priester, »dass unser Handeln Wirkung zeigt. Wir sind eben keine Pflanzen, die an einem Ort festgewachsen sind, sondern können uns bewegen. Unser Erschaffer erlaubt uns, in den Schatten zu gehen, fort von ihm. Soll er uns folgen und auch den Schatten ins Licht tauchen? Dann hätte er uns ebenso gut fesseln können.« Er hob die Brauen. »Es gehört zu unserer Würde, dass wir uns für das Böse entscheiden dürfen. Und Gott hebt die Folgen des Bösen nicht auf. Deshalb sterben wir im Kugelhagel. Deshalb verhungern wir, wenn unser reicher Nachbar zu geizig ist, um uns etwas von seiner Speise abzugeben. Deshalb ertrinken wir, werden krank, erfrieren. Diese Erde, die wir pflegen sollten, die Gott uns geschenkt hat – wir haben sie in die Finsternis gesteuert. Nun heulen wir, weil es finster ist, und leiden. Gott verwandelt nicht jeden Knüppel, den ein böser Mensch einem anderen überziehen will, in einen harmlosen Schilfhalm. Er formt uns nicht im Mund die Flüche zu Lobreden. Wir erleben die Folgen unserer Boshaftigkeit.«

»Das erklärt gar nichts«, erwiderte sie. »Das Erdbeben haben wohl kaum böse Menschen hervorgerufen. Er hätte es verhindern müssen! Er hätte uns beschützen müssen!« Sie ertrug es nicht länger. Sie wollte nach Hause. Ohne ihm Gelegenheit zu einer Antwort zu geben, ließ sie den Priester stehen und ging.

Antero konnte seine Finger nicht mehr bewegen. Die eisernen Schellen drückten den Händen das Blut ab, und die Ketten, die sich zu den Kerkerwänden spannten und seine Arme in die Höhe reckten, betäubten die Glieder.

Der schwarze Wasserspiegel reichte bis an seine Knie. Wie lange stand er schon im eisig kalten Wasser? Er fühlte die Füße nicht mehr. Antero roch den Turm: Stein und Nässe und Kalk. Wer hier gefangen war, lebte nicht lange.

Schreie nützten nichts, der Torre de Belém hatte Jahr um Jahr den Fluten und dann dem Erdbeben getrotzt, das Gemäuer war dick und undurchlässig. Antero fror. Seine Brust bebte vor Kälte. Es war seltsam, er wartete und hoffte auf Sebastian de Carvalho, den Mann, der den Zoll für Tabak und Zucker gesenkt hatte, um den Schmuggel weniger attraktiv zu machen, und ihm damit einen Teil des Gewinns verhagelt hatte. Der Premierminister war seine einzige Hoffnung. Irgendwann würde er danach fragen, wo sein Wissenschaftler abgeblieben war.

Die Schultern schmerzten, und das Zittern der Muskeln am

Rücken war fürchterlich. Er musste sich ablenken. Welche Gedanken könnten ihn wärmen? Er dachte an Vasco und an die Hingabe, mit der er die Königliche Bibliothek aufgebaut und verteidigt hatte. Wer ein Buch ausleihen wollte, musste der Bibliothek ein anderes Buch mitgebracht und geschenkt haben, und nicht irgendeines, es musste ein gutes, gebundenes Buch sein. Außerdem musste er vier Cruzados baren Geldes hinterlegen. Bei Aushändigung des Buchs bekam er das Geld zurück. War das entliehene Buch beschädigt, kannte Vasco keine Gnade. Er behielt einen Teil der Summe ein, um die Reparatur des Buchs bezahlen zu können.

Jeden Tag waren Boten mit neuen Büchern angekommen, die Vascos Agenten im Ausland gefunden hatten: wissenschaftliche Literatur, Manuskripte und seltene Drucke, Kunstbände, Romane. Vasco hatte an einem Reich der Bücher gebaut. Welches Buch hatte er ihm damals zuerst empfohlen? Damião de Góis: *Urbis Olisiponis Descriptio*, eine Beschreibung Lissabons, 1554 veröffentlicht. Das Buch beschrieb nun eine Stadt, die es nicht mehr gab, eine untergegangene Stadt aus alter Zeit.

Antero hob den Kopf. Er hatte ein metallisches Scheppern gehört. Er lauschte. Schritte! Jemand kam die Treppe herunter. Sie holten ihn. Der Premierminister hatte ihn gefunden. Schon glomm Licht durch die Ritzen seiner Kerkertür am Kopf der Treppe. Ein Schlüsselbund klirrte, und der Riegel wurde beiseite geschoben. Die Tür öffnete sich. Fackelschein blendete ihn, er musste die Augen zukneifen.

»Wie Sie gesagt haben.« Die Stimme verriet Stolz. »Er war beim König, und ich musste nur beobachten, wer ihn skeptisch ansieht, und dieser Person den Floh ins Ohr setzen.«

Antero blinzelte gegen das Licht. Allmählich gewöhnten sich seine Augen daran, und er konnte einige Wachen erkennen, und

Heitor, und neben ihm Gabriel Malagrida. Seine Hoffnung zerflog wie Staub. Die Enttäuschung nahm ihm die letzten Kräfte.

Malagrida fuhr sich mit der Hand durch den Bart. Die weißen Barthaare knisterten. Als Antero vor fünf Jahren geflohen war, waren sie noch grau gewesen. Wenn sich Malagrida durch den Bart fuhr, war er angespannt. Antero hatte oft genug beobachtet, in welchen Situationen er es tat.

Er spürte den prüfenden Blick des Jesuitenführers auf sich. Während das tote linke Auge zu Heitor hinsah, blickte das rechte Auge Antero geradewegs ins Herz. Malagrida verzog keine Miene. Er hielt stumm den Zyklopenblick auf Antero gerichtet.

Eine Schaufel grub sich durch Anteros Eingeweide. Reiß dich zusammen!, mahnte er sich. Kalter Schweiß brach ihm aus. Wie hatte er sich einbilden können, dass er den mächtigen Jesuiten bekämpfen konnte? Kaum dass Malagrida vor ihm stand, war er, Antero, wieder der schmächtige Junge, der dem Jesuitenführer auf Gedeih und Verderb ausgeliefert war.

Er biss die Zähne aufeinander. Du kannst Malagrida besiegen, sagte er sich. Es gibt Bereiche, in denen du ihm überlegen bist.

Ach ja?, wimmerte der schmächtige Junge in ihm. Welche denn?

Ich kann wissenschaftlich denken, dachte er. In welcher Verfassung war er, wenn ihn eine Beobachtung begeisterte? Wie fühlte es sich an, wenn er in der Bibliothek nach Wissen grub, wenn er stundenlang Bücher wälzte und mit der Feder kleinste Erkenntnisse auf ein Blatt Papier kritzelte, bis es randvoll war mit Notizen?

Es musste ihm gelingen, die Neugier und die klaren Gedanken in sich zu wecken. Dann war er stark. Er flüsterte sich zu: Malagrida ist mein Forschungsobjekt. Wenn ich ihn wie einen seltenen Käfer betrachte, was kann ich über ihn herausfinden?

Sie haben mich nicht misshandelt, dachte er. Das bedeutet, dass mich Gabriel Malagrida vorerst am Leben lassen will. Einen Todgeweihten hätten sie misshandelt. Ich bin kein Todgeweihter für ihn. Er hat noch etwas mit mir vor.

Er erwiderte Malagridas Zyklopenblick und erfasste seinerseits Malagrida, seinen Atemrhythmus, die Bewegungen seiner Hände. War der Jesuitenführer beunruhigt?

Malagrida sagte: »Willkommen zu Hause.«

»Das ist nicht mein Zuhause.«

»Ich fürchte, es wird für den kärglichen Lebensrest dein Zuhause sein.«

»Man wird nach mir suchen. Das wissen Sie.«

»Du hättest aus der Stadt fliehen können. Das Erdbeben hat dir eine gute Gelegenheit dazu geboten. Ich frage mich, warum du geblieben bist.«

Er sagte: »Warum haben Sie Julie getötet?«

»Wie hätte ich die Inquisition aufhalten sollen?«

»Ein erbärmlicher Versuch, mich für dumm zu verkaufen, Padre.«

Malagrida kniff die Augen zusammen. Dann lächelte er. »Du bist stärker geworden.«

Antero schwieg.

»Ich habe sie dir gegönnt. Ich hatte nichts dagegen, dass es dir gut ging. Sonst hätte ich gleich eingegriffen, nachdem meine Leute mir zutrugen, dass man dich mit einer Frau gesehen hat.« Gabriel Malagrida schnaufte einen Atemzug. »Aber sie hat dich abgelenkt. Ich dachte zuerst, es wäre eine kleine Liebschaft. Das wäre in Ordnung gewesen, eine kleine Liebschaft für ein halbes Jahr, so etwas passiert mitunter! Nur war es um dich richtig geschehen. Sie hat die schwache Seite in dir begünstigt, Antero, die Skrupel, die Träumereien.«

Die Kritik schnitt noch genauso tief wie vor fünf Jahren. Malagrida verachtete ihn, weil er vermeintlich willensschwach war. Um diese Verachtung abzuwehren, hatte er damals niederträchtige Dinge für seinen Lehrmeister getan. Er hatte Verrat angestiftet, hatte gestohlen, hatte seine eigenen Eltern betrogen. Jedes Mal hatte er Gewissensbisse gehabt. Malagrida hatte ihm die Absolution erteilt: »Ego te absolvo.«

Die Worte waren ihm leer vorgekommen, verlogen. Wie konnte man eine Sünde begehen und anschließend Gott um Verzeihung bitten, während man die Tat nicht einmal bereute? Er war nie wieder zur Beichte gegangen. Er hasste das »Ego te absolvo«. Er hasste das Prinzip des *geheimen Vorbehalts*, das die Jesuiten pflegten, das Verschleiern der Wahrheit, um ein Geheimnis zu schützen oder – wie sie vorgaben – Schaden abzuwenden. Es sei moralisch mitunter besser zu lügen, als die Wahrheit offen zu vertreten, hatte Malagrida wieder und wieder erklärt. Es war ein Stachel in Anteros Herz.

»Außerdem«, sagte der Jesuit, »wie hätte das mit dem Keuschheitsgelübde zusammengepasst? Wolltest du sie am Ende des Noviziats verstoßen, kurz bevor du die Gelübde ablegst? Dir war doch klar, dass du nur Jesuit sein kannst, wenn du auf die eheliche Gemeinschaft verzichtest und dich stattdessen in die Gemeinschaft des Ordens stellst. Ich brauche dich stark, Antero.« Er sah ihn eindringlich an. »Ich will dich stärker machen, als du es dir in deinen kühnsten Träumen ausmalst. Du kannst ein Mann mit Bedeutung sein, ein wichtiger Mann, einer, der die Geschicke der Welt beeinflusst, der sie steuert. Ich weiß, dass du deshalb nach Lissabon zurückgekehrt bist.«

»Ich soll werden wie Sie? Lieber sterbe ich.«

»Du solltest dein Talent nicht verschleudern. Du bist kein Schmuggler. Tief in deinem Herzen ist dir klar, dass du für Größeres geboren bist. Nur bei der Societas Jesu findest du das Netz, das du für große Taten benötigst.«

»Die Sache der Jesuiten ist schon lange nicht mehr meine Sache.«

»Was stört dich? Dass wir die Indios in Südamerika vor den Kopfgeldjägern beschützen? Dass wir Glaubenskurse anbieten? Dass wir Kinder unterrichten, ohne Geld von den Eltern zu verlangen?«

»Alles, was Sie tun, Padre, dient nur einem Ziel: Sie bauen einen Machtapparat auf und führen ihn.«

»Wenn es so wäre – dafür würde ich mich nicht schämen. Wir leben in einer Gesellschaft, die auf diese Weise gelenkt wird. Führe nicht ich, dann führt ein anderer. Und ich gebrauche die Macht zu guten Zwecken.«

»Ach ja? Was haben Sie mit dem Staatsvertrag vor?«

Er musterte Antero. »Du bist ein Mann geworden. Nun, ich gebe dir mehr Freiheiten. Du erhältst Untergebene, ein eigenes Hoheitsgebiet.«

»Meine Seele steht nicht zum Verkauf, Gabriel Malagrida.«

Das Gesicht des Jesuiten versteinerte. »Es gibt keine Neutralität, was mich betrifft. Das weißt du genau. Ich habe dir ein großartiges Angebot gemacht. Schlägst du es aus, bist du mein Feind.«

»Was war ich die vergangenen fünf Jahre?«

Gabriel Malagrida lachte kurz und trocken. »Dachtest du, du bist mir entkommen? Hast du dir das wirklich eingebildet? Ich war in Südamerika. Sonst hätte ich mich viel eher um dich gekümmert. Wen ich haben will, den bekomme ich.«

Antero sah ihm gerade in die Augen. »Sie irren sich.«

Der Jesuit erwiderte schweigend seinen Blick. Endlich sagte er: »Es ist schade um dich, junger Mann. Aber bei meinen Feinden dulde ich dich nicht. Ich sorge dafür, dass du noch heute an den Galgen kommst.«

Er drehte sich um. Die Männer verließen den Kerkerraum. Krachend fiel die Tür zu. Das Licht entfernte sich, und dann war es finster.

22

Leonor pochte an die Tür. Sie wartete. Vater antwortete nicht. Sie wischte sich noch einmal die Tränen aus den Augenwinkeln. Dann stopfte sie das blaue Seidentuch in den Ärmel, drückte die Klinke herunter und trat ein.

Der Vater kniete vor seinem Bett. Ein Krug Wasser und eine Speischüssel standen bereit, daneben lag Vaters altmodische Zahnbürste mit Knochengriff und Ziegenhaarstoppeln.

Sie sagte: »Ich muss mit dir sprechen.«

Er stand auf. »Du störst meine Gebete.«

»Ein Bote war hier. Heute Abend treten wir vor den König. Wir müssen Vorbereitungen treffen.«

Seine Augen waren von roten Äderchen durchzogen. Er sah müde aus. »Fortlaufend muss ich an Dalila denken«, sagte er leise. »Es genügt, wenn ich dich anschaue. Ich möchte verreisen. Ich wäre gern irgendwo, wo es gut und heil ist, damit ich mich erholen kann.«

»Willst du Mutter besuchen?«

»Ich weiß nicht, wo sie ist … und mit wem.«

Sie riss die Augen auf.

»Es lief schon länger nicht mehr gut mit uns. Deshalb war sie dauernd bei ihrer Verwandtschaft. Wie lange hat sie sich nicht mehr hier blicken lassen? Drei Jahre? Anfangs ist sie ja wenigstens noch für ein paar Wochen im Jahr heimgekommen, um euch zu sehen. Aber die Wahrheit ist, Leonor, wir haben sie verloren.«

Mutter also auch noch. Alle ließen sie im Stich, alle verließen sie. Leonor schluckte trocken. »Du wirst hier gebraucht. Wir müssen bald repräsentieren, Vater. Die Familie Velho da Rocha

Oldenberg geht gestärkt aus der Krise, das hast du doch selbst eingefädelt.«

»Repräsentieren vor den Hungernden, vor den Toten.« Er seufzte. »Ich weiß, ich weiß, der König ist jetzt wichtig.«

»Sie kommen heute Abend und bringen uns zu ihm. Ich werde dich begleiten.«

Vater nickte. Er setzte sich aufs Bett. Kraftlos hingen die Schultern herunter.

Sie wollte ihn umarmen und ihn trösten, aber es erschien ihr ungehörig. Kleine Kinder taten das vielleicht. Erwachsene umarmten sich nicht. »Ich lasse dich besser allein. Jeronimo wird dir deinen guten Frack bringen, er poliert nur noch die Knöpfe.«

Sie verließ den Gesellschaftsraum, ging durch die Eingangshalle und trat nach draußen. Sie atmete tief ein. Wenn sie jetzt die Dinge nicht in die Hand nahm, brach alles zusammen. Mutter war fort, Vater schwach, Dalila tot. Sie musste das Kämpfen übernehmen. Vielleicht war es an der Zeit, die Maske fallen zu lassen.

Vor dem Haus lag eine Tote mitten auf der Straße. Eine Fliege lief auf dem Gesicht hin und her. Sie verschwand in der dunklen Mundhöhle, kam wieder heraus und verschwand erneut. Leonor zwang sich fortzusehen. Sie wollte nicht, dass sich ihr das Bild einprägte.

Dem Haus gegenüber stand eine Ruinenwand mit einer Sonnenuhr. Aber die Uhr zeigte keinen klaren Schattenstrich. Der Schatten des Stabes flackerte unruhig über die Markierungen auf der Wand. Eine Niemandszeit war es, getränkt in das Greuellicht glutschwelender Häuser.

Ihre Liebe zu Antero durfte sie nicht länger lähmen. Dass man sie die Jesuitin nannte, hatte doch guten Grund: Sie hatte ein Netz an Beziehungen aufgebaut, das sie anderen überlegen machte. Und sie besaß Stärken. Sie musste sie nur einsetzen.

Die Arme fielen herunter wie lebloses Fleisch und klatschten an seine Seiten. Dann knickten die Beine ein. Die Büttel mussten Antero unter die Achseln greifen und ihn aus der Zelle tragen. Wasser troff von seinen Strümpfen auf die Treppe.

Er spürte seinen Körper nicht. Hängt mich doch, dachte er. Ich bin sowieso schon tot. Als sie ihn in das Boot setzten und mit kräftigen Ruderschlägen von der Anlegestelle des Torre de Belém ablegten, merkte er ein Reißen in den Schultern. Die Arme wurden ihm schwer von Blut. Abertausende Nadeln stachen ihn in die Oberarme. Dann jagten Schauer von Stichen über seine Unterarme. Die Hände begannen zu schmerzen. Die Beine pulsten. Er biss die Zähne zusammen und starrte auf das Ufer.

Die Ruder knarrten in den Dollen. Der Bug schnitt durch das Wasser. Sie hielten auf die weiße Kathedrale von Belém zu. Zwischen Baumstämmen hindurch sah er die Zelte beim Königspalast. Was wurde aus Samira, wenn sie ihn hängten? Vielleicht kümmerte sich Leonor um die Kleine. Sie würde Geld an das Kloster der Klarissen geben – wenn der Familie nach dem Beben noch welches geblieben war – und die Nonnen bitten, Samira bei sich aufzunehmen. Sie würde sie von Zeit zu Zeit besuchen, anfangs, und irgendwann würde Samira eine Klarissin sein.

Das war nicht das Leben, das er ihr wünschte. Samira sollte nicht im Kloster aufwachsen, ohne Mutter, ohne Vater, und Nonne werden. Sie hatte mit ihren sechseinhalb Jahren genug Einsamkeit erlebt. Sie brauchte ihn.

Die Ruderer zogen die Riemen ein. Zwei Büttel stiegen aus und vertäuten das Boot am Steg. Dann packten sie ihn und hievten ihn hinaus. »Der Drecksack kann nicht laufen«, sagte einer der Büttel. »Wie bringen wir ihn in die Stadt zum Galgen?«

Ein anderer sagte: »Ich besorge einen Gaul. Wartet hier.«

»Ich habe Hunger«, sagte Antero. Seine Stimme hörte sich fremd an, wie ein Krächzen.

Die Büttel lachten. »Erwartest du ein Galgenmahl? Vergiss es. Wir haben auch Hunger. Und die Tausende, die das Erdbeben überlebt haben.« Sie ließen ihn auf dem Boden sitzen.

Dort hinten waren die Zelte. Der Premierminister konnte die Hinrichtung aufhalten. Antero holte tief Luft und schrie: »Hilfe! Helft mir!«

Ein Büttel zog seinen Säbel und hielt ihn Antero an die Rippen. »Klappe halten, sonst habe ich dich beim Fluchtversuch erstochen. Ist das klar?«

Antero schwieg. Er spähte zu den Zelten hin. Es war illusorisch, zu glauben, dass man seine heiseren Rufe da hinten gehört hatte. Trotzdem hoffte er darauf. Er malte sich aus, wie Sebastian de Carvalho mit der königlichen Leibgarde über den Rasen schritt, um ihn zu retten.

Irgendwann nahm der Büttel den Säbel fort und schob ihn zurück in die Scheide. Antero musterte den Kerl. Seine Perücke war schmutzig. Sie war an den Seiten zu kurz und offenbarte bei den Ohren schwarzes Haar. Es kümmerte den Büttel nicht, eine Perücke aus zweiter Hand zu tragen, die ihm nicht passte. Antero traute ihm zu, dass er ihm ohne weitere Warnung den Säbel in den Leib stieß, wenn er noch einmal um Hilfe rief.

Also schwieg er, bis sie einen Klepper herführten. Sie setzten ihn darauf und machten sich auf den Weg nach Lissabon. Schwarzer Rauch am Horizont bewies, dass die Stadt immer noch brannte. In dieser Hölle aus Feuer, Qualm und Trümmern wartete der Galgen, dessen Seilschlinge ihm das Genick brechen sollte.

Leonor sah die Straße hinunter. Hier war erst vor Tagen der neue englische Generalkonsul empfangen worden. Die Straße war sauber gewesen und mit Blumengirlanden geschmückt. An den Balkonen hatten bunte Tücher gehangen. Musik, tanzende Menschen – es erschien ihr wie ein Traum.

Jetzt gab es nur noch Trümmer. Zu ihrer Linken brannte eine Ruine. Und dort lag die Tote, das Gesicht von schwarzem Blut verschmiert. Ein Rabe landete neben der Leiche und äugte auf sie hin.

»Weg mit dir«, befahl Leonor. »Verschwinde.«

Der Rabe hüpfte ein Stück, dann sah er wieder mit seinen Kohlenaugen auf die Tote. War es einer der Raben der erzbischöflichen Kirche? Dann müsste er die Leichen beschützen. In der Kirche hatten sie Raben gehalten, weil der Kirchenpatron, der heilige Vincentius, durch Raben verteidigt worden war. Aber der Rabe sah gierig aus. Leonor hasste ihn.

Sie konnte ja nicht hierbleiben und die Tote den ganzen Nachmittag bewachen. Sie drehte sich um und trat ins Haus. Den Sklaven in der Eingangshalle beachtete sie nicht. Sie ging in ihr Zimmer und blieb vor dem wuchtigen Schrank stehen. Wenn der Herzog de Aveiro sich nicht an die Vereinbarung hielt und ihr keines der Kleider seiner Tochter bringen ließ, musste sie auf anderem Weg an ein Kleid kommen. Sie drehte den kleinen Schlüssel um, der im Schloss steckte, und öffnete die Schranktüren.

Ein Marienbildnis war an die Innenseite der linken Schranktür geheftet, Maria in leuchtenden Farben und mit Goldlack verziert. Rings um das Bild war ein Gebetstext abgedruckt. Das Bildnis erinnerte sie an Dalila. Die Schwester hatte Heilige geliebt. Die Heiligen waren ihre Alltagsmagie gewesen, ihr helfender Zauber, wenn sie verzweifelt war.

Das Schrankinnere roch nach Kartoffelstärke. Bettwäsche und Schürzen lagen sauber gestapelt in den Fächern. Unten standen einige Waltranlampen. Leonor fasste über die Wäschestapel und fühlte in den hinteren Ecken des Schranks nach Verborgenem. Im obersten Fach knisterte Papier. Etwas Hartes war darin eingewickelt. Sie zog es heraus. Ein Zuckerhut, in blaues Papier verpackt. Die Spitze fehlte schon. Die Bewohnerin dieses Zimmers musste den Zuckerhut aus der Küche gestohlen haben, oder sie hatte ihn selbst gekauft und wollte ihn nicht mit den anderen teilen.

Leonor wickelte ihn aus und brach ein Stückchen ab. Sie steckte es in den Mund. Süße Krumen breiteten sich aus und lösten sich im Speichel auf. Es gab kein Cembalo in diesem Haus. Was hatte ihre Vorgängerin den lieben langen Tag getan?

Sie legte den Zuckerhut auf das Schwanendaunenbett und schloss den Schrank. Neben ihm stand eine Kommode. Bisher hatte Leonor nicht gewagt, ihre Schubladen zu öffnen. Die Dinge darin gehörten nicht ihr. Es war, als erwartete sie, dass die Besitzerin in der Tür erscheinen würde, sobald sie die Kommode öffnete, und sie mit einem kühlen, vorwurfsvollen Blick tadelte, weil sie in verbotenen Schränken stöberte.

Leonor zog die obere Schublade auf. Unterröcke und Halstücher lagen darin. Sie rochen nach fremdem Parfum. Warum hatte die Frau, die hier gewohnt hatte, nichts mitgenommen auf der Flucht? Hoffentlich lebte sie noch.

Auf den Halstüchern lag ein Armband. Leonor nahm es in die Hand. Es war aus schwarzem Haar geflochten. In einem Roman hatte sie einmal gelesen, dass eine Frau ein Armband aus ihrem eigenen Haar flocht für ihren Geliebten. Womöglich hatte die Besitzerin vorgehabt, es zu verschenken, und war nicht mehr dazu gekommen.

Es klopfte.

Sie sagte: »Ja?«

Der Vater betrat das Zimmer. Sein Frack war gebürstet, die

goldenen Knöpfe poliert, und er trug eine frisch mit Kreidestaub gepuderte Perücke.

»Was gibt es, Vater?«

»Der Herzog de Aveiro hat uns seine Kutsche geschickt, und ein Kleid für dich.« Er wandte sich um.

Eine Domestikin kam herein. Sie trug ein Gewand aus schillernd grünem Damast auf ihren Händen, als würde es in tausend Teile zerspringen, wenn es zu Boden fiel.

»Ich glaube, der Herzog möchte, dass du das Kleid anziehst, wenn wir zum König gehen.« Vater sah ernst aus. »In den nächsten Stunden entscheidet sich das Schicksal unserer Familie. Wir dürfen keinen Vorteil verschenken.« Leise schloss er die Tür hinter sich.

Leonor streifte sich das hässliche Kleid vom Leib. Die Domestikin brachte ihr das damastene und half ihr hinein. Der Stoff rührte kühl an ihre Haut. Er streichelte über ihre Arme. Als der letzte Knopf geschlossen war, drehte sie sich in Tanzschritten durch den Raum. »Wie sieht es aus?«

»Vorzüglich, Menina Leonor«, sagte die Domestikin. »Sie sehen aus wie eine Prinzessin.«

Sie ging nach draußen.

Der Vater hatte vor der Tür gewartet. Er sagte: »Du bist wunderschön, Leonor.«

Sie lächelte und machte einen Knicks.

»Komm«, sagte er. »Die Kutsche wartet schon. Es macht dir doch nichts aus, mit dem Wappen des Herzogs zu fahren?«

Das war die neue Welt, in die sie vorstießen. Die Welt des portugiesischen Hochadels.

An Vaters Arm schritt sie nach draußen. Dort stand eine schwarze Berline, über und über mit Goldranken bemalt. Die Felgen der rotlackierten Räder schmückte Schnitzwerk, und selbst die Speichen waren mit geschnitzten Blättern verziert. Zwei Rappen waren vor die Kutsche gespannt. Ihr Fell glänzte wie Onyx. Die Landgüter des Herzogs mussten im Erdbeben glimpflich davongekommen sein.

Der Schlag der Kutsche stand offen. Vater ließ Leonor den Vortritt. Sie stieg ein und erschrak. Die Krähe, der Helfershelfer Malagridas, saß in der Berline. Sie nahm ihm gegenüber Platz. Der Kerl knetete seine dürren Hände. Über der spitzen Nase jagten unruhig die flinken erdbraunen Augen umher. Kein Zweifel: Malagrida vertraute ihr nicht mehr, weil sie ihn über Antero belogen hatte.

Auf dem Sitz neben Tomás lag ein großes Papier, eng beschrieben, die Zeilen wie mit der Nadel durchs Papier gezogen, fehlerfrei und ohne Makel.

Der Vater stieg ein. Von draußen schloss Jeronimo die Tür. Vater sah ebenfalls auf das Papier. »Sie haben den Staatsvertrag also bekommen«, sagte er. Er wandte sich Leonor zu. »Du hast mir gar nicht erzählt, dass du erfolgreich warst.«

»Ihre Hilfe war nicht mehr vonnöten«, sagte die Krähe. »Padre Malagridas ehemalige rechte Hand hat uns den Vertrag beschafft.«

Leonor wurde es flau im Magen. Antero hatte den Vertrag gestohlen? Für die Jesuiten? Niemals! Das hatte er unmöglich freiwillig getan. »Sprechen Sie von Antero? Wie geht es ihm?«

»Den Umständen entsprechend.« Tomás grinste.

Kaltes Grauen durchfuhr sie. Sie starrte auf den Vertrag und wagte nicht zu atmen. Sie hatten Antero gedemütigt. Sie hatten ihm auf irgendeine Weise Schmerzen zugefügt, damit er sich ihrem Willen beugte. Er war so voller Hass auf die Jesuiten gewesen und so besorgt, an sie verraten zu werden. Wenn er jetzt in ihren Händen war, erging es ihm schlecht.

Der Jesuit reichte dem Vater den Vertrag. »Sehen Sie ihn sich in Ruhe an.« Er klopfte mit der flachen Hand gegen die Wand der Berline.

Der Kutscher ließ die Peitsche knallen. Ein Ruck ging durch die Kutsche. Die Hufeisen der Pferde schlugen auf das Straßenpflaster. Vater las das große Papier.

Leonor strich über den roten Samtstoff der Sitzbank. In eine Richtung rauhte er auf, und wenn man in die andere Richtung darüberfuhr, glänzte er wieder. Sie schrieb ein *A* für *Antero* auf den Samt. Dann löschte sie es schnell wieder aus.

Angst würgte sie. Sie sah aus dem Fenster auf die vorüberziehenden Ruinen und versuchte, Klarheit in ihre Gedanken zu bringen. Der Aufstieg ihrer Familie war mit Anteros Blut erkauft.

Der knochige Klepper trug Antero durch die Straße der Schmiede. Hier war noch nicht aufgeräumt worden: Steinbrocken lagen überall, zerborstene Balken, Eisenteile, Hausrat. Man hatte nur einen schmalen Pfad freigeräumt. Es war still. Kein Hammer wurde auf den Amboss geschlagen, kein glühender Nagel gebogen, kein Eisenstück im Wasserbad gekühlt. Das Fauchen der Blasebalge war verstummt, und der Rauch der Essen verweht.

Diese Ruine war das Haus der Familie Pinto gewesen. Mit dem jüngsten der vier Söhne war er in Kindertagen befreundet gewesen. Die älteren Pinto-Brüder waren in die Kolonien ausgewandert, und so hatte es für die Familie nur ein Gesprächsthema gegeben: die Verhältnisse in Übersee. Immerhin, die fernen Söhne waren verschont geblieben dank ihrer Abwesenheit. Lebten die Eltern noch, und sein alter Freund?

Der Klepper lief mit stoischer Ruhe durch die zerstörte Stadt, als wäre es sein Alltagsgeschäft, einen Menschen ins Totenreich zu bringen. Vielleicht gab es etwas wie ein unentrinnbares Schicksal. Der 3. November 1755 war sein Todestag. Es war seltsam, das Datum zu wissen. Er war aufgeregt, als habe er eine Prüfung vor sich.

Sie passierten eine Schlange von Menschen, einer stand hinter dem anderen, der vorderste wartete an einer Ruine. Der Büttel, der das Pferd führte, trat an ihn heran, einen weißhaarigen Mann mit Altersflecken im Gesicht. »Was soll das?«, fragte er barsch.

»Es geht das Gerücht, dass heute Nahrung verteilt werden soll, hier bei der Bäckerei vom alten Gonçalos.«

»Glauben Sie im Ernst, dass jemand Brot verteilen wird?«

»Das Militär hat mich zurück in die Stadt geschafft, und sie haben Passkontrollen eingerichtet, man kommt nicht mehr raus ohne eine Sondergenehmigung. Wenn der König uns nicht ernährt, verhungern wir. Das müssen die doch bedacht haben, als sie uns geholt haben.«

Ein Mann löste sich aus der Schlange. Er stützte eine Frau. »Bitte helfen Sie uns!« Er kam auf den Büttel zu. »Wissen Sie, wo ich einen Arzt finde? Meine Frau braucht Hilfe.«

»Gehen Sie zum *Terreiro do Paço*«, sagte der Büttel. Und lauter, sodass alle ihn hören konnten: »Sie werden hier nichts bekommen. Wenn der König Brot verteilen lässt, dann auf einem der großen Plätze, auf dem Ratoplatz oder dem Rossioplatz.«

Die Leute starrten ihn ungläubig an. Niemand sagte etwas. Sie blieben in der Schlange stehen. Ein Kind begann zu weinen.

»Hören Sie«, rief der Büttel, »Sie können sich nicht allein auf den König verlassen. Wir müssen alle anpacken! Unter den Trümmern sind sicher noch Vorräte verborgen.«

»Wenn wir nach denen graben, landen wir am Strang.«

Der Büttel schüttelte den Kopf. »Holen Sie sich eine Genehmigung vom Magistrat Ihres Bezirks. Wenn Sie beweisen können, dass das Haus Ihnen gehört, geschieht Ihnen nichts.«

Niemand wollte seinen Platz in der Schlange aufgeben. Sie standen da und sahen den Büttel an.

Er wandte sich kopfschüttelnd an seine Kameraden. »Was stellen die sich vor, woher soll der König Brot nehmen?«

»Das Heer«, sagte einer der anderen Büttel. »Die requirieren sicher aus dem Umland.«

»Und wer isst das Herangeschaffte?«

Der andere grinste. »Das Heer.«

Sie gingen weiter. Antero musste an seine Kindheit denken. Er war der Beste gewesen, in einer Klasse von achtzig Schülern. Trotzdem hatte er jedes Jahr gezittert bei der Prüfung, die über das Aufrücken in die nächsthöhere Klasse entschied. Das Pensum, das sie auswendig lernen mussten, war immens gewesen.

In Latein und Griechisch diktierte der Lehrer den Stoff, oder er las einen Text Satz für Satz vor, die Schüler sprachen ihn, über das Buch gebeugt, nach, und dann schrieben sie auf, was sie gehört hatten. Antero dachte an die abgewetzten Bücher, die er damals verwendet hatte, an die pythagoreischen Tafeln für das Rechnen, an die Liste von Homonymen, die helfen sollte, gleichklingende Wörter zu unterscheiden.

Die Lehrer regierten die Schüler mit Hilfe eines tückischen Systems: Sie mussten sich gegenseitig bespitzeln. Die Lehrer setzten »Präfekten« ein, diese delegierten an »Dekurionen«, und die »Dekurionen« überwachten die restlichen Schüler. Fiel jemand durch Ungehorsam auf, wurde das über die Befehlskette rasch gemeldet. Es erfolgte ein Verweis und ein Eintrag ins Klassenbuch, das ehrfurchtsvoll »Lebensbuch« genannt wurde. In schweren Fällen gab es Arrest und Prügel. Die Patres schlugen sie nie, man empfing seine Strafe von kräftigen Schülern der oberen Klassen. Trotzdem hielten die Lehrer ständig den Stock in der Hand, mit dem die Schüler geschlagen wurden. Sie ließen ihn durch die Luft fauchen, pochten warnend damit auf das Pult oder schlugen ihn einem schlafenden Schüler mit lautem Knall auf den Tisch.

Warum war er so versessen darauf gewesen, in der Schule zu bleiben? Natürlich, es gab Gutes, die öffentlichen Aufführungen des Schultheaters oder den Rethorikunterricht in den beiden Abschlussjahren. Aber war das Grund genug gewesen, sich mit dem Stiefvater zu zerstreiten und das Haus zu verlassen?

Er erinnerte sich genau an die Kommunion. Er war vierzehn Jahre alt gewesen, es war der Sonntag nach Ostern, und in jeder Straße sah man Kinder an der Seite ihrer Eltern zur Kirche gehen, Knaben und Mädchen fein herausgeputzt. In der Kirche trugen sie eine brennende Kerze, auf der einen Seite die Knaben, auf der anderen die Mädchen. Er hatte nur hinübergestarrt zur Mutter, den Bauch voller Wut, weil der fremde Mann neben ihr saß, der Mann, der niemals sein Vater sein würde. Er war Protestant, er durfte gar nicht hier sein, während die Kinder in Gegenwart der Gemeinde die Kommunion empfingen!

Der Stiefvater hatte mit Vaters Tod nichts zu tun, Vater war am Fleckfieber gestorben. Trotzdem kam es Antero damals vor, als habe der Stiefvater ihn beiseitegeschafft, um sich die Mutter zu sichern.

Mit fünfzehn, zwei Jahre vor dem Lyzeum, war er von zu Hause abgehauen. Es war schon am Morgen so heiß gewesen an jenem Sommertag, dass er das Hemd gleich wieder ausgezogen hatte. Mit nacktem Oberkörper war er die Treppe hinuntergekommen. Der Stiefvater hatte unten auf ihn gewartet.

»Die Familienandacht ist auch für dich verbindlich, Antero«, hatte er gesagt.

Familienandacht. Das hieß, dass der Stiefvater die Mutter, ihn und die Dienstboten um sich sammelte, um ihnen Verse aus der Bibel vorzulesen. Sie sangen gemeinsam, und zum Schluss sprachen sie das Vaterunser. Familienandacht war etwas, das sein richtiger Vater nie verlangt hatte. Schon allein deshalb lehnte Antero es ab. Er sagte: »Ich bin Katholik. Ich nehme nicht an einer protestantischen Andacht teil.«

»Das haben dir die Jesuiten eingeredet«, sagte der Engländer. »Ich werde dich vom Kolleg nehmen.«

»Das werden Sie nicht!«

»Wir suchen einen Privatlehrer für dich. Verstehst du nicht, was dieser Orden tut? Der Jesuitenorden ist ein Kampfverband gegen den evangelischen Glauben.«

»Unsinn.«

»O doch. Als Ignatius von Loyola die Gesellschaft Jesu gegründet hat, da stand die katholische Kirche mit dem Rücken an der Wand! Die Hälfte des Abendlandes hatte sich schon von der Kirche abgewendet. Überall haben sich die Lehren der großen Reformatoren verbreitet. Davon erzählen sie dir nichts, kein Wort von Martin Luther, Johannes Calvin, Ulrich Zwingli, ist es nicht so? Oder allenfalls Verächtliches. Die Jesuiten waren es, sie haben das Ruder wieder herumgerissen. Was glaubst du, warum die Beichtväter der Landesfürsten allerorten Jesuiten sind? Dahinter steckt ein Plan! Sie überreden ihre Herren, protestantische Geistliche zu verbannen und gegen Adlige vorzugehen, die dem protestantischen Glauben die Treue halten.«

»Das ist auch richtig so«, sagte Antero.

»Die Reliquienschau! Die prächtige Frömmigkeit! Es geht nicht um einen festlichen, irdischen Schmuck, Antero. Es geht um den Glauben an Jesus Christus. Es geht um den ewigen Gott! Er ist über alles Irdische erhaben.«

»Die Jesuiten heißen ja wohl nicht umsonst Jesuiten. Sie verbreiten doch den Glauben an Jesus. Ihre Exerzitien haben schon viele Menschen auf die Knie gebracht.«

»Ja, und am effektivsten sind die Jesuitenschulen, man sieht es an dir«, spottete der Stiefvater. »Kostenlose Schulbildung von hoher Qualität, damit haben sie selbst die Protestanten eingefangen. Wir schicken ihnen unsere Kinder, unseren wertvollsten Schatz. Jeder, der später Rang und Namen hat, wird von Jesuiten ausgebildet: Staatsmänner, Diplomaten, Kaufleute, Gelehrte. Aber auch dieses Schulsystem hat seine Schwächen. Ihr lernt nur auswendig und verinnerlicht dabei den katholischen Glauben. Was ist mit euren eigenen Verstandeskräften, wie werden die geweckt? Ihr büffelt Latein. Was ist mit eurer Muttersprache, mit dem Portugiesischen?«

Antero sagte: »Seit wann scheren Sie sich um Portugal? Sie sind doch nur aus England gekommen, um Geld zu scheffeln.«

»Jetzt reicht es.« Der Stiefvater packte Antero im Genick und zerrte ihn in die Küche. Dort verdrosch er ihn mit einer Kelle, dass ihm Hören und Sehen verging. Noch am selben Tag verließ Antero das Elternhaus für immer.

Die Jesuiten sagten damals, ein hochbegabter junger Mann wie er dürfe nicht auf der Straße landen, und verschafften ihm eine Unterkunft in einem Armenhaus. Später durfte er bei Malagrida neben der Jesuitenkirche wohnen.

Es war alles so einfach gewesen. Er wurde weiterempfohlen an das jesuitische Lyzeum. Er studierte Grammatik, Rhetorik, Dialektik; dann das Quadrivium Arithmetik, Geometrie, Astronomie und Musik. Malagrida hielt seine Hand über ihn. Dass er, Antero, von ihm abhängig war, begriff er erst, als ihn das Theologiestudium quälte: Thomas von Aquin, Kontroverstheologie, Kasuistik, Kirchenrecht und Heilige Schrift – er interessierte sich nicht im Mindesten dafür. Seine Neugier galt den Naturgesetzen. Malagrida aber ließ ihn deutlich spüren, dass er nicht sein eigener Herr war.

Als er aufbegehrte, bekam er eine Rechnung zugestellt, das war alles. Die Rechnung listete die Mietkosten der vergangenen Jahre auf, die Bücher, das Essen, die Kleider, die man ihm überlassen hatte. Es ergab eine Summe, die er unmöglich bezahlen konnte. Darunter stand: *Darf ich dich weiter fördern?* Die Botschaft war unmissverständlich.

Malagrida lud ihn immer öfter ein, ihn auf seinen Besuchen zu begleiten. Er vertraute ihm Geheimnisse an. Dann aber hatte er Julie auf den Scheiterhaufen gebracht. Gabriel Malagrida duldete keine Nebenbuhlerin. Er hatte Antero uneingeschränkt für sich haben wollen.

Der Klepper stolperte, ein Ruck ging durch Anteros Körper. Antero spähte nach vorn. Eine Volksmenge füllte den Rossioplatz aus. Drei Galgen standen auf einer rohgezimmerten Bühne. An einen davon hängen sie mich, dachte er. Die Angst machte, dass er am ganzen Körper zitterte. Vielleicht konnte er sich aus dem Sattel fallen lassen und in der Menge untertauchen? Er musste entkommen!

Der Büttel, der das Pferd führte, hielt an. »Absteigen!«, befahl er.

Antero glitt vom Pferd. Sie stützten ihn unten. Dann zog einer einen schwarzen Sack hervor und stülpte ihn Antero über den Kopf. Ihm wurden die Hände nach hinten gerissen und gefesselt. Grober Strick zerriss die wunden Handgelenke.

Antero wurden die Knie weich. Eine Flucht war unmöglich. Sie hängten ihn. Hier. Heute. Das war also mein Leben, dachte er. Ich werde Samira nie wiedersehen.

Was hatte er getan mit seiner Lebenszeit? Er hatte Geld angehäuft und es wieder verloren. Er hatte geforscht, aber konnte niemandem seine Erkenntnisse weitergeben. Er hatte ein Kind gezeugt und es allein gelassen. Er hatte geliebt und die Geliebte verloren.

Antero schluckte trocken. Sein Herz trommelte gegen die Rippen. Gleich würde er Gott begegnen. Er sollte an einen Bibelvers denken. Einen Psalm. Psalm 119 hatte er im Theologiestudium auswendig gelernt.

> *Lass meine Seele leben, dass sie dich lobe, und dein Recht mir helfen. Ich bin wie ein verirrtes und verlorenes Schaf; suche deinen Knecht, denn ich vergesse deine Gebote nicht.*

Ich bin wie ein verirrtes und verlorenes Schaf. Hilf mir, Gott! flehte er. Lass mich wenigstens ruhig werden und den Tod ertragen.

Aber sein Herz raste nur noch schlimmer.

23

Nicolau Fernandes strich die Pläne auf dem Tisch glatt. Durch die Ritzen des Holzverschlags malte die Sonne Lichtstreifen auf das Papier. Er zog einen seiner kostbaren Borrowdale-Bleistifte aus dem Kästchen. Wie gut, dass er die Stifte immer am Mann trug. Nirgendwo sonst hätten sie das Erdbeben überlebt.

Er sah über den Plan. Sie mussten innerhalb kürzester Zeit Tausende Hütten errichten. Planken wurden gebraucht, Strohmatten und Segeltuch. Am besten würde es sein, Übergangssiedlungen im Osten und Westen der Stadt einzurichten und dann die Hochplateaus rings um die Stadt zu nutzen. Er schrieb auf den Plan:

Campo de Ourique
Campo de Santa Ana
Campo Grande
Campo Pequeno

Neben die Burg schrieb er *Campo de Santa Barbara*. Im Westen der Stadt notierte er einen *Estrela*-Distrikt, im Osten einen *Campo de Santa Clara*. Aber wie sollten sie das Baumaterial zuteilen? Und wer wies den Familien Plätze zu? Er brauchte Lagerleiter für die Übergangssiedlungen.

Er lehnte sich zurück und massierte sich den Nacken. Selbst wenn sie die Notlager zustande bekamen – es war eine nahezu unmögliche Aufgabe, Portugals Hauptstadt wieder aufzubauen, eine Stadt, die mit den Handelsgewinnen von Jahrhunderten errichtet worden war, eine Stadt, in die der Schweiß und die Kräfte von ganzen Völkern geflossen waren. Aber natürlich mussten sie es versuchen. Er mochte es, wenn Menschen hart arbeiteten, auf den Baustellen, in den Werkstätten, überall. Es gab ihrer Existenz Würde.

Jemand klopfte an die Tür und brachte damit den ganzen Verschlag ins Wanken.

»Seien Sie vorsichtig, Mann!«, rief Nicolau verärgert.

»Verzeihung. Wir wären soweit.«

»Ich komme.« In Zeiten der Not verlangte das Königreich seinen fähigen Männern mehr ab als gewöhnlich. Notlager mit zehntausend Hütten zu errichten wäre genug gewesen für einen Halbgott. Aber man hatte ihm außerdem noch die Aufgaben eines Magistrats übertragen, weil drei Magistrate im Erdbeben ums Leben gekommen waren und man so schnell keinen geeigneten Ersatz für sie fand.

Er stand auf. Sorgenvoll besah er das Kistchen mit den teuren Bleistiften. Schließlich legte er den Stift wieder hinein und steckte es ein. Er trat nach draußen und sagte zum Soldaten: »Sie bleiben hier und bewachen das Bureau. Sie bürgen mit Ihrem Leben für die Sicherheit der Pläne!«

Der Soldat salutierte.

Auf dem Rossioplatz hielten die Soldaten ihre Gewehre quer und schoben die Menge auseinander, um Platz für ihn zu machen. Die schmutzigen Gesichter folgten ihm, als er an ihnen vorüberschritt. Hunderte Augenpaare starrten ihn böse an.

Er stieg auf das Podest des mittleren Galgens und wandte sich zur Volksmenge um. »Sie sehen eine zerstörte Stadt«, sagte er und wies auf die rauchenden Ruinen rings um den Platz. »Vor uns liegen harte Zeiten. Es wird Hunger geben. Es wird an den einfachsten Dingen des Lebens mangeln, an Seife, an Kleidung, an Arznei. Unser neuer Premierminister, Sebastian de Carvalho, hat den Marquês de Abrantes beauftragt, das Heer in Lissabon zusammenzuziehen, um wichtige Plätze zu schützen und Plünderungen zu verhindern. Außerdem hat er ein Passsystem eingerichtet, das den Zugang zur Stadt regelt.«

Jemand rief: »Sie haben uns nach Lissabon zurückgezwungen, und jetzt lassen Sie uns nicht wieder raus aus dieser Hölle, so sieht es aus!«

»Das ist richtig«, sagte Nicolau. Er verlieh seiner Stimme den Tonfall unnachgiebiger Strenge. »Es ist Teil meiner Befugnis als Magistrat, über Ihren Aufenthaltsort zu bestimmen.« Viele Familien trugen Bündel mit Habseligkeiten bei sich. Sie brauchten einen Unterschlupf, das wusste er ja. Er arbeitete doch daran! »Wir werden Lissabon nicht aufgeben. Wir bauen diese Stadt wieder auf. Und dafür brauchen wir jeden von Ihnen.«

Die Menge schwieg.

»Der Premierminister hat den zwölf Magistraten und dem Obersten Richter übergreifende Kompetenzen eingeräumt für die nächsten Monate. Jeder der Magistrate erhält das Recht, Plünderer und Diebe an Ort und Stelle in einem Blitzgericht zu verurteilen und zu exekutieren. Ich rate Ihnen allen, unmissverständliche Beweise Ihrer Identität oder ihres Besitzrechts bei sich zu tragen, wenn Sie in den Ruinen Ihrer Häuser nach Gütern suchen.«

»Beweise? Die sind doch alle verbrannt«, rief eine Frau.

»Dann melden Sie sich beim Magistrat Ihres Stadtbezirks und bringen Sie Zeugen bei, damit er Ihnen vorübergehende Dokumente ausstellt. Ich warne Sie ernstlich! Mit Dieben wird nicht lange gefackelt in diesen Tagen. Ein Blitzgericht sucht nicht nach Hinweisen auf mögliche Unschuld. Wir können nur überleben«, sagte er, »wenn wir eng zusammenstehen. Den persönlichen Vorteil müssen wir hintanstellen, was zählt, ist das Gemeinwohl. Uns drohen Seuchen. In einigen Stadtteilen grassiert bereits das Fleckfieber. Und es wird sich weiter verbreiten, wenn wir nicht die Toten fortschaffen und die stinkenden Lachen ablaufen lassen. Helfen Sie den Geistlichen und den Soldaten dabei, die Leichen und Tierkadaver aufzulesen. Helfen Sie, die Kanäle des Abwassersystems wiederherzustellen.«

»Wo sollen wir hin?«, fragte ein Familienvater. »Ich habe Kinder, und meine Frau hat Quetschungen erlitten.«

»Wir werden außerhalb der Stadtmauern Notunterkünfte errichten. Bis es so weit ist, wird es bewachte Lager geben, hier auf dem Rossioplatz, auf dem *Terreiro do Paço* und auf dem Ratoplatz, wo Sie zumindest Ihren Besitz unterstellen können. Wir sichern dort auch, was das Militär und die Amtsleute aus Ruinen geborgen haben. Ich weiß, dass Sie Hunger haben und keinen Platz zum Schlafen. Haben Sie einige Tage Geduld! Wir werden Hütten bauen und Lebensmittel heranschaffen, aber all dies braucht Zeit. Gott sei mit uns.« Er trat über eine kleine Treppe von der Galgenbühne hinunter. Soldaten zerrten Gefesselte hinauf, denen schwarze Säcke über die Köpfe gestülpt waren, und stellten sie in einer Reihe auf, unter jedem Galgen vier von ihnen. Dann wurden ihnen die Säcke heruntergerissen.

Einer der Verurteilten, ein stämmiger Mann, der seinen Bart zu verfilzten Zöpfen geflochten hatte, sah nach oben zur Galgenschlinge. »Scheiße.«

Und der dort neben ihm, war das nicht Antero Moreira de Mendonça, der braungebrannte Kerl, den er in der provisorischen Schreibstube des Premierministers beim Ausspähen von Staatsdokumenten erwischt hatte? Gut, dass sie ihn entlarvt hatten. Einen Spion und Hochverräter konnten sie in diesen Tagen überhaupt nicht gebrauchen. Der Staat war geschwächt und verwundbar.

Nicolau begegnete dem Blick des Verräters. Er sah nicht aus, als hätte man ihn geschlagen. Trotzdem stand er da wie ein mühsam aufgerichtetes Skelett. Er hatte sicher eine unschöne Nacht hinter sich.

Seltsam, dass er vom Erdbeben gewusst hatte, bevor es loskrachte. Gab es eine Möglichkeit, ein Erdbeben von Menschenhand auszulösen? Hatten die Engländer oder die Spanier ihn beauftragt, Lissabon durch ein Erdbeben zu zerstören? Aber das war absurd. Niemand konnte ein Erdbeben heraufbeschwören.

»Anfangen«, befahl er.

Auf jedes Galgenpodest stieg ein Henker und schob den Ersten der Reihe unter die Schlinge. Man hieß sie, auf einen Schemel zu steigen, und legte ihnen die Schlinge um den Hals, dem Hünen mit dem geflochtenen Bart, dann einer rothaarigen Frau, vermutlich eine Irin, und zur Rechten einem Mohren. Das Weiß seiner Augäpfel ließ die Augen groß und angsterfüllt wirken. Er stammelte: »Es ist mein eigenes Haus. Ich bin kein Plünderer. Ich habe nur in meiner Ruine nach Brauchbarem gesucht!«

Das Volk wartete. Die Henker sahen Nicolau an.

Er nickte.

Sie stießen den drei Übeltätern die Schemel unter den Füßen weg. Alle drei Körper sackten nach unten und schwangen am Galgenseil aus. Die Frau hing bald still, aber der Hüne und der Mohr zuckten noch mit den Beinen.

Die Henker warteten, bis sie sicher sein konnten, dass alle drei tot waren. Dann schnitten sie sie herunter, und Soldaten legten die Toten auf den Galgenpodesten neben die noch Lebenden. Warum gab es keinen Applaus? Sonst jubelte die Menge doch immer, wenn ein Verbrecher hingerichtet wurde. Sie waren undankbar. Es war schwer, Diebe zu fangen. Aber sie wussten die Mühe nicht zu würdigen. Der Schutz, den er, ihr Magistrat, ihnen in diesen schwierigen Tagen angedeihen ließ, war ihnen nichts wert.

Die Henker warfen Seile über ihren Balken und knüpften mit geübten Händen neue Schlingen. Da trat, ohne dass er dazu aufgefordert worden war, Antero Moreira de Mendonça vor.

»Es ist noch nicht so weit«, sagte sein Henker. »Warten Sie.«

Der Hochverräter aber würdigte den Henker keines Blickes. Er trat bis an den Rand der Galgenbühne und sagte laut: »Ich verlange Gerechtigkeit.« Dabei sah er ihm, Nicolau, ins Gesicht, als wollte er ihn zum Kampf herausfordern.

Der Kerl sollte bloß nicht glauben, er bekomme eine Sonderbehandlung, weil er in diplomatischem Auftrag unterwegs gewesen war oder so etwas. Er würde hängen wie die anderen. Bei ihm, Nicolau Fernandes, gab es keine Klüngelei unter Staatsbeamten. »Die bekommen Sie«, antwortete er und wies auf den Galgen.

Sie hielten. Leonor zog die schwere Samtgardine zurück und spähte hinaus. Der Palasteingang war noch fünfzig Schritt entfernt. Was sollte das? Wollte man sie demütigen, ihnen zeigen, dass sie noch nicht zur Elite des Landes gehörten, die selbstverständlich bis vor das Palasttor gefahren wurde?

Auf Vaters Seite, dem Palast gegenüber, öffnete sich der Schlag. Jetzt sah Leonor, dass sie vor einem prachtvollen Zelt mit silbernen Borten zum Stehen gekommen waren. Vier Gardisten standen vor dem Zelteingang aus blauem Stoff. Sie hielten ihre Hellebarden aufrecht und taten, als bemerkten sie die Berline nicht, die vor ihrer Nase gehalten hatte.

Der Stoff teilte sich, und Diener traten unter einem Schirm mit goldenen Kordeln nach draußen. Ein Mann folgte ihnen, sie hielten den Schirm über ihn. Er trug einen scharlachroten Überrock. Auf der Brust glänzte ein Turm aus Gold. Der Mann reckte einen Stab nach vorn, dessen Spitze silbern glänzte.

Tomás raunte: »Der königliche Wahrer der Wappen. Steigen Sie aus. Ich muss hierbleiben. Möge Ihnen alles glücken!«

Vater klemmte sich den Staatsvertrag unter den Arm und verließ die Kutsche. Der königliche Wahrer der Wappen empfing ihn unter dem Schirm. Vater hielt Leonor den Arm hin, um sie beim Aussteigen zu stützen. Sie trat nach draußen. Ihre Schuhe sanken in einen Teppich, er lag einfach auf der Wiese.

»Verehrter Baron«, sagte der Wahrer der Wappen, »der König erwartet Sie bereits.«

War das Gänsehaut an Vaters Nacken? Er wies auf Leonor und sagte: »Darf ich Ihnen meine Tochter Leonor vorstellen?«

»Ich bin hocherfreut«, sagte der Wahrer der Wappen. Es klang sachlich.

Die Diener hielten die Stoffbahnen des Zeltes auf. Es war warm im Zelt. Auf einem zierlichen Tisch stand eine chinesische Porzellanvase, ein grüner Polstersessel mit vergoldeten Beinen stand ihr gegenüber, und der Wandteppich dahinter war so groß, dass er gut und gerne als Weidefläche für eine kleine Herde Schafe hätte herhalten können. Er zeigte einen griechischen Helden und eine schöne Frau, umgeben von antiken Rittern.

»Die Entführung der Helena«, flüsterte Vater. »Eine französische Tapisserie aus den Ateliers de la Manufacture Royale d'Aubusson. Der Teppich gehört zum Zyklus der Geschichte von Troja. Ich habe dem König den ganzen Zyklus verkauft, für ein Vermögen. Er scheint daran zu hängen. Ein gutes Zeichen! Er hat mich sicher nicht vergessen.«

Zwei Diener in weißen Kniestrümpfen und blauem Wams öffneten einen Durchgang am hinteren Ende des Zeltes. Der Wahrer der Wappen bedeutete Vater und ihr mit einer ausholenden Geste, ihm zu folgen. Er trat durch die Öffnung und sagte: »Baron Martinho Velho da Rocha Oldenberg und seine Tochter Leonor.«

Sie betraten einen Zeltraum, der so groß war wie ein Haus. Gold schimmerte. Silber blitzte im Kerzenschein. Der König musste ein Sammler von Schätzen sein, und offenbar stellte er seine Schätze gern zur Schau. Indische Möbel standen da, Modelle von Kirchen und Palästen, Bücher, Gemälde. Es gab goldene Becher und silberne Krüge, ein mit Silberbeschlägen verziertes Prunkgewehr, Jagdtrophäen.

König José I. saß auf einem breiten Stuhl aus Brasilholz, dessen Armlehnen und Beine fein geschnitzt waren. Er fuhr sich mit den Fingern über die dicken Schmolllippen. Sein fettes Gesicht glänzte von Pflegesalben. Hinter dem Thron standen Mitglieder der königlichen Leibgarde.

Der König winkte den Vater näher.

Vater machte gehorsam drei Schritte. »Ich danke für die Ehre, dass Ihr mir eine Audienz gewährt, Majestät.« Er verneigte sich tief.

»Wir bitten Sie!« Der König ließ seine Lippen los. »Sie gehören zu den erfolgreichsten Kaufleuten Unseres Königreichs. Unter Unserem Vater haben Sie den Tabakhandel geleitet, und er hat Sie zum Edelmann des königlichen Hofs ernannt. Ihre Überseeterritorien führen Sie auf exzellente Weise, auch wenn Uns die weichherzigen Hofdamen in den Ohren liegen, man solle die afrikanischen Sklaven und die Indios nicht derart quälen auf den Plantagen. Aber das gibt ihnen ihr Frauengeist ein. Wir schätzen Ihre harte Arbeit zum Wohl des Königreichs. Sie sind Deutscher, nicht wahr?«

»So ist es, Majestät.«

»Umso mehr müssen Wir Ihnen danken, dass Sie zur Blüte Portugals beitragen.« José zog eine kleine eiserne Gabel hervor und schlug sie gedankenverloren gegen seinen Fingerknöchel. »Können Wir Ihnen eine Bitte erfüllen?«

»Majestät, in erster Linie bin ich hier, um Euch eine Anleihe für den Wiederaufbau Lissabons anzubieten. Das furchtbare Erdbeben hat Euch vor große Aufgaben gestellt. Ich möchte meinen Teil dazu beitragen, dass Lissabon wieder erblüht.«

Der König nickte freundlich. »Die Erfahrung lehrt Uns, dass ein Kaufmann geschäftsmännisch denkt. Was erwarten Sie als Gegenleistung für Ihre Hilfe?«

»Nichts, Majestät. Mein Vermögen ist das Eure. Aber ich kann Euch noch mehr vorschlagen. Ich gehöre einer Gruppe von Adligen und Bankiers an, die Euch große Hilfe angedeihen lassen könnten, in finanzieller Hinsicht wie auch durch persönlichen Einsatz. Der Herzog de Aveiro zählt dazu, ebenso der Herzog de Lafões, der Marquês Angeja und der Großmeister der Pferde, Marquês Marialva.«

»Jeden der Genannten schätzen Wir sehr.«

»Ich wurde ermächtigt, Euch unseren Vorschlag einer stattlichen Anleihe zum Wiederaufbau vorzutragen. Wir würden keine Zinsen dafür verlangen. Gemeinsam mit der Anleihe bieten wir unsere Hilfe bei den Regierungsgeschäften an.«

König José runzelte die Stirn. »Hilfe bei den Regierungsgeschäften? Sie verlangen, dass Wir eine neue Regierung bilden? Wir sind mit der jetzigen sehr zufrieden.«

»Ihr werdet einsehen, dass das Zusammenwirken von fähigen Edelleuten und der Einsatz ihrer Reichtümer ein starkes Argument ist, Eure Haltung zu überdenken.«

Die Nasenflügel des Königs blähten sich. Er schlug die eiserne

Gabel an die Armlehne seines Throns und hielt sie sich an das Ohr. Lange verharrte er so. Dann sagte er leise: »Wir werden einsehen, was Wir für richtig erachten. Nicht, was Sie Uns vorkauen.«

Leonor bemühte sich, ruhig zu atmen. Ihre Informationen über die Lage des königlichen Haushalts waren doch eindeutig gewesen! Der König brauchte das Geld. Außerdem hatte sie die beteiligten Adligen gut ausgewählt. José schätzte sie und vertraute ihnen. Ihre Hände zitterten. Sie verbarg sie rasch hinter dem Rücken.

Vater verbeugte sich tief. »Verzeiht, Majestät.«

»Die Regierungsämter Portugals«, sagte der König, »stehen nicht zum Verkauf. Aber die besondere Lage des Königreichs mag besondere Schritte erfordern. Zu Ihrem Vorschlag gehören eine Menge Einzelheiten. Die genaue Summe, der Modus der Rückzahlung, die gewünschten Ämter Ihrer Freunde. Wir möchten, dass Sie alle diese Einzelheiten Premierminister Sebastian de Carvalho vortragen. Mit ihm werden Wir Uns dann zwecks einer Entscheidung beraten.«

»Bedaure«, sagte Vater. »Das kann ich nicht.«

Sie waren am entscheidenden Punkt angelangt. Leonor hielt den Atem an.

»Wie bitte?« Der König kniff die Augen zusammen.

Vater sagte: »Mit Betrügern verhandele ich nicht.«

Der König stand auf. Die Leibgardisten hinter dem Thron nahmen Haltung an. Der König fauchte: »Sie nennen den von Uns erwählten Premierminister einen Betrüger? Das ist ein Angriff auf Unsere königliche Würde!«

»Sebastian de Carvalho vergeudet öffentliche Gelder. Er hat ein Aktienpaket der Grão-Pará-Gesellschaft in die eigene Tasche gesteckt, obwohl ihm das überhaupt nicht zustand. Und er nimmt im Rahmen von Staatsverträgen Bestechungsgelder an. Sehen Sie selbst.« Der Vater reichte dem König den Vertrag.

Hätte er doch nie das Schmuggeln begonnen! Wäre er in Groningen geblieben, wo er sich zuerst versteckt hatte, und hätte sich dort als Schreiber verdingt! Womöglich hätten ihn die Jesuiten dort nicht gefunden, und er hätte ein ruhiges Leben führen können in einem der spitzdachigen roten Häuser. Er wäre an den Kanälen spazierengegangen und hätte auf dem Fischmarkt eingekauft.

Aber er hätte Samira nie wiedergesehen.

Ich möchte leben, lieber Gott, betete Antero im Stillen, bitte, lass mich weiterleben! Für meine Tochter. Er musste Samira wärmen, er wollte ihr ein guter Vater sein, sie zu Bett bringen und ihr ein Abendlied singen.

Außerdem musste er forschen. Er wollte in Erfahrung bringen, ob es in anderen Städten auch gebebt hatte. Irgendwo musste das Beben einen Anfang haben und irgendwo ein Ende. Oder einen Mittelpunkt wie eine Welle.

Antero sah den Baumeister an. Das Zittern hörte auf. Eine seltsame Ruhe ergriff Besitz von ihm. Er konnte wieder atmen. Er sagte laut: »Ich bin zu Recht hier. Ich habe Schmuggel getrieben und Steuern unterschlagen.«

Dem Baumeister zuckten die Mundwinkel. »Respekt vor Ihrer Ehrlichkeit.«

Antero sagte: »Würden Sie mir einen letzten Wunsch erfüllen?«

»Ein verurteilter Verbrecher erhält keine Schonung. Halten Sie den Mund, oder ich lasse Sie knebeln.«

Antero brannten die Lippen, als hätte er eine Maulschelle erhalten. Er riss an den Fesseln, die seine Hände aneinanderzwangen. Es war so weit. Alles auf eine Karte. Er rief: »Ich habe einen Teil der Steuern unterschlagen. Aber dieser *Fidalgo*, der sich hier als Richter aufspielt, hat niemals erst Steuern *bezahlt!*«

Das Volk zischte wütend. *Fidalgos*, Adlige, waren von allen Steuern befreit, das ärgerte die Bevölkerung schon lange.

Jüngeren Söhnen der Adligen wurde zudem ein Amt bei der Krone oder beim Militär freigehalten. »Er hat nicht wie wir hart für seine Stellung gearbeitet«, rief Antero. »Er hat sie auch nicht erhalten, weil er besondere Fähigkeiten besitzt. Nein, ihm ist sie dank seiner Geburt in den Schoß gefallen.«

Die Menge tobte. »Ruhe«, schrie der Baumeister. Er bellte einem Soldaten einen Befehl zu, und der Soldat zog eine Papierpatrone hervor, biss sie auf und schüttete das Pulver in den Gewehrlauf.

Antero behielt den Soldaten im Auge. Er rief: »Glauben Sie, dass *er* auf der Straße schläft? Nein, er bekommt Speise und Unterkunft, er hat ein weiches Kissen heute Nacht, verlassen Sie sich drauf! Und uns, die wir aus Verzweiflung Schuhsohlen essen, hält er Reden darüber, dass wir die Toten fortschaffen und die Kanäle freischaufeln sollen.«

Eine Frau spuckte dem Baumeister ins Gesicht. »Eine Schande«, sagte sie. »Es ist eine Schande!« Der Speichel lief ihm die Wange hinunter. Er wischte ihn mit dem Ärmel ab.

»Glauben Sie«, rief Antero, »er wird eine einzige Leiche anfassen? Glauben Sie, er nimmt einen Spaten zur Hand bei den stinkenden Kanälen? Niemals!«

Der Soldat zielte. Der Schuss krachte, und Antero warf sich gleichzeitig zu Boden. Die Kugel pfiff über ihn hinweg, er meinte, ihre Wärme am Rücken zu spüren. Hinter ihm splitterte der Balken des Galgens. Gleich stand er wieder auf. Da kam der Henker heran und rammte ihm die Faust in den Bauch. Sie bohrte sich tief in seine Magengrube. Er hatte das Gefühl, dass ihm die Eingeweide zermalmt wurden. Die Luft blieb ihm weg. Er musste sich vornüberbeugen.

Das Volk tobte. Es war nicht mehr zu halten, es stürmte die Galgenbühnen. Weitere Schüsse knallten. »Hierher!«, rief der Baumeister mit hoher Stimme. »Sargento, helfen Sie mir!«

24

Antero kletterte vom Galgenpodest herunter. Ein Mann zerschnitt ihm die Fesseln. Dutzende Hände schlugen ihm auf den Rücken, Fremde herzten ihn. Er schob sich durch die Menge. Überall, wo er hinkam, brandete Jubel auf.

Er hatte sein Leben zurückerlangt. Nun würde er etwas damit anfangen, mit jeder Stunde davon. Wie Diogo de Silves im 14. Jahrhundert die Azoren entdeckt hatte – unbewohnte Inseln tausend Meilen westlich im Atlantik, neues Land, das besiedelt und eingenommen werden konnte –, so würde auch er die Welt verändern.

Wer sich viel vornahm, erreichte viel. Wenn er mit Hingabe das Erdbeben untersuchte, würde er eine Erklärung finden. Er würde Tausende Menschenleben retten, denn sobald sie die Erdbeben verstanden, würden sie eine neuerliche Katastrophe frühzeitig vorhersagen können. Womöglich konnten sie das Beben sogar verhindern.

Er würde sich auch endlich Zeit für Samira nehmen. Er würde ihr Lieder beibringen und sie auf seinen Schultern reiten lassen. Er würde sie Geschichten erfinden lassen und ihr geduldig zuhören und nur von Zeit zu Zeit lachen, er würde sie jeden Abend auf die Stirn küssen und so lange an ihrer Seite sitzen, bis sie eingeschlafen war.

Schüsse durchzuckten die warme Nachmittagsluft. Antero hob den Kopf. Die Schüsse knallten vom Ratoplatz herüber. Wer schoss dort hinten? Erhob sich das Volk überall gegen die Soldaten?

»Kommen Sie mit«, riefen man ihm zu, »zum Ratoplatz! Da soll es Nahrung geben.« Die begeisterte Menge, die ihn umgab, drängte ihn vorwärts. »Wir lassen uns nicht länger für dumm verkaufen. Wir holen uns, was uns zusteht.«

Er zog mit der Meute Richtung Ratoplatz. Fetzen von Geschrei drangen herüber. Ein Mann aus seiner Rotte rief: »Schneller, Leute! Wir müssen uns ranhalten, vielleicht verteilen sie es schon.«

Als sie den Ratoplatz erreichten, wogte dort eine Menge, die dreimal so groß war wie die, die er mitgebracht hatte. Die Meuten vereinigten sich. Vier Soldaten flohen auf das Ruinenstück des Aquädukts in der Mitte des Platzes und klammerten sich in einer Mischung aus Drohgebärde und Hilflosigkeit an ihre Gewehre.

Antero drängelte sich zu ihnen durch. Er rief am Ruinenstück hinauf: »Lassen Sie mich hoch. Ich arbeite für Premierminister Sebastian de Carvalho. Ich kann Ihnen helfen!«

Einer der Soldaten reichte ihm die Hand und hievte ihn hinauf. Aus der Nähe sah er, wie die Männer schwitzten und wie ihnen vor Angst die Augenlider flatterten. Der Soldat, der ihm hinaufgeholfen hatte, sagte: »Wir können sie nicht bändigen. Es wird immer schlimmer.«

»Wird wirklich Nahrung hierher gebracht?«, fragte er.

»Das Heer hat Güter konfisziert, und uns wurde gesagt, dass wir auf dem Ratoplatz eine Behelfsküche und einen Behelfsbackofen errichten lassen sollen. Da, sehen Sie die Bretterbude? Aber ich sage Ihnen, wenn die Lieferung hier ankommt, trampelt die Meute die Küche in Grund und Boden und es gibt ein Blutvergießen.«

Wutgebrüll kam näher. Außerdem hörte man Marschschritte. Rückte eine Kompanie an? Am Rand des Platzes erblickte er vier Soldaten, die mit geschulterten Gewehren nebeneinander marschierten. Dahinter kamen vier weitere Soldaten, und die nächsten vier. Nach einer weiteren Reihe erschienen die Hörner von zwei Ochsen. Hinter den Ochsen konnte er einen Karren ausmachen. Eine dritte Menschenmenge umtanzte den Karren, umtobte und belagerte ihn. Sie wühlten sich mit auf den Platz. Soldaten rechts und links des Karrens hielten ihre Gewehre stoßbereit. Sie richteten die Bajonette drohend auf die wilde Meute.

Antero rief: »Ich bin Antero Moreira de Mendonça, Beauftragter des Premierministers.«

Niemand hörte ihm zu.

Er rief: »Heute werden Sie alle satt!«

Da verebbte das Tosen der Menge, und nach einem Augenblick brach Jubel aus.

»Was ist in den Säcken?«, raunte er einem der Soldaten ins Ohr.

»Mehl, vermute ich«, antwortete der Soldat.

Antero rief: »Es ist ein Backofen errichtet, dort neben der Behelfsküche. Gibt es Bäcker hier unter Ihnen?«

Von mehreren Stellen ertönten Rufe. »Hier!«

»Ich bin Bäcker.«

»Ich auch.«

»Gehen Sie zur Behelfsküche. Backen Sie Brot von dem Mehl, das Sie gleich erhalten werden. Und alle anderen, stellen Sie sich an der Behelfsküche an! Jede Familie erhält ein Brot, als Geschenk von König José.«

Die Menge drängte zur Holzbaracke hin.

»Die Preise für Nahrungsmittel werden in Zukunft vom Premierminister festgesetzt«, erklärte er mit lauter Stimme. »Brot und Fleisch und Fisch werden bezahlbar bleiben. Da vorn, stellen Sie sich da an!« Die Gespräche in der Kutsche hatten sich gelohnt.

Soldaten luden die ersten Säcke ab. Sie trugen sie zum Backofen. Die Bäcker hievten zu zweit einen Mehlsack hoch und schütteten das Mehl in den Trog. Eine weiße Wolke stiebte auf.

Er rief: »Künftig wird die Fischsteuer aufgehoben für jeden Fisch, der zwischen Belém und Santarem verkauft wird.«

Plötzlich ging ein Verstummen über die Menge. Die Köpfe drehten sich. Man machte Platz, wich respektvoll zur Seite. Ein Mann erschien, einen Kopf größer als sie alle. Er trug einen weißen Bart und war von bärenartiger Statur. Mit sonorer Stimme begann er zu reden: »Begreife, o Lissabon, dass die einzigen Zerstörer so vieler Häuser und Paläste, Kirchen und Konvente, die Schlächter so vieler Einwohner und die flammenden Verzehrer so vieler Schätze weder Kometen sind noch Sterne, Gase oder natürliche Vorkommnisse. Unsere eigenen Sünden verursachen solches Unglück.«

Malagrida.

Antero senkte sein steifes rechtes Bein über die Kante, um von der Aquäduktruine zu springen. Da richtete sich schon Malagridas Blick auf ihn, und der Jesuit zuckte zusammen.

Mich lebendig und frei zu sehen, dachte Antero grimmig, damit hast du nicht gerechnet, was? Er stand wieder auf.

»Das Beben hat eine große Ernte sündiger Seelen in die Hölle gesandt«, sagte Malagrida. »Ich werde Ihnen erklären, weshalb. Männer und Frauen sind zur Beichte erschienen, ohne vorher die geringste Gewissenserforschung betrieben zu haben. Sie hatten die Bußübung noch nicht verrichtet, die ihnen bei der letzten Beichte auferlegt worden war. Für ihre Sünden haben sie Entschuldigungen und Ausflüchte vorgebracht. Sie haben ihre Nachbarn beschuldigt, ihre Feinde, die ganze Welt, und sich selbst dabei auf die Schulter geklopft. Sie haben bei der Beichte alles getan, nur nicht das, was sie tun sollten, nämlich aufrichtig ihre Sünden zu bekennen und sie zu bereuen.«

Betreten sahen die Menschen zu Boden.

»Sie haben sich dem Theater hingegeben«, sagte Gabriel Malagrida, »der Musik, dem Tanz und frevelhaften Bullenkämpfen. Einige hat Gott aus Gnade verschont, und die tun nun so, als sei das Erdbeben ein natürliches Ereignis gewesen. Wenn das wahr wäre, dann wäre da keine Notwendigkeit, Buße zu tun und zu versuchen, Gottes Zorn abzuwenden. Ein solcher Einfall kann nur vom Teufel selbst stammen! Und ich sage Ihnen, er hält Lissabon schon in seinen Klauen.«

Gabriel Malagrida predigte gegen den Premierminister. Jeder hier musste erkennen, wen er meinte. Der Premierminister hielt das Erdbeben für ein natürliches Ereignis und trat für den Wiederaufbau der Stadt ein.

Anteros Gedanken rasten durcheinander. Er brauchte eine Strategie. Er musste etwas unternehmen! Er sagte: »Setzen Sie den Kerl gefangen.«

Die Soldaten sahen ihn entsetzt an. Sie nahmen ihre Hüte ab. »Das können wir nicht machen«, sagte einer.

»Er beschimpft Sebastian de Carvalho!«, drängte Antero.

Sie schüttelten die Köpfe. »Wir legen nicht Hand an einen Propheten.«

»Der Mann ist mit Sicherheit kein Prophet.«

»Doch, das ist er. Er hat den Tod der Königinmutter verkündet, just in dem Moment, in dem sie gestorben ist, obwohl er mitten in einer Predigt war und sie seit Monaten nicht gesehen hatte. Woher wusste er ihre Todesstunde, wenn er kein Prophet ist? Auch das Erdbeben hat er vorausgesagt, den genauen Tag und die Stunde.«

Gabriel Malagrida war ein Puppenspieler. Er hatte längst die Legenden beschworen, die ihm Macht geben sollten. Wegen dieses Mannes hätte er heute beinahe am Strick gebaumelt. Wie war er aufzuhalten?

»Glauben Sie mir«, sagte Malagrida, »der Herrgott hat uns im Blick, und er hält immer noch die Geißel in der Hand. Gebete und Lamentieren bedeuten keine Umkehr. Dazu ist die Anleitung durch einen erfahrenen Geistlichen nötig. Wenn Sie Ihre Seele retten wollen, kommen Sie in unser Haus in Setúbal, hören Sie unsere Lehren und beherzigen Sie sie!«

Antero raunte einem der Soldaten zu: »Geben Sie mir Ihr Gewehr.«

»Sind Sie wahnsinnig? Wenn Sie dem Propheten auch nur ein Haar krümmen, wird das Volk Sie in Stücke reißen!«

»Das Volk hat dem König und seinem Premierminister zu gehorchen.«

»Wollen Sie sich mit dieser Meute anlegen? Die lieben Malagrida! Mehr als den König. Jeder hier weiß, dass er in Brasilien die Indianer bekehrt hat und dort überall Kirchen errichtet und dass er der Beichtvater des alten Königs war und dass der König friedlich in seinen Armen gestorben ist. Sogar der Papst lobt den Jesuiten. Der Mann ist ein Heiliger! Rühren Sie ihn nicht an, hören Sie auf mich.«

Der Jesuit wusste, dass ihn das Volk beschützte. Deshalb konnte er sich ohne Wächter präsentieren. Gleichzeitig sah es dadurch so aus, als kämpfe er mutterseelenallein und mutig gegen den bösen Premierminister.

Antero rief laut: »Setzen Sie diesen Mann gefangen!«

Malagrida verstummte. Er sah zu Antero hinüber.

»Setzen Sie ihn gefangen! Er ist ein Hochstapler.«

»Ich bin nicht ich?« Der Jesuit lachte. »Wer bist du, das zu behaupten?«

Er hatte den Köder gefressen. »Ich bin Antero Moreira de Mendonça, und ich handele im Auftrag des Premierministers.«

Malagrida schnaufte. »Gott reinigt diese Stadt. Er reinigt auch das Königshaus. Dein Premierminister wird sein Amt nicht länger ausüben. Du berufst dich auf einen verlorenen Mann.«

Er spielte seine Prophetenkarte aus. Dann musste Antero Trumpf bedienen und ihn mit Gleichem schlagen. »Genau daran sehen Sie, dass dieser Hochstapler niemals Gabriel Malagrida sein kann«, rief er. »Sebastian de Carvalho erfreut sich der höchsten Gunst des Königs. Er baut diese Stadt wieder auf. Das wird er die nächsten zehn Jahre tun. Die düsteren Prophezeiungen dieses Mannes sind falsch. Er ist ein Lügner und niemals der Jesuit, den wir alle verehren! Sehen Sie sich doch seinen Leib an. Der wahre Gabriel Malagrida ist kräftig, aber nicht fett. Sehen Sie sich seine Hände an. Der wahre Gabriel Malagrida trägt keine goldenen Ringe, denn sein Schmuck ist ein Schatz im Himmel. Sehen Sie nicht, wie erbärmlich dieser Betrüger ihn nachahmt?«

Sein alter Lehrmeister erbleichte.

»Bürger Lissabons«, fuhr Antero fort, »hören Sie mir zu. Der Patriarch hat gestern die Exkommunikation verhängt über alle, die sich fälschlicherweise als Priester, Mönche oder Nonnen ausgeben, um Almosen zu bekommen. Auch dieser falsche Jesuitenvater wird seine Strafe erhalten. Lassen Sie ihn nicht entkommen!«

Malagrida breitete die Arme aus. »Gern! Halten Sie mich fest! Sie werden sehen, dass ich Gabriel Malagrida bin, sechzehnhundertneunundachtzig im fernen Italien geboren, mit zweiunddreißig Jahren als Jesuitenmissionar nach Brasilien gegangen, Sie werden sehen, dass ich es bin, der die Klöster in unserem Übersee-Territorium errichtet und die Indianer zu Christus geführt hat. Sie werden sehen, dass ich der Beichtvater König Joãos war. Meine Prophezeiung soll falsch sein? O nein. Der Premierminister wird abgesetzt, während wir hier reden. Gerade legen ihn königliche Soldaten in Ketten. Prüfen Sie mich! Sie werden finden, dass ich die Wahrheit sage. Ich fürchte niemanden.«

Wie konnte er sich seiner Sache so sicher sein? Malagrida sprach mit großer Überzeugungskraft. Was, wenn es tatsächlich so war, wenn sie den Premierminister festnahmen und absetzten? Aber das war unmöglich. Der König würde es niemals zulassen.

»Lästerer!«, rief jemand.

»Ja, lassen Sie den Propheten in Ruhe!«

»Ist das nicht der Kerl, der als Spion gehängt werden sollte?«

Mit welcher Macht beherrschte Malagrida das Volk? Der Premierminister brachte ihnen Speise. Er ließ ihnen Notunterkünfte bauen. All das nahmen sie wie selbstverständlich hin. Aber den Jesuiten verehrten sie wie einen Gott.

Antero verbiss sich eine Erwiderung, auch wenn ihn alles dazu drängte, diesen Dummköpfen die Leviten zu lesen. Er sagte leise zu den Soldaten: »Sorgen Sie dafür, dass je Familie ein Brot herausgegeben wird. Ich sehe beim König nach dem Rechten.« Er kletterte vom Ruinenstück.

Die gleiche Menge, die ihn vorher gefeiert hatte, zeigte ihm nun ihre Verachtung. Männer stießen ihm die Ellenbogen in die Rippen. Frauen spuckten ihn an. Man stellte ihm Beine und riss ihm die Perücke vom Kopf. Als er sich bückte, um sie wieder aufzuheben, sah ihn ein Kind mit großen Augen an und sagte: »Ich wollte ein Brot.«

»Du wirst eines bekommen«, sagte er.

25

»Antero Moreira de Mendonça«, meldete der königliche Wahrer der Wappen. Leonor zuckte zusammen. Sie legte sich eine Hand auf den Bauch. Dieses flaue Gefühl, wo saß es? Sobald sie an Antero dachte, war ihr, als trage sie frisch geschlüpfte Küken in sich. Es war wie eine Angst, und doch wie eine Freude, und zugleich ein Schmerz. Antero lebte!

Sie dachte an seine Umarmungen, die ihr Wärme gegeben hatten. Sie dachte an seine Stimme, wenn er im Dunkeln ihres Zimmers halblaut sprach, und daran, wie weich seine Hände wurden, wenn er ihr das Gesicht streichelte.

Der König verzog geringschätzig den schwulstigen Mund. »Der Wissenschaftler? Wir haben jetzt Wichtigeres zu tun. Er soll später wiederkommen.«

Der Wahrer der Wappen verneigte sich und trat wieder nach draußen. Leonor sah zu, wie hinter ihm die teppichdicken Zeltplanen zusammenschlugen. Sie ließen ihn nicht rein. Ein dicker ärgerlicher Teppich hing zwischen ihnen.

Der Wahrer der Wappen erschien erneut. »Majestät, es gehe um das Schicksal des ganzen Königreichs, sagt er. Er müsse Euch dringend sprechen.«

Der König seufzte. »Bringen Wir es hinter uns.«

Antero hatte keine zwei Schritte in das Zelt getan, da verneigte er sich schon tief. »Mein König!«

»Was wollen Sie?« José kniff die Augen zusammen. »Machen Sie es kurz. Wir haben zu tun!«

Antero richtete den Oberkörper auf. Seine Bewegung stockte, als sein Blick auf Leonor fiel. Der Blick ruckte zu ihrem Vater hinüber. Anteros Stirn bekam tiefe Falten. »Majestät, ich muss

Euch von einer Verschwörung in Kenntnis setzen, die den Sturz Eures Premierministers zum Ziel hat.«

Leonors Kehle schnürte sich zu. Er fiel ihr in die Flanke. Er wollte ihr den lange vorbereiteten Erfolg verderben. Natürlich, sie waren Feinde, das hatte sie für einige wohltuende Augenblicke vergessen. Er arbeitete gegen die Macht, mit der sie sich verbündet hatte.

»Schickt er Sie, um sich zu retten?«, fragte der König. »Es ist zu spät, mein Lieber.«

Antero sagte: »Ihr wisst von der Feindschaft zwischen den Jesuiten und dem Premierminister? Euer Minister hat die Societas Jesu in Brasilien entmachtet. Und auch hier im Königreich ist Sebastian de Carvalho kein Freund von zerknirschter Frömmigkeit. Die Jesuiten hassen ihn dafür.«

»Das ist ihr gutes Recht.«

»Mag sein. Aber es ist nicht ihr Recht, den Premierminister zu verleumden und das Volk gegen ihn aufzuhetzen. Während wir hier sprechen, predigt Padre Malagrida auf den Plätzen der zerstörten Stadt gegen Euch, Majestät, und gegen Euren Minister.«

Am Zelteingang wurden die Planen auseinandergeschlagen, und der Wahrer der Wappen trat ein. »Majestät, er ist hier.«

»Schaffen Sie ihn herein.«

Der Wahrer der Wappen hielt den Zelteingang auf. Er sagte laut: »Sebastian de Carvalho e Melo, Premierminister des Königreichs Portugal.«

Vier Soldaten betraten das Zelt. In ihrer Mitte ging der Minister. Sein Gesicht trug rote Wutflecken. Er blieb stehen und verneigte sich.

»Wir sind enttäuscht von Ihnen«, sagte der König. Er nahm den Vertrag vom goldenen Beistelltisch und faltete ihn auf. »Sie nehmen Bestechungsgelder an, wenn Sie in Unserem Namen und für das Wohl Portugals Verträge mit anderen Nationen schließen. Sie stehlen Aktienpakete der Grão-Pará-Gesellschaft. Sie veruntreuen öffentliche Gelder. Dass Sie auf zu großem Fuß leben, um die Familie Ihrer Braut zu beeindrucken, weiß jeder. Aber Wir finden es ungeheuerlich, dass Sie Ihre hohen Ämter dazu missbrauchen.«

Dem Premierminister schossen Tränen in den Augen. »Ich habe Euch treu gedient, im Inland wie im Ausland. Die Anschuldigungen sind nicht wahr.«

»Und was halten Wir dann hier in Händen?«

Antero trat vor. »Einen gefälschten Vertrag, Majestät.«

»Sie hat niemand gefragt!«, brüllte der König. »Wagen Sie es nicht, noch einmal dazwischenzuplatzen!«

Leonor zog ein Schauder über den Rücken. Die Stimmung des Königs war schlecht. Natürlich, sie hatten ihm eine arge Nachricht überbracht; er liebte ja seinen Premierminister. Aber es war gefährlich, mit einem missgelaunten König in einem Raum zu sein. Dieser kleine gedrungene Mann konnte ihr Leben mit einem Wort beenden.

Der Minister räusperte sich. »Majestät, ich möchte Eure Frage gern beantworten. Gestattet Ihr mir, das Papier anzusehen?«

José winkte unwirsch mit dem Vertrag. Einer der Soldaten kam zum Thron aus rotem Brasilholz heran, nahm den Vertrag entgegen, buckelte, wich zurück und brachte ihn dem Minister.

Der Minister studierte ihn sorgfältig. Dann sah er auf. »Es ist ein Handelsvertrag mit England. Er betrifft die Ausfuhr portugiesischen Weins und die Einfuhr englischen Tuchs.«

»Meinen Sie, Wir können nicht lesen?«

»Der Vertrag beinhaltet außerdem eine seltsame Spesenklausel, die mich betrifft. Ich versichere Euch, dass sich diese Klausel im Originalvertrag nicht befindet.«

»Das ist der Originalvertrag.«

»Wenn Ihr die zweite Ausfertigung in London zu Rate zieht, werdet Ihr feststellen, dass hier eine Änderung vorgenommen wurde.«

»Sie verlangen, dass Wir jemanden nach London schicken? In der gegenwärtigen Lage können Wir kein Schiff entbehren, das wissen Sie genau! Wir haben andere Sorgen, begreifen Sie das nicht? Sie alle?«

Der Premierminister nickte. Er sagte: »Doch, das begreife ich. Ihr seid König in einem Land, das sich in eine Sackgasse manövriert hat.«

»Wie können Sie es wagen –«

»Auch ohne das Erdbeben stecken wir fest«, sagte der Minister, »und ich werde Euch sagen, weshalb. Wir verabscheuen die Juden so sehr, dass wir uns mit nichts befassen wollen, das für sie typisch ist. Fernhandel? Geldgeschäfte? All das überlassen wir anderen. Unsere Adligen stürzen sich wie Krähenschwärme auf Landbesitz, denn Landbesitz ist den Juden von alters her untersagt. Aber was bedeutet die Landwirtschaft in dieser neuen Zeit? Portugal hat sich zurückentwickelt zu einem Ackerbauland, und die Gewerbe liegen am Boden. Es gibt kaum noch Handelsschiffe, die uns Portugiesen gehören. Engländer und Deutsche führen den lukrativen Fernhandel mit *unseren* Überseeterritorien.«

»Das verbitte ich mir!«, fuhr der Vater dazwischen. »Sie, Herr Minister, sind doch derjenige, der Portugal in den Ruin treibt!«

»Der Herzog de Aveiro«, sagte der Wahrer der Wappen am Zelteingang. »Und der Großmeister der Pferde und dritte Marquês de Marialva: Dom Diogo de Noronha.«

Die Adligen betraten das Zelt. Der hochgewachsene, grauhaarige Marquês de Marialva und der kleine Herzog de Aveiro, der ihm kaum bis zur Gurgel reichte, verneigten sich galant. Ihre Bewegungen flossen wie der Seidenstoff, in den sie gekleidet waren.

Der König empfing sie mit finsterem Gesicht. »Trauen Sie sich also endlich auch hierher. Ist der portugiesische Adel so feige geworden, dass er einen deutschen Kaufmann vor sich herschicken muss?«

Die Adligen verbeugten sich zur Antwort erneut. Sie wirkten wie zwei herausgeputzte Pfauen. Aber der Schein trog. Leonor hatte oft genug erlebt, wie diese beiden auf Festlichkeiten zuerst lächelnd den Damen Handküsse verteilt hatten und sich dann mit anderen in die Hinterzimmer zurückzogen für knallharte geschäftliche Beratungen. Sie bezahlten Spitzel in den großen Schänken am Hafen. Sie kauften sich Unterstützer und wussten die Machtverhältnisse am Königshof zu ihrem Vorteil zu nutzen. Auch Gabriel Malagrida sprach mit Achtung von ihnen.

Der König sagte: »Den Betrug können Wir erst nachweisen, wenn Wir jemanden nach London schicken. Aber Wir haben die fahrtüchtigen Kriegsschiffe nach Brasilien und Indien und Afrika gesandt. Man wird bald überall von Unserem Unglück erfahren. Seeräuber werden Unsere Handelsrouten angreifen, weil sie Uns für geschwächt halten. Wir müssen zeigen, dass der Handel mit Portugal sicher ist.«

Der Herzog de Aveiro piepste: »Ein kleines Handelsschiff würde genügen, und Ihr könntet es gleich mit einem Hilfsgesuch an den britischen König ausstatten.«

»Für Ihre Machtstreitigkeiten werden Wir nicht eine einzige Bark hergeben.« Der König schlug mit der flachen Hand auf die Armlehne seines Throns. »Wenn Sie den Premierminister denunzieren wollen, dann haben Sie stichhaltige Beweise zu liefern, haben Sie das verstanden?«

»Gestattet Ihr, dass wir in einer Privataudienz mit Euch über dieses Thema sprechen?«, fragte der Herzog de Aveiro und verbeugte sich lächelnd.

»Bringen Sie gefälligst jetzt vor, was Sie zu sagen haben. Wir haben keine Lust, Uns noch tagelang mit diesem Affenzirkus zu befassen.«

Die beiden Adligen sahen irritiert zum Vater hin und dann zu ihr. Leonor zog ein flauer Hauch durch den Magen. Hoffentlich dachten sie nicht, dass der Vater es vermasselt hatte. Er konnte nichts für die schlechte Laune das Königs.

»Wie Ihr wünscht, Majestät.« Der Herzog de Aveiro fistelte: »Es ist nicht nur der Betrug. Sebastian de Carvalho ist auch gänzlich ungeeignet zum Regieren. Der Neubau Lissabons, wie er ihn plant, wird zu teuer. Habt Ihr Euch einmal von ihm die Kosten darlegen lassen? Er ruiniert das Königreich. *Euer* Königreich, Majestät.«

Der Minister trat aus der Mitte der Soldaten heraus. »Ja, es sind hohe Kosten. Wir müssen Öfen errichten, um Ziegel und Kacheln zu brennen. Landvermesser und Baumeister müssen die Besitzverhältnisse klären und Verzeichnisse der Grundstücke anfertigen. Dann sollte die Gegend am Wasser und der Bereich vom Tejo bis zum Rossioplatz eben gemacht werden, und wir sollten einige steil ansteigende Straßen im Westen flacher machen. Ich habe Pläne zeichnen lassen. Wir können Lissabon im Schachbrettmuster wiedererrichten, nach dem Vorbild von Turin oder Covent Garden. Vom *Paço da Ribeira* sollen zwei breite Straßen geradewegs zum Rossioplatz führen, die *Rua Aurea* und die *Rua Augusta*.«

»Wie lange wollen Sie bauen?«, lachte der Marquês de Marialva. »Hundert Jahre?«

»Um den Wiederaufbau zu beschleunigen, werden wir Baumaterialien in festen Maßen vorproduzieren. Eisenteile und Holzverbindungen, auch Kacheln und Baukeramik. Außerdem sollen alle neuen Gebäude einen hölzernen Innenrahmen haben, der sie im Fall künftiger Erdbeben standfester macht. Es wird eine schöne Stadt sein mit Fassaden aus weißem Stein. Eine ansehnliche Stadt.«

»Haben Sie nicht etwas vergessen?«, mahnte der Herzog de Aveiro mit seiner Fistelstimme. »Das neue Abwassersystem, von dem Sie ständig reden? Und die Brunnen, die frisches Wasser hergeben sollen?«

»Beides ist notwendig. Es macht die neuen Gebäude attraktiv für Geschäftsleute, und am Ende sind sie es, die den Bau finanzieren.«

»Die Händler sollen den Wiederaufbau bezahlen?« Der Vater stemmte die Hände in die Hüften.

»Ich rechne damit«, sagte der Premierminister, »dass im ersten Jahr nach dem Erdbeben eintausend private Häuser wiederhergestellt werden. Außerdem beginnen wir mit dem Bau der öffentlichen Gebäude. Für die übrige Bevölkerung brauchen wir zehntausend Hütten in Notsiedlungen rings um die Stadt. Außerdem sollten wir regelmäßig Lebensmittel verteilen. Das Volk muss Vertrauen schöpfen. Es braucht Unterstützung. Der König und die Adligen müssen zeigen, dass Sie mit den einfachen Leuten mitfühlen.«

»Müssen, sollen …« Der alte Marquês de Marialva winkte ab. »Sagen Sie lieber, wie Sie all das bezahlen wollen! Sie spinnen Luftschlösser, Herr Minister.«

Der Premierminister blickte fest auf den König. »Es kann gelingen. Wenn wir die Wirtschaft Brasiliens fester mit unserer verbinden und Bereiche des Handels dem Ausland verschließen, werden sich unsere Einkünfte beträchtlich erhöhen.«

»Hören Sie es?« Der Vater trat zwischen den Thron und den Minister. »Er redet von ›unseren Einkünften‹, als würden sie ihm genauso zustehen wie Euch, dem König. Er schwingt sich selbst zum Herrscher auf! Deshalb findet er auch nichts falsch daran, sich am Staatsschatz zu bereichern.«

»In der Tat.« Der König rieb sich das Doppelkinn. »Uns missfällt Ihr Ton, Dom Sebastian de Carvalho.«

Die Augen des Ministers blitzten. »Genau das ist der Fehler! Wir klammern uns an Protokolle, Tonfall und Rituale, während um uns herum eine neue Zeit angebrochen ist! Majestät, ich habe mich nicht bereichert und will mich auch nicht bereichern. Aber wir müssen die Justiz modernisieren. Wir müssen die Wissenschaften fördern. Portugal muss politisch erstarken. Es muss modern werden! Brasilien und Portugal sollen sich gegenseitig ergänzen, indem sich Kolonie und Mutterland auf unterschiedliche Aufgaben konzentrieren. Brasilien hat mehr Rohstoffe zu erzeugen, und es müssen dort erste Fertigungsgewerbe entstehen. Portugal hingegen muss die Marine erweitern und Manufakturprodukte herstellen.«

Der König hob die Brauen.

Sebastian de Carvalho sagte: »Wir müssen Privilegien abbauen. Es darf nicht mehr der ererbte Besitz oder der überkommene Rang entscheiden. Persönliche Eignung muss den Ausschlag dafür geben, wer ein Amt bekommt. Der Staat ist ein mechanisches Kunstwerk, das der König beherrscht und steuert, zum gemeinsamen Nutzen aller. So müssen wir das in Zukunft betrachten. Ihr, Majestät, weist jedem Einzelnen eine nützliche Rolle zu.«

Der Kopf Sebastians de Carvalho steckte schon in der Schlinge, und er war immer noch mutig genug, den König anzugreifen und Umstruktierungen des Königreichs zu verlangen. Leonor sah ihre

Pläne zusammenbrechen. Mit einer solchen Standfestigkeit des Premierministers war nicht zu rechnen gewesen. Er schien sich überhaupt nicht zu fürchten. Stattdessen redete er mit dem König, als habe er das Oberhaupt Portugals zurechtzuweisen, und nicht umgekehrt. Einem solchen Mann konnten Intrigen nichts anhaben.

Die Adligen warfen ihr verzweifelte Blicke zu.

»Sagen Sie, was Sie wollen«, erklärte der König. »Portugal braucht diesen Mann. Er mag Fehler gemacht haben, die wir jetzt nicht nachprüfen können. Aber keiner von Ihnen bringt Visionen auf den Tisch wie Sebastian de Carvalho. Er bleibt Premierminister. Und wer ihn angreift, der greift das Königreich an und damit Uns. Wenn Sie in Zukunft auch nur den kleinen Finger gegen ihn erheben, Baron – und Sie genauso, meine Herren –, werde ich Sie enteignen und in die Bedeutungslosigkeit hinabstoßen.« Er sah den Premierminister an. »Oder wünschen Sie Genugtuung für die Schmach, die man Ihnen heute angetan hat? Die Adligen und der deutsche Baron sollen bestraft werden, auf eine Weise, die Sie zufriedenstellt.«

Antero räusperte sich.

Der König rollte die Augen. »Sagen Sie etwas, wenn es sich nicht vermeiden lässt!«

»Ich möchte zu bedenken geben«, sagte er, »dass damit nur die Handlanger bestraft werden. Der Strippenzieher hinter all dem ist Gabriel Malagrida. Während wir hier reden, hetzt er das Volk gegen den Minister auf und sagt seinen Untergang voraus.«

»Sie behaupten, die Jesuiten wollen Unseren Premierminister stürzen? Wir hoffen, Ihnen ist klar, dass Sie eine Aussage von hoher politischer Brisanz machen. Sie beleidigen und beschuldigen den wichtigsten Orden der katholischen Kirche. Sie werfen sich gegen den rechten Arm des Papstes.«

Der Premierminister bedeutete Antero zu schweigen. »Ich glaube«, sagte er, »es ist besser, Majestät, wenn wir uns über diese Fragen kurz unter vier Augen beraten.«

Der König nickte. »Sargento, begleiten Sie den Baron und alle anderen ins Vorzelt. Lassen Sie sie nicht aus den Augen!«

Dieselben Soldaten, die den Premierminister ins Zelt geführt hatten, trieben nun Leonor und Vater und die Adligen nach draußen. Auch Antero ging mit hinaus. Aber er würdigte Leonor keines Blickes. Er trat zum Zeltausgang, hielt die Stoffbahnen um einen Spalt offen und sah hinaus.

Der Umsturz war gescheitert. Schlimmer noch: Sie hatten sich den mächtigen Premierminister zum Feind gemacht. Leonor sah sich nach dem Vater um. Er und die Adligen steckten die Köpfe zusammen. Wollten sie versuchen zu fliehen? Besprachen sie, wie sie hier herauskamen, wie sie möglicherweise ins Ausland entkommen konnten? Seitdem sie, Leonor, begonnen hatte, mit den Jesuiten zusammenzuarbeiten, war ihr nie etwas missglückt. Jedes ihrer Ziele hatte sie auf die eine oder andere Weise erreicht, es hatte höchstens Verzögerungen gegeben oder kleinere Rückschläge. Sie wusste nicht, wie sie mit einem Unglück wie diesem umgehen sollte.

Sie trat näher, um dem Gespräch der Adligen zuzuhören.

»… war es nicht«, sagte Vater. »Das Problem ist der Premierminister. Er ist so abscheulich fleißig, dass sich der König immer mehr in seine privaten Belange zurückzieht. Er verlässt sich völlig auf seinen Minister. Irgendwann wird er seine Marionette sein. Oder er ist es schon.«

»Man kommt nicht mehr an ihn heran«, sagte der Marquês de Marialva und rieb sich das faltige Gesicht. »Wir sind hin. Wir sind hinüber.«

Der Herzog de Aveiro fiepste: »So sehe ich das nicht. Wenn

sich die Wut des Premierministers gegen Malagrida richtet, gewinnen wir Zeit. Wir können unsere Schäfchen ins Trockene bringen.«

»Wie meinen Sie das, wir gewinnen Zeit?«, fragte Vater.

»Na ja, er kann ihn nicht einfach vor Gericht stellen. Dafür bräuchte er einen päpstlichen Dispens. Wenn er sich ohne Genehmigung des Papstes an dem Jesuiten vergreift, hat Portugal die Kirche im Nacken.«

Sie bemerkten Leonor. Vater sagte kühl: »Lass uns bitte allein, Leonor.«

Es stach sie im Inneren. Vater behandelte sie wie eine schmückende Halskette. Sie sollte gut aussehen, um den König gütig zu stimmen, das war alles. Nun war die Feier vorüber, und er steckte sie zurück in den Kasten. Aber es war besser, wenn er nicht erfuhr, dass sie die Intrige eingefädelt hatte. Wenn er glaubte, er habe den Untergang selbst verursacht, würde es ihm leichter fallen, die Folgen zu ertragen. Sie drehte sich weg und ließ die drei Männer stehen.

Wie gern würde sie zu Antero hinübergehen. Er hatte sich ihr entzogen. Er war frei. Er war immer von sich aus zu ihr gekommen, das wurde ihr plötzlich bewusst. Sie konnte ihn mit ihrer Schönheit nicht einfangen.

Warum sah er so traurig nach draußen? Er hatte doch gewonnen! Er hatte seine Feinde abgewehrt und sie zu Boden geworfen. Jeder andere wäre euphorisch an seiner Stelle. Tat es ihm leid, dass er sie, Leonor, mit den anderen vernichtete? Vermisste er sie vielleicht und dachte an ihre schönen Stunden zurück? Ihn anzusehen und zu wissen, dass sie ihn für immer verloren hatte, tat ihr weh.

Ein Soldat der Leibgarde kam ins Vorzelt und sagte: »Sie können gehen.«

Vater und der Herzog und der Marquês sahen sich an. Ihre

Gesichter waren aschfahl. Einer nach dem anderen schlichen sie hinaus, vorbei an Antero. Der Vater ging als Letzter. Leonor folgte ihm. Sie öffnete weit die Plane, um nicht versehentlich Antero zu berühren. Das würde sie nicht ertragen, seine Haut an ihrer Haut, sie würde verbrennen daran. Sie ließ ihn im Zelt zurück. Er sagte kein Wort des Abschieds. Als sie ihn ansah, blickte er fort. Nicht einmal einen Blick gönnte er ihr.

Die untergehende Sonne färbte den Himmel rot. Die Wiesen dufteten. In den Bäumen flötete eine Amsel. Wäre Dalila noch am Leben, sie wäre stehen geblieben und hätte lächelnd ihren Blick über den Park schweifen lassen. Aber die Schwester würde nie wieder einen Sonnenuntergang sehen.

Zwei Berlinen des Herzogs de Aveiro standen da. Beide waren schwarz, beide über und über mit Goldranken bemalt. Der rote Lack der Räder glänzte vom Wasser der Pfützen. Daneben stand eine Berline in grüner Farbe. Die vordere der schwarzen Kutschen fuhr mit dem Herzog ab. Auch die grüne Berline des Marquês de Marialva setzte sich in Bewegung, von zwei Apfelschimmeln gezogen.

Vater stieg in ihre geliehene Berline. Leonor kletterte ebenfalls hinein. Von draußen wurde die Tür geschlossen. »Abfahren«, sagte der Vater. Der Kutscher ließ die Zügel auf die Rücken der Pferde knallen. Die Berline fuhr an. Sand knirschte unter den Rädern.

Sie hatte ihn noch nie so blass gesehen. »Was ist mit dir?«, fragte sie.

Vater sah sie an. »Es wird uns übel ergehen.«

»Woher weißt du das?«

»Der König hat uns seinen Schutz entzogen. Er lässt uns von einem Söldner hinauswerfen. Das heißt, er macht uns zu Freiwild für den Premierminister.«

»Kann es nicht sein, dass er einfach nur schlecht gelaunt ist und euch mit der Geste abstrafen will?«

»Mich mag er verachten, ich bin Deutscher und ein Kaufmann. Aber der Herzog de Aveiro ist nicht irgendwer. Er führt die angesehenste Adelsfamilie des Königreichs, in der Rangordnung kommen die Aveiro gleich nach der königlichen Familie. Und der altehrwürdige Großmeister der Pferde, überlege doch, er hat schon dem Vater des Königs gedient, und er befehligt einen Teil des Heeres, er hat ein ehrenvolles, wichtiges Amt.«

Sie legte ihm die Hand auf den Arm. »Vater, diese Männer haben Einfluss. Auch der König kann so starke Familien nicht einfach verstoßen. Er ist auf ihre Untersützung angewiesen.«

»Genau das macht mir Sorgen.«

»Was meinst du?«

»Dem Herzog und dem Großmeister der Pferde kann er nicht ans Leder. Also werde ich herhalten müssen. Wir haben ihn angegriffen und sind gescheitert. Jetzt ist er am Zug. Der Premierminister wird sich an unserer Familie Genugtuung verschaffen, Leonor.«

26

Etwas berührte Antero an der Schulter. Er sah zur Seite. Ein Stab mit einer silberglänzenden Spitze ruhte auf seiner Schulter. Antero drehte sich um.

Der Wahrer der Wappen sah ihm ernst ins Gesicht. »Wo sind Sie mit Ihren Gedanken? Ich sagte, der König will Sie sehen.«

Seine Gedanken waren bei Julie. Bei Samira. Bei Dalila, die nicht mehr lebte, weil sie Samira das Leben gerettet hatte. Bei Leonor, die Dalilas Kette getragen hatte, damit er sie für ihre Schwester hielt. Er musste sich sammeln. Er sollte sich besser auf Malagridas Umsturzversuch konzentrieren.

Als Antero an ihm vorbei in das Hauptzelt treten wollte, hielt ihn der Wahrer der Wappen fest. Auf seinem scharlachroten Überrock schimmerte der Turm aus Gold. Auch das Gesicht schien wie von Gold zu glänzen. »Der König ist ungehalten«, sagte er, ohne dass sich eine Regung in seinem langgezogenen Gesicht zeigte. »Bedenken Sie gut, was Sie sagen.«

Antero nickte. Zwei Diener rafften die Stoffbahnen, die statt einer Tür den Eingang zum Hauptzelt verhüllten, und ließen ihn passieren. Er verneigte sich erneut vor dem Doppelkinn, den Schmolllippen und dem gedrungenen, erwachsenen Kinderkörper in Brokatstoffen.

Der König beugte sich auf seinem Thronstuhl aus dunklem Brasilholz nach vorn. Er fragte: »Wie weit sind Sie mit dem Erforschen des Erdbebens?«

Sebastian de Carvalho stand beim Thron und sah Antero an. Sein Rücken war gerade durchgestreckt. Worüber hatten er und der König diskutiert? Zwischen all den Jagdtrophäen und Silberbechern, den Beistelltischchen und Palastmodellen und alten

Büchern knisterte die Luft wie bei einer elektrischen Entladung.

»Ich bin kurz davor, die Zusammenhänge zu verstehen. Mir fehlt nur noch eine Auskunft. Ich muss herausfinden, wann es in den anderen Städten gebebt hat.«

Der König lehnte sich zurück und zog an seiner Unterlippe. »Ein Bote aus Cádiz kam heute an. Dort hat es am Samstag ein Erdbeben und schwere Zerstörungen gegeben. Allerdings nicht so vernichtend wie hier.«

»Wann hat es dort gebebt? Zu welcher Uhrzeit?«

»Wir haben es Uns nicht gemerkt. Meinen Sie, Wir haben einen Kopf für solche Dinge? Sie sollten Ergebnisse liefern, und zwar schnell. Ohne eine wissenschaftliche Erklärung für das Erdbeben werden Wir einen Teufel tun, Uns den Jesuiten entgegenzustellen.«

Antero fröstelte. Er ließ die Verschwörer gewähren? »Gabriel Malagrida hat Euren Premierminister verleumdet. Er predigt öffentlich, dass Gott das Königshaus reinigen muss.«

»Das Volk sucht nach Erklärungen. Die Societas Jesu gibt Erklärungen. Sie gibt ihm Halt. Was, denken Sie, geschieht, wenn Wir dem Volk diesen Halt fortnehmen? Es gibt einen Aufstand. Wir werden als Feind der Kirche dastehen, und als einer, der seine Lektion aus der Katastrophe nicht gelernt hat. Am Ende werden sie Uns als Schuldigen hinstellen für das Erdbeben, als den, der Gottes Strafe auf sein Volk heraufbeschworen hat.«

Das Gesicht des Premierministers hellte sich auf. »Es war eine Viertelstunde vor zehn Uhr. Das hat der Bote gesagt.«

Antero machte einen Schritt auf den König zu. »Das Volk wird seine Erklärung bekommen. Eine Erklärung, die alles in ein neues Licht rückt. Eine Viertelstunde vor zehn Uhr! Versteht Ihr?« Er lächelte. »Es ist eine Welle!«

Der König runzelte die Stirn.

»Das Beben hat ein Zentrum«, sagte Antero. »Die Uhrzeit beweist das.«

»Was hat die Uhrzeit damit zu tun?«

»Das Beben bewegt sich wellenförmig von seinem Zentrum fort. Neun Uhr dreißig hat es Lissabon erschüttert, neun Uhr fünfundvierzig Cádiz. Wenn es stark genug war, auch Madrid zu erreichen, werdet Ihr sehen, dass es dort nach zehn Uhr gebebt hat. Es kann keine unterirdische Explosion sein. Das Beben ist eine Welle.«

Der König stand auf. »Das bedeutet dem Volk nichts. Da müssen Sie mehr bieten.« Er ging zu einem der Modellbauten im Zelt und betrachtete die Miniaturtürme.

»Das weiß ich. Und ich werde mehr bieten. Das Volk wird verstehen, dass dieser Ort nicht verflucht ist. Es wird die Warnungen der Jesuiten von sich werfen wie eine alte, zerlöcherte Decke.« Neun Uhr fünfundvierzig in Cádiz. Wie konnte das Beben in einer Viertelstunde über dreihundert Meilen zurücklegen? Es konnte ein elektrischer Vorgang sein. Aber diese Erklärung war eine Sackgasse. Sie hielt nur für die Reisegeschwindigkeit her, nicht für die Zerstörungswut des Bebens.

Der König wandte sich abrupt zu ihm um. »Sie verstehen ganz offensichtlich die Lage nicht. Die Jesuiten stehen mit den Adligen für das Altbewährte. Dass sie gemeinsame Sache machen, haben Wir heute gesehen. Sie werden sich auch gegenseitig verteidigen. Das Beben hat Uns ruiniert, es hat Unsere Hauptstadt vernichtet und nach Schätzungen Unserer Magistrate dreißigtausend Menschenleben gekostet. Selbst wenn der Adel nicht wäre –«

»Majestät«, sagte Sebastian de Carvalho, »ich verstehe Eure Einwände. Das Volk braucht eines aber viel mehr als Trost, nämlich Kraft für einen Neuanfang. Und die Jesuiten binden es an die Vergangenheit. Sie machen es kraftlos, indem sie ihm die Schuld an der Katastrophe geben. Wenn es Antero Moreira de Mendonça gelingt, die Bußpredigten der Jesuiten zu widerlegen, wird sich das Volk mit ganzer Kraft dem Wiederaufbau widmen. Das ist es, was wir brauchen.«

Der König zog die Stimmgabel hervor, schlug sie an und hielt sie sich ans Ohr. Er sah in die Ferne und lauschte. Schließlich sagte er: »Gehen Sie. Überzeugen Sie das Volk von Ihrer wissenschaftlichen Erkenntnis. Wenn Ihnen das gelingt, schleife ich den Jesuiten die Krallen.«

Am Dienstagmorgen drehte der Wind. Er trieb das Feuer landeinwärts über die Obstplantagen. Flammen fraßen die Bäume. In Lissabons Ruinen hungerten zweihundertfünfzigtausend Menschen.

Leonor verschenkte alles. Sie stand vor dem Haus und gab Eier fort, Reis, eingelegte Oliven, Haselhühner, Butterklumpen aus Irland, Schokoladenblöcke, Weidenkörbchen mit abgetropftem Käse und rote Knoblauchwurst mit Paprikamark.

Ein Mann, der Brot und Käse entgegengenommen hatte, war so hungrig, dass er sofort in das Brot biss, dann in den Käse und anschließend wieder in das Brot. Er kaute mit vollem Mund und sah sich dabei um wie ein Junge, der heimlich während der Schulstunde isst.

Eine alte Frau umarmte Leonor. Sie drückte ihre weiche, runzlige Wange an Leonors Gesicht und sagte: »Gott sei mit Ihnen, es sind schwere Tage, aber Gott sei mit Ihnen.« Sie steckte die Wurst, die Leonor ihr gegeben hatte, in ihren Lumpenbeutel und humpelte fort.

Leonor fühlte am Hals nach Dalilas Schmuck. Das war das

Erbe ihrer gutherzigen Schwester: Dass auch sie, Leonor, lernte, andere Menschen zu lieben. Sie entdeckte eine Liebe in sich, von der sie nicht einmal gewusst hatte, dass sie überhaupt existierte. Es machte sie glücklich, diesen Hungernden zu helfen.

Sie reichte einem kleinen Jungen eine Schachtel mit Zuckerwerk. Er hob ihren Deckel an und starrte auf die Süßigkeiten. Dann stob er davon, die Schachtel an seine Brust gedrückt, als fürchte er, dass sie ihm wieder weggenommen werden könnte.

Die Menschen kamen ihr vor wie Diebe. Sie stahlen Speisen, die ihr und Vater zustanden. Trotzdem gab Leonor sie gerne her. Die Vorräte gingen zur Neige, dabei warteten noch so viele! Was konnte sie ihnen schenken? Nur einige Würste waren übrig. Die Domestikin folgte jeder Wurst, die Leonor verschenkte, mit schmerzerfülltem Blick. Sie zerknitterte ihre Schürze mit den Händen. Auch Jeronimos Augen waren weit, und er hielt erneut ihren Arm fest. »Menina Leonor«, sagte er, »der Baron wird furchtbar toben. Er wird Sie einsperren.«

»Ich tu's für Dalila«, sagte sie und wand sich frei.

Sie sah eine Bewegung aus dem Augenwinkel. Ein Hund kam herangesprungen. Sie drehte sich hin. Da schnappte er sich schon die Kette der Würste und schleifte sie hinter sich her.

Die Wartenden heulten auf und verfolgten den Hund. Leonor gab einer Frau mit drei Kindern das letzte Brot und einem Greis den letzten gesalzenen Fisch. Sie hob die Hände und sagte: »Das war's. Mehr habe ich nicht.«

»Dieser verfluchte Hund«, schimpfte ein Mann. »Irgendwo sitzt er und geifert über der guten Wurst. Er schlingt sie gedankenlos runter, während wir hungern.«

Ein weiterer Hund streunte heran. Er hatte helles Fell und dunkle Augen. Er wedelte mit dem Schwanz und sprang bellend an ihr hoch.

Leonor stutzte. »Bento?«

Sie strich ihm über das Fell. Er drehte sich vor Freude im Kreis. Sie lachte. Sie hatte geglaubt, Bento sei unter den Steinen des Palácio begraben worden. Aber er lebte! Wo war er gewesen?

Sie musste ihn zu Samira bringen. Dieser Hund bedeutete der Kleinen alles. So, wie sie war, ging sie. Es fühlte sich an wie eine Befreiung. Sie nahm kein Geld mit, keinen Domestiken, keinen Puder. Sie brauchte all das nicht.

»Komm, Bento«, sagte sie.

Der Vater war im Morgengrauen zum englischen Konsul Edward Hay gegangen. Er wollte Mitgliedern der britischen Faktorei seine Handelsunternehmungen und Manufakturen verkaufen. Zum Herzog de Aveiro oder dem Marquês de Marialva konnte er nicht gehen, weil die Adligen mit seinem Unternehmen nichts anfangen konnten – es war ihnen per Gesetz verboten, Handel zu treiben. Die Adligen würden sonst allen anderen den Handel kaputtmachen, hatte der Vater einmal erklärt, weil sie von sämtlichen Steuern befreit waren.

Wenn er hörte, was sie alles verschenkt hatte, würde er aus der Haut fahren. Er würde sagen, dass die Speisen ihn ein Vermögen gekostet hätten, und würde die Sklaven schlagen, weil sie Leonor hätten aufhalten müssen. Er würde die Tür zur Vorratskammer aufreißen und die leeren Regale sehen. In der Kammer roch es nach Käse und Wurst, dass einem das Wasser im Munde zusammenlief, dabei enthielt sie nicht einmal mehr einen Kanten Brot.

Aber es war sowieso alles verloren. Sie würden lernen müssen, mit Armut umzugehen. Die volle Speisekammer war nur das letzte Stück des weichen Nests gewesen, das sie verlassen mussten.

Sie sagte: »Wir gehen zu Samira, Bento.«

Bento lief neben ihr und blickte ihr aufmerksam ins Gesicht.

Es gefiel ihm, wie die Herrin mit ihm redete. Ihre Stimme war weich und ihr Blick war freundlich. Außerdem faszinierte ihn ihr Geruch. Er hatte keine Fährte von der kleinen Herrin gefunden, obwohl er seit Sonnenaufgang durch die Stadt streifte. Aber diese Frau hatte einen Geruch an sich, den er kannte.

Bento sog ihren Duft ein. Er war dumpf wie das Haar der kleinen Herrin, wenn er seine Schnauze hineingrub. Die Frau war Teil des Rudels gewesen, auch wenn sie selten bei ihnen gewesen war. Die Verhältnisse der Menschen waren schwer zu durchschauen. Manche gehörten mehreren Rudeln an.

Wohin ging die Herrin? Sie war von hohem Rang. Er hatte es genau beobachtet: Die Menschen ließen ihr am Futter den Vortritt, und sie teilte ihnen die Stücke zu. Außerdem hatten die schwarzhäutigen Menschen Angstgeruch verströmt, als sie mit ihnen redete.

Wusste sie vielleicht, wo die kleine Herrin war? Seitdem er den Tierkadaver am Stadtrand gefressen hatte und gesättigt war, musste er fortwährend an sein altes Rudel denken. Vor allem daran, wie die kleine Herrin mit ihm gespielt hatte.

Wenn er sie wiederfand, würde sie mit ihren Händen durch sein Fell fahren und ihm den Auftrag geben: »Hol den Schuh!« Und er würde losstürzen und den Schuh unter dem Bett hervorgraben und ihn ihr bringen. Dann würde sie ihn loben. Alles würde sein wie früher.

Die Vögel begannen, fröhlich und laut zu singen. Der Weg nach Belém war nass, überall gab es Pfützen. Leonor atmete tief ein. Die regenfeuchte Luft kam ihr vor wie eine Reinigung. Sie hatte keine Schwester mehr. Sie war jetzt allein. Nie war ihr so bewusst geworden, wie sehr sie die Schwester brauchte.

Der helle Hund blieb immer in ihrer Nähe. Wenn sie stehen blieb, blieb er genauso stehen und sah sie erwartungsvoll an. »Komm«, sagte Leonor. Bento folgte ihr. Er musste einsam gewesen sein ohne die Menschen, die ihn all die Jahre begleitet und gefüttert hatten.

Er trottete durch Pfützen. Dreckwasser bespritzte Leonors neues Kleid. In der Ferne über dem Land regnete es noch. Gleichzeitig brach der Sonnenschein durch die Wolken. Er strahlte mitten in die Regenschwaden hinein, die aus tiefhängenden Wolkenbäuchen niedersanken, und brachte sie zum Glänzen. Es sah aus, als würde es Licht regnen. Abertausende Tropfen von goldenem Licht schwebten auf das zerstörte Land nieder.

Im Tejo schwamm Hausrat: Eimer, Planken, zertrümmerte Möbelstücke. Möwen schaukelten auf den Wellen, die Flügel säuberlich angelegt, die Schnäbel stumm und ernst, als sei es eine wichtige Aufgabe, zwischen dem Gerümpel auf dem Fluss zu treiben.

Eine Stunde lang spazierte sie an verwüsteten Obstplantagen vorüber und an Süßkartoffelfeldern, deren abgeerntete Erdhügel flachgeschwemmt worden waren. Bäume waren umgeknickt. Das Holz der Bruchstellen schien hell vor der dunklen Rinde auf. Die Luft roch hier nach Erde und Kartoffeln.

Dann säumten Villen und Adelshäuser den Straßenrand. Die weiße Kathedrale und das Kloster der Hieronymus-Mönche kamen in Sicht. Vor dem Königspalast standen die prunkvollen Zeltsuiten. Standarten von grünem Damast flatterten im Wind. Wenn sie Antero begegnete, würde sie nichts zu sagen wissen. Er verachtete sie. Sie konnte sich bei ihm entschuldigen, aber es würde nicht zu ihm durchdringen. Die Mauer, die zwischen ihnen stand, würde die Worte verschlucken.

Der Hund blieb stehen. Er hob den Kopf und blickte starr in Richtung des königlichen Parks. Seine Nasenlöcher weiteten sich. Leonor sah zum Park hinüber. An einem Teichufer spielten Kinder mit einigen Ammen. Was erregte ihn so? War Samira darunter?

Der Hund bellte. Er bellte noch einmal, kurz. Es klang wie ein Rufen. Eines der spielenden Kinder stand auf und starrte in seine Richtung. Bento jagte los, in weiten Sätzen sprang er auf das Kind zu. Als er es erreichte, warf er es zu Boden. Das Kind lachte aus vollem Halse. Es rollte mit dem Hund über das Gras.

Das dunkle Wasser des Tejo schwappte an den zerschlagenen Marmorstufen herauf. Wo vor vier Tagen noch der Fischmarkt gewesen war, standen jetzt eilig zusammengezimmerte Hütten der Stadtverwaltung. Zeltbahnen waren dazwischen aufgespannt. Es war Mittag, aber keine Glocke läutete. Der *Terreiro do Paço*, Lissabons Herz, schlug nicht mehr seinen Puls in die Adern der Stadt.

Der königliche Palast an seiner Westflanke war ausgebrannt. Arkaden standen dort rußgeschwärzt in den Himmel wie die Ruinen einer untergegangenen Zivilisation. Das *Arsenal de Guerra* bot gegenüber nur noch seine leere Fassade dar. Verbogene Gewehre wurden aus ihrem Steingrab geborgen. Das Zollhaus war ein Schutthaufen.

Antero besah die Schlange der Menschen, die an der Essensausgabe anstanden. Sämtlicher Stolz war aus ihren Gesichtern gewichen. Sie trugen verschorfte Wunden und Verbrennungen, die Schultern hingen ihnen herab. Aus den Augen sprach Apathie.

Karmelitermönche, Theatiner und Klarissen kümmerten sich um die Notleidenden. Sie hatten nichts, was sie ihnen geben konnten, also drückten sie ihnen die Hände und beteten mit ihnen. Mit Splitterholz aus den Ruinen richteten sie gebrochene Glieder.

Viele suchten ihre Verwandten, ihre Freunde. Sie gingen die ganze Schlange entlang und fragten nach einem Namen. Hatte jemand diese Frau gesehen? War sie verschüttet, war sie tot, oder lebte sie?

Am Tejoufer forderten Soldaten einen Pass von jedem, der ein Boot besteigen wollte. Auch kleinere Boote durfte man nur mit diesem Pass fahren. Die Menschen wurden in der zerstörten Stadt gefangen gehalten.

Er kletterte vor dem Arsenal auf einen Steinblock. Es war mühevoll mit seinem steifen rechten Knie. Einige aus der Schlange sahen kurz zu ihm herüber, dann wendeten sie sich wieder ab. Sie wollten essen. Ein Mann, der auf einem Stein stand, interessierte sie nicht.

»Ich habe das Gymnasium der Jesuiten besucht«, sagte Antero, »bis ich dreizehn war. Mit siebzehn war ich im jesuitischen Lyzeum. Ich habe den Dreisatz gelernt und das Umrechnen von Währungen. Ich habe die Philosophie des Aristoteles studiert. Die Jesuiten haben mich vieles gelehrt.«

Jetzt sahen ihn manche an. Sie betrachteten ihn missmutig, als wäre er eine der Krähen, die auf den Springbrunnen umherkletterten.

»Aber ich glaube, dass die Jesuiten einen Fehler machen.«

Köpfe wendeten sich. Er konnte in den Gesichtern der Menschen Neugier lesen. Einer wagte es, gegen die Jesuiten anzureden? Das gab Ärger! Er würde festgenommen werden, dachten sie sicher, oder auf dem Scheiterhaufen enden.

»Sie haben natürlich recht, wenn sie sagen, dass bisweilen Gott selbst die Erde beben lässt. Im ersten Buch Samuel wird uns von einer Schlacht Israels gegen die Philister berichtet, in die Gott eingegriffen hat: *Und es entstand ein Schrecken im Lager und auf dem freien Felde; und das ganze Kriegsvolk, die Wache und die streifenden Rotten erschraken; und die Erde erbebte, und so geschah ein Gottesschrecken* – das steht geschrieben. Gott setzt Erdbeben auch als Zeichen seiner Gnade ein. In der Apostelgeschichte, Kapitel vier, lesen wir: *Und da sie gebetet hatten, erbebte die Stätte, da sie versammelt waren; und sie wurden alle des heiligen Geistes voll und redeten das Wort Gottes mit Freimut.*«

»Sie wollen uns weismachen, dass dieses Erdbeben etwas Gutes war?«, rief ein Mann.

Antero ignorierte ihn. Er sagte: »Und manchmal ist Gott nicht im Beben. Manchmal ist Gott in dem, was nach dem Beben folgt. Ich bin überzeugt, dass Lissabon ein solcher Fall ist. Im ersten Buch Könige wird uns davon berichtet, dass Gott Elia begegnet. Zuerst kam ein starker Wind auf, der die Berge zerriss und Felsen zerbrach. Dann kam ein Erdbeben. Aber Gott war nicht im Erdbeben. Nach dem Erdbeben kam ein Feuer. Auch darin war Gott nicht. Und dann folgte ein stilles, sanftes Sausen. Da wusste Elia, dass Gott sich näherte, und er verhüllte sein Gesicht, denn niemand, der Gott sieht, kann überleben.«

»Der Kerl ist doch übergeschnappt«, sagte eine Frau.

Antero sagte: »Diese Stadt ist nicht verflucht. Das Erdbeben war keine Strafe Gottes.«

»Ach ja? Was war es dann?«, rief ein Mann am vorderen Ende der Schlange.

Antero schluckte. Jetzt galt es. »Es war ein Naturereignis, so wie Regen und Sonnenschein, Sturm und Hagel. Erinnern Sie sich, dass das Wasser in den Brunnen nach Schwefel geschmeckt hat? Erinnern Sie sich, dass die Tiere unruhig waren in der Nacht vor dem Erdbeben und dass kein einziger Vogel mehr auf dem Wasser und in den Bäumen saß?«

Totenstille breitete sich auf dem Platz aus. Antero sah Betroffenheit in den Gesichtern.

»Tiere haben einen Sinn für Naturereignisse. Vielleicht haben sie den Schwefel gerochen, der aus der Erde hervorstank. Vielleicht haben sie Vorbeben gespürt. Ich bin Wissenschaftler, und ich habe es mir zum Ziel gesetzt, die Auslöser von Erdbeben zu ergründen. Ich will herausfinden, was unter der Oberfläche passiert, wenn die Erde bebt. Eines Tages werden wir Erdbeben vorhersagen können. Wenn sich Sturmwolken am Himmel zusammenbrauen, wissen wir, es zieht ein Unwetter herauf. Genauso werden wir eines Tages vorgewarnt sein, wenn ein Erdbeben droht, und können uns in Sicherheit bringen.

Ein Augustinerchorherr, dessen weißes Stoffsarozium auf der Brust schmutzig geworden war, sagte: »Wie können Sie behaupten, dass die Naturereignisse ohne Gottes Zutun geschehen? Sind Sie Atheist?«

»Ich glaube an Gott«, sagte Antero. »Dass man etwas wissenschaftlich erklären kann, heißt noch lange nicht, dass es nicht von Gott gemacht wurde. Die größten Wissenschaftler aller Zeiten waren Christen. Johannes Kepler, der Begründer der physikalischen Astronomie, glaubte an Gott. Er hat sogar Theologie studiert, zwei Jahre lang. Kennen Sie nicht seinen Ausspruch? ›Ich denke Gottes Gedanken nach‹, hat er gesagt. Astronomen waren für ihn ›Priester des höchsten Gottes‹. Und denken Sie an Robert Boyle, den Vater der Chemie. Er war tiefgläubiger Christ, studierte viel die Bibel und schrieb Erklärungen darüber. Sir Isaac Newton, von dem oft gesagt wird, er sei der größte Wissenschaftler gewesen, der je gelebt hat, der Newton, der die drei Gesetze der Bewegung aufstellte, die Schwerkraft entdeckte und das erste Teleskop gebaut hat – er hat an Jesus als seinen Erlöser geglaubt und hat in seinen Schriften den Atheismus abgelehnt.«

»Also, was wollen Sie?« Der Augustinerchorcherr runzelte die Stirn. »Was nützt es, die Vorzeichen eines Erdbebens zu erkennen, wenn Gott höchstpersönlich das Beben als Strafe schickt? Wie soll man Gottes Hand entrinnen? Wenn er jemanden töten will, tut er es, gleichgültig, ob der Betreffende sich versteckt.«

»Natürlich. Aber Naturereignisse dürfen nicht als Machtmittel herhalten. Die Jesuiten predigen Buße, und sie sagen, die Buße soll man in ihren Exerzitien einüben. Kaum ist das Erdbeben verklungen, schlagen sie schon einen der Ihren als den passenden Heiligen vor, der bei Erdbeben hilft. Francisco Borgia, der dritte General der Jesuiten, soll plötzlich der Heilige sein, den man bei Erdbeben anzurufen hat.«

Jetzt nickten einige anerkennend. »Wo er recht hat, hat er recht«, sagte jemand. »Das ist Schurkerei.«

»Ich rede nicht gegen Gott. Isaac Newton hat auch beides erforscht, die Natur und Gott. Für ihn war ein Naturgesetz immer nur die zweite Ursache. Erste Ursache blieb für ihn das Lebewesen namens Gott. Newton hat die Naturgesetze erforscht und hat damit Gottes Wegen nachgespürt.«

»Sie sagen, dass dieser Ort nicht verflucht ist«, rief eine Frau, »und dass kein neues Erdbeben kommt. Aber warum wohnt dann der König nicht wieder im Palast in Belém? Warum schläft er jede Nacht im Zelt?«

»Aus demselben Grund, aus dem viele von Ihnen im Freien schlafen, statt in die Löcher der Ruinen zu kriechen. Sie können nicht vergessen, wie über ihnen alles zusammengestürzt ist. Sie haben Angst. Aber wir glauben nicht an eine träge, genusssüchtige Gottheit, die auf dem Kreis der Himmel fläzt und sich nicht darum schert, was unten auf der Erde geschieht. Gottes Auge durchdringt die ganze Sphäre erschaffener Wesen. Er kennt die Anzahl der Sterne und ruft sie bei ihren Namen. Seine Weisheit hat Tiefe und Weite. Er muss nicht erst durch einen heiligen Jesuiten wachgerufen werden. In allem Unglück, das uns zugestoßen ist, ist er dennoch da und wird uns helfen.«

Glaubst du denn, was du da sagst?, fragte er sich. Er wollte mit seinen Forschungen in das Herz der Dinge vordringen – aber rechnete er wirklich damit, dort Gott zu begegnen?

Er musste daran denken, wie er als Kind eine Feuerwanze beobachtet hatte: Sie kroch in die Ritzen zwischen den Steinen, überall suchte sie nach Beute, kam wieder hervor, suchte die nächste Ritze, ein geschäftiges Raubtier, das ihn, den Beobachter, überhaupt nicht bemerkte. Er hatte sich damals gefragt, ob es mit den Menschen und Gott genauso war. Die Menschen spielten, arbeiteten, schliefen und bemerkten nicht, dass da ein Wesen war, das sie liebevoll betrachtete.

Doch, er suchte ihn.

Er hatte, mit etwa zehn Jahren, einem auffliegenden Star nachgeschaut und zum ersten Mal bewusst wahrgenommen, dass der Vogel die Flügel nach unten drückte, um sich in die Luft zu erheben. Der Star aß einen Wurm, einige Käfer – und daraus schöpfte er die Kraft, Tausende Male mit den Flügeln zu schlagen, die Kraft zu fliegen. Es war ein Wunder.

Jahre später hatte er voller Staunen angesehen, wie Hagelkörner niedergingen. Sie prallten vom Boden ab und blieben nach kurzen Sprüngen liegen. Wie weit waren sie aus dem Himmel niedergestürzt! Und welche Eigenschaften des Wassers und der Luft bewahrten sie davor, groß wie Hühnereier zu werden und die Menschen zu erschlagen?

Er war umgeben von Wundern. Und mit jeder Erkenntnis, mit jedem Wissensstück, das er über diese Welt herausfand, spürte er ihrem Erschaffer nach. Gott, dem Geheimnisvollen.

27

Samira kam über die Wiese gelaufen, Antero entgegen. Ein helles Fellbündel tobte neben ihr her. »Bento ist wieder da«, rief die Kleine. »Bento ist zurück!«

Auf dem Marktplatz war seine Rede geglückt, und jetzt auch noch das. Es versprach, ein guter Tag zu werden. Antero ging in die Hocke. Er stellte die Schüssel ab, legte den Halm daneben und breitete die Arme aus. Samira lief hinein. Er stand auf und drehte sich mit ihr im Kreis. »Meine Kleine.« Sein Bein schmerzte, aber es kümmerte ihn nicht. Bento sprang an ihm hoch und bellte. Der Hund leckte ihm die Hand.

Eine Frau kam auf ihn zu. Leonor. Ihr Kleid war fleckig. Die Sonne nistete in ihrem Haar, es schimmerte wie Inkagold. Antero ließ Samira sinken und setzte sie auf den Boden. Leonor blieb in einiger Entfernung stehen und sah ihn an.

Sie arbeitete mit den Jesuiten zusammen, sie und ihr Vater versuchten sogar, den Premierminister zu stürzen, um der Societas Jesu Macht zu verschaffen – und sich selbst, vermutlich. Trotzdem, auf eine Weise, die ihn selbst erstaunte, sehnte er sich nach ihrer Nähe. Wie konnte sie nur so verbohrt sein, so blind, den Falschen zu helfen? Er wandte sich ihr zu. »Hast du den Hund gefunden?«

»Nein«, sagte sie, »er hat mich gefunden.«

»Bento. Er ist ein gutes Tier.«

Sie nickte und sah zum Hund hin. Tränen standen ihr in den Augen. »Es tut mir leid«, sagte sie.

»Dein Vater und du, ihr habt einen gerechten, hart arbeitenden Mann verleumdet.«

Leonors Lippen bebten. Sie fasste an die goldene Kette an

ihrem Hals, zog daran, dass es fast aussah, als würde sie sie herunterreißen. »Es war ein Fehler«, sagte sie.

Sogar im Gesicht trug sie Schlammspritzer. Ihr ganzer Aufzug war mehr als unschicklich. Trotzdem war sie zu ihm gekommen. Sie versuchte nicht, ihn zu umgarnen und zu täuschen. Sie kam, wie sie war. Vielleicht veränderte sie sich zum Guten.

»Papa«, rief die Kleine hinter ihm, »Bento will das Wasser nicht trinken.«

Er fuhr herum. »Das ist nicht zum Trinken.« Er ging zu ihr und hob die Schüssel hoch. »Ich habe es dir mitgebracht, um dir etwas zu zeigen. Schau her!« Er tunkte den Strohhalm in das Seifenwasser, setzte das andere Ende am Mund an und blies hinein. Eine große, schillerende Blase formte sich. Sie löste sich vom Halm und schwebte über die Wiese davon. Samira staunte ihr mit offenem Mund hinterher. Antero tunkte den Halm erneut ein und blies stärker hinein. Dutzende von kleinen Blasen flogen auf. Bento jagte ihnen nach und bellte. Samira lachte. »Du kannst zaubern! Mach mir ganz viele Kugeln.«

»Man nennt sie Seifenblasen«, sagte er.

Leonor stand dabei und lächelte. Eine der Seifenblasen flog zu ihr. Sie hob die Hand und ließ die Blase auf den Fingerspitzen landen. Sie platzte.

»Willst du es einmal probieren, Samira?«, fragte er.

Die Kleine sah zweifelnd zu ihm hoch. »Kann ich das schon?«

Er kauerte sich nieder und hielt ihr den Halm hin. »Da. Tauche ihn in das Seifenwasser. Hier pustest du rein.«

Sie kletterte auf sein Knie, tunkte den Halm ein und pustete. Winzige Blasen stoben auf. Sie juchzte.

»Und jetzt puste ganz sanft.«

Samira versuchte es, aber es sprühten nur Tropfen aus dem vorderen Halmende.

»Noch einmal.«

Sie tauchte den Halm ein, blies hinein, und es formte sich eine große Seifenblase. Sie sank zu Boden und zerplatzte.

Dieses Kind, das da auf seinem Knie saß und Seifenblasen machte, gehörte zu ihm. Er spürte es. Samira war klein und brauchte seinen Schutz und seine Liebe. »Weißt du«, sagte er, »deine Mutter hat schon einen Monat vor deiner Geburt ein Korbbettchen für dich gekauft und eine Decke. Sie hat dir Strümpfe gestrickt. Und gleich nach der Geburt hat sie dich geherzt und geküsst, obwohl Frauen nach der Geburt unrein sind und das Kind nicht berühren sollen. Julie hat sich nicht darum geschert, was die Hebamme gesagt hat, sie hat dich in den Arm genommen und hat dich geküsst. Sie hat dich sehr geliebt.«

Samira ließ den Halm sinken. Sie sah ihn an.

»Du hast gelacht, wenn sie dir eine frische Windel gegeben und dich gekitzelt hat. Als du noch kein halbes Jahr alt warst, hat mich deine Mutter losgeschickt, einen kleinen Stuhl für dich schreinern zu lassen. Sie wollte, dass du schon lernst zu sitzen. Und du konntest irgendwann die Treppe raufkrabbeln und hast versucht, ganz allein die Türen zu öffnen.«

»Ich gehe besser«, flüsterte Leonor. Sie bückte sich und hob etwas aus dem Gras auf. »Hier, Samira. Pass auf, dass du nicht darauf trittst.« Es war der Hampelmann. Ihm war ein rotes Wams aufgemalt mit gelben Knöpfen. Die Farbe war an vielen Stellen abgestoßen. Samira liebte ihn, seit sie ihn besaß. »Ich habe ihm die Beine nur zum Behelf angeklebt«, sagte Leonor. »Sie halten nicht so gut wie früher.«

Samira nahm den Hampelmann entgegen. Sie zog am Strick, und seine Beine bewegten sich in die Höhe und sanken wieder zurück. »Er geht noch«, sagte die Kleine, »siehst du?«

»Wo hast du ihn her?«, fragte Antero.

Leonor antwortete: »Ich habe ihn in den Trümmern gefunden.«

»Diesen Hampelmann«, sagte er, »hat dir deine Mutter zum ersten Geburtstag geschenkt, Samira. Er ist von Julie.«

Die Kleine sah den Hampelmann an. »Wirklich?«

Er nickte.

Samira drückte den Hampelmann an sich. »Ich hab ihn lieb.«

»Leonor, bleib«, sagte er.

Gabriel Malagrida hielt die Zeltplane hoch und sah hinaus. Die Ruderbark lag ruhig. Im Westen, wo der Tejo in den Atlantischen Ozean mündete, glänzte das Sonnenlicht auf dem Wasser. Die Schönheit der Natur erschien ihm trügerisch. Die gleiche Natur, die jetzt Romantik vorgaukelte, hatte vor zwei Tagen auf Gottes Geheiß Lissabon in Schutt und Asche gelegt. Ihr Versöhnungsangebot widerte ihn an.

Er trat zurück ins Zelt. »Was habe ich zuletzt diktiert?«

»Ob es wohl einen Ketzer in Portugal gibt«, sagte der Schreiber.

»Ah ja. Schreiben Sie: Komma, der sich getraut zu behaupten, Komma, dass das Erdbeben nur eine Wirkung natürlicher Ursachen sei und nicht eine Strafe Gottes für unsere Sünden.«

Der Umsturzversuch war missglückt. Ihm, Malagrida, konnten sie nicht ans Leder – um ihn vor Gericht zu stellen, brauchte der Premierminister eine päpstliche Genehmigung, und die würde er nicht erhalten, der Papst stand treu auf seiner Seite. Aber Sebastian de Carvalho würde seine Verbündeten zur Strecke bringen. Und damit schwächte er auch ihn, Malagrida.

Hässliche Tage.

Jemand rief von draußen: »Padre Malagrida!« Er war völlig außer Atem. »Bitte, lassen Sie mich eintreten.«

»Wenn es sein muss«, knurrte er.

Die Zeltplane wurde aufgeschlagen. Der Baron trat ein. Unter den Achseln seines Fracks standen Schweißflecken. Die Perücke hing schief. Er sagte: »Meine Tochter ist verschwunden. Haben Sie ihr einen Auftrag gegeben?«

»Sehen Sie bei Antero Moreira de Mendonça nach. Jede Wette, dass sie bei ihm ist. Das Dummerchen ist verliebt.«

»Wie können Sie –« Der Baron schluckte herunter, was er sagen wollte. Er setzte neu an: »Ich brauche Ihre Hilfe.«

»Ach? Sagen Sie mir, was beim König schiefgegangen ist.«

»Sebastian de Carvalho war zu überzeugend. Er ist klug. Wir haben ihn unterschätzt.«

»Und jetzt soll ich Sie aus dem Sumpf ziehen.«

»Ich habe meine Manufakturen verkauft. Ich werde fortgehen von hier. Aber meine wichtigsten Handelspartner sind in Portugal, und ich erwarte ein Schiff mit sizilianischem Weizen. Helfen Sie mir, dass ich nicht alles verliere.«

»Sie haben versagt. Ihre weiteren Geschäfte gehen mich nichts an.«

»Sie sind der Einzige, der mächtig genug ist, uns zu helfen. Wir haben viel für Sie aufs Spiel gesetzt. Seien Sie gerecht. Tun Sie im Gegenzug etwas für uns.«

Draußen wurden Stimmen laut. Offenbar gab es ein Handgemenge. Die Ruderbark schwankte. Dann platschte es laut, wie von Körpern, die in den Fluss gestoßen wurden. Zorn stieg in ihm auf. »Was versuchen Sie hier? Baron, wenn Sie denken, dass Sie mit Gewalt bei mir etwas erreichen, erliegen Sie einem Irrtum.«

»Ich … bin allein gekommen«, sagte der Baron. »Das sind nicht meine Leute.«

Malagrida schlug die Zeltplane auf und sah geradewegs in das Gesicht von Filippo Acciaiuoli.

Der päpstliche Nuntius sagte: »Sie haben es übertrieben, Padre. Diesmal kann ich Sie nicht schützen.« Hinter ihm hielten Soldaten Gabriels Männer in Schach. Ihre Stockdegen lagen nutzlos auf dem Boden der Ruderbark; die Männer hatten sich ergeben. Zwei von ihnen schwammen im Tejo.

»Ich werde mich beim Papst beschweren. Das wissen Sie.«

»Bis auf Weiteres sind Sie auf königlichen Befehl hin aus Lissabon verbannt«, sagte der Nuntius. »Ihnen wird die Stadt Setúbal als Aufenthaltsort zugewiesen. Sie dürfen Setúbal nicht verlassen.«

»Was soll ich in Setúbal?«

»Gründen Sie ein Kloster. Schreiben Sie ein Buch.«

»Das ist eine Frechheit! Ihr Verhalten wird Folgen haben. Dafür sorge ich. Auch der König geht so nicht mit dem Jesuitenorden um. Sie als Gesandter des Papstes hätten mich vor ihm schützen müssen.«

Vier Blauröcke traten auf ihn zu. »Kommen Sie. Eine Kutsche wartet.«

»Meine Bibel werde ich wohl mitnehmen dürfen!«, sagte er scharf. Er zog sich ins Zelt zurück. Gleich bei der Bibel lag die verbeulte eiserne Kassette. Er nahm das Buch und die Kassette an sich und trat nach draußen.

»Setzen wir uns«, sagte Antero. Er ließ sich auf einem Grashügel nieder. In einiger Entfernung stand Samira und formte Seifenblasen mit dem Strohhalm. Bento lag neben ihr und blinzelte in die untergehende Sonne.

Zögerlich setzte sich Leonor neben Antero. Ihre Knie zitterten.

Er sagte: »Ich stand gestern unter einem Galgen und sollte gehängt werden. Ich war so gut wie tot. Die Jesuiten haben das eingefädelt.«

»Warum hassen sie dich so?«

»Ich habe aufgehört, für Gabriel Malagrida zu arbeiten. Jetzt bin ich sein Feind. Er weiß, dass ich ihm schaden werde. Ich werde dem Volk das Erdbeben erklären, und dann steht er nicht mehr als Prophet, sondern als machthungriger Lügner da.« Er sah sie an. »Warum hilfst du den Jesuiten? Siehst du nicht, was sie tun?«

»Ich habe ihren Glauben bewundert. Und Gabriel Malagrida. Er ist weise, man kann von ihm lernen.«

»Ja.« Antero lächelte bitter. »Das dachte ich auch einmal.« Er schwieg. Dann sagte er: »Ihr habt Malagrida nicht gebracht, was er wollte. Malagrida wird euch fallen lassen. Deiner Familie droht Unheil, Leonor. Du solltest dich aufs Land absetzen. Kennst du dort jemanden?«

»Wir haben Verwandte. Eine Base lebt ein paar Stunden von hier auf einem Landgut.«

»Geh dahin. Wenn die Gefahr vorüber ist, hole ich dich zurück.«

Leonor schöpfte bebend Atem. »Früher, ich meine, als du nur manchmal zu Besuch warst ... Jetzt kenne ich dich besser. Es tut mir leid, dass ich dich so enttäuscht habe. Ich weiß, ich war nicht so, dass du mich lieben würdest, wie du Julie geliebt hast. Aber ich ändere mich. Ich habe mich schon geändert.«

Er schwieg.

Wie konnte sie die Kälte zwischen ihnen überwinden? Wie konnte sie ihn an die Tage erinnern, in denen sie gelacht und sich berührt hatten? Es war doch Wärme da gewesen! Sie taste sich mit der Hand durch das Gras und rührte an seine Hand. Bitte, flehte sie innerlich, gib mir eine Chance.

»Leonor!« Vaters Stimme. Er kam über die Wiese auf sie zugerannt, es war ein watschelndes Rennen, ein Hinken und Weiterschleifen. Er war puterrot im Gesicht. Schweiß glänzte auf seiner Stirn.

Antero sagte: »Erkläre ihm, dass du aufs Land ziehen willst, Leonor. Du musst heute noch fortgehen.«

Sie stand auf und lief dem Vater entgegen.

»Bist du wahnsinnig geworden?«, keuchte der Vater. »Gerade heute die Königlichen herauszufordern! Du hast hier in Belém nichts mehr verloren. Unser Leben ist in Gefahr, Leonor.«

Kein Wort über die teuren Speisen, die sie verschenkt hatte? Vater musste große Angst haben, wenn er das vergaß. »Was ist passiert?«

»Gabriel Malagrida wurde aus Lissabon verbannt. Es wird uns schlecht ergehen, Leonor. Niemand kann uns vor der Wut des Ministers beschützen.«

»Lass uns aufs Land ziehen zur Base.«

»Das ist nicht weit genug. Glaubst du, dass uns der Minister dort nicht findet? Wir gehen nach Deutschland. Ich werde meinem Bruder schreiben, er wird alles vorbereiten.« Er legte ihr die Hand in den Rücken und schob sie in Richtung Stadt. »Du weichst nicht mehr von meiner Seite, bis wir hier heraus sind. Ich habe Dalila verloren. Dich verliere ich nicht auch noch.«

Er stank nach Schweiß. Leonor war der Vater immer stark erschienen. Jetzt empfand sie ihn als Schwächling. Sie würde auf keinen Fall mit ihm nach Deutschland reisen. Irgendwo in der Nähe von Lissabon würde sie sich von ihm absetzen und zu Antero zurückkehren.

Sie drehte sich nach Antero um. Er war aufgestanden und sah ihr nach. Geh hin, verabschiede dich von ihm, sagte eine Stimme in ihr. Aber sie konnte es nicht.

Sie liefen eine Stunde lang Seite an Seite, stumm. Über das Abendblau des Himmels zogen Schwalben. Sie pfiffen hohe

Laute. Zwischen den Ruinen der Stadtmauer vor ihnen wimmelte es von Soldaten. Machten sie jetzt auch noch den Weg nach Belém dicht?

Es gab einen behelfsmäßigen Schlagbaum. Horden von Soldaten lungerten auf beiden Seiten des Schlagbaums herum. Sie saßen auf Steinen und spielten Karten oder dösten. Einige putzten ihre Gewehre.

Am Schlagbaum stand ein Sargento. »Den Passierschein bitte«, sagte er.

Vater antwortete: »So etwas habe ich nicht.«

Der Sargento musterte ihn und Leonor. »Ohne Passierschein geht nichts mehr. Suchen Sie den Magistrat Ihres Stadtbezirks auf und holen Sie sich einen.«

»Ich will im Morgengrauen die Stadt verlassen. Ich bin Händler. Das wird doch morgen noch einmal ohne Schein gehen?«

»Rein kommen Sie. Raus nicht.«

Vater sagte: »Ich bin Martinho Velho da Rocha Oldenberg, seit achtundzwanzig Jahren Mitglied im Christusorden. Bis vor Kurzem war ich zuständig für den gesamten Tabakhandel dieses Landes. Meine Indios schuften in Brasilien, damit *Sie* Ihren Lohn bekommen, Sie und all die anderen Soldaten, die hier herumhängen und Maulaffen feilhalten. Durch meinen Fleiß ist dieses Land reich geworden. Sie werden mir nicht sagen, wo ich hinzugehen habe.« Er hob eigenhändig den Schlagbaum an. »Leonor!«

Sie eilte unter dem Schlagbaum hindurch.

Vater ließ ihn wieder herunter und betrat die Stadt. Leonor warf einen Blick hinter sich. Die Soldaten sahen ihnen mit offenen Mündern nach.

»Was denken die sich!«, knurrte Vater. »Vorhin bin ich noch als freier Mann hier rausspaziert. Und jetzt wollen sie mir plötzlich vorschreiben, wo ich mich aufzuhalten habe.«

Ihr wurde warm. Vielleicht gingen sie gar nicht ins Deutsche Reich. Vielleicht konnten sie doch hierbleiben. Wenn Vater zu seiner alten Stärke zurückfand, brauchte er Malagrida nicht. Er konnte allein für die Familie kämpfen.

Als sie das Haus betraten, war es still im Flur. Leonor rief: »Jeronimo!« Zur Antwort drang gedämpftes Stöhnen aus dem Gesellschaftsraum. Leonor eilte zur Zimmertür und riss sie auf.

Sie erstarrte.

Vom Kronleuchter hing Tomás, der Schneider, herab. Um seinen dünnen Schildkrötenhals war ein Strick geschlungen. Die Lippen waren blau und die Augen standen offen. Er sah starr zu zwei Stühlen hin, auf denen die Domestiken saßen, gefesselt und geknebelt.

Vater betrat hinter ihr den Raum. »Lauf in die Küche und hole ein Messer«, sagte er.

Auf dem Weg in die Küche jagten ihr Gedanken durch den Kopf. Der Jesuit war nicht mehr in der Berline gewesen, als sie aus dem königlichen Zelt zurückgekehrt waren. Irgendwie musste er mitbekommen haben, dass die Verhandlungen schlecht liefen, und hatte sich aus dem Staub gemacht. Dass er sich erhängte, war ein schlechtes Zeichen.

Sie kehrte in den Gesellschaftsraum zurück und hielt dem Vater das Brotmesser hin. Er nahm es nicht, sondern sagte: »Schneide die Sklaven los.«

Sie versuchte, den Domestiken die Fesseln durchzuschneiden. Es war schwierig; die Stricke wollten der Klinge nicht nachgeben. Leonor musste das Messer wie eine Säge hin und zurück führen. Endlich rissen die Stricke. Sie löste auch die Knebel. Jeronimo und die Domestikin atmeten auf.

»Warum hat er euch gezwungen, zuzusehen?«, fragte sie. »Er hätte sich doch irgendwo in einer Ruine aufhängen können.«

»Er war es nicht«, sagte die Domestikin. »Da waren Männer.«

Vater trat an den Hängenden heran und drehte ihn. Ihm waren die Hände auf den Rücken gefesselt. Man hatte ihn umgebracht.

Leonor fragte: »Wie sahen die Männer aus?«

»Ich kannte keinen«, sagte Jeronimo.

»Aber einer hatte Daumennägel«, warf die Domestikin ein, »abscheulich lange Daumennägel. Wie Teufelskrallen.«

Vater sagte. »Wir reisen ab. Ich packe die wichtigsten Unterlagen. Leonor, du gehst zum Herzog de Aveiro und erbittest eine Reisekutsche für uns.«

28

Als Leonor wiederkehrte, war es schon spät. Sie schlich zu Vaters Zimmer, um ihm zu sagen, dass man sie abgewiesen hatte. Unter dem Türspalt schimmerte Kerzenlicht hindurch. Sie drückte sachte die Klinke hinunter und öffnete die Tür.

Vater lag vornübergebeugt auf dem Schreibtisch und schlief. Sein Körper hob und senkte sich mit den Atemzügen. Die Kerze war heruntergebrannt, sie stand kurz vor dem Verlöschen. Leonor trat hinter den Vater und sah auf das Blatt, auf dem er lag. Den größten Teil des Textes verdeckte er, aber sie konnte den Anfang lesen.

Im Namen des Vaters, des Sohnes und des Heiligen Geistes. In Erwägung dessen, dass nichts so sicher ist wie der Tod und nichts so unsicher wie die Stunde desselben, befehle ich zum Ersten meine Seele Gott dem allmächtigen Vater an und seinem eingeborenen Sohne Jesu Christo. Ich bestimme, dass mein Grab in Oldenberg sein soll, und stifte zum Gedächtnis meines verstorbenen Vaters die –

Hier lag seine Hand, dann folgte die Schulter. Daneben standen die Worte *Seelenruhe* und *auf ewig*. Der Vater war in der durchgeschwitzten Kleidung eingeschlafen, während er sein Testament verfasste.

Leonor hörte ein Knirschen. Es kam vom Fenster her, keine zwei Schritt von ihr entfernt. Sie sah genauer hin. Einer der Nägel bewegte sich. Er drehte sich und ächzte leise im Holz. Plötzlich war es dunkel. Die Kerze hatte ihr Leben ausgehaucht. Der Docht glühte noch kurz, dann erstarb auch er. Die Geräusche vom Fenster verstummten. Leonor stand da und atmete flach, um sich nicht zu verraten.

Nach kurzer Pause setzte das Knirschen wieder ein. Holz splitterte leise. Sie beugte sich vor zum Vater und drückte seinen Arm. »Vater«, flüsterte sie ihm ins Ohr, »wach auf! Da ist jemand am Fenster.«

Er ruckte hoch.

»Hörst du das?«, flüsterte sie.

Er stand auf und hielt inne. Dann sagte er ihr ins Ohr: »Hole die Sklaven. Sie sollen die Gewehre mitbringen und die Rapiere. Leise!«

Leonor schlich sich aus dem Zimmer, durchquerte den Flur und drückte die Tür zur Kammer des Sklaven auf. Sie trat an sein Bettlager und rüttelte ihn. »Steh auf. Du wirst gebraucht. Hole die Gewehre und die Rapiere. Komm leise in den Wintersalon.«

»Ja, Menina Leonor.«

Sie ging zur Kammer der Domestikin und weckte auch sie. In der Dunkelheit sah das Weiß in ihren Augen gespenstisch aus.

»Überfallen sie uns?«, fragte die Domestikin. »Aber Sie haben doch alles verschenkt, Menina Leonor!«

»Sie könnten es auf Vaters Gold abgesehen haben. Vater will uns im Wintersalon haben.«

Gemeinsam, die Domestikin im Schlafrock, schlichen sie durch den Flur. Sie trafen auf Jeronimo, der in den Armen Gewehre und Rapiere trug. Die Taschen mit den Papierpatronen hingen herunter.

Aus dem Wintersalon drang deutlich das Bersten von Holz. Leonor zuckte zusammen. »Rasch!«, zischte sie und hastete voran. Im vernagelten Fenster des Wintersalons fehlten bereits Bretter. Durch die Lücken schien schwaches Sternenlicht herein.

Vater winkte ihnen. Der Sklave hastete zu ihm. Vater nahm ihm eines der Gewehre aus den Armen, langte in die Tasche, die herunterbaumelte, und zog eine Papierpatrone heraus. Er biss die Hülse hinten auf, leerte das Pulver in den Lauf des Gewehrs und schob das Papier und ein Projektil hinterdrein. »Jetzt du«, flüsterte er. »Und ihr nehmt euch Rapiere«, raunte er Leonor und der Domestikin zu.

»Vergessen Sie es«, sagte von draußen eine Stimme. Fünf Gewehrläufe schoben sich durch die Bretterlücken. »Legen Sie die Waffen nieder und stellen Sie sich mit erhobenen Händen an die Wand.«

Der Vater erstarrte. Dann flüsterte er, so leise, dass es kaum ein Hauch war: »Runter mit euch! Kriecht zur Tür.«

Sie ließen sich zum Boden nieder und krochen mit angehaltenem Atem. Ein Rapier schrammte über den Boden. Vater sagte laut: »Wir ergeben uns!« Dabei kroch er weiter. Er fasste an der Tür nach Leonor und schob sie am Ellenbogen weiter. »Kopf runter«, zischte er. Leonor drehte sich im Türrahmen um. Kamen die anderen nicht mit?

Vater legte an. Sein Gewehr krachte. Mündungsfeuer blitzte auf. Ein Pfeifen hing in Leonors Ohren fest. Vater stieß sie. Sie sollte weiterkriechen. Aus dem Fenster krachten nun ebenfalls Blitze, zwei, drei, vier.

Leonor sprang auf und rannte in den Flur. Es war dunkel. Sie hörte das hohe Pfeifen, und dahinter eine undurchdringliche Stille, als hätte man ihr Watte in die Ohren gestopft. Sie öffnete die Tür zu ihrem Zimmer und schloss sie hinter sich.

Der Puls zuckte in ihrem Hals. Obwohl sie heftig atmete, hatte sie das Gefühl, keine Luft zu bekommen. Ihre Augen versuchten erfolglos, die Finsternis zu durchdringen. Farbspiele wanden sich aus der Schwärze, gespenstische Gaukeleien.

Es waren zu viele draußen vor dem Haus. Sie waren nicht aufzuhalten. Sie tastete sich durch das Zimmer, bis sie mit dem Schienbein gegen das Bett stieß. Neben dem Bett war das Fenster. Leonor spürte den leisen Windhauch in ihrem Gesicht. Sie steckte die Finger in eine Ritze zwischen den Brettern und zog. Die Bretter gaben nicht nach. Das Fenster war fest zugenagelt. Sie zog kräftiger. Das Holz rührte sich nicht. Sie brauchte Werkzeug.

Gab es denn keine Soldaten, patroullierte niemand durch die Straßen? Die Schüsse mussten doch weithin zu hören gewesen sein! Leonor trat nahe an das Fenster heran. Sie erspürte mit den Lippen die rauen Holzsplitter der Bretter. Sie schrie: »Hilfe! Wir werden ausgeraubt, helfen Sie uns!«

Das Gefühl, Watte in den Ohren zu tragen, ließ nach. Auch der Pfeifton wurde leiser. Sie drehte sich um. Wo konnte sie eine Stange herbekommen oder etwas anderes aus Eisen? Vielleicht ließ sich die Klinke abmontieren. Sie trat auf die Tür zu, zögerte. Unter dem Türspalt drang ein unsteter Schein hindurch. Die Tür öffnete sich. Leonor sprang zum Tisch, griff sich einen Stuhl und hob ihn drohend in die Höhe. Eine Fackel blendete sie. Leonor blinzelte. Ein Mann stand im Türrahmen.

»Gott sei Dank!«, stieß sie hervor. Es war Antero. Sie ließ den Stuhl sinken. »Wir sind überfallen worden. Hast du die Schüsse gehört? Die Diebe sind durch das Fenster eingebrochen. Hast du Soldaten mitgebracht?«

Er lächelte nicht. Warum schaute er so ernst?

Er sagte: »Ich hatte dich gebeten fortzugehen.«

»Das wollte ich auch.«

Er schwieg. Sein Blick war schwer.

Etwas Furchtbares würde geschehen, das spürte sie.

Das Fackellicht leckte über sein starres Gesicht. Er sagte: »Warum hast du nicht auf mich gehört?«

Sie waren hier, um Vater zu holen. Der Premierminister hatte den Überfall befohlen.

»Du solltest nicht mehr hier sein.«

»Wir wollten gehen, gleich morgen«, sagte sie. »Bitte, verschone meinen Vater. Er hatte schlechte Ratgeber.« *Mich,* dachte sie. Ich bin schuld an allem. »Vater ist kein böser Mensch. Er verdient einen neuen Anfang.«

»Der Befehl des Ministers ist unmissverständlich.«

»Was soll mit ihm passieren?«

Draußen schrie der Vater: »Leonor, hör auf, mit diesem Bastard zu reden.«

Sie sagte: »Ich … Ich habe unser gesamtes Essen verschenkt. Auch wenn sie jetzt tot ist, ich lerne von Dalila. Ich ändere mich, ich habe mich schon verändert, auch wenn du das vielleicht nicht siehst. Bitte, zerstöre nicht unser Leben.«

»Das liegt nicht in meiner Hand.«

»Aber du bist hier. Die Soldaten tun, was du sagst.«

Sein Gesicht blieb hart. »Ich hatte befürchtet, dass du nicht auf mich hören würdest. Darum bin ich mitgekommen, als sie losgezogen sind.« Er redete leiser. »Deinem Vater kann ich nicht helfen. Aber ich will dich retten, um unserer guten Tage willen.« Er zog eine Zange aus dem Gürtel und trat an das Fenster heran. Einen nach dem anderen zog er die Nägel aus den Brettern.

Sie hastete neben ihn. »Antero«, flehte sie, »er hat deine Tochter aufgezogen. Gilt dir das nichts? Er hat Fehler gemacht, aber er ist ein guter Mann. So kannst du ihm doch nicht vergelten, was er getan hat.«

Antero senkte die Fackel. Heißes Pech tropfte auf den Boden. Er zeigte mit der Zange nach nebenan. »Verstehst du nicht? Dein Vater hat dem Premierminister Hochverrat vorgeworfen. Er hat Staatsdokumente gefälscht. Er hat versucht, die Regierung zu stürzen, um sich selbst einen Vorteil zu verschaffen. Nebenan liegt euer Sklave und verblutet an einer Schusswunde. Er kann am wenigsten dafür, was hier geschehen ist. Er hat den König nicht betrogen. Genauso wenig der Soldat, dem dein Vater den Kiefer zerschossen hat. Ihr habt mit Tücke Menschen hintergangen. Deine Familie muss dafür büßen, so, wie es der Premierminister befohlen hat.«

Leonor stürzte in den Wintersalon. Dort lag Jeronimo. Er wälzte sich in einer Blutlache und wimmerte durch zusammengepresste Zähne, während er sich beide Hände auf den Bauch drückte. Zwischen den Fingern sprudelte Blut hervor. Sein ganzes Hemd war dunkelrot. Sie warf sich neben ihn und streichelte ihm das Gesicht. »Jeronimo, es tut mir leid. Es tut mir so leid!« Jeronimo hatte ihr ein Schaukelpferd gezimmert, als sie klein gewesen war. Er hatte mit ihr Ball gespielt. Er hatte ihr Geschichten aus Afrika erzählt. In den letzten Jahren waren sie sich fremd geworden, aber die Vertrautheit aus ihrer Kindheit stürmte jetzt mit einer Gewalt auf Leonor ein, dass es ihr den Atem raubte. »Du musst leben! Du musst doch leben!«

Niemand kümmerte sich um ihn. Sie sah hoch. Der Vater wurde von zwei Soldaten gehalten, während ihm ein dritter Fußschellen anlegte. Er blickte voller Entsetzen darauf herab. Hier brach alles zusammen, was ihr Leben gewesen war. Und Antero tat nichts!

Sie sprang hoch und rannte in das Nebenzimmer. »Du hättest den Befehl geben sollen, dass sie nicht schießen dürfen!« Sie prügelte auf ihn ein. »Du hättest es verhindern müssen!«

Er packte ihre Handgelenke und hielt sie fest.

Jetzt erst sah sie, dass ihre Hände rot waren. Jeronimos Blut klebte daran. Sie zischte: »Ich hasse dich, Antero, ich hasse dich.«

Er hielt immer noch ihre Handgelenke. Sein Blick bohrte sich tief in ihren. »Tu das, hasse mich. Und wenn du deinen Vater liebst, wirst du jetzt durch dieses Fenster klettern und abhauen. Schmiere dir Schmutz ins Gesicht, zerreiße deine Kleider und erwähne nie wieder den Namen Velho da Rocha Oldenberg. Ich habe dir das Fenster aufgebrochen. Das ist alles, was ich für dich und ihn tun kann.« Er ließ sie los.

»Du bist ein Scheusal.« Sie schlug ihm ins Gesicht. Blut befleckte seine Wange. Sie stieg durch die Fensteröffnung nach draußen und rannte bergan. Hinter sich hörte sie die Soldaten rufen: »Stehen bleiben! Sie flieht, die Tochter entkommt!«

Milchiges Morgenlicht hing über dem Strohmeer. Masten untergegangener Schiffe ragten aus dem Wasser. Segeltuch schwamm in den Wogen und blähte sich wie die Beulen eines Kranken. Wo die fünfzig Schiffe der Brasilienflotte geankert hatten, hingen zwei Galeonen und fünf Karavellen in Schieflage im Wasser, umgeben von Plankentrümmern und schwimmenden Schiffsteilen.

Vorn am Kriegshafen versuchte man mühselig, mit Seilen und Flaschenzügen eine leckgeschlagene Korvette aufzurichten. Die Rufe der Arbeiter und Soldaten hallten über das Wasser.

Eine weitere Korvette schien nahezu unbeschädigt zu sein, mit Ausnahme einiger durchgeschlagener Stückpforten. Sicher waren die fehlenden Kanonen am Boden des Flusses im Schlamm versunken. An den Masten der Korvette flatterte die weiße Flagge mit dem gekrönten roten Wappen des Königreichs Portugal.

Leonor kauerte hinter Fässern, die am Kai aufgereiht waren. Sie stanken nach Schiffszwieback. Zwischen zwei Fässern hindurch sah sie die Verurteilten näherkommen. Vater lief am hinteren Ende ihrer Reihe. Eine Eisenkette verband ihn mit den Fußgelenken der anderen. Vater konnte nur kleine Schritte machen.

Sie sah zum Schiff. Die Soldaten würden Vater an Bord bringen, und dann fuhren sie mit ihm über den Schiffsfriedhof, fort von hier. Es war eine Reise ohne Wiederkehr. Leonor würgte an der Schuld, sie war wie eine Schlinge, die sich um ihren Hals zuzog. Sie, Leonor, hatte die Hofintrige angezettelt. Sie war für Vaters Schicksal verantwortlich.

Die Fußschellen schepperten und Vater blickte auf das Strohmeer hinaus. Plötzlich blieb er stehen. Er schrie: »Das ist meine *Sol Dourado!«* Er sprang in die Höhe und wurde von den Ketten niedergerissen.

Leonor sah zum Horizont. Ein Schiff hielt vom Atlantischen Ozean her auf Lissabon zu. Seine Segel waren prächtig aufgespannt. Der Vater brachte die Reihe der Gefangenen in Unordnung, er lief nicht mehr mit, er wollte ausbrechen, zum Ufer hin.

Die Soldaten stießen ihn mit ihren Gewehrkolben nieder. Er stöhnte. Sofort richtete er sich wieder auf und rief: »Mein Schiff!« Verwirrt sahen auch die Soldaten zum Horizont hin.

Das Schiff kam mit der Langsamkeit des Sonnenaufgangs näher. Auch die Arbeiter am Kriegshafen bemerkten es. Sie jubelten, zogen ihre Hemden aus und warfen sie in die Höhe. Währenddessen wurde von der Korvette ein Beiboot zu Wasser gelassen.

»Was haben Sie geladen?«, fragte der Sargento den Vater.

»Weizen. Achttausend Sack sizilianischen Weizen.«

Der Sargento befahl einem seiner Soldaten: »Machen Sie Meldung. Das Schiff muss sofort beschlagnahmt werden.«

Der Soldat entfernte sich.

Während das Beiboot der Korvette zum Ufer ruderte, segelte die *Sol Dourado* auf den Hafen zu. Es war eine Galeone spanischer Bauweise, vorn am Bugspriet abgesenkt, als wollte sie mit ihrem Maul Fische fangen, mit vier Masten und fünf Achterdecks und Geschützen, die in der Sonne glänzten.

Das Beiboot der Korvette legte am zerstörten Kai an. Die Soldaten stießen die Gefangenen voran. »Einsteigen«, befahlen sie.

Leonor rannen heiße Tränen über die Wangen. Sie wollte aufspringen und rufen, dass sie ihn liebte. Sie wollte zu ihm laufen und ihm um den Hals fallen und ihn um Vergebung bitten. Aber sie blieb in ihrem Versteck. Wenn sie sich zeigte, würde das bedeuten, dass sie der Kette hinzugefügt wurde.

Die Kette der Gefangenen stieg über Geröll und kletterte in das Boot. Soldaten flankierten die Verurteilten. Vom Gewicht der vielen Menschen sank das Beiboot tief ins Wasser. Es schwankte.

Die *Sol Dourado* raffte die Segel. Sie sah prachtvoll aus, etwas Heiles, das in die Zerstörung gereist kam. Das Beiboot mit den Gefangenen legte ab. Ruderer drehten es und hielten auf die Korvette zu. Vater stand im Boot auf und sah zu seiner Galeone hin.

Man begann, die Fässer zu verladen. Leonor erhob sich. Sie fragte einen der Hafenarbeiter: »Wo fährt die Korvette hin?«

»Afrika. Wenn die Piraten hören, was Lissabon zugestoßen ist, werden sie ihre Überfälle verdoppeln. Die *Duarte* wird gegen Piraten kämpfen. Ich denke, sie werden noch spanische Kanonen aufnehmen vorher.«

»Und die Gefangenen?«

Er hielt inne und musterte sie.

»Mein Vater ist darunter«, sagte sie leise.

»Die Gefangenen werden in Angola ausgesetzt.«

29

In der Nacht des 8. November weckte ein heftiger Stoß Lissabons Bürger. In Panik krochen sie aus ihren Löchern, verließen die Hütten und Ruinenhöhlen und rannten auf die Straßen. Aber es blieb bei diesem einen Stoß.

Eine Woche später führte der Patriarch eine Prozession durch die zerstörten Straßen. Der König und die Königin nahmen daran teil. Zehntausende Menschen folgten ihnen. Sie schritten von der *Ermida de São Joachim* im Stadtteil Alcântara hügelan zur Kirche der *Necessidades* und flehten Gott um Vergebung und Gnade an. Als die Erde daraufhin drei Wochen ruhig blieb, besserte sich die Stimmung in der Stadt.

Am 11. Dezember folgte ein weiteres donnerndes Erdbeben. Schreiend vor Angst flohen die Menschen auf die Felder. Viele kehrten erst Tage später – und unter dem Zwang der Soldaten – zurück.

Jesuiten predigten auf den Straßen. »Es ist ein Fehler, sich in neue Geschäftigkeit zu verstricken. Was soll der mechanische Wiederaufbau der Stadt? Wir müssen Buße tun! Gott ist zornig. Er wird von Lissabon erst ablassen, wenn wir unsere verderbten Wege aufgeben und nicht länger auf die eigene Kraft setzen.«

Der Adel half der Societas Jesu. Die Adligen hassten den neuen Premierminister, der ihre Privilegien abschaffen wollte, ihre Steuerfreiheit, ihre Ämter und Vergünstigungen. Dass die Jesuiten gegen den Minister hetzten, kam den Adligen gut zupass. Sie spendeten der Societas Jesu Geld und Baumaterial.

Sebastian de Carvalho aber machte bei den Adligen nicht halt. Er sprach sogar davon, die Inquisition zu entmachten. Sie solle aufhören, hinter verschlossenen Türen Menschen zu verurteilen, stattdessen sollten öffentliche Zivilrechtsprozesse geführt werden, forderte er. Er verlangte Gewissensfreiheit für Katholiken, Protestanten und Juden.

Antero wurde sein Sprachrohr. Er lieferte sich hitzige Redegefechte mit den Jesuiten. Wenn sie gegen die Protestanten predigten, arbeitete er die Todeslisten der Stadtbezirke auf und hielt ihnen entgegen, dass nur zwanzig Prozent aller Protestanten in Lissabon umgekommen seien beim Beben. Gott habe also nicht die »Ketzer«, wie sie sagten, strafen wollen. Es sei absurd, die Opfer einer Naturkatastrophe als bestrafte Sünder darzustellen.

Seit der Nacht, in der sie den Baron gefangen gesetzt hatten, war er ruhelos. Zorn schwelte in ihm. Er schlief schlecht und arbeitete verbissen, er machte sich Notizen, maß, experimentierte, schritt wieder und wieder die Ruinen ab, prüfte das Brunnenwasser und beobachtete die Tiere. Er berechnete die vorherrschende Mondphase zum Zeitpunkt vergangener Erdbeben, um herauszufinden, ob es einen Zusammenhang gab. Jeder Idee folgte er und klopfte sie auf ihre Glaubwürdigkeit hin ab.

Einmal, in der Alfama, überzeugte er nicht nur die Zuhörer, sondern sogar einen Vertreter der Societas Jesu. Sein Gegner sagte: »Sie wagen es, Gottes Wege zu kritisieren? Er ist unfehlbar. Sie aber sind ein verlorener, unvollkommener Mensch. Stellen Sie sich nicht über ihn, indem Sie ihn hinterfragen! Das steht Ihnen nicht zu.«

»Doch, ich hinterfrage ihn«, sagte Antero. »Ich will wissen, warum er uns dieses Leid zumutet. Ich will wissen, was er sich dabei gedacht hat.«

»Wenn wir fortan ein Leben fern der Sünde führen, wird Gott uns vor weiterem Unglück bewahren«, sagte der Jesuit.

Antero fuhr ihn an: »Er bestraft also die Sünder? Wenn Gott die Halunken hingerichtet hat mit dem Erdbeben, warum hat er dann seine eigenen Heiligtümer zerstört? Die Kirchen wurden von der Katastrophe genauso zerschmettert wie die Wohnhäuser. Hier hat nicht Gott gehandelt, sondern eine Naturkraft, die zwischen Dieb und Wohltäter nicht unterscheiden kann. Wie ein Donnersturm ist sie über uns alle hinweggefegt.«

»Falsch, mein Freund. Eines der Bilder des heiligen Antonius von Padua wurde unversehrt gefunden. Zeugen haben gesehen, wie es weinte! Ein weiteres hat in der Kirche überlebt, in der der Heilige getauft wurde, seine ganze Seitenkapelle ist verschont geblieben, während die restliche Kirche ausgebrannt ist, in solcher Flammenhitze, dass es das Silber und Bronze der Ornamente zerschmolzen hat.«

Ein älterer, weißhaariger Jesuit löste sich aus der Zuschauermenge, legte seinem Ordensbruder die Hand auf die Schulter und sagte: »Padre, manchmal ist es besser, man schweigt. Sie wissen keine Antwort, und auch ich weiß keine, also helfen Sie den Menschen und seien Sie still.«

Die Exerzitien der Jesuiten fanden großen Zulauf. Solange Antero nicht herausgefunden hatte, wie Erdbeben entstanden, konnte er den Kampf nicht gewinnen. Er grübelte nächtelang. Welche Faktoren entschieden über den Ort eines Bebens? Es hatte nirgends so stark gebebt wie in Lissabon. Das musste einen Grund haben. Und wie konnte es sein, dass dem einen großen Erdbeben weitere Beben folgten? Eine Welle, die für mehrere Wochen zur Ruhe gekommen war, wogte doch nicht erneut auf.

Er schrieb Briefe an Wissenschaftler in aller Welt und verschickte sie mit den königlichen Boten. Er zimmerte sich einen hölzernen Kasten, füllte ihn mit Erde und stieß ihn auf verschiedene Weise. Die Risse im festgeklopften Boden zeichnete er ab und verglich sie. Er las Berichte über sämtliche Erdbeben der Geschichte und suchte nach Gemeinsamkeiten. Hing das Naturphänomen mit dem Wetter zusammen, als Auslöser, als benötigter Zustand? Ging ihm eine Schlangenplage voraus? Oder eine Raupenplage oder übermäßig viele Ratten?

Samira sah er nicht oft, obwohl er mit ihr und der Haushälterin in einem Haus wohnte. Wenn er Samira in ihrem Zimmer besuchte, dann bockte sie und reizte ihn mit Frechheiten und widersprach allem, was er sagte. Er wusste, dass sie wütend auf ihn war und sich von ihm vernachlässigt fühlte und dass sie mit dieser Wut nicht umgehen konnte, weil sie ihn so sehr liebte. Er wusste es, aber die Aufgabe war zu schwer für ihn, er konnte ihr in dieser Zeit nicht geben, was sie brauchte, auch wenn er sich selbst dafür verabscheute.

An Leonor dachte er auch. Sie war so enttäuscht von ihm gewesen! Und er wusste nicht einmal, ob sie noch lebte. Andererseits hatten sie und der Baron mit ihrer Gier und ihrem Egoismus größten Schaden angerichtet. Sie hatten die Strafe verdient.

Manchmal erschien es Antero, als sei sein Inneres nichts als ein schmerzhafter Knoten.

Antwortbriefe kamen. Seine Theorie, dass ein Erdbeben sich wie eine Welle ausbreitete, wollte keiner der Wissenschaftler glauben. Trotzdem landete er immer wieder dabei. Er verfügte nun über siebzehn Uhrzeiten anderer Städte, die den Augenblick bezeichneten, in dem das schwere Beben losgebrochen war. Die Uhrzeiten lagen auf Kreisen, und der Mittelpunkt dieser Kreise befand sich 124 Meilen westlich von Cabo de São Vicente, südwestlich von Lissabon im Atlantik. Ging das Erdbeben von dort aus? Was befand sich da mitten im Meer?

Er strukturierte seine Überlegungen auf großen Tafeln. Dabei wurde ihm klar, was er zu tun hatte: Er musste ein Buch schreiben. Dieses Buch würde die Intelligenten überzeugen, die Elite. Diese Elite würde ihrerseits das neue Denken an den Rest der Bevölkerung weitergeben. Abend für Abend saß er nun bei Kerzenschein am Schreibtisch und entwarf Kapitel. Die Textentwürfe schrieb er mit dem Bleistift, die Reinschrift mit der Feder. Er versteckte sie an getrennten Orten in dem Haus, das ihm der König zugewiesen hatte, die Entwürfe in einer flachen Teedose bei den Gewürzen in der Küche, die Reinschrift unter der Treppe hinter einem losen Brett. Das Schreiben euphorisierte ihn. Er malte sich aus, welche große Bewegung sein Buch auslösen würde.

Der König aber verlor die Geduld mit ihm. Er neigte wieder den Jesuiten zu. Auf Antrag des Königs legte Papst Benedikt XIV. im Mai 1756 den dritten Ordensgeneral der Jesuiten, San Francisco Borgia, als denjenigen Heiligen fest, den man bei einem Edbeben um Hilfe anzurufen hatte. In Combria, wo sich das älteste Jesuitenkollegium Portugals befand, wurden zu seinen Ehren religiöse Feste zelebriert. Der König behauptete plötzlich, mit dem heiligen Francisco Borgia verwandt zu sein.

Neun Monate blieb König José in seinen Zeltsuiten auf dem offenen Platz vor dem Palast in Belém. Dann zog er in ein angeblich erdbebensicheres Blockhaus, das man ihm auf dem Ajuda-Berg nördlich von Belém errichtet hatte. Der Minister und Antero bestürmten den König, wieder in seinen Palast zu ziehen, um dem Volk Mut zu geben. Das Blockhaus stünde für Angst, sagten sie, und er, der König, müsse dem Volk mit Gottvertrauen vorangehen. Aber König José hörte nicht auf sie.

Als der Jahrestag des großen Bebens näherrückte, der 1. November 1756, hörte Antero zum ersten Mal wieder den Namen Malagrida. Die Jesuiten verkündeten, Gabriel Malagrida habe eine Vision von Gott erhalten. Am 1. November werde es zur Strafe für den Starrsinn Lissabons ein weiteres vernichtendes Erdbeben geben, prophezeie er. Außerdem werde eine Flut viele

Menschen töten, und die Sonne werde danach die Erde völlig verbrennen, sodass an Lissabons Stelle nichts als ein schwarzer Fleck bliebe. Die Gottesstrafe ließe sich nur durch eine große Bußbewegung abwenden.

Die *Gazeta de Lisboa*, deren Druckerpressen durch den Einsatz des Premierministers wieder in Gang gebracht worden waren, veröffentlichte die Prophezeiung – trotz eines strengen Verbots des Ministers. Daraufhin brach Panik unter der Bevölkerung aus. Zu Tausenden zogen die Menschen aus der Stadt: Handwerker verließen die Baustellen, Fischer den Fluss, Bäcker ihre neuerrichteten Backstuben.

Ein großer Teil der Soldaten war in der Algarve, um afrikanische Piraten zu bekämpfen. Der Premierminister rief fünf berittene Kompanien zurück, die in Loulé und Faro patrouilliert hatten, und ließ die Stadt von ihnen umstellen. Niemand wurde mehr hinausgelassen.

Die Bevölkerung wehklagte. Sie beschimpfte den Premierminister als Teufel, der sie alle zur Hölle schicken wolle. Sprechchöre forderten die Soldaten zur Meuterei auf. Selbst Antero spürte eine leise Furcht vor dem Jahrestag des Unglücks.

Der 1. November aber ging vorüber und nichts geschah. Plötzlich verspotteten alle die Ängstlichkeit ihrer Nachbarn. Der Premierminister fand neue Unterstützung in der Bevölkerung. Die Landvermesser und die Ingenieure rückten wieder aus und legten Verzeichnisse der Besitzverhältnisse an. Manuel da Maia führte sie an, der Oberste Ingenieur und führende Amtsmann des *Torre do Tombo*, des königlichen Archivs. Er ließ Holz und Steine aus dem ganzen Königreich heranschaffen und unterband alle Bauvorhaben, die nicht dem neuen Stadtplan entsprachen. Die Handwerker brannten für ihn Ziegel und Kacheln in den Bauöfen.

Anderthalb Jahre nach dem Erdbeben waren eintausend Häuser errichtet. Der Bereich vom Tejo bis zum Rossioplatz war geebnet. Wo früher verwinkelte Straßen und Gässchen gewesen waren, führten die neuen Straßen schnurgerade vom Norden in den Süden. Bürgersteige wurden gepflastert.

Die neuen Häuser sahen mit ihren Arkaden und den dreieckigen, an steinerne Zelte gemahnenden Dächern aus wie antike Tempel. Verschüttete Brunnen wurden freigelegt. Der *Terreiro do Paço* hieß nun *Praça do Comércio*, Handelsplatz.

Trotz der sichtbaren Fortschritte schafften es die Jesuiten, den Minister als gierigen, kühlen Gottesverächter erscheinen zu lassen, dem das Volk egal war. Sie fanden auch Beweise dafür: Früher hatte man die Armen und Bettler als Geschöpfe Gottes gesehen und hatte sich verpflichtet gefühlt, ihnen zu helfen. Nun aber wurden die Armen als bedrohliche Asoziale betrachtet. Häufig gab es Verhaftungen.

Drei Jahre nach dem Beben brach jemand in Anteros Haus ein, während er Wasserproben von den Brunnen holte. Als er zurückkehrte, fehlten die wissenschaftlichen Briefwechsel, und auch die Bücher hatte man ihm gestohlen. Alles war durchwühlt worden. Mit rasender Vorahnung prüfte er die Verstecke in der Küche und unter der Treppe. Aber die Diebe hatten das Buchmanuskript nicht gefunden.

Er machte sich auf den Weg nach Belém und bat um eine Audienz beim König. José empfing ihn, und er war, wie schon das ganze letzte Halbjahr, nicht sonderlich gut auf Antero zu sprechen. »Haben Sie endlich herausgefunden, was es mit dem vermaledeiten Beben auf sich hatte?«, sagte er zur Begrüßung.

Antero antwortete: »Ich bin nahe dran, Majestät.«

»Papperlapapp!« Der König wedelte ärgerlich mit der Hand

durch die Luft. »Meine Geduld ist erschöpft. Ich werde mich auf die Seite der Jesuiten stellen und den Spekulationen ein Ende bereiten. Sie brauchen nicht die Augen aufzureißen, Sie hätten ja schneller arbeiten können. Es muss endlich Ruhe einkehren. Ich weiß, was ich meinem Volk schuldig bin.«

»Ich bereite eine Buchveröffentlichung vor, in wenigen Monaten werdet Ihr Erstaunliches zu lesen bekommen«, beeilte sich Antero zu sagen. »Die Schrift widme ich natürlich Euch. Sie wird in aller Welt gelesen werden und den Menschen erklären, wie es zu Erdbeben kommt.«

»Seit Jahren finanziere ich Sie. Und was bekomme ich? Fortwährend Hinhaltungen. Das ist doch nur ein weiterer Versuch von Ihnen, Zeit zu gewinnen.«

»Mitnichten, Majestät. Heute wurde in mein Haus eingebrochen. Ich bin sicher, Gabriel Malagrida steckt dahinter. Er muss von dem Buch erfahren haben, das ich schreibe. Mein wissenschaftlicher Schriftverkehr wurde gestohlen. Malagrida will um jeden Preis verhindern, dass ich das Manuskript zu Ende bringe. Das zeigt doch, wie er es fürchtet.«

»Immer dieses Schreckgespenst, das Sie an die Wand malen. Ich habe mir lange genug von Ihnen Sorgen einreden lassen. Was wollen Sie von mir? Geld werfe ich Ihnen keins mehr in den Rachen.«

Antero schluckte. Offenbar waren die Tage gezählt, in denen er forschen und schreiben konnte. »Bitte gebt den Befehl, dass Soldaten vor meinem Haus postiert werden. Ich muss das Buch ungehindert zum Abschluss bringen.«

»Was nützen die Soldaten? Wenn es jemand auf Sie abgesehen hat, kann er Sie in einer dunklen Gasse überraschen, er muss nicht zu Ihnen nach Hause kommen.«

»Mich zu töten oder gefangen zu setzen würde meiner Botschaft nur zusätzliche Aufmerksamkeit verschaffen. Malagrida weiß das. Es würde sie zu einem Vermächtnis mit Explosivkraft werden lassen und sie um so schneller in aller Munde bringen. Nein, er will an das Manuskript herankommen. Dafür brauche ich den Schutz.«

Der König rieb sich das Doppelkinn und starrte ihn an. »Hören Sie gut zu. Sie erhalten die Soldaten und noch genau vier Wochen Zeit. Dann will ich das Buch in den Händen halten. Schaffen Sie es nicht bis dahin, lasse ich Sie fallen.«

»Vier Wochen! Majestät, wie soll ich –«

»Sparen Sie sich Ihre Einwände. Es ist mein letztes Zugeständnis. Diesmal gibt es kein Erweichen. Gehen Sie! Ich bin es leid, Sie zu sehen.«

Auf dem Weg zurück in die Stadt ärgerte sich Antero so sehr, dass er kaum die Schwalben am Himmel bemerkte und den süßen Duft der Wiesen. Der warme Augusttag war ihm gründlich vergällt. König José behandelte ihn wie einen Bettler. Dabei interessierte sich sogar die *Royal Society* für ihn, die Akademie, der Sir Isaac Newton angehört hatte, und Robert Boyle und James Cook. Adam Smith hatte ihn für den Herbst nach London eingeladen, der Adam Smith, der kürzlich mit siebenundzwanzig Jahren Professor für Logik und dann sogar Professor für Moralphilosophie an der Universität in Glasgow geworden war, einer der Ersten, die auf Englisch unterrichteten, nicht mehr auf Latein. Es hieß, seine Vorlesungen seien anspruchsvoll, und dennoch herrsche ein enormer Andrang. Die größten Forscher seiner Zeit wollten ihn, Antero, kennenlernen. Nur dieser eigensinnige König legte ihm Steine in den Weg.

Zurück in der Stadt ließ er sich Geld von der Bank auszahlen, fünf goldene Cruzados, ein Achtel seines gesamten Vermögens. Die *Rua Áurea* war sauber gefegt. Die Fassaden aus weißem

Stein strahlten hell im Sonnenlicht. Inzwischen waren stadtweit etwa zehntausend Häuser errichtet. Ein Drittel der Stadt war wieder bewohnbar. Es gab Läden in Hülle und Fülle – nur die Auslagen waren leer.

Anfangs waren Hilfslieferungen aus aller Herren Länder eingetroffen: Butter, Gebäck, Reis, Weizenmehl und Rindfleisch aus Irland, Räucherheringe, Stiefel, Hacken und Schaufeln, die der britische König schickte, die *H.M.S. Hampton Court* hatte Lissabon damit am letzten Tag des Katastrophenjahrs erreicht, am 31.12.1755. Als das englische Parlament von den Zuständen in Lissabon erfuhr, gewährte es Portugal eine zusätzliche Soforthilfe von hunderttausend Pfund. Auch der spanische König half großzügig mit Geld und Nahrung, und er erleichterte die Grenzkontrollen, sodass die Güter leichter nach Portugal hineingelangten. Die Hanse sandte aus Hamburg drei Schiffe mit Holz, Dachziegeln, Eisen und Werkzeugen, dazu eine kleine Gabe von Wein und Zucker für den König.

Inzwischen aber war alles aufgezehrt. Viele Händler fuhren Lissabon nicht mehr an. Die einst so reiche Stadt konnte ihre Waren nicht bezahlen, sie war kein lohnenswertes Ziel mehr. Portugal war daran gewöhnt gewesen, kaufen zu können, was es benötigte. Ohne Geld brach nun die Versorgung der Bevölkerung zusammen.

Dennoch baute der Minister. Die neuen Häuser sollten Händler anlocken. Ausländer sollten sich in Lissabon ansiedeln und in die Stadt investierten. Das war wichtiger als der Hunger der Portugiesen.

Antero passierte den Gasthof *Zur Krone*. Er war auf den Grundmauern eines zerstörten Kaffeehauses errichtet worden. Die grünen Kacheln, die den Fuß des Mauerwerks bedeckten, kündeten noch davon. Etliche waren in der Hitze der Feuersbrünste zerplatzt oder von niederprasselndem Gestein angeschlagen. Darüber erstrahlten saubere weiße Hauswände. Über das Zufahrtstor war mit Goldlack eine Krone gemalt. Die kleine Tür neben dem Tor führte in die Gaststube. Es roch nach gebratenem Fisch. Antero wäre gern eingetreten, es war immer kühl im Gastraum, hier ein Mittagsmahl einzunehmen wäre eine Wohltat gewesen an diesem heißen und trockenen Sommertag, auch wenn die Preise horrend waren.

Aber er musste anderes erledigen. Es galt, das Manuskript zu schützen. Soldaten vor der Haustür genügten nicht. Für den Fall, dass es dennoch jemandem gelang, in sein Haus einzudringen, brauchte er Pistolen. Er selbst würde in den nächsten Wochen der beste Wächter sein. Er würde wenig zum Schlafen kommen.

An einer Ecke des Wirtshauses stand ein Mann und redete zu einer Gruppe von Leuten, die sich um ihn herum versammelt hatten. Seine Hemdsärmel waren hochgekrempelt, die Unterarme dicht behaart. »Der Minister«, sagte er und machte eine theatralische Pause, während er in die Gesichter seiner Zuhörer blickte, »hat die Universität in Évora geschlossen.«

Ein erschrockenes Raunen ging durch die Gruppe. Dann ballten sich Fäuste. Einer rief: »Das macht er doch nur, weil er sich fürchtet!«

»Ja, und er hasst die Jesuiten.« Der Redner sah ernst in die Runde. »Ich weiß aus verlässlicher Quelle, dass er seinen Bruder heimlich zum Papst gesandt hat, damit er ihm Lügen über die Societas Jesu erzählt: Wir würden versuchen, die Macht des Königs an uns zu reißen, und wir würden ein ungesundes Streben nach Reichtum zeigen.«

»So über die treuen Jesuiten zu reden, das ist Verrat an der Kirche«, sagte eine Frau.

Der Jesuit lächelte grimmig und nickte. »Was ist die Folge davon? Wir werden unserer ureigensten Aufgaben beraubt. Weil der Minister uns hasst, dürfen wir nicht mehr predigen oder jemandem die Beichte abnehmen. Reformen nennen sie das.«

Antero zwang sich, nicht länger hinzusehen – es drehten sich schon die Ersten nach ihm um. Er ging zügig weiter. Wenn der König sich auf die Seite dieser Aufrührer stellte, fiel er seinem fortschrittlichen Premierminister unweigerlich in den Rücken. Das Volk war seit Wochen zornig, weil der Minister angekündigt hatte, die Blutsgesetze abzuschaffen und die Juden den Christen gleichzustellen. Letztes Jahr hatte er die Jesuiten in Brasilien entmachtet und per Gesetz ihre Missionsstationen in Pará aufgelöst. Sebastian de Carvalho erlaubte ihnen nur noch, als einfache Pfarrer in den brasilianischen Dörfern zu bleiben. Als sie die Heiligenbilder aus den Kirchen mitnehmen wollten, wurden sie informiert, dass die jetzt Staatseigentum seien. Daraufhin hatten sie sich bewaffnet und die Indios gegen Portugal aufgehetzt. Der König hatte letztes Jahr im September, als er die Nachricht davon erhielt, die jesuitischen Beichtväter der Königsfamilie aus dem Haus geworfen, vier Uhr morgens, und sie auf die Straße gesetzt. Seitdem waren Franziskaner, Augustiner und Karmeliter seine geistlichen Berater. Aber er schien diesen Schritt schon zu bereuen.

Als er im Vorbeigehen noch einmal hinsah, bemerkte Antero, dass der Mann an der Hausecke ein Stück Papier hervorholte. »Dies schreibt Padre Malagrida an den neuen Papst Clemens.« Der Jesuit räusperte sich und las: »Die Herolde des Wortes Gottes, ausgestoßen! Der Architekt der Katastrophen ist der Minister Carvalho, der am Königshof den größten Einfluss besitzt. Er kämpft voller Hass gegen unsere Gemeinschaft. Wenn er alle Jesuiten mit einem Schlag köpfen könnte, würde er es mit Freuden tun.«

Anteros Inneres drehte sich wie ein Wagenrad. Die Hetzrede war nicht die erste. Seit zwei Wochen hörte er immer wieder solche Parolen. Die Jesuiten krochen aus ihren Verstecken und wiegelten die Bevölkerung auf. Malagrida hatte drei Jahre lang geschwiegen. Er war dabei sicher nicht faul gewesen. Offenbar bereitete der Jesuit einen Gegenschlag vor.

Aber auch er, Antero, befand sich kurz vor dem Durchbruch. War sein Buch erst einmal gedruckt, würde es nicht mehr aufzuhalten sein. Er musste nur zügig die letzten Kapitel schreiben und es bis zur Vollendung noch vor Malagridas Handlangern verbergen. Vielleicht nützten ihm dabei die Fähigkeiten etwas, die er sich als Schmuggler angeeignet hatte. Vier Wochen, wenn er so lange durchhielt und Tag und Nacht arbeitete, konnte er ein für alle Mal die Deutungshoheit über das Erdbeben gewinnen.

Es gab überall in der Stadt die Besitzlosen, die ihr Glück machen wollten und versuchten, mit redlichen und weniger redlichen Mitteln dem Hunger zu entkommen. Das fing beim Auflesen leerer Weinflaschen an, die gegen ein erkleckliches Sümmchen an Winzer verkauft werden konnten, und hörte beim Taschendiebstahl nicht auf.

Längst hatte er altbekannte Gesichter wiederentdeckt unter den Überlebenden des Erdbebens. Hehler, mit denen er früher als Schmuggler Geschäfte gemacht hatte. Ganoven, die schon vor dem Erdbeben schmutzige Geschäfte getätigt hatten. Ihre Laufburschen standen an den Ecken wie zuvor, sie markierten Häuser, in denen es etwas zu holen gab, und verständigten sich mit geheimen Handzeichen. Antero hielt sich da heraus. Seine Beobachtungen aber machten ihm den Eindruck, als blühe die Unterwelt regelrecht auf in diesen Zeiten der Not. Mit dem Mangel ließen sich offenkundig gute Geschäfte machen. Der

Wert eines Stück Fleischs, einer gestohlenen Uhr, zweier stibitzter Eier oder eines Zylinderhuts war hoch. Manche der Diebe erkannten Antero. Sie sahen ihm gerade in die Augen, ohne Gesichtsregung, grüßten nur durch ein Wippen des Fußes oder eine kaum merkliche Bewegung der locker herabhängenden Hände.

Er trat vor ein Haus, das aus Trümmersteinen errichtet worden war. Hier hatte er in den letzten Wochen des öfteren Spitzbuben hineingehen sehen. Die staubige Frontmauer erweckte wenig Vertrauen. Er stieß die Tür mit der Hand an. Sie schwang auf.

Drinnen war es dunkel und kühl, und es stank nach verrottenden Innereien. Im Treppenhaus waren Tierhäute zum Trocknen aufgehängt. Zu seiner Rechten öffnete sich ein Raum mit Steintischen. Von der Decke tropfte Blut. Man hörte aus dem Obergeschoss Messerhacken und das Reißen von Fleisch. Eine Schlachterei. Dass keine Soldaten sie bewachten, bestätigte seinen Verdacht. Fleisch wurde mit Gold aufgewogen dieser Tage, aber in Lissabons Unterwelt wusste wohl jeder, dass man sich mit denen, die dieses Haus in Besitz genommen hatten, besser nicht anlegte.

Er stieg die Treppe hinauf. Oben fand er einen Fleischhacker, der ein geschlachtetes Schwein bearbeitete. Antero musterte die blutbefleckte Schürze, die dicken Oberarme und die mehrfach gebrochene Nase. Er erinnerte sich nicht an den Namen des Schlägers, kannte ihn aber vom Sehen.

Der Mann sah kurz auf. Ein Lächeln spielte um seinen Mund. »Wieder im Geschäft, Jean?«

»Ich brauche Waffen.«

Der Fleischhacker legte den abgetrennten Schweinekopf beiseite und begann, die Rippen durchzusägen. Er sagte: »Beim Roten. Kennst du ihn?«

»Ja.« Dieser Hehler hatte ihm damals für einen recht guten Preis geschmuggelten Zimt aus Ceylon abgekauft. »Wo finde ich ihn?«

»Draußen vor der Stadt. Da, wo sie Lehmziegel brennen.«

»Gut.« Er wandte sich zum Gehen.

»Wenn du was zu verscherbeln hast, bring's mir.«

»Mal sehen.« Antero verließ die Schlachterei. Er eilte die Straße hinunter. Um eine Streichholzverkäuferin, die alle Passanten anredete, machte er einen Bogen. Ein Haus weiter stritten sich zwei Krüppel um den Platz zum Betteln. »Die Kreuzung gehört mir«, wiederholte einer von ihnen immer wieder, und der andere fauchte: »Seit wann? Seit wann denn? Ich war gestern hier!«

Antero passierte das Stadttor. Ein Meer von Abertausenden Hütten breitete sich vor ihm aus. Die Flüchtlingssiedlungen, die einst vom Premierminister als getrennte Blöcke angelegt worden waren, wucherten ineinander und umschlossen die Stadt. Es sah aus, als würden die Einwohner Lissabons ihre eigene Heimat belagern. Handwerker und Arbeiter zogen in langen Menschenschlangen in die Stadt zu den Baustellen.

Diese Flüchtlingssiedlungen waren gefährlich. Portugiesen lebten neben Spaniern, Iren neben Franzosen, Polen neben Flamen. Alle hungerten, viele waren verzweifelt genug, um jemanden für ein Kleidungsstück oder ein paar Münzen niederzuschlagen. Er konnte es nicht riskieren, hier lange umherzuirren.

Antero bog zwischen die Hütten ein und sah zum Himmel. Er orientierte sich an den Rauchsäulen, die von den Ziegelöfen in den Himmel aufstiegen. Am Wegrand knetete eine hohlwangige Frau Brotteig, beinahe hätte er sie umgelaufen. Sie schüttete Asche in den Teig. Pures Mehl war für die Einwohner der Hütten zu teuer.

Ein Stück weiter schleppten zwei kleine Jungen Reisig heran. Eine Gruppe magerer Jugendlicher starrte ihm nach, als er vorüberging. Wäre er nur nicht so herausgeputzt! Er hatte seine Perücke heute besonders gründlich mit Kreidestaub gepudert, um dem König einen ordentlichen Eindruck zu machen, und hatte das Justaucorps gebürstet. Seine Stiefel glänzten von Fett. Das musste hier auffallen. Das Herz klopfte ihm hart gegen die Brust. Mit großen Schritten entfernte er sich von den Jugendlichen und bog linker Hand in eine Gasse zwischen den Hütten ein. Die Öfen waren nicht mehr weit entfernt.

Er stutzte. War das nicht der Hehler? Er hatte ihn lange nicht gesehen, aber der rothaarige Hüne, der da vor seiner Hütte saß und den Putz von Trümmersteinen abklopfte, kam ihm bekannt vor. Seine Hütte bestand aus Holzbalken und Strohmatten, das Dach war ein Stück Segeltuch. So sahen hier die meisten Hütten aus.

Er blieb vor ihm stehen und sagte ruhig: »Ich brauche Pistolen.«

Der Rotschopf blickte Antero ins Gesicht. »Lange nicht gesehen.«

»Ich war beschäftigt.«

Der Hehler stand auf und ging in die Hütte.

Ohne auf eine Einladung zu warten, folgte ihm Antero. Es war dunkel in der Hütte. Dutzende Kisten warteten darin auf Abholung. Hier lebte niemand, es gab gar keinen Platz für einen Strohsack oder ein Bettlager. Die Hütte war ein Versteck für Diebesgut.

»Gute Stücke«, sagte der Rotschopf und hielt Antero ein Lederbündel entgegen. Mit einer kurzen Armbewegung klappte er es auf. Zwei Pistolenläufe schimmerten im Futter. »Zehn Kugeln sind dabei, und Patronen.«

Antero fasste nach den Pistolen. Die Läufe waren mit Ornamenten verziert, sie rührten kalt an seine Finger. Die Pistolen waren identisch, wie Zwillinge. Sofort dachte er an Dalila und Leonor. »Was willst du haben?«, fragte er.

»Vier Cruzados.«

Das war weniger, als er erwartet hatte. Trotzdem sagte er: »Drei. Ich gebe dir nicht mehr als drei.«

»In Ordnung.«

Während Antero die Goldmünzen aus seiner Geldbörse hervorzählte, sah der Rote gelassen zu. Er nahm sie entgegen und reichte Antero das Lederbündel.

Antero wollte schon gehen, da sagte der Rotschopf noch: »Jemand hat sich nach dir erkundigt, letzte Woche.«

Er wandte sich um. »Wer war es?«

»Sie versteckt sich in den Hütten. Hast du Feinde, für die sie arbeitet?«

»Möglicherweise. Wo finde ich sie?«

»Zuletzt habe ich sie bei der windschiefen Hütte gesehen, ganz am Ende dieser Reihe.«

»Danke.«

Der Rote nickte. »Willkommen zurück. Ich kann alles gebrauchen, Tabak, Papier, Zucker, Schießpulver.«

Antero trat nach draußen. Die Pistolen gaben ihm ein Gefühl von Sicherheit. Er ging die Hüttenreihe entlang bis zum Ende. Nach kurzem Zögern trat er an den Eingang der schiefen Hütte heran und sagte: »Großmutter? Bist du hier drin?«

Es kam keine Antwort.

Er hob die Strohmatte an und spähte ins Innere. Die Hütte enthielt ein Bettlager aus Lumpen und eine rohgezimmerte Kiste mit der Aufschrift *Tabaco Brasileiro*. Es war kein Mensch zu sehen. Er ging hinein und kniete sich vor die Kiste. Vorsichtig öffnete er sie. Sie enthielt einen nahezu leeren Reissack und eine Blechdose, die nach getrocknetem Kabeljau roch.

Licht strömte in die Hütte. Jemand trat ein, Antero sah seinen Schatten auf der Wand neben sich. Blitzschnell zog er eine der Pistolen aus dem Futter, drehte sich um und richtete sie auf den Ankömmling.

»Antero?« Vor ihm stand Leonor. Das dunkelblonde Haar war verfilzt und stand ihr vom Kopf ab wie ein alter Putzlappen. Die blauen Augen aber leuchteten in ihrem schmutzigen Gesicht wie Saphire. Sie fragte: »Willst du mich erschießen?«

30

Gabriel Malagrida stützte sich an einem Baum ab. Die Beine schmerzten vom Aufstieg. Kein Wunder, dass hier niemand hinaufging. Der Weg war eine Qual, und dann erwartete einen nichts als die moderige, nach nassem Dreck stinkende Ruine des unvollendeten Palasts. Die bemoosten Grundmauern waren umgeben von Dornengestrüpp und knorrigen Bäumen.

Er wischte sich mit dem Ärmel den Schweiß aus dem Gesicht. Diese Lauferei war er nicht mehr gewöhnt. Er war nur noch in der Sänfte unterwegs. Wie ein Gefangener saß er hinter den roten Vorhängen, während ihn vier unfähige Kerle durch die Stadt schaukelten. Wenn sie glaubten, dass er sie nicht hörte, machten sie Bemerkungen darüber, dass die Tragestangen sich bogen, oder sie klagten, dass ihnen die Gurte in die Schultern schnitten. Faules Pack. Ihm blieb ja keine Wahl, solange die Verbannung nach Setúbal noch nicht aufgehoben war. Er konnte froh sein, dass seine Verbindungen in Lissabon es ihm erlaubten, ungesehen in die Stadt zu gelangen. Die Wege durch die Straßen musste er versteckt zurücklegen.

Noch einmal wischte er sich über das Gesicht. Er musste erst Atem schöpfen, bevor er beten konnte. Er trat an den Rand der Klippe. Dort unten lag die *Baixa* mit den neuen weißen Häusern, umgeben von Trümmerbergen und Palastruinen wie von schwarzen Zähnen im Maul eines Riesen. Das war die Stadt, nach der er sich im brasilianischen Dschungel gesehnt hatte, die Stadt, von deren Straßen er beinahe so oft geträumt hatte wie von Menaggio. Das war übrig geblieben von der wichtigsten Stadt nach London, Paris und Neapel, die noch vor drei Jahren der bekannteste Handelsplatz der Welt gewesen war.

Er konnte über das Strohmeer sehen. Am Horizont mündete der Tejo in den Atlantik. Früher war hier alles von Schiffen gefüllt gewesen. Heute glitzerte nur die Sonne auf den Wellen, und einige wenige alte Naos lagen im Hafen vor Anker. Die meisten Schiffe hatten ihre Routen geändert. Sie waren unzuverlässige Liebhaber.

Eine Möwe landete vor ihm auf dem Boden und äugte neugierig zu ihm hinauf. Er trat nach ihr. Sie hüpfte zum Rand der Klippe. Er kam ihr nach. Sie breitete die Flügel aus und segelte zu den anderen Möwen, die über der Stadt kreisten.

Das Land rings um Lissabon war mit Hütten übersät wie mit braunen Pocken. Zu Zehntausenden hausten dort die, denen das Erdbeben alles genommen hatte. Die Adligen in Belém, Setúbal und in der *Baixa* hingegen lasen schon wieder Zeitungen. Sie tranken Kaffee mit Milch und Zucker und spielten Billard. Sie zogen nie den Kürzeren. Und die Juden waren auch gut weggekommen, sie hatten schon lange vor dem Erdbeben ihr Vermögen heimlich nach London, Amsterdam oder Rouen geschafft, damit die Inquisition im Fall einer Verurteilung nicht daran gelangte.

Warum hatte es die Jesuiten so hart getroffen? Ihr Feind triumphierte. Sebastian de Carvalho nahm ihnen die Indios weg, unter dem Vorwand, die Jesuiten wollten in Brasilien ein eigenes Jesuitenreich gründen. Sebastian de Carvalho schloss ihre Universität in Évora. Er zerbrach ihnen stückweise das Fundament, um sie am Ende zu Staub zu zerblasen. Sie standen seinem Machthunger im Weg. Hätte er, Gabriel, dem König doch mit mehr Vehemenz davon abgeraten, den Außenseiter zum Premierminister zu machen! Aber er hatte darauf vertraut, dass die Adligen seine Wahl verhindern würden. Schließlich überging der König sie und nicht ihn. Es gab hundert bessere und verdientere Männer in Portugal als Sebastian de Carvalho. Diese Schlappschwänze hatten es einfach hingenommen, dass der König ihn ernannte.

Und der König selbst! Während Sebastian de Carvalho die Regierungsgeschäfte erledigte, zog sich José I. in seine Vergnügungen zurück. Der Reitsport, die Parkanlagen, das Theater und das Kartenspiel, die Musik – alles war ihm wichtiger als sein Königreich.

Es gab nur einen Weg. Der Gordische Knoten musste zerschlagen werden. Gabriel holte tief Luft. Er ballte die Hände zu Fäusten und löste sie wieder. Der König, der Premierminister und der untreue Antero, alle drei wurden auf einen Schlag vernichtet. Er hatte über Jahre daran gearbeitet. Der Plan war perfekt.

Er sank auf die Knie und schloss die Augen. »Gott Zebaoth, ich habe den Indios den wahren Glauben gebracht. Ich habe mich hingeopfert. Warum schweigst du? Ich erfülle meinen Auftrag.«

Er grub seine Hände in den Erdboden. »Mose hast du besser behandelt als mich. Und Mose war ein Mörder. Ich bitte dich, mächtiger Gott, schicke mir Visionen. Lass mich dein Prophet sein! Ich bin bereit.«

Reglos kniete er und wartete. Er presste die Augenlider so fest zusammen, dass Blitze vor seinen Augen tanzten. Da sagte eine Stimme in seinem Kopf: *Schwächling! Mit dir soll ich reden? Arbeite härter! Beweise, dass du tauglich bist!* Das hämische Gesicht seines Privatlehrers erschien, vor Lust und Zorn gerötet. Der Lehrer hieb seinen Stock auf Gabriels Finger, wieder und wieder, bis sie aufplatzten und bluteten.

Er riss die Augen auf. Diese Stimme bildete er sich nur ein, er wusste, das war nicht Gott. »Wenn du nicht mit mir sprichst«, drohte er, »muss ich auf eigene Faust handeln. Dann nehme ich die Dinge in die Hand.«

Gott reagierte nicht.

»Bitte«, flüsterte er, »bitte zeig dich mir, nur ein einziges Mal.« Er schloss wieder die Augen. »Wenn du mich liebst, zeig dich mir. Ich wünsche mir nichts sehnlicher, als dich zu sehen. Ich brauche einen Auftrag von dir.«

Gott schwieg.

Er sank in sich zusammen. Ich bin nicht gut genug, dachte er. Gott lässt mich allein, weil ich mich nicht genug bemühe.

Antero stand auf. Er hielt die Pistole weiter auf Leonor gerichtet: »Hast du immer noch nichts gelernt?« Sein Herz stolperte, weil er sich freute, sie zu sehen. Gleichzeitig zog Eis über seine Haut vor Abscheu. Er hasste sie und er liebte sie. Er wollte ihr um den Hals fallen und wünschte gleichzeitig, die Pistole wäre geladen, damit er sie erschießen konnte. »Was haben die Jesuiten dir diesmal geboten?«

»Ich besitze nichts mehr, Antero. Ich esse seit drei Jahren schmutzige Rinde vor Hunger.« Sie sagte es ruhig, und doch besaßen ihre Worte scharfe Kanten. »Willst du mich schon wieder anklagen? Wofür diesmal? Dafür, dass ich mir die Hände schwielig arbeite? Du bist so selbstgerecht! Du bist in meine Hütte eingedrungen, wühlst in meiner Kiste, bedrohst mich, als wäre ich eine Verbrecherin. Du bist es, der angeklagt werden müsste.«

Einen Moment lang glaubte er ihr, und er spürte, wie ihm die Wangen heiß wurden vor Scham. Dann aber erinnerte er sich daran, welche Verstellungskünstler die Spione waren, die für Malagrida arbeiteten. Leonor mochte sich das ärmliche Aussehen bewusst geben, es konnte genauso gut eine Rolle sein, die sie spielte.

Dass sie sich wenige Tage vor dem Überfall nach ihm erkundigt hatte, war doch kein Zufall gewesen! »In mein Haus ist eingebrochen worden. Ich wurde bestohlen. Steckst du dahinter?«

»Du siehst Gespenster.«

Leonor trug dasselbe Kleid, in dem er sie das letzte Mal gesehen hatte. Der grüne Damaststoff war an vielen Stellen abgeschabt. Er war fleckig. Die Knöpfe waren abgerissen. Antero stutzte. Sein Blick blieb an einer scharf umrissenen Ausbuchtung unterhalb der Brust hängen. »So weit ist es also schon«, sagte er leise. »Malagrida hat dir eine seiner silbernen Taschenuhren verpasst.« Er machte zwei rasche Schritte und packte Leonors Kleid am Kragensaum. Er griff nach der silbernen Schnur, die in ihrem Dekolleté verschwand, und zog sie heraus.

Aber es hing keine Taschenuhr daran. An der Schnur war eine kleine nachtblaue Dose befestigt, die von der Göttin Aphrodite geschmückt war. Sie hob sich schimmernd von Leonors schmutziger Haut ab. Leonor atmete schnell, er konnte sehen, wie sich ihre Brust hob und senkte.

Er fragte: »Was ist das?«

»Das weißt du nicht mehr?« Es klang gequält.

»Sollte ich das wissen?« Die Dose war ein edles, teures Stück.

Leonors Mundwinkel zuckten, und in die weit geöffneten Augen zog ein Tränenhauch. »Du hast sie mir gegeben.«

Eine Erinnerung befiel ihn. Eine ihrer ersten Verabredungen. Er hatte sich heimlich in den Palast des Barons geschlichen. Nur der Vollmond beleuchtete ihr Zimmer. Am Fenster hatte er ihr eine Dose mit *Mouches* geschenkt, aus Seide hergestellten Schönheitspflastern in Gestalt von Sternen und Mond. Leonor hatte solche Schönheitspflaster häufig getragen. Wenn er sie traf, hatte er sie zur Begrüßung oft scherzhaft dort berührt, wo das Schönheitspflaster saß. »Warum hebst du sie auf?«

Sie sah zu Boden. »Lass mich bitte los.«

»Du hast gesagt, ich sei selbstgerecht!«

»Trotzdem liebe ich dich«, flüsterte sie.

Etwas brach in ihm auf. Er schluckte.

Sie sagte: »In deiner Erinnerung ist Julie unfehlbar, und niemand reicht an sie heran.«

»Was hat das mit Julie zu tun?«

»Ich weiß doch, dass du sie geliebt hast, viel mehr, als du je eine andere ins Herz schließen wirst. Aber diese Liebe, die du suchst, ist ein Traum. In kurzen Nächten meinen wir, sie wäre Wirklichkeit. Und jedes Mal kommt der Morgen, und mit dem Morgen kommt die Erkenntnis, dass wir einander Fremde sind und dass die Fremdheit nie völlig verschwindet. Die Sehnsucht nach vollkommener Liebe – sie wird von keinem Menschen gestillt, Antero.«

»Lass Julie da heraus.«

»Ist sie eine Göttin, dass man ihren Namen nicht aussprechen darf? War sie dir nicht auch manchmal fremd? Hat sie dich nie verletzt? War sie nie kühl zu dir? Sie hat sicher Angewohnheiten gehabt, die du nicht leiden konntest. Du hast das nur vergessen, weil du sie dir ohne Fehl träumen willst. Hat sie nie mit einem anderen gelacht, und du hast sie in diesem Augenblick gehasst?«

Antero ließ sie los und wich einen Schritt zurück. »Du wirst mir Julie nicht vergiften.«

»Ich öffne dir die Augen, das ist alles. Ich habe viel über dich nachgedacht in den letzten Jahren. Ich glaube, du suchst etwas, das du nicht finden kannst. Meinst du, Dalila wäre für dich die wahre Liebe gewesen? Ja, sie war ein guter Mensch. Ich vermisse sie jeden Tag. Aber sie war schwach, Antero, und irgendwann einmal hätte dich ihre Schwäche gestört. Sie konnte Mitleid heischen, wenn sie auch nur den leisesten Anklang einer

Erkältung verspürt hat, sie hat dann nichts gesagt, aber sie hat einen angesehen mit diesem jammervollen Blick und hat erwartet, dass man sie pflegt. Dalila war abergläubisch, wusstest du das? Ihre vielen Heiligenfiguren, ihre Puppen. Sie hat gedacht, dass sie ihr helfen. Und Dalila hat sich überschätzt. Sie dachte, sie ist schlauer als alle anderen. Die heilige Dalila konnte andere verachten. Ich liebe meine Schwester. Aber auch sie war nicht perfekt. Du hättest sie einmal gehasst so wie mich, weil sie dich irgendwann verletzt hätte.«

Sie machte alles kaputt mit ihrem Gerede. Hätte sie geschwiegen, hätte sie ihn einfach nur angeschaut – er wäre sanft geworden. Aber dass sie alle anderen angriff, anstatt ihre eigene Schwäche zuzugeben, machte ihn ärgerlich. »Seltsam, dass die anderen dauernd Fehler machen«, sagte er.

»Meine Fehler muss ich dir nicht aufzählen. Du erlebst sie. Aber von Julie und von Dalila kannst du dein Leben lang schwärmen, und keine Realität wird dir die Träume kaputtmachen.«

Er sagte scharf: »Du streitest weiter ab, dass du mit den Jesuiten zusammenarbeitest?«

»Wenn ich noch mit den Jesuiten zusammenarbeiten würde, wäre ich dann hier?« Sie zeigte auf das Lumpenlager. »Würde ich Hunger leiden jede Nacht, sodass ich kaum einschlafen kann?«

»Du lügst. Wenn du nicht mit den Jesuiten zusammenarbeiten würdest, wärst du längst zu deinen Verwandten gegangen.«

»Ich war dort. Meine Base ist tot.«

»Aber deine Mutter lebt. Sie ist wohlhabend. Du hättest nach Deutschland zurückgehen können.«

Leonor schüttelte den Kopf. »Ach, Antero. Sollte ich mir ansehen, wie sie sich freut bei der Nachricht, dass Vater nach Angola verbannt wurde? Sollte ich ihren neuen Mann kennenlernen und von ihm so behandelt werden, als wären wir Teil derselben Familie? Sie hat uns lange genug vernachlässigt. Ich gehe nicht zu ihr, um vor ihr zu kriechen.«

Sie war abgemagert. Ihre Wangen waren eingefallen. In dem schmalen Gesicht wirkten die blauen Augen größer. Tat er ihr nicht Unrecht?

»Manchmal denke ich, ich habe mein früheres Leben nur geträumt. Es erscheint mir unwirklich. Die Spazierfahrten, die Kaffeekränzchen mit den Freundinnen, die Kleider, die exotischen Speisen. Mir ist, als wäre das nie wirklich passiert.«

Er beobachtete ihren Mund, während sie sprach. Ihre Lippen bezauberten ihn. Schmutzig wie sie war, war sie immer noch eine Schönheit. Und es war etwas Neues hinzugekommen. Das Leid hatte sie weise gemacht. Er legte die Pistole ins Futter zurück.

Sie sagte: »Willst du mich nicht mehr erschießen?«

»Nein.« Er klappte das Lederbündel zusammen. »Bitte verzeih meine Verdächtigungen. Man hat mir gesagt, dass du dich nach mir erkundigt hast.«

Sie lächelte. »Ist das verboten?«

»Ich könnte deine Hilfe gebrauchen. Du sollst nicht länger hungern. Komm mit zu mir.«

»Wohin?«

»In die *Baixa*. Ich lebe mit Samira und einer Haushälterin in einem der neuen weißen Häuser. Du kannst dort dein eigenes Zimmer bekommen. Samira ist gewachsen, du wirst Augen machen! Und sie plappert den ganzen Tag und singt Lieder. Sie braucht jemanden, der sich um sie kümmert und sie erzieht. Neuerdings trägt sie mein Taschentuch mit sich herum, und ob ich ihr gut zurede oder mit ihr schimpfe, sie will es nicht hergeben. Ich glaube, dass sie jemanden braucht, der den Tag über bei ihr ist. Vor allem in den nächsten Wochen. Ich werde Tag und Nacht arbeiten müssen.«

»Die Leute werden reden.«

»Warum? Weil ich eine Gouvernante einstelle? Du wirst wieder zu essen haben, Leonor, und ich kaufe dir ein neues Kleid.«

»Das bin ich dann also, Samiras Gouvernante?«

Er stand auf und trat zu ihr. »Nein.« Er beugte sich hinunter und küsste sie auf den Mund, lang und innig. Leonor erwiderte den Kuss.

Obwohl sie an Anteros Seite ging, fixierten sie die Bewohner der neugebauten *Baixa* misstrauisch. Männer runzelten die Stirn. Frauen kniffen die Augen zusammen und sahen Leonor finster an.

»Sie wollen mich hier nicht haben«, sagte sie.

»Sie werden dich respektieren. Dafür sorge ich.« Er klemmte das Bündel mit den Pistolen unter den linken Arm und nahm mit der Rechten ihre Hand. »Vergiss nicht, dass du vor drei Jahren den meisten von ihnen gesellschaftlich überlegen warst.«

Das stimmte. Vor drei Jahren hatte sie sich das Gesicht blass geschminkt und mit blauer Farbe die Adern nachgezogen. Sie hatte das Kammermädchen Rouge auftragen lassen. Sie hatte unter zwanzig schönen Kleidern ausgewählt. Vor drei Jahren hatte sie geschickt ihr seidenbesticktes Taschentuch fallen gelassen, damit ein Kavalier es ihr aufheben konnte.

Inzwischen wusch sie sich am Brunnen mit kaltem Wasser notdürftig das Gesicht und trug tagaus, tagein dasselbe geflickte Kleid. Sie musste um ihr Überleben kämpfen. Die verwöhnte Kaufmannstochter, die sie einmal gewesen war, erschien ihr wie ein anderer Mensch. Sie war jetzt ein armes Mädchen, das in der Ziegelbrennerei arbeitete und hungerte wie Zehntausende andere. Zum Glück wusste das der Vater nicht. Wenn er noch lebte im heißen Afrika, dann konnte er sich mit dem Gedanken trösten, dass sie bei ihrer Base gut versorgt war.

»Du hinkst immer noch«, sagte sie und sah nach Anteros rechtem Bein, das er bei jedem Schritt hinterherzog. Er konnte offenbar das Knie nicht beugen.

»Ja. Kleine Erinnerung an das Erdbeben.«

Auf der Straßenkreuzung vor ihnen kniete ein Handwerker und klopfte mit einem lumpenumwickelten Hammer Pflastersteine fest. Aus einem der Hauseingänge hallten Flüche. Jemand schimpfte: »Eine Dreistigkeit, hier einfach einzudringen. Verschwinde! Wenn ich dich noch einmal sehe, lasse ich dich festnehmen.«

Eine gebeugte Greisin stolperte aus der Tür. »Nur einen Batzen Butter, Herr, oder etwas Mehl.«

»Vergiss es! Glaubst du, wir sind auf Rosen gebettet?« Die Tür wurde hinter ihr zugeschlagen.

Die Greisin verharrte kurz und strich ihre wirren weißen Haare glatt, wie um ihre Würde zu wahren. Der Wind blies sie ihr sofort wieder auseinander. Sie humpelte die Straße hinunter. Jedem, den sie sah, streckte sie bittend die Hand entgegen.

Während Leonor ihr noch nachsah, stieg Antero die Stufen zum Eingang eines Hauses hinauf. Das Haus besaß drei Stockwerke. Die Fassade deutete Säulen an. Im obersten Stockwerk ragte ein Balkon auf die Straße. Sein Geländer war mit verschnörkelten Eisenblumen geschmückt.

Er öffnete die Tür: »Tritt ein.«

Sie betrat den Empfangsraum. »Wo hast du dieses Haus her? Von welchem Geld hast du es gekauft?«

»Der König zahlt mir eine gute Leibrente, solange ich das Entstehen von Erdbeben erforsche.« Er rief in das Haus hinein: »Samira! Wir haben Besuch.«

»Sie wird erschrecken. Ich sehe furchtbar aus.«

Antero runzelte die Stirn. »Riechst du das? Die Haushälterin hat das Essen anbrennen lassen.«

Er bückte sich und hob ein hölzernes Spielzeugpferd auf. Er rief: »Bento!« Es blieb still im Haus.

Neben Leonor war eine Tür angelehnt. »Ist das die Küche?« Sie schob sie auf. Der Geruch von verbranntem Gemüse war beinahe unerträglich. Eine Scherbe zerknackte unter ihrer Schuhsohle. Sie sah zu Boden. Überall lag zerbrochenes Geschirr. In einer Pfanne auf dem Herd schmorten zwei längliche schwarze Stücke. »Antero, sie hat das Essen immer noch auf dem Herd. Arbeitet diese Haushälterin schon länger für dich?«

Die Tür schwang auf. Antero blieb im Türrahmen stehen. Er überblickte den Raum. Er schluckte. Sein Gesicht wurde weiß.

»Du wirst sie rauswerfen, oder?«, fragte sie.

Er flüsterte: »Ich habe mich zu sicher gefühlt.«

»Wie meinst du das? Denkst du, dass Diebe …?«

»Malagrida hat darauf gewartet, dass ich nachlässig werde.«

31

Ein Wurm zwängte sich durch Bentos Hals. Er drang immer tiefer in ihn ein, stieß bis zum Magen vor und begann, die Eingeweide zu fressen. Es stach schmerzhaft. Der Wurm schmatzte. Bento bekam keine Luft mehr. Er röchelte. Er wand sich und kämpfte, um den Wurm hinauszuwürgen. Die Anstrengung raubte ihm schier die Sinne.

Etwas Hartes fuhr ihm in die Seite.

Kinder lachten.

Er öffnete mühevoll die Augen. Zwei Jungen standen über ihn gebeugt und hielten einen Stock auf ihn gerichtet. Er wollte aufspringen, aber seine Beine gehorchten nicht. Er lag auf der Seite auf dem harten Steinboden und konnte sich nicht rühren.

Einer der Jungen zückte ein Messer.

Bento nahm alle Kraft zusammen und knurrte.

Die Jungen fuhren zusammen. Sie warfen den Stock fort und rannten davon.

Woher rührte dieser stechende Geruch? Er blinzelte. Vor seiner Schnauze lag ein See von Erbrochenem. Der Geruch betäubte seine Sinne. Hatte er das erbrochen? Er spannte den Körper an. Endlich gelang es ihm, die Hinterbeine etwas zu bewegen. Er rutschte ein Stück weg von dem stinkenden Brei.

Es ging ihm nicht gut. Er winselte.

Er hatte ein Stück Fleisch gefunden hinter dem Haus. Er hatte es gefressen. Der Wurm! Hatte er ihn besiegt? Bentos Vorderpfoten zuckten. Er verspürte schrecklichen Durst. Er hob den Kopf. Der Hals spannte schmerzhaft. Mit einem Ruck richtete er sich auf und torkelte einige Schritte. Er musste etwas gefressen haben, das nicht gut war. Er würde das Erbrochene nicht anrühren.

Das Laufen fiel ihm schwer. Ihn schwindelte. Aber er schaffte es bis zur Tür. Die kleine Herrin musste ihm helfen. Sie würde ihm zu trinken geben. Er bellte.

Niemand kam, um ihm die Tür zu öffnen.

Er bellte noch einmal.

Das Haus blieb still. Aus dem Fenster des Nachbarhauses lehnte sich ein Mann und schimpfte. Bento kannte ihn. Der Mann mochte es nicht, wenn Bento bellte. Bento senkte den Kopf und witterte. Die kleine Herrin war hier gewesen, es konnte nicht lange her sein. Die Spur führte fort von der Tür. Die kleine Herrin musste gegangen sein, ohne ihn mitzunehmen.

Bento nahm die Fährte auf. Er blieb mit der Nase dicht über dem Boden und lief die Treppenstufen hinunter. Mitten auf der Straße endete die Fährte plötzlich. Dafür war der herbe Geruch eines Pferdes dort. Wenn ihm nicht so schwindelig wäre!

Er hob den Kopf. Manchmal hatte er gesehen, dass Menschen auf Pferden saßen oder dass sie sich in einem Kasten von ihnen ziehen ließen. Er hatte Angst vor diesen Kästen, sie waren schnell und machten laute Geräusche auf der Straße.

Wenn die Herrin mit einem Kasten fortgefahren war und ein Pferd den Kasten zog, dann konnte er der Fährte des Pferdes folgen. Bento suchte den Boden ab. In zwei Richtungen entfernte sich der Geruch des Pferdes. Er entschied sich für die linke.

Er war aufgeregt. Das Schwindelgefühl wurde plötzlich unwichtig. Bento lief los. Immer wieder prüfte er am Boden nach. Er lief die Straße hinunter, bog ab, und folgte der nächsten Straße. Es gab andere Pferdefährten, die seine kreuzten, aber kein Pferd roch wie seines nach zertretenen, faulen Oliven. Es war leicht, der Fährte zu folgen.

Am Stadtrand trank er aus einer Pfütze. Er fand wenige Schritte weiter einen verlorenen Pfropfen Schnupftabak, der nach Ochse roch. Als er auf der Straße in die Felder hinauslief, entdeckte er am Wegrand ein Büschel rotblonder Haare. Er schnupperte daran. Sie rochen wunderbar nach der kleinen Herrin. Wie kam es, dass sie ihr Fell verlor? Es beunruhigte ihn.

Leonor versuchte, mit Antero Schritt zu halten. Sie passierten eine Schmiede. Alles schien sich durch Anteros Unruhe zu beschleunigen, das helle Klirren der Hammerschläge, das Fauchen des Blasebalgs, ihr eigener Atem.

Sie schmeckte immer noch seinen Kuss auf ihren Lippen. Wie lange hatte sie sich danach gesehnt, Antero nahe zu sein! Wie oft hatte sie an ihn gedacht! Und nun war er zu ihr gekommen, und doch war alles anders als in ihren Träumen. Er war in Not. Samira war in Not. Sie musste helfen.

Antero trat in eine Pfütze. Aber er schüttelte nicht das Wasser vom Stiefel. Er lief einfach weiter. Von der Esse zog Rauch herüber. Leonor roch Kohlefeuer und glühendes Eisen.

Antero ballte die Hände zu Fäusten. Er sagte: »Er hat es gewusst, dieser Hurensohn. Er hat gewartet, bis ich den Einbruch bemerke und losziehe, um mir Schutz zu beschaffen.«

»Was hast du vor?«, fragte sie.

»Ich befreie Samira. Und dann bringe ich ihn eigenhändig um.«

»Wenn er Samira entführt hat, wird er damit rechnen, dass du zu ihm kommst.«

»Deshalb hole ich mir Soldaten. Ein Mädchen von acht Jahren zu entführen! Ich hätte Malagrida schon eher umbringen müssen.«

»Antero, du bist kein Mörder.«

»Er hat meine Tochter entführt! Damals, als er Julie auf den Scheiterhaufen gebracht hat, habe ich ihn gehasst. Aber heute ... Ich werde ihn mit meinen eigenen Händen erwürgen.«

Wie er die Worte herausstieß zwischen den Zähnen und wie er dabei nach vorn blickte, statt sie anzusehen, machte ihr Angst. Sie sagte: »Antero, bitte tue nichts Unbedachtes.«

Seine Kiefermuskeln spannten sich an. Er lief schweigend weiter.

»Wohin gehen wir?«, fragte sie.

»Zum Premierminister. Der König ist nicht gut auf mich zu sprechen.«

Vor ihnen wurde an einem neuen Haus gebaut. Arbeiter hievten einen weißen Steinblock mittels eines Flaschenzugs in den dritten Stock hinauf. Das Brettergerüst, auf dem sie standen, schwankte.

Sie sagte: »Ich sollte mich bei Sebastian de Carvalho nicht blicken lassen. Er hat Vater und mich bestimmt nicht vergessen.«

»Du hast recht.«

»Wie kann ich dir helfen?«

Er dachte einen Moment nach. »Suche Samira. Geh zurück zum Haus und frage die Nachbarn, ob sie etwas gesehen haben.«

»Ist gut. Und dann komme ich zum Premierminister und warte vor dem Haus auf dich.«

»Nein. Malagrida wird jeden unserer Schritte vorausgedacht haben. Er wird Späher beim König und beim Minister haben. Wir treffen uns besser an einem Ort, den Malagrida nicht kennt.«

»Wo soll das sein?«

Er blieb vor einem vierstöckigen, prunkvollen Haus stehen. »Wenn du vom Karmeliterkloster aus in Richtung Belém läufst, findest du am Tejoufer einen Mandelbaum. Warte dort auf mich.«

»Da gibt es unzählige Mandelbäume! Bis Belém steht das Ufer voll davon.«

»Dieser steht etwas abseits.«

»Ich weiß nicht, ob ich ihn erkenne.«

Antero sah zu Boden. »Da ist ein Herz in die Rinde geschnitzt.«

Ein Herz! Sie wollte etwas sagen, das unbeteiligt klang, damit sie nicht mit ihrer Eifersucht in dieser schwierigen Stunde noch alles erschwerte, aber sie brachte nicht mehr als ein Nicken zustande.

»Beten wir«, sagte er, »dass Samira noch lebt.«

Bevor er den silbernen Türklopfer betätigte, sah er sich noch einmal um. Die Menschen auf der Straße schienen gewöhnliche Passanten zu sein. Wenn es einen jesuitischen Späher gab, fügte er sich tadellos ein.

Er klopfte. Ein Livrierter öffnete. Antero warf ihm nur knapp entgegen: »Ich muss sofort den Premierminister sprechen.«

Er würde sich nicht abweisen lassen. Der Livrierte schien es zu spüren. Er blinzelte kurz und sagte dann: »Bitte folgen Sie mir.«

An den Wänden zeigten blaue Kachelgemälde den neuen Handelsplatz und die Burg. In einem Raum, den sie durchquerten, wurde noch gearbeitet: Drei Männer nagelten goldgemusterte Stofftapete an die Wand.

Der Livrierte öffnete die Tür zur Bibliothek, machte einen Schritt in den Raum hinein und sagte: »Herr Minister, Antero Moreira de Mendonça hat darauf bestanden, Sie sofort zu sprechen.«

Antero hatte schon einmal am Abend hier gesessen und mit Sebastian de Carvalho bei einem Glas Wein über seine Forschungen gesprochen. Der Premierminister sah vom Sekretär hoch. Er legte die Feder beiseite und schob das Blatt, an dem er gerade geschrieben hatte, ein kleines Stück nach links. Sein Gesicht zeigte keine Regung. Die langen Falten, die auf beiden Seiten der Nase zu den Mundwinkeln verliefen, hielten still. Dennoch verriet der strenge Blick, dass ihm die unangemeldete Störung missfiel.

»Es ist etwas Furchtbares passiert«, sagte Antero. »Gabriel Malagrida hat meine Tochter entführt. Bitte helfen Sie mir. Zum König kann ich nicht gehen. Ich brauche Soldaten.«

»Wie lange ist sie schon fort?«

»Das weiß ich nicht. Womöglich Stunden …«

»Aufgrund welcher Indizien schlussfolgern Sie, dass sie entführt wurde?«

Der Minister kam immer schnell zur Sache. »Es gab einen Kampf in der Küche. Dort liegt zerschlagenes Geschirr, und das Essen stand noch auf dem Herd, als ich heimkehrte. Es war völlig verkohlt.«

Der Minister strich sich nachdenklich über das Kinn. Dann sagte er: »Könnte es nicht genauso gut sein, dass sich Ihre Tochter in der Küche verletzt hat und die Köchin sie Hals über Kopf zum neuen Hospital gebracht hat?« Er hob die Hand. »Warten Sie, ehe Sie etwas sagen. Wir beide können Padre Malagrida und seine Societas Jesu nicht leiden. Aber ich habe ihn schon nach Setúbal verbannt und habe damit das Volk erzürnt. Er steht unter päpstlichem Schutz. Solange Sie keine Beweise haben, kann ich nicht Lunte an dieses Pulverfass legen. Es könnte uns alle mit in die Luft sprengen.«

»Ich soll Samira im Stich lassen? Sie haben einen Sohn. Würden Sie nicht Himmel und Hölle in Bewegung setzen, wenn er verschwunden wäre?«

Der Premierminister drehte die goldenen Ringe an seinen Fingern, einen nach dem anderen. Er sagte: »Ich kann die Armee beauftragen, nach Ihrer Tochter zu suchen. Solange wir nicht die Jesuiten beschuldigen, sie geraubt zu haben.«

»Tun Sie das, und geben Sie mir ein Dutzend Soldaten.«

»Sie wissen genauso gut wie ich, dass Sie damit etwas Unvernünftiges versuchen würden. Ich gebe Ihnen keine Soldaten. Sind Sie mit Ihren Forschungen vorangekommen?«

Was kümmerten ihn die Forschungen! Seine Tochter ängstigte sich! Oder Schlimmeres, das er sich besser nicht ausmalte.

Sebastian de Carvalho seufzte. »Mein Bester, wie oft habe ich Ihnen schon gesagt, Sie sollen die Erziehung ihrer Tochter einer Amme überlassen! Die Leibrente, die Ihnen der König bezahlt, reicht bei Weitem dafür aus. Sie müssen sich nicht wie die armen Schlucker selbst um Ihr Kind kümmern. Und wenn eine Amme da ist, wird die Kleine auch nicht mehr fortlaufen.«

Antero donnerte: »Samira wurde entführt!« Er trat an den Tisch heran. »Sie kennen mich als Wissenschaftler. Glauben Sie, ich hätte nicht nachgedacht? Es gibt Grund genug, die Jesuiten hinter der Entführung zu vermuten. Haben Sie bemerkt, dass die Sympathisanten der Societas Jesu in den letzten Tagen überall in der Stadt Hetzreden halten? Und was, glauben Sie, haben die Handlanger der Jesuiten in meinem Haus gesucht? Ich bin kurz vor der Fertigstellung eines Buchs, das die Entstehung von Erdbeben erklärt.«

Der Premierminister runzelte die Stirn.

»Gabriel Malagrida ist zurück. Er hat meine Tochter. Ich weiß, dass bei Malagrida nichts zufällig geschieht. Geben Sie mir die Soldaten!«

»Und wenn das genau das ist, was er bezweckt?«

»Der Alte hat die Fäden wieder in der Hand. Wir haben geschlafen, während er gearbeitet hat. Wenn wir nicht schnell und entschlossen reagieren, wird er triumphieren.«

»Schnell und entschlossen – sie meinen: unbedacht.«

»Denken sie an Samira. Sie ist erst acht Jahre alt!«

»Den Hund habe ich gesehen«, sagte der Mann, »sonst nichts.«

Leonor fragte: »Hat er sich merkwürdig verhalten? Hat er gebellt oder geknurrt?«

»Eben nicht.« Der Mann grinste breit. »Er hat wie tot dagelegen. Nach ein paar Stunden dachte ich, dass es die Töle endlich hingerafft hat. Ich kann ihr Gekläffe nicht leiden. Aber dann ist sie vorhin doch wieder aufgestanden, weil ihr ein paar Jungen das Fell über die Ohren ziehen wollten. Gleich hat der Köter das Kläffen wieder angefangen. Wenn der Herr Nachbar nicht in den höchsten Kreisen so beliebt wäre, hätte ich seinen Hund längst um die Ecke gebracht.«

»Wo ist das Tier jetzt?«

»Er ist weggelaufen, als ich gesagt hab, er soll mit dem Bellen aufhören.«

»Aber davor lag er stundenlang reglos da? Kann es sein, dass man ihn vergiftet hat?«

Die Augen des Mannes wurden groß. »Wollen Sie etwa *mich* beschuldigen? Ich kann die Töle nicht leiden, das stimmt, aber ich lege mich doch nicht mit Antero Moreira de Mendonça an! Was weiß ich, vielleicht hat der Hund was Verschimmeltes gefressen? Die fressen doch alles, diese idiotischen Kreaturen.«

»Sonst haben Sie nichts Ungewöhnliches gesehen?«

»Sind Sie ein Spitzel des Ministers?« Er sah an ihr hinunter. »Gute Verkleidung.«

Sie ließ ihn stehen und ging zu Anteros Haus hinüber. Ohne zu klopfen, trat sie ein. Sie irrte durch die verwüsteten Räume. Das Haus hatte zehn Zimmer: ein Vorzimmer, ein Esszimmer, einen Gesellschaftsraum für den Sommer, einen beheizbaren für den Winter, ein Bibliothekskabinett und zwei Schlafzimmer mit Ankleideräumen. Früher wäre ihr ein Haus wie dieses klein und eng erschienen. Jetzt, nachdem sie drei Jahre in einer schäbigen Hütte gelebt hatte, kam es ihr luxuriös vor.

Sie betrat noch einmal Samiras Schlafzimmer. Es besaß ein Fenster zur Hofseite hin. Auf dem Boden waren aus kleinen Hölzern Pferdekoppeln aufgebaut. Spielzeugpferdchen standen in den Koppeln. Ein Kinderbett gab es, auf dem sich bunte Kissen türmten. Auf einer Kommode lag eine Puppe.

Wie ging es Samira? Wenn sie wirklich entführt war, sprangen die Entführer sicher nicht zimperlich mit ihr um. Ein Kind wie sie hatte ihnen wenig entgegenzusetzen. »Gütiger Gott, steh ihr bei«, betete Leonor, »und lass sie uns rasch finden.«

Sie wechselte über den Flur in Anteros Zimmer. Das Bücherbord neben seinem Bett war leergefegt. Auf dem Boden lagen unbeschriebene Notizblätter in wirrer Unordnung, als sei ein Sturm durch den Raum gefahren. Die Schubladen des Schreibtischs standen offen.

Sie trat an das Bett und hob die Decke vor ihr Gesicht. Die Decke roch nach ihm. Würde Antero zornig werden, wenn er wüsste, dass sie hier in seinem Zimmer stand und seine Decke umarmte?

Auf dem Stuhl vor dem Schreibtisch lag ein Zettel. Sie hob ihn auf.

Du willst deine Tochter wiedersehen? Noch ist sie halbwegs am Leben. Heute Abend, die Straße von Belém nach Póvoa, wo ein Bach den Weg kreuzt. Sei allein, und bring alles mit, dein Manuskript, die Bleistiftnotizen und die Skizzen, die du in dein kleines Heft machst. Wir wissen genau, wie du arbeitest. Wenn du was versuchst, ergeht's der Judenbratze schlecht.

Leonor starrte darauf. Ihr Herz krampfte sich zusammen. Sie hastete mit dem Zettel die Treppe hinunter, verließ das Haus, raffte ihr Kleid und rannte die Straße hinab. Bald lief ihr der Schweiß über den Rücken. Aber sie hielt nicht an, um zu rasten.

Als man ihr beim Premierminister öffnete, brachte sie vor Atemlosigkeit kein Wort heraus. Sie keuchte und stützte sich am Türrahmen ab.

Der Livrierte runzelte die Stirn. »Sie wünschen?«

Mit Mühe stieß sie hervor: »Antero Moreira de Mendonça. Ich muss ihn sprechen. Er ist beim Minister.«

Kurz darauf, in der Bibliothek des Hauses, lasen der Premierminister und Antero den Brief. Der Minister sagte: »Ich muss mich bei Ihnen entschuldigen. Sie hatten recht, Ihre Tochter wurde entführt.« Er sah zu Leonor auf. »Und wer sind Sie?«

»Das ist Leonor«, sagte Antero.

Der Minister musterte sie. »Die Tochter des Barons, dieses Martinho Velho da Rocha Oldenberg?«

Sie nickte.

»Meiner Tochter geht es schlecht«, sagte Antero. »Sie haben es gelesen. Geben Sie mir Soldaten.«

»Sie sollen die Soldaten haben.«

Ihre Kopfhaut brannte immer noch, obwohl es bestimmt zwei Stunden her war, dass die Männer sie an den Haaren gerissen hatten. Sie hatten sie geschlagen, sie angespuckt. Sie hatten sie als »kleine Judenschlampe« verspottet. Samira fühlte sich taub. Sie fühlte sich, als sei sie gestorben.

Die Männer hatten Bento umgebracht. Die ganze Zeit sah sie ihn vor sich, wie er da neben dem Hinterausgang auf dem Boden lag, die Beine von sich gestreckt, der Kopf auf dem harten Steinboden.

»Ich werde dich nie vergessen, Bento«, flüsterte sie, »niemals.« Kamen Hunde auch in den Himmel? Dann wollte sie sterben, um wieder bei ihm zu sein. Sie wollte ihm mit den Händen durch das Fell fahren und ihr Gesicht auf seinen warmen Rücken legen. Sie wollte mit ihm über Wiesen tollen und ihm neue Kunststücke beibringen. Sicher gab es im Himmel Wiesen.

Samira schob den Lumpensack von sich, den die Männer ihr gegeben hatten, und legte sich auf den Steinboden. Sie war bereit. »Lieber Gott, ich möchte nicht mehr leben. Bitte lass mich sterben.«

»Na, kleine Bratze, hast du Durst?«, tönte es durch die Tür. Der Riegel wurde beiseitegeschoben, und die Tür öffnete sich um einen Spalt. Ein bärtiger Kopf sah herein. Dann öffnete sich die Tür ganz. Der Mann trug einen Krug und einen Becher. »Wer weiß, wie viel ein Kind trinken muss. Also.« Er goss einen Schwall Wasser in den Becher. Die Hälfte ging daneben und platschte auf den Boden. »Hier.« Er reichte ihr den Becher.

Sie schüttete das Wasser weg und gab ihn zurück.

»Was soll das?«, brüllte er. Er goss den Becher erneut voll, stellte den Krug auf dem Boden ab und griff in ihr Haar. Er zog sie an den Haaren in die Höhe. »Du wirst trinken! Du lebst, solange wir das wollen!« Er stieß ihr den Becher gegen den Mund.

Der Kopf brannte fürchterlich. »Lass mich l–« Wasser gurgelte ihr in den Mund. Es lief ihr am Hals herunter und unter das Kleid. Sie verschluckte sich.

Plötzlich ließ der Mann den Becher fallen und wirbelte herum. »Scheiße«, rief er, »der Hund ist hier!«

»Welcher Hund?«, tönte es von draußen.

Der Mann ließ ihren Kopf los. Samira hustete. Sie drehte sich um. Bento? Er lebte! Schwanzwedelnd kam er auf sie zu. Sie kauerte sich nieder und fuhr ihm zärtlich über Kopf und Hals. Er leckte ihr das Gesicht. »Bento, du bist am Leben!«

»Der Hund ist hier drin«, rief der Mann. »Ich schwöre, das ist ihrer!«

Samira stand auf. »Jetzt hast du Angst, was?« Sie trat auf den Mann zu, mit Bento an ihrer Seite. »Fass, Bento!«, befahl sie.

Bento knurrte und hob die Lefzen. Sein scharfes Gebiss wurde sichtbar.

Der Mann ging langsam rückwärts. Er nahm nicht den Blick von Bentos Maul. Endlich machte er drei rasche Schritte nach draußen und warf die Tür zu. Der Riegel knirschte, als er ihn vorschob. »Der Hund muss weg«, sagte er leise. »Ich schieße ihn über den Haufen.«

»Wenn du das Mädchen triffst, haben wir nichts mehr zum Verhandeln. Malagrida macht uns einen Kopf kürzer.«

»Ich reiße die Tür auf und feuere.«

»Auf keinen Fall. Du erwischst das Mädchen. Gib ihm lieber Gift.«

»Wo soll ich jetzt so schnell Fleisch herkriegen?«

»Erschieße eine Krähe. Irgendwas gibt es hier schon. Schlimm genug, dass er uns gefunden hat. Der ist gefährlich.«

Sie kauerte sich nieder. »Bento, du darfst nicht fressen, was sie dir geben. Hast du gehört? Das ist vergiftet. Du darfst das auf keinen Fall fressen!« Ihre Kopfhaut schmerzte so sehr, dass sie erschauderte.

Bento hob verwirrt die Augenbrauen. Er wedelte mit dem Schwanz.

»Nein!« Sie nahm seinen Kopf in die Hände und sah ihm streng in die Augen. »Nicht fressen. Diese Männer sind böse! Sie wollen dir Böses antun!«

Er bellte kurz. Dann fing er an, ihre Hände abzulecken. Er hatte ganz sicher nicht verstanden, was sie gesagt hatte. Draußen krachte ein Schuss. Was sollte sie tun, wenn der Mann mit vergiftetem Fleisch kam?

Sie hatte Bento wiederbekommen. Ganz sicher würde sie ihn kein zweites Mal verlieren. Sie dachte nach. Wie konnte man ihn von Futter ablenken? Mit besserem Futter. Sie sah sich um. Das Becken der Kelter war leer. Wenn es hier Fressbares gegeben hätte, hätte Bento es sicher schon gewittert.

Sie musste ihm einen Auftrag geben. Er würde damit rechnen, eine kleine Leckerei als Belohnung zu bekommen, etwas, das viel köstlicher war als das rohe Fleisch der Entführer. »Hol den Ball!«, sagte sie.

Bento fing sofort an zu suchen. Er durchstöberte mit gesenkter Schnauze den ganzen Raum, sah hinter dem Becken nach, in den Ecken, schnupperte am Lumpensack. Dann kehrte er zu ihr zurück. Er wedelte mit dem Schwanz und blickte sie an.

»Ich weiß, es ist kein Ball da.« Er hatte einmal den Weg hierher gefunden. Er würde ihn wieder finden. Wenn er zu Vater gelangte, konnte er ihn herführen. Sie holte Vaters Taschentuch heraus und entfaltete es. Sie trug es schon seit Wochen bei sich, seit er wieder kaum mehr Zeit für sie hatte. Hoffentlich roch es noch nach ihm. Sie hielt Bento das Taschentuch vor die Schnauze. »Such Vater!«

Bento berührte mit der Schnauze den Boden und sah wieder hoch. Ganz offensichtlich verstand er nicht, was sie von ihm wollte.

Wie konnte sie es ihm erklären?

Sie nahm ihn am Nackenfell und führte ihn durch den Raum. Sie sagte: »Such!«

Draußen kamen Stimmen näher.

Bento winselte. Er verstand offensichtlich nicht, was sie von ihm wollte.

Sie zerknautschte das Taschentuch, warf es weg und sagte: »Hol das Taschentuch!«

Bento stürzte los, nahm das Taschentuch ins Maul und brachte es ihr.

Sie nahm es ihm weg. Was konnte sie tun, dass er an den Vater dachte? Sie zeigte auf den Boden, wie Vater es oft Bento gegenüber tat. Dazu sagte sie streng, indem sie den Tonfall des Vaters nachahmte: »Bento! Komm hierher!«

Bento erstarrte. Er sah sie verblüfft an.

Der Riegel wurde von der Tür fortgeschoben.

Samira hielt Bento das Taschentuch hin, ließ ihn daran schnuppern und flüsterte: »Hol Vater!«

Nichts geschah. Bento stand da, reglos. Dann plötzlich spannten sich seine Muskeln an, Samira konnte es durch das Fell sehen. Bento warf sich herum und sprang zur Tür. Er bellte wild.

»Siehst du, er riecht es schon«, sagte der Mann hinter der Tür. Er lockte: »Lecker, lecker!«

Samira fragte streng: »Ist Vater dort?«

Aber Bento hörte gar nicht auf sie. Er sprang an der Tür hoch und bellte.

Die Tür öffnete sich um einen Spalt, und ein blutiger toter Vogel wurde hineingeworfen. Samira rannte vor, klemmte ihre Finger in den Spalt und riss mit aller Kraft an der Tür. Der Spalt wurde größer.

Diesen Augenblick nutzte Bento. Er sprang nach draußen.

Der Mann ließ verblüfft die Tür los. Er sah dem Hund hinterher. Samira schlüpfte ebenfalls nach draußen und rannte los. »Lauf!«, rief sie. »Lauf!«

Sie hatte nur wenige Schritte gemacht, da war der große,

schwere Körper des Mannes über ihr. Der Mann warf sie zu Boden. Sie rollten sich im Dreck. Er packte Samira im Genick und hob sie hoch. »Du gehst nirgendwohin.«

»Und der Hund?«, fragte der andere Mann.

Bento rannte den Weinberg hinunter zur Straße.

»Lade das Gewehr. Wenn die Töle wieder in Reichweite kommt, drückst du ab.«

32

Der Atem der Stute ging gleichmäßig. Ihr Fell glänzte von Schweiß, und doch hielt sie den Kopf hoch erhoben und ihre Mähne flog. Sie musste ein teures Tier sein. Das Fell war von rotbrauner Farbe, die Mähne ebenso. Eine Fuchsstute. »Sie ist verlässlich«, hatte der Offizier gesagt. »Sie wird Ihnen nicht ausbrechen.«

Antero ritt an Weidehängen vorüber. Kühe grasten zu beiden Seiten der Straße. Er passierte eine Olivenplantage, in deren Mitte zwischen ausladenden Bäumen eine Villa thronte. Süßkartoffelfelder folgten. Schwarzhäutige Sklaven gruben Knollen aus dem Boden und sammelten sie in großen Körben.

Heute würde es passieren. Heute würde er Gabriel Malagrida den Todesstoß versetzen. Sobald er Beweise dafür sah, dass der Jesuit seine Tochter entführt hatte, würde er sich mit einem roten Tuch die Stirn tupfen. Die Offiziere beobachteten ihn durch ihre Ferngläser. Wenn sie das Zeichen erspähten, kamen sie mit ihren Truppen herangeprescht und setzten den Jesuiten fest. Dann konnte man Malagrida endlich den Prozess machen.

Zwischen zwei Feldern wuchsen Büsche in einer langen Reihe. Dort musste es ein Gewässer geben. Antero zügelte die Stute. Da. Eine kleine Brücke. Hier wollte Malagrida sich mit ihm treffen?

Antero sah sich um. Zur Rechten erblickte er in Puppengröße den Wald, hinter dem sich die Truppen verbargen. Das Waldstück war weiter weg, als er von den Karten her gedacht hatte. Hatten die Offiziere nicht gesagt, es sei ein »strategisch guter Punkt in geringer Entfernung«? Sie hatten auf ihre Landkarte gepocht und souveräne Gesichter gemacht. »Wir reiten auf einem Umweg dorthin, ungesehen«, hatten sie mit ernster Miene gesagt.

Im Fall, dass etwas schieflief, sollte er sich die Perücke vom Kopf reißen. Das würden sie durch die Ferngläser sehen und sofort Warnschüsse abfeuern. Sie würden auf das Schnellste herbeireiten und ihm helfen.

»Gott«, betete er, »ich war lange zornig auf dich. Aber ich will mit dir Frieden schließen. Pass auf mein kleines Mädchen auf. Lass sie durchhalten.«

Die Soldaten würden lange brauchen, ehe sie hier waren. Die Brücke war gut einsehbar aus allen Himmelsrichtungen, es gab kein anderes Versteck in der Nähe als den weit entfernten Wald. Womöglich hatte Malagrida deshalb diesen Treffpunkt vorgeschlagen.

Es war niemals gut, nach Malagridas Regeln zu spielen. Wenn Gabriel Malagrida ihn bedrohte oder gar mitschleppte, würden die Offiziere nicht schnell genug hier sein mit ihren Truppen, um es zu vereiteln.

Andererseits, er hatte das Manuskript, die Entwürfe und das Skizzenheft bei sich. Vielleicht genügte es Malagrida auch, sie im Austausch gegen Samira zu erhalten. Es würde ihn, Antero, um mindestens ein Jahr zurückwerfen, und Malagrida gewann Zeit für seinen Umsturz. War es nicht das, was er wollte?

Die Sklaven schulterten die Hacken und verließen in kleinen Gruppen die Felder. Im Westen schmolz die Sonne wie ein fettes Stück Butter auf dem Horizont. Antero band die Zügel der Stute an den Zweigen eines Gebüschs fest. Sie knabberte an den Blättern, versuchte aber nicht, sich loszureißen. Er biss Papierpatronen auf und lud beide Pistolen.

Er sah über die Felder. Die Erde färbte sich im Licht der untergehenden Sonne rostbraun. Er musste an ein Gespräch mit der Mutter denken. Auch damals war es September gewesen. Sie hatte in der Küche gesagt: »Lass die Jüdin, Antero. Du wirst unglücklich mit ihr.« Sie hatte es einfach so dahingesagt, ohne ihn anzusehen.

»Ich liebe sie«, hatte er erwidert.

Die Mutter lachte nachsichtig. »Ich weiß.«

»Wie kannst du da lachen!«

»Die Liebe, Söhnchen, ist unbeständig. Zumindest diese Form der Liebe. Seit der Schöpfung haben die Menschen zuerst geheiratet und sich dann ineinander verliebt. Liebe war jahrhundertelang etwas, das erst reifen musste. Und jetzt wollt ihr jungen Leute sie sofort haben und wollt nur noch heiraten, wenn ihr euch zuvor ineinander verliebt habt.«

»Wie soll man sonst wissen, dass man mit dieser Frau glücklich wird? Ich zumindest weiß es jetzt. Ich kann mit keiner anderen glücklich werden. Nur mit Julie.«

»Glücklich? Antero, schau dir doch an, wie es denen geht, die sich hitzig in eine Liebschaft stürzen. Sie sind im Handumdrehen beim Engelmacher. Oder sie heiraten, meinethalben, aber diese Ehen sind auch nicht glücklicher als unsere. Auch sie müssen sich ihre Liebe erst erarbeiten.«

»Du kennst Julie nicht.«

»Ich habe sie gesehen. Sie ist eine schöne Frau, das kann niemand bestreiten. Aber sie ist Jüdin. Du weißt, dass die Blutsgesetze euch den Umgang verbieten. Irgendwann kommt es ans Licht, was ihr da treibt, und dann?«

Er war tagelang wütend gewesen auf die Mutter. *Was ihr da treibt*, hatte sie es genannt, die schönen, freimachenden Gespräche, die innigen Blicke. Etwa eine Woche später, sonntags auf dem Weg zur Kirche, hatte er ihr gesagt: »Du kennst sie nicht, diese Form der Liebe, und darum kannst du sie nicht verstehen.«

Sie hatte gefragt: »Betest du noch?«

»Auch die Neuchristen beten, falls du das nicht wusstest.«

»Aber du wirst kein Jude?«

»Wenn du wüsstest, was ich mit ihr teile, Mutter. Ich kann mit ihr zusammen beten, wie ich es allein nie konnte. Wir vertrauen uns.«

»Wenn du noch betest, ist es gut. Verliere Gott nicht aus den Augen, Junge, dann wirst du irgendwie durchs Leben kommen.«

Inzwischen war sie selbst Julie gefolgt, beide waren sie tot. Und er hatte aufgehört zu beten. Aus Zorn. Mit einem Gott, der zuließ, dass Julie auf dem Scheiterhaufen starb, hatte er nichts zu besprechen. Vielleicht war es dennoch ein Fehler gewesen, nicht mehr mit Gott zu reden.

Die Sklaven waren fort. Er war allein. Er stopfte mit dem Ladestock Lappen in die Pistolen, um die Bleikugeln darin festzuhalten. Damit wurden auch winzige Ritzen ausgefüllt, um dem Schuss mehr Druck zu verleihen; ein Freibeuter hatte es ihm erklärt in einer englischen Hafenkneipe. Er steckte sich die Pistolen unter den Gürtel. Im Zweifel würde er nicht zögern. Er würde schießen.

Der Amtmann hielt eine gezähmte Elster auf der Hand. Er fütterte sie mit Brotkrumen. Das Gefieder der Elster leuchtete weiß und violettschwarz. Ihre Äuglein blitzten schlau. Der dicke Schnabel klaubte die Brotkrumen zwischen den roten, aufgedunsenen Fingern des Amtmanns hervor. »Wir wollen mal sehen«, sagte der Amtmann nach einer geraumen Weile und ließ die Elster auf eine Stange hüpfen, die zu einem Holzgerüst neben seinem Schreibtisch gehörte. Er griff nach dem Brief.

Leonor zog ihn zurück. »Sie sind nicht der Hauptmann«, sagte sie.

»Nein. Aber ich bin für ihn zuständig. Geben Sie mir den Brief.«

»Ich soll ihn nur dem Hauptmann persönlich übergeben.«

Der Amtmann lächelte nachsichtig. »Er ist aber nicht da. Ich bin da.«

»Ich werde auf ihn warten.«

»Das würde ich Ihnen nicht raten. Er ist unterwegs, und es kann Stunden dauern, ehe er zurückkehrt.«

»Wo ist er?«

»Das ist geheim.«

Warum hatte der Premierminister sie nicht auf einen solchen Fall vorbereitet? Er hatte nur gesagt: »Damit Sie sehen, dass ich Ihnen vertraue. Ich trage Ihnen nichts mehr nach.« Was sollte sie jetzt tun? »Kann ich jemanden von der Leibgarde sprechen?«

»Sie sind alle unterwegs.« Der Amtmann sammelte die restlichen Brotkrumen ein und legte sie in eine grüne Tabakdose. Er wischte mit der Hand über den Tisch, um ihn zu säubern. Schließlich schloss er die Dose mit einem lauten Knacken. »Worum geht es denn? Ich kann Ihnen sagen, ob es überhaupt die Leibgarde betrifft.«

»Natürlich betrifft es sie. Ein großer Feind des Königs ist zurückgekehrt, und der Premierminister hält einen Anschlag auf das Leben des Königs für möglich. Es müssen Vorkehrungen zu seinem Schutz getroffen werden.«

»Diese Nachricht hat die Leibgarde längst erhalten.« Das Lächeln des Amtmanns wurde breiter. »Sehen Sie? Sie müssen nur mit mir reden. Schon konnten wir alles klären.«

Das war eine Lüge. Er versuchte nur, sie abzuwimmeln. Sie straffte ihre Haltung. »Ich möchte ein Mitglied der Leibgarde sprechen, und zwar sofort.«

»Wie ich Ihnen bereits sagte, sie sind unterwegs.« Sein Lächeln schwand. »Hören Sie mir nicht zu?«

Die Elster äugte neugierig auf Leonor herunter. Es sah aus, als verstünde sie jedes Wort. Sie drehte den Kopf seitwärts und hielt den schwarzen Schnabel leicht geöffnet, als überlege sie, etwas zum Streit beizutragen.

Leonor sah den Amtmann an. »Sagen Sie mir, wer der Feind ist. Dann glaube ich Ihnen.«

Er rollte die Augen. »Doppelte Briefzustellungen kommen hier jede Woche vor. Wenn ich Ihnen doch sage, dass wir die Nachricht schon erhalten haben! Ich wette mit Ihnen, es steht im Brief, dass der König heute auf Anraten des Premierministers eine neue Route fahren soll, und dass er eine bürgerliche Kutsche benutzen soll, zur Sicherheit. Die Leibgarde hingegen soll den gewohnten Weg fahren, damit sie eventuelle Angreifer aus dem Versteck lockt, und in der Kutsche soll statt des Königs ein Offizier sitzen. Na? Machen Sie den Brief auf. Ich sage Ihnen, Ihre Nachricht hat uns heute Vormittag bereits erreicht.«

Das war unmöglich. Antero hatte Samiras Fehlen erst am Nachmittag bemerkt. Außerdem hatte der Premierminister nichts von einer bürgerlichen Kutsche, einer anderen Route oder einem Hinterhalt der Leibgarde gesagt. Leonors Atem beschleunigte sich. »Diese Nachricht stammte nicht vom Minister. Ich weiß es, ich war gerade bei ihm. Sie müssen den König warnen!«

»Sie haben doch gerade gesagt, der Premierminister habe sie geschickt, um eine Warnung an die Leibgarde durchzugeben. Sie sind etwas verwirrt, mit Verlaub.«

»Aber er hat die Nachricht erst heute Nachmittag losgeschickt. Hören Sie, ich kann Ihnen nicht alles erklären, ich kann Ihnen nur sagen, dass das Leben des Königs in Gefahr ist.«

Er sagte: »Geben Sie mir den Brief.«

Offenbar war es der einzige Weg, um ohne Verzögerung etwas zu erreichen. Ihr blieb nichts anderes übrig. Sie gab ihm den Brief.

Er las ihn. »Sie meinen also, der Brief von heute Vormittag war eine Fälschung?« Der Amtmann kniff die Augen zusammen. »Aber warum sollte jemand, der einen Anschlag auf den König plant, seine Leibgarde warnen?«

»Weil er auf der neuen Route lauert! Und weil es weniger Aufsehen erregt, wenn eine bürgerliche Kutsche angegriffen wird.«

Antero lief ungeduldig auf und ab. Er überquerte die Brücke wieder und wieder. Er konnte nicht verhindern, dass ihm seine Vorstellungskraft grauenvolle Szenen vorspielte. Wie sie Samira schlugen. Wie sie mit ihr Späße trieben, während die Kleine vor Angst zitterte und weinte.

Tränen der Wut schossen ihm in die Augen. Er ballte die Fäuste so fest, dass ihm die Nägel in die Handfläche schnitten. Von fern hörte er ein Rasseln. Er sah auf. Eine Staubwolke näherte sich auf der Straße. Er blinzelte, bis er klar sehen konnte.

Eine Kutsche zog die Fahne von Staub hinter sich her, ein Einspänner mit schwarzen Ledervorhängen auf der Vorderseite. Die Seitenwände und der Rücken der Kutsche waren aus Holz. Die Zügel führte ein Mann auf einem filigranen Kutschbock. Der Insasse hinter ihm konnte durch zwei runde, ins Leder eingelassene Glasfenster hinausschauen. Die Augenglas-Chaise gehörte Gabriel Malagrida, er kannte sie. Malagrida kam.

Antero zog das Hemd aus dem Hosenbund und stopfte es über den Pistolenknäufen wieder hinein. Er holte das Manuskript, die Entwürfe und das Skizzenheft aus der Satteltasche. Indem er sich die Papiere vor den Bauch hielt, verbarg er die Beulen im Hemd.

So stellte er sich an den Straßenrand. Die Chaise verlangsamte ihre Fahrt. Der Schimmel verfiel in Schritt.

Das Gesicht des Kutschers war von fiebergelber Haut. Antero war, als habe er ihn schon einmal gesehen, beim Königspalast. Der Kutscher brachte die Chaise zum Halt. Er streckte die Hand nach den Papieren aus.

»Und meine Tochter?«, fragte Antero.

»Hinten drin.«

Lebte sie? War sie verletzt? Mit zitternder Hand reichte er dem Kutscher das Manuskript und die Entwürfe, kaum schaffte er es zum Türschlag, die Knie waren weich, die Beine wollten ihn nicht tragen.

Als er die Tür öffnen wollte, war sie verschlossen. Der Kutscher beugte sich seitwärts vom Bock und spuckte auf den Boden. »Hier ist sie nicht, du Dummkopf! Schau in der Hölle nach!« Er lachte dreckig und schlug die Zügel auf den Rücken des Schimmels. Sie knallten. Die Kutsche nahm wieder Fahrt auf.

Malagrida saß da hinten drin und lachte sich ins Fäustchen! Antero spürte seinen Puls pumpen. Der Dämon entkam mit dem Buch. Er hatte ihn hereingelegt. Seine Männer quälten eine Achtjährige, sie hatten ihm die kleine Samira weggenommen und gaben sie nicht wieder her, und nun hatte Malagrida auch noch das Manuskript geraubt.

Mit fünf Schritten war Antero bei der Fuchsstute. Er band sie vom Gebüsch los. Er saß auf. Es war genug. Er führte die Stute auf die Straße, dann gab er ihr die Fersen in die Seiten. Sie galoppierte an. Die Kutsche war weit vor ihnen. Antero neigte sich im Sattel nach vorn und flüsterte: »Zeig mir, was du kannst.« Er drückte seine Knie zusammen. Die Stute streckte sich lang aus. Ihre Hufe schlugen einen jagenden Rhythmus auf den Boden der Straße.

Sie näherten sich der Kutsche. Bald trennten sie nur noch vier Pferdelängen, drei Pferdelängen, zwei Pferdelängen. Antero brüllte: »Stehen bleiben!« Er hielt sich mit den Knien am Sattel fest und zog die Pistolen unter dem Gürtel heraus.

Die Kutsche raste weiter.

Er wartete, bis die Stute mit der Kutsche gleichauf war. Er schoss. Aus dem Inneren der Kutsche ertönte ein Schrei. Antero feuerte auch die zweite Pistole ab. Die Kutsche wurde langsamer.

Der Kutscher zog ebenfalls eine Pistole.

Antero gab seiner Fuchsstute wieder die Fersen. Ein Schuss durchzuckte den Abendhimmel. Antero spürte einen heißen Windhauch. Er jagte in Richtung der Stadt. Als er sich umdrehte, war die Kutsche vollends stehen geblieben. Aus dem Wäldchen am Horizont quollen Soldaten hervor. Sollten sie sich um den Rest kümmern. Er zügelte die Stute und saß ab. Die Stute atmete schwer. Ihr Fell glänzte. Hoffentlich hatte er Malagrida getroffen. Sein Auftauchen am Treffpunkt war Beweis genug dafür, dass er hinter der Entführung steckte.

Ein helles Tier kam über den Hang auf ihn zugelaufen. Das war Bento! Der Hund sprang aber nicht wie sonst zur Begrüßung an Antero hoch. Er schnüffelte kurz an ihm und bellte dann. Womöglich störte ihn der Pulverschmauch, der ihm anhaftete.

Bento lief wieder den Hang hinauf. Er blieb auf halber Höhe stehen und bellte erneut. Vielleicht hatte er eine Fährte gefunden. Andererseits hielt er sonst immer die Nase gen Boden, wenn er einer Spur folgte. Bentos Kopf aber war hoch erhoben. Er sah ihn unverwandt an. Es sah aus, als fordere er ihn auf, ihm zu folgen.

Samira!

Antero ließ die Fuchsstute stehen. Er hinkte den Hang hinauf. Sofort warf sich auch Bento herum und stürmte weiter. Antero folgte ihm über ein Kartoffelfeld, kreuz und quer durch eine Obstplantage, über einen Olivenhain und einen Weinberg hinauf. Er verfluchte sein steifes Bein.

Es war eine große Quinta. Das prunkvolle Hauptgebäude stand zwischen Ziersträuchern und hochgewachsenen Eichen. Bento aber hielt auf einen Nebenkomplex zu.

Ein Schuss knallte. Das Mündungsfeuer blitzte beim Schuppen neben der Kelter auf. Bento überschlug sich, wie von einer unsichtbaren Faust getroffen, und blieb jaulend liegen. Antero rannte weiter auf den Schuppen zu. Er schlug Haken und brachte Bäume und Büsche zwischen sich und den Schützen. Dann brach er seitwärts, wo der Schuppen kein Fenster und keine Tür besaß, aus der Deckung hervor und schlich bis zur Bretterwand. Dem Krachen nach war es ein Gewehr gewesen. Inzwischen war es sicher nachgeladen worden.

Er wusste nicht, wie viele sie waren. Als er nach der Kugeltasche tastete, griff er ins Leere. Er musste sie beim Ritt verloren haben. Konnte man die Pistolen mit kleinen Steinchen nachladen? Sicher nicht. Aber Samira war hier. Er würde sie befreien, koste es, was es wolle.

Antero bückte sich und suchte den Boden nach Steinen ab. Es gab keinen großen, er fand nur mittelgroße und kleine Steine. Er zog sein Hemd aus und knotete einen Ärmel zu. In diesen Schlauch ließ er die Steine rutschen. Er klaubte weitere Steine aus dem Erdboden und schob sie hinein, bis das Ende des Schlauchs schwer herabhing. Er packte das Hemd dort, wo es leer war, und schwang den steingefüllten Ärmel probeweise hin und her.

Dann schlich er sich damit zur Frontseite des Schuppens.

Er stellte sich neben die Tür und trat dagegen. Eine Weile geschah nichts. Dann ging die Tür auf. Aber es wurde nicht der Gewehrlauf herausgestreckt, wie er gehofft hatte, nein, Samira trat heraus, und hinter ihr zwei Männer, von denen einer ihr die Gewehrmündung in den Nacken presste, als wollte er sie erschießen. »Sie werden vernünftig sein«, sagte der Mann, »sonst stirbt das Kind.« Sein Kumpan hielt ein Seil in den Händen. Sie wollten ihn also fesseln. »Keine Dummheiten.«

Samira sah ihn glücklich an. »Du hast mich gefunden!« Plötzlich trat namenloser Schrecken in ihr Gesicht. Sie löste sich vom Gewehr und rannte den Hang hinunter, auf den blutenden Hund zu.

Antero zögerte nicht. Er trat dem Kerl das Gewehr aus den Armen. Dem anderen schleuderte er seinen steingefüllten Ärmel gegen die Schläfe. Er rammte dem Schützen das Knie in die Magengrube, ließ das Hemd los, packte seinen Hals und zog ihn mit aller Kraft zu sich. Gleichzeitig stieß er ihm seine Stirn gegen die Nasenwurzel. Der Schütze taumelte. Sein Kumpane wollte ihm zu Hilfe kommen, obwohl er sich das blutende Gesicht halten musste. Antero hieb ihm seine Faust ins Gesicht. »Das ist für meine Tochter!«, schrie er. Er schlug wieder zu. Wieder.

Der Mann sackte bewusstlos zusammen. Der Schütze lag ebenfalls am Boden. Antero hob das Gewehr auf und ging zu Samira hinunter. Seine Fäuste schmerzten wie nach einer Wirtshausschlägerei. Die Kleine hielt Bentos Kopf auf dem Schoß und streichelte ihn. Der Hund winselte. Sein Fell war blutig.

Antero nahm Samira in den Arm. »Ich lasse dich nie wieder allein. Nie wieder.« Er drückte sie fest an sich.

Samira umschlang ihn. Lange hielt sie ihn fest. Dann flüsterte sie: »Bento blutet. Wird er sterben?«

»Samira …« Er wusste nicht, was er sagen sollte. Dass Bento

für einen Hund ein langes Leben geführt hatte, würde sie nicht trösten. Dass er keine Schmerzen litt, wäre eine Lüge.

»Wir nehmen ihn mit«, sagte sie. »Vielleicht wird er wieder gesund.«

Bento hob den Kopf und richtete seinen Blick auf Samira. Sie hielt ihm die Hand hin, und er leckte sie einige Male mit seiner blutigen Zunge. Er winselte.

»Wir müssen ihm helfen!« Sie sah hoch.

Antero untersuchte ihn. Das Blut war überall, aber es schien, als sei nur der hintere linke Lauf verletzt. Antero ging zum Haus zurück und holte sein Hemd. Er öffnete den Knoten und ließ die Steine herausfallen. Dann riss er Streifen vom Hemd ab. Vorsichtig verband er den Hund.

Samira warf sich an seine Brust, und Antero hielt sie. Er streichelte ihr den Rücken.

33

Der Burgunderwein brannte im Bauch und blitzte wie Schießpulver. Gabriel Malagrida nahm einen weiteren Schluck. Der Wein hatte die Süße brasilianischen Zuckers und den aromatischen Geschmack indischer Gewürze. Feurig fuhr er die Speiseröhre hinunter. Gabriel lächelte.

»Sie sind immer noch beim Burgunder?«, fiepste der zwergenwüchsige Herzog de Aveiro. »Ich verstehe Sie nicht.« Er hob eine Flasche in die Höhe. »Weißer Schaumwein der Champagne – das ist die Krone der Schöpfung. Was meinen Sie, warum er so sündhaft teuer ist? Die wahren Kenner reißen sich um ihn.«

Der Marquês de Távora, der ehemalige Vizekönig von Indien, schüttelte den Kopf. »Sie beide irren.« Er tippte gegen eine breite Flasche, die vor ihm stand. Dunkel tönte das Glas. »Der beste Wein der Welt wird auf der Insel Madeira angebaut. Karamellbraun und vom Geschmack fruchtig süß. Wissen Sie überhaupt, wie es zum Madeira-Wein gekommen ist? Man hat ihn von der Insel nach Indien verschifft und konnte ihn dort nicht verkaufen. Also kam er nach Portugal. Durch die tropische Hitze und das Schaukeln im Schiff ist er so schmackhaft geworden, dass man Höchstpreise für ihn erzielte. Seitdem wird Madeira-Wein auf fünfundvierzig Grad erhitzt, dann lässt man ihn mindestens drei Jahre in Fässern reifen, und am Ende wird er drei Monate lang in den Fässern in Bewegung gehalten, bevor man ihn in Flaschen füllt. Diese Mühe ist nicht umsonst.« Er grinste.

Sie saßen in ihren Morgenmänteln an der Tafel, obwohl es Abend war, in Morgenmänteln aus braunem Satin, mit Blumen bestickt. Es sollte ein Fest sein, das keiner der Bediensteten so schnell wieder vergaß: extravagant, teuer, ungewöhnlich. Die

Bediensteten würden sich möglicherweise vor Gericht an das Fest erinnern müssen.

Schwarzhäutige Domestiken trugen Fleischspieße auf, Kalbsherz und Kalbsleber, gebratene Zickleinköpfe. Es roch nach Pfeffer und geschmolzener Butter. Gabriel lief das Wasser im Mund zusammen.

Der Herzog de Aveiro hob eine Wurst vom Tisch und legte sie dem nächstbesten Domestiken auf das Tablett. »Hier, die kann Er wieder mitnehmen. Ich mag sie nicht essen.«

»Warum nicht?«, fragte der Marquês.

»Ich muss immer daran denken, wie sie gemacht werden.« Der Herzog de Aveiro schüttelte sich. Er piepste: »Haben Sie nie gesehen, wie die Schweine an den letzten Tagen vor dem Schlachten nur noch mit Kräutern gefüttert werden?«

»Natürlich. Das macht man, damit ihre Därme gut riechen.«

»Die Därme, in denen dann die Wurst verkauft wird!«

»Na und?«

»Därme! Überlegen Sie doch, was da hindurchgegangen ist! Freilich, sie werden ausgewaschen und mit Orangen abgerieben, damit sie duften, aber es sind und bleiben doch –«

»Ich bitte Sie«, unterbrach Gabriel Malagrida den kleinen Herzog, »ersparen Sie uns das.« Entweder schauspielerten die beiden hervorragend, oder sie hatten tatsächlich vergessen, weshalb sie hier saßen. Ihm fiel es schwer, das zu verdrängen. Er musste fortlaufend daran denken, was alles schiefgehen konnte.

Die alte Marquise betrat den Raum. »Da ist ein Herr, der Sie sprechen möchte.«

Es war so weit. »Schaffen Sie die Diener raus, und dann bringen Sie ihn herein, meine Beste.«

Nore de Távora lächelte. »Ich hoffe, das Essen mundet Ihnen?«

Alle drei nickten. Aber die Gesicher waren nun deutlich angespannt.

Als die Domestiken gegangen waren, betrat ein Mann in Uniform den Raum. Seine Haut war käsegelb. War er blasser als sonst? Gabriel Malagrida erhob sich. »Reden Sie.«

Der Soldat sagte: »Beide Kugeln.«

Sie brachen in Jubel aus. »Sie sind ein Genie, Malagrida!«, kreischte der Herzog de Aveiro.

Der Marquês de Távora hob sein Glas. »Ein Hoch auf Gabriel Malagrida!«

Selbst der Soldat musste jetzt lächeln.

»Aber er lebt noch?«, fragte Gabriel.

»Ja. Die Ärzte versuchen, ihn zu retten. Im Grunde wissen sie, dass es hoffnungslos ist.«

Der Marquês setzte das Glas wieder ab. »Wird es nicht Nachforschungen geben wegen des gefälschten Briefs?«

Der Herzog de Aveiro sagte: »Solange ich den Obersten Gerichtshof leite –«

»Natürlich wird es Nachforschungen geben«, unterbrach ihn Gabriel Malagrida. »Ich möchte auch nicht, dass Sie die unterbinden, Herzog. Sehen Sie, der Premierminister hatte allen Grund, beide Briefe zu schreiben. Den einen, um den Anschlag zu ermöglichen. Den anderen, um seine Unschuld zu beweisen. Jeder versteht, dass er den König töten will. Er ist ja faktisch selbst schon König, die Macht liegt in seinen Händen. Nun will er auch noch die Krone. Es wird nicht schwer sein, ihm den Mordanschlag auf den König zuzuschreiben.«

»Der König liebt ihn«, sagte der Marquês. »Er wird ihn beschützen, ganz gleich, was wir ihm anhängen.«

»Solange er noch lebt.« Gabriel wandte sich an den Soldaten. »Sie sagten, es besteht keine Hoffnung?«

»Er ist tödlich verwundet. Ein paar Tage hat er noch, höchstens.«

Gabriel hob das Glas. Seine drei größten Feinde waren vernichtet, an einem einzigen Tag: König José, der Premierminister und Antero. »Stoßen wir an. Auf ein neues Portugal!«

Der Himmel war übersät mit Sternen. Samira lief an seiner Hand. Den Hund trug er über der Schulter. Er wog schwer. Antero lief der Schweiß über den Rücken. »Jetzt wird alles gut«, sagte er. Er drückte Samiras Hand.

Wo das Hüttenmeer begann, leuchteten Dutzende Fackeln. Soldaten bauten einen Stützpunkt auf. Antero stutzte. Gab es Unruhen in der Stadt? Er setzte den winselnden Bento ab und trat an die Soldaten heran. »Verzeihung, was ist passiert?«

»Es gab einen Anschlag auf den König«, sagte ein Soldat und stützte sich auf den Stapel von Sandsäcken. »Sieht nicht gut aus für ihn. Er hat die Kugeln mitten im Leib.«

»Jemand hat auf König José geschossen?«

»Ist noch nicht geklärt, wer dahintersteckt. Ein Einzelgänger soll es gewesen sein. Hat einfach durch die Kutschenwand gefeuert. Wir werden den Bastard jagen.«

»Verstehe.« Antero hievte den Hund auf seine Schulter und bog nach rechts ab zwischen die Hütten. Er hinkte voran, fünf Hütten, sechs Hütten. Er schleppte sich zwischen zwei Hüttenwände und brach zusammen.

»Was hast du?« Samira beugte sich über ihn.

Er hörte ihre Stimme wie aus weiter Ferne. Ein kalter Hauch ging über sein Gesicht. Alles war von Malagrida geplant gewesen. Der Jesuit kannte ihn lange Jahre, er wusste, dass er ihn empfindlich treffen konnte, wenn er Samira entführte, er hatte gewusst, dass er schießen würde, er hatte es gewusst!

Der König war in Malagridas Chaise gefahren.

Ich habe den König von Portugal erschossen, dachte er. Seine Zunge verkrampfte sich an der Wurzel. Er bemühte sich, ruhig zu atmen. Mit Mühe verhinderte er so, dass er sich erbrach. Er stand auf, nahm Samiras Hand und lief mit ihr in die Nacht hinaus.

»Warum gehen wir nicht in die Stadt?«

»Wir gehen außen herum, in einem Bogen, das dauert noch ein bisschen.«

Stumm liefen sie durch die Nacht. Sie kamen an das schwarze Wasser des Tejo. Er fand den Mandelbaum und setzte Bento ab.

»Es ist so dunkel hier«, sagte Samira.

Er trat an den Baum heran. »Siehst du das Herz in der Rinde?«

Sie fasste danach. »Ja, da.«

»Das hat deine Mutter eingeritzt. Weil wir uns geliebt haben.«

Samira hielt ihre kleine Hand auf das Herz und sagte nichts. Dann drehte sie sich zu ihm um. »Es ist schön.«

Er flüsterte: »Ich muss mich von dir verabschieden.«

»Papa?« Sie tastete nach seinem Gesicht und schlang ihre Arme um seinen Hals. »Das darfst du nicht.« Sie weinte. »Du darfst mich nicht allein lassen!«

Auch ihm liefen Tränen über die Wangen. Er umarmte Samira fest. »Ich liebe dich, weißt du das, meine Kleine?«

»Dann lass mich nicht allein! Du hast es versprochen, mich nie wieder allein zu lassen!«

»Es geht nicht anders. Du musst dich mit Bento hier verstecken, und du darfst nur herauskommen, wenn du Leonor siehst. Sie wird sich um dich kümmern.«

»Nein! Bleib bei mir!«

Er hielt sie eine lange Weile. Dann löste er ihre Finger, und obwohl sie schluchzte, setzte er sie auf den Boden. Er kauerte sich vor sie. »Samira, ich habe auf den König geschossen. Sie werden mich überall suchen.«

»Dann verstecken wir uns auf einem Schiff und fahren in ein anderes Land.«

»Sie überwachen ganz sicher den Hafen. Es kommen nur noch wenige Schiffe seit dem Erdbeben, es ist leicht, sie im Blick zu behalten. Samira, da ist ein Mann, der unbedingt möchte, dass ich als Königsmörder hingerichtet werde. Selbst wenn wir aus Portugal entkommen würden, er würde uns suchen und uns aufstöbern, überall auf der Welt. Ich bin gefährlich für ihn, weil ich weiß, dass er hinter dem Anschlag auf den König steckt. Er gibt erst Ruhe, wenn ich tot bin.«

»Aber du sollst nicht sterben.«

»Deshalb gehe ich und kämpfe. Ich muss diesen Mann besiegen.« Er stand auf und machte kehrt. Nach drei Schritten drehte er sich wieder um und sagte: »Samira, es zerreißt mir das Herz, dass ich nicht bei dir bleiben kann! Ich wäre gern ein besserer Vater für dich gewesen.«

Samira sprang auf und rannte ihm nach. Sie schloss ihre Arme um ihn und schluchzte: »Aber du bist ein guter Vater! Du bist der beste Vater der Welt!«

Der Soldat leuchtete ihm mit der Fackel ins Gesicht. »Was hatten Sie nach Sonnenuntergang außerhalb der Stadt zu schaffen?« Neben ihm legte ein Offizier die Hand an seinen Degen. Antero war ihnen verdächtig, natürlich, ein einzelner Mann, der bei Dunkelheit die Stadt betreten wollte. Womöglich besaßen sie auch schon seine Beschreibung.

»Ein Mann mit einer Schussverletzung versteckt sich hinter den Hütten dort«, log er. »Ich dachte, es ist besser, wenn ich das melde.«

Der Offizier zog sofort seinen Degen aus der Scheide. »Kommen Sie, rasch!«, befahl er dem Soldaten. »Das könnte er sein!« Sie eilten zu den Hütten.

Antero sah ihnen nach. Er wartete, bis sie weit genug entfernt waren. Dann trat er zum Pferd hin, das neben der Schranke wartete, und band die Zügel los. Er saß auf. Das Pferd scheute vor dem fremden Reiter, es tänzelte seitwärts und wieherte. Antero trieb das Pferd an. Es gehorchte nicht.

Die Soldaten drehten sich um und schrien: »Stehen bleiben!«

Er riss das Pferd hart am Zügel, um ihm zu zeigen, dass er ihm sein Benehmen nicht durchgehen ließ. Wieder drückte er ihm die Fersen in die Seiten. Da galoppierte es an. Er preschte am Tejoufer entlang durch die Nacht.

Anfangs hielt das Pferd die Ohren noch böse nach hinten gereckt. Aber bald entspannte es sich, sein Galopp ging natürlicher, es hielt die Ohren nach vorn und atmete gleichmäßig. Antero kam es vor, als füge es sich nicht nur in sein Schicksal, sondern galoppiere von selbst. Er musste es nicht weiter antreiben.

Der Wind blies ihm kalt ins Gesicht. Der Pferdeleib wärmte ihm die Schenkel. Er dachte an Samira, wie sie geweint hatte, und daran, dass er sein Versprechen brach. Er dachte an die Schüsse auf die Chaise, wie sie durch das Holz geplatzt waren, und ihm fiel der Schrei ein, den er aus dem Inneren der Kutsche gehört hatte, ein menschliches Aufjaulen.

Fackellicht umgab das Blockhaus auf dem Ajuda-Berg. Die Armee umschwärmte den König wie Wespen ihre Königin. Aus den fünfundzwanzig Fenstern der langen Frontseite schien ebenfalls Licht, unzählige Kerzen brannten in den Zimmern, jeder im königlichen Haushalt war wach. Sicher waren die Leibärzte beim König, und wer nicht helfen konnte, betete. Am Fuß der

Zufahrtsstraße versperrte ein schmiedeeisernes Tor den Weg. Soldaten mit Fackeln traten auf ihn zu.

Antero saß ab und sagte: »Ich muss zum Premierminister.«

»Wer sind Sie?«

»Ich arbeite als Spion für Gabriel Malagrida im *Campo Grande*. Womöglich haben wir eine Fährte, was den Anschlag auf den König angeht.«

Der Sargento beäugte das schwitzende Armeepferd.

»Der Posten dort kennt mich. Er hat mir sein Pferd zur Verfügung gestellt. Hat gesagt, für genau solche Fälle ist es gedacht.«

Der Sargento nickte den Soldaten zu. Sie tasteten Antero nach Waffen ab. Als sie nichts fanden, öffnete der Sargento das Tor. Antero saß wieder auf. Er lenkte das Pferd die Zufahrtsstraße hinauf. Am Portal des königlichen Blockhauses sprang er aus dem Sattel, drückte einem Soldaten die Zügel in die Hand und sagte: »Rasch, ich muss zum Premierminister. Es geht um den Anschlag auf den König.«

Man stellte keine Fragen. Er wurde von einem Soldaten in das Haus geführt und dort einem Diener übergeben, der ihm durch die Flure voranging. Von außen hatte das Haus wie eine übergroße, in die Länge gezogene Jägerhütte ausgesehen. Drinnen war es ein Palast. Mit Blumen bemalte Stofftapeten bedeckten die Wände. Davor standen fein verzierte indische Möbel, und von der Decke hingen Kristallleuchter herab. In den polierten Oberflächen der Schränke spiegelten sich die Flammen der Kerzen.

Den Bereich, in dem der angeschossene König sich aufhielt, durfte auch der Diener nicht betreten. Er flüsterte einem höhergestellten Diener seinen Wunsch zu, und der andere Diener verschwand hinter einer Tür. Die Tür öffnete sich rasch wieder, aber es war nicht der erwartete Diener, der hinaustrat, sondern ein Mann mit spitzem, kurzem Bart, der blutige Tücher nach draußen brachte.

Wenn sie wüssten, dass ich die Schüsse abgefeuert habe, dachte Antero, dann würden sie mich auf der Stelle niederprügeln und in Ketten legen. Er durfte auf keinen Fall dem Wachmann begegnen, der auf dem Kutschbock gesessen hatte. Der würde ihn sicher wiedererkennen.

Endlich kam der höhergestellte Diener und geleitete ihn in einen Nebenraum. »Bitte warten Sie hier«, sagte er. »Der Premierminister ist gleich bei Ihnen.«

Antero konnte sich nicht auf die rotgepolsterte Bank setzen, seine Erregung erlaubte es nicht. Er lief auf dem dicken Teppich auf und ab und versuchte, seine Gedanken zu ordnen. Was tat man der Tochter eines Königsmörders an? Er konnte Malagrida nichts nachweisen.

Die Tür öffnete sich und der Premierminister trat ein. Er schloss die Tür wieder hinter sich. Er sagte leise: »Was ist da draußen passiert?«

»Ich will es Ihnen erklären. Darum bin ich hergekommen.«

»Wer hat auf den König geschossen?«

Antero schwieg. Dann sagte er: »Ich.«

Die Augen des Premierministers weiteten sich. »Sind Sie von allen guten Geistern verlassen? Ich dachte, man versucht nur, es Ihnen anzuhängen!«

»Bitte, lassen Sie mich erklären.«

»Da gibt es nichts zu erklären. Sie haben den König von Portugal erschossen.«

»Ist er tot?«

»Er hat nur noch Stunden, sagen die Leibärzte. Also so gut wie tot. Welche Gründe Sie hatten, auf ihn zu schießen, spielt keine Rolle. Sie haben einen Mord begangen und haben diesem

Land einen Schaden zugefügt, dessen Folgen wir noch gar nicht absehen können.«

»Ich wusste nicht –«

»Erzählen Sie den Richtern Ihre Geschichte. Ich muss mich um das Königreich kümmern und verhindern, dass es ins Chaos stürzt.«

»Werde ich aufs Schafott kommen?«

»Sie werden ganz sicher hingerichtet. Das haben Sie verdient, und das wissen Sie.«

»Er war in Malagridas Chaise unterwegs.«

Der Premierminister erstarrte.

»Und er hatte keine Leibgarde bei sich. Nur ein einziger Mann war bei ihm.«

Der Minister blinzelte. Er schlug den Blick nieder.

»Sie wissen genauso gut wie ich«, sagte Antero, »dass dieser Mord vorbereitet war.«

»Und von wem?«

»Wem war König José denn im Weg? Der Brief in meinem Haus war von Gabriel Malagrida. Die Kutsche war von ihm.«

»Das wagt er nicht. Die Jesuiten planen keinen Mordanschlag auf einen König.«

»Der König liebt Sie, und solange er lebt, kann man Sie nicht stürzen. Was denken Sie, wem man den Mord anhängen wird? Nicht allein mir. Man wird versuchen, Sie zu vernichten. Sie haben Soldaten an die Stelle geschickt – woher wussten Sie davon? Das wird man Sie fragen. Sie haben einen warnenden Brief an den Hauptmann der Leibgarde geschrieben. Malagrida wird es so darstellen, als wollten Sie sich damit ein Alibi verschaffen.«

Der Premierminister ging zur Bank und setzte sich. »Warum konnten Sie nicht besser auf Ihr Kind aufpassen? Ich habe Ihnen doch schon lange gesagt, dass Sie Ihre Tochter in die Hände einer Gouvernante geben sollen.«

»Ich habe eine Frau geliebt, eine Neuchristin. Die Inquisition hat sie hingerichtet. Samira ist unser Kind. Ich habe die Kleine versteckt, jahrelang, aus Angst, dass die Inquisition sie finden würde. Ich bin der Einzige, den sie noch hat. Ich konnte sie doch nicht weggeben.«

»Diese vermaledeiten Blutsgesetze. Sie gehören abgeschafft.« Er stand auf. »Aber wie konnten Sie auf jemanden schießen, ohne zu wissen, wer er ist!«

»Es war Malagridas Kutsche.«

»Selbstjustiz ist niemals eine Lösung. Dafür gibt es Gerichte!«

»Kein Gericht der Welt wird Malagrida verurteilen.«

Sebastian de Carvalho trat nahe an Antero heran. »Jetzt nicht mehr«, sagte er. »Mehrere Offiziere der Armee haben durch Ihre Ferngläser gesehen, wie Sie auf den König geschossen haben. Ich dachte, dass sie bestochen wurden! Aber ganz offensichtlich sagen sie die Wahrheit, während wir gegen Malagrida nichts in der Hand haben.«

»Versuchen Sie, meine Enthauptung zu verhindern. Wandeln Sie mein Urteil in Kerkerhaft ab.«

»Sie haben selbst gesagt, dass man mich in die Sache hineinziehen wird. Wenn ich eine öffentliche Hinrichtung des Schuldigen verhindere, sieht es noch mehr danach aus, als hätten wir zusammengearbeitet. Ich kann Ihre Tochter versorgen, das werde ich gerne tun, aber ich kann Sie nicht begnadigen.«

Antero sagte: »Hören Sie sich meinen Plan an. Alles, was ich brauche, ist ein wenig Zeit, bevor Sie mich hinrichten.«

34

Jeden Morgen wartete Leonor bei den Bittstellern, seit die Livrierten an der Haustür sie nicht mehr zum Premierminister vorlassen wollten. Wer hier wartete, wollte eine Beschwerde vorbringen, eine Sondererlaubnis erwirken, Ungerechtigkeiten einklagen. Die Bittsteller brauchten Baumaterial, Nahrung, Genehmigungen. Ihnen allen gemeinsam stand eine Stunde zur Verfügung, in der sie vom Premierminister angehört wurden, von pünktlich acht Uhr bis genau neun Uhr. Sie wurden aufgerufen, jeden Morgen neun oder zehn von ihnen, einer nach dem anderen, an guten Tagen elf, während der Rest unverrichteter Dinge heimkehren musste. Der Rest, das waren zwanzig oder dreißig Menschen. Jeden Tag kamen einige alte wieder und viele neue Bittsteller. Es gab keine Reihenfolge, in der man aus dem Warteraum gerufen wurde. Ein Beamter kam herein und zeigte auf jemanden: »Sie da.«

Er zeigte nie auf Leonor.

Es wurde Oktober. Es wurde November. Sie begriff, dass es kein Zufall war, dass sie nie aufgerufen wurde. Der Premierminister wollte sie nicht sehen. Er ließ ihr regelmäßig Geld überbringen, für Samira. Seit dem Mordanschlag wachten zwei Soldaten vor Anteros Haus, in dem sie jetzt mit Samira wohnte. Aber Sebastian de Carvalho war nicht bereit, sie anzuhören.

Sie ging zu anderen Stellen, zur Armee, zum Gericht, wo sie bis zu einem Gerichtsschreiber vordrang, und flehte um Anteros Leben. Man erklärte ihr, sie sei verrückt, Gnade für einen Königsmörder zu verlangen. Aber der König lebt noch, wandte sie ein. Er liegt im Sterben, antwortete man ihr, und selbst wenn er weiterlebt, meinen Sie wirklich, er begnadigt den, der ihm zwei Kugeln in den Leib gejagt hat?

In der Stadt ging die Angst um. Während getuschelt wurde, der Premierminister selbst habe den Mordanschlag in Auftrag gegeben, wagte niemand, laut etwas zu sagen, denn der Minister griff härter durch als je zuvor. Selbst Adlige, die es wagten, ihn zu beschuldigen, ließ er vor das Gericht laden; er schloss Kirchen, in denen gegen ihn gepredigt wurde, und stellte Soldaten vor ihren Toren auf. Es herrschte eine große Anspannung.

Einmal, als sie beim Frühstück zusammensaßen, schob Samira weinend das Brot von sich und verlangte, Antero zu sehen.

»Er sitzt im Gefängnis, das weißt du doch.«

»Aber ich will ihn sehen!«, weinte die Kleine.

Leonor ging mit ihr zum Ufer am Torre de Belém. Der vierstöckige Festungsturm stand im Fluss wie ein schwarzer Fels.

Samira rief: »Ich hab dich lieb, Papa!«

Leonor sagte ihr nicht, dass er sie nicht hören konnte auf diese Entfernung und durch die dicken Mauern.

Am nächsten Morgen nahm sie Samira mit zum Warteraum. Als der Beamte herauskam, um einen Bittsteller auszuwählen, stand sie auf. »Ich komme seit zweieinhalb Monaten jeden Morgen hierher und werde nicht aufgerufen.« Sie legte Samira die Hand auf die Schulter. »Sagen Sie dem Premierminister, dass hier ein Kind wartet, dessen Vater in Kerkerhaft liegt. Wenn er mich nicht anhören will, dann soll er sie anhören.«

Der Beamte schwieg und sah Samira an. Schließlich nickte er und ging. Nach einer Weile kehrte er zurück. »Kommen Sie.«

Immer gab es Beschimpfungen, wenn jemand aufgerufen wurde, und Aufbegehren von denen, die schon etliche Tage warteten. Diesmal beschwerte sich niemand. Die Männer und Frauen klopften Samira auf den Rücken, als sie an ihnen vorüberging. Samira klammerte sich an Leonors Hand.

Der Beamte führte sie in ein großes Zimmer. Lüster mit Bleikristallen brachen das Licht hundertfach und warfen Schwärme von kleinen Sonnen an die silbergraue Seidentapete. Es roch nach Oliven. Der Geruch erinnerte Leonor an den Palast, in dem sie aufgewachsen war – wo es so roch, wurde für Öllampen nur das teure Höllenöl verwendet, das aus Oliven hergestellt wurde.

Der Premierminister stand hinter seinem Schreibtisch auf.

Leonor blieb in gebührendem Abstand stehen. »Ich bitte Sie, lassen Sie Antero frei. Er wurde in eine Falle gelockt. Er hat nicht wissentlich auf den König geschossen.«

Sebastian de Carvalho kam um den Schreibtisch herum und hockte sich vor Samira nieder. »Bekommst du genug zu essen?«

»Ja, Herr Minister.«

»Und du musst nicht frieren? Es wird Winter, die Nächte sind kalt.«

»Nein, ich friere nicht.«

Er stand auf, mit einem befriedigten Zug um den Mund. »Dann ist es gut.«

»Es ist nicht gut«, widersprach Leonor. »Antero friert. Antero hungert. Und am Ende wird er –« Sie brach ab. Samira sollte das nicht hören.

Der Minister ging um den Schreibtisch herum und setzte sich. Sein Gesicht wurde hart. Die Krähenfüße neben den Augen versteinerten, und die langen, geraden Falten rechts und links der Nase liefen wie eingemeißelt zu den starren Mundwinkeln. »Es muss Gerechtigkeit geben, und Gerechtigkeit heißt für einen Straftäter, dass er seine Tat büßt.«

»Warum hört man nichts über eine Gerichtsverhandlung?«

»Ich habe befohlen, dass der Prozess in diesem Fall im Geheimen stattfinden soll. Sie haben offenbar keine Vorstellung davon, unter welchem Druck ich stehe. Portugal ist zum Pulverfass geworden, und meine Widersacher versuchen unermüdlich, Funken zu schlagen. Jeden Augenblick kann uns alles um die Ohren fliegen.«

Samira löste sich von Leonors Hand. Sie trat an den Schreibtisch heran. »Bitte sagen Sie meinem Vater, dass wir auf ihn warten. Sagen Sie ihm das?«

Antero deckte mit zittrigen Händen Stroh über den blutigen Schleim. Seit Tagen schied sein Körper keinen Kot mehr aus. Stattdessen brachte er diese blutige Suppe zutage. Er fror auch nicht mehr. Hitze steckte in ihm, die auf den Kopf drückte, als sollte er platzen.

Er kroch zurück in die andere Ecke seiner Zelle. Krämpfe schüttelten ihn. Er schlang die Arme um seine Knie. Am Bein klebte Eiter. Das Geschwür sonderte stinkende Jauche ab. Antero wippte vor und zurück, um sich zu beruhigen.

»Ich lebe noch«, flüsterte er in die Dunkelheit. »Du wirst für jeden Tag bezahlen, Malagrida.« Er hielt sich an diesem Gedanken fest. »Du wirst genauso zittern. Du wirst genauso bluten.«

Sein Mund war ausgetrocknet. Eine Schraubzwinge presste den Kopf zusammen, während das Fieber von innen dagegendrückte. Er wehrte sich gegen die Verzweiflung, die ihn übermannen wollte, und dachte daran, wie Samira auf der Wiese am Königspalast ihre ersten Seifenblasen geformt hatte. Wie er nachts an ihr Bett getreten war und ihr beim Schlafen zugesehen hatte. Ihre ruhigen, gleichmäßigen Atemzüge, die geschlossenen Augen mit den feinen Wimpern – sie strahlte Frieden aus, wenn sie schlief. Der Premierminister kümmerte sich um sie. Leonor kümmerte sich um sie. Es ging ihr gut, das war die Hauptsache.

Wenn Gott sich Kinder ausgedacht hatte und Wiesen und Sonnenaufgänge, vielleicht war er dann ein liebevoller Schöpfergott. Er, Antero, hatte die Jesuiten all die Jahre gehasst, und mit ihnen auch Gott, aber vielleicht war Gott ganz anders. »Hilf mir«, flüsterte er. »Bitte hilf mir.«

Sein Kopf brachte alles durcheinander. Die Gedanken verloren ihre Ordnung. Er war plötzlich ein kleiner Junge und saß in der Bibliothek über einem Buch. Vasco sagte ihm leise ins Ohr: »Der geübte Leser liest still. Er verfolgt den Text nur mit den Augen und erschließt sich eine Welt.«

Er hockte am Wegrand und sah über eine Wiese, acht war er oder vielleicht neun, und beobachtete die Hummeln, die von Blüte zu Blüte flogen. Er staunte über sie. Wie konnten sie mit ihren kleinen, durchsichtigen Flügelchen fliegen? Diese pummeligen, pelzigen Tiere – woher hatten sie die Kraft, so schnell mit den Flügeln zu schlagen?

Eine Schnecke kroch über den Weg. Sie brauchte eine Ewigkeit bis zur anderen Seite. Sie malte eine glitzernde Schleimspur auf die Steine. Warum kroch sie hinüber? Auf ihrer Seite gab es genügend Gras und Büsche und Steine, alles, was es auf der anderen Seite auch gab. Warum also unternahm sie die mühevolle Reise? Er wunderte sich über das Tier.

Es war plötzlich Nacht, und er sah von der Straße auf, mitten in Lissabon. Feuerwerkskörper zogen mit einem Funkenschweif über den Himmel und zerplatzten. Er wusste, dass man sie aus altem Papier aus den Registraturen baute und ein Feuerwerker sie auf meisterliche Weise mit Pulver füllte. Trotzdem staunte er darüber. Das Freudenfeuerwerk zur Geburt der dritten Prinzessin, Maria Doroteia, war ein faszinierendes Spektakel.

Dann wieder saß er auf dem Dach, lehnte sich an den Schornstein und las einen Roman. Der Dachgiebel war genau so gebaut, dass er bequem darauf sitzen konnte. Den Schornstein hatte die Tagessonne aufgewärmt. Hell leuchtete sie ihm auf die Seiten. Möwen zogen über den Himmel, und er las.

Die Sonne wurde heißer.

Antero rannte. Er folgte dem Schatten, den eine Wolke auf die Straße warf. Er sehnte sich nach Kühle. Aber die Wolke zog schneller, als er laufen konnte. Unerbittlich donnerte die Sonne ihre Hitze auf ihn nieder.

Er sagte laut in seine Zelle: »Der geübte Leser liest still.« Werde ich verrückt?, fragte er sich. Das Fieber zauberte ihm den Geschmack von Zitronen in den Mund. Er roch seinen Eiter und den Gestank der blutigen Exkremente.

Jemand rüttelte ihn an der Schulter. Er öffnete die Augen. War er eingeschlafen? Man hielt eine Tasse vor ihn hin. Er trank gierig. Eine Stimme sagte: »Lassen Sie uns allein. Und geben Sie mir die Lampe.«

Er hob den Blick. Ein Mann verließ die Zelle. Ein anderer kauerte sich vor ihn und leuchtete ihm mit der Lampe ins Gesicht. »Sie sehen schlecht aus.« Das Licht malte ein Gegenüber: den Premierminister.

»Was machen Sie hier?«, krächzte Antero. »Denken Sie an unsere Vereinbarung!«

»Ist Ihnen klar, dass Sie nur noch wenige Tage zu leben haben? Sie haben die Ruhr, sagt der Arzt. Mit intensiver Pflege könnten Sie durchkommen, aber hier drin – unmöglich.«

»Warum sagen Sie mir das? Raus darf ich so oder so nicht.«

Der Premierminister nickte. »Wir müssen Abschied nehmen.«

Antero versuchte, sich an der Wand aufzurichten. Er war zu schwach. Sein Arm zitterte, und die Beine gaben nach. »Lebt der König noch?«

»Ich habe vorerst die Königin als Regentin eingesetzt. Aber er lebt. Die Ärzte hoffen.«

»Wie lange bin ich schon hier?«

»Dreieinhalb Monate. Sie hatten recht mit Ihrer Vermutung. Meine Männer haben in Brasilien Briefe abgefangen, die Malagrida vor dem Mordanschlag abgeschickt hatte. Er prophezeit darin, dass dem König etwas zustoßen würde.«

»Dann haben wir ihn!«

»Er hat ja recht behalten, dem König ist etwas zugestoßen. Die Richter werden das als prophetische Gabe einordnen und nicht als Hinweis auf ihn als Täter. Da draußen warten eine Menge Leute nur darauf, dass ich mit schwachen Beweisen Anklage erhebe, damit sie das Verfahren nutzen können, um mich zu stürzen.«

Antero schwieg. Sein Kopf fühlte sich an, als bohre jemand von hinten eine Schraube hinein. Gleichzeitig drehte sich ein glühendes Rad im Inneren. Es stieß an die Schädelwände und versprühte heiße Funken.

Der Premierminister sagte: »Wir werden uns wohl nicht mehr wiedersehen. Leonor war jeden Tag da, vielleicht bedeutet es Ihnen etwas, das zu wissen. Und Ihre Tochter bat mich, Ihnen zu sagen, dass sie draußen auf Sie wartet.«

Sie wird vergeblich warten, dachte er. Ich komme hier nicht mehr raus. Er nahm seine letzten Kräfte zusammen. »Können wir die Dinge nicht irgendwie beschleunigen?«

»Wie?«

»Wir müssen Malagrida Angst einjagen. Er fragt sich, warum ich noch nicht hingerichtet bin, warum Sie die Vollstreckung rauszögern.« Antero dachte nach. »Geben Sie ihm einen Hinweis, der ihn verwirrt. Schicken Sie vier Männer zur Ruine der königlichen Bibliothek. Lassen Sie die Überreste der Bibliothek ausgraben und jeden verbrannten Bucheinband untersuchen. Am besten unter scharfer Beobachtung von Soldaten.«

»Was werden sie finden?«

»Nichts. Aber darum geht es nicht.«

Der Minister nickte. »Ich verstehe.«

BLUTMINISTER stand an der Wand, mit Kohle auf die weißen, neuen Steine geschrieben. Darüber war ein gekrönter Totenschädel gemalt. Leonor ging rasch weiter. Der Premierminister steckte nicht hinter dem Anschlag auf den König, wie der Schmierfink glaubte. Trotzdem, fand sie, geschah ihm der Verdacht recht. Er war ein Heuchler. Er weigerte sich, Antero aus dem Kerker zu holen, obwohl er genau wusste, dass Malagrida den Anschlag angestiftet hatte. Dass es leicht geschah, von Gabriel Malagrida missbraucht zu werden, hatte sie ja selbst erlebt. Auch der Premierminister musste es verstehen.

Sie sah in ihren Korb. Die Eier, das Käsestück, Mehl und Öl – das alles hatte sie vom Geld des Premierministers gekauft. Zum hundertsten Mal nahm sie sich vor, kein Geld mehr anzunehmen. Nächstes Mal würde sie den Boten des Premierministers fortschicken. Er kaufte sich ihr Schweigen. Sie wollte aber nicht schweigen.

Als sie gerade die Stufen zum Haus hinaufging, rief jemand ihren Namen. Sie drehte sich um. Eine dicke schwarzhäutige Frau setzte ihren Wäschekorb auf der Straße ab und trat auf Leonor zu. Sie lächelte. »Mein Mädchen.« Sie umarmte Leonor und drückte ihr einen Kuss auf die Wange. »Mein gutes Mädchen!«

Die Domestikin! Leonor fiel ihr um den Hals. Ihr Leib war weich wie ein Kissen. Den üppigen Körper zu umschlingen war eine Erinnerung an die Kindheit.

Die Sklavin wischte sich eine Träne aus dem Gesicht. »Ich

bin Ihnen gefolgt vom Marktplatz aus. Wusste nicht, ob Sie es wirklich sind.«

»Hast du eine Anstellung gefunden?«

»Ja. Ich bin jetzt Wäscherin.«

»Und ist es gut, frei zu sein?«

»Ach, es macht keinen Unterschied. So oder so arbeite ich für die Herrschaften. Alles bleibt beim Alten. Ihr Vater hat mich immer gut behandelt.« Die Domestikin stützte ihren Rücken. »Und Sie, Menina Leonor, wie ist es Ihnen ergangen? Ich hatte Sorge, dass Sie nicht mehr leben.«

»Ich lebe. Aber mein Herz stirbt. Sie haben Antero im Kerker. Und ich nehme Geld von dem Mann, der ihn im Stich lässt. Ich will das nicht mehr. Weißt du, wie ich anders an Geld kommen kann?«

Die Domestikin ging zurück zum Wäschekorb und hob ihn auf. Darin lagen zusammengefaltete Laken und Kleider. »Ich kann nur eins: arbeiten.«

»Das will ich auch.«

»Sie könnten Wäsche bügeln. Ich habe genug Aufträge für zwei.«

Leonor sah auf den Korb. »Ich weiß nicht, wie es geht.«

Die Domestikin lächelte. »Das zeige ich Ihnen, Menina Leonor. Ich hätte es Ihnen ja schon viel früher beigebracht, aber da schickte es sich nicht, und Sie haben auch nie gefragt.«

Wenig später standen sie in der Küche, ein Laken über den Tisch gebreitet, und die Domestikin erklärte: »Man hat immer mehrere Eisen im Feuer.«

Eine Mädchenstimme sagte hinter ihnen: »Aber die stehen doch auf der Herdplatte, gar nicht im Feuer.«

Die Domestikin drehte sich herum. »Samira! Schatz!« Sie hockte sich auf den Boden und breitete die Arme aus.

Samira sprang hinein. Die Domestikin schloss sie in eine Umarmung. Die rotblonden Haare der Kleinen fielen in Wellen über ihre schwarzen Hände. Schließlich ließ sie Samira los und stand auf. »Du kannst gleich mit aufpassen, Schätzchen, es schadet nicht, wenn man bügeln kann. Also: Eisen im Feuer sagt man, weil man früher die Eisen in die Herdglut gestellt hat. Das macht aber keiner mehr so.«

Sie steckte die Hand in einen Wassereimer und spritzte Wasser auf ein Bügeleisen. Es zischte. Das Wasser war im Nu verpufft. »Siehst du? Jetzt ist das Satzeisen heiß genug.« Sie nahm einen Griff aus Holz und Eisen und schob seine eiserne Unterseite durch zwei angeschmiedete Ösen. »So befestigt man den Griff.« Mit dem Eisen ging sie zum Laken hinüber. Das Bügeleisen war wie ein Schiff geformt, sein Bug lief spitz zu. Sie fuhr damit über das Laken. Falten verschwanden wie von Zauberhand.

Das Tuch war so sauber, sein reines Weiß schmerzte nahezu in den Augen. Und wie die Domestikin die Knitter herausbügelte! Es tat gut, ihr zuzusehen. Leonor empfand bei diesem Anblick eine innere Ruhe, die sie lange vermisst hatte.

Die Domestikin brachte das Eisen zurück zur Herdplatte und zog den Griff heraus. »Jetzt Sie, Menina Leonor.« Sie reichte ihr den Griff.

Leonor nahm ihn entgegen. Das Holz war sehr warm. Sie schob die Eisenstange durch die Ösen eines Satzeisens, wie sie es bei der Domestikin gesehen hatte. Sie hob es an und setzte es sofort wieder ab. »Gütiger Himmel, ist das schwer!«

Die Domestikin lachte.

»Ich will auch mal«, rief Samira.

»Nimm ein kleines«, sagte die Domestikin. Sie nahm Leonor das Eisen ab, zog den Griff heraus und gab ihn Samira. Sie führte die Hand der Achtjährigen zu einem kleineren Satzeisen. Gemeinsam mit ihr steckte sie den Griff ein und hob es an.

»Oh, das ist schwer«, sagte Samira begeistert. »Ich will damit bügeln!«

»Was hältst du vom Anschlag auf den König?«, fragte Leonor.

Die Domestikin ging gemeinsam mit Samira zum Tisch und half ihr, am Rand mit dem Eisen über das Laken zu fahren. »Jeder hat dem Herrn zu gehorchen, der über ihm steht«, sagte sie, »immer weiter, bis hinauf zum König. Wir haben uns nicht zu erdreisten, über den König zu reden.«

»Du musst doch vom Anschlag gehört haben.«

»Gott hat José zu unserem Fürsten bestimmt. Diese Mordbuben können sich kein Urteil darüber erlauben. Das ist Auflehnung gegen Gott.«

Antero schob die Fingerspitzen zwischen die kalten Steine. Die Kante zu ertasten gab ihm das Gefühl, dass die Dinge einen Anfang und ein Ende hatten, dass es noch eine Realität gab außer den Fieberträumen und dem pochenden Geschwür und dem Blut. Er hielt sich an der Steinkante fest. Die Mauer war eine kühlende Labsal. Er schmiegte die Wange an den Stein. Das böse Dröhnen in seinem Kopf verebbte.

Staub kitzelte in Anteros Nase. Er musste niesen. Woher kam der Staub? Womöglich bewegte sich der Turm. Bei Stürmen musste der Turm doch schwanken, so wie sich die Bäume bogen, um nicht zu brechen, und wenn er schwankte, knirschten die Steine übereinander und mahlten sich gegenseitig zu Staub.

Vielleicht konnte man die Steine knacken hören. Ihre Oberflächen waren ja nicht eben, es musste Risse geben und kleine Erhebungen, an denen sie hängenblieben, bis die Kraft des Sturms groß genug geworden war, um sie zu brechen.

Er lauschte. Ihm schien, dass der Turm leise bebte unter all den reibenden Steinen. Hunderte Mahlsteine waren es, die Steinmehl rieben. Daraus konnte man doch Brot backen, nahrhaftes Steinbrot. Und die Erde, die konnte –

Antero löste sich von der Wand. Er starrte in die Schwärze seiner Zelle und atmete.

So entstanden Erdbeben!

Felsen bewegten sich parallel aneinander entlang, und durch das Aneinanderschrammen erzeugten sie das Erzittern der Erde. Enorme Felsmassen, die Meilen unter der Erdoberfläche Steinmehl mahlten.

Deshalb gab es keine Explosionen.

Deshalb gab es keine Schluchten.

Deshalb war das Erdbeben auch in weit entfernten Städten zu spüren.

Es war die Erdkruste. Sie hatte Risse, die sich nicht an Ländergrenzen hielten. Wenn man diese Risse fand, konnte man womöglich die Bewegung der Erdteile messen. Man konnte die Struktur des Planeten verstehen und konnte berechnen, wann und wo ein Erdbeben drohte.

Antero schluckte. Er würde sein Buch neu schreiben. Er konnte Erdbeben noch besser wissenschaftlich erklären. Die Macht der Jesuiten war gebrochen. Er musste es niederschreiben. Er musste die Erkenntnis weitergeben, ehe er starb. Er kroch zur Tür der Zelle. »Wache!«, krächzte er. »Wache!«

Niemand kam. Er legte das Ohr an die Tür. Doch, da waren Schritte. Aber sie kamen nicht näher, sondern entfernten sich. Er pochte an die Tür. Seine ausgemergelte Faust brachte nur einen dünnen Laut zustande.

Stundenlang hing er da, mit dem Ohr an der Tür, und rief nach dem Wächter. Dann, plötzlich, kamen Schritte näher. Es waren mehrere Personen. Er kreischte: »Wache!«

Licht schien durch den Spalt unter der Tür. Ein Schlüsselbund schepperte und schwere Riegel wurden beiseitegezogen. Antero kroch zurück. Die Tür öffnete sich. Das Licht blendete ihn, er musste die Augen mit der Hand schützen. »Ich muss etwas diktieren«, sagte er, »ich muss dringend etwas diktieren!«

Die Tür wurde wieder geschlossen und die Riegel vorgeschoben. Das Licht blieb. »Du bist hier nicht in einer Schreibstube, Dummkopf.«

Malagridas Stimme. Antero musste sich zusammennehmen, um sich nichts anmerken zu lassen. Er legte die Hand an die Ohrmuschel. »Was sagen Sie?«

»Bist du schwerhörig geworden?« Malagrida redete lauter. »Du siehst schlecht aus. Lange machst du es nicht mehr.«

»Sind Sie das, Padre Malagrida?«

Malagrida schneuzte sich mit der Hand und blies den Rotz auf den Zellenboden. Antero wich angewidert zurück.

Der Jesuit grinste. Er trat an Antero heran. »Was hast du versteckt? Warum lassen sie dich am Leben?«

Antero kroch zur Zellenwand und zog die Knie an den Bauch.

»Sie wollen etwas von dir wissen.« Malagrida hockte sich nieder, wie ein Vater vor sein Kind. »Und du schweigst. Denkst du, dass sie dich hinrichten, sobald du ihnen dein Geheimnis preisgegeben hast?«

»Ich verrotte an Ihrer Stelle im Kerker«, sagte er. »Sie stecken hinter dem Anschlag auf den König.«

Gabriel Malagrida spitzte die Lippen. »Wer wird denn gleich böse werden! Jeder hat seinen Platz in diesen Zeitläufen. Und dein Platz ist hier.« Er lächelte.

»Mörder!«

»Nein, Antero. Ich habe nur die richtigen Leute zusammengebracht.«

»Die Marquise de Távora würde nie –«

»O doch, die Marquise de Távora und ihr Mann und der angesehene Herzog de Aveiro. Sie haben gerne mitgeholfen. Kannst du dir nicht vorstellen, dass dieser schwächliche König ihnen langsam zuwider war? Und Sebastian de Carvalho stoßen wir als Nächstes nieder. Aber das wird nach deinem Ableben sein. Kein Grund, sich zu sorgen.« Er beugte sich vor. »Komm, flüstere es mir ins Ohr. Du willst dein Geheimnis doch nicht mit ins Grab nehmen. Sag mir, wonach sie in der Ruine der Bibliothek suchen. Sag mir, warum sie dich nicht endlich hinrichten. Dann kann ich wieder ruhig schlafen, und du auch. Das willst du doch. Erleichtere dich. Du wirst sehen, es tut dir gut. Das kleine schwarze Geheimnis belastet dein Herz. Lass es los. Lass es hinaus.«

Antero setzte sich an der Wand auf und sah Gabriel Malagrida gerade in die Augen. »Ich verrate Ihnen, warum ich noch am Leben bin und hier im Kerker verfaule. Unter einer Bedingung: Verraten Sie mir, wie Sie es mit Ihrem Glauben in Einklang bringen, ein kleines Mädchen zu entführen, den König zu töten und einen Unschuldigen in einem Kerkerloch verrecken zu lassen.«

Malagridas Gesicht wurde ernst. »Ich war immer ein Förderer der Krone. Ich hab dem Königshaus in Übersee gedient und in Portugal. Ich habe ihm mit Rat und Hilfe beigestanden, Jahr um Jahr. Genauso habe ich Gott gedient. Ich war es, der die Indios zu Christen gemacht hat. Ich war es, der nach dem Erdbeben zur Buße aufgerufen hat. Ich erfülle meinen göttlichen Auftrag. Gott Zebaoth ist der Meister von Leben und Tod. Wenn ich jemanden aus dem Leben löse, der seiner Aufgabe untreu geworden ist, dann handle ich im Namen Gottes!«

»Wann hat er Ihnen diesen Auftrag gegeben? Wann hat er zu Ihnen gesagt: Töten Sie den König? Wann hat er gesagt: Entführen Sie die achtjährige Samira?«

Malagridas Blick flackerte. »Gott muss mir nicht jeden Schritt einzeln vorsagen.«

»Ich sage Ihnen mein Geheimnis. Sie werden in diesem Kerkerloch bleiben, und ich werde gehen. Ratten werden Ihnen das verschimmelte Brot aus den Händen reißen. Sie werden nicht mehr wissen, wann es Tag und wann es Nacht ist. Sie werden Blut scheißen. Sie werden nässende Geschwüre haben.«

Malagrida lächelte abschätzig. »Wie willst du das anstellen? Keiner wird dir glauben. Du willst die mächtigsten Adligen des Königreichs beschuldigen, sich zum Mord an ihrem König verschworen zu haben, und mich, den führenden Jesuiten? Ein jämmerlicher Versuch, sich selbst von Schuld reinzuwaschen. Sie klebt an dir, Antero, die Schuld, wie Pech klebt sie an deinen Fingern. Diesmal gibt es kein *ego te absolvo*.«

Antero nahm seine letzten Kräfte zusammen. Er kroch zur Tür. Mühevoll richtete er sich an ihr auf, bis er auf bebenden Beinen stand. »Öffnen Sie«, sagte er.

Die Riegel wurden fortgezogen, und die Tür öffnete sich. Dahinter standen Männer, wie es mit dem Premierminister vereinbart war, Männer, die sofort benachrichtigt werden sollten, sobald Malagrida sich zum Turm übersetzen ließ: Ein Notar. Ein Kanzleischreiber. Vier Wächter, für den Fall, dass Malagrida zu fliehen versuchte. Antero wankte. Die Beine knickten unter ihm weg. Einer der Wächter stützte ihn und hielt ihn aufrecht. Antero drehte sich zu Malagrida um. »Ich bin nicht schwerhörig. Sie mussten nur laut genug sprechen, dass dieser Notar und dieser Kanzleischreiber Ihre Worte durch die Tür gut hören konnten. Machen Sie es sich gemütlich in der Zelle. Sie gehört jetzt Ihnen.«

Das Gesicht des Jesuiten wurde aschfahl. »Ich stehe unter dem Schutz des Papstes!«

Antero nickte. »Mag sein. Aber darum kümmert sich ein König nicht, der Ihretwegen zwei Kugeln im Leib hatte.«

35

Im Morgengrauen rückten Soldaten aus. Die Soldaten drangen in den Palast der Familie Távora ein. Die Adligen wurden aus ihren Betten gezerrt, die Marquise de Távora schleppte man im Nachthemd hinaus, dem Marquês drehten Soldaten den Arm auf den Rücken. Er protestierte lautstark und wurde daraufhin von einem Offizier geknebelt.

Zur gleichen Zeit waren im Palast des Herzogs von Aveiro Schreie zu hören. »Zu Hilfe! Ich werde überfallen!« Man führte den kreischenden Herzog nach draußen. Er wirkte wie ein Kind zwischen den hochgewachsenen Soldaten. Ein Sargento schlug ihm mit der flachen Hand ins Gesicht. Der Herzog verstummte. Als er sah, dass seine Frau und die Kinder ebenso herausgeschafft wurden, weiteten sich seine Augen voller Angst.

In Belém wurde ein gelbgesichtiger Soldat der Leibwache an eine Mauer geführt. Man verband ihm die Augen. Stumm wartete er. Ein Sargento befahl: »Legt an! … Feuer!« Schüsse krachten. Der Soldat brach zusammen und starb ohne einen Laut.

Gegen neun Uhr stürmte Filippo Acciaiuoli, der päpstliche Nuntius, in das Büro des Premierministers. »Ich verlange eine Erklärung!«

Mit reglosem Gesicht blickte ihm der Minister vom Schreibtisch aus entgegen. »Wofür?«

»Mit welchem Recht halten Sie Padre Malagrida gefangen?« Acciaiuolis Stimme überschlug sich vor Wut.

Der Minister sagte: »Er wird beschuldigt, den Tod des Königs vorausgesagt zu haben und auf verschwörerische Weise versucht zu haben, ihn herbeizuführen. Beweismaterial ist zur Genüge vorhanden.«

»Und was sollen das für Beweise sein?«

»Ein persönliches Geständnis, zum Beispiel.«

Der Nuntius schluckte. Deutlich leiser sagte er: »Wer soll über ihn richten? Niemand hier hat die Befugnis dazu.«

»Ich bin als Premierminister für den Fall zuständig. Ich werde die Verdächtigen befragen und Gericht halten, mit einigen weiteren Richtern, die mir unterstehen.«

Der Nuntius hob die Brauen. »Sie sind nicht befugt, über einen Jesuiten zu richten.«

»Ich erinnere Sie daran, dass ich an der Universität von Coimbra Recht studiert habe. Wenn Sie sich bei Clemens XIII. beschweren, sagen Sie ihm auch, dass ich vor neun Jahren die Verhandlungen zwischen Maria Theresia von Österreich und dem Vatikan geführt habe, als noch sein Vorgänger im Amt war. Der Papst wird von seinen Mitarbeitern erfahren, dass ich von leeren Drohungen nichts halte.«

Filippo Acciaiuoli presste die Lippen so fest aufeinander, dass sie weiß wurden. »Das letzte Wort ist noch nicht gesprochen!«, stieß er schließlich hervor. Er machte kehrt und schritt zur Tür.

»Warten Sie«, rief ihm Sebastian de Carvalho hinterher. »Ich verpflichte Sie hiermit, über die Anklage und den Prozess zu schweigen. Der König wünscht, dass der gesamte Prozess geheimgehalten wird. Natürlich werden Sie dem königlichen Befehl zuwiderhandeln. Aber es soll nachher nicht heißen, ich hätte Sie nicht gewarnt.«

Noch am selben Tag wurde eine Adlige wieder freigelassen. Die junge Therese von Távora stellte sich auf die Seite der Ermittler und gab weitere Verschwörer aus ihrer Familie preis. Sie war die Geliebte des Königs. Ihre Hinrichtung hätte König José das Herz gebrochen.

Ganz Portugal sprach davon, dass der Herzog von Aveiro, der

Leiter des Obersten Gerichtshofs, gefangen gesetzt worden war. Männer und Frauen, zu denen das Volk aufgesehen hatte wie zu Halbgöttern, befanden sich als Schwerverbrecher in Haft: der Graf von Atouguia, die alte Marquise von Távora und ihr Mann. Außerdem ging das Gerücht um, dass ein ganzes Dutzend Jesuitenpater eingekerkert worden sei.

Leonor gelang es immer noch nicht, zum Premierminister vorzudringen. Die tägliche Anhörungsstunde wurde bis auf Weiteres gestrichen, niemand wurde zu ihm vorgelassen, auch nicht die Adligen, die um das Leben ihrer Familienangehörigen bitten wollten. Die Anwälte aber, die Leonor zu engagieren versuchte, winkten nur ab. Wer auf den König schieße, sei nicht zu verteidigen.

Für den 12. Januar 1759 wurde eine öffentliche Hinrichtung angesetzt. Leonor gab Samira in die Obhut der Domestikin und ließ sie schwören, dass die Kleine nicht das Haus verlassen würde. Sie selbst ging mit weichen Knien nach Belém. Als sie die Streckbänke sah und das Schafott, wurde ihr übel. »Bitte, guter Gott«, betete sie, »lass Antero nicht unter den Verurteilten sein!«

Im Publikum sagten sie, dass die Angeklagten unter der Folter die Namen von zwölf Jesuiten genannt hätten. Sämtliche Einrichtungen der Jesuiten seien jetzt von königlichen Truppen umstellt.

Das Gerede verstummte, als die Hinrichtungen begannen. Viele wandten den Kopf ab. Leonor sah hin. Der kleinwüchsige Herzog von Aveiro wurde auf der Streckbank gebrochen. Er schrie mit hoher Fistelstimme. Ein Brite hinter ihr stöhnte auf. »Einen Angehörigen des Hochadels so zu behandeln«, schimpfte er. »Es ist barbarisch.«

Man schleppte den verrenkten kleinen Körper zum Schafott und schlug ihm den Kopf ab. Der Leichnam wurde an Ort und Stelle verbrannt. Als Nächstes holte man die Marquise von Távora. Auch sie wurde auf der Streckbank gefoltert. Ihre Stimme gellte weit. Nach ihr kam der ehemalige Vizekönig von Indien an die Reihe, ihr Mann. Nach ihm der Graf von Atouguia und sechs weitere. Alle wurden zum Schluss geköpft. Dann verbrannte der Henker das Schafott. Die Asche der Hingerichteten und des Schafotts wurde in den Tejo gestreut.

Leonor sah betäubt zu. Antero war nicht dabei gewesen, aber sie konnte keine Freude verspüren. Was sie gesehen hatte, würde sie noch jahrelang in Albträumen verfolgen, das wusste sie.

Der Wind drehte sich und blies den Zuschauern die Asche entgegen. Bald saß ihnen allen Asche im Haar, im Gesicht, auf der Kleidung. Die Ascheteilchen setzten sich überall hin, als wollten die Toten nicht loslassen.

Der Frühling kam. Leonor bügelte Hemden, Röcke und Tischtücher bald so geübt, als hätte sie ihr Leben lang nichts anderes getan. Der Verdienst reichte nicht, um eine Köchin einzustellen, aber Leonor konnte Samira und sich kleiden und ernähren. Warme Luft strömte durch das Fenster herein. Die Vögel sangen hoffnungsvoller, fröhlicher. Leonor brachte das Satzeisen zum Herd, um ein neues, heißes zu nehmen. Sie warf einen Blick hinaus. Meisen hängten sich kopfüber in die Zweige und pickten an den jungen Knospen. Im Nachbarhof erprobten Zicklein die ersten Schritte.

Sie hörte Samira oben rufen: »Ich hab aber keine Lust darauf, das Zimmer aufzuräumen!« Die sanfte Stimme der Domestikin, die gerade zu Besuch war, antwortete: »Komm, Schätzchen, ich helfe dir.«

Da hörte sie die Tür hinter sich. Jemand war in die Küche getreten. Sie setzte das Bügeleisen ab und drehte sich um.

Antero stand da. Er war mager wie der Tod. »Leonor«, sagte er, »es ist so schön, dich zu sehen.«

Sie stützte sich am Schrank ab. »Bist du … Hat der Premierminister –« Ihr Herz flatterte.

»König José hat mich begnadigt. Ich bin frei. Ich habe ihm versprochen, Vorträge über das Entstehen von Erdbeben zu halten. Du weißt ja, das Volk ist zornig wegen der Jesuiten, denen es überall ans Leder geht. Ich werde also gebraucht. Wie geht es dir?«

»Ich weiß nicht«, stotterte sie. Tränen schossen ihr in die Augen. »Ich kann nicht fassen, dass sie dir das angetan haben. Du siehst schlimm aus.«

Antero lachte. »Du hättest mich vor ein paar Wochen sehen sollen! Bevor mich die Ärzte des Ministers gepflegt haben, sah ich aus, als wäre ich auf dem Weg ins Grab.«

Tod und Leben liegen so nahe beieinander, dachte Leonor. Sie trat an Antero heran, nahm seine abgemagerte Hand und zog ihn zu sich. »Ich werde dich füttern.« Und dich lieben, dachte sie. »Ich bringe dich ins Leben zurück.«

Hundetatzen kratzten über die Treppe. Bento bellte und kam herangestürmt. Antero hockte sich nieder und streichelte ihn. Er sah nach Bentos Bein. Der Hund hinkte, aber die Wunde war gut verheilt.

»Ich räume heute Abend auf«, rief Samiras helle Stimme oben im Haus.

Die Domestikin befahl: »Hiergeblieben!«

Aber schon sprangen Kinderfüße die Treppe hinunter. Samira blieb im Kücheneingang stehen. Ihre Augen wurden groß. Sie flüsterte: »Papa?«

Er lächelte.

Mit einem Laut zwischen Weinen und Lachen flog sie in seine Arme.

Historisches

Das Erdbeben von 1755 war eines der verheerendsten Unglücke der Weltgeschichte. Johann Wolfgang Goethe schrieb in *Aus meinem Leben. Dichtung und Wahrheit* über seine Kindheit:

Durch ein außerordentliches Weltereignis wurde jedoch die Gemütsruhe des Knaben zum ersten Mal im Tiefsten erschüttert. Am ersten November 1755 ereignete sich das Erdbeben von Lissabon, und verbreitete über die in Frieden und Ruhe schon eingewohnte Welt einen ungeheuren Schrecken. Eine große prächtige Residenz, zugleich Handels- und Hafenstadt, wird ungewarnt von dem furchtbarsten Unglück betroffen. Die Erde bebt und schwankt, das Meer braust auf, die Schiffe schlagen zusammen, die Häuser stürzen ein, Kirchen und Türme darüber her, der königliche Palast zum Teil wird vom Meere verschlungen, die geborstene Erde scheint Flammen zu speien: denn überall meldet sich Rauch und Brand in den Ruinen. Sechzigtausend Menschen, einen Augenblick zuvor noch ruhig und behaglich, gehen miteinander zugrunde, und der glücklichste darunter ist der zu nennen, dem keine Empfindung, keine Besinnung über das Unglück mehr gestattet ist. Die Flammen wüten fort, und mit ihnen wütet eine Schar sonst verborgener, aber durch dieses Ereignis in Freiheit gesetzter Verbrecher. Die unglücklichen Übriggebliebenen sind dem Raube, dem Morde, allen Misshandlungen bloßgestellt; und so behauptet von allen Seiten die Natur ihre schrankenlose Willkür.

Man wusste wenig bis nichts über das Entstehen von Erdbeben. Keine der im Roman erwähnten Theorien über die Gründe für

Erdbeben habe ich mir ausgedacht – sie stammen sämtlich aus der Zeit des Romans. In der Folge des Erdbebens von Lissabon beschäftigten sich Wissenschaftler überall auf der Welt damit. Man kann die Jahre nach 1755 als die Geburtszeit der Seismologie bezeichnen.

Der Mordanschlag auf den König ist historisch belegt, ebenso der Versuch, Sebastian de Carvalho mit falschen Vorwürfen zu beseitigen. Martinho Velho da Rocha Oldenberg wurde nach Afrika verbannt und starb dort 1776. Der Palast des Herzogs von Távora wurde zerstört und sein Wappen von allen öffentlichen Gebäuden entfernt. Die Güter der mächtigen Familie zog der König ein. Der einst namhafteste Titel des portugiesischen Adels, der des Herzogs von Távora, wurde danach bis heute nie wieder geführt.

Gabriel Malagrida wurde durch den Premierminister vor das Inquisitionsgericht gebracht. Unter der Folter gestand er seine Beteiligung an der Verschwörung. Außerdem befand ihn die Inquisition falscher Prophezeiungen für schuldig.

Er wurde auf dem Rossioplatz gehängt und anschließend verbrannt. Seine Asche wurde in den Tejo gestreut. Malagrida war der letzte Mensch, der durch die Inquisition in Portugal öffentlich verbrannt wurde.

Im Juni 1775 war der Wiederaufbau Lissabons so weit fortgeschritten, dass ein Einweihungsfest auf dem Handelsplatz gefeiert werden konnte. Eine Reiterstatue Josés I. schmückte den Platz. Sie trug ein großes Bronzemedaillon auf dem Fundament, das Sebastian de Carvalho zeigte. Drei Tage lang wurde gefeiert. Die noch unvollendeten Gebäude rings um den Platz waren mit Holz und Segeltuch so hergerichtet, dass sie den Eindruck erweckten, schon fertiggestellt zu sein.

1777 starb der König. Als der Premierminister am darauffolgenden Tag im Palast erschien, sagte ihm Kardinal de Cunha: »Sie haben hier nichts mehr zu suchen.« Die Adligen setzten Sebastian de Carvalho ab und machten seine Reformen rückgängig. Das Medaillon auf der Reiterstatue wurde entfernt und durch das Bild eines Schiffs ersetzt. Laut Befehl sollte das Medaillon zerstört werden. Der Künstler aber, der es angefertigt hatte, versteckte es und verriet seinen Nachfahren das Versteck, sodass es 1833 durch die Regierung wieder angebracht werden konnte.

Portugiesische Namen und Wörter (Aussprache)

Antero Moreira de Mendonça	Antéro Moréira de Mendónßa
Aveiro	Avé-iro
Belém	Böléjn
Cais de Pedra	Kaísch de Pédra
Carvalho	Karwáljo
Cidade Baixa	ßidade baicha
Cruzados	Krusádos
Fernão Telles da Silva	Fernáu Tellsch da Silwa
Fidalgos	Fidálgosch
Francisca	Franßischka
Heitor	Heitór
Jeronimo	Scherónimo
João	Schuau
Lafões	Lafóisch
Limoeiro	Limué-iro
Marquês de Abrantes	Markésch de Abrántesch
Marquês de Angeja	Markésch de Anschéia
Marquesa de Távora	Markésa de Távora

Paço da Ribeira	Pásso da Ribé-ira
Palácio	Paláßio
Pureza de sangue	Purésa de ßang
Reis-Münzen	Reisch-Münzen
Rossioplatz	Rossíoplatz
Rua Nova dos Mercadores	Rúa Nóva dosch Merkadóresch
Sargento	Sarschéntu
Setúbal	Schtúbal
Tejo	Téschu, sch weich mit Stimme, wie in Jackett
Terreiro do Paço	Terré-iro do Pásso
Tomás	Tomásch
Tostão	Toschtáu
Toucinho de Céu	Tussinju de ßé-u

Worterklärungen

Berline – Beliebte Pferdekutsche im 17. und 18. Jahrhundert, erfunden am Hof des Kurfürsten Friedrich Wilhelm des Großen. Der Kutschkasten war auf neue Art mit Lederriemen an hölzernen Federn aufgehängt und fing damit Schlaglöcher besonders gut ab.

Domestik – Dienstbote, im Portugal des 18. Jahrhunderts oft schwarzhäutige Hausdiener.

Dreimastbark – Segelschiff mit drei Masten, bei dem der hintere Mast (Besanmast) Schratsegel führte – Segel, die in Ruhestellung in Richtung der Schiffslängsachse gesetzt wurden –, während die anderen Masten Rahsegel trugen, also solche, die quer zum Schiff standen. Die Dreimastbark wurde häufig als Handelsschiff eingesetzt, weil sie mit einer relativ kleinen Besatzung von 15 Mann gesegelt werden konnte und für größere Seestrecken geeignet war.

Fidalgo – Adliger im Königreich Portugal. Von allen Steuern befreit.

Fleute – Langgestrecktes, verhältnismäßig schmales Handelsschiff mit geringem Tiefgang und damit wenig Schiffswiderstand. Erfunden von den Holländern und als Frachtschiff so erfolgreich, dass die Hanse es bald nachbaute.

Fregatte – Schnelles Kriegsschiff mittlerer Größe. In zwei gedeckten Batterien standen 40–50 Kanonen.

Galeone – Großes Hochseeschiff mit hohem Aufbau im Heck (bis zu sieben Decks). Zum Schutz gegen Seeräuber führten Galeonen auf der ganzen Schiffsbreite, auf dem vorderen Kastell und dem Achterdeck zahlreiche Kanonen.

Karavelle – Meist dreimastiges Segelschiff mit hohem Achteraufbau. Die Schiffe des Vasco da Gama waren Karavellen, vermutlich auch zwei der Schiffe, mit denen Christopher Kolumbus 1492 Amerika entdeckte.

Karmeliter – Mönchsorden, der nach dem Gebirgszug Karmel im Heiligen Land benannt ist, wo sich nach der Eroberung durch die Kreuzfahrer erste Eremiten niederließen. Später entsandte der Karmeliterorden Missionare nach Südamerika und Afrika.

Klarissen – 1212 in Assisi gegründeter Frauenorden, nach ihrem Tod benannt nach seiner Gründerin und ersten Äbtissin Klara.

Korvette – Schnelles Kriegsschiff mit 18–24 Kanonen und einer Besatzung von 100–130 Mann. Die Geschütze standen direkt auf dem obersten Deck. Wegen ihrer Geschwindigkeit und Wendigkeit wurden Korvetten auch als Aufklärer eingesetzt.

Nao – Veralteter Schiffstyp aus der Zeit der portugiesischen Entdeckungsfahrten.

Nuntius – Päpstlicher Gesandter. Vertritt den Papst bei der Regierung eines Landes und gegenüber den Ortskirchen.

Rah – Rundholz, das quer am Schiffsmast angebracht ist und ein Segel trägt. Die Rah wird um den Mast gedreht, bis das Rahsegel optimal zur Windrichtung steht.

Rapier – Hieb- und Stichwaffe, die das Schwert ablöste, als Schilde und Rüstungen den Feuerwaffen nichts mehr entgegensetzen konnten und unmodern wurden. Schlanker als ein

Schwert (allerdings schwerer als ein Degen). Die Parierstange ist oft zu einem Korb ausgeformt, der die Hand schützt.

Tapisserie – Aufwendige und teure Bildwirkerei, ähnlich einem Wandteppich.

Theatiner – Im 16. Jahrhundert gegründeter Orden, benannt nach der Bischofsstadt ihres Gründers, Theatinum (heute Chieti). Die Theatiner waren neben den Jesuiten die wichtigste Kraft der Gegenreform der katholischen Kirche.

Der Autor dankt

Dr. Rita Haub von der Deutschen Provinz der Jesuiten, Referat Geschichte & Medien, die mir freundlich einige Fragen zur Societas Jesu beantwortet hat.

Barbara Fellgiebel für die Liste portugiesischer Worte und ihrer Aussprache. Barbara Fellgiebel leitet die Assoziation der Literatur- und Filmfreunde der Algarve (ALFA), www.alfacultura.com.

Den Mitarbeiterinnen der Kartensammlung in der Niedersächsischen Staats- und Universitätsbibliothek Göttingen. Die Schatzsuche hat wirklich Spaß gemacht mit Ihnen! Ich hatte noch für keinen Roman so gutes Kartenmaterial.

Ruben Grieco für Hinweise zur Geschichte der Societas Jesu.

Ralf Döbbeling. Er hat mir für unnötige rhetorische Fragen im Roman die Augen geöffnet – und Leonor gestärkt.

Elli Bochmann, die mit ihrem Flehen Bento das Leben gerettet hat.

Andreas Wilhelm für einen portugiesischen Fluch.

Justus Hotte. Sein wacher Blick des Buchhändlers und Viellesers hat unter anderem geholfen, den Sturm zu Beginn des Romans und das Erdbeben zu intensivieren.

Lena Schußmann für Hilfe bei den emotionalen Stellen des Romans. Und für so viel mehr.

Michael Gaeb, meinem Literaturagenten, der mir in einer mühevollen Stunde auseinandergesetzt hat, warum ich den Roman noch einmal von vorn beginnen muss, als ich schon fast fertig war.

Gunnar Cynybulk für das achte gemeinsame Buch. Danke, dass du dich in so vielen Stunden für meine Romane einsetzt! Deine Fähigkeit, den Kern einer Geschichte herauszuarbeiten, beeindruckt mich immer wieder.

Am meisten aber danke ich Ihnen, den treuen Lesern. Sie ermöglichen es mir, meinen Traum zu leben und Geschichten zu erzählen und davon Brötchen zu kaufen und Müsli und die Miete zu bezahlen. Damit machen Sie mir ein wunderbares Geschenk!

Zusatzmaterial

Das Erdbeben und die Frage nach Gottes Gerechtigkeit

Am 1. November 1755 – es war ein klarer, heller Samstagmorgen – bebte die Erde in Lissabon. Der Stoß rumpelte, als schössen Kanonen im Hafen. Es war kurze Zeit still. Dann folgte ein vernichtendes Erdbeben, das Kirchen, Paläste und Häuser zusammenstürzen ließ, und kurz darauf ein drittes schweres Beben.

Aus den zerstörten Küchenöfen schlug Feuer. Angefacht vom Nordostwind, brannten die Ruinen bald lichterloh. (Die Feuersbrunst konnte erst eine Woche nach dem Erdbeben endgültig gelöscht werden.)

Überlebende krochen, humpelten, rannten zum Tejoufer, auf der Flucht vor dem Feuer, und ließen sich für horrende Summen von den Bootsleuten ans andere Ufer fahren. Etwa eine Stunde nach dem Beben, gegen elf Uhr, begann das Wasser des Tejo ungewohnt zu wogen. Schiffe wurden gegeneinandergedrückt. Der Tejo zog sich immer weiter zurück und erhob sich zu einer fünf Meter hohen Wassermauer, breit wie der Horizont. Dieser Tsunami rollte auf Lissabon zu. Die Welle zerschmetterte das Zollhaus, das dem Erdbeben getrotzt hatte, und überflutete den unteren Teil der Stadt. Hunderte Menschen, die sich vor dem Feuer ans Ufer gerettet hatten, ertranken.

Innerhalb eines Vormittags wurde die Stadt Lissabon vernichtet. Tausende Menschen fanden den Tod: zerquetscht, verbrannt oder ertrunken.

Dabei hatte es nicht nur in Portugal gebebt. Dasselbe Erdbeben zerstörte in Nordafrika Moscheen und Synagogen. In

Schottland und Wales spürte man das Beben, in Schweden, in Frankreich, in Deutschland. Die Flüsse der Schweiz führten Schlamm, und der See von Neuchâtel stieg über seine Ufer. Gegen zwei Uhr am Nachmittag brandeten die vom Erdbeben ausgelösten Wogen an die Küsten Englands und Irlands, um sechs erreichten sie die Bahamas.

Die Zerstörung Lissabons war ein Schock für die Menschen weltweit. Zum Beleg einige Zeilen aus einem Gedicht, das in der Leipziger Zeitung am 6. Dezember 1755 anonym veröffentlicht wurde:

O grässliches Schauspiel! Welch ein Entsetzen!
Wer lebet nicht und denkt, daß ihn auch treffen kann,
Was dort in Portugal geschehen?
Ein solches Elend anzusehen
Greift auch die härtesten und kältsten Seelen an.

In einem – ebenfalls anonym veröffentlichten – Flugblatt von 1755 heißt es:

Gott schlägt das Haupt, und ganz Europa bebt!
Ihr stolzen Städte zagt! und merkts an eurer Krone;
Wer weiß, wann euch sein Zorn in Schutt und Graus begräbt?
Nicht Lissabon allein hegt Sünder:
Wen dieser Fall nicht lehrt, dem droht sein Grimm nichts minder.

Voltaire – der, nebenbei bemerkt, von Jesuiten erzogen wurde –, veröffentlichte im Mai 1756 sein Gedicht *Poème sur le désastre de Lisbonne*. Manche lobten die Kunstfertigkeit, andere wandten sich angewidert ab vom düsteren Pessimismus und der Dreistigkeit des Gedichts.

Dass der Tod so plötzlich und unerwartet innerhalb von Minuten Tausende ereilt hatte, war eine furchtbare Vorstellung. Lissabon war ähnlich bedeutend gewesen wie Paris, London und Neapel. Dem Königreich der Seefahrer, die den Wasserweg nach Indien entdeckt hatten und mit Amerika Handel trieben, war plötzlich die weltweit bekannte Hauptstadt in Schutt und Asche gelegt worden. Über die Frage nach Gottes Rolle in diesem Unglück wurde ausgiebig debattiert. Daran war nicht zuletzt Gottfried Wilhelm Leibniz schuld, obwohl er zum Zeitpunkt des Erdbebens schon lange nicht mehr lebte.

Leibniz war ein großer Universalgelehrter gewesen, zugleich Philosoph, Mathematiker, Physiker, Historiker und Doktor des Rechts. Geboren 1646 in Leipzig, erfand er unter anderem eine Rechenmaschine mit binärer Zahlencodierung, wie sie noch heute in unseren Computern eingesetzt wird.

Neben seinen mathematischen und naturwissenschaftlichen Forschungen beschäftigte er sich auch mit der Frage, wie ein guter Schöpfergott mit all dem Bösen zusammenzubringen war, das auf der Welt geschah. Bis heute benennt man die Debatte mit dem Begriff, den Leibniz dafür prägte: Theodizee (von altgriechisch *theós* für »Gott« und *díke* für »Gerechtigkeit«). Wenn Gott allmächtig war und vollkommen gut, warum hatte er dann eine Welt geschaffen, in der es so viel Leid gab?

Leibniz glaubte, Gott habe sich – bei einer unendlichen Anzahl möglicher Welten – dafür entschieden, unsere zu erschaffen, weil sie »die beste aller möglichen Welten« sei, diejenige, in der das Schlechte den kleinsten Raum einnehme im Vergleich zu den anderen möglichen Welten. Das Übel entstehe unter anderem durch unsere Abwendung von Gott, schrieb er.

Damit trat Leibniz eine Debatte los, in deren Verlauf er häufig missverstanden wurde. Ihm wurde vorgeworfen, er rede das Schlechte auf dieser Erde klein. Das Erdbeben von 1755, lange nach seinem Tod, warf die Theodizeefrage in nie gekannter Intensität erneut auf. Wenn die Welt eine vollkommene Maschine eines vollkommenen Konstrukteurs war, wie manche behaupteten, konnte sie dann derart vernichtende Katastrophen hervorrufen? Handelte es sich um eine göttliche Strafe für falsches Verhalten? Oder um ein wissenschaftlich zu erklärendes Naturphänomen?

Man tappte im Dunkeln, was das Entstehen von Erdbeben anging. Im Nachhinein fielen den Menschen Vorzeichen ein, denen sie keine Beachtung geschenkt hatten: In der Nacht vor dem Beben waren vor der Küste Ebbe und Flut durcheinander gekommen, sie wechselten zwei Stunden zu spät. Es hatte auch zwei schwache Vorbeben gegeben, die allerdings kaum jemand bemerkte hatte, und am Morgen des 1. November fehlten die Vögel in der Stadt.

Verschiedene Theorien kursierten.

Man vermutete unterirdische Höhlen, in denen sich explosive Gasmischungen entzündet hatten. Die Mehrheit der Wissenschaftler glaubte damals noch, Blitze und Donnerschläge entstünden durch Gase, die sich zu Wolken geformt hatten und dann im Himmel explodierten – obwohl Benjamin Franklin längst bewiesen hatte, dass Blitze kein chemisches, sondern ein elektrisches Phänomen waren. Der Schwefelgeruch der Seen und Brunnen und ihre gelbliche Färbung schienen auf unterirdische Salpeter-Schwefel-Gemische hinzuweisen. Und ähnelte der Donner eines Erdbebens nicht Kanonenschüssen, die man mit einem Pulver aus Salpeter, Schwefel und Holzkohle abfeuerte?

Ein Lexikon des 18. Jahrhunderts führt außerdem drei antike Wissenschaftler an: Lucretius, der behauptet hatte, die Erde werde von unterirdischer Feuchtigkeit angefressen oder vom Feuer verzehrt oder einfach vom Alter ruiniert und falle dann zusammen, wodurch die obere Erde in Erschütterung versetzt werde. Aristoteles, der lehrte, Höhlen, die bereits mit Wasser gefüllt seien, gerieten durch starken Regen unter Druck und verursachten dadurch ein Erdbeben, oder die Erde sei ausgetrocknet und ziehe das Wasser von der Oberfläche mit Gewalt an, was ein Erdbeben auslöse. Archelao, der die Meinung vertrat, Winde würden mit großer Kraft in die Höhlen der Erde blasen und dort die Luft verdichten, sodass sich die Luft daraufhin aus ihrem Gefängnis losmachen müsse und die Erde erschüttere.

Rev. Dr. William Stukeley diskutierte 1750 in der *Royal Society* die Theorie, ein Erdbeben entstehe, wenn eine Wolke, die nicht elektrisch geladen sei, auf einen Bereich der Erde regne, der sich in einem hoch elektrisierten Status befinde. Noch 1767 erklärte Joseph Priestley, diese Annahme sei richtig. Er ließ einen elektrischen Blitz über eine Fläche von Eis gehen und stellte fest, dass Säulen, die auf dem Eis standen, von dem elektrischen Schlag umgestoßen wurden – für ihn ein Hinweis für die Richtigkeit von Stukeleys Vermutung.

Andere kehrten zur Höhlenerklärung zurück: Große Mengen Wasser seien auf unterirdische Feuer gestoßen, und eine Dampfexplosion habe daraufhin die Erde erbeben lassen.

1756 veröffentlichte Immanuel Kant eine *Geschichte und Naturbeschreibung der merkwürdigen Vorfälle des Erdbebens, welches an dem Ende des 1755sten Jahres einen grossen Theil der Erde erschüttert hat*, und man sieht förmlich, wie er im Nebel stochert:

Das Vorspiel der unterirdischen Entzündung, welche in der Folge so entsetzlich geworden ist, setze ich in der Lufterscheinung, die zu Locarno in der Schweiz den 14ten October vorigen Jahres Morgens um 8 Uhr wahrgenommen worden. Ein warmer als aus einem Ofen kommender Dampf breitete sich aus und verwandelte sich in 2 Stunden in einen rothen Nebel, daraus gegen Abend ein blutrother Regen entstand, welcher, nachdem er aufgefangen war, 1/9 eines röthlichen leimichten Bodensatzes fallen ließ. Der 6 Fuß hohe Schnee war ebenfalls roth gefärbt. Dieser Purpurregen ward 40 Stunden, das ist ungefähr 20 deutsche Meilen ins Gevierte, ja selbst bis in Schwaben wahrgenommen. Auf diese Lufterscheinung folgten unnatürliche Regengüsse, die in 3 Tagen auf 23 Zoll hoch Wasser gaben, das ist mehr, als in einem Lande von mittelmäßig feuchter Beschaffenheit das ganze Jahr hindurch herabfällt. Dieser Regen daürte über 14 Tage, obgleich nicht jederzeit mit gleicher Heftigkeit.

Das Unglück von Lissabon brachte viele Wissenschaftler dazu, sich mit der Entstehung von Erdbeben zu befassen. Die Seismologie war geboren.

Adam Smith veröffentlichte 1760 einen Artikel, in dem er Wellenbewegungen der Erdkruste als Ursache des Erdbebens in Lissabon darstellte. Und Rev. John Michell erklärte im selben Jahr der *Royal Society*, Erdbeben würden durch Felsmassen erzeugt, die sich Meilen unter der Erdoberfläche bewegten; seine Theorien trugen den Titel *Conjectures concerning the cause, and observations upon the phaenomena, of earthquakes*.

Später fand man heraus, wo das Epizentrum des furchtbaren Bebens gelegen hatte: südwestlich von Lissabon im Atlantik, genau auf der Grenze zweier tektonischen Platten, die von den Azoren durch die Straße von Gibraltar in das Mittelmeer verläuft. Das Beben von 1755 wurde mit einer Magnitude von 8,7 eingestuft. Es war eines der schwersten Beben der Weltgeschichte.

Die Jesuiten und Gabriel Malagrida

1540 gründete Ignatius von Loyola, ein schlachterprobter Ritter, die Societas Jesu. Der neue Orden war mit keinem bisherigen zu vergleichen: Straffer, militärischer Aufbau, ein zusätzliches viertes Gelübde, dem Papst zu dienen, internationaler Einsatz der Ordensmitglieder, vom Ordensgeneral in Rom aus gesteuert, und vor allem die Pflicht zu unbedingtem Gehorsam machten die Gesellschaft Jesu zu einer effizienten päpstlichen Stoßtruppe. Da zusätzlich ein großer Wert auf die Ausbildung der Ordensmitglieder gelegt wurde, war im Jesuitenorden bald eine Elite versammelt, die beträchtlichen Einfluss auf die Politik und die Wissenschaft der Länder ausübte, in denen der Orden arbeitete.

Die katholische Kirche befand sich damals in der größten Krise ihrer Geschichte. Die Hälfte des Abendlandes hatte sich von der alten Kirche abgewendet: England und Schottland, ganz Skandinavien, ein großer Teil Mitteleuropas. Selbst in Frankreich, Ungarn und Polen gewannen die Protestanten immer mehr Anhänger. Die Lehren der Reformatoren Martin Luther, Johannes Calvin und Ulrich Zwingli überzeugten die Bevölkerung in Scharen.

Den Jesuiten aber gelang es, das Ruder wieder herumzureißen. Als Beichtväter der Landesfürsten nahmen sie Einfluss auf deren Entscheidungen, brachten sie dazu, protestantische Geistliche zu verbannen, die Rückkehr zum katholischen Glauben zu befehlen und Adlige und Bürger, die ihrem protestantischen

Glauben die Treue halten wollten, auszuweisen. Außerdem setzten sie dem betont verstandesmäßigen Glauben der Protestanten eine festliche Frömmigkeit entgegen: feierliche Gottesdienste mit Musik und Weihrauch, prächtiges Ausschmücken von Kirchen, Ave-Maria-Läuten, Lichterprozessionen, Reliquienschau.

Die erste Ordensprovinz der Societas Jesu war Portugal, gegründet 1546. Es folgten 1547 Spanien, 1549 Indien, 1551 Italien ohne Rom, 1553 Sizilien, 1553 Brasilien, 1555 Frankreich, 1556 Niederdeutschland und 1556 Oberdeutschland. Im 18. Jahrhundert arbeiteten die Jesuiten in insgesamt 41 Provinzen.

Den größten Erfolg hatten sie mit ihren Kollegien, den höheren Schulen. Die kostenlosen Schulen der Jesuiten genossen einen so guten Ruf, dass sie geradezu ein Monopol auf die Schulbildung der männlichen Jugend erlangten. Selbst die Protestanten schickten ihre Kinder in die Jesuitenschulen. Erst die Aufklärer begannen zu kritisieren, dass die Lehrer zu viel diktierten und zu großen Wert auf das Auswendiglernen legten, anstatt die selbständigen Verstandeskräfte der Kinder zu wecken.

Jesuiten leisteten auch Großes an den Universitäten. F.M. Grimaldi entdeckte im 17. Jahrhundert die Beugung des Lichts und die Brechung der Sonnenstrahlen durch das Prisma. Andere Jesuiten arbeiteten im Bereich der Botanik, wie etwa Georg Joseph Kamel, nach dem die Kamelie benannt ist.

Pater Barnabas Cobo brachte 1638 die Rinde der Chinchona-Bäume vom Ostrand der Anden nach Europa, pulverisierte sie und heilte Menschen mit einem Trunk des in Wasser eingerührten Pulvers von der Malaria. Bis heute wird Chinin aus der Rinde der Chinchona-Bäume gewonnen und in Form von Chinintabletten eingesetzt.

In der Lebensweise unterschieden sich die Jesuiten von allen anderen Orden. Es gab keine feste klösterliche Gemeinschaft für Mitglieder der Societas Jesu, kein tägliches Chorgebet und auch keine Ordenstracht. Die Jesuiten trugen die Kleidung des Landes, in dem sie sich aufhielten, um leichter von den dortigen Menschen angenommen zu werden. Sie kleideten sich wie buddhistische Mönche, in Indien als Brahmanen oder Parias und in China mit Chinesenhut und Zopf als chinesische Mandarine. Mit großem Einsatz lernten sie die Landessprache – so zum Beispiel die der Huronenindianer in Nordamerika, zu denen sie partnerschaftliche Beziehungen aufbauten. In Südamerika schützten sie in einem eigenen »Jesuitenstaat« die Indios vor der Verfolgung durch Sklavenjäger.

Die Effizienz des Jesuitenordens war zu einem großen Teil auf den strikten Gehorsam zurückzuführen, der von seinen Mitgliedern erwartet wurde, bis hin zur »Freude am Gehorchen« und dem »Verzicht auf eine eigene Überzeugung«, wie es Ordensgründer Ignatius von Loyola formulierte. Am 26. März 1553 schrieb er an die Jesuiten in Portugal:

Bei anderen Orden können wir es ertragen, dass sie uns an Fasten und Nachtwachen und anderen Härten übertreffen, die ein jeder von ihnen gemäß seinem Institut heilig beobachtet, aber in der Reinheit und Vollkommenheit des Gehorsams zusammen mit der wahren Ergebung unserer Willen und der Verleugnung unserer Urteile wünsche ich sehr, liebste Brüder, dass sich diejenigen, die in dieser Gesellschaft Gott unserem Herrn dienen, auszeichnen und dass man daran ihre wahren Söhne erkennt: Man darf niemals auf die Person schauen, der man gehorcht, sondern in ihr auf Christus unseren Herrn, um dessentwillen man gehorcht. [...]

So will ich also sagen: Diese Weise, das eigene Urteil zu unterwerfen, indem man ohne weitere Untersuchung voraussetzt, dass das Befohlene heilig und übereinstimmend mit dem göttlichen Willen ist, wurde von den Heiligen angewandt und muss in allen Dingen, wo man nicht offenbar Sünde sieht, von jedem nachgeahmt werden, der vollkommen gehorchen will.

Letzte Instanz dieser »Gehorsamskette« war nicht der Ordensgeneral, sondern der Papst. In keinem anderen Orden gab es dieses vierte Gelübde der Jesuiten, das sie zu absolutem Gehorsam gegenüber dem Papst verpflichtete. Der jesuitische »Kadavergehorsam« ist sprichwörtlich geworden, wie er in einem Abschnitt der Satzung des Ordens gefordert wurde:

Wir sollen überzeugt sein, dass alles gerecht ist, und in blindem Gehorsam all unser entgegengesetztes Meinen und Urteil in allen Dingen verleugnen, die der Obere anordnet, wo sich nicht – wie gesagt – bestimmen lässt, dass irgendein Anschein von Sünde besteht. Wir sollen uns dessen bewusst sein, dass ein jeder von denen, die im Gehorsam leben, sich von der göttlichen Vorsehung mittels des Oberen führen und leiten lassen muss, als sei er ein toter Körper, der sich wohin auch immer bringen und auf welche Weise auch immer behandeln lässt, oder wie ein Stab eines alten Mannes, der dient, wo und wozu auch immer ihn der benutzen will.

Wollte man dem Jesuitenorden beitreten, war zunächst eine zweijährige Bewährungszeit als Novize zu bestehen. Dann legte man die drei Mönchsgelübde für Armut, Gehorsam und Keuschheit ab und wurde Scholastiker. Das Studium der Rhetorik, Literatur, Physik, Mathematik, Philosophie und Theologie beendete man mit der Priesterweihe und erhielt den Rang eines geistlichen Koadjutors. Wer es so weit gebracht hatte, konnte als Lehrer in den Kollegien oder als Seelsorger arbeiten; weniger Begabte erhielten die Priesterweihe nicht und wurden als weltliche Koadjutoren in der Verwaltung und zu weltlichen Geschäften eingesetzt.

Die Besten wurden, frühestens mit 45 Jahren, in den Rang der Professi erhoben, die den eigentlichen Kern des Ordens ausmachten, und legten dafür das vierte Gelübde ab, dem Papst unbedingten Gehorsam zu leisten.

Jesuitinnen im engeren Sinne gab es nur ein Jahr lang, von 1545–1546. Dann erwirkte Ignatius von Loyola beim Papst ein Dekret, das einen weiblichen Zweig der Gesellschaft Jesu für alle Zeiten ausschloss. Trotzdem arbeiteten durch die Jahrhunderte hinweg Frauen lose mit dem Orden zusammen.

Gabriel Malagrida, 1689 in Menaggio am Comer See in Italien geboren, war der Sohn des Arztes Giacomo Malagrida und dessen Frau Angela Rusca. Er absolvierte die Schule und das Studium in Como und Mailand und trat 1711 dem Jesuitenorden bei. In Bastia auf Korsika arbeitete er als Lehrer. 1721 ging er als Jesuitenmissionar nach Brasilien. Er stellte verfallene Kirchen wieder her, gründete neue Konvente und wurde bis nach Portugal berühmt für seine feurigen Predigten und die abenteuerlichen Erlebnisse unter den Indios. Nachdem er in Pará im Nordosten Brasiliens ihre Sprache erlernt hatte, leitete er ab 1724 die Mission der Tobajaren am Fluss Itapicuru.

1749 reiste er nach Portugal, um Gelder für ein Kloster an der Amazonasmündung einzuwerben. Dank seines Ruhms wurde er als Beichtvater König Joãos berufen. Durch den Bericht, dass der König in seinen Armen gestorben sei, wuchs 1750 seine Anerkennung bei der Bevölkerung weiter. Papst Benedikt XIV. sagte, João V. sei glücklich zu schätzen, dass er in den Armen dieses heiligen Mannes sterben durfte, und Gabriel Malagrida informierte die Königin, dass er gerne auch ihr Beichtvater sein werde, wenn ihre Zeit gekommen sei.

1751 kehrte Gabriel Malagrida nach Brasilien zurück. Im Februar 1754 wieder in Portugal, begab er sich in den Palast, um, wie versprochen, als Beichtvater Königin Maria Anna zur Seite zu stehen. Aber nach wenigen Treffen verwehrte man ihm plötzlich den Zugang zu ihren Gemächern, aus Sorge, sein Einfluss am Hof werde zu groß. Es wurde ihm nicht mehr gestattet, sie zu sehen.

Am 14. August 1754 unterbrach Gabriel Malagrida eine Predigt, um den Tod Maria Annas zu verkünden. Tatsächlich starb sie in dieser Stunde. Fortan galt der Jesuit als Prophet.

Nach dem Erdbeben 1755 wendete er sich mit Vehemenz gegen die Suche nach natürlichen Ursachen für die Katastrophe. Er hielt das Unglück für eine Strafe Gottes. Die Predigten, die er in den Monaten nach dem Beben hielt, wurden 1756 in einer *Juízo da verdadeira causa do terremoto* betitelten Sammlung veröffentlicht. Ein Auszug daraus:

Begreife, o Lissabon, dass die einzigen Zerstörer so vieler Häuser und Paläste, Kirchen und Konvente, die Schlächter so vieler Einwohner und die flammenden Verzehrer so vieler Schätze weder Kometen sind, noch Sterne, Gase oder natürliche Vorkommnisse, sondern dass es unsere eigenen unhinnehmbaren Sünden sind. […] Welche große Ernte sündiger Seelen sendet ein solches Unglück in die Hölle! Es ist skandalös, so zu tun, als sei das Erdbeben nur ein natürliches Ereignis gewesen, wenn das wahr wäre, dann wäre da keine Notwendigkeit, Buße zu tun und zu versuchen, Gottes Zorn abzuwenden, nicht einmal der Teufel selbst könnte einen boshaften Einfall haben, der uns leichter in unabwendbaren Ruin stürzt. Dass wir jetzt außerhalb der

Stadt wohnen auf dem Lande, entzieht uns das der Gerichtsbarkeit Gottes? Gott will mit Sicherheit seine Liebe und Gnade zeigen, aber seid sicher, wo immer wir sind, er hat uns im Blick, die Geißel in der Hand.

Er schickte Kopien der Predigtsammlung an den Premierminister Sebastian de Carvalho und an die Mitglieder der königlichen Familie. Der König allerdings hatte den Großteil der Regierungsgeschäfte an den Premierminister übergeben – der eine natürliche Erdbebenursache verfocht –, und war nicht empfänglich für die Sichtweise des Jesuitenpaters.

Die wachsende Macht des Premierministers missfiel den Jesuiten, und auch den einflussreichen Adligen Portugals fiel es schwer zu akzeptieren, dass der politische Außenseiter ihnen den Rang abgelaufen hatte.

Sie taten sich zusammen, um den König für eine neue Regierung zu gewinnen. Ihr sollten unter anderem der Herzog de Aveiro angehören, der Herzog de Lafões, der Marquês Angeja und der Großmeister der Pferde, Marquês Marialva. Reiche Bankiers unterstützten sie. Als Vermittler wurde der deutsche Kaufmann Martinho Velho da Rocha Oldenberg ausgewählt, der 1743–1753 das Monopol auf den gesamten Tabakhandel Portugals besessen hatte. Er stellte dem König das Konzept vor und versuchte, ihn mit einer Anleihe zum Wiederaufbau Lissabons zu ködern.

Die geforderte Entmachtung des Premierministers musste natürlich begründet werden. Martinho beschuldigte ihn, beim Abschluss von Staatsverträgen Bestechungsgelder erhalten zu haben. Außerdem behauptete er, Sebastian de Carvalho habe ein Aktienpaket der Grão-Pará-Gesellschaft in die eigene Tasche gesteckt.

Der Premierminister aber konnte den König von der Unhaltbarkeit der Beschuldigungen überzeugen. Der Umsturzversuch scheiterte. Martinho Velho da Rocha Oldenberg wurde verhaftet und nach Angola deportiert, wo er 1776 starb.

Als der Jahrestag des Erdbebens näherrückte, warnten selbsternannte Propheten davor, dass am 1. November 1756 ein noch schlimmeres Beben geschehen werde. Daraufhin entstand Panik unter der Bevölkerung Lissabons. Der Premierminister sah sich gezwungen, die Stadt von Truppen umstellen zu lassen und gab am 29. Oktober bekannt, dass niemand Lissabon verlassen dürfe, gleichgültig, welche Gründe er vorbrachte. Ein leichter Erdbebenstoß an diesem Tag schürte die Angst. Andere Prophezeiungen besagten, dass es eine furchtbare Flut geben werde oder dass die Sonne die Erde völlig verbrennen werde. Aber es geschah nichts davon.

Im Mai 1757 löste Sebastian de Carvalho per Gesetz die Jesuitenmissionen in Pará in Brasilien auf und erklärte die Indios für frei. Die Societas Jesu verlor damit jeglichen Einfluss in der portugiesischen Kolonie. Der Premierminister gestattete ihnen allein, noch als einfache Priester in brasilianischen Dörfern bleiben zu dürfen. Als einige Jesuiten die Heiligenbilder aus den Kirchen mitnehmen wollten, wurden sie informiert, dass diese nun Staatseigentum seien. Sie rüsteten zur Gegenwehr, und den Vorwurf, dass sie – als Geistliche! – bewaffnet seien, wiesen sie mit der Erklärung von sich, es handele sich nur um zeremonielle Waffen.

In Lissabon kämpfte der Jesuitenpater Gabriel Malagrida zornentbrannt gegen den Premierminister. Er veröffentlichte ein Pamphlet mit einem Angriff auf Sebastian de Carvalho: »… ob es wohl einen Ketzer in Portugal gibt, der sich getraut zu behaupten, dass das Erdbeben nur eine Wirkung natürlicher Ursachen sei und nicht eine Strafe Gottes für unsere Sünden?«

Der Minister konnte Malagrida nicht vor ein Gericht stellen – dafür hätte er eine päpstliche Dispensation gebraucht. Er verbannte ihn aus der Stadt und ließ ihm durch den päpstlichen Nuntius Filippo Acciaiuoli die Stadt Setubal als Zwangsaufenthalt zuweisen.

Gabriel Malagrida hatte dort schon einmal gewohnt und plante sowieso, in Setubal ein Nonnenkloster zu gründen. Er scharte einen Kreis von Damen der hohen Aristokratie um sich, unter ihnen die Marquise Leonore de Távora. Beim Papst beschwerte er sich über den Umgang der portugiesischen Regierung mit dem Jesuitenorden.

Gleichzeitig schickte Sebastian de Carvalho seinen Bruder in geheimer Mission zum Papst. Er sollte ihn in einer Audienz unter vier Augen darum bitten, den Jesuitenorden zu reformieren.

Als der König im September 1757 von der Jagd heimkehrte und hörte, dass die Jesuiten sich in Brasilien gegen die Verordnungen der Regierung auflehnten, wurde er wütend und ließ sämtliche jesuitischen Beichtväter aus dem Palast werfen. Er ersetzte sie durch Franziskaner, Augustiner und Karmeliter.

1758 schloss Sebastian de Carvalho die Universität der Jesuiten in Évora und verbot ihnen, zu predigen oder jemandem die Beichte abzunehmen.

Gabriel Malagrida rief den neugewählten Papst, Clemens XIII., um Hilfe an. »Die Herolde des Wortes Gottes, ausgestoßen! Es ist nicht der König, der dahintersteckt, es ist der Minister Carvalho, der am Hofe den größten Einfluss besitzt. Er ist der Architekt der Katastrophen und kämpft voller Hass gegen unsere Gemeinschaft. Wenn er alle Jesuiten mit einem Schlag köpfen könnte, würde er es nicht mit Freuden tun?«

Die Gegner des Premierministers waren überzeugt, rasch handeln zu müssen, ehe es zu spät war und sie sämtliche Möglichkeiten verloren. In ihren Augen regierte längst der Minister, und der König wurde von ihm beherrscht. Da man an Sebastian de Carvalho nicht herankam, musste der schwache König beseitigt werden – ein neuer König würde eine veränderte Lage bringen. Als König José I. in der Nacht des 3. September 1758 mit seinem Kammerdiener in einer zweirädrigen Kutsche, einer Augenglas-Chaise, nach Belém heimfuhr, tauchten in einer engen Straße plötzlich Reiter auf und schossen auf die Kutsche. Der König wurde schwer verwundet, mehrere Schüsse trafen ihn.

Der ebenfalls blutende Kammerdiener brachte ihn zum Palast. Es wurde Verschwiegenheit befohlen, der König sei erkrankt, sagte man, er sei zur Ader gelassen geworden. Trotzdem verbreitete sich in der Stadt das Gerücht, der Adel habe ein Attentat auf den König verübt.

Sebastian de Carvalho setzte übergangsweise die Königin als Regentin ein. Im Hintergrund ließ er seine Polizei fieberhaft arbeiten. Sie fing Briefe nach Brasilien ab, die Gabriel Malagrida vor dem Mordanschlag verschickt hatte. Darin hatte der Jesuitenpater prophezeit, dass dem König etwas zustoßen würde.

Mitte Dezember wurden Angehörige der Familien Távora und Aveiro verhaftet, mit der Anschuldigung, den Tod des Königs vorausgesagt und auf verschwörerische Weise versucht zu haben, ihn herbeizuführen. Auch Gabriel Malagrida wurde gefangen gesetzt. Entscheidendes Beweismaterial hatte der König selbst geliefert – er hatte es von seiner jungen Geliebten, der Marquise Therese von Távora, erhalten, die sich damit gegen ihre Familie stellte und ihr Leben rettete.

Auf königlichen Wunsch wurde der Prozess geheimgehalten. Sebastian de Carvalho selbst befragte die Verdächtigen und hielt Gericht mit einigen Männern, die ihm unterstanden. Am 12. Januar 1759 wurden zehn Personen gefoltert und dann öffentlich hingerichtet, darunter der Herzog von Aveiro, der höchste Adlige nach der königlichen Familie und Leiter des Obersten Gerichtshofs. Auch der Marquês de Távora, Vizekönig von Indien, wurde auf dem Schafott in Belém geköpft, und Luiz Peregrino de Ataide, der Graf von Atouguia. Die alte Marquise Leonore de Távora, die in Setúbal unter Malagridas Einfluss gestanden hatte, gelangte ebenfalls aufs Schafott.

Die Asche der Hingerichteten streute man in den Tejo, ihren Besitz zog die Krone ein. Da zwölf weitere Jesuiten unter der Folter von den Adligen als mitschuldig bezeichnet worden waren, darunter der frühere Beichtvater des Königs, ließ Sebastian de Carvalho alle Institutionen der Societas Jesu von Truppen umstellen. Das Eigentum des Jesuitenordens wurde beschlagnahmt und seine Schulen wurden in öffentliche Schulen umgewandelt.

Die zwölf beschuldigten Jesuiten konnte der Premierminister allerdings ohne päpstliche Erlaubnis nicht verurteilen. Er ließ sie festnehmen und schrieb nach Rom, die Tätigkeit des Ordens sei »unvereinbar mit der öffentlichen Ruhe und Ordnung«. Papst Clemens XIII. ermächtigte daraufhin die kirchliche Justiz in Portugal, die Jesuiten dem weltlichen Gericht zur Verurteilung zu übergeben. Allerdings wollte der Nuntius den Brief des Papstes nur dem König persönlich überreichen, als Symbol, dass der Papst nicht mit Sebastian de Carvalho verhandelte, sondern mit dem König.

Der Premierminister fühlte sich herausgefordert und stellte sich quer. Ein diplomatischer Konflikt brach aus, an dessen Ende der Nuntius des Landes verwiesen wurde. Portugal brach die Beziehungen zum Vatikan ab, und die Jesuitenpater blieben im Gefängnis.

Am 3. September 1759, dem ersten Jahrestag des Attentats, erklärte Sebastian de Carvalho alle Jesuiten zu Rebellen, Verrätern und Feinden des Königs und des Staates. Er ließ sie auf Schiffe verbringen und zum Kirchenstaat in Italien fahren, 1700 Jesuiten aus Portugal, 900 aus den portugiesischen Kolonien. Dort wurden sie ausgesetzt. Als der Papst gegen dieses Vorgehen protestierte, drohte Sebastian de Carvalho, in Portugal eine von Rom unabhängige Nationalkirche einzurichten.

Gabriel Malagrida blieb in Portugal gefangen. Er hatte, so wird berichtet, im Gefängnis fortlaufend Visionen. Am 12. Januar 1761 wurde er vor das Inquisitionsgericht gebracht. Unter der Folter gestand er seine Beteiligung an der Verschwörung. Außerdem warf man ihm vor, falsche Prophezeiungen von sich gegeben zu haben. Da der Großinquisitor ihn nicht hinrichten lassen wollte, setzte Sebastian de Carvalho kurzerhand seinen Bruder Paulo de Carvalho als Großinquisitor ein. Der hängte den 72-Jährigen auf dem Rossioplatz und verbrannte ihn anschließend auf dem Scheiterhaufen. Gabriel Malagrida war der letzte Mensch, der durch die Inquisition in Portugal öffentlich verbrannt wurde.

1764 folgte Frankreich Portugals Beispiel und verbot den Jesuitenorden. 1767 verbannte Spanien alle Jesuiten aus dem Land. Im Jahr 1773 sah sich der Papst gezwungen, die Societas Jesu aufzulösen, den damals mächtigsten Orden seiner Kirche. Der Orden wurde erst 1814 neugegründet.

Sebastian de Carvalho und Portugal im 18. Jahrhundert

1697 fand man in Brasilien Gold. König João V. baute Monumente und Paläste und verteilte den Reichtum in großzügigen, verschwenderischen Gesten. Dann kamen Diamanten aus Brasilien nach Portugal. 1724–1750 verdiente die Krone allein durch den Diamantenhandel 71 Millionen Cruzados. Der Reichtum aus den Kolonien machte den König und seine Berater blind für die Krise, auf die das Land zusteuerte.

In Portugal waren zwangsbekehrte Juden, die man Neuchristen nannte, derart verachtet, dass die Portugiesen vermieden, Beschäftigungen nachzugehen, die früher charakteristisch für Juden gewesen waren. Wer Fernhandel betrieb oder Geldgeschäfte machte, galt schnell als Neuchrist oder gar als heimlich praktizierender Jude. Landbesitz hingegen wertete sozial auf – den Juden war ja Grundbesitz von alters her untersagt. So investierte der Adel in Immobilien und Land, anstatt sich zukunftsträchtigen Bereichen wie dem Fernhandel zu widmen. Bald hatte sich Portugal zu einem Agrarland zurückentwickelt, das von einem landbesitzenden, traditionalistischen Adel regiert wurde. Die Gewerbe lagen am Boden, und es gab im Land der Seefahrer keine nennenswerte Schiffbauindustrie mehr.

1750 starb João V., und sein Sohn José I. übernahm die Regierung. Er liebte die Jagd und den Reitsport und lud berühmte italienische Sänger, Tänzer und Musiker für Opernvorstellungen nach Lissabon ein. Für seine Hofmusik verpflichtete er namhafte Komponisten und Kapellmeister. Das Regieren war ihm eher lästig.

Er hatte allerdings einen Blick für fähige Mitarbeiter. Als der Premierminister Frei Gaspar da Encarnação erkrankte, ernannte José I. überraschend Sebastian de Carvalho zum neuen Premierminister, einen Außenseiter von geringem Ansehen. Der alteingesessene Adel war empört.

Sebastian de Carvalho, eigentlich Sebastião José de Carvalho e Mello, geboren 1699, war der Sohn eines einfachen Gutsherrn vom Lande. Er hatte zwei Brüder, einer davon war Priester. (Er wurde später von Sebastian zum Großinquisitor eingesetzt, den anderen machte er zum Gouverneur der brasilianischen Provinzen Grão Pará und Maranhão im Amazonastal.)

An der Universität in Coimbra studierte er Geschichte, Politik und Recht, und er knüpfte nach einem kurzen Ausflug ins Militär durch einen Onkel, der ein Amt in der Kathedrale bekleidete, Verbindungen zum königlichen Hof. Der Onkel machte ihn mit Kardinal da Mota bekannt, dem Innenminister, und dieser ermöglichte es ihm, 1733 Mitglied der Königlichen Akademie der Geschichte zu werden.

Gegen den Willen ihrer Familie heiratete Sebastian de Carvalho die Nichte des Grafen von Arcos, was ihm – trotz der Wut der Verwandten – zu gesellschaftlichem Aufstieg verhalf. Sie hatten einen Sohn, Henrique. In politischen Fragen half ihm sein elf Jahre älterer Cousin Marc António de Azevedo Coutinho. 1739 übernahm er dessen Amt: Er wurde portugiesischer Gesandter in England. Den Cousin nannte er Zeit seines Lebens »Onkel«. Coutinho blieb mit ihm in London bis Juni 1739, um ihn in die Arbeit einzuführen.

Ab 1745 arbeitete Sebastian de Carvalho als Gesandter am Wiener Hof der Maria Theresia und führte für den bereits erkrankten João V. die Verhandlungen zwischen Maria Theresia und dem Vatikan. In Wien lernte er seine zweite Frau kennen – die erste war gestorben. Er heiratete Leonore Daun, die Tochter des österreichischen Feldmarschalls und Grafen Daun, der ein Freund der Kaiserin war. Die Ehe sollte ihm lebenslang Freude und Glück spenden. Allerdings ruinierte er sich mit den hohen Ausgaben in Wien, die notwendig waren, um der berühmten Familie seiner Braut gerecht zu werden.

Zurückgekehrt nach Portugal, fand er in der Königin eine Verbündete, auch wenn ihn König João V. nicht leiden konnte (er habe »Haare auf dem Herzen«, sagte er über Sebastian de Carvalho). Kaum hatte sie wegen der schweren Krankheit ihres Mannes die Regierungsgeschäfte übernommen, übertrug die Königin Sebastian de Carvalho das Amt des Kriegs- und Außenministers. Die Mitglieder der einflussreichen Adelsfamilien, die sich Chancen auf den Posten ausgerechnet hatten, beschwerten sich. Er habe das Amt nur bekommen, weil er eine Österreicherin geheiratet habe, behaupteten sie. Die Königin schätze ihn, weil sie eine Tochter des römisch-deutschen Kaisers Leopold I. sei und er sie mit seiner österreichischen Braut beeindruckt habe.

Doch schon bald darauf, gekrönt zum neuen König, erhob ihn der Sohn der Königinmutter, José I., in das höchste Amt im Königreich und machte ihn zum Premierminister. Die alten Eliten beschimpften Sebastian de Carvalho als »unportugiesisch« und »auslandsorientiert«, und er hatte ja wirklich acht Jahre im Ausland zugebracht. Sie ahnten, dass mit ihm eine neue Zeit in Portugal anbrechen würde. Seine erste Amtshandlung war der Erlass eines Gesetzes über die Minen in Brasilien, das sie stärkerer Kontrolle durch den König unterwarf. Als der Übersee-Rat versuchte, die neuen Verordnungen zu umgehen, warnte Sebastian de Carvalho ihn: »Sie haben nichts anderes zu tun, als den königlichen Verordnungen mit absolutem Respekt nachzukommen.« Eingeschüchtert gab der Rat nach.

Der neue Premierminister erteilte ein Ausfuhrverbot für Geld, senkte die Zölle für Tabak und Zucker, organisierte den Diamantenhandel neu und gründete die Grão-Pará-Gesellschaft – zum Ärger der Jesuiten, die ihre Missionen in Südamerika übergangen sahen. Sebastian de Carvalho aber hatte in England gesehen, welche großen Vorteile ein Land aus dem Handel mit seinen Kolonien ziehen konnte, und arbeitete auf eine straff organisierte Verbindung mit Brasilien hin.

Nach dem verheerenden Erdbeben am 1. November 1755 mobilisierte er die Armee unter dem Kommando des Marquês de Abrantes, um Plünderungen zu verhindern, und räumte den zwölf Magistraten übergreifende Kompetenzen ein. Leichen und Tierkadaver sollten zügig aufgesammelt und beseitigt werden, damit keine Seuche ausbrach. Außerdem sollten provisorische Hospitäler für die Verletzten eingerichtet werden, befahl er.

Die Bevölkerung Lissabons verließ aus Angst vor weiteren Beben die Stadt. Daraufhin instruierte er die Provinzen, die Flüchtlinge umgehend zurückzusenden, und richtete ein Passsystem ein, das den Zu- und Weggang aus der Stadt regelte. Auch das Fahren von kleineren Booten auf dem Tejo war nur noch mit einem Tagespass gestattet. Das Volk war auf diese Weise gezwungen, in Lissabon zu bleiben, und stand in Form von Maurern, Zimmerleuten und Hilfsarbeitern für den Wiederaufbau zur Verfügung.

Die Angst allerdings saß tief. Immer wieder erinnerten kurze Nachbeben an die Katastrophe, allein dreißig in der Woche nach dem 1. November. Zwischen November und August des Folgejahres wurden fünfhundert Nachbeben gezählt. Sir Benjamin Keene, der britische Botschafter in Madrid, fragte in einem Brief vom 31. Juli 1756 seinen Kollegen in Lissabon: »Will your earth never be quiet?«

Erste Straßen wurden freigeräumt. Das Militär machte vom Beben verschonte Warenhäuser und Scheunen rings um Lissabon ausfindig und transportierte Nahrungsmittel in die Stadt. Sebastian de Carvalho fror die Preise für Nahrungsmittel ein, damit es keine Teuerung gab. Außerdem hob er die Fischsteuer auf, wenn der Fisch im Notgebiet verkauft wurde innerhalb des Streifens von fünfzig Meilen zwischen Belém und Santarem.

Er schickte Kriegsschiffe nach Brasilien, Indien und Afrika, um zu zeigen, dass der Handel mit Portugal immer noch sicher war. Truppen bewachten auf sein Geheiß hin die Algarve und hinderten afrikanische Piraten daran, die Notlage für Überfälle auszunutzen.

Die Steuern wurden ausgesetzt, aber der Premierminister setzte vier Prozent »Spende« auf alle Importe. Für Befehle und Bekanntgaben, die jeden in der Stadt erreichen sollten, mussten die Druckerpressen wieder in Gang gebracht werden. Schon am 5. November, vier Tage nach dem Erdbeben und inmitten der Trümmerstadt, erschien die Wochenzeitung *Gazeta de Lisboa*.

Diebe und Galeerensklaven, die aus den Gefängnissen entkommen waren, machten sich die Verwirrung zunutze und gingen auf Raubzüge. Die Münze, in der große Mengen Gold lagerten, wurde mit Mühe von einem jungen Leutnant und vier Soldaten verteidigt.

Sebastian de Carvalho verlieh den Magistraten das Recht, erwischte Täter an Ort und Stelle hinzurichten. Nach einem Blitzgericht konnten Diebe sofort öffentlich exekutiert werden. Allein in den ersten Novembertagen wurden 34 Menschen auf diese Weise abgeurteilt und hingerichtet. Der Patriarch verhängte die Exkommunikation über alle, die sich als Priester, Mönche oder Nonnen ausgaben, um Almosen zu bekommen oder Unterkunft.

Am 31.12.1755 erreichte die *H.M.S. Hampton Court* Lissabon und brachte Hilfe vom britischen König: Nahrungsmittel, Kleidung, Werkzeuge und 50000 Pfund in portugiesischen Goldmünzen. Als das Schiff nach England zurückkehrte und die Besatzung von der dramatischen Lage in Lissabon berichtete, gewährte das englische Parlament eine weitere Soforthilfe von 100000 Pfund. König George II. setzte für den 6. Februar 1756 einen Fastentag für England, Wales und Irland an, um der vielen Toten in Lissabon zu gedenken.

Auch der spanische König schickte Geld und Nahrung, und er öffnete die Grenze, sodass Güter leichter nach Portugal hineingelangten. Der König von Frankreich bot Geld an, das auf seine Kosten in Portugal gemünzt werden konnte. Die Hanse sandte am 17. Dezember aus Hamburg drei Schiffe mit Holz, Dachziegeln, Eisen, Werkzeugen und einer kleinen Gabe von Wein und Zucker für den König. Ein viertes Schiff wurde bereitgehalten, um helfen zu können, sobald man genauer wusste, was in Lissabon gebraucht wurde.

Die Not war groß. Viele Händler änderten ihre Routen, und nach den ersten Hilfsaktionen kamen kaum noch Schiffe mit Waren nach Lissabon. Trotzdem verfolgte der Premierminister ehrgeizige Ziele. Die Stadt sollte im Schachbrettmuster neu erbaut werden. Erst als sich andere Städte beschwerten, dass alle Baumaterialien nach Lissabon gingen, während doch überall Häuser vernichtet worden seien durch das Erdbeben, gab er einen Teil des Baumaterials frei.

Im ersten Jahr nach dem Erdbeben wurden eintausend Häuser in Lissabon errichtet. Vorbild für das neue Stadtzentrum waren Turin und Covent Garden. Gutes Straßenpflaster wurde verlegt, und die neuen Straßen trafen sich zu rechtwinkligen Kreuzungen. Vom neubenannten Handelsplatz führen zwei parallele Straßen geradewegs zum Rossioplatz, die *Rua Aurea* und die *Rua Augusta*.

Um den Wiederaufbau zu beschleunigen und Investoren und Händler zu ermutigen, wurden in festen Maßen Eisenteile, Holzverbindungen und Kacheln vorproduziert. Die neuen Gebäude erhielten einen hölzernen Innenrahmen, der im Fall künftiger Erdbeben Stabilität verleihen sollte. Ihre Fassaden wurden aus weißem Stein errichtet. Ein Abwassersystem und neue Brunnen sollten die Häuser für Geschäftsleute attraktiv machen.

Für die zahllosen obdachlosen Menschen ließ Sebastian de Carvalho Hüttensiedlungen im Osten und Westen des zerstörten Gebiets und auf den Hochplateaus rings um die Stadt errichten. In den sechs Monaten nach dem Beben entstanden etwa 9000 Hütten aus Planken, Strohmatten und Segeltuch. Der Patriarch und die Kirche verteilten Nahrungsmittel an die Armen.

Der Neubau der Stadt war teuer. Sebastian de Carvalho gründete Handelskompanien, die eine engere Verbindung zu den Kolonien schufen. Hierbei umging er geschickt Knebelverträge aus der Vergangenheit. Beispielsweise gab ein Abkommen mit England von 1654 den Briten das alleinige Recht auf den Weinhandel. Der Premierminister fand aber eine Lücke im Vertrag und gründete 1756 die Douro Weingesellschaft. Er gab ihr das Monopol über das Weingeschäft mit Brasilien, das bisher ausschließlich die Engländer betrieben hatten; außerdem durfte nur die Weingesellschaft Schnaps und Essig an Brasilien verkaufen. Die Weingesellschaft erhielt Erstkaufrechte: Wenn neue Weine eingetroffen waren, durften ihre Verkoster sie zuerst prüfen und einkaufen, bevor die anderen Händler zum Zug kamen.

Portugal stellte mehr eigene Manufakturprodukte her, anstatt sie im Ausland einzukaufen, und die Schiffsflotte wurde erweitert. Der Premierminister modernisierte die Justiz und baute die Privilegien der alten Eliten ab. Künftig sollte nicht mehr ererbter Besitz oder überkommener Rang darüber entscheiden, wer ein Amt erhielt, sondern allein die persönliche Eignung und der Verdienst durch Leistung. Folgerichtig erlaubte er mit einem neuen Gesetz auch den Händlern, ein Schwert zu tragen – bisher ein Erkennungszeichen der Adligen.

Als größter Feind des Premierministers stellte sich der Jesuitenpater Gabriel Malagrida heraus. Er predigte, es sei Sünde, sich wieder in Geschäftigkeit zu verstricken, viel wichtiger sei es, sich mit Gott zu versöhnen und ihn um Schonung anzuflehen. Das Beben sei eine Strafe gewesen für die blasphemischen Witze, die auf den Straßen erzählt wurden, für die Theaterstücke, Tänze, Hahnenkämpfe, Boxpreiskämpfe.

Die Jesuiten stellten einen der ihren als den passenden Heiligen dar, der bei Erdbeben anzurufen sei: Francisco Borgia, den dritten Ordensgeneral der Jesuiten. Andere sahen den heiligen Theotonius in dieser Rolle, oder die heilige Agatha. König José aber beantragte beim Papst, dass Francisco Borgia festgesetzt werden solle als Helfer bei Erdbeben. Der Papst bestätigte daraufhin den Heiligen und seine Aufgabe im Mai 1756. Nun behauptete der portugiesische König, mit dem heiligen Francisco Borgia verwandt zu sein, und zelebrierte religiöse Feste in Combria, wo sich das erste Jesuitenkollegium Portugals befand.

Der größte Teil des Adels stand auf Malagridas Seite, allein schon, um dem verhassten Premierminister eins auszuwischen. Auch das Volk glaubte an eine Gottesstrafe. Im Februar 1757 gibt es einen Aufstand in Porto, den Sebastian de Carvalho hart niederschlug. Den Versuch, ihn mit einer Intrige zu stürzen, wehrte er erfolgreich ab.

1759 erhielt er den Titel des Grafen von Oeiras. Er gründete im selben Jahr frei zugängliche Grammatikschulen, um die Bildung der ärmeren Bevölkerungsschichten zu verbessern, vier Schulen für Griechisch und Latein in Lissabon, zwei in Coimbra, Évora und Oporto, je eine in allen anderen Städten. Die besten Schüler erhielten Priorität beim Zugang zur Universität, ihre Herkunft spielte keine Rolle dabei.

Sebastian de Carvalho stellte in Coimbra ein Adligenkolleg auf, in dem hundert Jungen von sieben bis dreizehn Jahren Latein, Griechisch, Französisch, Italienisch, Englisch, Rhetorik, Dichtung und Geschichte, Arithmetik, Geometrie, Trigonometrie, Algebra, Optik, Astronomie, Geografie, Navigation, militärische und zivile Architektur, Zeichnen, Physik, Fechten, Reiten und Tanzen lernten.

Portugal wurde in den Siebenjährigen Krieg zwischen England und Frankreich hineingezogen, weil Spanien sich Frankreich anschloss und Portugal vom Land aus angriff. Eine englische Armee landete in Portugal, und englische Kriegsschiffe fuhren vor der portugiesischen Küste auf und ab.

1768 übergab Sebastian de Carvalho die Polizeigewalt, die ursprünglich der Inquisition gehört hatte, einer eigenständigen Polizeibehörde, und ließ die Buchzensur, die zuvor ebenso Teil der Inquisition gewesen war, einer eigenen königlichen Komission zuführen.

Die Listen von Neuchristen, anhand derer die Inquisition bestimmt hatte, wer »reines Blut« besaß und wer nicht, ließ er vernichten, und hob offiziell die Blutsgesetze auf. Adelsfamilien, die sich geschworen hatten, reinblütig zu bleiben – sogenannte *puritanos* –, zwang er, ihre unverheirateten Söhne innerhalb von vier Monaten außerhalb der reinblütigen Familien zu verheiraten. Wer das nicht tat, verlor die Adelswürde. Die Unterscheidung zwischen Neuchristen jüdischer Abstammung und Christen wurde aufgehoben.

1769 nahm Sebastian de Carvalho der Inquisition das Recht, als unabhängiges Tribunal zu arbeiten. Er schuf öffentliche Verbrennungen ab, ebenso die Todesstrafe.

1770 wurde er zum Marquês de Pombal ernannt. Bis heute ist er unter diesem Namen bekannt.

Er erließ 1774 ein Gesetz, das alle begnadigte, die von der Inquisition verurteilt worden waren, und stellte damit die Ehre von deren Kindern und Enkelkindern wieder her. Portugal erlebte eine wirtschaftliche Blütezeit. Der Wiederaufbau Lissabons wurde 1775 in einem dreitägigen Einweihungsfest des neuen Handelsplatzes gefeiert.

Am 24. Februar 1777 starb König José I., und als der Premierminister am darauffolgenden Tag im Palast erschien, sagt ihm Kardinal de Cunha: »Sie haben hier nichts mehr zu suchen.« Die alteingesessenen adligen Familien holten sich die Macht zurück. Sie setzten Sebastian de Carvalho ab und machten seine Reformen rückgängig. Er zog sich in ein Haus am Marktplatz von Pombal zurück, einer kleinen Stadt zwischen Coimbra und Leiria, und starb dort 1782.

Interview mit dem Autor

Sie haben mit Anfang zwanzig Ihren ersten historischen Roman geschrieben. Wie kamen Sie so früh zum Schreiben?
Als Kind war ich eine Leseratte. Das Lesen half mir, mir selbst zu entkommen. Ich habe viel geweint damals, war sehr sensibel. Durch Bücher konnte ich Abstand zu mir gewinnen und in eine andere Welt entfliehen. Heute ist für mich die Literatur weniger Flucht, aber sie bietet mir immer noch die Möglichkeit, Neues zu entdecken. Das macht mir Spaß. Und das Schreiben? Mit 17 fing ich an, romantische Gedichte zu schreiben, weil ich fortlaufend unglücklich verliebt war. Ich war mit diesen Gedichten nicht sonderlich erfolgreich (bis auf eines, das heute im Deutschbuch für Achtklässler steht). Deshalb habe ich mich an Kurzgeschichten versucht, und dann wollte ich einen Roman schreiben, auch wenn ich mich wegen des großen Umfangs anfangs gefürchtet habe. Aber gleich der erste Versuch wurde veröffentlicht, er heißt »Der Kalligraph des Bischofs«.

Was fasziniert Sie am Schreiben?
Es ist spannend, sich in andere Personen hineinzuversetzen. Zu fragen, wie es ist, jemand anderes zu sein. Mitunter muss ich Dinge ausprobieren: Ich bin auf Pferden geritten, habe mit einem Schwert gekämpft und war mit einem alten Robbenfängerschiff in Seenot (erkennen Sie die Eingangsszene aus der »Jesuitin« wieder?). Das kann ich in einem Roman so besser erlebbar machen.

Ich liebe es, mit Sprache umzugehen, zum Beispiel, wenn ich einen Text überarbeite. Es ist etwas Berauschendes, wenn man Worte streicht und den Satz dadurch stärker macht. Oder das fehlende, passende Wort zu finden – das ist wie ein Puzzlespiel. Es macht mich glücklich, wenn das Puzzlestück sich genau in eine Lücke fügt.

Wie haben Sie für »Die Jesuitin von Lissabon« recherchiert?
Ich bin natürlich nach Lissabon gereist. Tagelang bin ich durch die Stadt spaziert, habe Fotos gemacht, Museen und Ruinen und kleine Gässchen angesehen. Zurück in Deutschland bin ich in die Bibliotheken und Archive gegangen, habe alte Karten studiert und natürlich Experten befragt. Zum Beispiel musste ich herausfinden, wie es funktioniert hat, dass man als Reiter eine Pistole abfeuern konnte. Das Laden war damals kompliziert, Pulver und Kugel mussten in den Lauf gefüllt werden. Ist die Kugel nicht vorn wieder aus dem Pistolenlauf gerollt, wenn das Pferd mal einen kleinen Satz gemacht hat? Das habe ich mich gefragt.

Also rief ich einen Spezialisten an. Zuerst war seine Frau dran. Ich sagte nur meinen Namen und habe gefragt, ob ich Herrn X sprechen dürfe. Sie hat ihn ans Telefon geholt, ich hörte im Hintergrund, wie sie verwirrt sagte: »Ein Herr Müller.«

Als er am Apparat war, habe ich vor Aufregung nicht mal erklärt, wer ich bin, ich war so nervös, dass ich gleich losgelegt habe: Ich hätte da eine Frage, wie funktioniere das eigentlich mit dem Laden einer Pistole im achtzehnten Jahrhundert, wie verhindere man, dass die Kugel wieder rausrollt nach dem Laden?

Er hat es mir geduldig erklärt. Man hat nach der Kugel einen Lappen in den Lauf gestopft, damit sie nicht wieder herausrollt. Außerdem war so jede Ritze ausgefüllt und dadurch die Kraft des Schusses höher.

Ich habe mich überschwänglich bedankt und aufgelegt. Dann musste ich über mich selbst lachen. Der arme Mann hat sich wahrscheinlich gefragt, wer das gerade war. Dabei bin ich nicht unhöflich. Bloß schüchtern.

Sie sind Christ. In Ihrem Roman kommen die Jesuiten aber nicht besonders gut weg.
Ich bin sicher, viele Menschen haben durch die Exerzitien des Jesuitenordens gute Einsichten über ihr Leben gewonnen. Und im Roman wird deutlich, dass Jesuiten in den Bereichen Forschung und Lehre Großes geleistet haben. Was damals kritisiert wurde, war die Macht des Ordens und sein Anteil am Kampf um Gebiete, Kirchenmitglieder und politischen Einfluss der katholischen Kirche. Es darf beim christlichen Glauben nicht darum gehen, wer der Stärkste ist. Es geht darum, wer sich um die Schwachen kümmert. Von Anfang an sollte die Liebe die zentrale Kraft sein, das hat Jesus Christus deutlich gemacht. Aber wir Menschen haben Probleme damit und landen immer wieder bei Ehrgeiz, Elitedenken und Machtkämpfen. Damit will ich nicht schmälern, was Mönche, Priester, Pastoren und christlich geprägte Menschen über Jahrhunderte an Gutem getan haben, auch die Jesuiten.

Was lesen Sie gern?
Ich lese literarische Klassiker, Sachbücher, Biografien, Fantasy und Science-Fiction, natürlich auch historische Romane, aber eben nicht nur. Die Abwechslung ist für mich das Entscheidende. Ich liebe es, ein neues Buch zur Hand zu nehmen und anzufangen, es zu lesen. Dabei lasse ich mich gern von einem neuen Stil oder einem neuen Thema überraschen.

Wenn Ihnen so viele verschiedene Genres Freude machen, warum schreiben Sie dann fast ausschließlich historische Romane?
Das Historische zieht mich an. Es ist interessant, über Menschen zu schreiben, die anders gedacht und gelebt haben. Es öffnet mir die Augen für meine Welt heute. Ich muss kein Feuerholz sammeln, sondern wohne in einer geheizten Wohnung. Ich muss nicht zum Brunnen laufen und Wassereimer schleppen, sondern drehe bequem bei mir zu Hause die Leitung auf. Ich esse Obst und Gemüse aus aller Welt. Wenn ich mich mit anderen Zeitaltern befasse, wird mir bewusst, in welchem Luxus ich heute lebe.

Manchmal scheint es mir auch, als sei man früher mehr auf der Suche gewesen, in der Kunst, in der Wissenschaft und vor allem in den Fragen der Religion. Mir imponiert, mit welcher Verzweiflung und Hingabe man nach dem Richtigen, Wahren gesucht hat. Wir tun das heute nicht mehr. Wir leben in einer Ablenkungskultur. Für uns ist interessant, wohin der nächste Urlaub geht, ob wir uns ein neues Auto kaufen können und was im Fernsehprogramm läuft. Ich glaube, dass uns der Luxus, in dem wir leben, wie ein Nebel umgibt und uns für vieles blind macht.

In Ihrem Roman prallen eine moderne, wissenschaftliche Denkweise und religiöses Denken aufeinander. Warum hat sich die Kirche dem Fortschritt entgegengestellt?
Fallen Sie nicht auf die Kampfparolen der Französischen Revolution herein. In der Geburtsstunde unserer Gesellschaft wurde den Leuten kräftig Sand in die Augen gestreut, so ist es mit neuen Zeitaltern: Zuerst einmal macht man das vorhergehende nieder, um sich zu legitimieren. In Frankreich wollte man damals die Religion abschaffen, und als wirksamstes Argument erwies sich die Parole, das Christentum sei verstaubt und rückständig

und behindere die Wissenschaften. Seitdem glauben Westeuropäer, die Kirche habe über Jahrhunderte alles getan, um neues Wissen zu verhindern. Nichts könnte falscher sein! Mir sind da erst im Studium – ich habe mittelalterliche Geschichte studiert – die Augen aufgegangen. Klöster waren im Mittelalter die Zentren von Wissen und Forschung. Hier hat man gelesen, experimentiert, diskutiert, niedergeschrieben. In den Klöstern blühten die Anfänge von Naturwissenschaften und Technik auf. Mönche kopierten antike Schriften und machten damit Renaissance und Moderne überhaupt erst möglich. Sie hatten viel Zeit zum Nachdenken und ein großes Bedürfnis danach, Gott zu verstehen. Da nach ihrem Verständnis Gott die Welt geschaffen hatte, hieß, die Welt zu erforschen, Gott zu erforschen. Man war der Meinung, dass sich Gott in seiner Schöpfung offenbart hat.

Aber es ist wie mit einem oft wiederholten Werbespruch. Ob er wahr ist, spielt keine Rolle. Er prägt sich ein und sitzt fest.

Trotzdem wehrte sich ein Gabriel Malagrida gegen die Aussage, das Erdbeben von Lissabon habe natürliche Ursachen gehabt.

In ganz Europa wurde damals von einer Gottesstrafe geredet. Die Menschen waren verunsichert. Gabriel Malagrida lag falsch, und ich lasse ja auch kaum ein gutes Haar an ihm im Roman. Aber gleichzeitig darf man nicht vergessen, welche großen wissenschaftlichen Entdeckungen andere Jesuiten im Bereich der Medizin, der Astronomie und der Botanik gemacht haben. Es wäre Unsinn, wegen der Fehler, die durch den Orden in der Folgezeit des Erdbebens von 1755 gemacht wurden, zu behaupten, der Jesuitenorden sei wissenschaftsfeindlich gewesen. Als Sebastian de Carvalho die Jesuiten aus dem Land verbannt hatte, gab es anfangs große Probleme im Bildungssektor, weil die jesuitischen Lehrer und Universitätsprofessoren fehlten.

Wovor fürchtet sich der Autor Titus Müller?
Meine Grundangst beim Schreiben ist, die Leute zu langweilen. Das wäre für mich das Schlimmste. Dass ich hin und wieder Fehler mache, ist klar, das lässt sich nicht vermeiden. Aber Langeweile darf nicht sein.

Wie kann man sich Ihren Arbeitsalltag vorstellen?
Meistens brauche ich ein paar Stunden, um »warmzulaufen« und die innere Stimme zum Schweigen zu bringen, die mir einreden will, dass es heute nichts wird. Wenn ich dann aber einmal beim Schreiben bin, vergesse ich alles um mich herum und finde große Freude an der Arbeit. Mir brennt jeden zweiten Tag das Essen an. Diesen Preis bezahle ich gerne.

Wie lange haben Sie an »Die Jesuitin von Lissabon« gearbeitet?
Vom ersten Wort bis zum letzten habe ich ziemlich genau zwei Jahre gebraucht.

Was ist das für ein Gefühl, wenn Sie so lange an einem Roman gearbeitet haben und Sie das Buch dann beenden?
So sehr ich dem Erfolg auch nachjage – darin, ihn zu feiern, bin ich schlecht. Ich mache keinen Tag Pause. Gleich, wenn ein Buch fertig geworden ist, fange ich mit dem nächsten an. Es macht mir einfach zu viel Spaß. Und ich liebe es, etwas Neues zu beginnen. Natürlich, wenn ein Buch in die Läden kommt und man es zum ersten Mal in Händen hält, ist das ein tolles Gefühl. Besonders gern rieche ich den Duft der frischen Seiten.

Titus Müller

»Titus Müller ist der Meister der spannenden Verbindung geschichtsträchtiger Themen mit fiktiven Schicksalen.«
Wiesbadener Kurier

»Eine fesselnde Zeitreise.«
Gießener Anzeiger über *Tanz unter Sternen*

978-3-453-40997-2

978-3-453-43776-0

Leseproben unter **www.heyne.de**